KB125977

청소부 매뉴얼

일러두기
본문의 주석은 모두 옮긴이가 단 것이다.

A MANUAL FOR CLEANING WOMEN:
Selected Stories by Lucia Berlin, Edited by Stephen Emerson

청소부 매뉴얼

루시아 벌린 지음 | 공진호 옮김

웅진 지식하우스

『청소부 매뉴얼』을 향한 문단과 언론의 찬사

"벌린의 단편소설들을 읽고 인간이라는 존재에 따라다니는
우발사건들에 우리는 벌린 입을 다물지 못한다."

— 문학평론가 드와이트 가너, 《뉴욕 타임스》

"노골적이고 웃기고 숨이 멎을 듯이 놀랍다."

— 소설가 로런 그로프, 《뉴요커》

"이 작품집으로 루시아 벌린은 넓은 독자층을 거늘 만한 가치가 있는
특이하고 뛰어난 작가임이 입증되었다."

— 《뉴요커》

"루시아 벌린만큼 흥미로운 사람은 드물다.
알코올중독 치료, 음침한 빨래방, 뙤약볕이 내리쬐는 멕시코의 전통 가옥 같은
요소들이 페이지마다 밝고 강렬하고 다채롭게 흘러들기 때문에
우리는 그다음 페이지를 넘겨보지 않을 수 없다. 다 읽고 나면
다시 처음으로 돌아가 또 읽게 된다."

— 《엔터테인먼트 위클리》

"타협하지 않으면서 너그러운 인생의 관찰자인 저자는 영리하고
자기주장이 강하고 그날그날 근근이 살아가는 여자들을 연민에 찬 눈으로 바라본다.
벌린은 톰 웨이츠의 노래 가사에 나오는 여자가 길고 습한 밤에
방금 만난 남자에게 할 법한 이야기를 쏟아놓는다.
그럴 때의 감정은 과격하고 그 언어에는 꾸밈이 없다."

— 《뉴욕 타임스 북 리뷰》

"내가 보기에 벌린은 제니퍼 이건과 레이철 쿠슈너 같은 강인한 여성 작가들의
문학적 대모다. 그녀는 인생을 좋게 꾸미기엔 너무 많은 것을 경험했다.
그러나 힘들여 얻은 독특한 목소리와 통찰력은 인생의 아픈 이야기들을
읽어볼 만한 것으로 만든다."
— 모린 코리건, NPR 《프레시 에어》

"루시아 벌린의 짜릿한 『청소부 매뉴얼』은
이야기의 효율성을 보여주는 훌륭한 본보기다."
— 《엘》

"부당하게 유명해지지 않았던, 뛰어난 미국적 목소리."
— 《보그》

"작가들의 작가. 부분적으로 자서전적인 단편소설들을 모아놓은 이 책은
루시아 벌린을 누구나 다 아는 작가로 만들어줄 것이다.
재미있으면서 웃기고, 재미있으면서 슬픈 이야기."
— 《마리 클레르》

"인습타파주의적인 루시아 벌린의 초현실적으로 강렬한 인생은
프리다 칼로를 능가할지 모른다. 루시아 벌린은 생전에 국보로 지정되었어야
마땅하다. 벌린의 산문은 원초적이고 예측할 수 없고 대담하고 온정적이다.
그녀는 우리를 만화경 같은 시련으로 안내하면서 웃기고 비극적이고
이상한 기쁨을 맛보게 한다."
— 《샌프란시스코 크로니클》

"섬세한 감수성과 분위기, 품위 면에서 『청소부 매뉴얼』은 체호프나 유도라 웰티,
베리 해나를 떠올리게 한다. 그러나 그 외에는 그 누구와도 차별되는 면모를 지녔다. 그건
마치 벌린이 소설의 주차장에 빈자리를 발견하고 누가 차지하기 전에
얼른 주차한 것과도 같다. 그녀는 그 자리를 인생 이야기로 가득 채웠다."
— 《시카고 트리뷴》

에인절 빨래방

바랜 리바이스 청바지에 멋진 주니 벨트를 한, 키가 큰 인디언 노인. 목 부분에서 산딸기색 실로 묶은 긴 백발. 이상하게도 한 일 년쯤 우리는 에인절 빨래방에서 항상 같은 시간에 마주쳤다. 그러나 매번 같은 시간은 아니었다. 나는 때에 따라 월요일 저녁 일곱 시에 가기도 하고 금요일 저녁 여섯 시 반에 가기도 해서 불규칙적인데 그때마다 그도 늘 왔다.

아미티지 할머니는 같은 노인이기는 해도 달랐다. 그곳은 뉴욕시 15가에 있는 산후안 빨래방이었다. 푸에르토리코인들. 바닥에 흥건한 비눗물. 그때 나는 젊은 애엄마였으며 목요일 아침이면 기저귀를 빨러 갔다. 할머니는 내가 사는 아파트 바로 위층 4C에 살았다. 어느 날 아침 빨래방에서 할머니는 내게 집 열쇠를 주면서, 언젠가 목요일에 자기가 보이지 않으면 죽은 줄 알고 시신을 거두어달라고 부탁했다. 그건 누구에게나 끔찍한 부탁이었다. 게다가 나는 당시 매주 목요일이면 빨래를 해야 했다.

아미티지 할머니는 어느 주인가, 월요일에 죽었다. 그 뒤로 나는 산후안 빨래방에 다시는 가지 않았다. 할머니의 시신은 건물 관리인이 발견했다. 어떻게 발견했는지는 나도 모른다.

인디언 노인과 나는 몇 달 동안 에인절 빨래방에서 봐도 서로 한마디도 나누지 않았다. 공항 대합실처럼 연결된 노란 플라스틱 의자에 나란히 앉아 있기만 했다. 찢긴 리놀륨 바닥에 의자가 미끄러지면 그 소리에 이가 다 아팠다.

그는 늘 짐빔 위스키를 홀짝이며 앉아 내 손을 바라보았다. 직접 보지 않고 맞은편 벽 스피드퀸 세탁기 위의 거울을 통하여 보았다. 그래도 그게 처음에는 신경 쓰이지 않았다. '다림질 $1.50/12장'이라는 누레진 게시문과 형광 주황색으로 쓴 평온을 비는 기도문 '주여, 제가 바꿀 수 없는 것이라면 받아들일 수 있는 평온을 주소서' 사이에 걸린 지저분한 거울 속의 내 손을 응시하는 인디언 노인. 그러다 문득 손에 무슨 집착이 있는 노인인가 하는 생각이 들었다. 나는 마음이 불안해졌다. 그는, 담배를 피우고 코를 풀고 몇 년 지난 잡지를 들추는 나를 지켜보았다. 잡지에는 급류를 따라 내려가는 레이디 버드 존슨●사진이 있었다.

그는 마침내 내 손을 응시하게 만들었다. 내가 내 손을 응시하는 것을 알아채고 그는 이빨을 드러내고 싱긋 웃었다. 그때 처음으로 우리 두 사람의 눈이 거울 속에서 마주쳤다. 그 위로 '세탁기에 너무 많이 넣지 마시오'라는 게시문이 보였다.

내 눈에 공포심이 비쳤다. 나는 내 눈을 들여다보다 고개 숙여 손을 보았다. 꺼림칙한 옅은 검버섯, 흉터 둘. 인디언의 손이 아닌, 불안하고 외로운 손. 내 손에 아이들과 남자들과 공원이 보였다.

그날(내가 내 손을 의식한 날) 그의 손은 팽팽한 푸른 바지를 입은 넓적다리 위에 올라가 있었다. 그는 거의 항상 손을 몹시 떨었는데, 손을 무

● 1966년, 존슨 대통령 부인인 '레이디 버드' 존슨이 고무보트를 타고 리오그란데강을 따라 내려간 일을 가리킨다.

릎에 얹고 가만히 있었다. 그런데 그날은 무릎을 꽉 잡아 손을 떨지 않았다. 손을 떨지 않으려고 무진 애를 쓴 나머지 붉은 어도비 벽돌 같은 손마디가 다 허예졌다.

빨래방 밖에서 아미티지 할머니와 말을 주고받은 건 그 집 화장실 바닥에 넘쳐흐른 물이 우리 아파트 천장의 샹들리에 등을 타고 흘러내렸을 때뿐이었다. 물이 흘러내리며 무지갯빛 불꽃이 튀는데도 전깃불은 여전히 빛났다. 죽어가고 있던 할머니는 그것을 보고 차가운 손으로 내 팔뚝을 꼭 쥐면서 이렇게 말했다. "기적이야, 기적, 그렇잖우?"

인디언 노인의 이름은 토니였다. 그는 북부의 지카릴라 아파치였다. 하루는 그가 보이지 않았지만, 누군가 뒤에서 내 어깨를 잡았을 때 나는 그게 그의 멋진 손이란 걸 알았다. 그가 10센트짜리 동전 세 개를 내밀었다. 나는 영문도 모르고 그것을 받으며 고맙다는 말을 할 뻔했다가 그날 그의 손이 유난히 떨려 건조기에 동전을 주입하지 못하기 때문이란 것을 알아차렸다. 술을 안 마셨으면 어렵지. 한 손으로 화살표 모양의 다이얼을 돌리고 다른 손으로 10센트짜리 동전 한 개를 받침판에 얹어 밀어넣는 일을 세 번이나 반복해야 하니까.

그는 나중에 술에 취해 돌아왔다. 건조기 안의 옷이 회전하며 다 말라서 위로 올라갔다 흐느적거리며 떨어지기 시작할 때였다. 그는 노란 의자에 앉아 정신을 잃어 건조기 문을 열지 못했다. 나는 다 마른 내 옷을 개고 있었다.

나는 에인절과 함께 토니를 다림질 방에 데려가 바닥에 뉘였다. 그 모든 알코올중독자협회의 기도문과 모토를 게시한 사람은 에인절이다. "술은 생각하지도 마시지도 마라." 에인절이 짝 없는 양말을 찬물로 축여 와 토니의 이마에 얹고 그 옆에 무릎을 꿇고 앉았다.

"토니, 나도 그런 적이 있어요……. 정말이에요……. 그렇게 술독에 빠져 바닥을 헤매던 적이. 나도 그 심정을 잘 압니다."

토니는 눈을 뜨지 않았다. 다른 사람의 심정이 어떤지 안다는 사람은 다 바보다.

에인절 빨래방은 뉴멕시코주 앨버커키시 4가에 있다. 초라한 가게와 고물상, 군용 야전침대를 파는 중고품 가게가 있는 거리. 짝 없는 양말들을 모아둔 통, 1940년대에 발행된《보건 위생》소책자. 곡물 가게, 연인들을 위한 모텔, 술꾼, 에인절 빨래방에서 빨래를 해 가는 적갈색 머리의 늙은 여자들. 10대 나이의 멕시코인 새색시들도 에인절 빨래방을 이용한다. 타월, 짧은 분홍색 잠옷. 'Thursday'라는 문구가 새겨진 비키니 팬티. 그들의 남편들이 입는 푸른 작업복은 호주머니에 스크립트체로 이름이 새겨져 있다. 나는 거울을 쳐다보며 건조기 창에 그 이름들이 나타나기를 기다리다 그들을 확인하기를 좋아한다. Tina, Corky, Junior.

여행자들도 에인절 빨래방을 이용한다. 그들의 찌그러지고 낡은 뷰익 자동차 지붕에는 더러운 매트리스, 녹슨 돋을걸상 같은 것들이 실려 있다. 새는 기름받이, 새는 범포 물주머니.• 새는 세탁기. 남자들은 차 안에 앉아 함스 맥주를 마시고, 다 마시면 캔을 쥐어 찌그러뜨린다.

하지만 에인절 빨래방의 주요 고객은 인디언들이다. 산펠리페, 라구나, 산디아 출신의 푸에블로 인디언들. 토니는 빨래방에서든 어디에서든 내가 유일하게 아는 아파치 인디언이었다. 눈을 약간 모들뜨고 보면 선명한 보라색과 오렌지색, 빨강색과 분홍색의 인디언 옷들이 건조기 안에서 회오리치면서 서로 번져 보이는데, 나는 그게 좋다.

• 자동차 라디에이터 앞에 걸어 냉각장치를 보조하는 용도로 쓰였다.

나도 물론 에인절 빨래방을 이용한다. 왜 그런지는 나도 모른다, 인디언 때문만은 아니다. 그 빨래방은 내가 사는 지역 반대편에 있다. 집에서 한 블록만 가면 대학 캠퍼스 빨래방이 있다. 에어컨이 나오고 뮤잭* 방송의 소프트 록이 흐른다. 《뉴요커》, 《Ms.》, 《코즈모폴리턴》 잡지도 있다. 그곳을 이용하는 대학 조교들의 아내들은 어린 자식들에게 제로 초코바와 콜라를 사준다. 이 캠퍼스 빨래방에도 다른 데처럼 게시문이 붙어 있다. '절대 염색 불가.' 나는 녹색 침대보를 들고 온 도시를 뒤지다 결국 '염색 항상 가능'이라는 노란색 게시문이 붙은 에인절 빨래방까지 오게 되었다.

진보라색이 아니라 더 진하고 우중충한 초록색으로 염색되는 것을 보면서도 그래도 다시 오고 싶다는 마음이 들었다. 인디언들과 그들의 세탁물이 좋았다. 고장 난 콜라 자판기와 물이 흥건한 바닥을 보면 뉴욕 생각이 나기도 했다. 바닥을 대걸레로 닦고 또 닦던 그 푸에르토리코인들. 그곳의 공중전화도 에인절 빨래방 공중전화처럼 늘 고장 나 있었다. 나는 과연 그 목요일에 아미티지 부인의 시신을 수습하러 갔을까?

"나는 부족장이오." 인디언 노인 토니가 말했다. 그는 포트와인을 홀짝이며 앉아서 내 손을 바라보았다.

그는 아내가 가정집 청소하는 일을 한다고 했다. 아들이 넷 있었는데, 막내는 자살하고, 장남은 베트남전에서 사망했다. 나머지 두 아들은 모두 스쿨버스 운전사였다.

"내가 왜 그쪽을 좋아하는지 아오?" 그가 물었다.

"아뇨, 왜요?"

"레드스킨 인디언이기 때문이지." 그는 거울에 비친 내 얼굴을 가리켰

---

* 공공장소에 배경 음악을 공급하는 업체의 등록상표명.

다. 내 피부가 붉긴 하지만, 인디언이라니, 난 레드스킨 인디언이라곤 본 적도 없는데.

그는 내 이름을 좋아했다. 그는 내 이름을 이탈리아식으로 '루-치-아'라고 발음했다. 그는 제2차 세계대전에 참전해 이탈리아에 주둔했다고 했다. 과연 은과 터키석으로 만든 멋진 목걸이들 외에 인식표 목걸이도 하고 있었다. 인식표는 크게 찌그러졌다. "총알 때문인가요?" 그게 아니라 겁이 나거나 여자 생각이 날 때 그걸 깨물던 버릇이 있었기 때문이다.

한번은 그가 나에게 자기 캠핑카에 가서 함께 누워 쉬자고 넌지시 말했다.

"에스키모인은 그럴 때 우리 함께 웃자고 하죠." 그리고 나는 형광 연두색 게시문을 가리켰다. "세탁하는 동안 자리를 비우지 마시오." 연결된 플라스틱 의자에 앉아 있는 우리는 각자 키득거리다 함께 웃었다. 그러고는 다시 조용히 앉아 있었다. 철벅거리는 물소리만 들렸다. 바다의 파도처럼 율동적인 그 소리. 불상의 손 같은 그의 손이 내 손을 잡았다.

기차가 지나갔다. 그가 팔꿈치로 나를 툭 치며 말했다. "크고 훌륭한 철마鐵馬지!" 우리는 다시 키득거렸다.

나는 사람들에 대하여 근거 없는 일반론을 많이 가지고 있다. 가령 흑인이라면 누구나 찰리 파커를 좋아하게 되어 있다. 독일인은 불쾌하고, 인디언의 유머감각은 우리 어머니만큼이나 이상하다. 우리 어머니가 좋아하는 유머 중 하나. 어떤 사람이 허리를 구부리고 신발 끈을 매고 있는데 어떤 낯선 사람이 지나가다 그를 걷어차고는 "노상 신발 끈만 매고 있어!"라고 했다는 이야기. 또 하나는 웨이터가 음식을 내오다 손님 무릎에 콩 요리를 쏟고는 "에구구, 콩을 쏟았네!"*라고 했더라는 것도 있다. 그 후 토니는 빨래방에서 무료할 때면 그 유머들을 내게 되풀이해 말하곤 했다.

한번은 토니가 굉장히 취했다. 주차장에서 고약하게 취한 그와 오클라호마 사람들 사이에 실랑이가 벌어졌다. 그들은 토니의 짐빔 술병을 박살냈다. 에인절이 다림질 방으로 가서 자기 말을 들어주면 짐빔을 작은 걸로 한 병 사주겠다고 토니를 구슬려 데리고 갔다. 에인절이 토니에게 오늘 걱정은 오늘로 족하며 내일 걱정은 하지 말고 어쩌고 하는 동안 나는 내 옷을 세탁기에서 건조기로 옮겼다.

"난 족장이야! 아파치 부족 족장이라고! 젠장맞을!"

"젠장은 혼자 맞으세요, 족장 나리." 그는 술을 마시며 거울 속 내 손을 바라보았다.

"그런데 어째서 아파치족 빨래를 하세요?"

내가 왜 그 말을 했는지 모르겠다. 잔인한 말이었다. 그를 웃기려고 그랬던 것 같다. 아무튼 그는 웃었다.

"레드스킨, 자네는 어떤 부족인가?" 그가 담배를 꺼내는 내 손에서 눈을 떼지 않고 말했다.

"내 첫 담배의 불을 붙여준 사람이 어느 왕자였다는 거 아세요? 내 말 믿겨요?"

"암, 믿고말고. 불 줄까?" 그가 내 담배에 불을 붙여주었다. 우리는 서로 바라보며 소리 없이 웃었다. 우리는 사이가 아주 가까웠고 그는 정신을 잃었고 거울 속에는 나 혼자였다.

거울에는 들어오지 않는 한 젊은 여자가 창가에 앉아 있었다. 나의 고인 눈물을 통해 보이는 그녀의 머리카락이 굽이쳤다. 머리숱이 적은 보

● 'I spilled the beans.' 관용구로서 '비밀을 누설했네!'라는 뜻이다.

티첼리. 나는 게시문들을 하나하나 읽어보았다. "주여, 제게 용기를 주소서." "한 번도 쓰지 않은 새 아기 침대 팝니다—아기를 사산했음."

그 여자는 빨래한 것을 청록색 바구니에 담아 가지고 나갔다. 나는 내 옷을 탁자에 가져다놓고 토니의 옷을 점검하고 동전 하나를 더 주입했다. 에인절 빨래방에는 토니와 나, 둘뿐이었다. 나는 거울에 비친 내 손과 눈을 바라보았다. 예쁜 파란 눈.

나는 비냐 델 마르* 앞바다에서 요트를 탄 적이 있다. 그때 내 생애 첫 담배를 빌려 가지고 알리 칸 왕자에게 불을 붙여달라고 했다. 그는 "Enchant?!"**라고 말했다. 그는 사실 성냥이 없었다.

나는 빨래한 것을 개고 에인절이 왔을 때 집으로 갔다.

인디언 노인이 더 이상 보이지 않는다는 걸 언제 깨달았는지 기억나지 않는다.

● 칠레 산티아고 근교에 위치한 해안 휴양지.
●● 만나서 반갑습니다.

H. A. 모이니핸 치과

나는 성聖요셉학교가 너무 싫었다. 수녀님들에게 겁을 먹고 있던 나는 세실리아 수녀님을 때렸다가 퇴학당했다. 텍사스주, 어느 더운 날이었다. 그 벌로 나는 여름방학 내내 외할아버지의 치과에서 일해야 했다. 진짜 이유는 동네 아이들과 놀지 못하게 하기 위해서라는 것을 난 알고 있었다. 멕시코인이나 시리아인 아이들. 흑인은 없었지만, 엄마는 그건 시간 문제일 뿐이라고 했다.

나에게 외할머니의 임종을 면하게 해주려는 의도도 있었을 것이다. 할머니의 신음과 친구분들의 기도, 그 악취와 파리들. 할머니가 모르핀의 도움으로 밤에 선잠이 들면 엄마와 할아버지는 각자의 방에서 혼자 술을 마시곤 했다. 그러면 꼴깍꼴깍 버번 마시는 소리가 내가 잠을 자는 베란다에 들려왔다.

할아버지는 여름 내내 나하고는 거의 말도 하지 않았다. 나는 치료 기구를 소독해서 펼쳐놓고, 환자에게 타월로 턱받이를 해주고, 구강 세정제 스톰아셉타인을 들고 있다 입안을 헹궈내게 했다. 할아버지는 환자가 없을 때면 공작실에서 의치를 만들거나 사무실에서 스크랩북을 만들었다.

나는 모든 방에 출입 금지였다. 할아버지는 어니 파일* 기사와 FDR** 기사를 오려 붙였다. '일본 전쟁', '독일 전쟁' 스크랩북도 있었다. 그런가 하면 '범죄', '텍사스', '기이한 사고' 스크랩북도 있었다. '기이한 사고' 스크랩북에는 어떤 사람이 화가 나서 이층 창문 밖으로 수박을 내던진 기사가 있다. 그 수박은 그의 아내의 머리에 떨어졌다 유모차에 있는 아기를 덮쳤다. 두 사람 다 죽었지만 유모차는 망가지지 않았다.

우리 집에서 할머니와 나를 빼놓고는 모두가 할아버지를 몹시 싫어했던 것 같다. 할아버지는 매일 밤 술에 취하면 짓궂게 굴었다. 잔인하고 편협하고 거만했다. 할아버지는 존 외삼촌과 다투다가 총으로 외삼촌의 한쪽 눈을 잃게 했고, 엄마에게 평생 창피와 굴욕감을 주었다. 엄마는 할아버지와는 말도 하지 않았다. 할아버지가 너무 지저분해서 가까이 가려고도 하지 않았다. 음식을 게걸스럽게 먹고 침을 뱉었고, 할아버지 주변에는 젖은 담배꽁초가 널려 있었다. 할아버지가 치아 주형에서 나온 흰 분말을 뒤집어쓴 모습은 도장공이나 석고상 같았다.

할아버지는 텍사스 서부에서, 어쩌면 텍사스주 전체에서 가장 뛰어난 치과 의사였다. 그렇게 말하는 사람이 많았고 나는 그 말을 믿었다. 할아버지를 찾는 환자가 모두 늙고 가난한 술주정뱅이라든가 할머니의 친구라든가 하는 건 사실이 아니었다. 그건 엄마 말이었다. 할아버지가 만드는 틀니가 상당히 훌륭하기 때문에 댈러스나 휴스턴의 번듯한 사람들도 찾아왔다. 할아버지가 만드는 틀니는 잘 빠지지 않고 바람 새는 소리도 나지 않고 그야말로 진짜 치아 같았다. 알맞은 색을 내는 비밀 제조법을

● Ernest Taylor Pyle(1900~1945), 미국의 저널리스트.
●● Franklin Delano Roosevelt(1882~1945), 미국의 32대 대통령(1933~1945). 흔히 FDR이라고 부른다.

고안해냈기 때문인데, 어떤 경우에는 치아를 약간 자르거나 누렇게 만들고 거기에 봉을 박아넣거나 치관을 씌우기도 했다.

할아버지는 공작실에 아무도 들어가지 못하게 했다―소방관들이 들어가본 것이 유일했다. 사십 년 동안 청소 한 번 안 한 방이었다. 하지만 나는 할아버지가 화장실에 간 사이에 들어가봤다. 유리창은 먼지와 횟가루와 왁스가 두껍게 엉겨붙어 시커멨다. 빛이라고는 분젠버너 두 개에서 푸른 불이 흔들거리는 것이 전부였다. 벽에는 커다란 횟가루 부대들이 쌓여 있었다. 바닥에는 깨진 치아 주형 조각들이 널려 있었고 다양한 치아 단지들이 놓여 있었다. 이 가운데 횟가루가 새어나와 흩어져 있었다. 또 한 벽에는 연분홍색과 흰색의 굵은 왁스 방울들이 묻어 있고, 거미줄이 들러붙어 늘어져 있었다. 선반들에는 녹슨 공구들이 있고, 틀니들이 줄지어 꽉 차 있었다. 틀니들은 무대 가면처럼 환하게 웃거나 거꾸로 뒤집혀 언짢은 표정들이었다. 할아버지는 일할 때 흥얼거렸다. 피우다 만 담배 때문에 왁스 방울이나 초코바 포장지에 자주 불이 붙었다. 그러면 할아버지는 커피를 부어 불을 껐다. 그래서 석고 반죽 범벅인 바닥은 깊은 동굴의 벽처럼 갈색으로 물들어 있었다.

공작실은 작은 사무실과 연결되어 있었다. 사무실에는 뚜껑 달린 책상이 있는데, 할아버지는 거기서 스크랩북을 만들고 수표를 썼다. 할아버지는 수표에 서명을 한 다음에는 반드시 펜을 털듯 흔들어 서명 위에 검은 잉크가 튀도록 했다. 금액을 적은 난에까지 잉크가 튀어서 은행에서 금액을 확인하는 전화가 오는 경우도 있었다.

잡지라곤 하나도 없었다. 누가 가져와서 보다가 두고 가기라도 하면 할아버지는 그것을 내다버렸다. 엄마는 할아버지가 심술궂어서 그러는 거라고 했다. 할아버지는 사람들이 잡지책 넘기는 소리에 미칠 것 같기 때문이라고 했다.

대기실 환자들은 앉아 있지 않으면 어슬렁거리며 금고 두 개 위에 있
는 물건들을 만지작거렸다. 불상, 벌렸다 닫았다 할 수 있는 틀니가 달린
해골, 꼬리를 잡아당기면 무는 뱀, 뒤집었다 놓으면 눈이 내리는 스노글
로브. 천장에는 '도대체 위는 뭐 하러 쳐다보시오?'라는 표찰이 붙어 있
었다. 금고 안에는 봉에 쓰는 금은과 많은 돈, 잭대니얼 위스키가 들어 있
었다.

엘패소 큰 길에 면한 모든 창문에는 금색 글자로 'H. A. 모이니핸 치
과', '흑인은 안 받습니다'라고 크게 쓰여 있었다. 이 게시문들은 나머지 3
면 벽의 거울에 비쳤다. 건물 복도에서 들어오는 문에도 같은 게시문이
붙어 있었다. 나는 흑인들이 게시문 위에 난 유리창으로 안을 들여다볼까
봐 겁이 나서 절대로 문을 마주 보고 앉지 않았다. 하지만 엘리베이터 기
사인 짐 외에는 이 캐플스 빌딩에서 흑인을 본 적이 한 번도 없었다.

할아버지는 예약 전화가 오면 더 이상 환자를 받지 않는다고 말하라고
나에게 지시했다. 그래서 여름이 하루하루 가면서 점점 더 할 일이 없어
졌다. 그러다 할머니가 돌아가시기 직전에는 환자가 전혀 없었다. 할아버
지는 그냥 공작실이나 사무실에 틀어박혀 지냈다. 나는 가끔 옥상에 올라
가곤 했다. 그 위에선 후아레스* 시와 엘패소 중심가가 다 보인다. 나는 어
느 한 사람을 골라 그 사람이 안 보일 때까지 바라보곤 했다. 하지만 대개
는 병원 방열기에 앉아 얀델 거리를 내려다보았다. 캡틴 마블 펜팔들이
보내온 편지들을 해독하며 많은 시간을 보내기도 했다. 하지만 Z에는 A,
Y에는 B를 대입해 푸는 식의 암호라서 정말 따분했다.

● Juárez. 텍사스주 엘패소 남쪽 국경에 면한 멕시코 도시.

밤은 길고 더웠다. 할머니 친구들은 할머니가 잠이 들었을 때도 가지 않고 성경을 읽거나 찬송가를 불렀다. 할아버지는 엘크스 회관이나 후아레스로 외출했다가 돌아와 계단을 올라올 때는 8-5 택시 기사가 할아버지를 부축해줘서 올라왔다. 브리지를 하러 간다며 외출한 엄마도 취해서 들어왔다. 멕시코 아이들은 밤늦도록 밖에서 놀았다. 나는 베란다에서 여자애들이 노는 걸 구경했다. 여자애들은 가로등 불빛 아래 콘크리트 바닥에 쭈그리고 앉아 잭스놀이를 했다. 나도 몹시 그 애들과 놀고 싶었다. 공깃돌 소리가 황홀했다. 애들이 공깃돌을 공중에 던지면 브러시로 드럼 치는 소리, 또는 강한 바람에 비가 유리창에 부딪쳐 시야를 가물거리게 할 때의 소리가 났다.

하루는 아직 날이 어둑한 새벽에 할아버지가 나를 깨웠다. 일요일이었다. 나는 할아버지가 택시를 부르는 동안 옷을 입었다. 할아버지가 택시를 부를 때면 전화국 교환원에게 8-5 택시 회사를 연결해달라고 했다. 왜 일요일에 일을 나가느냐는 택시기사의 물음에 할아버지는 대답하지 않았다. 바퀴벌레들이 사각사각거리며 건물 타일 바닥을 여기저기 돌아다니고, 잡지책 표지 사진들은 쇠창살 뒤에서 싱긋 웃고 있었다. 할아버지는 손수 엘리베이터를 조종했다. 미친 듯이 위로 덜컹 아래로 덜컹 하기를 반복하다가 마침내 5층까지 올라갔지만, 복도보다 조금 더 위에 멈춰 우리는 뛰어내려야 했다. 엘리베이터가 정지하자 실내는 쥐죽은 듯 고요했다. 교회 종소리와 후아레스 전차 소리만 들려올 뿐이었다.

처음에는 할아버지를 따라 공작실로 들어가지 못하고 겁먹고 있는데 할아버지가 나를 잡아당겼다. 영화관처럼 어두웠다. 할아버지가 분젠버너에 불을 붙이자 푸른 불이 숨찬 소리를 내며 타올랐다. 나는 아직 알 수 없었다. 할아버지가 나한테 무슨 일을 시키려는지. 할아버지는 선반에서 틀니 한 개를 집어 대리석 토막 위 분젠버너 가까이로 가져갔다. 나는 고개를 저었다.

"가만히 잘 봐." 할아버지는 입을 크게 벌렸고 나는 할아버지 이와 틀니를 번갈아가며 보았다.

"할아버지 거잖아!"

그 틀니는 할아버지의 이를 완벽하게 복제한 것이었다. 잇몸마저 흉하고 역겨운 연분홍색이었다. 이는 봉을 박은 것도 있고 금이 간 것도 있었다. 귀퉁이가 잘려나가거나 닳은 것도 있었다. 앞니 한 개만 달랐는데, 그 이에는 금 치관이 씌워져 있었다. 할아버지는 그래서 이 틀니가 예술적이라고 했다.

"어떻게 이 색들을 다 똑같이 냈어?"

"제법 괜찮지? 어때……. 걸작 아니냐?"

"응." 나는 할아버지와 악수했다. 나는 그 자리에 있는 게 매우 기뻤다.

"이걸 어떻게 껴?" 내가 물었다. "맞을까?"

대개는 이를 전부 뽑고 잇몸이 아물면 그때 맨 잇몸의 본을 뜨기 때문이었다.

"새 치과 의사들 중에는 이렇게 하는 사람들이 있지. 이를 뽑기 전에 본을 떠서 의치를 만들어 잇몸이 오므라들 겨를을 주지 않고 바로 끼우는 거야."

"할아버지 이는 언제 뽑을 건데?"

"지금. 우리가 할 거야. 가서 기구 준비해."

나는 녹슨 소독기의 전원을 연결했다. 전선이 해져서 스파크가 일어났다. 할아버지가 얼른 살균기 쪽으로 왔다. "그건 안 해도……" 하는 것을 내가 가로막았다. "안 돼. 소독해야지." 할아버지는 웃었다. 그리고 위스키

병과 담뱃갑을 트레이에 놓고, 담배에 불을 붙이고, 종이컵에 잭대니얼 위스키를 가득 따르고 나서 의자에 앉았다. 나는 반사경을 조절하고, 할아버지 턱에 턱받이를 해주고, 페달을 밟아 의자를 높이고, 등받이를 뒤로 젖혔다.

"아유, 할아버지 환자들이 얼마나 내 입장이 되고 싶어할까?"

"아직 안 끓나?"

"아니." 나는 종이컵에 스톰아셉타인을 따르고 후각자극제가 든 병을 꺼냈다.

"할아버지, 그러다 기절하면 어떡해?" 내가 물었다.

"좋지 뭘. 그럼 네가 이를 뽑거라. 최대한 꽉 잡고 비틀면서 잡아당겨. 한 잔 더 다오." 나는 스톰아셉타인 컵을 내밀었다. "건방진 녀석." 나는 할아버지에게 위스키를 따라주었다.

"할아버지는 환자들한테 술 안 주면서."

"그들은 네 녀석 환자가 아니라 내 환자들이다."

"됐다, 이제 끓네." 나는 소독기의 물을 타구통에 따라 버리고 트레이에 타월을 깔았다. 다른 타월로 기구들을 집어 할아버지 가슴 위 트레이에 둥글게 펼쳐놓았다.

"그 작은 거울 좀 들고 있어." 할아버지는 그렇게 말하고 집게를 집었다.

나는 거울을 가까이 대고 있기 위해 발판을 밟고 올라가 할아버지 무릎 사이에 섰다. 이 세 개는 쉽게 뽑혔다. 나는 할아버지가 건네준 이를 벽에 있는 통에 집어던졌다. 앞니, 특히 그중 한 개는 유독 힘들었다. 할아버지는 웩웩거리며 용을 쓰다 멈추었다. 치근이 아직 잇몸에 박혀 있었다. 할아버지는 괴상한 소리를 내다가 집게를 내 손에 던져넣었다. "받아!" 나는 집게를 잡아당겼다. "가위 줘야지, 이 바보야!" 나는 할아버지

다리 사이의 철판에 앉았다. "잠깐만, 할아버지."

할아버지는 내 머리 위로 손을 뻗어 술병을 집어 들어 마신 다음 트레이에서 다른 도구를 집었다. 그러고는 거울도 보지 않고 나머지 아랫니를 모두 뽑기 시작했다. 동토의 나무뿌리가 뽑히는 것 같은 소리가 났다. 트레이에, 내가 앉아 있는 철판에, 뚝뚝 피가 떨어졌다.

할아버지가 마구 웃기 시작해서 나는 할아버지가 미친 줄 알았다. 할아버지가 내 머리 위로 엎어졌다. 나는 덜컥 겁이 나서 벌떡 일어났다. 할아버지는 내가 일어나는 힘에 뒤로 밀려 등받이에 몸을 기댔다. "뽑아!" 할아버지가 헐떡이며 말했다. 나는 무서웠다. 이를 뽑다가 할아버지가 죽으면 그건 살인일까 하는 생각이 스쳐 지나갔다.

"뽑아!" 할아버지가 뱉어낸 한 줄기 가늘고 붉은 타액이 턱으로 흘러내렸다.

나는 페달을 밟아 의자 등받이를 뒤로 더 기울였다. 할아버지는 흐느적거렸다. 뒤쪽 윗니를 좌우로 비틀며 뽑은 것도 느끼지 못한 듯했다. 할아버지는 기절했다. 할아버지 입술이 꼭 다문 회색 조개 같았다. 나는 할아버지 입을 벌리고, 아직 남은 어금니 세 개를 뽑으려고 입 한쪽에 종이 타월을 쑤셔넣었다.

이가 모두 빠졌다. 의자 높이를 낮추려고 페달을 밟으려다 잘못해서 다른 페달을 밟은 통에 의자가 빙글 돌았고, 할아버지 입에서 흐르는 피가 주위에 둥글게 흩어졌다. 나는 할아버지를 그대로 두었다. 의자는 삐걱거리는 소리를 내며 돌다 천천히 정지했다. 티백이 필요했다. 할아버지는 지혈을 위해 환자들에게 티백을 물고 있도록 했다. 할머니가 쓰던 서랍장 서랍들을 뽑아 뒤집어 쏟았다. 탤컴파우더, 기도 카드, 꽃을 보내준 사람에게 보내는 감사 카드. 티백은 가스레인지 뒤에 있는 양철통에 들어 있었다.

입안의 종이 타월은 진홍색 피로 흥건했다. 나는 그것을 바닥에 떨어 뜨리고 티백을 한 움큼 집어 할아버지 입에 욱여넣은 다음 입이 벌어지지 않게 턱을 받쳤다. 나는 악! 비명을 질렀다. 이가 하나도 없는 할아버지 얼굴이 해골 같았기 때문이다. 선명한 피로 흥건한 목에 얹힌 하얀 해골. 가두 행진 장식 리본처럼, 노랑색과 검정색의 립턴 티백에 달린 꼬리 손잡이가 달랑달랑 매달린 모양이 찻주전자가 살아 숨쉬는 것 같았다. 무서운 괴물이었다. 나는 엄마에게 전화하러 달려갔다. 돈이 없었다. 할아버지를 움직여 호주머니를 뒤질 힘도 없었다. 할아버지는 바지를 적셨다. 오줌이 바닥으로 흘렀다. 코에서는 피거품이 일다 꺼지고 일다 꺼지고를 반복했다.

전화벨이 울렸다. 엄마였다. 엄마는 울고 있었다. 일요일 저녁 식사로 맛있는 쇠고기찜을 한다며, 할머니가 하던 그대로 오이와 양파도 곁들인다고 했다. "큰일났어! 할아버지가!" 나는 그렇게 말하고 전화를 끊었다.

그러고 나서 가보니 할아버지가 티백을 모두 토해놓았다. 나는 속으로, 아, 잘됐다, 했지만 잘됐다고 생각한 내가 우스워서 피식 웃었다. 나는 티백들을 젖은 바닥에 떨어뜨려 짓이기고 타월에 물을 적셔 할아버지 얼굴을 닦았다. 그리고 후각자극제 병을 열어 할아버지 코밑에 갖다 댄 다음 나도 맡아보고는 몸서리쳤다.

"내 이!" 할아버지가 외쳤다.

"다 빠졌어!" 나는 어린아이에게 하듯이 소리쳤다. "모두 다!"

"새 거 말이다, 이 바보야!"

나는 틀니를 가지러 갔다. 나는 이제 그게 어떤 건지 안다, 이를 뽑기 전 할아버지 입안과 똑같은 것이다.

할아버지는 틀니를 받으려고 후아레스 거리의 거지처럼 손을 내밀었지만 손이 너무 심하게 떨렸다.

"내가 껴줄게. 먼저 입안 좀 헹궈내." 나는 할아버지에게 구강세정제를 주었다. 할아버지는 머리를 들지도 않고 입안을 헹궈냈다. 나는 과산화수소수를 부어 틀니를 씻은 다음 할아버지 입에 넣었다. "아아, 봐봐!" 나는 할머니의 상아 손거울을 쳐들었다.

"아아, 저 잇몸!"● 할아버지는 웃으며 말했다.

"걸작이에요, 할아버지!" 나도 웃으며 땀에 젖은 할아버지 이마에 키스했다.

"세상에 이럴 수가!" 엄마는 비명을 지르고 두 팔을 뻗으며 나한테 달려오다 바닥의 피를 밟고 미끄러져 쓰레기통 위로 넘어질 뻔하다가 통에 의지해서 균형을 잡았다.

"엄마, 할아버지 틀니 봐."

엄마는 그게 틀니인지 알아채지도 못했다. 그 차이를 알 수 없었다. 할아버지는 잭대니얼 위스키를 엄마에게 따라주었다. 엄마는 컵을 받아 산만하게 건배를 하고 마셨다.

"아버지, 미쳤어. 얘, 네 할아버지 미쳤다. 이 티백들은 다 어디서 난 거야?"

할아버지의 셔츠가 살갗에 붙어 있다 떨어지며 종이 찢어지는 소리가 났다. 나는 할아버지를 도와 가슴과 쭈글쭈글한 배를 닦아주었다. 나도 여기저기 내 몸을 닦고 엄마의 산호색 스웨터를 입었다. 8-5 택시를 기

● that 발음이 어눌하게 dad로 나온다.

다리는 동안 할아버지와 엄마는 말없이 술만 마셨다. 우리는 내가 조종하는 엘리베이터를 타고 내려갔다. 나는 엘리베이터를 복도 바닥에 제법 가까이 정지시켰다. 집에 도착했을 때 운전기사가 할아버지를 부축해서 집 앞 계단을 올라가주었다. 할아버지는 할머니 방 앞에서 멈추었지만 할머니는 잠들어 있었다.

할아버지도 침대에 올라 벨라 루고시*처럼 이를 드러내고 잠이 들었다. 이를 뽑을 때 아팠을 것이다.

"네 할아버지 썩 잘하셨더구나." 엄마가 말했다.

"엄마, 아직도 할아버지 미워하는 건 아니지?"

"무슨 소리. 당연히 미워하지." 엄마가 말했다.

● Bela Lugosi(1882~1956), 드라큘라 역으로 유명했던 미국 배우.

별과 성인

잠깐. 내가 해명할게요…….

나는 평생 이런 말을 하는 상황에 처했다. 그날 아침 그 정신과 의사와의 일도 그랬다. 그는 자기 집을 리모델링할 동안 우리 집 뒤편에 있는 별채를 빌려 지냈다. 잘생긴 데다 정말 좋은 사람 같아 보였다. 물론 나는 좋은 인상을 주고 싶었다. 그래서 브라우니를 가져다줄 수도 있었겠지만, 내가 너무 저돌적으로 덤빈다는 인상을 주고 싶지는 않았다. 어느 날 아침 동이 틀 무렵, 나는 여느 때처럼 커피를 마시며 창밖의 정원을 내다보고 있었다. 스위트피와 참제비고깔, 코스모스가 피어 있어 눈이 즐거운 계절이었다. 나는…… 에…… 기쁨으로 충만했다……. 나는 왜 이 말을 하며 주저할까? 나는 사람들이 나를 감상적인 사람이라고 생각하지 말았으면 좋겠다. 나는 좋은 인상을 주고 싶다. 아무튼 나는 행복한 기분에 젖어 새 모이를 한 움큼 집어 목제 테라스에 던지고, 구슬피 우는 산비둘기와 되새 여남은 마리가 날아와 모이 먹는 것을 보면서 흐뭇하게 앉아 있었다. 바로 그때 큰 고양이 두 마리가 순식간에 테라스에 뛰어올라 새를 잡아뜯어 깃털이 날리는 순간, 정신과 의사가 나왔다. 그는 아연실색하여 나를 보더니 "어떻게 그런 끔찍한!" 하고는 얼른 내뺐다. 그날 아침 이후 그는 아예 나를 피해 다녔다. 망상이 아니다. 그 모든 게 순식간에 일어난 일이라고, 나는 새를 잡아먹는 고양이들을 보고 흐뭇해했던 게 아니었다고, 스위트피와 되새들을 바라보며 느낀 행복감이 미처 가시지 않았을 뿐이라고 해명할 길이 없었다.

내가 기억하는 한 옛날부터 나는 좋은 첫인상을 주지 못했다. 우리가 몬태나에 살았을 때, 나는 양말과 속바지가 핀으로 연결되어 있는 줄도 모르고 모두 맨발로 다니자며 켄트 슈리브의 양말을 벗기려던 일도 있었다. 하지만 내가 정말 이야기하고 싶은 건 성요셉학교에 관한 것이다. 정신과 의사들(부디 오해하지 말았으면 한다, 내가 정신과 의사들에게 집착한다든가 하는 건 아니니까)—그들은 원색 장면과 오이디푸스 콤플렉스 형성 전 박탈이라는 것에 너무 치중하는 듯하다. 그리고 초등학교 교육이 주는 트라우마, 두뇌가 빈약하고 잔인한 아이들이 주는 트라우마는 무시하는 듯하다.

엘패소에서 내가 제일 처음 다닌 빌라스초등학교에서 일어난 일까지 자세히 언급하지는 않겠다. 그때도 두루두루 큰 오해가 있었다. 아무튼 나는 결국 3학년 두 달째에 접어들었을 때 성요셉학교 운동장에 서 있었다. 새로 전학 간 학교였다. 나는 극도로 두려웠다. 교복을 입으면 도움이 되리라고 생각했다. 하지만 나는 척추옆굽음증이라는 것, 속된 말로 곱사등이였기 때문에 등에 철제 교정기를 달고 다녔다. 그 위에 입는 흰 블라우스와 격자무늬 스커트 교복은 너무 컸다. 물론 엄마는 스커트 단만이라도 줄여줄 생각조차 하지 않았다.

이 학교에서 또 하나 큰 오해가 발생했다. 전학 가서 몇 달 뒤, 머세이디스 수녀님이 학생주임이 되었다. 머세이디스 수녀님은 비극적인 연애를 했을 게 틀림없는 상냥한 젊은 여자였다. 남자는 아마 폭격수로 전쟁터에서 죽었을 것이다. 우리가 둘씩 줄지어 지나가는데 머세이디스 수녀님이 내 곱사등을 만지면서 속삭였다. "애야, 너는 져야 할 십자가가 있구나." 머세이디스 수녀님으로서는 내가 그 무렵 광신자가 되어 있었고, 그녀가 아무것도 모르고 한 그 말에 내가 우리 구세주와의 예정된 관계를 확신하게 되리란 것을 어찌 알 수 있었으랴?

(아, 그리고 엄마들. 며칠 전 버스를 타고 가는데 한 엄마가 어린 아들을 데리고 탔다. 보아하니 직장여성 같았다. 유치원에 들러 아들을 데려가는 길이었을 것이다. 피곤한 가운데도 아들을 보고 기뻐하며 그날 있었던 일을 물어보았다. 아들은 그날의 모든 활동을 엄마에게 말해주었다. "우리 새끼 정말 특수해!" 엄마가 아들을 끌어안으며 말했다. "특수하다는 건 발달장애라는 뜻이야!" 그렇게 말하는 아들은 겁에 질려 눈에 눈물이 그렁그렁했다. 아이의 엄마는 내가 새를 보고 그러듯 마냥 흐뭇하게 웃었다.)

운동장에 있었던 그날, 나는 평생 어디에도 끼지 못하리라는 걸 알았다. 어울리기는커녕 끼지도 못하리라는 걸. 한쪽 구석에서 여자아이 둘이 굵은 밧줄을 돌리고 있었다. 뺨이 불그스레한 예쁜 여자아이들이 줄을 서 있다가 한 명씩 들어가 두 번 뛰고 나와 다시 줄 뒤로 가서 섰다. 탁, 탁, 밧줄이 돌아갔고 아무도 줄에 걸리지 않았다. 놀이터 한가운데에는 둥근 그네가 있었다. 앉는 자리가 둥근 그네는 멈추지 않고 경쾌하고 어지럽게 빙빙 돌았다. 아이들은 깔깔 웃으면서 한 번도…… 넘어지지도 않고 속도도 바꾸지 않고 그네에 뛰어올랐다가는 다시 내렸다. 내 주위에는 균형과 동시성이 있었다. 수녀도 둘, 그들의 묵주는 짤각짤각 한소리를 냈다. 얼굴이 깔끔한 수녀들은 아이들과 마주치면 둘이 동시에 고개를 끄덕였다. 잭스놀이. 공이 시멘트 바닥에 탁 하고 깔끔한 소리를 내고 튕겼다. 아이들은 공깃돌 열두 개를 던졌다. 그러고는 가는 손목을 휙 돌려 한 번에 그 돌들을 잡았다. 짝짝짝, 다른 여자아이들은 난해하고 복잡한 손뼉치기 놀이를 했다. 난쟁이 독일 사람, 짝짝짝. 나는 그들과 어울리지 못하고 어슬렁거리며 돌아다녔다. 남에게 보이지 않는 사람인 양 하는 건 좋기도 하고 나쁘기도 했다. 나는 학교 건물 옆으로 피했다. 급식실 주방에서 잡음과 웃음소리가 흘러나왔다. 나는 놀이터에서 벗어나 그곳에 숨었다. 주방에서 들려오는 다정한 잡음을 듣고 있으면 안심이 되었다. 하지만 그 안에 들어갈 수는 없었다. 그런데 그때 비명과 고함 소리가 났다. 한 수녀님이 소리쳤다. 아, 난 못 해 도저히 못 해! 그 말을 듣고 나는 안에 들어가도 괜찮다는 것을 알았다. 수녀님이 못 한다는 건 쥐덫에 걸린 죽은 생쥐를 제거하는 일이었기 때문이다. "제가 할게요." 내 말을 들은 수녀님들은 너무 반가운 나머지 내가 주방에 들어와 있다는 사실에는 아랑곳하지 않았다. 다만 한 수녀님이 "개신교인이야"라고 다른 수녀님에게 작은 소리로 말했다.

모든 건 그렇게 시작되었다. 그들은 나에게 따끈하고 맛있는 비스킷과 버터를 주었다. 물론 아침을 먹었지만 너무 맛있어서 나는 걸신들린 듯 먹어치웠다. 그때부터 매일 쥐덫에 걸린 쥐 두세 마리를 치우고 다시 쥐덫을 놓는 일을 하는 대가로 비스킷뿐 아니라 점심 식권으로 쓰이는 성크리스토퍼 메달도 받았다. 10센트짜리 동전을 메달과 교환하려고 수업 전에 줄을 설 때의 쑥스러운 상황을 피할 수 있게 되었다.

나는 등 때문에 체육시간과 휴식시간에 교실에 있어도 된다는 허락을 받았다. 힘든 시간은 아침 등교 때뿐이었다. 학교 문을 열기도 전에 버스가 도착했기 때문이다. 그러면 나는 억지로 친구를 사귀려고 우리 반 여자아이들에게 말을 걸었지만 절망적이었다. 그들은 모두 가톨릭교도들인 데다 유치원도 같이 다닌 아이들이었다. 공정하게 말해서 그들은 착하고 정상적인 아이들이었다. 나는 월반을 해서 같은 학년 애들보다 어린데다, 전쟁 전에는 외딴 탄광촌에서만 살았다. 나는 어떻게 말을 걸어야 할지 몰랐다. "벨기에령 콩고 공부 재미있었어?"라거나 "너 취미가 뭐야?"라고 하지 않고, 갑자기 비틀비틀 다가가 "우리 외삼촌은 한쪽 눈이 의안이야"라고 툭 내뱉는 것이다. "나 죽은 코디액 곰 얼굴에 구더기가 득실득실한 거 봤다!"라고도 했다. 그러면 아이들은 내 말을 묵살하거나 키득거리거나 "거짓말, 거짓말, 빤스에 불났다!"라고 외쳤다.

그렇게 해서 한동안 나는 수업이 시작되기 전에 갈 곳이 생겼다. 쓸모 있는 사람으로 인정받은 기분이 들었다. 그런데 여자아이들이 나를 보고 '개신교인'이라거나 '구호 대상자'라면서 쑥덕이는 소리가 들렸다. 그러더니 급기야 '쥐덫'이라거나 '미니 마우스'라고 부르기 시작했다. 나는 그들이 그러든 말든 개의치 않는 척했다. 그게 아니더라도 나는 주방을 좋아했으니 상관없었다. 소박한 잠옷 같은 수녀복을 입고 일하는 수녀 요리사들의 은은한 웃음소리와 속삭이는 소리가 나는 좋았다.

물론 나는 그 무렵 수녀가 되기로 마음먹고 있었다. 수녀들은 불안해 보이지 않았기 때문이다. 무엇보다 검은 수녀복과 흰 머릿수건, 백합 문장 같은 하얗고 커다란, 풀 먹인 머리장식이 마음에 들었다. 지금은 가톨릭 교회가 수녀들의 옷을 평범한 주차위반단속반 제복*처럼 바꾸었다. 분명 그래서 수녀가 되고 싶어하던 여자들을 많이 놓쳤을 것이다. 그러던 중 엄마가 내가 잘 적응하고 있는지 보려고 선생님들을 찾아왔다. 그들은 내 학교 공부가 뛰어나고 품행이 방정하다고 했다. 세실리아 수녀님은 내

---

* 당시 주차위반단속 여자 경관들의 복장은 무릎을 덮는 스커트 정장 차림에 가까웠다.

가 주방에서 얼마나 고마운 일을 해주고 있는지, 그들이 어떻게 나에게 아침을 먹이고 있는지 엄마에게 말해주었다. 반짝이는 작은 눈이 떨어져 나간 초라한 여우 목도리가 달린 낡고 초라한 외투를 입고도 고상한 체하는 우리 엄마. 엄마는 수치스러워했고 쥐에 관한 일에 분개했다. 싱크 리스토퍼 메달에 대해서는 진짜 격노했다. 왜냐하면 매일 점심값으로 받은 돈 10센트로 방과 후에 사탕을 사 먹었기 때문이다. 요 앙큼한 도둑년. 찰싹. 찰싹. 아유, 분해!

그렇게 해서 그 사건은 종결되었지만 두루두루 큰 오해가 있었다. 수녀님들은 내가 굶주린 불쌍한 부랑아라서 주방 근처를 배회하는 줄 생각한 모양이었다. 그래서 나를 불쌍히 여겨 쥐덫을 관리하는 일을 시킨 것이지 내가 정말 필요했기 때문이 아니었다. 문제는 어떻게 하면 그런 그릇된 인상을 주지 않을 수 있었을지 내가 아직도 모른다는 것이다. 비스킷을 받지 않았다면 되었을까?

내가 수업 시작 전 성당에서 많은 시간을 보내며 정말 수녀나 성인이 되기로 결심하게 된 사연이 그렇다. 예수상, 마리아상, 요셉상의 각 발치에 줄지어 있는 촛불들이 바람이 불지도 않는데 일제히 깜박이며 흔들리는 건 내가 접한 첫 번째 신비였다. 사실 그 광대한 성당은 육중한 문을 포함해서 밖으로 열린 데가 없이 꽉 닫혀 있었다. 나는 그 성상들 속에 깃든 하나님의 영이 너무 강력해서 촛불들이 고통으로 전율하며 흔들리기도 하고 '쉬익' 소리를 내기도 하는 것이라고 믿었다. 작은 촛불들이 예수님의 여위고 하얀 발에 엉겨붙은 피를 비추면 피가 방금 흐른 것 같아 보였다.

나는 처음엔 향 냄새에 취해 어지러워 성당 뒤쪽에 머물렀다. 그리고 무릎 꿇고 기도했다. 무릎을 꿇고 있으면 등 때문에 상당히 괴로웠다. 교정기가 척추를 파고들었다. 이렇게 해서 난 내가 거룩해지고 속죄받는다고 확신했지만. 너무 아파서 결국 도중에 그만두고, 수업 종소리가 울릴 때까지 그 어두운 성당 안에 그냥 앉아 있었다. 성당에는 대개 나 말고는 아무도 없었지만 목요일에는 안셀모 신부님이 고해실로 들어갔다. 할머니 몇 분, 중고등학교 여학생들, 가끔 초등학생이 오곤 했다. 그들은 제단 앞에서 무릎을 구부리며 성호를 그었고, 고해실에 들어가기 전에 한 번 더 무릎을 구부리며 성호를 그었다. 그런데 그들이 고해실에서 나와 성당을 떠나기 전에 기도하는 시간이 제각기 달라서 나는 어리둥절했다. 고해실에서 무슨 일이 벌어지는지 알 수만 있다면 무엇이든 할 수 있을 것 같았다. 얼마나 많은 시간이 흘렀는지 모르겠지만 나는 드디어 고해실에 들어갔다. 가슴이 마구 뛰었다. 내부는 내가 상상했던 것보다 더 훌륭했다. 몰약 향 연기가 자욱하고 무릎 꿇을 때 쓰는 벨벳 쿠션이 있었다. 성모 마리아상이 한없는 동정과 긍휼한 표정으로 나를 내려다보았다. 조각된 칸막이를 통해 안셀모 신부님이 보였다. 그는 평상시에도 생각에 잠겨 있는 왜소한 사람이었다. 하지만 지금 신부님은 우리 외할머니 방에 걸린 사진 속 실크해트를 쓴 사람처럼 어슴푸레하게 윤곽만 보였다. 그는 다른 사람일 수도 있다, 타이론 파워, 우리 아버지, 하나님일 수도 있다. 그의 목소리는 전혀 안셀모 신부님답지 않은 저음에 부드러운 울림이 있었다. 신부님은 나에게 어떤 기도문을 외라고 했다. 내가 그 기도문을 모르므로 신부님은 그것을 내게 불러주었고, 나는 신부님의 기분을 상하게 한 것에 대해 통탄할 만큼 미안해하며 그것을 따라 했다. 그런 다음 신부님은 내 죄가 무엇인지 물었다. 나는 거짓말을 하지 않았다. 나는 정말로 진실로 고백할 죄가 없었다. 하나도 없었다. 나는 고백할 죄가 없어서 너무 부끄러웠다, 물론 뭐라도 생각해낼 수 있을 것이다. 애야, 네 마음속을 깊이 살펴보거라……. 아무것도 안 보였다. 신부님을 기쁘게 해주고 싶은 마음이 간절했던 나는 필사적으로 하나를 지어냈다. 내 여동생을 헤어브러시로 때렸다고 했다. 네 동생을 질투하느냐? 네, 그럼요, 신부님. 질투는 죄란다, 얘야, 그 죄를 없애기 위해 기도해. 성모송 세 번 외거라. 나는 무릎 꿇고 기도하면서 고해성사가 짧았다는 것을 깨닫고 다음번에는 더 잘해야겠다고 생각했다. 하지만 다음번은 없었다. 그날 방과 후 세실리아 수녀님이 나를 붙들어놓았다. 그 상황이 더 유감스러웠던 건 수녀님이 매우 친절하다는 점이었다. 수녀님은 내가 얼마나 가톨릭의 성사聖事와 성체聖體를 체험하고 싶어하는지 알고 있었다. 성체, 맞아요! 하지만 나는 개신교인인 데다 세례도 견진성사도 받지 않았다. 그렇지만 착하고 온순한 학생이기 때문에 이 학교에 다니도록 허락을 받았으며, 그래서 수녀님은, 기쁘지만 내가 교회 의식에 참여할 수 없다고 했다. 다른 아이들과 운동장에 있어야 하는 것이다.

나는 두려운 생각이 들어 성인聖人 카드 네 장을 꺼냈다. 학생들은 읽기나 산수에서 만점을 받을 때마다 별 한 개를 받았다. 그리고 금요일마다 그 주에 가장 많은 별을 받은 학생은 성인 카드를 받았다. 야구 카드와 비슷하지만 성인의 후광에는 야구 카드에는 없는 반짝이가 붙어 있었다. 성인 카드는 가지고 있어도 돼요? 나는 괴로운 심정으로 물었다.

"물론 가져도 돼. 그리고 난 네가 앞으로도 더 많은 카드를 받길 바란단다." 수녀님은 나를 보고 빙긋 웃고는 호의를 하나 더 베풀었다. "주님의 인도하심을 구하는 기도는 해도 돼. 우리 함께 성모송을 외자." 나는 눈을 감고 성모님께 열렬히 기도드렸다. 그 후로 성모님을 생각하면 늘 세실리아 수녀님의 얼굴이 떠올랐다.

멀리서든 가까이서든 거리에서 사이렌 소리가 들려올 때면 세실리아 수녀님은 우리에게 하던 일을 멈추고 책상에 머리를 대고 성모송을 외도록 했다. 나는 아직도 그런다. 다시 말해서, 성모송을 왼다. 그런데 사실은 나무 책상에 머리를 갖다 대기도 하는데, 그건 나무 소리를 듣기 위해서다. 정말 소리가 난다. 아직 살아 있는 나무인 것처럼, 바람에 나뭇가지가 흔들리는 듯이. 당시에는 많은 것이 나를 고민에 빠뜨렸다. 즉 성당 안의 촛불들에게 생기를 불어넣는 것은 무엇이며 책상에서 나는 소리는 어디서 오는 것인가 등등. 하나님이 만든 세상 모든 것에, 심지어 목소리가 있는 책상에도 영혼이 있다면 틀림없이 천국이 있을 것이다 .그런데 난 개신교인이라 천국에 갈 수 없을 것이다. 그러면 림보에 가야 할 텐데 림보에 가느니 지옥에 가겠다. 품위라고는 전혀 없는 곳, 림보는 덤보나 멈보점보처럼 정말이지 흉한 단어다.*

내가 가톨릭교도가 되고 싶다고 하자 엄마와 외할아버지는 경기를 일으켰다. 외할아버지는 나를 빌라스초등학교로 돌려보냈으면 했지만 엄마는 그건 안 된다고 했다. 온통 멕시코인과 불량한 아이들 천지라는 것이었다. 내가 성요셉학교에도 멕시코인이 많다고 하니까 엄마는 그 아이들은 좋은 가정의 아이들이라고 했다. 우리 집은 좋은 가정이었을까? 나는 알 수 없었다. 나는 아직도 남의 집 거실 창문으로 가족이 모여 앉아 있는 모습을 보면 그들이 무엇을 하는지, 서로 어떤 식으로 대화하는지 궁금하다.

어느 날 오후 세실리아 수녀님이 다른 수녀님 한 분과 우리 집을 방문했다. 나는 그들이 왜 왔는지 지금도 모른다. 그들은 왜 왔는지 말할 기회

---

* '림보'는 가톨릭 교리에서 세례를 받지 못하고 죽은 사람들이 천국에 들어가지 못하고 머무는 곳, '덤보'는 '바보', '멈보점보'는 '무의미한 말', '미신 숭배물'을 뜻한다.

조차 찾지 못했다. 모든 게 엉망이었다. 엄마도 울고 외할머니도 울고 있는데, 외할아버지는 술에 취해 엄마와 외할머니에게 추녀라고 소리치며 달려들었다. 다음 날 나는 세실리아 수녀님이 화가 나서 휴식 시간에 나에게 상냥한 말도 하지 않고 교실을 나갈까 봐 두려웠다. 하지만 수녀님은 나가기 전에 내가 좋아할 거라며 『베치의 이해Understood Betsy』*라는 책을 주었다. 이것은 내가 처음으로 읽은 책다운 책이었고, 내가 처음으로 반한 책이기도 하다.

　세실리아 수녀님은 수업 시간에는 내 학업을 칭찬했고, 내가 별을 받거나 금요일에 성인 카드를 받을 때도 반 아이들 앞에서 나를 칭찬했다. 나는 수녀님을 기쁘게 해주려고 최선을 다했다. 숙제를 하든 시험을 보든 제일 위에다 필기체로 공들여 A. M. D. G.**라고 써서 냈고, 칠판 지우는 일도 다른 누가 하기 전에 내가 달려들어 도맡아 했다. 기도를 해도 내가 제일 크게 했고, 질문에 손을 들어도 내 손이 제일 먼저 올라갔다. 세실리아 수녀님은 계속 내게 책을 주었고, 한번은 '우리가 죽을 때도 지금과 같이 우리 죄인을 위하여 기도하소서'라는 글귀가 적힌 종이 책갈피를 주었다. 나는 학교 식당에서 멀리사 반스에게 그것을 보여주었다. 세실리아 수녀님이 나를 좋아하니까 우리 반 여자애들도 나를 좋아하기 시작하리라는 바보 같은 생각을 했던 것이다. 이제 아이들은 나를 놀리다 못해 미워하기까지 했다. 수업 시간에 수녀님 질문에 일어나 대답할 때는 아이들이 강아지, 강아지, 강아지 하며 쑥덕거렸다. 세실리아 수녀님은 돈을 걸고 점심 메달을 나눠주는 일을 나한테 시켰는데, 여자애들은 메달

● 미국 아동문학가 도로시 캔필드 피셔(1879~1958)의 1916년작 어린이 소설.
●●Ad Majorem Dei Gloriam의 약자로 '하나님의 더 큰 영광을 위하여'를 뜻한다.

을 건네받을 때 "강아지"라고 쑥덕였다.

그러던 어느 날 엄마가 나한테 날벼락을 쳤다. 아빠가 엄마보다 나한테 더 자주 편지를 쓴다는 것이 그 이유였다. 내가 아빠한테 더 자주 편지를 보내니까 그렇지. 아니, 넌 네 아빠 강아지니까. 광장에서 버스를 놓쳐서 집에 늦게 간 어느 날이었다. 엄마가 푸른 항공우편 편지를 한 손에 들고 문 앞 계단 꼭대기에 서 있었다. 내가 그걸 보고 계단을 달려 올라가는 동안 엄마는 다른 손에 든 부엌용 성냥을 손톱에 그어 점화해서 편지에 불을 붙였다. 나는 그럴 때마다 겁에 질렸다. 내가 어렸을 때는 성냥을 보지 못하고 엄마 엄지손가락에서 불꽃이 나와 담배에 불을 붙이는 줄 알았다.

나는 더 이상 말을 하지 않았다. 이제부터 더 이상 말하지 않을 거야, 하고 선언한 건 아니다. 그냥 점차 말을 하지 않게 되었다. 사이렌 소리가 지나갈 때면 책상에 머리를 대고 혼잣말로 기도문을 외었다. 수업 시간에 세실리아 수녀님이 나를 호명하면 나는 고개를 젓고 도로 자리에 앉았다. 성인 카드도 더는 받지 못했다. 그러기엔 너무 늦었다. 이제 아이들은 나를 바보라고 불렀다. 체육 시간이 되어 아이들이 전부 나갔을 때 세실리아 수녀님이 뒤에 남았다. "얘야, 왜 그러니? 뭔지 내가 도와줄까? 말 좀 해봐." 나는 입을 꼭 다물고 수녀님을 쳐다보지도 않았다. 그러자 수녀님은 가버렸고 나는 덥고 어둑한 교실에 그대로 앉아 있었다. 얼마 후 수녀님이 돌아와 『블랙 뷰티』를 내 책상에 놓았다. "이거 훌륭한 책이란다, 많이 슬프기는 하지만. 말해봐, 너 무슨 슬픈 일 있어?"

나는 그 책을 두고 수녀님에게서 달아나 외투 보관실로 들어갔다. 텍사스는 덥기 때문에 외투는 물론 없고 먼지투성이 교과서가 든 상자들이 있었다. 부활절 장식물. 크리스마스 장식물. 세실리아 수녀님이 그 작은 방에 따라 들어왔다. 나를 돌려세우고 무릎을 꿇게 하고는 "기도하자"라고 말했다.

은총이 가득하신 마리아님, 기뻐하소서! 주님께서 함께 계시니 여인 중에 복되시며 태중의 아들 예수님 또한 복되시나이다……. 수녀님 눈에 눈물이 글썽글썽했다. 그 눈에 어린 동정심을 나는 견딜 수 없었다. 나를 잡고 있는 수녀님의 손에서 벗어나려 몸을 비틀다 잘못해서 수녀님을 쳐서 넘어뜨렸다. 수녀님의 머릿수건이 외투 걸쇠에 걸려 벗겨졌다. 아이들이 말하는 것처럼 빡빡 깎은 머리는 아니었다. 수녀님은 비명을 지르고 방에서 뛰쳐나갔다.

그날 나는 수녀님을 때렸다는 이유로 성요셉학교에서 퇴학을 당하고 집에 보내졌다. 세실리아 수녀님이 어떻게 내가 때렸다는 생각을 할 수 있었는지 나는 모르겠다. 전혀 그런 상황이 아니었는데.

청소부 매뉴얼

42—피드몬트. 잭런던광장행 완행버스. 청소부들과 할머니들. 나는 한 눈먼 할머니 옆에 앉았다. 할머니는 점자책을 읽고 있었다. 손가락이 소리 없이 한 줄 한 줄 천천히 미끄러지듯 움직였다. 할머니 어깨 너머로 그 것을 보고 있자니 나는 마음이 차분해졌다. 할머니는 29가에서 내렸다. 이곳 표지판 '국영 맹인 제작물'에서 '맹인'을 제외한 모든 글자가 떨어 져나가 없었다.

사실 29가는 내가 내려야 하는 곳이기도 한데, 오늘은 제슬 부인에게 받은 수표를 현금으로 바꾸기 위해 멀리 시내까지 가야 한다. 한 번만 더 급여를 수표로 주면 그만둘 생각이다. 더욱이 제슬 부인은 차비도 주지 않는다. 지난주에는 내 돈으로 버스비를 내고 멀리 시내 은행까지 가서야 제슬 부인이 깜박하고 수표에 서명을 안 한 것을 알았다.

제슬 부인은 무엇이나 다 깜박한다. 자신의 병까지도. 나는 청소할 때 제슬 부인의 병을 쓸어모아 책상 위에 놓아둔다. 벽난로 선반 위 종이에 는 '오전 10시. 멀미'. 그릇 건조대에는 '설사'. 부엌 가스레인지에는 '현 기증 나는 건망증'. 제슬 부인은 대개 페노바르비탈을 먹었는지 어쨌는지 깜박한다. 자기가 그 약을 먹었는지, 루비 반지는 어디 있는지 등을 물어

보려고 나한테 두 번이나 전화한 것도 깜박한다.

제슬 부인은 방에서 방으로 나를 졸졸 따라다니며 계속 같은 말을 반복한다. 나도 제슬 부인처럼 미쳐가고 있다. 그만둬야겠다고 입버릇처럼 말하지만 제슬 부인이 안쓰럽다. 나 말고는 말 상대할 사람이 없다. 변호사인 남편은 골프를 즐기고 정부情婦가 있다. 나는 제슬 부인이 이 사실을 모르거나 기억하지 못한다고 생각한다. 청소부는 모르는 게 없다.

청소부들은 사실 물건을 훔친다. 하지만 우리를 고용하는 사람들이 그렇게 염려할 것들은 아니다. 결국 우리를 돌게 만드는 건 과잉 반응이다. 우리는 작은 재떨이에 놓아둔 잔돈 따위는 탐내지 않는다.

어디선가 어느 브리지 모임에서 어떤 여자가 청소부의 정직성을 시험하려면 장미꽃 장식 재떨이에 잔돈을 담아 여기저기 놓아두면 된다는 소문을 퍼뜨렸을 것이다. 그러면 나는 오히려 1센트짜리 동전 몇 개뿐 아니라 10센트짜리 동전도 하나 보탠다.

나는 일을 시작할 때 먼저 시계나 반지, 야회용 금색 라메 핸드백이 어디에 있는지 파악한다. 나중에 그들이 벌건 얼굴로 헐떡이며 집에 돌아오면 나는 그냥 차분하게 '베개 밑, 아보카도색 변기 뒤' 하는 식으로 말해준다. 내가 실제로 훔치는 건 수면제뿐이다. 만일의 경우에 대비해 모아두는 것이다.

오늘 나는 스파이스아일랜드사社의 참깨 한 통을 훔쳤다. 제슬 부인은 요리를 거의 하지 않는다. 어쩌다 하면 참깨 치킨을 만든다. 조리법은 양념 찬장 안에 붙어 있다. 같은 조리법이 우표와 끈을 넣어두는 서랍 안에도 한 장 있고 주소록에도 한 장 끼여 있다. 닭과 간장, 셰리를 주문할 때마다 참깨도 한 통 주문한다. 그렇게 해서 쌓인 참깨가 열다섯 통이다. 이제 열네 통이 되었지만.

나는 연석에 앉아 버스를 기다렸다. 흰 유니폼을 입은 흑인 청소부 셋이 내 옆에 서 있었다. 그들은 오래된 친구들로 컨트리클럽 거리에 있는 주택가에서 일한다. 우리는 처음엔 화를 냈다……. 버스가 2분 빨리 지나가서 못 탔기 때문이다. 염병할 버스 운전사. 이 시간엔 항상 우리 청소부들이 타는 줄 알면서. 42―피드몬트 버스를 놓치면 한 시간이나 더 기다려야 하는 줄 알면서.

나는 그들이 서로 전리품을 비교하는 동안 담배를 피웠다. 그들이 훔친 것들―매니큐어, 향수, 두루마리 휴지. 그들이 받은 것들―짝 없는 귀걸이, 옷걸이 20개, 찢어진 브래지어.

(청소부를 위한 조언: 마님이 주는 건 무엇이든 받고 고맙다고 말한다. 나중에 버스에서 좌석 틈에다 버리고 내리면 된다.)

나도 대화에 끼려고 참깨 통을 보여주었다. 그들은 크게 웃었다. "아유, 참깨라니?" 그들은 나에게 어떻게 그렇게 오랫동안 제슬 부인 집에서 일할 수 있느냐고 했다. 대부분은 끽해야 세 번을 넘기지 못하고 그만두었기 때문이다. 그들은 제슬 부인의 구두가 140켤레라는 게 사실인지 물었다. 그래요, 하지만 문제는 대부분 똑같은 구두라는 것이죠.

우리는 즐겁게 시간을 보냈다. 우리를 고용한 부인들 이야기를 하며 웃었지만 서러운 마음이 없지 않았다.

대부분의 나이 든 청소부들은 나를 잘 받아들이지 않았다. 나는 '많이 배운' 여자라서 청소부 일을 찾기도 쉽지 않았다. 당장 다른 일을 찾을 수 없다는 건 확실하다. 나는 곧바로 알코올중독자인 남편이 자식을 넷이나 남기고 죽었다는 말을 해야 한다는 것을 알게 되었다. 나는 아이들을 키우느라 직장을 가져본 적이 없다.

43―새터크―버클리. '침투 광고'라는 표지판이 붙은 벤치들은 매일

아침 젖어 있다. 어떤 남자에게 담뱃불을 빌려달라고 하자 성냥갑을 통째로 주었다. '자살 예방.' 성냥 긋는 줄이 뒤에 붙은 멍청한 성냥갑이었다. 안전제일인 것이다.

길 건너 '순백 세탁소' 주인 여자가 가게 앞을 쓸고 있었다. 양쪽 보도에 쓰레기와 낙엽이 뒹굴었다. 오클랜드. 때는 바야흐로 가을이다.

그날 오후 늦게 호르위츠 씨 집에서 청소 일을 하고 돌아올 때 '순백 세탁소' 앞 보도는 낙엽과 쓰레기로 다시 너저분했다. 거기에 환승표를 버렸다. 나는 버스에서 내릴 때 언제나 환승표를 받는다. 어떤 때는 그걸 남에게 주지만 대개는 내가 그냥 가지고 있다.

테리는 내가 항상 뭐든 버리지 않는다고 걸핏하면 놀려댔다.

"저 말이야, 매기 메이, 이 세상에서 당신이 붙들고 있을 수 있는 건 아무것도 없어. 아마도 나 말고는."

어느 날 밤 텔레그래프 거리에 있는 방에서 테리가 쿠어스병을 내 손에 쥐여주는 것을 느끼며 잠을 깼다. 그는 나를 내려다보며 웃고 있었다. 테리는 네브래스카 출신의 젊은 카우보이였다. 그는 외국 영화라면 아예 볼 생각도 하지 않았다. 나는 그게 자막을 빨리 읽지 못하기 때문이란 걸 이제야 깨달았다.

테리는 어쩌다가 책을 읽기라도 하면 한 장씩 찢어서 버렸다. 내가 집에 와보면 창문은 항상 열려 있거나 깨져 있었고, 방 안에는 찢긴 책장들이 세이프웨이 슈퍼마켓 주차장의 비둘기들처럼 바람에 이리저리 쓸리곤 했다.

33―버클리 급행. 33번 버스가 길을 잘못 들었다! 시어스 백화점에서 방향을 꺾어 고속도로로 진입해야 하는데 그냥 지나쳐버렸다. 승객들이 벨을 눌러댔다. 얼굴이 붉어진 운전사는 차를 돌리기 위해 27가에서 좌

회전했다. 그 길은 막다른 길이었다. 주민들이 집 안에서 창밖으로 버스를 구경했다. 길가에 차들이 주차된 좁은 길이었다. 남자 승객 넷이 밖으로 나가 버스가 후진하는 것을 도왔다. 그렇게 겨우 고속도로에 진입한 버스는 시속 80마일로 냅다 달렸다. 무시무시했다. 승객들은 이 사건을 재미있어하며 모두 함께 떠들었다.

오늘은 린다네 집.

(청소부를 위한 조언: 원칙적으로 친구들 집안일은 절대로 하지 말 것. 조만간 우리는 그들에 대해 너무 속속들이 알게 되고, 그러면 그들은 우리를 불쾌하게 생각한다. 또는 그들을 너무 속속들이 알고 나면 반대로 우리가 그들을 불쾌하게 생각할 수도 있다.)

하지만 린다와 밥은 좋은 옛날 친구다. 그들이 집에 없어도 그들의 온기가 느껴진다. 정액과 블루베리잼이 묻은 침대 시트. 경마 조견표와 담배꽁초가 있는 화장실. 밥이 린다에게 보라고 써놓은 메모: "담배 사와, 자기가 차 가져가서……. 이거 해. 저거 해." 앤드리아가 제 엄마에게 사랑한다며 그린 그림들. 피자 가장자리 조각. 나는 그들의 코카인 흡입용 거울을 유리 세제로 닦는다.

우선 그들의 집은 내가 일하는 곳 중 유일하게 깨끗하지 않은 곳이다. 사실 불결하다. 매주 수요일, 나는 시시포스처럼 계단을 올라 그들의 거실로 들어간다. 항상 이사하는 중인 집처럼 어수선하다.

그 집 청소로는 돈도 별로 벌지 못한다. 그들에게는 청소비를 시간당 받지 않고, 교통비도 받지 않는다. 점심도 당연히 없다. 난 정말 열심히 일하는데. 하지만 빈둥거리다가 아주 늦게까지 일한다. 담배를 피우며 《뉴욕 타임스》나 도색잡지, 『테라스 지붕 짓는 법』 같은 책을 읽는데, 대개는 창문을 통해 내가 살던 옆집을 물끄러미 내다본다. 러셀가街 2129½

번지. 나는 테리가 사격 과녁으로 쓰던 딱딱한 배가 열리는 나무를 바라본다. 목재 울타리에 박힌 비비탄들이 반짝인다. 밤이면 우리의 침대를 비추던 '베킨스' 간판. 나는 테리를 그리워하며 담배를 피운다.

40 ─ 텔레그래프. 밀헤이븐 요양원. 휠체어를 탄 할머니 네 분이 아련한 얼굴로 물끄러미 거리를 바라보고 있다. 그들 등 뒤의 간호사실에서는 한 예쁜 흑인 간호사가 〈난 보안관을 쐈다 I Shot the Sheriff〉에 맞춰 춤을 춘다. 음악 소리는 내가 듣기에도 컸지만 그 할머니들은 전혀 듣지 못한다. 그 아래쪽 길가에 서 있는 표지판이 조야하다. '종양 연구소 1:30'.

버스가 늦는다. 차들이 휙휙 지나간다. 차를 타고 지나가는 부자들은 거리에 있는 사람들을 절대로 보지 않는다. 가난한 사람들은 차를 타고 지나다니면서 늘 거리에 있는 사람들을 본다……. 사실 그들은 그냥 차를 타고 돌아다니며 거리에 있는 사람들이나 보는 것 같다. 가난한 사람들은 많이 기다린다. 사회보장연금 수령, 실직수당 신청, 빨래방, 공중전화, 응급실, 감옥, 기타 등등.

40번 버스를 기다리는 동안 우리는 '밀과 애디 빨래방' 창문을 들여다보았다. 밀은 조지아주의 어느 공장*에서 태어났다. 그는 세탁기 다섯 대 위에 길게 누워 그 위에 커다란 티브이를 설치하고 있었다. 애디**는 그 벽이 티브이 무게를 지탱하지 못하리라는 것을 우스꽝스러운 팬터마임으로 우리에게 보여주었다. 행인들도 지나가다 말고 우리와 함께 밀의 설치 작업을 구경했다. 우리 모두 티브이 화면에 반사되었다. 마치 티브이에서 '거리의 사람들'이라는 쇼를 하는 듯이.

● 여기서 '공장'이라는 뜻의 mill과 사람 이름 Mill의 철자가 똑같다.
●● Addie. 여자 이름이다.

이 길 아래쪽에 푸셰Fouché 장의사*에서 어떤 흑인의 큰 장례 행렬이 있다. 나는 예전에 그 네온사인이 '투셰'**인 줄 알았다. 그래서 그걸 볼 때마다 복면을 쓴 죽음의 펜싱 검 끝에 가슴이 찔리는 상상을 하곤 했다.

제슬, 번스, 매킨타이어, 호르위츠, 블룸. 이들의 집에서 일하며 모은 수면제가 이제 서른 알이다. 이들은 모두 헬스 에인절*** 단원이라면 마약 소지 혐의로 교도소에서 20년은 살 수 있을 만큼의 각성제나 진정제를 가지고 있다.

18―파크―몽클레어. 오클랜드 시내. 한 술 취한 인디언이 이제는 내 얼굴을 익히고 항상 이렇게 말한다. "그대여, 인생이란 그런 거라오."

파크 대로, 군 보안관의 파란색 버스. 창문은 모두 나무판자로 막아놓았다. 안에는 공소사실 심리를 받으러 가는 죄수 20여 명이 타고 있다. 주황색 점프수트 차림에 체인으로 연결된 죄수들이 버스를 타고 가는 모습이 왠지 조정 선수들 같다. 사실 동지애 때문일 것이다. 버스 안은 어둡다. 유리창에 신호등이 비친다. 노란 '대기 대기'. 빨간 '정지 정지'.

부유한 동네, 안개 낀 몽클레어 언덕으로 한 시간 동안 꾸벅꾸벅 졸며 가는 먼 길. 가정부들만 탄 버스. 시온 루터교 교회 밑에 '낙석주의'라는 커다란 흑백 표지판이 있다. 그걸 볼 때마다 난 크게 웃는다. 다른 가정부들과 운전사가 고개 돌려 나를 빤히 바라본다. 이제는 하나의 의식이 되

---

* 캘리포니아주 오클랜드시의 푸셰 장의사는 1914년에 설립되었고, 1966년에 텔리그래프 애비뉴로 이전했으며, 지금도 그 자리에 있다.

** touché. 원래 펜싱에서 상대방에게 졌음을 인정하는 용어로, 논쟁에서 상대방의 유효한 지적에 "내가 졌다!"고 인정하는 말로 쓰인다.

*** 미국 법무부가 조직범죄단으로 규정하는 조직이다. 1948년에 창단되었으며 마약 거래와 절도를 일삼고 주로 할리 데이비슨을 탄다.

었다. 가톨릭 성당 앞을 지나가면 반사적으로 성호를 긋던 때도 있었다. 그런 습관을 버린 건 어쩌면 그럴 때마다 사람들이 나를 빤히 보기 때문인지 모른다. 사이렌 소리가 들릴 때마다 나는 반사적으로 조용히 성모송을 왼다. 정말 성가신 일이다. 내가 사는 오클랜드 필힐에는 병원이 셋이나 있기 때문이다.

몽클레어 언덕 기슭에서는 토요타 승용차들이 가정부들이 탄 버스가 도착하기를 기다린다. 나는 언제나 메이미와 함께 메이미의 사모님이 운전하는 차를 타고 스네이크로路를 따라 언덕을 올라간다. "이런, 메이미, 자네는 그 허연 가발을 쓰고, 나는 그림 그릴 때 입는 이 볼품없는 작업복을 입고, 참 보기도 좋아." 메이미와 나는 담배를 피운다.

여자들은 청소부나 고양이에게 말할 때는 항상 목소리가 두 옥타브 정도 높다.

(청소부를 위한 조언: 고양이는…… 고양이와는 절대로 친해지지 말 것. 대걸레나 행주를 갖고 장난치게 내버려두지 말 것. 사모님들이 시기할 것이다. 하지만 고양이를 절대로 의자에서 내쫓지 말 것. 그렇지만 강아지와는 반드시 친해질 것. 집에 들어가면 먼저 한 5분이나 10분 동안 강아지―체로키, 스마일리―를 쓰다듬어줄 것. 변기 뚜껑 닫는 것을 잊지 말 것. 늘어진 턱을 타고 흘러내린 털투성이 침.)

블룸 씨 집. 내가 일하러 가는 곳 중 가장 묘한 집이자 유일하게 아름다운 집이다. 그들 부부는 둘 다 정신과 의사다. 그들은 '취학 전 어린이' 둘을 입양한 결혼 상담의다.

('취학 전 어린이'가 있는 집은 절대 사양할 것. 갓난아기들은 괜찮다. 몇 시간이고 바라보고 안아주고 할 수 있다. 그러나 조금 더 큰 아이들은…… 악악 소리를 지르고, 우유에 젖은 치리오스 시리얼을 여기저기 홀

려서 말라붙어 있고, 양말 달린 스누피 파자마를 입은 채 대소변을 지리고, 그게 발바닥에 묻어 굳는 줄도 모르고 돌아다닌다.)

(또한 절대로 정신과 의사 집의 집안일은 하지 말 것. 했다가는 미쳐버릴 것이다. 그들에게 솔직한 충고를 해줄 수도 있겠지만…… 키높이 구두라뇨?)

남편인 블룸 의사 선생님은 또 아파서 집에 있다. 천식이 도졌단다, 나원 참. 그는 실내가운 차림으로 우두커니 서 있다. 슬리퍼 신은 발로 털 많고 희멀건 다른 쪽 다리를 긁는다.

워호호, 미시즈 로빈슨.* 그는 2천 달러도 넘는 전축을 가지고 있는데 레코드판은 다섯 장밖에 없다. 사이먼 앤드 가펑클, 조니 미첼, 비틀스 앨범 세 장.

그는 부엌 입구에 서서 이제 다른 쪽 다리를 긁고 있다. 나는 소용돌이 모양의 관능적인 미스터클린 대걸레를 문지르며 그에게서 멀리 아침 식탁이 있는 구석 쪽으로 갔다. 그러는 동안 그는 나더러 왜 이런 일을 하게 되었냐고 묻는다.

"죄의식 아니면 분노 때문이라고 저는 생각해요." 나는 느릿하게 말한다.

"바닥이 마르면 들어가 차 좀 타도 되겠소?"

"아이 참, 그냥 가서 앉아 계세요. 제가 타 드릴게요. 설탕 넣을까요, 꿀을 넣을까요?"

"꿀. 너무 수고스럽지 않다면. 그리고 레몬도……."

"가서 앉아 계세요." 나는 차를 타서 가져다준다.

● 사이먼 앤드 가펑클의 1968년 노래 〈Mrs. Robinson〉의 가사.

한번은 검정색 시퀸 블라우스를 가지고 가서 네 살 먹은 나타샤에게 보여준 적이 있다. 달라 보이게 꾸밀 때 입는 것이다. 블룸 선생님 사모님은 막 화를 내며 그건 성차별주의적인 옷이라고 투덜거렸다. 나는 잠시 내가 나타샤를 꾄다고 나를 비난하는 줄 알았다. 사모님은 블라우스를 집어 쓰레기통에 던졌다. 나는 나중에 그것을 회수했다. 요즘도 달라 보이게 꾸밀 때 가끔 그 옷을 입는다.

(청소부를 위한 조언: 앞으로 해방된 여성을 많이 볼 것이다. 첫 번째 단계는 여성의식 함양 모임, 두 번째 단계는 청소부, 세 번째 단계는 이혼이다.)

블룸 씨 집에는 알약이 많다. 과다하다 할 정도다. 여자는 각성제를, 남자는 진정제를 가지고 있다. 남자 블룸 의사 선생님은 벨라도나* 알약을 가지고 있다. 이 약이 뭐에 쓰는 건지 모르겠지만 내 이름이 벨라도나였으면 좋겠다.

어느 날 아침 나는 그가 아침 식탁에서 아내에게 하는 말을 들었다. "오늘 무언가 즉흥적인 걸 할까? 애들 데리고 연을 날리러 가는 거야!"

나는 그를 가엾게 생각했다. 마음 한구석에는 《새터데이 이브닝 포스트》 뒷면 광고의 가정부처럼 뛰어들고 싶었다. 나는 연을 잘 만든다며, 틸던 공원에서 연날리기 좋은 곳을 안다며, 몽클레어 언덕에는 바람이 없다며. 나는 그런 생각을 하면서 진공청소기를 돌렸고, 블룸 부인이 남편에게 어떻게 대답했는지는 듣지 못했다. 밖에는 비가 퍼붓고 있었다.

아이들 놀이방은 난장판이었다. 나는 나타샤에게 토드와 둘이서 그 모든 장난감을 한꺼번에 가지고 노느냐고 물었다. 나타샤는 월요일은 내가

● 천식 관련 기관지경련에 먹는 진정제.

오는 날이기 때문에 아침에 일어나면 토드와 함께 장난감들을 모두 쏟아 놓는다고 했다. 나는 나타샤에게 토드를 데려오라고 했다.

두 아이에게 열심히 장난감을 치우게 하고 있는데 여자 블룸 의사 선생님이 방에 들어왔다. 그녀는 간섭하지 말라며 내게 잔소리를 했다. 자기가 얼마나 '아이들에게 죄책감이나 의무감을 갖게 하는' 일을 싫어하는지 아느냐면서. 나는 부루퉁해서 잠자코 듣기만 했다. 그녀는 말을 다 마치고 문득 생각난 듯 냉장고 성에를 제거한 다음 암모니아와 바닐라에센스로 닦으라고 덧붙였다.

암모니아와 바닐라에센스? 그 후로 나는 더 이상 그녀를 미워하지 않았다. 참 단순하다. 실로 그녀는 집다운 편안한 집을 원한다는 것을, 자식들에게 죄책감이나 의무감을 안겨주는 것은 원하지 않는다는 것을 알 수 있었다. 그날 나중에 우유를 마실 때 입안에서 암모니아와 바닐라에센스 맛이 났다.

40—텔레그래프—버클리. 밀과 애디 빨래방. 빨래방에 애디 혼자 있다. 커다란 판유리창을 닦고 있다. 그 뒤에 있는 세탁기 위에 비닐봉지에 든 커다란 생선 대가리가 있다. 나른하고 무감각한 눈. 그들의 친구 워커 씨가 수프를 끓여 먹으라고 생선 대가리를 가져다준다. 애디는 흰 걸레로 부산스럽게 커다란 원을 그리며 유리창을 닦는다. 길 건너 세인트 루크 탁아소 앞에서 한 사내아이가 자기에게 손을 흔드는 줄 생각하고 똑같이 둥글게 손을 흔들어 답한다. 애디는 동작을 멈추고 빙긋 웃고는 이번에는 정말로 손을 흔든다. 내가 탈 버스가 온다. 텔레그래프 길을 따라 버클리로 가는 버스다. '마술봉 미용실.' 유리창 안에 알루미늄 포일로 만든 별이 있는데 파리채와 연결되어 있다. 그 옆에는 기도하는 두 손과 다리 한 개가 진열되어 있는 의수족보조기 상점이 있다.

테리는 버스 타기를 거부했다. 정류장에 앉아 있는 사람들은 그를 우울하게 만들었다. 그렇지만 그레이하운드 정류장은 좋아했다. 우리는 샌프란시스코나 오클랜드의 그레이하운드 정류장에 가곤 했다. 주로 오클랜드, 샌 파블로 대로에 있는 곳에 갔다. 언젠가 그는 내가 샌 파블로 대로 같아서 나를 사랑한다고 했다.

테리는 버클리 폐기장 같았다. 폐기장 가는 버스가 있으면 좋겠다. 우리는 뉴멕시코가 그리울 때 그곳에 갔었다. 삭막하고 바람이 많이 부는 곳, 갈매기들은 사막의 쏙독새처럼 높이 날아오른다. 그곳에선 머리 위로, 사방으로 탁 트인 하늘을 볼 수 있다. 쓰레기 트럭들은 천둥 소리와 함께 먼지 소용돌이를 일으키며 지나다닌다. 회색 공룡들.

난 네가 죽는 걸 감당할 수 없어 테리. 하지만 너도 그건 알지.

마치 네가 공항에서 앨버커키로 가는 비행기 탑승교에 들어가기 직전 같아.

"에이, 젠장. 못 가겠다. 거기 가는 차를 못 찾을 거야."

"내가 없으면 너는 뭐 하니, 매기?" 너는 저번에 런던에 가기 전에 이 말을 몇 번이나 했지.

"마크라메 레이스 만들 거야, 등신아."

"내가 없으면 너는 뭐 하니, 매기?"

"넌 정말로 네가 나한테 그렇게 꼭 필요하다고 생각하니?"

"응." 너는 그렇게 말했지. 네브래스카 출신다운 단순한 말.

내 친구들은 나더러 연민과 후회의 진창 속에서 뒹군다고 한다. 더 이상 교제도 하지 않는다면서. 나는 웃을 때 나도 모르게 손으로 입을 가린다.

나는 수면제를 모은다. 언젠가 우리는 협정을 맺었다……. 1976년이 되어도 사정이 좋지 않으면 마리나* 끝에서 총으로 결투하기로. 너는 나를 신뢰하지 않았어, 너는 내가 너를 먼저 쏘고 달아난다든가 내가 나를 먼저 쏜다든가 뭐라든가 했지. 난 이제 흥정하는 게 피곤해, 테리.

58―대학교―앨러미더. 오클랜드시의 노부인들은 버클리의 힝크 백화점에서 쇼핑한다. 버클리시의 노부인들은 오클랜드시의 캡웰 백화점으로 간다. 이 버스를 탄 사람들은 운전사를 포함해서 젊은 흑인 아니면 늙은 백인이다. 늙은 백인 운전사들은 야비하고 신경질적이다. 오클랜드공업고등학교 주위에서는 특히 그렇다. 그들은 담배연기**와 라디오 소리에 대해 불평하며 버스를 운전하다 거칠게 세운다. 갑자기 급출발하거나 급브레이크를 밟아 백인 노부인들을 쇠기둥에 부딪히게 만든다. 노부인들의 팔은 금방 멍든다.

젊은 흑인 운전사들은 빨리 달린다. 플레전트밸리로路를 달릴 때는 신호등이 노란불로 바뀌어도 그대로 돌진한다. 그들이 운전하는 버스는 소리가 크고 담배연기가 자욱하지만 급격히 움직이는 일은 없다.

오늘은 버크 부인의 집. 여기도 그만두어야 한다. 언제나 변함이 없다. 무엇 하나 더러운 적이 없다. 난 내가 왜 거기에 가야 하는지 알 수가 없다. 오늘은 그래도 기분이 좀 괜찮았다. 나는 적어도 랜서스 로제 와인 서른 병이 무엇을 뜻하는지는 알고 있었다. 그게 서른한 병으로 늘었다. 어제가 그들의 결혼기념일이었던 모양이다. 그의 재떨이(그의 것만은 아니지만)에 담배꽁초가 두 개 있었다. 와인잔 하나(그녀는 술을 마시지 않는

• 버클리 마리나. 1920년대 이후, 시립 쓰레기 폐기장으로 쓰였다. 그러나 1990년대에 들어 환경 조경 사업을 통해 공원으로 전환되었다.

•• 미국에서는 1970년대(심지어 1980년대에도)까지만 해도, 거의 어디서나 흡연이 허용되었다. 버스, 기차, 비행기, 심지어 병원에서도 흡연이 허용되었다.

다), 새 로제 와인병. 볼링 트로피가 제자리에서 살짝 이탈해 있었다. 우리가 함께하는 인생.

버크 부인은 가사에 대해 내게 많은 것을 가르쳤다. 화장실 두루마리 휴지는 아래쪽에서 나오게 걸기. 코밋 가루세제통의 여섯 개 구멍을 막은 테이프를 완전히 떼지 말고 세 개만 노출되도록 뗄 것. 낭비가 없으면 아쉬울 일도 없다. 한번은 반발심이 발동해서 테이프를 끝까지 싹 떼었다가 잘못해서 가루를 가스레인지 위에 다 쏟았다.

(청소부를 위한 조언: 당신이 일을 철저히 한다는 걸 그들이 알게 할 것. 일을 시작하는 첫날, 청소한 뒤 가구를 제자리에 놓을 때 잘못 놓을 것…….5에서 10인치 정도 벗어난 곳에 놓거나 반대 방향으로 돌려놓을 것. 먼지를 털 때는 샴고양이 도자기 인형들의 위치를 바꾸어놓고, 크림 그릇은 설탕 왼쪽에 놓을 것. 칫솔 놓아둔 위치도 모두 바꿀 것.)

이 분야에서 내 걸작은 버크 부인 집 냉장고 위를 청소했을 때였다. 버크 부인의 눈은 아무것도 놓치지 않지만, 회중전등을 켜두지 않았더라면 부인은 내가 와플 굽는 철판을 박박 문질러 닦아 기름칠을 해놓고, 게이샤 인형을 수선해놓고, 회중전등마저 깨끗이 닦아놓았다는 사실을 놓쳤을 것이다.

모든 일을 다른 방식으로 하면 일을 철저히 한다는 확신을 줄 뿐 아니라, 그들에게 자기주장을 세우고 '보스' 행세를 할 기회를 주게 된다. 대부분의 미국 여자들은 하인을 두는 것을 매우 불편하게 여긴다. 그래서 청소부가 있으면 뭘 해야 할지를 모른다. 버크 부인은 크리스마스카드를 보낼 사람들 명단을 점검하고 지난해 포장지를 다린다.

유대인이나 흑인 집에 가서 일해보라. 그들은 점심을 준다. 일반적으로 유대인과 흑인 여자들은 직업을 존중한다. 우리 직업도. 자신들이 온종일 아무것도 안 해도 조금도 부끄럽게 여기지 않는다. 그들은 우리에게 돈을 주지 않는가?

크리스천 동방의 별 여성회*는 다른 이야기다. 따라서 그들은 미안해하지 않을 것이다. 그러니 항상 그들이 절대로 하지 않을 일을 하도록 한다. 코카콜라가 터져 천장에 묻은 것을 가스레인지 위에 올라가 닦는다. 유리 박스 샤워실 안에 처박혀 있는다. 피아노를 포함해서 가구를 전부 문에다 밀어붙인다. 그들은 절대로 그런 짓을 하지 않을 것이다. 게다가 그러면 들어오지도 못한다.

그들이 중독된 티브이 쇼가 언제나 적어도 하나는 있어서 다행이다. 나는 진공청소기를 반 시간 정도 켜두고(마음을 누그러뜨려주는 소리), 만일의 경우에 대비해 엔드더스트 상표의 걸레를 쥐고, 피아노 아래 눕는다. 그냥 거기에 누운 채 콧노래를 흥얼거리며 생각에 잠긴다. 난 너의 신원을 확인해주기를 거부했어, 그래서 아주 번거로운 일을 겪었어, 테리. 난 네가 그런 짓을 저질렀다고, 죽었다고, 너를 때릴까 봐 두려웠거든.

버크 씨 집의 피아노는 내가 가기 전에 마지막으로 청소하는 것이다. 피아노를 닦을 때 안 좋은 점은 '해병대 군가'가 그 위에 있는 유일한 악보라는 것이다. 그래서 나는 항상 버스 정류장까지 〈몬테-수-우-마의 전당에서……〉**를 부르며 행군하게 된다.

58―대학교―버클리. 고약한 백인 운전사 영감. 비가 내리고, 늦었고, 붐비고, 춥다. 크리스마스는 버스 타고 다니기 나쁜 때다. "나 씨발 내릴

---

* 프리메이슨의 한 분파로 1874년에 창단되었다. 주로 흑인 여성이 회원이며, 높은 도덕 기준을 세우고 지역 사회에 기여하는 것을 목적으로 한다.
** 1847년 미국-멕시코 전쟁의 차풀테펙 전투를 가리킨다. '몬테수마'는 멕시코 아즈텍족 최후의 황제였다.

거야!" 약에 취한 젊은 히피 여자가 소리쳤다. "정류장까지 기다려요!" 운전사가 뒤를 향해 소리쳤다. 앞좌석에서 어떤 뚱뚱한 여자가 게워낸 토사물이 흘러 사람들의 덧신과 내 장화에 묻었다. 냄새가 역겨웠다. 몇몇 사람은 다음 정류장에서 내렸고 그 여자도 내렸다. 운전사는 앨커트래즈로路의 아르코 주유소에 버스를 세우고, 호스를 끌어다 물로 씻어내려 했지만 토사물은 그저 버스 뒤쪽으로 씻겨갔을 뿐 바닥은 더 질퍽해졌다. 운전사는 분노로 붉으락푸르락한 얼굴로 빨간 신호등을 무시하고 그냥 지나갔다. 우리 모두의 생명이 위태로웠다고 내 옆에 앉은 사내가 말했다.

오클랜드공업고등학교 정류장에서 라디오를 든 학생 20여 명이 다리를 심하게 저는 남자 뒤에 줄을 섰다. 복지부 사무소가 학교 바로 옆에 있었다. 절름발이 남자가 무진 애를 쓰며 버스에 오르자 운전사가 "에잇 염병할!" 했고 남자는 깜짝 놀란 듯했다.

다시 버크 씨 집. 아무것도 변한 게 없다. 그 집에는 디지털 시계가 열개나 있는데 모두 시간이 정확히 맞는다. 여기 그만두는 날 전원을 모두 뽑아버리고 가야지.

나는 마침내 제슬 부인 집 일을 그만두었다. 제슬 부인은 여전히 임금을 수표로 지불했고, 한번은 하룻밤 사이 네 번이나 나한테 전화를 했다. 나는 부인의 남편에게 전화를 해서 내가 단핵증에 걸렸다고 말했다. 제슬 부인은 내가 그만둔 걸 잊고서 간밤에 내게 전화를 해서 자신의 안색이 더 창백해 보였냐고 물었다. 그녀가 보고 싶다.

오늘 새로 일하게 된 집. 교양 있는 여성.

(난 내가 청소부라는 생각이 들지 않는다. 사람들이 그런 뜻으로 우리를 '우리 아줌마'라든가 '우리 파출부'라고 부르긴 하지만.)

요한슨 부인. 스웨덴 사람인데 필리핀 사람들처럼 영어에 속어를 상당히 섞어 말한다.

요한슨 부인이 문을 열고 처음으로 나를 맞으며 한 말은 "어쩌면!"*이
었다.

"어머. 제가 너무 일찍 왔나요?"

"아니, 아니에요."

요한슨 부인의 모든 행동이 이목을 끌었다. 글렌다 잭슨을 닮은 여든
살 먹은 여자. 나는 완전히 압도당했다. (있잖아요, 난 벌써 요한슨 부인
처럼 말하고 있다고요.) 현관에서부터 압도당한 것이다.

내가 코트를, 테리가 입던 코트를 벗기도 전에 요한슨 부인은 자신의
인생에서 일어난 대사건을 설명했다.

요한슨 부인의 남편 존은 여섯 달 전에 죽었다. 그 후로 무엇보다 힘든
일은 잠을 자는 것이었다. 그래서 조각그림 맞추기를 시작했다. (요한슨
부인이 거실의 카드놀이 탁자를 가리켰다. 제퍼슨의 몬티첼로**가 거의
완성되었다. 오른쪽 위에 원생동물 모양의 조각이 들어갈 자리 하나가 휑
했다.)

어느 날 밤 요한슨 부인은 그림을 맞추다 막혀서 잠을 잘 수도 없었다.
잠자는 걸 잊었다. 실제로 잊었단다! 실은 밥 먹는 것도 잊었다. 그리고
아침 여덟 시에 저녁을 먹었다. 그런 다음 낮잠을 자고 오후 두 시에 일어
나 아침을 먹고 외출해서 다른 조각그림을 사왔다.

존이 살아 있을 때는 여섯 시에 아침, 열두 시에 점심, 여섯 시에 저녁
을 먹는 게 일상이었다. 저 미친 세상 사람들에게 시간이 바뀌었다고 말

- '어쩌면'으로 옮긴 holy Moses는 놀람을 나타내는 속어다.
- - 미국 제3대 대통령 토머스 제퍼슨의 농장 저택.

해야겠어요.

"아니, 아니, 너무 일찍 오지 않았어요." 요한슨 부인이 말했다. "그냥 내가 금방이라도 잠을 잘지도 몰라서."

나는 아직도 현관에 서 있었다. 더웠다. 나를 새로 고용한 여자의 반짝이는 졸린 눈을 지그시 보고 까마귀 이야기*는 언제 나오나 하면서.

내가 그 집에서 할 일은 유리창들을 닦고 진공청소기로 카펫을 청소하는 것뿐이었다. 하지만 청소하기 전에 그 조각그림 조각을 찾아야 했다. 단풍나무 조금과 하늘. 나는 빠진 조각이 무엇인지 안다.

발코니에 나가 유리창을 닦고 있자니 기분이 상쾌했다. 춥지만 등에 햇볕을 받고 있었다. 요한슨 부인은 안에서 조각그림을 앞에 놓고 앉아 있었다. 넋이 나간 얼굴이지만 자세는 사진기 앞에서 취하는 포즈였다. 젊었을 때는 굉장히 아름다웠을 게 분명하다.

유리창을 닦은 다음에는 그 조각그림 조각을 찾을 차례였다. 털이 긴 초록색 카펫을 조금씩 훑었다. 크래커 부스러기, 《샌프란시스코 크로니클》을 감고 있던 고무줄. 나는 무척 기뻤다. 내가 일해본 곳 중 최고였다. 요한슨 부인은 내가 담배를 피우든 말든 전혀 개의치 않았다. 그래서 난 그냥 담배를 입에 물고 재떨이를 슬슬 밀면서 바닥을 기어다녔다.

나는 조각그림을 맞추는 탁자에서 한참 떨어진 곳에서 그 조각을 찾았다. 단풍나무 조금과 하늘이 있는 조각이었다.

"찾았다!" 요한슨 부인이 소리쳤다. "내가 이게 빠진 줄 알았어!"

"제가 찾아어요!" 내가 소리쳤다.

● 까마귀는 스웨덴 또는 바이킹을 가리킨다. 북유럽신화의 최고신 오딘에게 세상 소식을 전달해주는 새는 두 마리의 까마귀다. 바이킹의 갑옷과 투구, 문장에서 까마귀를 볼 수 있다.

그러고 나서야 나는 진공청소기로 집 안을 청소했고, 요한슨 부인은 안도의 한숨을 쉬며 조각그림을 완성했다. 나는 일을 마치고 가면서 언제 또 내가 필요하겠는지 물었다.

"알 수 없지." 요한슨 부인이 말했다.

"네……. 아무래도 상관없어요." 내가 말했다. 그리고 우리는 함께 웃었다.[*]

테리, 사실 나는 전혀 죽고 싶지 않아.

40─텔레그래프. 빨래방 정류장. 밀과 애디 빨래방은 빈 세탁기를 기다리는 사람들로 붐볐다. 연회의 테이블을 기다리는 사람들처럼 즐거운 분위기였다. 그들은 창가에 서서 초록색 캔의 스프라이트를 마시며 이야기를 나누고 있었다. 밀과 애디는 동전을 바꿔주기도 하면서 연회의 주인처럼 손님들과 어울렸다. 티브이에서 오하이오주립대 악단이 국가를 연주하고 있다. 미시간주에는 눈이 펑펑 내리고 있다.

청명하고 추운 1월의 어느 날이다. 구레나룻을 기른 네 남자가 자전거를 타고 29가 모퉁이에서 연줄처럼 잇달아 나타난다. 거칠어 보이는 여자가 할리 데이비슨을 타고 시동을 켠 채 버스정류장 앞에 서 있다. 50년형 다지 픽업트럭 짐칸에 탄 청소년들이 그녀를 향해 손을 흔든다. 나는 마침내 울고 만다.

---

[*] Who knows?에 Anything goes.라는, 운을 맞춘 대답이 주는 재치에 웃는 것으로 생각된다.

나의 기수

나는 응급실에서 일하는 게 좋다. 어쨌든 그곳에선 남자를 볼 수 있다. 남자다운 사나이, 영웅. 소방관과 경마기수. 그들은 뻔질나게 응급실에 드나든다. 경마기수들의 X레이 사진은 놀랍다. 걸핏하면 뼈가 부러지지만 그냥 붕대를 칭칭 감고는 바로 다음 경주에 나간다. 그들의 골격은 나무 같다. 복원된 브론토사우루스 골격 같기도 하다. 세인트 세바스찬 병원의 X레이.

나는 스페인어를 할 줄 알기 때문에 대부분이 멕시코인인 경마기수는 주로 내가 담당한다. 내가 제일 처음 담당한 기수는 신, 무뇨스였다. 나는 늘 사람들 옷을 벗긴다. 몇 초면 되는 쉬운 일이다. 의식을 잃고 누워 있는 무뇨스는 작은 아즈텍 신이었다. 그의 복장은 너무 복잡해서 그걸 벗기는 일은 정성 들여 치르는 무슨 의식 같았다. 미시마 유키오*가 어느 소설에서 여자의 기모노를 벗기는 일을 세 쪽에 걸쳐 쓴 것처럼 너무 한참 걸려서 당황스러웠다. 자홍색 새틴 셔츠는 어깨와 좁은 소매에 단추가 많이 달려 있었다. 바지는 콜럼버스가 아메리카 대륙을 발견하기 이전 시대

● 탐미 문학의 대가이자 노벨문학상 후보로 세 차례나 거론된 일본 작가.

에 사용되었을 장식 매듭과 복잡하게 엮인 끈으로 여며 있었다. 부츠는 퇴비와 땀 냄새를 풍겼지만 신데렐라의 구두처럼 촉감이 좋고 앙증맞았다. 마법에 걸린 왕자. 그는 계속 잠을 잤다.

무뇨스는 깨어나기도 전에 자기 어머니부터 찾았다. 다른 환자들과 달리 내 손만 잡는 게 아니라 내 목까지 끌어안고 흐느껴 울었다. Mamacita! Mamacita!* 그는 내가 자기를 아기처럼 안아주어야 존슨 의사 선생님의 검진을 허락했다. 어린아이처럼 작았지만 단단한 근육질. 내 무릎 위의 남자. 꿈 같은 남자? 꿈 같은 아기?

존슨 선생님은 내가 통역하는 동안 내 이마에 흐르는 땀을 닦아주었다. 무뇨스는 한쪽 쇄골이 부러졌다. 갈비뼈도 적어도 세 개는 부러졌다. 아마 뇌진탕도 일으켰을 것이다. 안 돼요, 무뇨스는 말했다. 다음 날 경주에 나가야 한다면서. X레이 찍도록 해요, 존슨 선생님이 말했다. 무뇨스가 환자 이송 침대에 누우려 하지 않아서 나는 킹콩처럼 그를 안아 들고 X레이실로 갔다. 그는 겁먹고 훌쩍거렸다. 그의 눈물에 내 가슴이 젖었다.

우리는 컴컴한 방에 들어가 X레이 담당자를 기다렸다. 나는 말을 달래듯 그를 달래주었다. Cálmate, lindo, cálmate. Despacio… despacio.** 천천히…… 천천히. 그는 내 품 안에서 마음을 가라앉히고 숨을 내쉬며 작게 씩씩거렸다. 나는 그의 섬세한 등을 쓰다듬었다. 그 등은 멋진 어린 망아지의 등처럼 전율하며 희미하게 빛났다.

● mamacita는 mama(엄마)의 애칭이다. 애인이나 아내, 매력적인 여성을 부를 때 쓰이기도 한다.
●● 진정해요, 귀여운 사람, 진정해요. 천천히…… 천천히.

수녀님들이 교실마다 문 앞에 서 있었다. 창으로 바람이 불어 들어오면 검은 수녀복 뒷자락이 문밖 복도로 날렸다. 은총이 가득하신 마리아님, 기뻐하소서! 주님께서 함께 계시니……. 1학년이 기도를 시작하면 복도 건너편 2학년 교실에서 또렷한 기도 소리가 뒤따랐다. 은총이 가득하신 마리아님……. 그러면 나는 건물 중앙에서 발을 멈추고 3학년의 낭랑한 기도 소리를 기다렸다. 하늘에 계신 우리 아버지……. 3학년의 기도 소리가 1학년의 목소리에 겹친 다음에는 4학년의 낮은 소리가 겹쳤다, 은총이 가득하신 마리아님…….

아이들의 기도는 학년이 올라갈수록 빨라졌다. 그래서 처음에는 그 소리들이 뒤섞이다 나중에는 갑자기 기쁨에 넘치는 한목소리로 합쳐졌다……. 성부와 성자와 성령의 이름으로. 아멘.

나는 운동장 맞은편 끝에 색칠한 장난감처럼 서 있는 신설 중학교에서 스페인어를 가르쳤다. 매일 아침 나는 초등학교 건물을 거쳐 중학교로 갔다. 수업이 시작되기 전 기도를 듣기 위해서이기도 하고 그냥 그 건물에 들어가보고 싶기 때문이기도 했다. 이는 흡사 그냥 성당에 들어가보고 싶은 마음과 같다. 1700년대에 스페인 선교사들이 세운 이 학교는 사막 같은 환경에서도 오래 버틸 수 있도록 견고하게 지어졌다. 다른 오래된 학교들도 그곳을 거쳐가는 어린이들에게 고요하고 견고한 느낌을 주지만, 이 학교에는 그런 느낌에 더하여 선교의 평화, 성소의 평화가 깃들어 있었다.

초등학교의 수녀님들은 늘 웃었고 아이들도 늘 웃었다. 수녀님들은 전부 늙었지만 백을 부여잡고 버스 정류장에 앉아 있는 지친 할머니들 같지 않았다. 하나님과 아이들에게 사랑받는 그들은 자부심이 있었다. 그들은 육중한 나무 문이 달린 건물 안에서 조심스럽고 조용하고 억제된 웃음소리와 다정한 마음으로 그 사랑에 응했다.

중학교 담당 수녀님들은 흡연 흔적을 찾아 운동장을 훑었다. 이 수녀님들은 젊고 신경질적이었다. 그들은 '불우한 아이들', '위태위태한 비행 청소년들'을 가르쳤다. 학생들의 표정 없는 시선에 넌더리가 난 그들의 얼굴은 하나같이 홀쭉했다. 그들은 초등학교 수녀님들과 달리 경외감이나 사랑을 행사하지 못했다. 그들이 의지하는 것은 사랑보다는 그들의 의무이자 생명으로 부여받은 학생들에 대한 불요불굴의 자세와 무관심이었다.

수업 종소리가 울리기 7분 전, 평소대로 로드 수녀님이 중학교 3학년 교실 창문을 열 때 유리창에 반사된 햇빛이 반짝했다. 나는 어떤 머리글자가 새겨진 주황색 문밖에 서서 내가 가르치는 중3 학생들을 지켜보았다. 그들은 철조망 울타리 앞에서 왔다 갔다 서성거리고 있었다. 그들은 몸이 다부지지 않고 유연했다. 걸을 때는 머리를 깐닥거렸다. 그리고 다른 사람들에게는 들리지 않는 트럼펫 연주를 듣기라도 하는 듯, 일정한 박자에 맞춰 팔다리를 흔들었다.

그들은 영어와 스페인어, 힙스터 방언을 섞어 말하면서 철조망 울타리에 기대 소리 없이 웃었다. 여학생들은 감청색 교복을 입었다. 그들은 깃털을 다듬은 새처럼 머리를 쫑긋 세운 남학생들과 소리 죽여 노래하는 새처럼 시시덕거렸다. 남학생들은 눈부신 주황색, 노랑색, 청록색 페그레그 팬츠를 입었다. 상의는 맨몸에 단추를 풀어헤친 검은색 셔츠나 브이넥 스웨터였다. 그들의 매끄러운 갈색 가슴에서 빛나는 십자가 목걸이……. 멕시코계 10대 불량소년들의 십자가. 그들의 손등에는 십자가 문신도 있었다.

"안녕하세요, 선생님."

"안녕하세요, 수녀님." 로드 수녀님이 중학교 1학년 학생들이 정렬해 있는지 보러 밖으로 나왔다.

교장인 로드 수녀님은 스페인어를 하는 수녀가 없어서 마지못해 나를 고용하고 월급을 지불해야 했다.

"그게 말이죠, 산마르코학교 최초의 평신도 교사로서 학생들을 통제하기가 쉽지 않을 겁니다. 선생님보다 그리 어리지 않은 학생이 많아서 특히 더 그럴 겁니다. 우리 젊은 수녀들이 흔히 저지르는 실수는 하지 마세요. 학생들에게 친구가 되어주려 하지 말라는 겁니다. 이 아이들은 모든 걸 지배력과 약점의 관점에서 생각해요. 선생님은 지배력을 유지해야 합니다……. 냉담, 규율, 징벌, 통제로 말입니다. 스페인어는 선택과목이니 마음껏 F 학점을 줘도 돼요. 처음 3주 동안은 선생님이 맡은 수업의 학생들을 얼마든지 내 라틴어반으로 보내도 돼요. 내 수업을 지원하는 학생은 없거든요." 교장 수녀님이 미소를 지었다. "그러면 선생님에게 큰 도움이 될 겁니다."

첫 달은 무사히 잘 지나갔다. 라틴어반으로 보내겠다는 위협은 효과적이었다. 둘째 주를 마칠 무렵 모두 일곱 명을 그리로 보냈다. 밑에서 4분의 1을 치우고 상대적으로 적은 수의 학생들을 가르치는 건 드문 호사였다. 모국어 수준의 내 스페인어도 큰 도움이 되었다. '그링가'*가 자기들 부모만큼, 심지어 그들보다 스페인어를 더 잘할 수 있다는 사실이 그들로서는 놀라운 일이던 것이다. 그들은 내가 자기들끼리 하는 음란한 말이나 마리화나, 경찰을 은어로 어떻게 부르는지도 아는 것을 보고 감명받았다. 그들은 열심히 공부했다. 스페인어는 그들에게 친밀하고 중요한 과목이었다. 그들은 예의 바르게 행동했지만, 뚱한 복종과 기계적인 반응은 나에게 모욕적이었다.

그들은 내가 쓰는 단어나 표현을 모방하고 쓰기 시작했다. 'La Piña.'** 여학생들은 내 헤어스타일을 조롱하더니 결국 나처럼 머리를 잘랐다. 내가 칠판에 활자체로 글자를 쓰면 그들은 "저 바보는 글씨를 못 써"라면서 쑥덕거렸지만, 숙제는 모두 활자체로 써 냈다.

이 아이들은 아직 파추코***가 아니었다. 그들이 한사코 되고자 하는 갱은 아직 아니었다. 잭나이프를 휙휙 젖히며 책상으로 던지다가 놓쳐서 떨어뜨리고는 얼굴을 붉히는 아이들. "당신은 우리한테 아무것도 보여줄 게 없어." 그들은 아직 이런 말을 하지 않았다. 그들은 어깨를 으쓱하고 내가 무언가 보여주기를 기다렸다. 그런데 내가 그들에게 무엇을 보여줄 수 있을까? 내가 아는 세상은 그들이 대담하게 저항하는 세상보다 낫지 않은데.

나는 로드 수녀님을 관찰했다. 수녀님의 힘은 학생들에게 존중받기 위

● 스페인이나 남미에서 외국인 여성, 특히 영국인이나 미국인 여성을 가리키는 말이다.
●● 스페인어로 '파인애플'.
●●● pachuco. 멕시코계 불량 청소년. (특히 로스앤젤레스 일원에서) 옷을 야하게 입고 그들만의 은어를 쓰고 대개는 동네 갱 멤버인 10대를 뜻한다.

한 위장이 아니었다. 학생들은 수녀님의 신앙심과 그녀가 선택한 삶에 대한 확신을 보았고 그것을 존중한 것이다. 그리고 로드 수녀님의 통제를 위한 엄격함을 자기들이 참는다는 것을 드러내지 않았다.

수녀님은 그들과 함께 웃을 수도 없었다. 그들은 비웃을 때만, 누군가 질문이나 웃음, 실수나 방귀로 자신의 존재를 드러냈을 때만 웃었기 때문이다. 나는 그들의 즐거움이 없는 웃음소리를 가라앉힐 때면 늘 초등학생들의 키득거리는 웃음소리, 환호성, 대위선율 같은 기쁨을 생각했다.

매주 한 번 나는 중학교 3학년 학생들과 함께 웃었다. 월요일이면 느닷없이 누군가 얇은 철제 문을 두드리는 소리가 났다. 쿵, 쿵, 쿵. 그 긴급한 소리에 창문들이 덜거덕거렸고 그 소리는 건물 전체에 울려퍼졌다. 그 큰 소리에 나는 항상 화들짝 놀랐고, 그러면 반 아이들은 나를 비웃었다.

내가 "들어오세요!" 하면 두드리는 소리가 멈추었고, 우리는 그게 자그마한 초등학교 1학년 학생인 것을 보고 웃었다. 운동화를 신은 그 아이는 발소리도 없이 내 책상까지 조용히 다가와서 "안녕하세요. 카페테리아 리스트 좀 주시겠어요?"라고 작게 말하곤 했다. 그러고는 살금살금 걸어 나가 교실 문을 쾅 닫았는데, 이것도 우리를 웃겼다.

"로런스 선생님, 잠깐 내 사무실로 들어가실까요?" 나는 로드 수녀님을 따라 들어가서 그녀가 종을 치는 동안 기다렸다.

"티머시 산체스가 복학할 겁니다." 교장 수녀님은 내 반응을 기다리는지 잠시 말을 멈추었다. "티머시는 소년원에 다녀왔어요. 한두 번이 아니죠. 절도와 마약으로. 관계자들은 티머시가 되도록 빨리 학교를 마치게 해야 한다고 생각하고 있어요. 동급생보다 나이가 한참 더 많아요. 그들이 테스트한 바에 따르면 머리가 비상한 아이랍니다. 이 서류에 보면 '격려해주고 의욕을 북돋워주어야' 한다는군요."

"저한테 특별히 바라시는 게 있어요?"

"아뇨. 사실 내가 로런스 선생님에게 해줄 수 있는 충고는 없어요…….
이 학생은 아주 특이한 문제라서. 그냥 그렇다는 걸 미리 알려주는 겁
니다. 가석방 관찰관이 이 학생의 상황을 수시로 체크할 거예요."

다음 날은 핼러윈데이였다. 초등학생들은 핼러윈 복장으로 등교했다.
마녀 복장, 악마 복장을 한 많은 어린이들이 떨리는 목소리로 아침 기
도를 외는 것을 바라보며 나는 복도에 잠시 서 있었다. 중학교 3학년 교
실 문 앞에 다 갔을 때 마침 수업종이 울렸다. "은총이 가득하신 마리아
님……, 저희 죄인을 위하여 빌어주소서." 나는 로드 수녀님이 출석을 부
를 동안 문가에 서 있었다. 내가 들어가자 학생들이 일어났다. "안녕하세
요, 선생님." 그들이 앉을 때 마루를 긁는 의자 다리 소리가 요란했다.

교실이 조용해졌다. "엘 팀이다!"•

그는 문간에 서 있었다. 복도 쪽에서 비치는 채광을 등지고 있어 로드
수녀님처럼 검은 윤곽으로 보였다. 그는 검은색 옷을 입었고, 셔츠는 단
추를 허리까지 풀어놓았다. 바지는 홀쭉한 엉덩이에 낮게 착 달라붙었다.
투박한 체인에 건 금 십자가가 반짝였다. 그는 어중간하게 미소를 지으며
로드 수녀님을 내려다보았다. 속눈썹이 그의 수척한 뺨에 삐죽삐죽한 그
림자를 드리웠다. 머리는 검고 긴 직모였다. 그는 가늘고 긴 손가락으로
새처럼 빠르게 머리를 쓸어 뒤로 반듯하게 넘겼다.

나는 그 반 학생들의 경외감을 지켜보았다. 여자아이들을 바라보았다.

• El Tim의 el은 정관사로, 사람 이름 앞에 쓰는 것은 틀린 용법이지만 별명이나 친한 사
람 앞에 쓰이기도 한다.

화장실에서 데이트나 사랑이 아닌, 결혼과 낙태 이야기를 쑥덕거리는 예쁜 여자아이들. 그들은 그를 쳐다보며 긴장했고 얼굴에는 홍조와 생기가 돌았다.

로드 수녀님이 교실 안으로 들어갔다. "팀, 여기 앉아." 수녀님은 교사 책상 바로 앞자리를 가리켰다. 그는 교실 안으로 쑥 들어갔다. 넓은 등은 약간 구부정했고 목은 쑥 내린 자세였다. 츠츠, 츠츠. 파추코 리듬을 타는 걸음걸이. "이 미친 수녀 아주 맘에 들어!" 그는 나를 보며 씩 웃었다. 반 아이들이 모두 웃었다. "조용!" 로드 수녀님이 말했다. 그녀는 팀 옆에 서 있었다. "이분은 로런스 선생님이시다. 그리고 이건 네 스페인어 교과서." 그는 교장 수녀님의 말을 들은 척도 하지 않았다. 수녀님의 로사리오 구슬들이 불안하게 달가닥거렸다.

"셔츠 단추 잠가." 수녀님이 말했다. "셔츠 단추 잠가!"

그는 가슴으로 손을 가져가 한 손으로는 단추를 잡아 빛이 비치는 쪽으로 대고 다른 손으로는 단추 구멍을 살폈다. 교장 수녀님은 보다 못해 그의 손을 탁 치우고는 더듬더듬 셔츠 단추를 다 채워주었다.

"그간 수녀님 없이 어떻게 살았는지 모르겠어요." 그는 느릿하게 말했다. 교장 수녀님은 교실에서 나갔다.

이날은 화요일, 받아쓰기를 하는 날이었다. "종이와 연필 꺼내." 반 아이들은 기계적으로 지시에 따랐다. "팀, 너도."

"종이." 팀이 조용히 명령했다. 여기저기서 종이들이 그의 책상을 차지하려고 다투었다.

"Llegó el hijo." 나는 받아쓰기 문장을 불렀다. 팀이 자리에서 벌떡 일어나 연필깎이 있는 곳으로 갔다. 연필이 부러졌다면서. 낮고 쉰 목소리였다. 사람이 울기 직전의 쉰 목소리 같다고나 할까. 그는 천천히 연필깎이를 돌렸다. 그 소리가 드럼 브러시로 드럼을 치는 것 같았다.

"No tenían fé."* 팀은 제자리로 돌아오다 말고 어느 여학생의 머리에 손을 얹고 그렇게 말했다.

"앉아." 내가 말했다.

"진정하세요." 그가 중얼거렸다. 반 아이들 모두가 웃었다.

그는 맨 위에 '엘 팀'이라고 쓰고 백지를 냈다.

그날부터 모든 건 엘 팀을 중심으로 돌아갔다. 그는 수업을 금세 따라잡았다. 시험이나 쓰기 연습도 항상 뛰어났다. 하지만 침울하고 건방진 그의 태도가 반 전체의 분위기를 좌우했다. 벌을 주기 애매한 그 무언의 거부. 소리 내어 읽기, 칠판에 나가 동사 활용형 쓰기, 토론. 재미있다고 할 수 있었던 그 모든 수업 활동을 이제는 거의 할 수 없었다. 남학생들은 바른 생활을 수치스러워하며 까불었고, 여학생들은 엘 팀 앞에서 어색해하고 쑥스러워했다.

나는 쓰기를 주로 하는 수업을 시작했다. 책상마다 다니며 점검해주는 개인 학습이었다. 보통은 중학교 3학년 스페인어 수업에서 하지 않지만, 작문과 에세이 숙제도 많이 내주었다. 팀은 그것만 좋아했다. 그는 스페인어 사전을 찾아가며 쓴 것을 지우고 다시 베껴 쓰고 하면서 열심히 했다. 그의 작문은 상상력이 풍부하고 문법도 완벽했다. 거리, 나무…… 등등, 항상 비인격적인 것들에 대하여 썼다. 나는 작문에 평을 달고 칭찬해주었다. 그가 쓴 것을 수업 시간에 크게 읽어줄 때도 있었다. 반 아이들이 그의 글에 감명과 자극을 받았으면 해서였다. 그러나 그를 칭찬해주는 것

● 너는 믿음이 없구나.

은 그들에게 혼란만 줄 뿐이란 것을 나는 너무 늦게 깨달았다. 그는 어쨌든 의기양양해하며 비웃었다. "Pues, la tengo……." 그녀가 어떤 여자인지 알겠다는 말이다.

에미테리오 페레스는 팀이 하는 짓은 다 따라 했다. 에미테리오는 발달이 좀 늦은 학생이라서 계속 중학교 3학년에 남아 있다가 나이가 너무 많아져서 학교를 그만두어야 했다. 그는 숙제를 나누어주거나 창문 여는 일을 했다. 나는 다른 학생들이 하는 일은 그에게도 똑같이 시켰다. 그가 혼자 싱글벙글 웃으며 글자를 일정하지 않게 흘려 써서 제출하면 나는 그것을 채점해서 돌려주었다. 이따금 B를 주기라도 하면 그는 무척 기뻐했다. 그런데 이제는 에미테리오마저도 공부할 체를 하지 않았다. "Para qué, hombre?"* 팀이 그렇게 쑥덕거렸다. 에미테리오는 혼란스러워하며 팀과 나를 번갈아가며 보았다. 어떤 때는 그냥 울었다.

나는 반 학생들의 혼란이 커가는 것을 무력하게 지켜보았다. 로드 수녀님도 더 이상 통제할 수 없는 혼란이었다. 그녀가 들어오면 잠잠해지던 교실도 이제는 그러거나 말거나 항상 동요되어 있었다……. 얼굴을 손으로 훑는다든가, 지우개로 책상을 똑똑 두드린다든가, 책장을 계속 휙휙 넘긴다든가 하는 산만한 분위기가 끊이지 않았다. 학생들은 팀의 말을 기다렸다. 그러면 팀의 목소리가 항상 저음으로 느릿느릿 흘러나오곤 했다. "교실이 춥네요, 수녀님. 안 그래요?" "수녀님, 제 눈이 좀 이상해요, 한번 와서 봐주세요." 수녀님이 매일, 매번, 기계적으로 팀의 셔츠 단추를 채워주는 동안 우리는 꼼짝도 하지 않았다. "무슨 문제 없어요?" 수녀님은 나에게 이렇게 묻고는 교실에서 나가곤 했다.

● 야, 그건 뭐 하러 해?

78

어느 월요일, 고개를 들어 봤더니 한 작은 아이가 나를 향해 오고 있었다. 나는 그 아이를 흘긋 보고 웃으면서 팀을 흘긋 보았다.

　"매번 더 작은 아이들이 온다는 거……. 알아차리셨어요?" 팀은 나만 들리게 말했다. 그는 나를 보고 빙긋 웃었다. 나도 그 웃음을 보고 기쁨으로 마음이 약해져서 빙긋 웃었다. 그러자 그는 의자를 뒤로 북 밀고 일어나 교실 뒤쪽으로 걸어갔다. 그러더니 중간쯤에서 못생기고 수줍음을 많이 타는 작은 여학생 돌로레스 앞에 멈추어 서더니 돌로레스의 유방을 어루만졌다. 돌로레스는 끙끙거리다 울며 교실에서 뛰쳐나갔다.

　"이리 와!" 나는 팀에게 소리를 질렀다. 그의 이가 번득였다.

　"오게 만들어봐." 팀이 말했다. 나는 갑자기 머리가 어지러워 그의 책상에 손을 짚고 기댔다.

　"나가! 집에 가! 다신 내 수업에 들어오지 마!"

　"그러지." 팀은 씩 웃더니 손가락을 탁, 탁, 탁, 탁 튀기며 내 앞을 지나쳐 밖으로 나갔다.

　내가 돌로레스를 찾으러 나가려는 찰나 돌멩이가 유리창을 깨고 날아들어 깨진 유리조각과 함께 내 책상 위에 흩어졌다.

　"대체 뭡니까!" 로드 수녀님이 문 앞에 서 있었다. 나는 그녀를 지나쳐 나갈 수 없었다.

　"팀을 집에 보냈어요."

　그녀의 얼굴이 창백해지고 머릿수건이 떨렸다.

　"로런스 선생님, 교실에서 팀을 통제하는 건 선생님의 의무예요."

　"죄송합니다, 수녀님. 저는 할 수가 없어요."

　"원장님께 말해야겠군요. 내일 아침 내 사무실로 오세요. 자리에 앉아!" 수녀님은 뒷문으로 들어온 돌로레스에게 소리를 치고 가버렸다.

"모두 93쪽 펴." 내가 말했다. "에디, 첫 단락 읽고 번역해봐."

다음 날 아침, 나는 초등학교 건물에 들르지 않았다. 로드 수녀님이 사무실 책상에 앉아 기다리고 있었다. 유리문 바깥에는 팀이 손가락을 허리춤에 찔러넣고 벽에 기대 서 있었다.

나는 전날 있었던 일을 간략하게 설명했다. 수녀님은 내가 말하는 동안 고개를 끄덕거렸다.

"로런스 선생님이 이 학생의 존경을 회복할 수 있기를 바랍니다." 수녀님이 말했다.

"이 학생을 저희 반에 받지 않겠습니다." 나는 나무 책상 가장자리에 손을 짚고 서서 그녀를 마주 보았다.

"로런스 선생님, 이 학생에게는 특별한 주의를 기울여야 한다는 지시가 있었어요. '격려와 의욕 고취'가 필요한 학생이라는 겁니다."

"중학교는 안 돼요. 여기 있기엔 나이가 너무 많고 영리해요."

"어떻든, 로런스 선생님은 이 학생을 다룰 수 있어야 할 겁니다."

"로드 수녀님, 팀을 제 스페인어반에 다시 들여보내시면 원장 수녀님이나 가석방 관찰관에게 가서 무슨 일이 있었는지 제가 말하겠어요. 팀이 오기 전 저희 반 학생들의 학업이 팀이 온 후로 어떻게 됐는지 보여주겠어요. 팀의 학업도 보여주겠어요. 중학교 3학년에 알맞은 학생이 아니라고요."

수녀님은 조용히, 냉담하게 말했다. "로런스 선생님, 이 학생은 우리 책임이에요. 가석방위원회가 우리에게 맡긴 학생이란 말입니다. 이 학생, 선생님 반에 계속 두세요." 수녀님은 창백한 얼굴을 내 앞으로 가져왔다. "그런 문제들을 통제하고, 그런 문제들을 무릅쓰고 그들을 가르치는 건

교사인 우리의 의무입니다."

"어떻든, 전 못 합니다."

"나약하군!" 수녀님은 화난 어조로 낮게 말했다.

"그래요, 전 나약해요. 팀이 이겼어요. 팀이 다른 학생들과 저에게 하는 짓을 저는 견딜 수가 없어요. 만일 팀을 저희 반에 다시 보내시면 제가 그만두겠어요."

수녀님은 뒤로 푹 꺼진 듯 앉더니 피곤한 얼굴로 말을 꺼냈다. "팀한테 한 번만 더 기회를 주세요. 한 주 동안만. 그런 다음엔 로런스 선생님 마음대로 하세요."

"네, 알겠어요."

수녀님은 일어나 문을 열고 팀을 불렀다. 팀이 들어와 수녀님 책상 가장자리에 걸터앉았다.

"팀." 수녀님이 상냥하게 말을 건넨다.

"너, 네가 미안하게 생각한다는 걸 나와 로런스 선생님, 그리고 급우들에게 입증해 보일 수 있겠니?"

그는 대답하지 않았다.

"난 널 소년원으로 돌려보내고 싶지 않아."

"왜요?"

"왜냐하면 넌 똑똑한 학생이기 때문이야. 난 네가 여기 산마르코학교에서 무언가 배우고 졸업하는 걸 보고 싶단다. 그리고 고등학교에 진학하는 것도 보고 싶고, 또……."

"그게 아니잖아요, 수녀님. 그냥 내 셔츠 단추를 잠가주는 게 좋은 거잖아요." 팀이 느릿느릿 말했다.

"닥쳐!" 나는 그의 뺨을 때렸다. 그의 가무잡잡한 살갗에 내 손자국이 허옇게 남았다. 그는 움직이지 않았다. 나는 토할 기분이었다. 로드 수녀님은 사무실 밖으로 나갔다. 팀과 나는 로드 수녀님이 외는 중학교 3학년 기도문에 귀를 기울이며 서로 빤히 마주 보고 서 있었다. "여인 중에 복되시며 태중의 아들 예수님 또한 복되시나이다……."

"날 왜 때렸죠?" 팀이 조용히 물었다.

'네가 건방지고 고약하니까'라는 말이 나오려다 말았다. 바로 이 말을 기다리는 경멸의 웃음을 봤기 때문이었다.

"화가 나서. 돌로레스와 그 돌멩이 때문에. 속상하고 바보 같은 기분이 들어서."

그의 다갈색 눈이 내 얼굴을 유심히 살폈다. 잠깐 동안 베일이 걷혔다.

"그럼 피차 비긴 셈이네요." 팀이 말했다.

"그래. 이제 교실로 가자."

나는 그의 걷는 리듬에 맞추지 않도록 신경 쓰며 팀과 함께 복도를 걸어갔다.

관점

체호프의 「슬픔」이 일인칭으로 쓰였다고 상상해보자. 한 노인이 방금 자기 아들이 죽었다고 말한다. 그러면 우리는 당혹스럽고 불편한 기분이 들 것이다. 이 단편의 마차 요금 이야기가 그렇듯이 심지어 따분하기까지 할 것이다. 그러나 체호프는 삼인칭의 공평한 목소리로 노인에게 품위를 불어넣는다. 우리는 노인을 향한 작가의 동정심을 흡수한다. 그리고 꼭 아들의 죽음 때문이 아니더라도 노인이 말에게 말하는 것을 보고 깊은 감동을 받는다.

우리도 안전하지 않다는 느낌 때문에 그렇다고 나는 생각한다.

다시 말해서 내가 어느 여자에 관한 이야기를 "나는 50대의 독신 여성이다. 나는 개인병원에서 일하며 퇴근할 때는 버스를 탄다. 토요일에는 빨래방에서 빨래를 하고 러키 슈퍼마켓에서 장을 보고 일요일판《크로니클》을 사서 집에 간다." 이렇게 쓰면 사람들은 아마 "에이, 지겨워!"라고 할 것이다.

하지만 내 이야기는 이렇게 시작한다. "매주 토요일, 그녀는 빨래방에 갔다가 장을 본 뒤 일요일판《크로니클》을 샀다." 그러면 사람들은 삼인칭으로 쓰였다는 이유 하나로 충동적이고 강박적이고 따분한 이 헨리에

타라는 여자의 소소한 인생 이야기에 귀를 기울일 것이다. 이야기하는 사람이 이 따분한 여자에 대해 들려줄 만한 뭔가가 있다면 그런가 보지 뭐, 그래 무슨 일이 일어나는지 한번 계속 읽어보자, 라는 식의 막연한 생각을 가지고.

그런데 아무런 일도 일어나지 않는다. 이야기는 사실 아직 쓰이지도 않았다. 내가 성취하고자 하는 것은 복잡한 세부 묘사로, 이 여자를 실제로 있을 법한 인물로 만들어서 사람들이 이 여자에게 동정심을 가지지 않을 수 없게 만드는 것이다.

작가들은 대부분 그들이 실생활에서 보는 사물과 풍경을 글에 끌어들인다. 가령 나의 헨리에타는 매일 밤 파란 깔개에 접시를 놓고 정교하고 묵직한 이탈리아제 스테인리스 식기 세트로 적은 양의 빈약한 저녁 식사를 먹는다. 쿠폰을 오려서 키친타월을 사는 여자가 그런 식기 세트로 식사를 한다는 것은 앞뒤가 안 맞는 이상한 세부 묘사로 생각될지 몰라도 독자의 호기심을 끌기에는 충분하다. 적어도 그러기를 나는 바란다.

이에 대해서 나는 어떤 해명도 하지 않을 생각이다. 나도 그런 우아한 식기 세트로 식사를 한다. 작년에 나는 현대미술관 크리스마스 카탈로그를 보고 포크와 나이프, 수저 등 식기 세트 여섯 벌을 주문했다. 100달러나 되는 굉장히 비싼 식기였지만, 그만한 가치가 있어 보였다. 그때는 접시가 여섯 개 있고 의자도 여섯 개 있으니까 그것만 있으면 저녁 파티를 열 수 있으리라고 생각했다. 그런데 나중에 보니 여섯 개에 100달러였다. 포크 두 개, 나이프 두 개, 스푼 두 개. 여섯 벌이 아니라 여섯 개짜리 한 벌이었던 것이다. 나는 반품하기가 창피해서 내년에 한 벌 더 사면 되지 뭐, 하고 말았다.

헨리에타는 예쁜 식기로 식사를 하고 거창한 와인잔에 칼리스토가를 마신다. 샐러드는 나무 그릇에, 냉동식품은 큰 접시에 담아 먹는다. 헨리에타는 식사를 하면서 언제나 일인칭 시점에서 쓰인 듯한 「이 세상」이라는 고정란을 읽는다.

헨리에타는 어서 월요일이 왔으면 한다. 신장전문의인 B 선생님을 사랑하기 때문이다. 많은 간호사와 사무장은 '그들의' 의사 선생님을 사랑한다. 일종의 델라 스트리트* 증후군이라고나 할까.

B 의사 선생님은 내가 일하던 신장내과의에 기반한 인물이다. 물론 나는 그를 사랑하지 않았지만, 가끔 우리 사이에는 애증이 엇갈린 감정이 있었다고 나는 농담처럼 말하곤 한다. 그는 너무나 증오에 차 있는 사람이라서 내가 그와 연애를 하면 어떨지 이따금 상상하게 되었던 것 같다.

나의 전임자 셜리는 그를 사랑했다. 셜리가 그에게 준 생일선물은 이런 것들이다. 담쟁이덩굴 화분과 놋쇠로 만든 작은 자전거. 젖빛의 코알라 무늬를 입힌 거울. 펜 세트. 그는 모피 깃을 댄 양가죽 자전거 안장 외에는 그녀가 준 선물을 다 좋아했다고 했다. 셜리는 안장을 도로 가져가서 자전거 탈 때 끼는 장갑으로 바꿨다.

내 이야기에서 B 의사 선생님은 안장을 보고 헨리에타를 비웃는다. 정말로 조롱한다. 잔인한 사람이다. 그런 사람임이 틀림없다. 이 부분이 이 이야기의 절정을 이룰 것이다. 이때 헨리에타는 그의 경멸을 보고 자신의 사랑이 얼마나 보잘것없는지를 깨닫는다.

그곳에서 일하기 시작한 날, 나는 종이 가운을 주문했다. 셜리는 면직 가운을 사용했었다. '파란색 격자무늬 가운은 남자용, 분홍색 장미꽃 무

• 미국 드라마 〈페리 메이슨〉의 원작 소설에서 형사법 전문 변호사 페리 메이슨과 로맨틱한 긴장 관계에 있는 그의 비서(사무장) 이름.

늬는 여자용.' (우리 병원의 환자들은 대부분 보행보조기를 쓰는 노인들이었다.) 셜리는 주말마다 가운들을 잔뜩 싸 들고 버스를 탔다. 그것들을 집에 가져가 세탁하고 풀을 먹이고 다림질까지 했다. 나도 나의 헨리에타에게 이 일을 하게 한다……. 일요일에 집 청소를 하고 나서 다림질을 하게 하는 것이다.

물론 내 이야기는 대부분 헨리에타의 습관에 관한 것이다. 습관들. 이 습관들은 그 자체로 나쁠 뿐 아니라 너무 오래간다. 해가 바뀌어도 토요일은 항상 똑같다.

헨리에타는 일요일에는 신문의 분홍색 난을 읽는다. 별자리 운세부터 읽는다. 항상 16면에 있다. 신문의 습관. 별자리는 대개 헨리에타에 대해 음탕한 운세를 점친다. "보름달과 섹시한 전갈자리. 당신은 이것이 무슨 의미인지 안다. 불타오를 준비를 하라!"

헨리에타는 설거지를 하고 〈추적 60분〉을 본다. 이 프로그램의 내용에 특별히 관심이 있는 건 아니다. 헨리에타는 출연진을 좋아한다. 다이앤 소이어는 교육을 잘 받았고 예쁘다. 남자 출연진은 모두 건장하고 믿음직하고 사회적 의식이 있는 사람들이다. 그들이 걱정스러운 표정으로 고개를 흔드는 모습이나 우스운 이야기에 미소를 짓고 고개를 흔드는 모습을 헨리에타는 좋아한다. 무엇보다 화면에 비치는 큰 시계를 좋아한다. 그 분침, 그 시간이 째깍째깍 흐르는 소리를.

그다음엔 〈그녀는 '살인'이라고 썼다 Murder, She Wrote〉*를 본다. 이 드라마를 좋아하지는 않지만 그 시간에 달리 볼 것이 없다.

● 한국에서 〈제시카의 추리 극장〉이라는 제목으로 방영되었는데, 여기서는 편의상 원제 그대로 옮긴다.

일요일에 대해 쓰는 건 어렵다. 일요일이 주는 공허하고 지루한 느낌. 우편물이 없는 날, 멀리서 들려오는 잔디 깎는 소리, 그 절망.

월요일 아침 헨리에타의 열의를 묘사하는 것도 어렵다. 틱틱 자전거 페달 밟는 소리. 파란색 의사 가운으로 갈아입으러 방에 들어가 짤깍 문 잠그는 소리.

"주말 잘 보내셨어요?" 헨리에타의 물음에 그는 아무런 대꾸도 하지 않는다. 출퇴근할 때 안녕이란 말도 하지 않는다.

헨리에타는 그가 저녁에 퇴근하며 자전거를 밀고 나갈 때 문을 잡아 준다.

헨리에타는 "안녕히 가세요! 좋은 시간 보내세요!" 하며 미소 짓는다.

"좋은 뭐라고? 제발 그 말 좀 그만해."

하지만 그가 아무리 재수 없게 굴어도 헨리에타는 두 사람은 인연이 있다고 생각한다. 그는 내반족이라 심하게 다리를 절고 헨리에타는 척추 옆굽음증이 있다. 실은 곱사등이다. 헨리에타는 자의식이 강하고 수줍음을 많이 타지만, 그가 왜 그렇게 신랄할 수 있는지 이해한다. 그는 언젠가 그녀에게 간호사의 자격 요건 두 가지를 모두 갖췄다고 했다…… "멍청하고 굴종적이야."

〈그녀는 '살인'이라고 썼다〉를 보고 나서 헨리에타는 꽃향기 오일 목욕으로 사치를 부린다.

목욕을 하고 나면 얼굴과 손에 로션을 바르며 뉴스를 본다. 차를 타기 위해 물을 끓인다. 헨리에타는 일기예보를 좋아한다. 네브래스카와 노스다코타주 위에는 작은 해님 표시. 플로리다와 루이지애나 위에는 비구름 표시.

헨리에타는 침대에 올라가 기대어 슬리피타임차를 홀짝홀짝 마신다.

그전에 있던 전기담요가 있으면 좋을 텐데, 하고 생각한다. 그전 것은 저온-중온-고온 스위치가 있는데 새것은 '인텔리전트 센서 전기담요'라는 광고가 붙은 것이다. 이 담요는 지금 추운 날이 아닌 걸 알고 따뜻해지지 않는다. 안락한 느낌이 들게 따끈하면 좋겠는데 하고 생각하다가 담요가 헛똑똑이야! 하고 헨리에타는 크게 웃는다. 웃음소리가 작은 방에 놀랍도록 크게 울린다.

헨리에타는 티브이를 끄고 차를 홀짝거리며 길 건너 아코 주유소에 차들이 드나드는 소리에 귀를 기울인다. 간혹 끼익 하는 소리와 함께 공중전화 부스 앞에 자동차가 선다. 문이 쾅 닫히는 소리가 나면 차는 곧 빠른 속도로 멀어져간다.

다른 차가 공중전화 부스 앞으로 천천히 다가오는 소리가 들린다. 차에서 재즈 음악이 크게 들려온다. 헨리에타는 불을 끄고 침대 옆 창문의 블라인드를 올린다, 아주 조금만. 유리창이 입김으로 흐려진다. 자동차 라디오에서 흘러나오는 음악은 레스터 영의 연주다. 사내는 수화기를 턱과 어깨에 끼고 전화를 하고 있다. 그는 손수건으로 이마를 훔친다. 〈물방울무늬와 달빛Polka Dots and Moonbeams〉을 연주하는 감미로운 색소폰 소리가 들린다. 나는 김으로 흐려진 유리창에 글을 쓴다. 네? 내 이름요? 남자 이름? 헨리에타? 사랑? 그게 무엇이든 나는 누가 보기 전에 얼른 지운다.

그녀의 첫 중독치료

비가 추적추적 내리는 시월 넷째 주, 칼로타는 카운티 중독 재활 병동에서 깨어났다. 내가 병원에 있구나. 칼로타는 휘청거리며 복도를 따라 걸어갔다. 비가 내리지 않으면 채광이 좋았을 커다란 방에 남자가 둘 있었다. 흑백 줄무늬 데님 차림의 못생긴 남자들이었다. 그들은 멍이 들었고 붕대에는 피가 묻어 있었다. 이들은 교도소에서 보낸 자들이구나. 하지만 칼로타는 자기도 흑백 줄무늬 데님을 입고 있으며 멍도 들고 피투성이라는 사실을 깨달았다. 칼로타는 수갑 생각이 났다. 구속복도.

핼러윈데이였다. 알코올중독자 갱생회에서 자원봉사하는 여자가 핼러윈 호박 만드는 법을 가르쳤다. 우리가 풍선을 불면 갱생회 여자는 끝을 묶어주었다. 우리는 그 풍선에 빙 둘러가며 끈적끈적한 종잇조각들을 붙인다. 그러고는 다음 날 밤, 풍선이 마르면 주황색 칠을 한다. 갱생회 여자는 표면을 잘라 눈, 코, 입 모양을 낸다. 웃는 표정을 짓게 할 것인지 찌푸린 표정을 짓게 할 것인지는 각자의 선택에 달려 있다. 우리에게는 가위를 주지 않는다.

저마다 수전증으로 손을 떠는 데다 풍선이 미끄러워 손에서 잘 빠져나가기 때문에 아이들 같은 웃음이 연발했다. 핼러윈 호박을 만드는 건 쉽지 않았다. 우리에게 직접 눈, 코, 입을 자르라고 했어도 그들은 날이 뭉툭한 가위를 주었을 것이다. 글씨를 써야 할 때는 초등학교 1학년들이 쓰는 굵은 연필을 주었다.

칼로타는 중독 재활 병동에서 즐거운 시간을 보냈다. 남자들은 어색하게도 칼로타에게 정중했다. 홍일점에다 예뻤고 '술고래처럼 보이지' 않았기 때문이다. 짙은 회색 눈을 가진 칼로타는 잘 웃었다. 그녀는 밝은 자주색 스카프를 둘러 밋밋한 흑백 파자마에 변화를 주었다.

대부분은 알코올중독 부랑인들이었다. 경찰이 데려다놓았거나 기초생활수급비가 다 떨어졌을 때, 그래서 포트와인을 살 수 없고 잠잘 곳도 없을 때 제 발로 걸어들어온 이들이었다. 카운티 중독 재활 병동은 술을 끊기에 훌륭한 곳이라고 그들은 말했다. 병동에서는 발작을 일으키는 사람에겐 신경안정제나 항정신병약, 항경련제 같은 것도 준다. 밤에는 큰 황색 캡슐의 수면제도 주었다. 그러나 약물 제공은 조만간 중단되고 약물이 전혀 없는 '사회적 모델'의 중독 치료만 제공될 계획이었다. "빌어먹을! 그럼 여긴 뭐 하러 오나?" 페페가 말했다.

음식은 맛있지만 식어 있었다. 각자 카트에 가서 자기 트레이를 가져다 먹어야 한다. 대부분 처음에는 그걸 잘 못하고 트레이를 떨어뜨린다. 어떤 이들은 손을 너무 떨어서 다른 누군가가 먹여주었다. 고양이처럼 웅크리고 앉아서 떨어진 음식을 핥아먹는 이들도 있었다.

환자들은 입원하고 사흘 뒤에 안타부스*를 받았다. 안타부스를 복용하고 72시간 안에 술을 마시면 죽을 듯이 아플 수 있다. 경련과 가슴통증, 쇼크를 일으키고, 심지어 죽는 경우도 흔하다. 환자들은 매일 아침 아홉

● 술이 싫어지게 하는 알코올중독 치료제 디술피람의 상표명.

시 삼십 분 집단 요법 시간 전에 안타부스에 관한 영화를 보았다. 남자들은 나중에 일광욕실에 모여 앉아 다시 술을 마시려면 얼마나 더 있어야 하는지 냅킨에다 굵은 연필로 시간 계산을 했다. 다시는 술을 마시지 않겠다는 사람은 칼로타뿐이었다.

"뭘 마셔요?" 윌리가 물었다.

"위스키요."

"위스키?" 남자들이 모두 웃었다.

"젠장……. 알코올중독자가 아니구먼. 우리 중독자들은 달콤한 와인을 마시는데."

"그런데 망할 놈의 이곳엔 어떻게 들어온 거요?"

"그러니까 나처럼 괜찮은 여자가 왜 여기에 있냐는 거죠……?" 그런데 정말 왜 여기에 있는 걸까? 칼로타는 아직 이에 대해 생각해보지 않았다.

"위스키라니. 그런데 무슨 치료가 필요하다고……"

"이 여자, 치료가 필요하긴 하지. 경찰이 데려왔을 때 윙이라는 그 짱깨 경찰을 막 걷어차며 미친 여자처럼 굴었으니까. 그러다 발작을 일으키더니 목을 비틀린 닭처럼 한 삼 분 동안 혼자 사방에 패대기를 치더군."

칼로타는 아무것도 기억나지 않았다. 어떤 건물 벽에 차를 들이받았다고 간호사가 말해주었다. 학교 선생이고, 자식이 넷이고, 남편은 없고, 전과가 없다는 걸 알고 경찰은 칼로타를 유치장에 넣지 않고 이곳으로 데려왔다.

"떨림섬망DTs*은 있는 거요?" 페페가 물었다.

---

* 알코올중독 후 금단 증상. 착각과 망상을 일으키며 헛소리를 하는 등 여러 가지 의식 장애를 일으킬 수 있다.

"네." 칼로타는 거짓말했다. 에잇, 내 말 좀 들어요……. 눈가가 항상 촉촉한 부랑인 아저씨들, 제발 날 그냥 있는 그대로 받아들여요, 날 좋아하라고요.

나는 DTs가 어떤 건지 모른다. 의사도 내게 그걸 물었다. 난 있다고 했고 의사는 그걸 기록했다. 그게 악령들의 환상을 보는 거라면 난 평생 DTs를 앓아왔다고 할 수 있을 것 같다.

그들은 각자의 풍선에 끈적끈적한 종이를 붙이며 모두 웃었다. 아담과 이브 바에서 쫓겨나 더 좋은 술집에 찾아갈 요량으로 택시를 잡아타며 "샬리마로 갑시다!"라고 크게 외쳤지만, 그건 경찰차였고, 경찰이 그를 이리로 데려왔다는 조라는 사람의 이야기. 포도주 전문가와 알코올중독 부랑인의 차이는? 포도주 전문가는 병을 종이봉투에 싼 채 마신다. 선더버드* 포도주의 장점에 대한 맥의 의견: "멍청한 이탈리아 놈들이 양말 벗는 걸 잊은 것 같은 맛이야."

우리가 풍선 호박을 만들고 마지막 신경안정제를 먹은 뒤에, 알코올중독자 갱생회 사람들이 왔다. 환자들 절반은 모임 내내 꾸벅꾸벅 졸았다. 우리는 자기들도 밑바닥까지 내려갔었다는 갱생회 사람들의 이야기를 들었다. 갱생회의 한 여자는 입에서 술 냄새가 나지 않게 하려고 온종일 마늘을 씹었던 이야기를 했다. 칼로타는 정향丁香을 씹었다. 그녀의 어머니는 손가락으로 빅스 연고를 찍어 박하 냄새를 맡았다. 존 외삼촌은 항상 센센Sen-Sen 민트를 입에 물고 다녀서 웃는 핼러윈 호박처럼 보였다.

칼로타는 마지막에 손에 손을 잡고 모두 함께 주님의 기도를 할 때가

---

* 캘리포니아 모데스토의 갈로 포도주 양조장의 상표명. 일명 부랑인의 포도주라고 불리는, 알코올 농도가 높고 맛이 달고 값이 싼 포도주.

제일 좋았다. 환자들은 서로 옆 사람을 깨워 〈보 제스트〉[*]의 죽은 군인들처럼 쓰러지지 않게 그들을 받쳐주어야 했다. 오래도록 금주를 하게 해달라고 기도하는 그 사람들에게 친근감을 느꼈다.

갱생회에서 다녀간 뒤 환자들은 우유와 과자, 수면제를 먹었다. 간호사를 포함한 모든 사람들이 잠을 자러 갔다. 칼로타는 새벽 세 시까지 맥, 조, 페페와 포커를 쳤다. 방탕한 일은 없었다.

칼로타는 매일 집에 전화했다. 장남과 차남인 벤과 키스가 조엘과 네이선을 돌봐주었다. 아무 일도 없다고 아이들은 말했다. 칼로타는 별로 할 말이 없었다.

칼로타는 재활 병동에 7일 동안 있었다. 퇴원하는 날 아침, 날이 궂어 어둑한 휴게실에 '행운을 빌어요, 로티!'라는 표지판이 붙어 있었다. 경찰이 칼로타의 차를 주차장에 가져다놓았다. 한 군데가 움푹 찌그러졌고 한쪽 거울이 깨졌다.

칼로타는 레드우드 공원으로 차를 몰았다. 그곳에서 라디오를 크게 틀어놓고 찌그러진 보닛 위에 앉아 비를 맞았다. 저 아래에 모르몬교 사원의 황금색이 빛났다. 샌프란시스코만에 안개가 자욱했다. 밖에 나와 음악을 듣기 좋은 날이다. 칼로타는 담배를 피우며 다음 주 수업에 대해 생각하고 수업 계획을 세우고 도서관에서 빌릴 책을 메모했다.

(학교에는 병결계를 냈다. 난소종양……. 다행히 양성이라고.)

장거리 목록. 오늘 밤은 라자냐를 만들어야지. 아이들이 가장 좋아하는 것이니까. 토마토 페이스트, 송아지고기, 소고기. 샐러드와 마늘빵도 만들고. 비누와 두루마리 휴지도 사야 할 거야. 디저트로 당근 케이크를 사야

---

[*] Beau Geste(1939). 게리 쿠퍼 주연의 전쟁 영화.

지. 목록을 만들자 자신감이 되살아났다. 다시 원상태를 찾을 수 있었다.

네 아들과 마이라 교장 선생님만이 칼로타가 어디에 갔다 왔는지 알고 있었다. 그들은 힘이 되어주었다. 걱정 마. 모든 게 다 괜찮아질 거야.

그럭저럭 늘 모든 게 다 괜찮았다. 칼로타는 정말로 좋은 선생님이었고 좋은 엄마였다. 작은 집은 과제물과 책, 논쟁과 웃음으로 가득했다. 모두 각자 맡은 의무를 다했다.

매일 밤, 설거지와 세탁을 하고, 학생들 과제를 검사한 뒤에는 아이들과 티브이를 보거나 스크래블이나 체스, 카드를 하며 놀거나 우스꽝스러운 대화를 나누었다. 잘 자, 애들아! 그런 뒤 칼로타는 지랄맞은 조각얼음을 넣지 않고 술을 곱절로 부어 그 고요한 시간을 경축했다.

아이들이 한밤중에 잠이 깨서 칼로타의 광기의 현장을 목격하는 경우가 있었다. 그 광기는 아주 가끔 아침까지 확산되었다. 칼로타가 기억하는 한 오래전부터 밤늦은 시간이면 키스가 재떨이와 벽난로를 점검하는 소리가 들렸다. 불을 끄고, 문을 잠그는 소리도.

기억은 나지 않지만 경찰을 직접 경험해본 건 그게 처음이었다. 이전에는 술을 마시고 운전한 적도, 학교를 하루 이상 빠진 적도 없었다, 한 번도……. 앞으로 어떤 일이 있을지 알 수 없었다.

밀가루. 우유. 에이잭스 파우더 세척제. 집에 식초는 포도식초밖에 없었다. 포도식초를 섭취한 데다 안타부스를 먹으면 발작적인 경련을 일으킬 수 있다. 칼로타는 장거리 목록에 사과식초를 추가했다.

환상 통증

그때 내 나이 다섯 살. 몬태나주 듀세스 와일드 광산에서 살고 있었다. 해마다 눈 내리기 몇 달 전이면 아버지는 나를 데리고 산속으로 들어갔다. 우리는 1890년대 핸콕 노인이 나무껍질을 벗겨 표시한 길을 따라갔다. 아버지는 커피와 옥수수 가루, 육포 같은 것들이 잔뜩 든 더플백을 메고 걸었다. 나는《새터데이 이브닝 포스트》한 더미를 가져갔는데, 끝까지는 아니더라도 거의 대부분은 내가 들었다. 핸콕의 오두막은 산꼭대기에 있는 분화구 모양의 목초지 가장자리에 있었다. 그 위도, 그 주위도 온통 파란 하늘이었다. 핸콕 노인이 키우는 개 이름은 블루였다. 지붕에도 자라는 풀은 멋진 술 장식처럼 포치 위에 드리웠다. 아버지와 핸콕 노인은 포치에 앉아 커피를 마시며 광석을 서로 건네기도 하고 담배연기에 휩싸여 눈을 가늘게 뜨기도 하면서 이야기를 나누었다. 나는 블루와 염소들과 놀거나 옛날 신문들을 덕지덕지 붙인 오두막 벽에《세터데이 이브닝 포스트》신문지를 덧붙였다. 그 작은 방의 벽에 바른 예전 신문지 위에 차곡차곡 자리를 잘 맞춰 덧붙이는 것이다. 긴 겨울 눈에 갇히면 핸콕은 벽에 붙은 신문을 차례차례 읽어나갔다. 한 기사의 끝부분을 읽으면 그전 내용을 지어내거나 오두막 벽에 붙은 다른 면에 연결시켜 읽었다.

방 전체를 다 읽으면 여러 날 동안 신문을 붙이고 다시 시작하곤 했다. 아버지가 핸콕 노인이 죽은 것을 발견한 그해 봄의 첫 등산은 아버지 혼자 갔다. 아버지가 올라가보니 핸콕 노인이 죽어 있었다. 염소들과 개도 죽어 있었다. 모두 다 한 침대에서. "날이 추우면 그냥 염소 한 마리를 더 끌어당겨놓고 자면 돼." 핸콕 노인은 그렇게 말하곤 했다.

"어서, 루, 날 여기에 데려다주고 내버려둬." 아버지가 요양원에 들어갔을 때 그렇게 애원했다. 그때 아버지는 그 말만 했다. 그 뒤로는 여러 광산과 산 이야기도 했다. 아이다호, 애리조나, 콜로라도, 볼리비아, 칠레. 아버지의 정신은 그때 망가지기 시작했다. 그곳들을 그냥 기억하는 게 아니라 실제로 현재 그곳에 있다고 생각했다. 나를 어린아이로 생각하고, 내가 나이에 따라 다른 지역에 있었을 때를 생각하고 그때의 어린 나를 상대로 이야기하듯 했다. 간호사에게는 "루는 어렸을 때 네 살밖에 안 되었는데도 『우리를 도와주는 친절한 사람들』을 전부 읽었지"라고 하고, 나에게는 "저 아주머니가 그릇 치우는 걸 도와드려. 그래, 착하지"라는 말을 했다.

나는 매일 아침 아버지에게 카페라테를 가져다주었다. 면도를 해주고 머리를 빗기고, 아버지를 부축해서 고약한 냄새가 나는 복도를 왔다 갔다 하며 운동도 시켜주었다. 그 시간에 다른 환자들은 대부분 아직 침대에서 간호사를 부르며 침대 옆 보호봉을 달가닥거리거나 벨을 눌렀다. 노쇠한 할머니들은 자신의 몸을 만지작거린다. 아버지에게 걷기 운동을 시킨 다음에는 아버지를 휠체어에 앉히고 잘 묶어두었다. 아버지가 달아나려다 넘어지지 않도록. 나도 달아나고 싶어요. 그런 체하거나 비위를 맞추려고 한 말이 아니다. 그럴 수만 있다면 정말 아버지와 어디론가 떠나리라고 생각했다. 애리조나주 파타고니아 산속의 트렌치 광산으로. 그때 나는 피부에 자줏빛 백선이 있는 여덟 살 먹은 아이였다. 우리는 저녁이면 벼랑으로 가서 깡통을 버리고 쓰레기를 태우곤 했다. 간혹 사슴과 영양, 퓨마 같은 동물들이 개들을 무서워하지 않고 가까이 오기도 했다. 쏙독새들은 우리 머리 위로 치솟은 벼랑의 가파른 암벽에 부딪칠 듯 돌진했다. 그 암벽은 해 질 녘이면 더 붉어 보였다.

아버지가 나한테 사랑한다고 말한 건 내가 대학교에 진학하려고 미국으로 돌아오기 직전에 한 것이 유일하다. 우리는 티에라델푸에고 바닷가에 있었다. 남극의 추위. "우리는 함께 이 남미 대륙 전체를 걸어서 돌아다녔지……. 똑같은 산, 똑같은 바닷가 구석구석을." 나는 알래스카에서 태어났지만 기억나는 것은 없다. 아버지는 요양원에서도 줄곧 내가 그곳을 기억해야 한다고 생각했다. 그래서 나는 결국 게이브 카터라는 사람을 아는 체하고, 놈*과 캠프장의 곰을 기억하는 체했다.

처음에 아버지는 계속 어머니에 대해 물었다. 어디에 있느냐고, 언제 올 거냐고. 또는 어머니가 거기에 있다고 생각하고 어머니와 말하기도 하고, 내가 음식을 한 입 먹여줄 때마다 어머니에게도 주라고 했다. 나는 아버지 물음에 직답을 피하고 시간을 끌었다. 어머니는 짐을 싸고 있다고, 지금 오는 중이라고. 아버지 건강이 좋아지면 버클리에 큰 집을 마련해 모두 함께 살 것이라고도 했다. 아버지는 안심이 되는지 줄곧 고개를 끄덕이더니 어느 날 한번은 '새빨간 거짓말'이라고 했다. 그러고는 곧 딴 이야기를 했다.

그러던 어느 날, 아버지는 그냥 어머니를 죽여버렸다. 내가 요양원에 도착했을 때 아버지는 침대에 누워 아기처럼 몸을 웅크리고 울고 있었

---

* Nome. 미국 알래스카주 서부 도시.

다. 아버지는 끔찍한 사고를 목격한 사람처럼 충격에 싸여 어머니와는 관련 없는 자세한 정보를 곁들여 그 이야기를 했다. 그들은 미시시피 증기선을 타고 있었다. 어머니는 주갑판 아래층에서 도박을 하고 있었다. 이제 흑인들에게도 승선이 허락되었고, 플로리다(아버지 담당 간호사)가 그들의 돈을 한 푼도 남김없이 다 땄다. 어머니는 평생 저축한 돈을 몽땅 마지막 파이브 카드 판돈으로 걸었다. 끗수를 마음대로 할 수 있는 원 아이드 잭이 두 장 걸렸다. "그 헤픈 여편네가 금니를 드러내고 웃으면서 그 모든 돈을 셀 때 내 진작 알아봤어야 했는데. 그 여편네가 여기 존한테 최소한 4천 달러는 줬어." 아버지가 말했다.

"입 닥쳐, 이 속물아." 아버지 옆 침대의 존이 말했다. 존은 성경책 뒤에서 허시 초콜릿을 꺼냈다. 그는 단것을 먹으면 안 된다. 그것은 그 전날 내가 아버지에게 가져다준 것이었다. 존의 베개 밑에 아버지 돋보기안경이 슬쩍 보였다. 나는 그것을 도로 가져왔다. 존은 신음하며 소리치기 시작했다. "내 다리! 다리 아파!" 존은 다리가 없었다. 당뇨 때문에 양쪽 무릎 위까지 다리를 절단했다.

증기선의 아버지는 브루스 새시(애리조나주 비스비에서 온 다이아몬드 굴착기사)와 바에서 술을 마시고 있었다. 그들은 총성을 들었고 한참 뒤에 텀벙 하는 소리를 들었다.

"그때 팁으로 쓸 잔돈이 없었어. 하지만 지폐를 놓고 나오고 싶지는 않았지."

"인색한 속물! 전형적이야! 전형적!" 존이 침대에서 말했다.

아버지와 브루스 새시는 급히 우현으로 갔지만 어머니는 이미 둥둥 떠내려가고 있었다. 배가 지나온 자리에 피가 보였다.

아버지는 그날 하루만 슬퍼했다. 그러나 장례식 이야기는 몇 주 동안 계속되었다. 무수한 사람들이 장례식에 왔다. 우리 아들들은 양복을 입지 않았지만 나는 품위를 지켰고 아름다워 보였다. 페루에 주재하는 에드 티트먼 대사와 도밍고 집사가 왔다. 심지어 아이다호주 멀란의 스웨덴인 찰리 블룸 노인도. 언젠가 찰리는 자기는 오트밀에 항상 설탕을 쳐서 먹는다고 말한 적이 있다. 내가 "설탕이 없으면 어떡해요?" 했더니 그는 "건방진. 그래도 난 넣어 먹어"라고 했다.

아버지는 어머니를 죽여버린 날 나를 더 이상 알아보지 못했다. 그 후로는 비서나 하녀에게 하듯 내게 명령했다. 어느 날인가 나는 아버지에게 내가 지금 어디 있느냐고 물었다. 아버지는 내가 도망쳤다고 했다. 어머니와 존 외삼촌처럼 영락없는 모이니핸 종자, 나쁜 피. 나는 어느 날 오후 요양원 앞에서 떠났다. 구멍 네 개짜리* 뷰익을 타고 온, 아무짝에도 쓸모없는 라틴계 놈팡이와 애슈비 대로를 따라 가버렸다는 것이다.

아버지는 그때부터 많은 시간을 환각 속에서 보냈다. 휴지통은 말하는 강아지로 바뀌었고, 벽에 드리운 나뭇잎 그림자는 행군하는 군대가 되었고, 크고 억센 간호사들은 이제 복장 도착증이 있는 스파이였다. 아버지는 줄곧 에디와 리틀 조 이야기를 했다. 그 두 사람은 아버지가 아는 사람들 같지 않았다. 그들은 매일 밤 나가사키 앞바다에서 탄약선을 타고 자유분방한 모험을 하거나 헬리콥터를 타고 볼리비아 상공을 날았다. 아버지는 내가 전에는 본 적이 없는 느슨하고 편안한 웃음을 웃곤 했다.

나는 아버지가 그렇게 웃게 되기를 기도했지만 아버지는 '시간과 공간 속의 방위를 잡아' 다시 점점 이성을 찾아갔다. 아버지는 돈 이야기를 했

---

* 1950년대 뷰익 세단의 앞쪽 측면에 네 개의 구멍 장식이 있던 모델. 구멍의 수가 실린더의 수 또는 차의 크기를 나타냈다.

다. 아버지가 번 돈, 잃은 돈, 앞으로 벌 돈. 그럴 때 아버지는 뭐랄까, 나를 주식 중개인으로 보고, 크리넥스 통에다 온통 숫자를 갈겨쓰며 옵션과 배당률에 대해 지겹도록 떠들었다. 위탁 증거금과 옵션, 재무성 중기 증권과 국채, 채권, 합병. 아버지는 딸이 자신의 돈을 노리고 아내를 죽이고는 자신을 감금했다며 딸을 통렬히 비난하곤 했다. 플로리다는 이 요양원에서 아버지를 돌볼 수 있는 유일한 흑인 간호사였다. 아버지는 간호사들이 물건을 훔쳤다면서 그들을 흑인 아이 또는 창녀라고 불렀다. 그럴 때는 환자용 소변기를 들고 경찰을 불렀다. 플로리다와 존이 아버지 돈을 몽땅 훔쳐갔다. 존은 아버지를 무시하고 성경책을 읽거나 그냥 침대에 누워 몸부림치며 비명을 질렀다. "내 다리! 주 예수님, 제 다리 통증을 멈춰주세요!"

"조용하세요, 존. 그건 환상 통증이에요." 플로리다가 말했다.

"진짜요?" 내가 물었다.

플로리다가 어깨를 으쓱했다. "통증은 다 진짜예요."

아버지는 플로리다에게 내 이야기를 했다. 플로리다는 "완전 썩었죠"라면서 아버지 말에 동의하고 내게 윙크하며 웃었다. 아버지는 철자 맞추기 대회부터 실패한 결혼까지 내가 아버지를 실망시켰던 일을 모두 이야기했다.

"아버지 말이 가슴에 사무치나 봐요." 플로리다가 말했다.

"셔츠를 다려다 드리는 걸 중단했으니, 머잖아 아예 찾아오지도 않으시겠네요."

하지만 난 전에 없이 유대감을 느꼈다. 나는 아버지가 냉소적이거나 편협하거나 돈을 의식하는 모습을 본 적이 없었다. 아버지는 소로와 제퍼슨, 토머스 페인을 숭배하던 사람이었다. 나는 환멸을 느끼지 않았다. 내가 아버지에 대해 가졌던 두려움과 경외심이 사라지기 시작한 것이다.

그렇게 돼서 또 하나 좋은 점은 이제 아버지를 만질 수 있게 되었다는 것이다. 포옹하고 몸을 씻겨주기도 하고, 발톱을 깎아주고 손을 잡아주기도 하고. 이제 더 이상 아버지 말에는 별로 귀를 기울이지 않았다. 아버지 손을 잡고 플로리다와 다른 간호사들의 노랫소리와 웃음소리, 휴게실에서 들려오는 〈우리 생애의 나날들Days of Our Lives〉 노랫소리에 귀를 기울였다. 나는 아버지에게 젤로를 떠먹여주면서 존이 소리 내어 읽는 「신명기」에 귀를 기울이기도 했다. 글을 겨우 읽고 쓸 줄 알 뿐인데 『성경』을 읽는 사람들이 어떻게 그렇게 많은지 나는 지금도 알 수가 없다. 『성경』은 어렵다. 마찬가지로 온 세상 무학의 재봉사들이 소매와 지퍼 다는 법을 어떻게 알아서 옷을 만드는지도 나에게는 놀라운 일이다.

아버지는 자기 방에서 식사를 했다. 다른 환자들과 어울릴 생각은 전혀 하지 않았다. 나는 쉬기 위해, 또는 울지 않으려고 곧잘 식당에 갔다. 식당에는 커다란 게시판이 붙어 있었다: 오늘 날짜: ――. 오늘 날씨: ――. 다음 식사: ――. 다음 휴일: ――. 두 달 동안 계속 점심 전, 부활절 전의 비 오는 화요일이다가 그다음부터는 공란으로 남아 있다.

에이더라는 자원봉사자가 매일 아침 신문을 읽어주었다. 에이더는 신문을 계속 넘기며 범죄와 폭력 사건 기사를 피했다. 에이더가 거의 매일 읽어주는 것은 결국 파키스탄에서 발생한 버스 충돌 사건과 개구쟁이 데니스, 오늘의 운세가 전부였다. 갤버스턴의 허리케인.* (나는 사람들이 어떻게 아직도 갤버스턴에서 살고 있는지 또한 이해하지 못한다.) 나는 다

* 1900년 9월 8일 미국 텍사스주 갤버스턴 섬을 덮친 허리케인은 미국에서 가장 격렬했던 자연재해로 기록되어 있다. 갤버스턴시는 완전히 파괴되었고 6천~8천 명이 사망했다.

른 환자들과도 어울리게 되었다. 대부분은 아버지보다 더 노쇠했다. 그들은 나를 보면 반가워하며 작은 손가락으로 더듬더듬 나를 잡았다. 그들은 모두 나를 알아보고 제각기 다른 이름으로 불렀다.

나는 계속 아버지를 보러 갔다. 플로리다 말마따나 죄의식 때문이었는지도 모른다. 하지만 거기엔 기대감도 있었다. 나는 아버지가 나를 칭찬해주기를, 용서해주기를 기다렸다. 아빠, 제발 나를 알아봐요, 나를 사랑한다고 말해줘요. 그런 일은 일어나지 않았다. 그래서 나는 이제 면도 재료나 파자마나 사탕을 가져가려고 갈 뿐이다. 아버지는 이제 더 이상 걷지 못한다. 아버지는 난폭해지기도 해서 이젠 밤이고 낮이고 몸을 마음대로 움직이지 못하게 하는 조끼를 입고 있다.

내가 아버지와 함께 보낸 마지막 참다운 시간은 메리트 호수로 소풍을 간 날이다. 환자 열 명이 참가했다. 그리고 나와 에이더, 플로리다, 샘이 함께 갔다. 샘은 건물 관리인이다. (아버지는 그를 원숭이로 칭했다.) 그들을 모두 밴에 태우고 시원찮은 리프트로 휠체어들을 싣는 데 한 시간이 걸렸다. 그날은 메모리얼데이 다음 날로 매우 더웠다. 차가 출발하기도 전에 대부분 오줌을 지렸다. 차창이 김으로 흐려졌다. 노인들은 줄곧 웃었고 신이 나 있었다. 버스가 우리 차 옆을 지나갈 때나 사이렌 소리가 나거나 오토바이가 지나갈 때는 움찔하며 겁을 먹기도 했다. 아버지는 시어서커 양복을 입어 근사해 보였지만, 파킨슨병 때문에 침을 흘려 가슴 부분이 젖어 퍼레졌고, 한쪽 바짓가랑이를 따라 흘러내린 오줌 자국 또한 퍼렇게 보였다.

나는 우리가 물가의 나무 아래로 갈 줄 알았는데, 에이더는 노인들이 길 쪽을 바라보도록 휠체어들을 오리 연못 옆에서 길 쪽을 향하게 정렬했다. 나는 또한 부랑인들이 자리를 뜰 줄 알았는데 그들은 요양원 노인들 앞쪽 벤치에 그대로 앉아 있었다. 요양원 노인들 중에는 담배연기 냄새를 맡고 담배를 달라는 이들도 있었다. 한 부랑인이 존에게 담배를 한 개비 주었지만, 에이더가 빼앗아 발로 짓이겨버렸다. 배기가스. 화려하게 치장한 대형 승용차와 차체를 낮게 개조한 차, 오토바이에서 들려오는 라디오 소리. 조깅하는 사람들이 땅을 울리며 우리가 있는 지점까지 오더니 한데 뭉쳐서 제자리에서 뛰다가 우리 뒤로 돌아 뛰어갔다. 우리는 노인들에게 먹을 것을 주고 그들은 오리들에게 먹을 것을 주었다. 감자샐러드와 프라이드치킨. 사탕무절임과 쿨에이드. 플로리다와 나는 벤치에 있는 부랑인 네 명에게 접시에 음식을 담아주었는데, 에이더가 왜 그러냐며 화를 냈다. 하지만 음식은 넘치게 많았다. 나폴리 아이스크림이 녹아 노인들의 턱받이에 흘렀다. 룰라와 메이는 아이스크림 바를 무릎에 짓이기며 놀았다. 아버지는 식사를 할 때는 아주 깔끔해서 언제나 세심한 주의를 기울였다. 나는 아버지의 손가락을 하나하나 닦아주었다. 아버지의 손은 아름다웠다. 그런 손으로 어째서 옷을 뜯고 담요를 잡아뜯는지 모르겠다. 그런 행동을 '빈사瀕死의 발버둥'*이라고 한다.

점심 식사가 끝난 뒤, 공원 경비원 제복을 입은 한 덩치 큰 여자가 너구리 새끼를 한 마리 데리고 와서 사람들에게 돌아가며 보라고 건네주었다. 감촉이 부드럽고 냄새는 향긋했다. 모두 다 너구리를 좋아했다. 정말 좋아서 안기도 하고 쓰다듬기도 했다. 하지만 룰라가 너구리를 너무 꽉 쥐는 바람에 너구리가 룰라의 얼굴을 할퀴었다. "광견병이야!" 아버지가 말했다. "내 다리!" 존이 소리쳤다. 부랑인은 존에게 또 담배 한 개비를 주었다. 에이더는 요리 접시들을 밴에 싣느라고 그걸 보지 못했다. 공원

* 의식이 혼탁한 환자가 공기나 침상을 잡으려는 행동.

경비원은 부랑인들에게도 너구리를 건넸다. 그 작은 동물은 그들의 어깨로 올라가 그들의 목을 빙 감고 가만있기도 하는 걸 보니 그들을 잘 아는 게 분명했다. 에이더는 우리에게 이십 분을 줄 테니 오리 호수 주위와 새 우리들을 둘러보고 언덕에 올라 호수 경관을 구경하라고 했다.

아버지는 늘 새를 좋아했다. 나는 휠체어를 밀고 가다 추레한 수리부엉이 우리 앞에 섰다. 그리고 우리가 본 여러 종류의 새들에 대해 이런저런 이야기를 했다. 초록색 털이 난 등줄솔새.* 흰 사시나무에 붙어 있는 도가머리 딱따구리. 안토파가스타**에서 본 군함새. 짝짓기하는, 위엄 있는 로드러너. 아버지는 눈에 생기가 없이 그냥 앉아 있기만 했다. 부엉이들은 박제된 듯 잠자고 있었다. 나는 다시 휠체어를 밀었다. 딴 사람들은 모두 축제 기분을 내고 손을 흔들며 큰 소리로 우리를 부르기도 했다. 존은 정말 즐거워했다. 플로리다는 휴대형 녹음기를 빌려준 어느 조깅하는 사람과 친해졌다. 룰라는 그 녹음기를 들고 오리에게 먹이를 주며 노래를 불렀다.

휠체어를 언덕 위로 밀고 올라가기가 쉽지 않았다. 날은 덥고 자동차 소리와 라디오 소리는 시끄럽고 조깅하는 사람들의 발소리는 탁탁탁탁 끝이 없었다. 스모그가 심해 맞은편 기슭도 잘 보이지 않을 지경이었다. 메모리얼데이의 지저분한 쓰레기. 백조처럼 잔잔하고 거품 낀 갈색 호수에 종이컵이 둥둥 떠다녔다. 언덕 정상에 오른 나는 휠체어에 브레이크를 걸고 담배에 불을 붙였다. 아버지는 웃고 있었다. 불쾌한 웃음이었다.

"사는 게 끔찍하죠, 아버지?"

* 오스트레일리아 나래새류(類)의 목초(porcupine grass)에 서식하는 새로 학명은 Amytis striata이다.
** 칠레 북부의 항구 도시.

"암, 그렇다마다."

아버지가 브레이크를 풀었다. 휠체어가 벽돌 길을 따라 굴러가기 시작했다. 나는 잠시 그냥 바라보며 주저했다. 그러나 곧 담배를 던져버리고, 본격적으로 굴러내려가려던 휠체어를 얼른 붙잡았다.

호랑이에게 물어뜯기다

기차가 엘패소에 접어들며 속도를 늦췄다. 나는 어린 벤이 깨지 않게 안고 승강구로 나갔다. 밖을 내다보려는 것이었다. 냄새도 맡을 요량이었다, 사막의 냄새를. 칼리치*와 세이지 냄새, 제련소 유황 냄새, 리오그란데강가의 멕시코인 판자촌에서 나는 장작불 냄새. 성지聖地. 전쟁 중 외할머니 외할아버지에게 가 있으려고 엘패소에 처음 갔을 때 나는 예수님과 마리아, 성경과 죄에 관한 이야기를 처음으로 들었다. 그래서 예루살렘은 톱니 같은 산맥과 사막이 있는 엘패소와 뒤범벅이 되었다. 강가에는 골풀이 무성하고 어디를 가나 커다란 교회 십자가가 있었기 때문이다. 무화과와 석류도. 거무스름한 숄을 두르고 갓난아기를 안고 있는 여자들, 고통받는 자의 눈, 구세주의 눈을 가진 가엾고 수척한 사내들. 밤에 보는 별은 노랫말에 나오는 것처럼 크고 밝았다. 그리고 줄기차게 눈이 부셔서 동방박사들이 그중 한 별을 따라 길을 떠날 수밖에 없었다는 것을 나는 이해할 수 있었다.

타일러 외삼촌이 크리스마스를 맞아 가족 모임을 계획했다. 그 이유

* 건조 지대의 지표의 모래나 자갈 사이에 탄산칼슘이 응고한 지층.

112

중 하나는 내가 가족과 화해하는 것이었다. 나는 부모님을 보는 게 두려웠다……. 부모님은 내 남편 조가 나를 버리고 떠나자 미친 듯이 분노했다. 내가 열일곱 살에 결혼했을 때 그분들은 거의 죽었다 살아났다. 그러니 나의 이혼은 한계점이었다. 하지만 난 사촌 벨라 린과 로스앤젤레스에서 방문할 존 외삼촌이 몹시 보고 싶었다.

벨라 린! 기차역 주차장. 하늘색 캐딜락 컨버터블 안에서 일어나 손을 흔들고 있었다. 술이 달린 스웨이드 카우걸 재킷을 입고 있었다. 벨라 린은 아마 텍사스 서부에서 가장 아름다울 것이다. 미인 대회란 미인 대회는 다 휩쓸었던 것 같다. 옅은 금발과 노란빛 도는 갈색 눈. 그러나 역시 벨라 린은 웃음이 인상적이었다. 폭포처럼 울리는 침울한 느낌의 그 낮은 웃음소리는 기쁨을 포착하고는 모든 기쁨에는 슬픔이 있다고 암시하고 기쁨을 조롱하는 듯했다.

벨라 린은 우리 가방과 벤의 작은 침대를 받아 뒷좌석에 던져놓았다. 우리 모이니핸가 사람들은 모두 강인하다. 딴 건 몰라도 육체적으로는 그렇다. 벨라 린은 연거푸 키스를 하며 우리를 안아주었다. 우리는 차를 타고 도시 반대편에 있는 A&W로 향했다. 벨라 린은 차 지붕을 열어놓은 채 히터를 틀었다. 한 손으로는 운전을 하고 다른 한 손은 거리에 지나다니는 사람들 거의 모두를 향해 흔들며 쉴 새 없이 떠들었다.

"미리 말해둬야 할 게 있는데, 지금 우리 집에는 크리스마스의 기쁨이 부족해. 존 외삼촌은 내일 크리스마스이브에나 와. 그나마 참 다행이지. 메리 이모하고 우리 엄마는 술을 마시다 금방 싸우기 시작했어. 우리 엄마는 차고 지붕에 올라가서는 내려올 생각을 안 해. 메리 이모는 손목을 칼로 그었고."

"세상에 맙소사!"

"그런데 뭐, 심각하거나 그런 건 아니야. 너희 엄마는 손목 긋기 전에 자살 유서 쓰셨더라. 너 때문에 언제나 되는 게 없이 신세를 망쳤다고. 거기다 '블러디 메리'*라고 사인하셨지 뭐냐! 성요셉 정신병동에서 72시간 동안 모니터를 받아야 해. 어쨌든 너희 아버지는 안 오신다니 잘됐어. 네가 이.혼.했다고 노발대발이셔. 우리 미친 친할머니도 계셔. 집 안이 온통 루니 툰스** 대잔치야! 루복, 스위트워터에서 그 지긋지긋한 친척들이 무더기로 왔어. 우리 아버지가 모두 모텔에 방을 잡아줬는데, 우리 집에 와서는 온종일 먹고 티브이를 봐. 모두 부활한 크리스천들이라서 아마 너나 나를 보면 썩어 문드러졌다고 생각할 거야. 렉스 킵도 왔어! 렉스하고 아버지는 온종일 가난한 사람들한테 선물을 사주고 아버지 창고에서 놀아. 그러니 내가 널 보고 얼마나 반갑겠니……."

우리는 언제나처럼 A&W 드라이브인에서 파파버거와 프렌치프라이, 몰트밀크를 시켰다. 나는 벤이 태어난 지 10개월밖에 되지 않으니까 내 것을 조금 주면 된다고 했다. 하지만 벨라 린은 벤을 위해 따로 파파버거와 바나나스플릿을 시켰다. 우리 집안사람들은 다 손이 크다. 아니, 우리 아버지는 예외다. 뉴잉글랜드 출신인 아버지는 절약 정신과 책임감이 강하다. 나는 외가 모이니핸 쪽이다.

가족 모임 상황에 대한 자세한 정보를 알려준 다음, 벨라는 두 달 만에 파경에 이른 클레티스와의 결혼 이야기를 들려주었다. 나의 부모님이 내게 그랬던 것처럼 벨라의 부모님도 벨라의 결혼에 노발대발했다. 클레티

● Bloody Mary, 보드카와 토마토 주스를 섞은 칵테일 이름이지만, 글자 그대로는 '피투성이 메리'다.
●● 〈Looney Tunes〉 1930년에 시작해서 현재까지 다양한 캐릭터가 등장하는 워너브라더스의 만화영화. looney에는 '미친'이라는 뜻이 있다.

스는 공사장 일도 하고 로데오 카우보이 일도 하고 석유 채굴 일도 하는 사람이었다. 어떤 일이 있었는지 이야기할 때 벨라의 아름다운 얼굴에 눈물이 흘렀다.

"루, 우리는 조개마냥 행복했어. 맹세코 그렇게 달콤하고 애틋한 사랑을 한 사람은 없을 거야. 그런데 대관절 왜 조개가 행복하다는 걸까?* 우리는 남쪽 계곡 강가의 소중하고 작은 트레일러에서 살았어. 작지만 푸른 천국이었지. 나는 집을 청소하고 설거지도 했어! 요리도 했지. 파인애플 업사이드다운 케이크, 마카로니, 별의별 걸 다 만들었어. 클레티스는 날 자랑스러워했어, 나도 클레티스가 자랑스러웠고. 처음으로 일어난 나쁜 일은 아빠가 날 용서하고 집을 사준 거였어. 립 로드에 있는 아주 큰 집이야. 기둥으로 받친 포치가 있는 그런 집 말이야. 하지만 우리는 아버지가 집을 사주는 게 싫었어. 그래서 클레티스는 아버지와 대판 싸웠지. 난 아빠의 옛집이 필요 없다고 아빠한테 해명하느라 진땀을 뺐어. 나와 클레티스는 트럭 짐칸에서 살아도 행복할 거라고. 그런데 내가 그 집에 들어가 살지 않을 거라고 그렇게 말했는데도, 이젠 클레티스가 노상 부루퉁한 바람에 난 클레티스도 달래며 계속 해명해야 했어. 그러던 어느 날 파퓰러 백화점에 가서 옷가지며 타월 같은 걸 몇 개 샀어, 내가 평생 쓰던 신용카드로 말이야. 그걸 보고 클레티스가 불같이 화를 내더라. 자기가 여섯 달 동안 일해서 벌 수 있는 돈을 단 두 시간 안에 썼다면서. 그래서 난 그냥 그걸 몽땅 가지고 나가서 석유를 붓고 태워버렸어. 그리고 우리는 키스하고 화해했지. 아아, 난 그이를 너무너무 사랑해, 루! 그런데 내가 또 지지리도 바보 같은 짓을 했거든. 나도 내가 왜 그랬는지 모르겠어. 하루

* happy as a clam은 '더없이 행복한'이라는 뜻을 가진 관용어다.

는 엄마가 우리 집에 오셨어. 어엿한 부녀자가 된 기분, 왜 그런 거 있잖아. 어른이 된 느낌. 그때 내가 그런 기분이었어. 커피를 타고, 작은 접시에 오레오 쿠키를 담아놓고 엄마와 앉아 이야기를 나누는데, 내가 그만 이 방정맞은 입으로 에스.이.엑스.에 대해 나불거렸지 뭐니. 엄마한테 에스.이.엑스.를 말할 수 있을 만큼 내가 어른이라고 느꼈었나 봐. 오 하나님, 그런데 난 아는 게 없었어. 그래서 엄마한테 내가 클레티스가 사정한 걸 먹으면 임신하냐고 물었지 뭐니. 그러자 엄마가 불같이 일어나 그 길로 집으로 가서 아빠한테 일러바쳤어. 지옥문이 활짝 열린 거지. 그날 밤 아빠하고 렉스가 와서 클레티스를 흠씬 두들겨 팼어. 한쪽 쇄골하고 갈비뼈 두 개를 부러뜨려 병원에 입원시켰지. 성도착 환자 어쩌고, 변태 성행위로 감옥에 처넣고 어쩌고, 결혼을 무효로 하겠다 어쩌겠다 하면서. 합법적으로 맺어진 남편에게 입으로 해주는 게 법에 위배된다는 게 말이 돼? 아무튼 난 아빠 따라 집에 안 간다 그랬어. 클레티스가 퇴원할 때까지 옆을 지켰지. 그 뒤로 우리는 다시 괜찮아졌어, 다시 이전의 조개가 되었지. 한동안 일하러 못 나가게 되는 바람에 클레티스가 과음하는 버릇이 생겼지만. 그러다 지난주에 문득 밖을 내다보니 우리 트레일러 진입로에 새 캐딜락이 있더라. 그 안에 커다란 산타 인형이 앉아 있고 차에 새틴 리본이 감겨 있었어. 나는 웃었어. 웃기니까. 하지만 클레티스가 '행복하냐? 그래, 그런데 난 죽었다 깨어나도 너희 소중한 아빠처럼 널 행복하게 해주지 못할 텐데 어떡하냐' 하더니 그냥 나가버렸어. 난 클레티스가 어디 가서 술이나 진탕 마시고 올 줄 알았지. 오오, 루. 클레티스는 돌아오지 않을 거야. 떠나버렸어! 루이지애나 근해 유전으로 일하러 갔대. 전화 한 통 없이. 그 상스러운 시어머니가 옷가지와 안장을 챙기러 왔다가 말해줘서 알았어."

벤은 실제로 그 햄버거를 다 먹고 바나나스플릿도 거의 다 먹어치우고는 제 몸과 벨라 린의 재킷에다 먹은 걸 그대로 다 토해냈다. 벨라는 재킷을 뒷좌석에 던지고, 내가 갈아입힐 옷과 기저귀를 꺼내는 동안 냅킨에 물을 묻혀 벤을 닦아주었다. 그러는 동안 벤은 전혀 울지도 않았다. 벤은 로큰롤 음악과 힐빌리 음악, 벨라 린의 음성, 그녀의 머리카락을 굉장히 좋아했고, 그녀에게서 눈을 떼지 않았다.

나는 그렇게 사랑에 빠져 있는 벨라와 클레티스가 부러웠다. 나는 조를 열렬히 사랑했다. 하지만 그를 늘 두려워하고 그의 마음에 들려고 애를 썼다. 나는 조가 나를 별로 좋아하지 않는다고 생각했다. 나는 비참했다. 조가 그리워서 그랬다기보다는 그 모든 실패 때문에, 그 모든 게 내 탓인 듯했기 때문에 비참했다.

나도 벨라에게 나의 짧고 슬픈 사연을 들려주었다. 조가 얼마나 훌륭한 조각가였는가 하는 이야기. 조는 구겐하임 장학금을 받았고, 후원자가 생겨서 이탈리아의 빌라와 주물 공장을 제공받아 떠났어. "예술은 그의 생명이야." (나는 누구에게나 극적인 효과를 살려 그렇게 말하는 버릇이 있었다.) 아니, 아이 양육비는 받지 못하고 있어. 난 조의 주소도 모르는 걸.

벨라 린과 나는 서로 부둥켜안고 한참 울었다. 그러고 나서 벨라 린은 한숨을 내쉬었다.

"뭐, 그래도 넌 그 사람 애라도 하나 있잖아."

"애들이야."

"뭐?"

"나 지금 거의 4개월 돼가. 내가 아이를 또 하나 갖게 된 것, 조에게는 그게 한계점이었어."

"그건 너한테 한계점이야, 이 바보야! 그래서 어떡할 거니? 너희 부모님이 도와줄 리 만무고. 너희 엄마가 이 소식을 들으면 또 한바탕 자살 소동이 벌어질 거야."

"어쩌면 좋을지 모르겠어. 정말 멍청한 문제가 또 하나 있어……. 여기에 너무나 오고 싶었는데 내가 일하는 에스크로 회사에서 크리스마스 휴가조차 주지 않는 거야. 그래서 회사 때려치우고 왔어. 임신한 데다 이젠 직장마저 구해야 하는 상황이야."

"낙태해야 돼, 루. 다른 수가 없어."

"어디서? 어쨌거나…… 혼자 하나 키우는 거나 둘 키우는 거나 마찬가지로 쉬울 거야."

"쉽기는 무슨, 그만큼 어렵지. 게다가 그건 틀린 말이야. 벤이 이렇게 얌전한 건 네가 갓난아기 때 같이 있었기 때문이야. 그때 벤을 어디 두고 일하러 다니는 건 끔찍한 일이었을 거야. 그래도 벤은 네가 일하는 동안 다른 사람에게 맡길 수 있을 만큼 자랐지만, 새로 낳을 갓난아기를 어디 맡기고 다닐 수는 없어."

"그래. 그게 현실이야."

"넌 말하는 게 꼭 너희 아버지 같구나. 현실은, 넌 열아홉 살이고 예쁘다는 거야. 어린 벤을 제 자식처럼 사랑해줄 착하고 튼튼하고 괜찮은 남자를 찾아야 해. 하지만 자식이 둘이면 그런 남자를 찾기가 굉장히 힘들 거야. 성인군자 유형의 공상적 박애주의자여야겠지. 그러면 넌 고마워하며 결혼할 거고, 그러면 죄의식 때문에 결국 그 사람을 미워하게 될 거야. 그리고 결국은 야반도주하는 색소폰 연주자와 미친 듯이 사랑에 빠지겠지. 아, 생각만 해도 그건 비극이야, 비극. 루, 생각 좀 해보자. 이건 심각한 문제야. 이제부터 내 말 잘 들어, 내가 널 보살펴줄 테니까. 너 내 말

들어서 손해본 적 있어?"

사실 전혀 손해본 적 없다. 하지만 나는 몹시 혼란스러워 아무 말도 하지 못했다. 말하지 말걸 그랬다. 난 그냥 가족 모임에 와서 골치 아픈 일일랑 모두 잊고 즐거운 시간을 갖고 싶었다. 그런데 이제 보니 혹 떼려다 붙인 격이 되었다. 엄마는 또 자살하려 하고 아빠는 아예 오지도 않고.

"너 여기 좀 있어. 내가 전화 좀 걸고 올 동안 커피 좀 시켜." 벨라가 공중전화 부스로 가는 길에 드라이브인 식당에 있는 다른 차들의 사람들이, 대개 남자들이 그녀를 불렀다. 벨라는 웃으면서 그들에게 손을 흔들었다. 벨라는 공중전화 부스에 들어가 한참 있는 동안 두 번 나왔다 들어 갔다. 한 번은 내게서 스웨터를 빌려가면서 커피를 가져갔고, 나중에 한번은 동전 때문에 나왔다 들어갔다. 벤은 한동안 라디오 다이얼을 가지고 놀다가 자동차 와이퍼 스위치를 켰다 껐다 장난쳤다. 드라이브인의 웨이트리스가 우유병을 데워줘서 먹이자 벤은 곧 내 무릎 위에서 잠이 들었다.

벨라는 돌아와서 자동차 지붕을 씌우고 나를 보고 미소를 짓고는 메사가街를 따라 플라자를 향해 차를 몰았다. "국경의 남쪽, 멕시코 구역으로!"* 벨라가 운전하며 노래를 불렀다.

"이제 됐어, 루. 다 해결됐어. 나도 해봤어. 끔찍한 일이지만, 안전해. 그리고 깨끗한 데야. 오늘 낮 네 시에 들어가서 내일 아침 열 시에 나오는 거야. 거기서 나올 때 항생제와 진통제를 줄 거야. 하지만 심하게 아프진 않아. 그냥 생리통이라고 생각해. 내가 집에 전화해서 널 데리고 후아레스로 쇼핑 갔다가 카미노 레알 호텔에서 하룻밤 자고 간다고 말해두었

● 〈South of the Border〉 1939년에 나온 노래로 1953년 프랑크 시나트라가 불러 히트곡이 되었다. 패티 페이지, 페리 코모 등 유명가수들도 즐겨 불렀다.

어. 내가 벤을 데리고 거기에 있을게. 녀석하고 친해져야지. 넌 끝나는 대로 그리로 오면 돼."

"잠깐. 난 아직 충분히 생각해보지 않았어."

"나도 알아. 그래서 내가 너 대신 그 모든 생각이란 걸 하는 거야."

"뭔가 잘못되면 어떡하지?"

"그럼 여기 의사한테 데려갈게. 텍사스 의사는 사람 목숨도 살리고 어쩌고 다 할 수 있어. 낙태만 안 해줄 뿐."

나는 그때 웃지 않을 수 없었다. 벨라의 말이 타당했다. 사실 마음의 큰 짐을 내려놓은 기분이었다. 벤 외에도 갓난아기가 하나 더 생긴다는 걱정을 하지 않아도 되니까. 야아, 정말 다행이다. 벨라 말이 맞아. 낙태가 최선이야. 나는 눈을 감고 가죽 의자에 등을 기댔다.

"나 돈 없는데! 얼마나 들어?"

"500달러. 현금. 마침 내 섹시한 작은 손 안에 그 돈이 있거든. 난 돈이 남아돌아. 엄마나 아빠한테 가서 그냥 포옹하려고 하거나, 클레티스가 보고 싶다고 하거나, 비서 양성 학교에나 갈까 그러면 나한테 돈을 막 쥐여줘. 가서 예쁜 옷이나 사 입으라고."

"알아." 나도 그런 게 뭔지 안다. 아니, 나와 절연하기 전에는 우리 부모님도 그랬다. "나는 예전에 이런 생각을 했어. 만일 내가 크고 늙은 호랑이에게 손을 물어뜯겨서 엄마한테 달려가면 잘린 손목에다 그냥 돈을 덕지덕지 바를 거라고. 아니면 농담을 하거나⋯⋯. '이게 무슨 소리지? 한 손으로 박수치는 소린가?' 하고."

우리는 국경 다리에 이르렀다. 멕시코 냄새가 났다. 연기와 칠리와 맥주. 카네이션과 양초와 석유. 오렌지와 델리카도 담배와 오줌. 나는 창문을 열고 머리를 내밀었다. 고향에 와서 기뻤다. 교회 종소리, 란체라 음악,

비밥 재즈, 맘보 음악. 관광객 상점에서 흘러나오는 크리스마스캐럴. 달가닥거리는 자동차 배기관, 경적 소리, 블리스 미군기지에서 나온 술 취한 군인들. 피냐타와 럼주병을 들고 다니는 엘패소 주부들, 진지한 쇼핑객들. 새 쇼핑 구역과 호화로운 새 호텔이 있었다. 정중한 젊은 직원이 차를 주차해주고 다른 직원이 짐을 나르고 또 다른 직원이 벤을 깨우지 않고 받아 안았다. 우리는 품위 있는 방에 들었다. 좋은 직물과 양탄자, 좋은 모조 골동품, 밝은 색상의 민예품으로 장식된 방이었다. 덧문이 달린 창문에 면한 안뜰에는 타일을 붙인 분수와 풀이 무성한 정원이 있고, 그 너머에는 김이 나는 풀장이 있었다. 벨라는 모두에게 팁을 주고 룸서비스에 전화를 했다. 커피 한 주전자, 럼주, 콜라, 페이스트리, 과일. 나는 벤을 위해 혼합분유, 시리얼, 깨끗한 우유병을 충분히 주문했다. 벤에게 사탕과 아이스크림을 먹이지 말라고 벨라에게 단단히 당부했다.

"플랑*?" 벨라가 물었다. 나는 고개를 끄덕였다. "응. 플랑." 벨라가 전화기에 대고 말했다. 벨라는 선물 가게에 전화를 걸어 사이즈 8짜리 수영복과 크레용, 그 가게에 있는 장난감들, 잡지 등을 주문했다. "크리스마스고 뭐고 다 집어치우고 그냥 여기서 죽 있을까 보다!" 벨라가 말했다.

우리는 양쪽에서 벤을 데리고 뜰을 거닐었다. 마음이 편하고 만족스러운 기분이 되었는데 벨라 린이 "얘, 이제 가야 할 시간이야"라고 하는 바람에 나는 깜짝 놀랐다.

벨라는 나에게 500달러를 주었다. 돌아올 때 택시를 타고 호텔에 와서 자기를 부르면 내려와 요금을 지불해주겠다고 했다. "이거 외에 다른 돈

● Flan, 치즈, 과일 따위를 넣어 만든 파이.

이나 신분증을 가져가면 안 돼. 거기 가면 그들에게 내 이름하고 이 번호를 줘."

벨라는 나를 택시에 태우고, 운전사에게 요금을 지불하고 행선지를 말한 뒤 벤과 함께 나에게 손을 흔들었다.

나는 누에바 포블라나 음식점 주차장 쪽으로 난 뒷문 앞에서 내렸다. 검은색 옷을 입고 검은 색안경을 쓴 두 사내를 기다리기로 되어 있었다.

택시에서 내린 지 이삼 분이나 되었을까 그들이 내 뒤에서 나타났다. 그러자 곧 낡은 세단 한 대가 조용히 다가와 섰다. 한 사내가 문을 열고 내게 타라는 시늉을 했다. 다른 사내는 빙 돌아가 반대편에서 탔다. 나이 어린 청년 운전사는 뒤를 돌아보고 고개를 끄덕하고는 차를 몰았다.

뒷좌석 창들에는 커튼이 달려 있고, 좌석이 너무 낮아서 밖을 내다볼 수 없었다. 처음에는 같은 곳을 빙빙 도는 듯하다가 착착착 하는 소리를 내며 고속도로를 달리는가 싶더니 다시 빙빙 도는 듯하다가 어딘가에 멈추었다. 육중한 나무 문이 끼긱 소리를 내며 열렸고, 차가 몇 미터 전진하더니 멈추고 문이 닫혔다.

누런 벽돌로 지은 건물인데 원래는 공장 건물이었을 것이다. 전체가 시멘트 바닥이었지만, 카나리아 새도 있고 분꽃과 채송화 화분도 있었다. 안뜰 건너편에서 볼레로 음악과 웃음소리, 접시 부딪치는 소리가 들려왔다. 치킨 요리 냄새, 양파와 마늘, 명아주 냄새.

책상에 앉아 사무를 보는 듯한 여자가 나를 보고 고개를 끄덕했다. 내가 앞에 앉자 여자는 악수를 청했지만 이름을 밝히지는 않았다. 여자는 내 이름을 묻고, 500달러 주세요, 했다. 만일의 경우에 연락할 수 있는 사람의 이름과 전화번호도 요구했다. 그게 전부였다. 서명할 양식도 없었다. 여자는 영어를 거의 못했지만 나는 그 여자는 물론 그곳의 누구에게도 스페인어로 말하지 않았다. 그러면 너무 허물없이 구는 행동으로 보일 것 같았다.

"다섯 시에 의사 선생님이 올 겁니다. 선생님이 진료를 하고 자궁에 카테터를 집어넣을 거예요. 밤에 진통이 있을 거예요. 하지만 수면제 때문에 그다지 나쁘진 않을 거예요. 저녁을 먹은 뒤에는 아무것도 먹지 말고 물도 마시지 말아요. 이른 아침에 자연유산이 될 가능성이 많아요. 여섯 시에 수술실에서 잠든 동안 인공중절을 할 거예요. 그리고 깨어나면 당신 침대일 거예요. 감염되지 않게 암피실린하고 진통제로 코데인을 줄 겁니다. 열 시에 차가 당신을 후아레스나 엘패소 공항이나 버스 정류장에 데려다줄 겁니다."

그 나이 든 여자가 나를 침대로 데려갔다. 어두운 방에 내 것 외에 침대 여섯 개가 더 있었다. 여자는 손을 펴서 다섯 시를 표시하고는 내 침대를 가리킨 다음 손짓으로 복도 건너편 대기실을 알렸다.

처음에는 아무 소리도 안 나서 몰랐는데, 그 방에 있는 여자 스무 명이 모두 미국인인 것을 알고 나는 깜짝 놀랐다. 그중 셋은 아동에 가까운 소녀였는데, 그들의 어머니와 함께 있었다. 나머지는 한눈에 봐도 혼자였다. 그들은 앉아서 잡지책을 읽고 있었다. 그중 넷은 40대, 어쩌면 50대인지도……. 갱년기 임신이네, 하고 생각했는데 나중에 보니 사실이었다. 그리고 다른 여자들은 10대 후반이거나 20대 초반이었다. 모두 겁먹고 당황스러워하고, 무엇보다 몹시 수치스러워하는 기색이 역력했다. 무언가 끔찍한 짓을 저질렀을 때의 느낌. 수치심. 그들 사이에 동병상련의 유대감 따위는 없는 것 같았다. 내가 들어간 것을 아는지 모르는지 아무도 신경 쓰지 않았다. 임신한 한 멕시코 여자가 더러운 대걸레로 바닥을 닦으면서 호기심과 경멸감을 감추지 않고 우리를 바라보았다. 그것을 본

나는 그 여자를 향해 불합리한 분노가 치밀었다. 야, 이년아! 넌 너희 신부님한테 가서 뭐라고 고해하냐? 남편도 없이 자식을 일곱이나 낳아놓고……. 이런 사악한 곳에서라도 일하지 않으면 굶어 죽어? 오오, 이런 세상에! 저 여자 사정은 아마 그렇지 않을 거야. 갑자기 피곤이 몰려왔다, 거대한 비애가 밀려왔다, 그녀 때문에, 그 방의 우리 모두 때문에.

우리는 저마다 혼자였다. 누구보다 어린 소녀들은 더했을 것이다. 그중 둘은 울고 있었지만 그들의 어머니는 자신들의 수치와 분노 속에 고립되어 방 안 어딘가를 응시하는 모습이 냉랭해 보였다. 혼자서. 나는 눈물이 차올랐다. 조는 떠났고, 엄마는 그 자리에 없었다, 언제나 그랬듯이.

나는 낙태를 원하지 않았다. 낙태할 필요가 없었다. 그 방의 다른 여자들은 모두 끔찍하고 고통스러우며 곤란한 상황에 처해 있으리라는 것이 내가 상상한 시나리오였다. 강간, 근친상간, 온갖 심각한 사건들. 난 이 아기를 돌볼 수 있을 것이다. 우리는 가정을 이룰 것이다. 이 아기와 벤과 나. 진정한 가족. 내가 미쳤는지도 모른다. 적어도 이건 내가 내려야 할 결정이다. 벨라 린은 언제나 내가 어찌해야 할지 알려준다.

나는 복도로 나갔다. 벨라 린에게 전화하고 싶었다, 그곳을 벗어나고 싶었다. 다른 문들은 모두 잠겨 있었다. 주방 문은 열려 있었지만 요리하는 사람들이 쉬이 하며 나를 쫓았다.

문이 쾅 닫히는 소리가 들렸다. 의사가 도착했다. 생기기는 아르헨티나의 영화배우나 라스베이거스의 나이트클럽 가수 같은데 의사임에는 틀림이 없었다. 그 나이 든 여자가 낙타털 외투와 스카프를 벗는 그의 시중을 들었다. 고급 실크 양복, 롤렉스 시계. 그를 의사로 확신하게 하는 것은 그 거만함과 권위였다. 그는 가무잡잡하고 유들유들한 성적 매력이 있는 사람이었다. 걸음걸이는 도둑처럼 사뿐사뿐했다.

의사가 내 팔을 잡았다. "방에 들어가 다른 여자들과 함께 진료 시간을 기다려요."

"생각이 바뀌었어요. 전 그냥 가고 싶어요."

"방으로 돌아가세요. 생각은 계속 바뀌니까. 이따 이야기합시다……. 가세요. Ándale!*"

나는 내 침대로 갔다. 다른 여자들은 각자 자기 침대에 걸터앉아 있었다. 어린 소녀 둘. 그 나이 든 여자가 우리에게 옷을 벗고 가운을 입게 했다. 어린 소녀는 몸을 덜덜 떨었다. 공포로 거의 히스테리 상태가 되어 있었다. 의사는 그 소녀부터 시작했다. 그는 정말 상대방을 안심시키는 태도와 참을성을 보였지만 소녀는 그를 찰싹찰싹 때리고 제 어머니를 발로 차 밀어냈다. 의사는 소녀에게 주사를 놓고 담요를 덮어주었다.

"다시 올게요. 그냥 마음 편히 계세요." 의사가 소녀의 어머니에게 말했다.

다른 어린 소녀도 형식적인 진료 전에 진정제 주사를 맞았다. 의사는 간략한 병력을 묻고 청진기로 심장 소리를 들은 다음 온도와 혈압을 측정했다. 소변이나 혈액 검사는 하지 않았다. 여자들마다 돌아가며 후다닥 골반 검사를 하고 고개를 끄덕하면 그 나이 든 여자는 칠면조 속을 채우듯이 자궁에 3미터 길이의 IV관을 집어넣었다. 여자는 장갑도 끼지 않고 차례차례 돌아가며 환자들에게 같은 처치를 했다. 굉장히 고통스러운 듯 비명을 지르는 이들도 있었다.

"좀 불편하겠지만, 그게 자궁 수축과 위생적이고 자연스러운 낙태를 유도할 겁니다." 의사가 모두를 향해 말했다.

* '어서!'라는 뜻의 스페인어.

의사는 내 옆의 중년 여자를 진료하고 있었다. 마지막 생리가 언제였느냐는 물음에 그 여자는 모른다고 했다……. 생리가 중단된 건 임신 전의 일이라고 대답했다. 의사는 그 여자를 검사하는 데 많은 시간을 들였다.

"안됐지만 임신한 지 5개월은 넘은 것 같아요. 우리는 그런 위험부담을 질 수 없습니다."

의사는 그 여자에게도 진통제를 주었다. 여자는 비참한 표정으로 천장을 응시했다. 아아, 세상에. 이럴 수가.

"드디어 우리의 가엾은 도망자로군." 의사는 내 입에 체온계를 물리고 팔뚝에 혈압계를 감고 내 다른 팔을 꼭 눌렀다. 그가 내 심장 소리를 들으려고 내 팔을 놓자 나는 체온계를 꺼냈다.

"난 그냥 갈래요. 생각이 바뀌었어요."

의사는 귀에 청진기를 꽂았기 때문에 내 말을 듣지 못했다. 그는 심장 소리를 들으면서 거드럭대듯 웃는 표정을 하고 한 손으로 내 젖을 감싸 쥐었다. 나는 화가 치밀어 움찔하고 뒤로 몸을 뺐다. 의사가 그 나이 든 여자에게 스페인어로 "이 갈보년이 제 젖을 누가 처음 만져보는 양하네"라고 말했다. 그러자 나도 스페인어로 말했다. 대충 이런 뜻이다. "만지지 마, 이 더러운 쓰레기야."

그는 웃었다. "허, 무례하군. 그러면서 여태껏 영어로 힘들게 말하게 했단 말인가!" 그는 사과하고 사람은 열다섯 살이 넘으면 냉소적이고 독살스러워진다면서, 그런 환자를 하루에 스무 번은 본다고 주절거렸다. 자신이 하는 일은 비극적이지만 무척 필요하다고 어쩌고저쩌고. 그가 말을 다 마칠 즈음 나는 그가 딱하다는 마음이 들었다. 그리고 그가 내 팔을 쓰다듬는 동안, (주님 용서하세요) 나는 눈물 고인 그의 커다란 눈을 마주 들여다보았다.

나는 다시 용건으로 돌아갔다. "여보세요, 선생님. 난 이걸 하고 싶지 않아요. 지금 집에 가고 싶어요."

"돈을 돌려받지 못한다는 건 알고 있죠?"

"괜찮아요. 그래도 하고 싶지 않아요."

"Muy bien.* 그래도 여기서 밤은 지내야 해요. 여기는 시내에서 멀어요. 우리 운전사들은 내일 아침에나 올 거고. 잠을 잘 수 있게 진정제를 주겠소. 효과가 내일 아침 열 시까지는 갈 거요. M'ija,** 정말 이게 원하는 거요? 마지막 기회인데."

나는 고개를 끄덕였다. 그는 그러는 내내 내 손을 잡고 있었다. 위안처럼 느껴졌다. 나는 울고 싶어 미칠 것 같았다. 안기고 싶었다. 아, 약간의 위안을 위해서라면 우리가 무엇은 못할까.

"아가씨라면 나를 도와줄 수 있을 것 같은데. 저 구석에 있는 저 아이는 정신적으로 큰 충격을 받았어요. 저 어머니는 꼴이 말이 아니라서 전혀 도움이 되지 못해요. 저 아이 아버지가 의심스러워. 아니면 저 아이가 심히 안 좋은 상황에 처해졌었든가. 그러니까 저 아이는 정말 낙태를 해야 해요. 날 좀 도와주겠소? 저 아이를 좀 달래주겠소?"

나는 의사를 따라 그 소녀의 침대로 가서 인사했다. 의사는 자신이 무엇을 할 것이며, 예상되는 것은 무엇이며, 시술은 안전하고 쉬우므로 모든 게 다 잘될 것이라고 소녀에게 설명해달라고 했다. 이제 의사가 심장 소리를 듣고 폐를 검사할 거야……. 이제 의사가 밑에 손을 집어넣을 거

● 스페인어로 '좋아', '알았어'와 같이 동의나 만족을 표현하는 말이다.
●● 스페인어로 어린 여자에 대한 애칭이다.

야……. (그는 아프지 않을 것이라고 했지만 나는 아플 것이라고 말해주었다.) 불상사가 일어나지 않도록 그러는 거야.

소녀는 여전히 저항했다. "A fuerzas!" 의사가 강제로 잡으라고 말했다. 그 나이 든 여자와 내가 소녀를 붙들었다. 그리고 나서 의사와 내가 소녀를 붙들고 마음을 진정시키려고 말을 하는 동안 그 나이 든 여자는 소녀의 작은 몸에 한 자 한 자 관을 집어넣었다. 그 작업이 다 끝났을 때 나는 소녀를 안아주었다. 소녀는 나에게 꼭 붙어 흐느껴 울었다. 소녀의 어머니는 무표정한 얼굴로 침대 발치 의자에 앉아 있었다.

"충격에 빠진 건가요?" 내가 의사에게 물었다.

"아니요. 인사불성으로 취한 거요."

바로 그때 소녀의 어머니가 바닥에 쓰러졌다. 우리는 그녀를 일으켜 딸 옆에 눕혔다.

의사와 그 나이 든 여자는 환자들이 꽉 찬 다른 두 방으로 갔다. 인디언 여자애 둘이 저녁 식사 트레이들을 안으로 날랐다.

"내가 여기서 같이 먹으면 좋겠어?" 내가 소녀에게 물었다. 소녀는 고개를 끄덕했다. 소녀의 이름은 샐리였다. 미주리주에서 왔다. 그 이상은 말하지 않고 걸신들린 듯 음식을 먹었다. 샐리는 토르티야를 먹어본 적이 없었다. 그냥 맨 빵이 있었으면 좋겠다고 했다. 이게 뭐죠? 아보카도야. 맛있어. 토르티야에 든 고기에 아보카도를 얹어 먹어. 이렇게 해서, 이렇게 동그랗게 말아.

"너희 어머니 괜찮으시겠어?" 내가 물었다.

"아침에 몸살 나겠죠." 샐리는 매트리스를 들췄다. 그 아래에 반 파인트짜리 짐빔병이 있었다. "만일 내가 여기 없고 언니가 여기 있으면 이거 엄마 줘요. 엄마가 몸살 나지 않으려면 이게 필요해요."

"그래. 우리 엄마도 술을 많이 마셔." 내가 말했다.

인디언 소녀들이 저녁 식사 트레이들을 걷어가자 그 나이 든 여자가 우리에게 줄 큰 세코날 캡슐을 가지고 왔다. 소녀들에게는 주사를 놓아주었다. 나이 든 여자는 샐리의 어머니 옆에서 잠깐 망설이다가, 그녀가 잠이 들었는데도 신경안정제 바비튜레이트 주사를 놔주었다.

나는 침대에 누웠다. 침대 시트 감촉이 까끌까끌했다. 햇볕에 말린 냄새가 난다. 그거 하나는 좋다. 까끌까끌한 멕시코 담요에서는 가공하지 않은 양털 냄새가 났다. 나는 나코도체스°에서 보낸 몇 해 여름이 생각났다.

의사는 잘 자라는 인사도 하지 않고 갔다. 어쩌면 조가 돌아올지도. 아아, 난 분별력이라곤 없는 애야. 그냥 낙태를 해야 할까 봐. 애 하나도 키울 능력이 안 되는데 둘은 무슨. 아, 큰일이야……. 어떡하지……? 나는 잠이 들었다.

어디선가 소름끼치는 흐느낌이 들려왔다. 방이 어두웠지만 희미하게 새어 들어오는 복도 불빛으로 샐리가 침대에 없다는 것을 알 수 있었다. 나는 복도로 뛰어나갔다. 화장실 문을 열려고 했지만 처음엔 꿈쩍도 하지 않았다. 가까스로 열고 보니 샐리가 문 안쪽에 정신을 잃고 기대 있었다. 죽은 사람처럼 창백했다. 바닥이 온통 피투성이였다. 샐리는 심하게 출혈하고 있었다. 미친 듯 날뛰는 라오콘처럼 고무관이 몸에 칭칭 얽혀 있었다. 관에 핏덩어리 같은 것들이 들러붙어 있었다. 샐리의 몸을 감은 관은 마치 살아 있는 것처럼 휘기도 하고 뒤틀리기도 하면서 미끈거렸다. 맥은 아직 뛰고 있었지만 샐리는 아무리 해도 깨어나지 않았다.

나는 복도를 달려가 문을 두드려 그 나이 든 여자를 깨웠다. 여전히 흰

● Nacogdoches. 미국 텍사스주 동부의 작은 도시.

유니폼을 입고 있던 그녀는 신을 신고 화장실로 달려갔다. 화장실 안을 후딱 들여다보고는 사무실로 달려가 전화를 걸었다. 나는 밖에서 기다리며 귀를 기울였다. 그녀는 문을 발로 차 닫았다.

나는 샐리에게 돌아가 얼굴과 팔을 닦아주었다.

"선생님이 오고 있어요. 당신 방으로 가요." 그 나이 든 여자가 말했다. 인디언 소녀들이 그녀 뒤에 서 있었다. 그들이 나를 잡아 침대로 데려가 뉘였다. 나이 든 여자가 내게 주사를 놓았다.

나는 햇빛이 가득한 방에서 잠을 깼다. 빈 침대가 여섯 개였다. 침구들이 정돈되어 있고 밝은 분홍색 침대보가 씌워 있었다. 밖에서 카나리아와 되새 울음소리가 들려왔다. 자홍색 부겐빌레아 잎들이 바람에 흔들리며 열린 유리창 덧문에 사각사각 닿는 소리가 났다. 내 옷은 침대 발치에 놓여 있었다. 나는 옷을 갈아입으려고 화장실로 갔다. 깨끗이 청소되어 있었다. 나는 세수를 하고 옷을 갈아입고 머리를 빗었다. 아직 진정제 약기운이 가시지 않아 걸을 때 휘청거렸다. 방으로 돌아갔을 때 다른 여자들이 환자 이송용 침대에 실려 들어오기 시작했다. 낙태를 하지 않은 여자는 의자에 앉아 창밖을 내다보았다. 인디언 소녀들은 라테와 달콤한 빵, 오렌지와 수박 조각들을 쟁반에 담아 들여왔다. 아침을 먹는 여자들도 있고 대야에 토하기도 하고 비틀거리며 화장실을 찾는 여자들도 있었다. 모두 움직임이 느릿했다.

"부에노스 디아스." 의사는 기다란 초록색 가운을 입었고 마스크를 턱 아래로 내리고 있었다. 긴 검은 머리는 헝클어졌다. 그는 빙긋 웃었다.

"잠은 잘 잤겠죠. 몇 분 있다가 첫차로 가세요."

"샐리는 어디 있어요? 샐리 어머니는 어디 있죠?" 혀가 둔탁한 느낌이었다. 말이 잘 나오지 않았다.

"샐리는 수혈이 필요했어요."

"여기에 있어요?" 살아 있어요? 라는 말은 도저히 꺼낼 수 없었다.

의사는 내 손목을 잡았다. "샐리는 괜찮아요. 소지품은 다 챙겼어요? 차가 지금 떠날 텐데."

그들은 나를 포함해서 다섯 명을 재촉해 데리고 나가 차에 태웠다. 차가 출발했고 뒤에서 문 닫히는 소리가 들렸다. "엘패소 공항 가시는 분?" 나를 제외한 나머지 여자들은 모두 공항으로 간다고 했다.

"나는 후아레스 쪽 다리 앞에서 내려줘요." 내가 말했다. 차를 타고 가는 동안 아무도 말을 하지 않았다. 나는 무언가 멍청한 말을 하고 싶어 좀이 쑤셨다. 가령 "날이 참 좋죠?" 같은 말. 사실 날이 참 좋기는 했다. 상쾌한 공기, 맑은 하늘은 멕시코의 야한 파란색이었다.

그러나 수치와 고통으로 무거운 분위기의 차 안에는 꿰뚫을 수 없는 침묵이 깔렸다. 그나마 두려움은 가셨다.

후아레스 시내의 소음과 냄새는 내가 어렸을 때와 달라지지 않았다. 나는 어린 시절로 되돌아간 기분이 들어 마냥 돌아다니고 싶었지만 택시를 불러 세웠다. 알고 보니 호텔은 그곳에서 몇 블록만 걸어가면 되는 거리였다. 호텔 도어맨이 택시비를 치렀다. 벨라 린이 미리 손을 써두었다. 그들은 방에 있다고 도어맨이 말해주었다.

방은 완전히 엉망진창이었다. 벤과 벨라 린은 침대 한복판에서 잡지책을 찢어 공중에 던지며 웃고 있었다.

"이 놀이를 제일 좋아해. 커서 비평가가 되려나?"

벨라는 일어나 나를 껴안고, 내 눈을 들여다보았다.

"맙소사. 너 안 했구나. 이 바보야! 바보!"

"응, 안 했어. 그래도 돈은 내야 했어. 내가 나중에 갚을게. 그냥 나한테 잔소리만 하지 말아줘. 벨라, 거기에 샐리라는 여자애가 있었는데……."

사람들은 벨라 린이 버릇없고 무책임하다고 한다. 근심 걱정이 전혀 없다면서. 하지만 벨라처럼 이해심이 많은 사람은 없다……. 벨라는 모르는 게 없었다. 나는 아무 말도 할 필요가 없었다. 물론 나중에는 결국 말했지만. 나는 그냥 울기만 했다. 벨라도 벤도 울었다.

우리 모이니핸가 사람들은 울거나 화를 내고 나면 더 이상 이러쿵저러쿵하지 않는다. 벤이 제일 먼저 우는 데 지쳐 침대에서 깡충깡충 뛰기 시작했다.

"루, 이것아, 내가 너한테 잔소리는 무슨 잔소리. 네가 뭘 하든 난 괜찮아. 내가 알고 싶은 건, 이제 우리 뭘 하지? 테킬라 선라이즈 마실까? 점심 먹을까? 쇼핑 갈까? 난 배고파 죽겠다."

"나도. 가서 뭐 좀 먹자. 그런 다음 너희 할머니하고 렉스 킵한테 줄 선물을 사고 싶어."

"자, 꼬마 조카야, 그럼 이제 다 정리된 거 맞지? 너 '쇼핑'이란 말 할 수 있어? 요 녀석한테 화폐의 교환가치를 가르쳐줘야겠어. 쇼핑 가자!"

룸서비스 세탁을 맡긴 술 달린 재킷이 돌아왔다. 우리는 옷을 갈아입고 화장을 하고 벤에게 옷을 입혔다. 벤 얼굴에 땀띠가 난 줄 알았는데 알고 보니 벨라가 립스틱 바른 입으로 온통 비벼댄 자국이었다.

우리는 멋진 식당에서 점심을 먹었다. 아무런 근심 걱정 없이 즐거웠다. 젊고 예쁘고 자유로운 우리. 우리에게는 앞날이 펼쳐져 있었다. 우리는 수다를 떨고, 웃고, 식당에 있는 모든 사람의 인생을 상상해보았다.

"그런데 우리 언젠간 가족 모임이 있는 집에 가야겠지." 내가 커피와 칼루아주*를 세 잔째 마시며 마침내 말했다.

우리는 선물을 사고 밀짚 바구니를 사서 선물을 모두 담았다. 방에 있는 장난감도 모두 넣었다. 벨라 린은 호텔을 나서며 한숨을 쉬었다. "호텔은 정말 편안해, 항상 떠나기가 싫어……."

타일러 외삼촌의 시골 저택에 도착해서 육중한 문을 열고 들어가니 로이 로저스와 데일 에번스가 힘차게 크리스마스캐럴을 부르고 있었다. 문 안쪽에는 비눗방울 기계가 설치되어 있어서 거대한 크리스마스트리가 보이기 전에 공중에 떠도는 무지갯빛 비눗방울들이 먼저 보였다.

"맙소사. 세차장을 통과하는 것 같네. 저 양탄자 좀 봐." 벨라 린은 비눗방울 기계 전선을 잡아 빼고 음악을 껐다.

우리는 판석을 깐 계단을 내려가 거대한 거실로 갔다. 장작과 통나무가 벽난로에서 타고 있었다. 타이니 숙모의 친척들이 가죽 소파나 안락의자에 구부정하게 앉아 미식축구 티브이 중계를 보고 있었다. 벤은 곧바로 그리로 가 앉았다. 티브이를 처음 본 것이다. 사랑스러운 것. 집을 떠난 적이 한 번도 없는데, 모든 걸 수월하게 받아들였다.

벨라 린은 모두를 소개했다. 대부분 그저 고개만 끄덕일 뿐, 각자 가지고 있는 접시나 티브이에서 눈을 떼지 않았다. 그들은 장례식이나 결혼식에라도 가는 것처럼 모두 정장을 하고 있었지만, 한 무리의 소작인이나 태풍 피해자로 보였다.

우리는 도로 위층으로 올라갔다. "내일 아빠 파티에서 사람들 볼 일이 기대되는군. 우리는 아침에 존 외삼촌을 마중하러 갔다가 너희 엄마를 탈옥시킬 거야. 그런 다음에는 공개적인 파티가 크게 열릴 거야. 대개 좋은 신랑감들이야. 그러니까 우리가 좋아할 사람은 없을 거야. 하지만 옛날

● 커피 맛을 낸 멕시코산 럼주.

친구들이 많이 올 거야. 걔들이 너하고 벤을 보고 싶어해."

"어머나, 세상에!" 타이니 외숙모의 어머니인 비더 할머니였다. 비더 할머니는 지팡이를 놓고 벤을 한 번에 들어올려 품에 안고 비틀거리면서도 식당 안을 돌아다녔다. 벤은 그게 무슨 놀이인가 싶은지 웃기만 했다. 두 사람이 낮은 식기장과 사기 진열창에 부딪치는 바람에 크리스털 잔들이 달가닥거렸다. 우리 어머니가 좋아하는 말 중 하나는 "인생은 위험으로 가득하다"는 것이다. 비더 할머니는 벤을 안고 비틀거리며 자기 방으로 갔다. 그곳에 있는 티브이에서는 일일연속극이 방영되고 있었다. 침대 위에는 벤이 몇 달 동안 지루하지 않을 만큼 잡다한 물건들이 널려 있었다. 텍사캐나에서 가져온 아웃하우스 소금통, 푸들 모양의 두루마리 휴지 덮개, 작은 펠트 주머니, 보석이 빠진 팔찌. 크리스마스 선물로 재활용될 것들로 모두 때가 묻었다. 비더 할머니와 벤은 함께 침대에 누웠다. 할머니가 구깃구깃한 종이와 엉킨 리본으로 선물을 포장하는 동안 벤은 야광 조각품들을 입에 가져가기도 하며 그 위에서 몇 시간을 보냈다. 비더 할머니는 그러는 내내 노래를 불렀다. "예수 사랑하심은, 거룩하신 말일세!"

식당의 식탁은 유람선 뷔페 식탁 광고처럼 차려졌다. 고기가 담긴 큰 접시들, 샐러드, 돼지갈비구이, 아스픽, 새우, 치즈, 케이크, 파이를 바라보며 서서 저걸 누가 다 먹을까 하고 생각하고 있는데 어느새 그 음식들이 내 눈앞에서 사라지기 시작했다. 타이니 외숙모의 친척들이 하나씩 달려들어 슬쩍슬쩍 약탈해가지고 미식축구 경기를 보고 서둘러 돌아갔다.

부엌에는 검은 유니폼을 입은 에스터가 멕시코 음식 타말레에 쓸 옥수수가루 반죽이 든 큰 통 앞에 구부정하게 서 있었다. 오븐 속에는 고기 파이가 한창 구워지고 있었다. 벨라 린은 오랫동안 어디 다녀오기라도 한 것처럼 에스터를 꼭 껴안았다.

"그이 전화 왔어?"

"전화는 무슨. 전화 안 올 거야." 에스터는 벨라를 껴안고 흔들흔들거렸다. 에스터는 벨라 린을 아기 때부터 돌봐준 여자였다. 하지만 다른 사람들처럼 버릇없이 키우지 않았다. 난 에스터가 심술궂다고 생각하곤 했다. 사실 말이지 심술궂기는 하다. 에스터는 "이게 누구야……. 어리숙한 여자가 하나 더 왔네!"라며 나를 반겼다. 에스터는 나도 꼭 껴안아주었다. 몸이 작고 뼈가 가는 여자였지만 그 품 안에 폭 싸이는 것 같았다.

"그 가엾은 아기는 어디 있어?" 에스터는 벤을 보러 갔다가 돌아와 나를 다시 안아주었다. "사랑스러운 것. 축복받은 아기야. 감사한 마음이 들어?" 나는 웃으며 고개를 끄덕였다.

"타말레 만드는 거 도와드릴게요." 내가 말했다. "타일러하고 렉스한테 인사부터 하고. 그런데 타이니 숙모는……?"

"타이니 외숙모는 안 내려오실 거야. 전기담요며 라디오며 술이며 다 있으니까. 그래, 한동안 저 위에 계실 거야."

"세상에!" 벨라가 말했다.

"창고에 있는 애 같은 어른들께 음식 좀 가져다드려. 렉스한테 줄 접시에는 새우를 듬뿍 담아서."

타일러 외삼촌의 '창고'는 사실 오래된 어도비 하우스였다. 거기에는 커다란 서재와 손님방, 신형과 골동 총기로 가득한 거대한 방이 있었다. 서재에는 커다란 벽난로가 있고, 벽에는 사냥한 동물 박제가 걸려 있고, 타일 바닥에는 곰 가죽이 깔려 있었다. 화장실에는 다양한 크기와 색상의 고무 유방 모양들이 연이은 올록볼록한 깔개가 있었다. 미국 대통령에 출마한 적이 있는 베리 골드워터가 타일러 외삼촌에게 선물로 준 것이다.

날이 어두워졌다. 하늘은 맑고 공기는 차가웠다. 나는 벨라 린을 따라 길을 걸었다.

"갈보년들! 백인 쓰레기!"

나는 흠칫 놀랐다. 벨라가 웃었다.

"엄마야. 지붕 위에서 저래."

렉스와 타일러 외삼촌은 나를 보고 반가워했다. 그들은 조가 미국 땅에 다시 발을 들여놓으면 자기들에게 알려달라고 했다. 가서 사지를 찢어버리겠다면서. 그들은 버번을 마시며 목록을 작성하고 있었다. 방에 쇼핑백이 잔뜩 쌓여 있었다. 그들은 매년 양로원과 아동 병원과 고아원을 방문해서 선물을 주느라 거액의 돈을 썼다. 그렇지만 달랑 수표를 발행하지 않았다. 선물을 직접 고르고 음식을 가지고 산타클로스를 데리고 사람들을 방문하는 것을 재미있어했다.

올해에는 새로운 계획을 세웠다. 이제 렉스에게 비행기가 있기 때문이다. 그는 파이퍼컵 경비행기를 타고 와서 타일러 외삼촌의 남쪽 목장에 내렸다. 그들은 크리스마스이브에 멕시코 후아레스 판자촌 상공에서 장난감과 음식이 든 주머니들을 공중 낙하할 생각이었다. 두 사람은 연신 웃으며 그들의 계획대로 하던 일을 계속했다.

"하지만 아빠, 엄마는 어떡할 거야? 메리 이모는? 여기 루하고 나는? 호랑이들이 가서 루를 임신시키고 내 남편과 함께 달아났는데."

"너희 둘은 내일 파티에 멋진 옷을 입으면 좋겠구나. 연회 업체에서 출장 나오지만. 그래도 에스터가 도움이 필요할 거야. 렉스, 그 지체부자유 아동들한테 줄 캔디케인은 몇 개나 있어야 할까?"

응급실 비망록 1977

응급실에서는 사이렌 소리가 들리지 않는다. 앰뷸런스 운전사들이 웹스터가(街)에 접어들면 사이렌을 끄기 때문이다. ACE 앰뷸런스나 유나이티드 앰뷸런스의 후진등이 곁눈으로 보인다. 우리는 대개 티브이 드라마처럼 의료망 무전기로 미리 연락을 받고 대기한다. "시티 원: 여기는 ACE, 코드 2. 42세 남성, 두뇌 부상, 혈압 190에 110. 의식 있음. 삼 분 후 도착예정." "여기는 시티 원······76542 오버."

목숨이 위급한 코드 3일 경우, 의사와 간호사가 예상되는 상황에 대한 이야기를 나누며 병원 밖에서 기다린다. 6호실, 즉 트라우마 병실에는 코드 블루* 팀이 있다. 심전도, X레이 기술자, 호흡요법 요원, 심장외과 간호사. 코드 블루일 경우 대개 앰뷸런스 운전사든 소방관이든 응급실에 연락할 경황이 없다. 피드몬트 소방서가 그렇다. 그들이 데려오는 환자들은 대부분 상태가 매우 심각하다. 광범위한 관상동맥 혈전증 환자들, 페노바르비탈을 복용하고 자살을 기도한 부인들, 수영장에 빠진 어린이들. 육중한 캐딜락 영구차 같은 케어 앰뷸런스가 온종일 응급실 주차장 왼쪽으로

● 환자가 심폐 정지 상태에 빠져 응급 시술을 요할 때 사용하는 의료 용어.

후진해 들어온다. 환자 이송 침대가 온종일 내 창문 앞을 지나 코발트 방사선과로 간다. 앰뷸런스 차량도, 운전사 유니폼도, 담요도 모두 회색이다. 환자 가운은 노란빛 도는 회색이니 사방이 온통 회색인 셈이다. 의사들은 눈부신 빨간 매직마커로 모자나 목 부분에 X 표시를 해서 구분했다.

그들은 내게 그곳에서 일해달라고 했다. 싫어요. 나는 시간을 끄는 작별은 질색이거든요. 나는 왜 여전히 죽음을 가지고 그렇게 품위 없는 농담을 하는지 모르겠다. 이제는 죽음을 진지하게 생각하는데. 나는 죽음 공부를 한다. 직접은 아니고, 그냥 돌아다니며 쿵쿵 냄새만 맡는다. 나는 죽음을 사람처럼 대한다……. 죽음을 여러 사람으로 볼 때도 있다. 그리고 나는 죽음에게 안녕하세요, 하고 인사한다. 눈이 먼 다이앤 애덜리 부인, 지오노티 씨, 마담 Y, 우리 할머니.

마담 Y는 내가 본 여인 중 가장 아름답다. 반투명한 듯한 창백한 피부, 그 절묘한 골격의 동양인 얼굴은 잔잔하다. 나이를 먹는 것 같지 않다. 사실 죽은 사람 같아 보인다. 그녀는 검은색 바지에 검은색 부츠를 신는다. 스탠드칼라가 달린 윗옷은 아시아에서 만든 것일까? 프랑스일까? 바티칸에서 만든 건지도—주교의 검고 긴 성직복 같은 무게감이 있는 걸 보면—어쩌면 X레이 가운인지도. 가두리 수공 장식은 선명한 푸크시아꽃과 자홍색, 주황색으로 이루어져 있다.

아홉 시에 그녀를 태운 벤틀리가 문 앞에 와서 선다. 경박한 필리핀인 운전사는 주차장에서 서면 담배를 잇달아 피운다. 홍콩에서 만든 양복을 입은 키 큰 두 아들이 차에서 방사선과 입구까지 어머니를 바래다준다. 입구부터는 긴 복도를 따라 혼자 걸어야 한다. 그렇게 혼자 걷는 사람은 그녀밖에 없다. 그녀는 입구에서 몸을 돌려 두 아들을 바라보고 웃으며 고개를 숙인다. 아들들도 고개 숙여 인사하고 그녀가 복도 끝에 이를 때까지 눈을 떼지 않는다. 이윽고 그녀가 시야에서 사라지면 커피를 마시러 가거나 전화를 하러 간다.

한 시간 반 뒤에 모두 일시에 나타난다. 광대뼈 부위가 엷은 자주색으로 상기된 그녀, 그녀의 두 아들, 필리핀인이 운전하는 벤틀리. 모두 미끄러지듯 병원에서 멀어져간다. 빛나는 은색 자동차, 그녀의 검은 머리, 실크 윗옷. 피 흐르듯 매끈하고 조용한 의식.

그녀는 이제 죽고 없다. 언제 죽었는지는 확실하지 않다. 내가 일을 쉬는 날이었다. 어차피 살아 있을 때도 죽은 사람 같아 보였지만, 그래도 그때는 잡지 삽화나 광고처럼 멋졌다.

나는 응급실 일이 좋다. 나에게 피와 뼈, 힘줄은 삶의 긍정으로 보인다. 나는 인체와 그 내구력에 경외심을 갖고 있다. 다행이다. 몇 시간 뒤에나 X레이실에 가거나 데메롤 투약을 보게 될 테니. 나는 마음에 병이 있는지도 모른다. 비닐봉지에 든 잘린 손가락이랄지, 칼에 찔린 어느 깡마른 포주의 등 밖으로 비어져나온 번쩍이는 칼날 같은 것에 매료되니 말이다. 응급실에서는 모든 게 수선 가능하다는 사실이—안 그런 경우도 있지만—나는 좋다.

코드 블루. 글쎄, 사람들은 모두 코드 블루를 좋아한다. 그때는 누군가는 죽는다—심장이 뛰지 않고 호흡이 멈춘다—하지만 응급팀은 그들을 살려낼 수 있고 또 실제로 살려내는 일이 많다. 환자가 여든 살의 지친 노인이라도, 이 경우 소생하더라도 잠시뿐일 수 있지만, 우리는 소생이라는 것이 주는 극적 요소에 동요되지 않을 수 없다. 응급실에서는 수많은 사람이 생명을, 젊고 생산적인 생명을 건진다.

열 명에서 열다섯 명이 움직이는 속도와 흥분감. 공연하는 사람들 같다……. 마치 무슨 연극의 첫날 밤 공연 같다. 환자들은 주위의 소란에 흥미를 보이는 게 전부이지만, 그들도 의식이 있으면 그 공연에 참여한다. 그들은 전혀 무서워하는 것 같지 않다.

환자의 가족이 있으면 그들에게 신상 정보를 알아내 기록하고, 그들에게 응급치료 경과를 알려주는 것이 내 일이다. 대개는 그들을 안심시켜주는 말을 한다.

응급실에서는 모든 것을 좋은 코드와 나쁜 코드라는 측면에서 본다— 모두 각자 맡은 일을 얼마나 잘 수행했는가, 환자는 반응을 보였는가 아닌가의 여부를 놓고 생각한다. 나는 모든 것을 호상과 악상으로 나누어 생각한다.

악상은 호텔 매니저를 가장 가까운 친척으로 둔 사람이 죽었을 경우, 또는 뇌졸중을 일으킨 뒤 탈수증으로 죽은 지 2주쯤 뒤에 청소부가 그 시체를 발견했을 경우다. 최악의 악상은 내가 연락을 취해서 먼 곳에서 오기 곤란한 자식들과 친척들을 오게 했는데 그들이 서로 잘 알지 못하거나, 자식들이 죽어가는 부모를 잘 알지 못하는 경우다. 그럴 때는 별달리 할 말이 없다. 그들은 장례식 준비에 대해, 장례식 준비를 하지 않으면 안 되는 것에 대해, 누가 준비할 것인지에 대한 이야기만 계속한다.

집시들의 죽음은 대개 호상이다. 나는 그렇게 생각하지만…… 간호사들이나 경비원들의 생각은 다르다.

집시가 죽을 때는 언제나 수십 명이 모인다. 그들은 죽어가는 사람과 함께 있게 해달라고, 그들과 키스하고 포옹하게 해달라고 조른다. 그런 와중에 티브이나 환자 모니터, 여러 기기의 전원이 뽑히거나 엉망이 된다. 집시가 죽을 때 가장 좋은 것은 그들은 어린 자식들에게 조용히 하라고 하지 않는다는 사실이다. 어른들은 통곡하고 소리치고 흐느껴 울지라도 아이들은 뛰어다니며 웃고 놀게 내버려둔다. 아이들에게 슬퍼해야 한다거나 경의를 표해야 한다는 말을 하지 않는다.

모든 소생술에 기적적으로 반응한 다음 조용히 숨을 거두는 죽음, 호상은 좋은 코드와 일치하는 경향이 있다.

지오노티 씨의 죽음은 호상이었다……. 그의 가족은 처음에는 간호사의 요청대로 밖에서 기다리다가 하나둘, 차츰 안으로 들어가 지오노티 씨에게 자신들이 왔다는 것을 알렸다. 나와서는 할 수 있는 모든 의료 조치가 취해지고 있다고 다른 사람들을 안심시켰다. 대가족이었다. 그들은 앉아 있거나, 서 있거나, 서로 쓰다듬거나, 담배를 피우거나, 간혹 웃기도 했다. 나는 기념행사나 가족 모임 같은 데 와 있는 기분이 들었다.

내가 죽음에 대해 아는 것 하나. '좋은' 사람일수록 더 사랑이 많고 행복하고 배려심이 많고, 그의 죽음으로 인해 생기는 틈은 그만큼 더 작다.

지오노티 씨가 죽었을 때 그의 아내는 비탄했다. 친족 전체가 그랬다. 하지만 그들은 정말 모두 함께 울었다, 죽은 그를 포함해서.

며칠 전 밤 51번 버스에서 장님인 애덜리 씨를 봤다. 그의 아내 다이앤 애덜리는 몇 달 전 병원 응급실에 도착하자마자 사망했다. 그는 계단 아래 쓰러져 있는 그녀의 몸을 지팡이로 더듬어 찾았다. 지친 맥코이 간호사는 그에게 계속 그만 울라고만 했다.

"그래야 아무런 소용없잖아요, 애덜리 씨."

"뭘 해도 소용없죠. 하지만 내가 할 수 있는 건 이것밖에 없어요. 나 좀 그냥 내버려둬요."

애덜리 씨는 맥코이가 대신 장례 절차를 밟으러 갔다는 말을 듣고 자기는 전에는 울어본 적이 없다고 했다. 그는 눈이 보이지 않기 때문에 겁이 났던 것이다.

나는 다이앤 애덜리의 결혼 금반지를 그의 새끼손가락에 끼워주었다.

그녀의 브래지어 안에는 천 달러도 더 되는 때 묻은 돈이 있었다. 나는 그걸 챙겨 그의 지갑에 넣어주고, 사람들에게 물어서 그 50, 20, 100달러 지폐들을 구별해서 쓰라고 일러주었다.

나중에 버스에서 그를 봤을 때 그는 내 걸음걸이나 냄새를 기억했던 게 틀림없다. 나는 처음엔 그를 보지 못했다. 버스에 올라 그냥 가장 가까운 자리에 털썩 앉았다. 그는 운전사 근처 앞자리 있다가 일어나 내 옆을 찾아와 앉았다.

"안녕하세요, 루시아."

그는 '힐탑 맹인의 집'의 새 룸메이트가 지저분하다는 이야기로 나를 웃겼다. 룸메이트가 지저분한 걸 그가 어떻게 아는지 나로서는 상상하기 힘들었다. 나는 막스 브라더스*가 맹인 룸메이트들의 이야기를 코미디로 만들면 어떨지 내 생각을 말해주었다. 스파게티에 면도 크림을 넣는다든가, 엎지른 마카로니 잡탕에 미끄러져 넘어진다든가 하는 이야기. 우리는 한바탕 같이 웃고는 서로 손을 잡고 말이 없었다……. 플레전트밸리에서 앨커트래즈가 도착할 때까지. 그는 소리 죽여 울었다. 나의 눈물은 나 자신의 외로움, 맹인과 다름없는 나 자신을 위해 흘린 것이었다.

내가 응급실에서 일하기 시작한 첫날 밤, 제인이 ACE 앰뷸런스에 실려왔다. 그날 밤에는 응급실 직원들 손이 모자라 앰뷸런스 운전사와 내가 그녀의 옷을 벗겼다. 하지정맥류가 있고 발톱은 앵무새 부리처럼 굽은 그녀의 다리에서 갈가리 찢긴 팬티호스를 벗겼다. 그녀의 축축한 유방에는—회색빛 도는 살색 브래지어도 아니고 맨살에—종이들이 들러붙어 있었다. 우리는 그것도 떼냈다. 해군 제복을 입은 청년 사진에 '조지

● 1905년에서 1949년까지 영화와 브로드웨이에서 활동한 가족 코미디 극단.

1944'라는 문구가 쓰여 있었다. 퓨리나 고양이 식품의 젖은 쿠폰 세 장. 그녀의 이름은 제인이었다. 제인 도허티. 우리는 전화번호부를 찾아보았다. 그런 제인은 없었다. 조지도 없었다.

할머니들의 핸드백을 보면, 이미 그것을 도둑맞지 않았더라도 그 안에 든 것이라고는 대체로 아래 틀니, 51번 버스 시간표, 성은 없이 이름만 있는 주소록뿐인 듯하다.

운전사들과 나는 환자의 소지품에서 나온 정보를 가지고 신원 파악하는 일을 했다. 어떤 경우엔 그들을 찾는 가족이나 친척의 전화가 올 때까지 그저 기다릴 수밖에 없었다. 응급실 전화기 벨은 온종일 울린다. "거기 환자 중에 ○○○라는 사람 있어요?" 나는 노인들에 대해선 혼란스러운 감정을 가지고 있다. "날 죽게 내버려둬"라고 속삭이는 아흔다섯 살 노인에게 고관절 대체 수술이나 관상동맥 우회술을 하는 건 너무하다고 생각하기 때문이다.

노인들은 자주 목욕을 하지만 않으면 넘어져 다치는 일이 그렇게 많지 않을 것 같다. 하지만 그들에게 중요한 건 자신의 두 발로 딛고 서고 혼자 걷는 것인지도 모른다. 일부러 넘어진 것 같은 경우도 있다. 양로원에서 벗어나기 위해 관장약을 과다복용한 어떤 할머니의 경우처럼.

간호사들과 앰뷸런스 팀원들은 서로 경박한 농담을 주고받는 일이 많다. "그럼 나 갈게. 나중에 발작해."* 기관절개술을 시행하거나, 모니터 장치를 부착할 부위를 면도하는 중에 오가는 농담을 듣고 나는 놀라곤 했다. 골반 뼈에 금이 가서 실려온 여든 살 먹은 할머니가 흐느끼며 "내 손

---

* seizure later. see you later를 '시 유 레이터'라고 하지 않고 '시저 레이터'라는 유사한 소리로 말장난한 것.

을 잡아줘요! 제발 내 손을 잡아줘!"라고 하는데도 앰뷸런스 운전사들이 오클랜드 스톰퍼스 축구단 이야기만 떠들어댄다든가 하는 것이다.

"이 할머니 손 좀 잡아요!" 그는 나를 미친 사람 보듯 보았다. 나는 이제는 별로 환자들의 손을 잡아주지 않는다. 환자 근처에서는 안 그럴지라도 이제는 나도 농담을 많이 한다. 긴장과 스트레스가 크기 때문이다. 진을 빼는 일이다—늘 생사가 교차하는 상황 속에서 일한다는 것은.

다른 무엇보다 더 진을 빼는 건, 응급실에 들어오는 환자들 중 많은 경우는 응급조치를 요하지도 않을뿐더러 잘못된 데가 없다는 사실이다. 이런 경우는 긴장과 냉소의 실제 원인이기도 하다. 무미건조한 독설이나 총격을 갈망하는 지경에 이르는 것이다. 낮이면 낮, 밤이면 밤, 때를 가리지 않고 사람들이 응급실로 들어온다. 식욕이 없다며, 배변이 불규칙하다며, 목이 뻣뻣하다며, 소변이 벌겋거나 푸릇하다며(이 경우 예외 없이 점심으로 비트나 시금치를 먹었기 때문이다).

한밤중에 멀리서 사이렌 소리가 들리면 그건 술을 마시다 술이 떨어져 응급 전화를 건 노인을 구하러 달려가는 앰뷸런스일 수 있다.

끊임없는 진료기록부. 불안반응. 긴장성 두통. 과호흡증후군. 중독. 우울증. (진단은 그러한데 환자들은 암이나 심장마비, 혈전, 질식을 호소하며 들어온다.) 앰뷸런스 비용, X레이, 혈액검사, 혈전도검사를 거치는 응급실로 들어오면 한 환자당 몇천 달러의 비용이 든다.

앰뷸런스들은 메디캘* 스티커를 받는다, 우리도 메디캘 스티커를 받는다, 의사도 메디캘 스티커를 받는다, 그리고 환자는 집에 갈 택시를 기다리는 동안 꾸벅꾸벅 존다. 택시요금은 정부 쿠폰으로 지불된다. 맙소사,

---

* Medi-Cal. 캘리포니아주의 저소득층 의료보장제도.

나도 맥코이 간호사처럼 인정 없는 사람이 된 건가? 두려움과 가난, 알코올중독, 외로움은 모두 불치병이다. 사실 위급한 상황들이다.

응급실에는 위급한 외상이나 심부전 환자들도 물론 들어오지만, 그들은 응급실 팀의 놀라운 솜씨로 능률적인 처치를 받고 몇 분 만에 상태가 안정되며, 곧바로 수술실이나 중환자실로 옮겨진다.

술주정뱅이와 자살 미수자는 몇 시간 동안 다른 환자들에게 필요한 응급실 방과 인력을 차지한다. 내 책상 앞에는 환자 네다섯 명이 입원 수속을 밟으려고 기다리고 있다. 발목 골절, 패혈성 인두염, 경추 손상 등등을 호소하는 환자들이다.

모드는 맥주 냄새를 풍기며 게슴츠레한 눈으로 이송 침대에 큰 대 자로 누워서 내가 옆에 가면 신경질적인 고양이처럼 내 팔을 자꾸 만지작거린다.

"참 친절한 간호사네……. 참 매력적이고……. 내가 현기증이 있어요."

"성이 뭐예요? 주소는요? 메디캘 카드는 어디 있어요?"

"없어졌어, 모든 게 없어졌어……. 난 너무 비참하고 너무 외로워. 여기에 입원해 있을 수 있을까요? 아무래도 내 이內耳가 잘못됐나 봐. 우리 아들 윌리는 통 전화를 안 해. 물론 윌리는 데일리 시티에 있기 때문에 시외 전화요금을 부담해야 하지만. 댁은 자식이 있수?"

"여기에 사인하세요."

나는 뒤죽박죽이 된 핸드백 내용물 속에서 그녀에 관한 최소한의 정보를 찾아냈다. 그녀는 담배 마는 종이를 립스틱 압지로 쓴다. 큰 입술 자국이 있는 눅진눅진한 종이들이 핸드백 안에서 팝콘처럼 물결친다.

"윌리의 성은 뭐예요? 전화번호는요?"

그녀는 울음을 터뜨리며 두 팔을 뻗어 내 목을 잡는다.

"윌리는 부르지 말아요. 걘 내가 역겹대. 내가 역겨워요? 날 안아줘요!"

"나중에 올게요, 모드. 내 목을 놓고, 이 양식에 사인해주세요. 놓으세요."

술주정뱅이들은 예외 없이 혼자다. 자살을 기도한 사람이 응급실에 실려올 때는 적어도 한 사람, 대개는 여러 사람이 함께 온다. 아마도 일반적으로 그게 자살 기도를 하는 목적일 것이다. 적어도 오클랜드 경찰관 두 명이 함께 온다. 그걸 보고 나는 자살이 왜 범죄로 여겨지는지 마침내 이해하게 되었다.

수면제 과다 복용 케이스는 최악이다. 매번 그렇다. 간호사들은 늘 굉장히 분주하다. 그들은 환자들에게 투약을 하지만 환자들은 물을 열 잔 마셔야 한다(위를 세척해야 하는 위중한 상황이 아닐 때의 이야기다). 나는 그들의 목구멍에 손가락 집어넣고 싶은 심정이 된다. 딸꾹질과 눈물. "자자, 한 잔만 더."

그런가 하면 '좋은' 자살 기도가 있다. 많은 경우 불치의 병, 고통 때문이라는 '좋은 이유'가 있다. 나는 무엇보다 좋은 자살법에 깊은 인상을 받는다. 머리에 총을 쏘거나 손목을 제대로 긋거나 적절한 양의 바비튜레이트를 복용하는 방법이 그것이다. 그런 사람들은 자살에 실패해도 평안이랄까, 힘이랄까 하는 무언가를 발산하는 듯하다. 아마도 신중히 생각해서 자살하기로 결정을 내렸기 때문일 것 같다.

나를 당황하게 만드는 건 반복적 자살 기도다. 페니실린 캡슐 40알, 신경안정제 20알, 드리스탄 감기약 한 통. 통계적으로 자살하겠다고 위협하거나 실제로 자살 기도를 하는 이들은 언젠가는 성공한다는 것을 나는 알고 있다. 이런 경우는 항상 사고라고 나는 확신한다. 가령 존이라는 사람이 있다. 그는 보통 다섯 시면 집에 오는데, 이날은 자동차 타이어에 펑크가 나서 귀가가 늦는 바람에 아내를 구할 수 없었다. 나는 이런 경우 어떤 때는 일종의 살의 없는 살인을 의심한다. 남편이든 누구든 매번 구해주던 사람이 끝내는 아슬아슬한 순간에 나타나는 일에 지친 것이다. 나중에 죄의식을 느끼겠지만.

"마빈은 어디 있어요? 굉장히 걱정하고 있을 텐데."

"전화하고 있어요."

나는 그가 카페테리아에 있다고, 그곳의 루벤 샌드위치를 맛있게 먹고 있다고 말하고 싶지 않다.

버클리대학 시험 주간. 자살이 많다, 어떤 경우는 성공한다, 대개는 동양인이다. 그 주의 가장 말도 안 되는 자살 기도의 주인공은 오티스였다.

오티스는 아내에게 딴 남자가 생겨 버림을 받았다. 그리고 일반 수면제 두 통을 먹었는데 정신이 말똥말똥하다. 심지어 팔팔하기까지 하다.

"너무 늦기 전에 내 아내를 데려와요!"

그는 응급실에서 나에게 계속 지시를 내렸다. "우리 어머니……. 메리 브로커드, 849-0917…… 아내가 아담과 이브 바에 있나 알아봐요."

아담과 이브에 전화를 했더니 루버사는 방금 샬리마라는 술집에 갔단다. 샬리마에 전화를 했더니 한참 동안 계속 통화 중이었다. 그러다 신호가 떨어졌지만, 나는 스티비 원더의 〈아무것도 걱정하지 마Don't You Worry'Bout a Thing〉가 다 끝날 때까지 수화기를 들고 있어야 했다.

"다시 말해봐요……. 뭘 과잉복용했다고요?"

나는 그게 뭔지 말해주었다.

"치! 가서 그 이 빠진 쓸모없는 니그로한테 전해요, 여기서 날 한 발자국이라도 나가게 하려면 그거보다 훨씬 더 강력한 걸 먹어야 할 거라고."

나는 그에게 돌아갔다……. 그런데 뭐라고 하지? 무사해서 다행이라는 말을 했다고 해야겠지. 하지만 그는 6호실에서 누군가와 통화를 하고 있었다. 바지를 입었지만 아직 물방울무늬 가운을 걸치고 있었다. 재킷 호주머니에서 로열 게이트 보드카 반 파인트 남은 것을 찾아 손에 들고 있었다. 그러고는 회사 간부인 양 서성거리며 전화를 받았다.

"자니? 응. 나 오티스야. 여기 시립병원 응급실이야. 브로드웨이에서 옆으로 조금 들어오면 병원 있잖아. 별일 없고? 난 좋아, 좋아. 그런데 루버사 이년이 대릴이란 놈하고 놀아나고 있어……. (침묵) 정말이야."

수간호사가 들어왔다. "저 사람 아직도 여기 있어? 내보내! 응급 환자 넷이 이리 오고 있어. 자동차 사고, 모두 코드 3이야, 10분 후 도착 예정이야."

앰뷸런스가 도착하기 전에 최대한 많은 환자의 입원 수속을 처리해야 한다. 나머지는 별수 없이 좀 기다려야 할 것이다. 그중 절반은 응급실을 떠날 것이다. 그러나 당장은 모두 가만있지 못하고 화를 낸다.

에이 빌어먹을……. 이 여자 앞에 세 사람이 있었지만, 그냥 이 여자부터 입원 수속을 밟아 보내는 게 좋겠다. 편두통의 여왕 마를린, 응급실 단골. 그녀는 매우 아름답고 젊다. 오른쪽 무릎을 다친 그녀는 나를 보더니 레이니대학교 농구 선수들과 이야기하다 말고 비틀거리며 내 책상 앞으로 와서 예상되는 행동에 돌입한다.

그녀의 신음 소리는 오넷 콜먼의 초창기 〈외로운 여인Lonely Woman〉 시절 색소폰 연주 같다. 그녀는 주로 내 책상 옆의 벽에 머리를 부딪친 뒤 쓰러지며 내 책상에 있는 물건들을 쓸어내린다.

그러고는 비명을 지르기 시작한다. 그르렁거리는 소리, 괴로운 듯 캥캥 우는 소리. 멕시코 민요, 텍사스 연가를 떠올리게 하는 소리다. "아야, 비,

이히!"

"응응, 샌안토니오!" 그녀는 바닥에 폭 쓰러졌다. 메디컬 카드를 내 책상 위에 얹어놓을 때 우아하게 매니큐어를 칠한 그녀의 손만 보였다.

"내가 죽어가고 있는 거 안 보여요? 눈이 멀고 있단 말이에요, 제발 좀!"

"그만해요, 마를린. 그런데 그 속눈썹은 어떻게 붙였어요?"

"재수 없는 갈보년."

"마를린, 일어나 여기 사인해요. 곧 앰뷸런스가 들어와요. 그러니까 기다려야 할 거예요. 일어나라니까요!"

마를린은 일어나 쿨 담배에 불을 붙이려 한다. "담배에 불 붙이지 말고 여기에 사인이나 해요." 마를린이 사인하자 제프가 와서 그녀를 어느 병실로 데려간다.

"아니, 이거 누군가 했더니 우리의 성난 단골 마를린이잖아."

"날 어르지 마, 이 멍청한 간호사야."

앰뷸런스가 도착했다. 아닌 게 아니라 위급한 상황이었다. 두 사람이 죽었다. 한 시간 동안 모든 간호사와 의사, 당직 의사, 외과 의사, '모든 인원'이 6호실에 모여 아직 살아 있는 두 젊은 부상자의 응급치료에 매달렸다.

마를린은 한쪽 팔을 벨벳 코트 소매에 끼우려고 버둥거리면서 다른 손으로는 자홍색 립스틱을 바르고 있다.

"젠장, 난 오늘 밤은 여기서 지낼 수 없다는 거죠? 그럼 또 보자고!"

"잘 가요, 마를린."

잃어버린 시간

병원에서 일하면서 배운 게 하나 있다면 아픈 환자일수록 조용하다는 것이다. 그래서 나는 환자의 인터컴을 무시한다. 병동 사무원인 나의 주요 업무는 각종 검사와 링거를 주문하거나 환자를 수술실이나 X레이실에 데려다주는 것이다. 결국은 인터컴에 응답하지만 대개는 "간호사가 곧 갈 겁니다!"라고 말한다. 어차피 조만간 간호사가 들를 테니까. 예전에는 간호사들은 모두 엄격하고 박정하다고 생각했는데 이제는 그 생각이 많이 바뀌었다. 문제라면 병이 문제다. 나는 지금은 간호사들의 냉담은 병에 맞서 싸우는 무기라고 생각한다. 그들은 병과 싸워 병을 진압한다. 병을 무시한다고 해도 좋다. 환자의 변덕에 일일이 응하면 환자는 아파 누워 있는 상태를 좋아하게 될 뿐이다. 사실이다.

인터컴에서 "간호사! 빨리!"라는 말이 들리면 처음엔 "왜 그러세요?"라고 묻곤 했다. 무슨 일인지 한참 있다가 가보기는 하지만, 십중팔구 티브이 화면 색상이 잘 안 맞아서 부르는 것이다.

내가 주의를 기울이는 환자들은 말을 못하는 이들이다. 인터컴 불이 켜지면 나는 버튼을 누른다. 침묵. 그들은 할 말이 있는 게 분명하다. 대개는 인공항문 주머니가 꽉 찼다든가 하는 어떤 문제가 있다. 내가 이제는 확실히 알게 된 것들 중 하나다. 사람들은 인공항문 주머니에 얼을 빼앗긴다. 그것을 만지작거리는 노망든 환자든 노쇠한 환자든 그걸 부착한 사람들은 모두 배설작용이 보이는 것을 경이로워하며 바라본다. 세탁기 유리문처럼 인간의 신체가 투명하면 어떨까? 우리 몸속을 들여다볼 수 있다면 얼마나 놀라울까. 조깅하는 사람들은 피가 힘차게 순환하는 것을 보며 더 열심히 뛸 것이다. 연인들은 더 열심히 사랑할 테고. 와! 저 정액이 이동하는 것 좀 봐! 하면서. 식품도 개선될 것이다—키위, 딸기, 사워크림을 얹은 보르시.

어쨌든 나는 4420호 2번 침대의 불이 들어와서 가 보았다. 브루거 노인. 그는 심각한 뇌졸중을 일으킨 당뇨병 환자였다. 짐작대로 주머니가 가득 차 있었다. "담당 간호사에게 말할게요." 나는 그의 눈을 보고 미소지으며 말했다. 오, 세상에! 급소를 맞은 것처럼 나를 덮친 그 충격, 다름 아닌 이 병원, 이스트 4번지의 벵테이유 소나타.* 회백색 몽고주름이 있는 작고 검은 눈의 웃음. 부처보다 약간 더 뜬 눈……. 블루베리 같은 눈, 둔한 눈, 몽고인에 가까운 눈. 내 눈을 바라보며 웃던 켄트슈리브의 눈……. 나는 사랑의 추억에, 아니 사랑 그 자체에 휩쓸렸다. 이제 밤새도록 그 사랑의 벨을 누르는 브루거 씨는 사랑을 느낀 게 틀림없다.

인공항문 주머니 때문에 부른 줄 알았지? 하고 나를 놀리듯 그는 고개를 살래살래 흔들었다. 나는 뒤를 돌아보았다. 〈이상한 커플The Odd Couple〉**의 수신 화면이 잘 안 잡혀 어지럽게 빙빙 돌고 있었다. 나는 티브이를 조정하고 병실을 나가 재빨리 내 책상으로 돌아가 다시 감미로운

* 마르셀 프루스트의 『잃어버린 시간을 찾아서』에서 샤를 스완에게 사랑하는 사람을 연상시키는 가공의 음악.
** 1970~1975년에 걸쳐 방영된 미국 티브이 시트콤.

추억의 물결에 잠겼다.

1940년 아이다호주 멀란시, 모닝글로리 광산. 그때 다섯 살이었던 나는 이른 봄날 아침 햇빛에 내 큰 발가락으로 그림자를 만들며 놀고 있었다. 내가 먼저 그의 소리를 들었다. 사과 먹는 소리. 셀러리였던가? 아니, 내 방 창문 밖 아래에서 히아신스 구근을 먹고 있는 켄트슈리브였다. 입가가 흙이 묻고 자줏빛 간 같은 입술은 브루거 씨처럼 촉촉했다.

나는 그(켄트슈리브)에게 달려갔다. 뒤돌아보지도 않고 일말의 망설임도 없이. 그리고 나도 그 바삭하고 차갑고 터지는 듯한 구근을 한 입 먹은 기억이 난다. 그는 나를 보고 씨익 웃었다. 눈두덩 사이의 틈으로 반짝이는 건포도 눈은 웃음을 띠고 나에게 시식해보라고 권했다. 그는 시식이라는 말은 쓰지 않았다—내 첫 번째 남편이 (산타페의 우리 집, 전나무 들보와 멕시코 타일로 이루어진 어도비식 부엌에서) 서양부추파와 골파의 미묘한 맛을 보여줄 때 그 말을 썼다. 우리(켄트슈리브와 나)는 나중에 먹은 걸 다 토했다.*

나는 책상에 앉아 전화를 받고 산소호흡기 담당과 검사실 직원을 불렀다. 갯버들과 스위트피와 송어 양식장의 추억, 그 따스한 물결에 휘말려 둥실 떠내려가며 기계적으로 일했다. 첫눈이 내린 날 밤의 광산, 그 도르래와 삭구. 별이 빛나는 밤하늘을 배경으로 아른거리는 야생 당근.

"그는 내 몸의 구석구석을 알았다." 내가 이 구절을 어디서 읽었더라? 설마 그런 말을 할 사람은 없을 것이다. 그해 봄이 다 되어갈 때 우리는 숲속에 들어가 벌거벗고 서로의 몸에 점이 몇 개 있는지 세어주었다. 그날 다 세지 못한 것은 센 데까지 먹물로 표시해두었다. 켄트슈리브는 먹

---

* 히아신스 구근에는 독성이 있어서 피부 염증이 생기거나 식도가 손상될 수 있다.

물을 찍어바르는 데 쓰는 패드가 고양이 자지 같다고 지적했다.

켄트슈리브는 글을 읽을 줄 알았다. 그의 이름은 켄트이고 성은 슈리브이지만, 처음에는 그 전체가 이름인 줄 알았다. 그리고 첫날 밤 그걸 반복해서 소리 내어 외웠다. 그 후로 제러미와 크리스토퍼라는 이름을 가지고 그랬던 것처럼 혼자 그 이름을 노래처럼 계속 읊었다. 켄트슈리브 켄트슈리브. 그는 우체국에 붙은 지명 수배자 포스터도 읽을 줄 알았다. 그는 어른이 되면 아마 내 얼굴이 박힌 포스터를 읽게 될 것 같다고 했다. 물론 나는 가명을 쓰겠지만, 그는 그게 난 줄 알 것이다. 내 왼쪽 엄지발가락 바닥의 둥그런 부분에 커다란 점이 있고, 오른쪽 무릎에는 흰 점이 있고, 엉덩이가 갈라지는 곳에 점이 있다고 포스터에 써 있을 것이기 때문이다. 어쩌면 내 애인이었던 누군가 이것을 읽을지 모른다. 그렇더라도 그는 그런 것들을 기억해두지 않겠지. 켄트슈리브는 기억하고 있을 것이다. 네 셋째 아들도 엉덩이가 갈라지는 곳에 똑같은 점이 있다. 셋째가 태어난 날 나는 바로 그 점에 키스했다. 언젠가는 어떤 여자가 여기에 키스해주기도 하고 점을 세어볼지도 모른다는 생각에 기뻐하면서. 켄트슈리브는 주근깨가 있었고, 점과 주근깨를 구분하기 쉽지 않아 나보다 더 오래 걸렸다. 내가 등의 점을 세어줄 때 나를 믿지 않았다. 과장했다면서 나를 추궁했다.

두 환자의 수술이 끝나자 나는 짜증이 났다. 과거에 대한 이 모든 통찰의 순간에 지시서를 여러 장 써야 하기 때문이다. 4420호 2번 침대에서 밀려와 나를 강타한 그 사랑은 다른 모든 사랑과 구별되지 않았다. 켄트슈리브, 쓰고 또 쓰는 나의 양피지. 나보다 나이 많고 음식과 섹스에 집착하고 냉소적 재치가 있는 지식인. 그는 멕시코 지와타네호*에서 뉴욕주

북부 지방까지 돌아다니며 자연 속에서 자급자족하는 생활을 시작했다. 그는 해리슨, 그 사기꾼과 함께 어느 주니 인디언의 묘 위에서 햄버거를 구워먹기도 했다.

그렇게 맛있으면서 겁나는 것도 없었다. 글을 읽을 줄 아는 켄트슈리브는 우리가 모닥불을 지피면 1천 달러의 벌금형이나 징역형을 받을 수 있다는 것도 알았다. 그는 우리가 아니라 우리 부모가 처벌된다며 타오르는 불꽃에 솔방울을 더 던져넣으면서 낄낄거렸다. 젖꼭지용 크림, 회음부용 적외선등, 치질용 아메리케인 스프레이, 하루에 세 번 좌욕. 나는 솔냄새를 느끼기 위해, 식빵에 잘게 썬 고기를 얹은 것을 맛보기 위해 지시서를 후다닥 작성했다. 소스는 저겐스 핸드로션—꿀과 아몬드 향—이었다. 그 후로는 어떤 새콤달콤한 소스도 그것과는 상대가 되지 않았다. 켄트슈리브는 텍사스나 아이다호, 캘리포니아주 모양으로 팬케이크를 만들 줄도 알았다. 그의 이는 토요일에 먹는 감초 캔디 때문에 수요일까지 거무스름했고 여름에는 블루베리 때문에 항상 퍼랬다.

우리는 성행위를 모방하는 시도를 해보다가 포기하고 오줌으로 목표물 맞히기에 집중했다. 물론 그가 더 잘했지만 여자로서 내가 그 정도라도 할 수 있다는 건 대단한 재주였다. 그도 인정할 건 인정하고 고개를 끄덕했다. 그때 그의 작은 눈이 반짝했다.

나는 켄트슈리브를 따라 처음으로 송어 양식장에 가보았다. 그건 그냥 송어 수조일 뿐. 다시 말해서 송어 양식장의 빈 수조였다. 그들은 1년에 몇 번 이 얕은 수조들에서 물을 뺐지만 켄트슈리브는 언제 가면 좋을지 잘 알고 있었다. 에스키모인들이 쓰는 나무 차광 안대의 갈라진 틈같이

● 아카풀코 북쪽의 해안 휴양지.

생긴 그의 눈은 뜨고 있는 것 같지 않은데도 모든 걸 다 보며 다녔다. 그들이 송어가 없는 수조를 청소해내기 전 따뜻한 날에 가는 게 제일 좋았다. 수조 안에 송어의 정액으로 이루어진 아교질 점액이 3인치 정도 들러붙어 있었다. 그 안에 들어가 내가 먼저 밀자 그는 반대편 가장자리로 미끄러졌다. 그는 곧 제트엔진이 달린 두꺼비처럼 되튀어 나를 향해 돌진했고, 우리는 기름칠을 한 기송관처럼 이리저리 밀리면서 벽에 부딪쳤고 송어 비늘 범벅이 되어 햇빛 속에 반짝였다.

우리는 비린내를 없애려고 토마토 주스로 머리를 감았지만 잘되지 않았다. 며칠 뒤, 그가 학교에 간 사이 벽에 발가락으로 그림자를 만들며 누워 있으면 비린내가 슬쩍 코를 스쳤고, 그러면 그가 그리웠다. 나는 그가 학교를 마치고 언덕길을 올라올 때 빈 도시락이 달가닥거리는 소리가 들리기를 기다렸다.

우리는 J. R. 씨 집 부엌 뒤 창고에 숨어서 그가 마른 아내와 그걸 하는 걸 구경했다. 당시에는 너무나 웃긴 행위로 보였는데, 훗날 기쁨에 넘쳐야 할 순간에 그때 웃던 일이 떠올라 킥킥 발작적으로 웃다가 낭패를 본 적이 많다. 그들 부부는 침울한 얼굴로 리놀륨 식탁에 앉아 담배를 피우고 술을 마셨다. 아무 말 없이 담배를 피우고 술만 마셨다. 그러다 그는 램프가 달린 광부 모자를 홱 벗고 "뒤로!" 하고는 아내를 식탁 의자 위에 엎드리게 했다.

광부들은 대부분 핀란드인이라서 일이 끝나면 샤워와 사우나를 했다. 사우나실 밖에는 나무로 만든 우리가 있었는데, 그들은 겨울에는 사우나를 하고 뛰어나가 눈 속으로 뛰어들곤 했다. 거구의 남자, 몸이 작은 남자, 뚱뚱한 남자, 마른 남자. 몸이 발그레한 그들은 모두 눈 속에서 뒹굴었다. 우리는 처음에는 울타리 사이의 구멍으로 구경하다가 새파래진 자지와 불알을 보고 킥킥 웃었다. 하지만 그들이 즐거워하며 크게 웃는 소리에 동화되어 우리도 곧 그들처럼 마냥 즐거워하며 웃었다. 눈을 보며, 파랗디파란 하늘을 보며.

조용히 밤이 깊어갔다. 수간호사 웬디는 그녀와 가장 친한 샌디와 함께 나와 가까이에 있는 책상에 앉아 낙서를 하고 있었다. 그야말로 그냥 낙서였다. 그들이 결혼한다면 그 상대는 누구일지, 그 상대의 이름과 1982라는 숫자를 연습하듯 계속 끼적였다. 오늘 이 시대의 성인 여성. 나는 그들이 불쌍했다. 이 아름답고 젊은 간호사들, 그들은 아직 낭만을 모르고 있었다.

"무슨 공상을 하고 있어?" 웬디가 물었다.

"옛 사랑." 나는 한숨을 쉬며 말했다.

"굉장한걸? 그 나이에 여전히 사랑을 생각하다니."

나는 아무 반응도 보이지 않았다. 이 가엾은 바보는 방금 4420호 2번 침대와 나 사이에 어떤 격정의 불꽃이 튀었는지 전혀 알지 못했다.

그는 열심히 벨을 눌러대고 있었다. 나는 인터컴에 대고 "담당 간호사가 곧 갈 겁니다"라고 말했다. 그러고는 그가 침대에 눕고 싶어한다고 샌디에게 전해주었다. 단지 켄트슈리브의 눈을 그와 나 사이에 대입시킨 것만으로 이제 그 노인이 무슨 생각을 하는지 알게 되었다. 샌디는 자기를 도울 잡역부를 호출해달라고 내게 부탁했다. 그의 무게 때문이었다.

나는 남의 말을 잘 경청한다. 늘 그래왔다. 나의 최고 장점이다. 켄트슈리브는 항상 생각하는 쪽이었고 나는 듣는 쪽이었다. 우리는 젤다와 스콧, 폴과 비르지니* 같은 고전적인 커플이었다. 우리는 아이다호주 윌리스의 지역신문에 세 번 났다. 우리가 길을 잃었을 때의 일이다. 사실 길을 잃은 건 아니었다. 아무리 귀가 시간이 넘었기로서니, 그때 우리가 숲속에 있는 줄 모르고 사람들은 우리를 찾느라고 수로의 물을 다 뺐다. 그다음 사건은 숲속에서 죽은 부랑인을 발견한 일이다. 우리는 죽음의 소리를 먼저 들었다. 그것은 멀리 산 아래 빈터의 시체에서 파리들이 윙윙거리는 소리였다. 또 하나의 사건은 사다리가 쓰러져 섹스터스를 덮친 일이다. 어쨌든 신문사는 고마워했지만 우리 부모님들은 전혀 그렇지 않았다. 켄트슈리브는 섹스터스를 돌보아야 했었다. (섹스터스는 여섯째로 태어난 지 한 달밖에 되지 않았다.) 포대기에 싸인 무기력한 그 작은 아이는 늘 잠만 잤다. 그래서 우리는 섹스터스를 헛간으로 데리고 가도 괜찮을 것 같았다. 우리는 헛간 지붕의 보에 매달려 놀기로 하고 아기를 바닥에 놓고 사다리를 올라갔다. 켄트슈리브는 내가 다 올라가서 실수로 사다리를 찬 것을 두고 단 한마디도 하지 않았다. 그는 모든 상황을 그렇게 있는 그대로 받아들였다. 그런데 그 사다리가 아기를 덮쳤다. 다행히 사다리 발판 사이의 빈 공간에 아기가 쏙 들어가게 덮쳐서 아기는 잠에서 깨지도 않았다. 기적이었지만, 당시 우리는 기적이라는 말을 몰랐던 것 같다. 우리는 좁은 두께의 나무에 다리를 걸고 거꾸로 매달린 채 높이 매달려 있었다. 보 위에 올라앉기에는 너무 겁이 났다. 얼굴이 새빨개진 데다 거꾸로 매달렸을 때의 말소리는 우스웠다. 우리가 도움을 청하는 소리를 들을 사람은 없었다. 양가 사람들은 모두 스포캔으로 갔고 가까이에는 다른 집이 없었다. 날이 점점 어두워졌다. 우리는 가까스로 일어나 보 위에 걸터

● 프랑스의 베르나르댕 드 생피에르(1737~1814)의 동명 소설 주인공. 젤다와 스콧은 미국 소설가 F. 스콧 피츠제럴드와 그의 아내 젤다.

앉아 조금씩 가장자리로 가서 교대로 벽에 기댔다. 부엉이 흉내를 내기도 하고 침을 뱉어 무언가를 맞히는 놀이도 했다. 나는 바지에 오줌을 쌌다. 섹스터스는 잠을 깨서 끝없이 울부짖었다. 우리는 아기 우는 소리를 떨치려고 그보다 더 크게 각자 먹고 싶은 음식들을 외쳤다. 버터를 바르고 설탕을 뿌린 빵. 켄트슈리브는 온종일 그걸 먹었다. 그는 지금쯤 당뇨병에 걸렸을 것 같다. 저겐스 로션이나 훔치고 쇼크 상태에 빠지기도 할 것이다. 그는 늘 숨을 크게 내쉬었고 격자무늬 셔츠에 설탕가루를 묻히고 다녀 햇빛을 받으면 설탕가루가 반짝거렸다.

그는 오줌을 누어야 했다. 그때 섹스터스 옆을 겨냥해서 싸면 아기를 따뜻하게 해주고 기분도 달래주는 효과를 얻으리라 생각하고 이를 실행에 옮기는데, 우리 아버지가 헛간으로 들어오다 비명을 질렀다. 나는 너무 겁을 먹은 나머지 보에서 떨어졌다. 그렇게 해서 나는 난생처음으로 팔이 부러졌다. 그리고 바로 켄트슈리브의 아버지 레드가 들어와서 아기를 집어 들었다. 아무도 켄트슈리브를 보에서 내려주지 않았다. 사다리가 아기를 쏙 피해 덮친 기적을 알아차리지도 못했다. 차에 탄 나는 아파서 덜덜 떨며 그의 아버지가 켄트슈리브를 두들겨 패는 것을 보았다. 그는 소리 지르지 않았다. 마당 건너편에서 나를 향해 고개를 끄덕했을 때 그의 눈은 나에게 가치 있는 하루였다고 말하는 듯했다.

나는 그와 하룻밤을 함께 보낸 적이 있다. 내 여동생이 편도선 수술을 받은 날이었다. 레드는 나에게 담요를 주고 사다리로 연결된 다락방으로 올려 보냈다. 그곳에서는 나보다 나이가 많은 아이 다섯이 짚을 깔고 잠을 잤다. 창문은 없고 처마를 막은 검은 유포에 구멍이 있었을 뿐이다. 켄트슈리브가 송곳으로 뚫은 것이었다. 그리로 얼음처럼 찬 공기가 제트기 소리를 내며 들어왔다. 거기에 귀를 갖다 대자 소나무에 샹들리에처럼 달린 고드름 소리, 광산 갱도과 광석 운반선의 삐걱거리는 소리가 들렸다. 추운 냄새, 나무 타는 냄새가 났다. 그 작은 구멍에 눈을 갖다 대고 밖을 보니 별이 보였다. 그 별들은 확대되어 보였고 나는 별을 처음 보는 느낌이 들었다. 하늘은 눈부시고 광대했다. 내가 눈을 깜박이기만 해도 그 순간 그 모든 게 사라졌다.

우리는 그의 부모가 그걸 하는 소리를 들으려고 기다렸지만 그들은 하지 않았다. 나는 그게 어떤 기분일까 그에게 물어보았다. 그는 한 손을 들어 다섯 손가락이 내 것과 맞닿게 대고, 나더러 엄지손가락과 집게손가락으로 맞닿은 손가락들을 하나씩 만져보라고 했다. 어떤 손가락이 누구 건지 알 수 없잖아. 아마 그런 걸 거야, 라고 그는 말했다.

나는 쉬는 시간에 카페테리아에 가지 않고 4층 테라스로 나갔다. 가로등이 자두나무를 밝혔다. 1월의 추운 밤인데도 자두나무에 꽃이 피었다. 캘리포니아 주민들은 캘리포니아의 계절을 미묘하다는 말로 자랑한다. 누가 미묘한 봄을 원한다고? 켄트슈리브와 함께 납작하게 만든 판지상자를 타고 진흙 언덕을 미끄러져 내려가던 옛날 아이다호의 해빙기를 달라. 폭발적으로 피어나는 야한 라일락과 겨울을 이겨낸 히아신스를 달라. 테라스에서 담배를 피웠다. 차가운 철제 의자가 내 허벅지에 줄무늬를 새겼다. 나는 사랑이 그리웠고 맑은 겨울밤에 속삭이던 옛날이 그리웠다.

우리는 토요일에 윌리스로 영화를 보러 갔을 때만 싸웠다. 그는 영화 크레디트를 읽을 줄 알면서도 내게 말해주지 않았다. 나는 그걸 시기했다, 훗날 한 남편의 음악을 시기하고 다른 남편의 마약을 시기했듯이. 호수 속 여인. 첫 번째 크레디트가 보이자 그는 "쉿! 조용히!" 하며 크레디트 글자가 스크린을 거슬러 올라가는 동안 눈을 가늘게 뜨고 고개를 끄덕인다. 간혹 고개를 가로젓거나 낄낄 웃거나 "흠!" 하기도 한다. 크레디트 중에서 가장 어려운 글자는 'cinematographic'(영화 촬영)임을 지금은 알지만, 그래도 난 내가 여전히 무언가 잘 몰라서 놓치고 있다는 기분이 든다. 그가 그러고 나면 나는 몸을 비틀고 그의 팔을 흔들며 필사적으로 졸랐다. 아이, 그러지 말고. 뭐라고 쓰여 있어? 조용히 해! 그는 내 팔을 뿌리치고 귀를 막고 몸을 앞으로 기울이고 소리 나지 않게 입술을 움직이며 크레디트를 읽는다. 나는 학교에 다니고 싶었다, 어서 2학년이 왔으면 하고 바랐다(그는 1학년은 시간 낭비라고 했다). 그러면 우리 사이에 공유되지 않는 것은 없을 것 같았다.

4420호 2번 침대의 인터컴 벨이 울렸다. 나는 그의 병실로 갔다. 그의 룸메이트를 병문안 왔던 사람들이 떠날 때 실수로 커튼을 드리우고 가서 티브이가 가렸다. 커튼을 걷어주자 그는 나를 향해 고개를 끄덕했다. 다른 거 뭐 필요하세요? 나의 물음에 그는 고개를 가로저었다. 화면에 연속극 〈댈러스〉의 크레디트가 올라가고 있었다.

"나도 글을 배워서 이젠 읽을 줄 안다고요." 그러자 그가 비비탄 같은 눈을 반짝이며 소리 내어 웃었다. 그것은 씨근덕거리며 갈지자형 침대를 흔든, 그의 녹슨 호흡기관 소리였다. 사실 어느 쪽인지 알 수 없었지만, 그것은 분명 귀에 익은 소리였다.

카르페디엠

나는 보통은 늙어가는 것이 아무렇지 않다. 어떤 것들을 보면 아픔을 느낀다. 가령 스케이트 타는 사람들을 보면 그렇다. 머리를 휘날리며 긴 다리로 미끄러지듯 나아가는 그들은 얼마나 자유로워 보이는지. 또 어떤 것들은 나를 공황 상태에 빠뜨린다, 샌프란시스코 고속철도 문이 그렇다. 열차가 정지하고도 한참 기다려야 문이 열린다. 아주 오랜 시간은 아니지만 너무 길다. 시간이 없는데.

빨래방은 또 어떻고. 하지만 빨래방은 내가 젊었을 때도 문제였다. 너무 오래 걸린다. 스피드퀸 세탁기도 그렇다. 빨래방에 가만 앉아 있자면 인생이 눈앞을 획획 지나간다. 익사하는 느낌. 물론 차가 있으면 그사이에 철물점이나 우체국에 가서 볼일을 보고 돌아와 빨래를 건조기에 넣을 수 있을 테지만.

종업원이 없는 빨래방은 더하다. 그럴 경우 난 항상 혼자 자리를 지키는 것 같다. 세탁기와 건조기는 모두 돌아가는데…… 모두 철물점 같은 데 가서 다른 볼일을 보는 것이다.

나는 빨래방 종업원들을 수없이 보았다. 주위를 맴도는 카론 타입. 그들은 잔돈을 바꿔주거나 잔돈이 없거나 둘 중 하나다. 이번 종업원은

'No Sweat'을 'No Thwet'으로 발음하는 뚱뚱한 오필리아다. 그녀는 육포를 먹다가 윗니 의치판이 깨졌다. 그녀는 유방이 너무 커서 문을 출입할 때는 마치 식탁을 옮기듯 몸을 비스듬히 비껴 움직인다. 그녀가 대걸레를 가지고 지나갈 때는 모두 빨래 바구니를 치우며 비켜선다. 그녀는 티브이 채널을 계속 바꾼다. 빨래방에 있는 사람들이 〈신혼부부 게임The Newlywed Game〉을 보고 있는데 〈라이언의 희망Ryan's Hope〉으로 채널을 돌려버리는 식이다.

언젠가 예의상 말을 나누다 나도 전신 열감이 있다고 했다. 그래서인지 그녀는 나만 보면 변화*를 생각하는 것 같다. "변화는 좀 어때요?" 그녀는 안녕하세요, 대신 큰 소리로 그렇게 인사한다. 그러고 나서 거기에 앉아 있으면 옛날을 생각하고, 나이 먹는 것을 생각하고, 그러면 기분이 더 우울해진다. 우리 아들들이 다 커서 예전에는 세탁기 다섯 대를 돌리던 걸 지금은 한 대만 돌리는데, 한 대 돌리나 다섯 대 돌리나 세탁에 걸리는 시간은 똑같다.

나는 지난주에 이 지역으로 이사를 왔다. 아마도 200번째 이사일 것이다. 홑이불이며 커튼이며 타월이며 모든 걸 잔뜩 담아 빨래방에 왔다. 많은 세탁기가 돌아가고 있었다. 나란히 빈 세탁기가 없었다. 나는 내 세탁물을 세탁기 세 대에 나누어넣고 오필리아에게 잔돈을 바꾸러 갔다. 나는 돌아와 돈을 집어넣고 세제를 넣고 시작 단추를 눌렀다. 그런데 나중에야 내 세탁기가 아니란 걸 깨달았다. 세 대 모두 어떤 남자의 빨래가 이미 끝난 세탁기였다.

나는 뒤돌아보다가 뒷걸음질쳐 그 세탁기에 부딪쳤다. 오필리아와 그

---

* Change. '잔돈'이라는 뜻도 있다.

남자가 내 앞에 불쑥 나타났기 때문이다. 키가 크고 지금은 '빅마마' 팬티 호스를 입는 내가 보기에도 덩치가 큰 사람들이었다. 오필리아는 세탁 전 얼룩 제거용 스프레이를 들고 서 있었다. 남자는 청바지를 잘라 만든 반바지 차림이었다. 그의 육중한 허벅지에는 붉은 털이 엉겨붙어 있었다. 수북한 수염은 털이라기보다는 붉은 범퍼 쿠션 같았다. 그의 야구 모자에는 고릴라 패치가 붙어 있었다. 그리 작은 모자가 아닌데도 머리카락이 워낙 수북해서 모자를 썼다기보다는 얹혀서 밀려 올라갔기 때문에 키가 2미터는 되어 보였다. 그는 묵직한 주먹을 반대편 붉은 손바닥에 탁 쳐 보였다. "이런 망할! 이럴 수가!" 오필리아는 위협적이지 않았다. 그녀는 나를 보호해주는 입장이었다. 남자와 나 사이에, 또는 남자와 세탁기 사이에 언제든지 끼어들어 그를 막을 기세였다. 그녀는 빨래방에서 자신이 해결하지 못할 일은 없다고 늘 말해왔다.

"저기요, 앉아서 좀 진정하세요. 지금 세탁기를 멈출 순 없잖아요. 티브이 보면서 콜라라도 좀 드세요."

나는 내 빨래가 든 세탁기를 찾아 돈을 넣고 시작 단추를 누르자마자 돈이 더는 없다는 게 생각났다. 내 빨랫감에 넣을 비누도 없었다. 방금 넣은 동전들은 건조기에 쓸 돈이었다. 나는 울기 시작했다.

"저 여자 대체 뭣 때문에 우는 거요? 이 멍청한 아줌마가 정말. 아줌마가 내 토요일을 어떻게 만들었는지나 알아요? 나 참 어이가 없네."

나는 그에게 혹시 어디 다른 데서 볼일이 있으면 내가 대신 세탁물을 건조기에 옮겨넣어줄 테니 다녀오라고 했다.

"내 옷에 손댈 생각은 하지도 마시오. 내 옷 근처에는 얼씬도 하지 말라고, 알겠어요?" 그가 앉을 수 있는 자리는 내 옆 자리밖에 없었다. 우리는 세탁기를 물끄러미 바라보며 앉아 있었다. 나는 그가 밖에 좀 나가 있었으면 했지만 그는 내 옆에서 꼼짝도 하지 않았다. 그는 거대한 오른쪽 다리를 세탁기 드럼처럼 떨었다. 빨간불 여섯 개가 우리를 노려보았다.

"언제나 그 모양으로 실수해요?" 그가 물었다.

"이봐요, 미안해요. 내가 피곤해서 그만. 서두르다가 그만." 나는 소심하게 킥킥 웃었다.

"안 믿을지 모르지만 난 바빠요. 난 예인선을 운전해요. 주 6일. 하루 열두 시간. 오늘이 바로 그날. 내가 쉬는 날이란 말이오."

"뭐 하느라 바쁘세요?" 나는 호의적으로 물었는데 그는 내가 비아냥거린 줄로 생각했다.

"에, 이 멍청한 여자가 정말. 사내라면 세탁기에 넣어 돌려버릴 텐데. 그 텅 빈 머리를 건조기에 넣어 돌려서 쪄버릴 텐데 이거 참."

"미안하다고 했잖아요."

"퍽이나 미안하시겠어요. 댁은 계집으론 아주 실패작이야. 댁이 내 옷을 저렇게 하기 전부터 난 댁이 낙오자란 걸 알았다고요. 믿을 수가 없군. 이 여자가 또 우네. 나 참 어처구니없어서."

오필리아가 와서 그를 내려다보며 섰다.

"이 손님 좀 귀찮게 하지 말아요, 알겠어요? 나도 우연히 알게 된 거지만, 이 손님은 어려운 시기를 지나고 있다고요."

이 여자가 그걸 어떻게 알았지? 나는 깜짝 놀랐다. 이 거대한 체구의 흑인 시빌,* 이 스핑크스는 모든 걸 알고 있다. 그래, 그녀는 그 '변화'를 뜻하는 게 틀림없다.

"댁이 원하면 내가 옷을 갤게요." 내가 그에게 말했다.

● 이탈리아 나폴리 근처 쿠메의 시빌은 아폴로 신전의 전설적 예언자, 즉 무당이었다.

"관둬요." 오필리아가 말했다. "일이 그렇게 됐기로서니 그게 뭐 대수예요? 100년 후에 누가 신경이나 쓰겠어요?"

"100년이라니. 100년……." 그가 중얼거렸다.

나도 그 생각을 하고 있었다. 100년. 우리 옷이 든 세탁기가 흔들흔들 돌아가고 있었다. 탈수를 표시하는 작은 불이 붉게 켜져 있었다. "댁의 옷은 적어도 깨끗하기라도 하지. 난 내 세제를 댁의 빨래에 다 썼어요."

"에이 빌어먹을. 내가 세제 사주면 되잖소."

"너무 늦었어요. 어쨌든 고맙군요."

"이 여잔 나의 하루만 망친 게 아니야. 염병할 한 주를 통째로 망쳤어. 허, 세제가 없다니."

오필리아가 다시 오더니 몸을 구부리고 내게 귓속말을 했다.

"나는 얼룩이 좀 묻어요. 의사가 그러는데 그게 그치지 않으면 확장소파술을 받아야 한대요. 댁은 묻어요?"

나는 고개를 흔들었다.

"앞으로 그럴 거예요. 여자들은 문제가 끊임이 없어. 평생 문제의 연속이야. 난 속이 더부룩해요. 댁도 그러우?"

"이 여잔 머리가 더부룩해." 그가 말했다. "이봐요, 난 차에 가서 맥주나 마실 텐데, 내 세탁기엔 근처에도 가지 않겠다고 약속하시오. 댁의 세탁기는 34, 39, 43번이오. 알겠소?"

"알아요. 32, 40, 42번." 그는 내 말을 우스개로 받아들이지 않았다.

세탁기들은 마지막 탈수를 하고 있었다. 내 빨래는 울타리에 널어 말려야 할 것이다. 주급을 받으면 비누를 사가지고 올 것이다.

"재키 오나시스는 침대 시트를 매일 간대요." 오필리아가 말했다. "내 생각에 그건 병적이죠."

"병적이네요." 나는 동의했다.

나는 그가 그의 빨래를 꺼내 바구니에 넣어 건조기에 넣은 뒤에야 내 것을 꺼냈다. 나를 보고 히죽거리는 사람들이 있었지만 그냥 그들을 무시했다. 나는 축축한 홑이불과 타월들을 카트에 담았다. 너무 무거워서 밀기가 힘들기도 했지만 젖어서 다 들어가지도 않았다. 나는 강렬한 분홍색 커튼을 어깨에 걸쳤다. 빨래방 저쪽에서 그 남자가 무언가 말을 하려다 말고 고개를 돌렸다.

집까지 가는 데 한참 걸렸다. 빨랫줄을 찾은 것까지는 좋았는데 빨래를 너는 시간은 더 한참 걸렸다. 안개가 밀려오고 있었다.

커피를 타서 집 뒤편 계단에 나가 앉았다. 행복했다. 마음이 차분하고 느긋해졌다. 이제 고속철도 열차가 완전히 정지하기 전에는 자리에서 일어나지도 않을 것이다. 열차가 정지했을 때 일어나도 내릴 수 있을 테니까.

모든 달과 모든 해

Toda luna, todo año

Todo día, todo viento

Camina, y pasa también.

También, toda sangre llega

Al lugar de su quietud.

　　　—칠람 발람의 서*

엘로이즈 고어는 반사적으로 이 시를 머릿속으로 번역하기 시작했다. '매달, 매년.' 아니지. '달마다, 해마다'가 더 그럴 듯하다. Camina는? 걷다, 라는 뜻. 아쉽게도 번역하면 좀 어색해진다. 스페인어에서 시계는 걷는다. 뛰지 않는다. '다가와 가버린다'.

엘로이즈 고어는 책을 탁 덮었다. 휴양지에서는 책을 읽는 게 아니다. 그녀는 음식점 테라스에서 마르가리타를 마시며 의식적으로 경치를 감

---

* 해마다 달마다 / 날마다 바람마다 / 다가와 가버린다 / 모든 피 또한 / 안식의 장소에 이르느니라.

상했다. 얼룩덜룩한 산홋빛 구름은 형광빛 백랍으로 변했다. 파도 물마루는 발아래 회백색 모래사장에 부딪쳐 은색으로 흩어졌다. 지와타네호 시내부터 해변을 따라 내려가며 작은 초록색 불빛의 현란한 춤이 펼쳐졌다. 연녹색 네온 불빛의 반딧불. 마을 소녀들은 땅거미가 질 때 반딧불 액세서리로 머리를 장식하고 삼삼오오 짝을 지어 다녔다. 여자애들은 반딧불을 머리 전체에 흐트러지게 장식하기도 하고 작은 에메랄드 왕관 모양으로 배열하기도 했다.

이곳에서 처음 보내는 밤이었다. 식당에는 그녀 혼자였다. 흰 상의를 입은 웨이터들이 칵테일 바가 있는 풀장과 연결된 계단 앞에 서 있었다. 풀장 가에서는 대부분의 투숙객들이 여전히 춤과 술을 즐기고 있었다. "Mambo! Que rico el Mambo!" 조각얼음과 마라카스. 버스보이들이 돌아다니며 초에 불을 붙였다. 달은 보이지 않았다. 별빛을 받은 바다는 금속성 광택으로 보였다.

복장이 요란하고 햇볕에 그을린 사람들이 식당으로 들어오기 시작했다. 텍사스나 캘리포니아 사람들일 거라고 그녀는 생각했다. 캘리포니아 사람들은 콜로라도 사람들보다 더 느슨하고 쾌활하다. 그들은 서로 다른 식탁에 앉은 사람들에게 큰 소리로 말했다. "한번 해봐, 윌리!", "정말 기막힌데!"

내가 여기서 뭘 하고 있지? 3년 전남편과 사별하고 처음 떠나온 여행이었다. 그들은 둘 다 스페인어 교사였고, 매년 여름이면 멕시코와 라틴아메리카를 여행했다. 그녀는 남편 없이는 어디에도 가고 싶지 않았다. 남편이 죽은 뒤로 6월만 되면 서머스쿨을 가르치겠다고 신청했는데, 올해는 너무 지쳐 그럴 마음이 나지 않았다. 여행사에서 언제 돌아올 거냐고 물었을 때, 그녀는 기분이 오싹해져 잠시 멈칫했다. 그녀는 돌아올 필요가 없었다. 더 이상 교사 생활을 할 필요도 없었다. 꼭 가야 할 데도 없고 누군가에게 보고할 의무도 없었다.

그녀는 해산물 샐러드를 먹으면서 남의 이목을 의식하고 곤혹스러웠다. 멕시코시티의 교실에서나 어울릴 법한 회색 시어서커 정장 차림……. 볼품없는 옷, 주위와 어울리지 않아 비웃음을 살 만한 옷이었다. 스타킹은 초라할 뿐 아니라 더웠다. 자리에서 일어나면 엉덩이에 땀이 배어 자국이 나 있을지도 모른다.

그녀는 의식적으로 느긋하게 마음먹고, 마늘을 넣어 구운 새우 요리를 즐기려고 애썼다. 악사들이 테이블마다 다니며 음악을 연주하고 있었다. 그들은 그녀의 테이블에 이르러서는 굳은 표정을 보고 그냥 지나쳐 갔다. Sabor a tí. 당신의 맛. 사람의 맛이 어떻다는 노래를 만들어 부른다는 걸 미국에서는 상상이나 할 수 있을까? 멕시코에서는 모든 게 맛으로 표현된다. 강렬한 마늘, 고수잎, 라임. 모든 냄새가 강렬하다. 멕시코의 꽃은 그렇지 않다. 냄새가 전혀 나지 않는다. 바다는 부패해가는 정글의 기분 좋은 냄새를 풍긴다. 돼지가죽 의자의 고약한 냄새, 등유 왁스를 입힌 타일 냄새, 양초 냄새.

어두워진 해변에 홀로 남은 반딧불들이 저희들끼리 부옇게 소용돌이치며 춤을 추었다. 저 앞바다에서는 물고기를 꾀는 붉은 불빛들이 아롱거렸다.

"저어, 요리는 어떻습니까?" 웨이터가 물었다.

"맛있어요, 고마워요."

호텔 양품점이 아직 열려 있었다. 그녀는 손으로 짠 단순한 흰색과 담홍색 원피스 두 벌을 발견했다. 그녀가 입던 옷들과 달리 촉감이 부드럽고 낙낙한 옷이었다. 밀짚 가방도 하나 샀다. 학생들에게 줄 상으로 쓰기 위해 옥으로 만든 반딧불 장식이 박힌 빗도 몇 개 샀다.

취침 전에 한잔 안 하세요? 지배인이 로비를 가로지르는 그녀에게 말했다. 음, 안 될 거 없지. 그녀는 그렇게 생각하고 풀장 옆, 지금은 텅 빈 칵테일 바에 들어갔다. 마데로 브랜디에 칼루아주를 섞은 칵테일을 주문했다. 멜이 매우 좋아하는 주종이었다. 그녀는 멜이 몹시 그리웠다, 머리에 그의 손길을 느끼고 싶었다. 눈을 감고 종려나무잎이 사부작대는 소리, 믹서 속에서 섞이는 얼음 소리, 노 젓는 소리에 귀를 기울였다.

방으로 돌아온 그녀는 그 시를 다시 보았다. '모든 인생 또한 안식의 장소에 이르느니라.' 아니지. '인생'이 아니라 sangre, 피, 고동치며 흐르는 모든 것. 등불이 너무 약했다. 날벌레들이 등불 갓에 타닥타닥 부딪쳤다. 등불을 끄려는 순간 바에서 음악이 들려오기 시작했다. 둥둥 계속되는 베이스 음. 가슴이 뛴다, 뛰고 있다. Sangre.

그녀는 집에 있는 단단한 침대가 그리웠다. 멀리 고속도로에서 차가 지나간 뒤의 자장가 같은 일시적 고요함도 그리웠다. 정말 그리운 건 아침에 푸는 십자말풀이다. 오, 멜, 나 어떡하면 좋을까? 교사를 그만둘까? 여행할까? 박사학위를 딸까? 자살할까? 내가 왜 이런 생각을 하지? 하지만 난 평생 가르치는 일밖에 모르고 살았어. 처량한 노릇이지. 고리타분한 고어 선생님. 매년 새로운 학생들을 맞을 때마다 누군가 두운을 발견하고 신이 나서 그 말을 지어냈다. 엘로이즈는 무미건조하고 감정에 좌우되지 않는 좋은 선생님이었다. 오랜 세월이 흐른 뒤에야 학생들이 생각하고 좋아하는 그런 유형의 선생님.

'Cuando calienta el sol, aquí en la playa.'* 음악 소리가 일시적으로 고

● '태양이 뜨거울 때, 여기 해변에서.' 동명 노래 제목의 가사.

요해지면 옆방에서 들려오는 소음이 덧창을 통해 흘러 들어왔다. 웃음소리, 사랑 행위.

"세계 여행의 대명사! 똑똑한 체하는 사람의 대명사! 세계 여행가!"

"여보, 그건 사실이야." 텍사스인의 늘어지는 남부 억양이었다. 요란한 충돌 소리가 들리더니 잠잠해졌다. 분명히 남자가 넘어져 정신을 잃었을 것 같았다. 여자가 걸걸하게 웃었다. "주님을 찬양하라!"

엘로이즈는 추리소설이 있었으면 좋았을걸 하고 생각하다가 일어나 샤워실로 갔다. 바퀴벌레와 참게가 그녀를 피했다. 코코넛 비누로 샤워를 하고 눅눅한 타월로 몸을 말렸다. 거울을 닦고 얼굴을 들여다보았다. 평범하고 엄한 얼굴이라고 생각했다. 커다란 회색 눈, 잘생긴 코, 멋진 미소를 감안하면 평범하지는 않지만 엄한 얼굴이기는 하다. 몸매도 좋지만 오랫동안 무시해서인지 그것마저 엄해 보였다.

새벽 두 시 반이나 되어서 악단의 연주가 끝났다. 발소리와 속삭임, 유리창이 달가닥거리는 소리. 좋지, 자기야, 좋다고 해! 신음 소리. 코고는 소리.

엘로이즈는 평소대로 여섯 시에 잠을 깼다. 자리에서 일어나 덧문을 열고 하늘이 우윳빛 은색에서 탁한 보라색으로 변해가는 모습을 지켜보았다. 종려나무 가지들이 포커 카드를 섞듯이 미풍에 서로 찰락거렸다. 그녀는 수영복을 입고 그 위에 새로 산 담홍색 원피스를 입었다. 아직 아무도 일어나지 않았다. 주방에도 일하는 사람이 없었다. 수탉이 울고 콘도르가 쓰레기 주변에서 날개를 파닥거렸다. 돼지 네 마리. 정원 뒤편에서는 원주민 버스보이들과 정원사들이 아무것도 덮지 않고 벽돌 위에 웅크린 채 잠을 자고 있었다.

엘로이즈는 해변에서 떨어진 정글 속 오솔길에 섰다. 어둑함 속에 습기를 흠뻑 머금은 고요함. 난초들. 초록색 앵무새 무리. 이구아나 한 마리가 바위 위에 웅크리고 그녀가 지나가길 기다렸다. 나뭇가지들이 얼굴에 찰싹 닿을 때 끈적한 온기가 느껴졌다.

언덕에 올랐을 때 해가 떠올랐다. 그녀는 백사장이 보이는 낮은 언덕으로 내려갔다. 그곳에 서자 라스가타스의 고요한 만灣이 보였다. 투명한 물속에 정어리 떼가 소용돌이치듯 몰려다니다 토네이도처럼 넓은 바다 쪽으로 사라졌다. 해변을 따라 팔라파*들이 옹기종기 이어졌다. 가장 멀리 있는 오두막에서 연기가 피어올랐지만 사람은 보이지 않았다. '베르나르도 스쿠버다이빙'이라는 간판이 보였다.

엘로이즈는 옷과 가방을 모래사장에 내려놓고, 돌벽이 있는 데까지 크롤 스트로크로 자신 있게 헤엄쳐 갔다. 거기서 돌아오는 중에 물 위에 둥둥 떠서 쉬다가 다시 헤엄을 쳤다. 발이 닿는 곳에 이르러 물속을 걸어 나오며 큰 소리로 웃었다. 이윽고 모래사장 가까이 얕은 물속에 앉아 놀랍도록 파란 하늘을 바라보며 파도와 고요 속에 몸을 맡기고 흔들거렸다.

엘로이즈는 물에서 나와 해변을 따라 걸었다. 베르나르도 스쿠버다이빙 간판 앞을 지나 연기가 나는 쪽으로 갔다. 팔라파 바닥의 모래는 고르게 쓸려 있었다. 커다란 나무 테이블과 벤치들. 그 너머에는 대나무로 둘러막은 작은 주거 공간들이 줄지어 있었고, 각 공간은 모기장으로 둘려 있고 그 안에는 해먹이 설치되어 있었다. 원시적인 부엌 수돗가에서 한 어린아이가 설거지를 하고 어떤 나이 많은 여자가 불을 지피고 있었다. 마당의 닭들은 그들 주위를 돌아다니며 모래를 쪼았다.

"안녕하세요. 여긴 항상 이렇게 조용해요?" 엘로이즈가 물었다. "잠수

● 말린 종려나무로 엮은 초가지붕을 벽이 없이 기둥에 얹은 주거 공간.

부들은 바다에 나갔어요. 아침 좀 드릴까요?"

"네, 부탁해요." 엘로이즈가 손을 내밀었다. "저는 엘로이즈 고어라고
합니다." 그러나 할머니는 고개를 끄덕이기만 했다. "Siéntese."•

엘로이즈는 콩과 생선, 토르티야를 먹으며 만 건너편에 솟은 안개 낀 언
덕을 바라보았다. 언덕 중턱에 비스듬히 자리 잡은 호텔은 지저분하고 지
쳐 보였다. 부겐빌레아들이 술 취한 여자의 숄처럼 벽 위에 흘러내렸다.

"여기서 묵을 수 있을까요?" 그녀가 그 나이 많은 여자에게 물었다.

"여긴 호텔이 아닌데. 어부들이 사는 곳이에요."

그러나 커피를 가지고 돌아와서 "방이 하나 있긴 한데. 간혹 외국인 잠
수부들이 여기서 묵기도 하거든요" 하고 말했다.

내가 쓸 수 있는 방은 벽 없는 오두막으로 빈터 뒤에 있었다. 침대와
탁자가 있고 탁자 위에는 양초가 있었다. 매트리스에는 곰팡이가 피었지
만 시트가 깨끗하고, 모기장이 쳐져 있었다. "전갈은 없어요." 여자가 요
구한 숙식비는 턱없이 저렴했다. 아침과 저녁 식사가 포함되고 저녁은 잠
수부들이 돌아오는 네 시에 제공된다고 했다.

엘로이즈는 호텔로 돌아가는 정글 길을 지나갈 때 몹시 더웠지만 자기
도 모르게 속으로 멜에게 말을 하며 어린아이처럼 깡충깡충 뛰면서 걸었
다. 그녀는 마지막으로 행복했던 게 언제였는지 생각해보았다. 멜이 죽고
얼마 안 되었을 때 티브이에서 막스 브라더스의 쇼를 보았다. 〈오페라의
밤〉. 엘로이즈는 티브이를 꺼야 했다. 도저히 혼자 웃을 수 없었다.

호텔 지배인은 그녀가 라스가타스로 간다는 말을 듣고 재미있어했다.
"Muy típico." 지방색: 원시적 또는 더럽다는 것에 대한 완곡한 표현. 그

• 앉으세요.

178

는 그날 오후에 엘로이즈가 짐을 싣고 만을 건널 수 있도록 카누를 주선해주었다.

엘로이즈가 탄 배가 평화로운 해변에 가까워질 때 그녀는 당황스러웠다. 팔라파 앞에 커다란 나무배 '라 이다'호가 정박해 있었다. 울긋불긋한 카누들과 마을에서 온 소형 발동선들이 무언가 싣고 들락날락했다. 바닷가재, 물고기, 뱀장어, 문어, 조개가 담긴 자루. 기슭에 있는 여남은 남자들은 배에서 산소 탱크와 압력 조정 장치들을 배에서 내리면서 웃기도 하고 소리를 지르기도 했다. 한 소년이 거대한 바다거북을 닻줄에 묶었다.

엘로이즈는 방에 짐을 갖다놓고 좀 눕고 싶었지만 프라이버시가 전혀 보장되지 않았다. 침대에서 저쪽에 있는 부엌이 들여다보였다. 그 부엌을 통해 식탁에 앉아 있는 잠수부들이 보였고, 그 너머의 청록색 바다도 보였다.

"식사하세요." 그 여자가 그 어린아이와 함께 식탁으로 음식을 내가며 엘로이즈를 불렀다.

"도와드릴까요?" 엘로이즈가 물었다.

"Siéntese."

엘로이즈는 식탁 앞에서 머뭇거렸다. 남자가 일어나 그녀에게 악수를 청했다. 올메카 조각상처럼 키가 작고 다부진 사람이었다. 짙은 갈색 피부, 눈꺼풀은 두툼하고 입은 관능적이었다.

"나는 세자르입니다. 족장이죠."

그는 엘로이즈가 앉을 자리를 만들고, 다른 잠수부들에게 그녀를 소개했다. 그들은 그녀에게 고개를 끄덕이곤 식사를 계속했다. 나이가 아주 많은 남자 셋. 플라코, 라몬, 라울. 세사르의 아들 루이스와 체요. 뱃사공

마달레노. '새 잠수부―최고의 잠수부'인 베토. 베토의 아내 카르멘은 식탁에서 물러나 앉아 아기에게 젖을 먹이고 있었다.

사발에 담긴 조개에서 김이 났다. 남자들은 엘 페이네 이야기를 하고 있었다. 플라코 영감은 평생 잠수부로 일하다 마침내 그것을 보았다. 빗이라고? 나중에 사전을 찾아보았더니 엘 페이네는 머리를 빗는 '빗'이라는 뜻이지만, 그들이 말하는 건 거대한 톱상어였다.

"Gigante. 고래보다 커요. 더 커요!"

"Mentira! 헛것을 봤으면서. 기분 좋게 취해서."

"두고 봐. 이탈리아 사람들이 카메라를 가지고 오면 그들을 데려갈 테니. 자네들은 말고."

"그걸 어디서 봤는지 기억도 못하면서."

플라코가 웃었다. "그런데……. 정확히는 아니지."

바닷가재, 구운 붉돔, 문어. 쌀밥, 콩, 토르티야. 어린아이가 꿀이 담긴 접시를 식탁 한쪽 구석에 놓아 파리들이 그쪽으로 쏠리게 했다. 시끄럽고 오래 걸리는 식사였다. 식사가 끝나자 모두 잠자러 해먹으로 가고 세사르와 엘로이즈만 남았다. 베토와 카르멘이 쓰는 방은 커튼이 가리고 있었지만 다른 방들은 모두 트여 있었다.

"Acércate a mí." 세사르가 엘로이즈에게 말했다. 그녀는 그의 말대로 가까이 갔다. 그 나이 많은 여자가 파파야와 커피를 내왔다. 이 여자는 세사르와 남매지간으로 이름은 이사벨이었다. 플로라는 그녀의 딸이었다. 그들은 2년 전 세사르의 아내가 죽었을 때 그곳으로 이사 왔다. 그렇다, 엘로이즈도 과부가 되었다. 3년 되었다.

"라스가타스에는 뭘 보고 오셨어요?" 그가 물었다.

엘로이즈도 그건 알지 못했다. "조용해서요." 그러자 그가 웃었다.

"손님은 늘 말이 없으신가요? 우리와 함께 잠수하러 가서도 돼요, 바닷속에는 소음이 없어요. 이제 가서 쉬세요."

엘로이즈가 잠에서 깼을 때 날은 아직 어둑했다. 식당의 램프가 빛나고 있었다. 세사르와 나이 많은 세 남자는 도미노를 하고 있었다. 세사르는 그 세 노인이 자기에게는 어머니요 아버지 같은 사람들이라고 말했다. 다섯 살 때 부모가 죽었는데, 그들이 그를 거두어 첫날부터 잠수를 시켰다. 당시 그 세 남자는 유일한 잠수부였는데, 산소 탱크나 작살총이 생기기 오래전이라 별다른 장비 없이 물속에 들어가 굴과 조개를 채취했다.

팔라파 먼 쪽 끝에서 베토와 카르멘이 이야기를 나누고 있었다. 카르멘은 작은 발로 자기들이 누운 해먹을 밀어 흔들거렸다. 체요와 후안은 작살 날을 갈았다. 루이스는 혼자 떨어져 트랜지스터 라디오를 듣고 있었다. 로큰롤. 영어 좀 가르쳐주세요! 그는 엘로이즈를 불러 옆에 앉혔다. "나는 만족하지 못해"라는 노랫말은 그가 상상하는 것과 뜻이 전혀 달랐다.

베토의 아기는 알몸으로 식탁 위에 누워 있었다. 세사르가 아기 머리를 한 손으로 받치고 있었다. 아기가 오줌을 싸자 세사르는 다른 손으로 식탁에서 오줌을 훑어내고 그 손을 제 머리카락에 닦았다.

안개. 흰 두루미 두 마리. 배 옆에 묶어둔 거북이가 일으키는 잔물결. 바람에 흔들리는 램프. 번갯불이 연녹색 바다를 밝혔다. 두루미들이 날아가자 비가 오기 시작했다.

장발의 미국인 청년이 빗속에서 비틀거리며 들어와 헐떡이며 덜덜 떨었다. 아 이런, 아 이런. 그러면서 청년은 계속 웃었다. 모두 꼼짝하지 않았다. 청년은 배낭과 젖은 스케치북을 탁자에 내려놓고 계속해서 웃었다. "마약 한 건가?" 플라코가 물었다. 세사르가 어깨를 으쓱하고 일어나더니 타월과 무명옷을 가지고 돌아왔다. 청년은 세사르가 옷을 벗기고 물기를 닦아주고 옷을 입혀주는 동안 고분고분 가만히 서 있었다. 마달레노는 수프와 토르티야를 가져다주었다. 청년이 그것을 다 먹자 세사르는 그를 해먹으로 데려가 누이고 담요를 덮어주었다. 청년은 흔들거리는 해먹에 누워 잠이 들었다.

동이 트기 전부터 산소 탱크를 채우는 소리로 한참 동안 소란스러웠다. 수탉이 울고 옥외 개수대에는 앵무새가 앉아 꽥꽥 울었다. 숲 가장자리의 빈터에서는 독수리들이 날개를 파닥거렸다. 세사르와 라울이 탱크를 채우고 마달레노는 모래 바닥을 갈퀴로 골랐다. 엘로이즈는 개수대에서 세수를 하고 은빛 수면을 거울 삼아 머리를 빗었다. 그곳에서 거울이라고는 어느 종려나무에 못질해둔 깨진 조각 하나뿐이었는데, 루이스가 그 앞에서 웃는 얼굴로 면도를 하며 〈관타나메라!〉를 부르고 있었다. 그는 엘로이즈에게 손을 흔들었다. "굿모닝, 티셔!"

"굿모닝. Dí '티처'!" 엘로이즈는 웃으며 발음을 정정해주었다.

"티처."

엘로이즈가 방으로 돌아가 정장 위에 담홍색 원피스를 입으려던 참이었다.

"아뇨, 옷 입지 마세요. 조개 잡으러 갈 겁니다."

무거운 탱크와 웨이트 벨트는 세사르가 들었다. 엘로이즈는 수중 마스크와 물갈퀴, 망태기를 들었다.

"나는 한 번도 해본 적이 없어요."

"헤엄은 칠 줄 알죠?"

"헤엄은 잘 쳐요."

"튼튼하시군요." 세사르가 엘로이즈의 몸을 보며 말했다. 그녀는 얼굴이 빨개졌다. 튼튼하다. 그녀의 학생들은 그녀를 가리켜 심술궂고 냉정하다고 했다. 그는 허리에 웨이트 벨트를 감고 등에 탱크를 메주었다. 버클을 잠가주느라 그의 몸이 유방에 스치자 그녀는 다시 얼굴이 빨개졌다. 그는 천천히 떠오르는 법, 보조 탱크를 사용하는 법 등 기본 준수 사항들을 알려주었다. 침을 뱉어서 수중 마스크를 닦는 법, 압력 조절기를 다루는 법도 가르쳐주었다. 등에 진 탱크가 견딜 수 없이 무거웠다.

"그만해요, 난 이걸 지지 못해요."

"할 수 있어요." 그는 마우스피스를 그녀의 입에 물리고 그녀를 물속으로 이끌었다.

무게감이 사라졌다. 탱크의 무게감뿐 아니라 그녀 자신의 무게감도 느껴지지 않았다. 그녀는 자신이 보이지 않는 존재가 된 기분이었다. 마침내 물갈퀴를 흔들며 손을 지느러미 삼아 미끄러지듯 나아갔다. 마우스피스 때문에 소리 내 웃지도, 소리를 지르지도 못했다. 멜, 굉장해! 그녀는 세사르와 나란히 날아가듯 나아갔다.

서리 낀 유리와도 같은 수면 위로 해가 떠올랐다. 어슴푸레한 금속성 빛. 그러자 조명을 받는 무대처럼 수중 세계가 서서히 모습을 드러냈다. 자홍색 아네모네, 에인절피시, 파랗고 빨간 네온 빛, 노랑가오리. 세사르는 더 멀리, 더 깊이 잠수하며 압력을 완화하는 법을 보여주었다. 타라스칸 해안 성벽 가까이에 이르자 그는 햇빛이 비치는 바닥으로 내려가 대못으로 모래 바닥을 계속 찔러댔다. 그러다 기포가 올라오면 조개를 파내 망태기에 넣었다. 그녀는 몸짓으로 대못을 달라고 해서 받아 들고 모래 바닥을 찌르며 다녔고 세사르는 망태기가 꽉 찰 때까지 조개를 채취했다. 그들은 가지각색의 물고기와 해초를 지나쳐 기슭 쪽으로 헤엄쳤다. 엘로이즈에게는 정말 그 모든 것, 모든 생물과 모든 감각이 새로웠다. 정어리 떼가 물줄기가 갈라지며 분출하듯 그녀를 분기점으로 갈라졌다. 그녀는 문득 산소가 다 떨어졌다는 걸 깨닫고는 보조 탱크가 있다는 것도 잊고 공황 상태에 빠져 허우적거렸다. 그걸 본 세사르가 다가와 한 손으로 그녀의 머리를 잡고 다른 손으로 산소 줄을 잡아당겼다.

그들은 물위로 떠올랐다. 초록색 물은 그 아래 무엇이 있는지 드러내지 않았다. 그녀는 해의 위치를 보고 잠수한 지 한 시간도 채 안 되었다는 것을 알았다. 무게를 느끼지 못하면 판단 기준으로서의 자신을 잃는다, 시간 속 자신의 위치를 잃는다.

"고마워요." 엘로이즈가 말했다.

"고마워요. 덕분에 조개를 많이 잡았어요."

"레슨비는 얼마죠?"

"나는 선생이 아닙니다."

엘로이즈는 베르나르도의 간판 쪽을 턱으로 가리켰다. "레슨비 500페소."

"손님은 베르나르도의 손님이 아니죠. 우리한테 오셨잖아요."

그게 전부였다. 나중에 엘로이즈는 아침 식탁에서 생각했다. 그들에게 받아들여졌다는 느낌은 그들이 그녀를 좋아한다거나 그녀가 그들과 잘 맞는다거나 그런 것이 아니었다. 단순히 그들에게 왔기 때문이다. 바로 그 청년처럼. 그는 그러고 어디론가 사라졌지만. 어쩌면 잠수부들은 그 광대한 공간 속, 그런 물속에 들어가 있는 시간이 많아서 그런지도 모른다. 모든 일을 예상했다는 듯이, 똑같이 대수롭지 않게 취급했다.

노란 산소 탱크가 배 안에서 이리저리 구르며 탕탕 부딪치는 소리를 냈다. '라 이다'호. 라 이다에서 '이다'는 무언가의 이름이 아니라 '가다', 즉 밖으로 나간다는 뜻이다.

어부들은 상처투성이의 갈색 다리에 칼집을 매달고, 작살총 고무줄을 매고 다시 매고 하면서 웃고 있었다. 세사르가 산소 탱크들을 점검할 때 산소 새는 소리가 났다.

그들은 여러 가지 이야기를 했다. 페이네 이야기. 범고래 이야기. 이탈리아에서 온 스킨스쿠버다이버와 상어 이야기. 마리오가 익사한 이야기, 세사르의 산소 호스가 갈라진 이야기. 엘로이즈는 매번 잠수하기 전에 마치 호칭 기도처럼 그런 이야기들을 반복적으로 들었다.

쥐가오리 한 마리가 우리의 큰 배를 맴돌며 놀았다. 마달레노는 배를 바람이 부는 쪽으로 급격히 돌려 쥐가오리가 가는 방향에서 살짝 벗어났다. 그러자 쥐가오리들이 물위로 높이 솟아올랐고 그 순간 쥐가오리들의 흰 배가 햇빛에 빛났다. 쥐가오리에 기생하는 물고기들이 파열하듯 떨어져나와 배 안으로도 튀었다. 먼바다로 가는 짙은 초록색 바다거북 한 쌍이 찰랑이는 물결 속에서 교미하고 있었다. 그들은 반사되는 빛에 간혹 눈을 껌벅일 뿐 단단히 붙어 꿈을 꾸듯 둥둥 떠갔다.

마달레노는 북쪽 만 암초 해역에 닻을 내렸다. 모두 물갈퀴, 수중 마스크, 웨이트 벨트, 산소 탱크를 착용한 다음 뱃전에 빙 둘러 앉았다. 플라코와 라몬이 먼저 들어갔다. 그들은 앉은 자세에서 뒤로 눕듯이 떨어져 사라졌다.

그다음으로 라울과 체요, 베토와 루이스가 들어갔다. 세사르는 엘로이즈가 두려워하는 것을 알아차렸다. 파도가 높고 검푸른 빛을 띠었다. 그는 씩 웃고는 그녀를 뒤로 밀었다. 물이 차가웠다. 뒤로 떨어질 때 흘끗 눈에 들어왔던 파란 하늘이 반투명 하늘이 되었다. 배와 닻줄의 박진성. 깊이 들어갈수록 물은 더 차가웠다. 세사르는 천천히 내려가라고 몸짓으로 알렸다.

시간이 정지된 순간. 빛과 어둠, 냉기와 온기의 점차적 변화로 일어나는 시간의 중첩. 그들은 다양한 해초가 공존하고 물고기들의 위계가 뚜렷한 층들을 지났다. 밤과 낮, 겨울과 여름. 바닥 가까이는 따뜻하고 밝다. 오래전에 떠나온 몬태나의 풀밭처럼. 곰치들이 이빨을 드러냈다. 플라코는 무엇을 찾아야 할지 그녀에게 알려주었다. 푸른 바닷가재. 잠깐—곰치 조심. 잠수부들은 꿈속의 댄서들처럼 암초의 갈라진 틈들을 들락거렸다. 엘로이즈는 바닷가재를 발견하면 가까이 있는 사람에게 손짓을 했다. 간혹 커다란 비늘돔이나 도미가 지나가면 누군가 작살총을 쏘았다. 피가 잠깐 보인다. 그것을 줄에 꿸 때 물고기의 은빛이 가물거린다.

다음은 외해 잠수였다. 엘로이즈는 마달레노와 배에 남았다. 그는 노래를 불렀고 그녀는 군함새들을 쳐다보다 미끈거리는 물고기들에 기대 꾸벅꾸벅 졸았다. 그녀의 꿈은 물보라와 함께 흩어졌다. 한 잠수부가 잡은 것을 가지고 수면 위로 떠오르며 소리를 지른 것이다.

집으로 돌아갈 때 루이스를 제외하고는 모두 기쁨에 찼다. '라 이다'호를 잃지 않으려면 하루에 두 번은 이렇게 많이 잡아야 하기 때문이었다. 할부금이 두 차례나 밀려 있었다. 그들이 그 배를 소유하려면 아직 2만 페소를 더 내야 했다. 그전에 쓰던 낡은 배는 네 명밖에 태우지 못하는 데다 산소 탱크는 1인용밖에 싣지 못했다. 아버지가 세 노인에게 일을 주지 않았을 때 '라 이다'호를 사는 건 좋은 생각이었다고 루이스는 말했다. 그 노인들은 다른 사람이 열 마리 잡을 때 두 마리밖에 잡지 못했다. 그는 유능한 잠수부 셋이면 몇 달 안에 잔금을 다 갚을 수 있을 것이라고 했다.

"루이스는 사실 모터보트를 갖고 싶어해요." 세사르가 말했다. "그링가들 상대로 수상스키 비즈니스를 하겠다는 거죠. Que se vaya a Acapulco.*

● 그럼 아카풀코로 가든가.

186

나는 저들에게 잠수하지 말라는 말 절대로 못합니다. 너 나한테 그러라고
하기만 해봐."

엘로이즈는 매일 아침 세사르와 바다에 나가 첫 잠수에 참여해 조개
를 채취했다. 그러나 외해로 나가서 하는 두 번째 잠수에는 그녀를 데리
고 들어가지 않았다. 그녀는 자신감이 붙었고 더 강해졌고 물고기를 잡는
일에 나름 한몫하는데도 외해에서는 그녀를 제외시켰다. 저녁이면 그녀
는 노인들과 함께 앉았다. 루이스와 세사르는 그날 어획량을 셈하며 언쟁
을 벌였다. 세사르의 아들들은 간혹 시내에 나갔다. 루이스는 어떤 옷을
입을지 엘로이즈에게 자문을 구하기도 했다. 그 초록색 데이크론 바지보
다는 흰 무명 바지가 더 멋있어, 정말이야. 상어 이빨 목걸이는 물론 두고
가야지.

어느 날 밤 세사르가 모두의 머리를 잘라주었다. 엘로이즈까지. 그녀는
거울이 있었으면 했지만 컬이 있는 머리가 가뿐한 느낌이 들어 좋았다.

"Berry pretty." 루이스가 영어로 말했다. Very, 라고 그녀는 발음을 정
정해주었지만 루이스가 억양의 매력을 발견했다는 것을 알았다.

그들은 해가 넘어갈 때는 대개 조용히 앉아 있었다. 날이 어두워지면
엘로이즈는 딸각딸각 도미노 소리, 끼익끼익 닻줄 소리에 귀를 기울였다.
시를 읽거나 해석해보려고 몇 번 시도해보았지만 포기하고 말았다. 다시
는 책을 읽지 않을지도 모른다. 집에 가면 무얼 하지? 누가 알아? 덴버시
가 수중 도시가 될지. 그녀는 이런 생각을 하며 혼자 소리 내어 웃었다.

"Estás contenta."* 세사르가 말했다.

다음 날 엘로이즈는 발전기 소리 때문에 크게 소리쳤다.

● 너는 행복하다.

"여길 떠나기 전에 나도 심해 잠수 갈 수 있을까요?"

"그전에 불쾌한 잠수 맛을 봐야 해요."

"그건 어떻게 하죠?"

"하게 될 겁니다. 어쩌면 오늘. 물이 거치니까. 밤새 비가 와서."

첫 잠수는 암초 해역이었다. 성게와 곰치가 많은 곳이었다. 물이 탁했다. 강한 한류 때문에 앞이 잘 보이지 않고 헤엄치기도 어려웠다. 그녀는 동갈치의 뾰족한 주둥이에 팔을 찔렸다. 라몬과 라울이 그녀를 데리고 수면으로 올라갔다. 상어가 피 냄새를 맡고 몰릴까 봐 헝겊으로 단단히 묶어 지혈 처치를 했다. 그러고 나서 그녀는 다시 잠수했지만 그들을 놓쳤다. 그러는 내내 세사르는 전혀 보이지 않았다. 이걸로 그 불쾌한 잠수라는 시험을 통과한 거라면 좋겠네, 하고 그녀는 농담하듯 속으로 말했지만, 사실은 겁이 났다. 아무도, 아무것도 보이지 않았다. 그녀는 숲속에서 길을 잃고 헤매듯이 물속을 걸었다. 그녀의 산소 탱크가 비었다. 보조 탱크 줄을 잡아당겼지만 작동하지 않았다. 당황하지 마. 천천히 부상해. 천천히. 하지만 그녀는 당황했다. 폐가 터질 듯했다. 그녀는 미친 듯이 줄을 잡아당기면서 천천히 부상했다. 산소가 없었다. 어디선가 갑자기 세사르가 앞에 나타났다. 그녀는 그의 마우스피스를 잡아 빼 자기 입에 갖다 댔다.

그녀는 안도감에 흐느끼며 산소를 들이쉬었다. 세사르는 기다렸다가 차분히 마우스피스를 도로 가져가 숨을 쉬었다. 그러고는 그녀를 수면으로 인도하면서 산소 호스를 번갈아가며 사용했다.

그들은 물 위로 떠올랐다. 공기, 현기증. 그녀는 몸을 떨었다. 마달레노가 그녀를 도와 배에 태웠다.

"창피해요. 용서해주세요."

세사르는 양손으로 그녀의 머리를 감싸 잡았다. "내가 보조 탱크를 달아났어요. 손님은 정확히 시키는 대로 했어요."

잠수부들은 돌아가면서 그녀를 놀렸지만 다음 날 로스 모로스에 그녀도 갈 수 있으리라는 데 모두 동의했다. "Pues, es brava." 라울이 말했다. "Sí." 세사르가 씩 웃었다. "Ella podría ir sola." 그녀는 혼자서도 잠수할 수 있을 것이라는 말이었다. 세사르는 그녀가 굉장히 적극적이고 유능한 미국 여자라고 생각하는 게 틀림없다. 난 유능해. 그녀는 뱃전에 대고 머리를 뒤로 젖혔다. 높은 파도가 눈물을 씻어 갔다. 그녀는 눈을 감고 그 시에 대해 생각했다. 그리고 어떻게 끝맺어야 할지를 알았다. "그렇게 모든 피는 저마다 평온한 곳에 이른다."

다음 날은 눈부시게 맑았다. 로스 모로스는 육지에서 거의 보이지 않을 만큼 먼 곳에 돌출한 거대한 맨 돌덩어리였다. 허옇게 조분석에 덮인 이 섬에 사는 수많은 새들 때문에 심장이 어지럽게 고동치는 듯했다. '라이다'호는 거기서 멀찌감치 떨어진 곳에 닻을 내렸는데도 새들의 날카로운 울음소리, 홰치는 소리가 부서지는 파도 위로 희미하게 실려왔다. 오줌과 조분석의 악취가 역겹다 못해 에테르처럼 도취적이었다.

깊은 잠수. 50, 75, 100, 125피트. 콜로라도산맥이 물속에 잠긴 것 같았다. 험한 바위산, 험한 계속, 협곡과 깊은 골짜기, 처음 보는 물고기와 해초. 이곳 물고기들은 엘로이즈가 알던 것들보다 더 크고 대담했다. 갈로파*를 겨냥해 작살총을 쏘았지만 빗나갔다. 다시 겨냥해 쏜 것은 제대로 맞았다. 아주 큰 놈이라 후안이 물고기를 꿰어놓는 줄에 거는 것을 도

* garlopa. 농어과의 식용어. 영어명은 그루퍼(grouper).

와주었다. 손가락 사이로 잡은 줄이 미끄러져나갈 때 손가락이 타는 듯했다. 사방에서 광란하듯 작살을 장전해 쏘았다. 비늘돔, 도미, 가다랭어. Sangre. 엘로이즈는 메로*와 갈로파를 한 마리 더 잡았다. 세사르가 보이지 않는 곳에서 혼자 작업한다는 사실이 기뻤다. 곧 무서워졌지만 저 멀리 세사르가 보였다. 그녀는 들쭉날쭉한 절벽 아래 있는 그를 향해 재빨리 내려갔다. 그는 물갈퀴를 흔들어 이동해서 어둠 속에서 기다리다 그녀가 가까이 왔을 때 그녀를 안으로 잡아당겼다. 그들은 포옹했다. 압력 조절기가 탕탕 부딪쳤다. 그녀는 그의 성기가 자신의 몸속에 들어온 것을 깨달았다. 그녀는 다리로 그를 휘감았다. 그들의 몸은 어두운 바닷속에서 빙빙 돌며 굽이쳤다. 그가 떨어져나가자 그들 사이에서 정액이 흐린 문어 먹물처럼 떠올라 흘러갔다. 엘로이즈는 훗날 그때 일을 어떤 사람 또는 성행위가 아닌, 어떤 자연적 발생이나 경미한 지진 또는 한 여름날의 일진광풍으로 기억했다.

거대한 갈로파를 본 세사르는 그녀에게 물고기를 꿴 줄을 건네고 작살총으로 갈로파를 잡아 줄에 꿰었다. 그들 머리 위 멀리에 도미가 보였다. 그녀는 그것을 쫓는 그를 따라가기 위해 바삐 움직였다. 어두운 동굴 입구에서 그를 따라잡았지만 도미는 어디론가 사라지고 없었다. 세사르는 그녀에게 그 동굴의 차가운 어둠 속에서 가만히 기다리라고 손짓으로 알렸다. 그 안의 자줏빛 어둠 속에 금빛 가루 같은 것이 스며들었다. 파란 비늘돔이 한 마리 보였다. 잠깐 정적이 흐르더니 창꼬치 떼가 몰려왔다. 물속에 다른 것은 없었다. 미처 의식하기도 전에 하나로 이어져 나타난 수많은 창꼬치. 반질반질한 몸통에 희미한 빛을 받아 빠르게 움직이는 모

* mero. 농어과의 식용어.

190

습이 마치 녹아 흐르는 수은 같았다. 세사르가 작살총을 쏘자 창꼬치 떼가 수은이 산산조각나듯 흩어졌다가 금세 다시 하나가 되어 어디론가 사라졌다.

배에 물이 많이 들어와 '라 이다'는 낮게 떴다. 지친 잠수부들은 아직 살아 있는 물고기들 위에 그냥 누웠다. 베토는 거북이를 잡았다. 그들은 거북이 몸 안에서 알을 꺼내 라임과 소금을 쳐서 먹었다. 엘로이즈는 처음엔 거절했다. 거북이를 잡는 시즌이 지났다는 독선적인 생각 때문이었다. 하지만 배가 고픈 탓에 그녀도 결국 거북이 알을 먹었다. 배가 로스 모로스 주위를 계속 돌았다. 아무도 말이 없었다. 엘로이즈는 처음에는 플라코가 나오지 않았다는 것을 알아차리지 못했다. 그가 물에서 나왔어야 했을 시간에서 적어도 한 시간 정도가 지나도록 그들의 걱정을 감지하지 못했다. 시간이 한참 흘러 해가 질 때까지 아무도 플라코가 익사했으리라는 말을 하지 않았다. 세사르는 이윽고 마달레노에게 배를 출발시키라고 말했다.

그들은 랜턴 하나만 켜고 저녁을 먹었다. 모두 말이 없었다. 식사를 마친 뒤 세사르와 라울, 라몬은 랜턴과 라이시야주酒 한 병을 가지고 다시 바다로 나갔다.

"하지만 어둠 속에서 어떻게 찾으려고."

"못 찾죠." 루이스가 말했다.

엘로이즈는 짐을 싸기 위해 방으로 갔다. 시어서커 정장을 꺼내 걸었다. 아침에 떠날 예정이었다. 발동선이 오기로 했다. 잠이 오지 않았다. 습한 침대에 누워 모기장 밖으로 보이는 백랍 같은 달빛의 밤을 응시했다. 세사르가 오더니 그녀의 침대에 올라 흉터투성이의 강인한 손으로 그녀를 잡아 안았다. 그의 입과 몸에서 소금 맛이 났다. 뭍의 중력에 충실한 그들의 몸은 뜨겁게 달아올라 진동했다. 바다의 맥놀이. 그들은 희미한 빛 속에서 미소를 머금고 거북이처럼 서로를 끌어안은 채 잠에 빠졌다.

아침에 눈을 떠보니 세사르가 반바지와 셔츠를 입고 침대에 걸터앉아 있었다.

"엘로이사, 배를 사게 혹시 우리한테 2만 페소 줄 수 있어요?"

그녀는 주저했다. 페소로는 굉장히 큰 금액으로 들렸다. 사실 많은 돈이었다. "네. 수표도 괜찮아요?" 그는 고개를 끄덕했다. 그녀는 수표를 써서 그의 호주머니에 넣어주었다. Gracias.* 그는 그녀의 눈에 키스를 하고 나갔다.

해가 떠올랐다. 세사르는 발전기를 만지고 있었다. 검은 기름이 팔뚝을 타고 뚝뚝 흘렀다. 엘로이즈는 깨진 거울을 보고 립스틱을 발랐다. 돼지들과 닭들이 마당에서 먹을 것을 찾아 돌아다녔고, 콘도르는 돼지와 닭을 피해 흩어졌다. 마달레노는 모래 바닥을 반반하게 고르고 있었다. 이사벨이 부엌에서 나왔다.

"Pues ya se va?"** 엘로이즈는 고개를 끄덕였다. 이사벨의 손을 잡고 작별인사를 하려는데 이사벨이 그녀를 끌어안았다. 두 여자는 포옹한 채 흔들거렸다. 엘로이즈는 비눗물 묻은 이사벨의 손이 등에서 따뜻하게 느껴졌다.

'라 이다'호가 타라스칸 성벽을 지나 외해로 나갈 때 모터보트가 만으로 들어오고 있었다. 그러자 잠수부들은 멀리서 엘로이즈에게 잠깐 손을 흔들어 보였다. 그들은 압력 조절기를 점검하고 웨이트 벨트와 칼을 부착하고 있었다. 세사르는 산소 탱크를 점검했다.

● 고마워요.
●● 저어, 가세요?

192

선과 악

수녀님들은 나를 착한 사람으로 만들려고 열심히 가르쳤다. 고등학교
에 들어가서는 도슨 선생님이 그랬다. 1952년, 산티아고중고등학교. 우
리 학교에서 여섯 명은 미국에 가서 대학교를 다닐 예정이었기 때문에
새로 온 에델 도슨 선생님에게 미국 역사와 사회 과목을 배워야 했다. 도
슨 선생님은 유일한 미국인 교사였다. 다른 선생님들은 칠레 현지인이나
유럽인이었다.

우리는 모두 도슨 선생님에게 못되게 굴었다. 내가 최악이었다. 우리는
시험을 보는 날 공부를 안 해왔으면 그 시간 내내 개즈던 매입*에 관한 질
문을 한다든가 해서 선생님의 주의를 딴 데로 돌렸다. 아니면 우리가 정
말 난처해졌을 때는 인종 분리 정책이나 미국 제국주의에 관한 질문을
시작하기도 했다.

우리는 콧소리로 징징거리는 듯한 선생님의 보스턴 억양을 조롱했다.
소아마비에 걸렸었기 때문에 한쪽 발에는 키높이 안창을 댄 신발을 신었

---

* 1853년 미국이 멕시코에게 영토를 매입한 일. 현재의 애리조나주와 뉴멕시코주 남부 지
역이다.

고, 알이 두꺼운 철테 안경을 썼다. 치아는 간격이 벌어졌고 목소리는 끔찍했다. 자기 외모를 일부러 더 꼴사납게 만들려고 그러는지 서로 잘 조화되지 않는 남자 옷 같은 색깔의 옷, 국물 흘린 자국이 있고 구겨진 바지를 입고, 흉하게 자른 머리에 야한 색깔의 스카프를 둘렀다. 그녀는 수업을 가르칠 때는 얼굴이 벌개졌고 땀내가 났다. 딱히 가난을 과시한다거나 그런 건 아니었다……. 투르니에 선생님도 매일 초라한 검정 스커트에 블라우스를 입었지만, 그래도 스커트는 바이어스로 잘라 만든 것이었다. 검정 블라우스도 비록 낡고 푸른빛이 돌았지만 원래는 고운 비단이었다. 당시 우리에게 가장 중요한 건 스타일, 멋진 개성이었다.

도슨 선생님은 칠레의 광부와 항만 노동자의 열악한 노동 조건에 관한 영화와 슬라이드를 보여주었다. 그 모든 건 미국의 잘못이라는 것이었다. 우리 반에는 대사의 딸, 몇몇 해군 장성의 딸들도 있었다. 우리 아버지는 광산 기술자였고 CIA와도 일했다. 아버지는 진짜 칠레는 미국을 필요로 한다고 생각한다는 것을 나는 알고 있었다. 도슨 선생님은 자기가 감수성이 예민한 어린 학생들의 마음을 움직인다고 생각했지만, 그녀의 상대는 다름 아닌 버릇없는 미국 아이들이었다. 우리들 아버지는 모두 부유하고 잘생기고 영향력 있는 분들이었다. 그 나이대의 여자아이들은 멋진 말을 바라보듯 자신의 아버지를 바라봤다. 그건 열정이다. 그런데 도슨 선생님은 그런 분들을 두고 악당이라고 암시한 것이다.

내가 주로 아이들 대변자 노릇을 하는 탓에 선생님은 수업 후에 남으라고 하는 등 나를 주로 공략했다. 하루는 나를 데리고 장미원을 산책하면서 우리 학교의 엘리트 의식에 대한 불평을 늘어놓았다. 나는 더 이상 참을 수 없었다.

"그런데 왜 이 학교에 오신 거죠? 그렇게 극빈층 아이들이 걱정되면 그 아이들을 가르치지 않으시고요? 왜 우리 같은 속물들한테 와서 이러세요?"

그녀는 자기가 미국사 선생님이라 이 학교에 보내졌기 때문이라고 말했다. 아직 스페인어를 할 줄 모르지만 여가 시간에 빈민층을 위해 일하고 있고 혁명 단체에 자원해서 들어갔다고 했다. 또한 단 한 사람의 사고방식을 바꾸는 것도 가치 있는 일이기 때문에 우리를 가르치는 건 시간 낭비가 아니라고 했다.

"어쩌면 네가 그 한 사람일지도 모르지." 우리는 돌 벤치에 앉았다. 쉬는 시간이 거의 끝나갔다. 장미꽃 향기와 선생님 스웨터의 곰팡이 냄새.

"너 주말에는 보통 뭐 하니?"

경박한 사람으로 보이는 건 어렵지 않았다. 아무튼 나는 과장해서 말했다. 미장원, 네일 살롱, 양장점. 찰스 아저씨 댁에서 점심. 폴로, 럭비, 크리켓, 댄스파티, 저녁, 새벽까지 파티. 그리고 전날의 야회복을 입은 채로 일요일 아침 7시에 엘 보스케로 가서 미사에 참석. 그다음엔 컨트리클럽에서 아침 식사, 골프, 수영. 물론 영화를 볼 때도 있지만 대개는 밤새 춤을 춘다고 했다.

"그래 그렇게 사는 게 만족스럽니?"

"네."

"내가 너한테 한 달 동안만 토요일을 빌려달라고 하면 들어줄래? 네가 모르는 산티아고를 보여줄게."

"왜 저한테 그러시죠?"

"기본적으로 넌 좋은 사람이라고 생각하기 때문이지. 그런 경험에서 배울 점이 있을 거야." 그녀는 내 두 손을 움켜잡았다. "한번 해봐."

좋은 사람. 하지만 선생님은 앞서 말한 혁명이라는 말로 이미 내 관심을 끌었다. 혁명가들은 악당이기 때문에 나는 그들을 만나고 싶었다.

내가 매주 토요일을 도슨 선생님과 보내는 걸 가지고 모두 필요 이상으로 당황스러워하는 듯했다. 주위에서 그러니까 나는 정말 더욱더 그러고 싶었다. 가난한 사람들을 돕는 일이라고 했는데도 엄마는 온갖 질병과 불결한 화장실 이야기를 하며 역겨워했다. 나도 칠레의 가난한 집 화장실 변기에는 앉는 자리가 없다는 것을 알고 있었다. 내 친구들은 내가 도슨 선생님과 그런 데 간다는 것 자체에 굉장히 놀랐다. 그리고 나더러 미치광이, 광신자, 레즈비언이라고 했다. 미친 거야 뭐야?

도슨 선생님과의 첫 번째 토요일은 끔찍했지만 나는 객기가 나서 그만두지 않았다.

매주 토요일 아침 우리는 음식이 든 거대한 솥들을 실은 픽업트럭을 타고 도시 빈민가로 갔다. 콩 요리, 오트밀, 동그랗고 작은 식빵, 우유. 우리는 깡통을 펴서 만든 판잣집이 끊임없이 늘어선 동네의 빈터에 커다란 식탁을 준비했다. 판자촌 전체가 세 블록 정도 떨어진 곳에 있는 찌그러진 수도꼭지에 의존했다. 서로 기대 지은 누추한 판잣집들 앞에 나무를 주워 모으고 골판지와 못 쓰는 신발로 불을 지펴 음식을 데웠다.

그곳은 모래언덕이 끊임없이 펼쳐져서 처음에는 사람이 살지 않는 동네인 줄 알았다. 악취를 풍기고 연기가 나는 쓰레기. 그 광경을 보고 있자니 얼마 후, 먼지와 연기 사이로, 모래언덕 여기저기에 사람들이 보였다. 그들의 빛깔은 똥색이었고 누더기 옷은 그들이 밟고 다니는 쓰레기와 다를 게 없었다. 아무도 일어서지 않았다. 모두 비에 젖은 쥐처럼 기어서 이리저리 이동했다. 그들은 쓰레기 더미에서 주운 것을 등에 진 삼베 부대에 던져넣었다. 그 부대를 지느라 허리를 구부리고 있어 등을 구부린 짐승 같아 보였다. 빙빙 돌다가 쏜살같이 돌진하기도 하고, 코가 닿을 정도로 서로 마주치면 미끄러지듯 서로에게서 멀어지고, 모래언덕 꼭대기에서 돌아다니는 이구아나처럼 사라진다. 일단 음식이 식탁에 차려지면 수십 명의 여자와 어린아이가 나타난다. 그을음이 묻고 물에 젖은 그들은 부패한 냄새, 썩은 음식 냄새를 풍긴다. 그들은 아침 식사를 반가워하며 음식을 받아 들고 쓰레기 언덕 위로 가져가서 먹었다. 앙상한 팔꿈치를 양쪽으로 내민 모양이 버마재비 같기도 했다. 어린아이들은 음식을 다 먹고 나서 나를 중심으로 몰려들었다. 그들은 여전히 땅바닥에 기다시피 하며 돌아다녔다. 내 신발을 톡톡 만지기도 하고 스타킹 신은 다리를 쓰다듬듯 만져보기도 했다.

"봐, 널 좋아하잖아." 도슨 선생님이 말했다. "그러니까 기분 좋지?"

하지만 나는 그들이 내 신발과 스타킹, 빨간 샤넬 재킷을 좋아한다는 걸 알 수 있었다.

그곳 일을 마치고 떠날 때 도슨 선생님과 그녀의 동료들은 차 안에서 떠들며 기뻐했다. 나는 속이 메스껍고 우울했다.

"일주일에 한 번 가서 먹을 걸 주는 걸로 뭐가 달라져요? 그들의 생활은 조금도 나아지지 않잖아요. 아니, 일주일에 한 번 빵이나 주는 걸로는 안 되잖아요."

그건 그렇지만 그녀는 혁명을 하고 모든 걸 공유할 때까지 우리가 할 수 있는 건 뭐든 해야 한다고 했다.

"저 사람들은 자기들이 여기에 살고 있다는 걸 바깥세상의 누군가는 알고 있다는 걸 알 필요가 있어. 우리는 저들에게 세상이 곧 바뀔 거라고 말해주지. 희망. 그건 희망의 문제야." 도슨 선생님이 말했다.

우리는 산티아고시 남쪽에 있는 어느 공동주택으로 가서 점심을 먹었다. 6층이었다. 하나밖에 없는 창문 밖은 통풍 공간이었다. 요리용 철판은 한 개밖에 없고 수돗물은 나오지 않았다. 식탁에는 그릇 네 개와 스푼 네 개가 있고 가운데 빵이 쌓여 있었다. 그 안에 있는 많은 사람들은 작은 그룹으로 나뉘어 이야기를 나누었다. 나는 스페인어를 할 줄 알았지만 자음이 거의 들리지 않는 거센 집시 방언으로 말하는 그들의 말을 잘 알아들을 수 없었다. 그들은 우리를 무시하거나, 너그러운 얼굴로 재미있다는 듯이 바라보거나, 아니면 노골적으로 경멸했다. 혁명에 관한 이야기는 들리지 않았다. 일과 돈에 관한 이야기와 음담패설만 들렸다. 우리는 렌틸 콩이 든 사발을 돌려가며 먹었고 치차*도 같은 잔을 돌려가며 마셨다.

"네가 더러운 걸 신경 쓰지 않는 듯하니 좋구나." 도슨 선생님이 밝게 미소 지으며 말했다.

"전 광산촌에서 자랐어요. 더러운 게 많았죠." 하지만 핀란드와 바스크에서 온 광부들의 오두막집에는 꽃과 양초도 있었고 인자한 얼굴의 성모마리아상도 있었고 비교적 깨끗했다. 그러나 철자가 틀린 슬로건과 공산당 팸플릿들을 껌으로 붙여놓은 이곳은 더럽고 지저분하기만 했다. 우리 아버지와 광산자원장관이 함께 찍은 신문 사진도 붙어 있었는데, 그 위에는 피를 뿌린 자국이 있었다.

"어!" 나는 그걸 보고 깜짝 놀랐다. 도슨 선생님이 내 손을 잡아 쓰다듬었다. "쉬!" 그녀가 영어로 말했다. "우리는 여기서 성을 쓰지 않고 이름만 불러. 네가 누구인지 말하면 안 돼. 자, 아델, 언짢아하지 마. 너도 성장해가면서 너희 아버지의 다양한 실제 모습들을 직시해야 할 거야."

"피가 묻은 것까지 직시할 필요는 없죠."

● chicha. 중남미에서 맥아 찌꺼기, 옥수수, 과일 등을 발효해서(또는 발효하지 않고) 만든 알코올음료.

"바로 그런 것까지. 그럴 가능성은 충분해. 넌 그걸 의식해야 하고." 그리고 선생님은 내 두 손을 꼭 쥐었다.

점심을 먹은 뒤에 선생님은 나를 데리고 엘 니뇨 페르디도라는 고아원에 데려갔다. 안데스산맥 기슭에 자리 잡은 오래된 석조 건물은 담장이 덩굴로 덮여 있었다. 붓꽃 모양의 두건과 푸른빛이 도는 회색 수녀복을 입은 훌륭하고 나이 많은 프랑스인 수녀님들이 운영하는 고아원이었다. 그들은 어둑한 실내의 돌바닥 위를 떠가듯 지나 화단이 있는 안뜰 옆 통로로 날듯이 걸어가더니 나무 덧문을 열고 새 같은 목소리로 아이들을 불렀다. 그들은 다리를 물려는 정신장애아들을 떼어놓고 그들의 작은 발을 잡아끌었다. 그리고 눈이 먼 그 열 명의 얼굴을 차례대로 씻겨주었다. 또한 다운증후군이 있는 거대증 환자 여섯에게 오트밀을 떠먹여주었다.

이 고아들은 모두 뭔가 문제가 있었다. 정신장애아들도 있고, 다리가 없거나 벙어리인 아이들도 있고, 전신에 화상을 입은 아이들도 있었다. 코나 귀가 없는 아이들도 있었다. 매독에 감염되어 태어난 아이들, 다운증후군과 거대증이 있는 10대들. 갖은 질병이 있는 아이들이 방에서 방으로 옮겨 다니다 안뜰로 나와, 예쁘지만 손질이 안 된 정원으로 들어갔다.

"여기저기 도움이 필요한 곳이 많아." 도슨 선생님이 말했다. "난 갓난아기들에게 음식을 먹이고 기저귀 갈아주는 게 좋아. 넌 눈먼 아이들에게 책을 읽어주는 게 좋겠는데……. 모두 대단히 영리한데 심심해 보이는구나."

책은 별로 없었다. 스페인어로 번역된 라퐁텐의 책이 있을 뿐이었다. 그들은 둥그렇게 둘러앉아 그야말로 멀뚱멀뚱 나를 응시했다. 긴장한 나는 놀이를 시작했다. '의자에 먼저 앉기'처럼 손뼉 치며 발을 구르는 유형의 놀이였다. 아이들은 이 놀이를 좋아했다. 다른 아이들도 마찬가지였다.

쓰레기장의 빈민촌에 가는 건 싫었지만 고아원에 가는 건 좋았다. 고아원에 있을 때는 심지어 도슨 선생님마저 좋게 생각될 정도였다. 선생님은 거기에 있는 동안 줄곧 아기들을 목욕시키고 흔들어 재우고 노래를 불러주었다. 나는 다른 아이들을 위해 놀이를 고안해냈다. 어떤 놀이는 효과적이었지만 어떤 놀이는 그렇지 않았다. 릴레이 경주는 아무도 스틱을 놓으려 하지 않았기 때문에 효과가 없었다. 줄넘기는 아무런 문제가 없었다. 다운증후군이 있는 두 소년이 몇 시간이고 쉬지도 않고 줄을 돌릴 수 있는 데다 특히 눈먼 여자아이들을 비롯한 모든 아이들이 교대로 돌렸기 때문이었다. 수녀님들도 줄넘기를 뛰었다. 푸른빛의 수녀복이 공중에 휘날리며 떠 있는 듯했다. 〈골짜기의 농부〉 동요. '단추 단추' 놀이.[*] 숨바꼭질도 잘되지 않았다. 아무도 제자리로 돌아오지 않기 때문이었다. 고아들은 모두 나를 반겼다. 나는 고아원에 가는 게 좋았다. 내가 착해서가 아니라 아이들과 노는 게 좋았기 때문이다.

토요일 밤에는 혁명 관련 연극을 보거나 시 낭독회에 갔다. 우리는 이 시대의 가장 위대한 중남미 시인들의 시를 들었다. 훗날 나도 좋아하고 공부하고 가르치게 된 시인들의 시이지만 당시에는 하나도 귀에 들어오지 않았다. 나는 자의식과 혼란스러운 생각에 휩싸여 고통스러웠다. 거기에 미국인이라곤 우리 둘뿐이었다 그런데 내 귀에 들리는 건 미국을 공격하는 내용뿐이었다. 많은 사람들이 내가 대답할 수 없는 미국 정부의 정책에 대해 물었다. 나는 도슨 선생님에게 물어보라고 하고 그녀의 대

---

[*] 어린이들이 안쪽을 바라보고 둥그렇게 서서 서로 손에 손을 잡고 누구의 손에 단추가 있는지 알아맞히는 놀이.

답을 통역했다. 인종 분리 정책, 아나콘다* 회사 등 내 입을 통해 그들에게 전달된 내용에 나는 당황했고 수치스러웠다. 그 사람들이 얼마나 우리를 경멸하는지, 자기들의 현실을 가리키는 그녀의 진부하고 상투적인 공산주의 구호들을 그들이 얼마나 조롱하는지 선생님은 깨닫지 못했다. 그들은 남자처럼 자른 내 머리와 손톱, 비싼 캐주얼 복장을 보고 비웃었다. 한 극단의 연출가는 나를 무대로 올라가게 하더니 큰 소리로 말했다. "좋아, 그렁가, 왜 네가 우리나라에 있는지 말해봐!" 그러자 야유와 웃음소리가 터져나왔고, 나는 그 자리에 꼼짝 못하고 주저앉았다. 나는 마침내 도슨 선생님에게 토요일 밤 행사에는 빠지겠다고 말했다.

마르셀로 에라수리스 씨의 집에서 저녁을 먹고 춤을 추던 일. 우리는 향기로운 정원에 면한 테라스에서 작은 컵에 담긴 마티니 콩소메를 먹었다. 열한 시에 여섯 가지 코스 저녁 식사가 시작되었다. 모두 내가 도슨 선생님과 보내는 시간을 두고 놀려대며 나에게 어디에 가봤는지 말해보라고 졸랐다. 나는 친구든 부모님이든 누구와도 그 일을 논할 수 없었다. 누군가 나와 나의 rotos에 대해서 농담을 한 기억이 난다. 그 당시 '깨진'이라는 형용사 rotos는 빈민들을 가리키는 말이었다. 그 방에서 시중을 드는 하인의 수가 거의 저녁 손님만큼 많다는 것을 의식하고 나는 창피한 마음이 들었다.

나는 도슨 선생님과 함께 미국 대사관 앞에서 노동자 시위에 참여했다. 가두 행진이 시작되어 한 블록 정도 갔을 때 아버지 친구 프랭크 와이즈가 나를 잡아채 그릴론 호텔로 데려갔다.

● 20세기 초중반 칠레에서 동 생산을 장악했던 두 미국 광산 회사. 미국 정부의 보호를 받는 이들은 엄청난 이권을 행사한 반면 칠레 현지 노동자들의 삶은 전혀 나아지지 않았다.

그는 노발대발했다. "너 지금 대체 네가 무슨 짓을 하고 있다고 생각하니?" 그는 도슨 선생님이 알지 못한 것을 금방 알아차렸다……. 나는 정치에 대해선 숙맥이고 이런 시위가 무엇을 뜻하는지 아무것도 모른다는 것을. 내가 이런 짓을 하고 있다는 걸 언론이 알게 되면 아버지에게 해로울 것이라고 그는 말했다. 나는 그의 말을 알아들었다.

다른 어느 토요일 오후에는 시내에서 고아원을 위해 모금하는 일에 참여했다. 도슨 선생님과 나는 각각 다른 길모퉁이에 섰다. 그러고 나서 몇 분 되지도 않아 많은 행인들이 나를 모욕하고 욕을 퍼부었다. 나는 왜 그런지 이해하지 못하고 '엘 니뇨 페르디도를 도와주세요'라는 푯말의 방향을 바꾸어 들고 컵을 흔들었다. 그때 커피를 마시러 월도프 호텔에 가던 내 친구 티노와 페페가 우연히 그걸 보고는 나를 한쪽으로 데려가 자기들과 함께 가자고 끌어당겼다.

"여기서 그러면 안 돼. 구걸은 가난한 사람들이 하는 거야. 넌 가난한 사람들을 모욕하고 있어. 그게 뭐든 여자가 호객 행위를 하는 건 망측한 인상을 줘. 네 평판이 안 좋아질 거야. 게다가 모금한 돈에 네가 손을 대지 않을 거라고 믿을 사람은 아무도 없어. 여자가 거리에서 이렇게 혼자서 있는 것조차 곤란해. 자선 무도회나 오찬회에 갈 수는 있어도 다른 계층 사람들과 직접 접촉하는 일은 그냥 저속한 짓이야. 그들에게는 거만한 짓으로 보여. 그리고 저런 여자 같은 성적 지향을 가진 누군가와 있는 걸 사람들이 보면 절대로 안 돼. 넌 너무 어려, 넌 몰라……."

나는 자메이카 커피를 마시면서 친구들의 이야기를 경청했다. 나는 그들에게 무슨 말인지는 알겠는데 도슨 선생님을 저렇게 혼자 내버려두고 그냥 갈 수는 없다고 했다. 친구들은 자기들이 선생님에게 대신 말해주겠다고 했다. 우리 셋은 아우마다가街를 따라 그곳으로 돌아갔다. 행인들이

'미친 그렁가'라거나 '개 같은 년', '절름발이 창녀'라고 중얼거리듯 욕하고 지나가는데도 도슨 선생님은 그 자리에 당당히 서 있었다.

"산티아고에서 어린 여자가 이러는 건 적절하지 않아요. 애는 우리가 집에 데려다줄게요." 티토가 말한 건 그게 전부였다. 선생님은 그를 경멸의 눈초리로 바라보았다. 그리고 그다음 주 학교 복도에서 선생님은 남자가 이래라저래라 하게 내버려두는 건 옳지 않다고 했다. 나는 모든 사람들이 나에게 이래라저래라 하는 기분이라고 했다. 그리고 원래 약속했던 것보다 한 달이나 넘게 토요일을 할애하지 않았느냐고, 이제 더 이상 하지 않겠다고 했다.

"전적으로 이기적인 생활로 돌아가는 건 옳지 않아. 삶의 유일한 목적은 더 좋은 세상을 위해 싸우는 거야. 넌 그간 배운 게 아무것도 없니?"

"많이 배웠어요. 세상엔 바꿔야 할 게 많다는 건 알겠어요. 하지만 그건 그 사람들의 싸움이지 내 싸움이 아니에요."

"네가 그런 말을 하다니 믿을 수가 없구나. 너 모르겠어? 그 태도, 바로 그게 세상의 문제라는 걸?"

그녀는 다리를 절며 울면서 화장실로 갔다. 수업 시간에 늦게 들어오더니 그날은 수업이 없다며 자유 시간을 가지라고 했다. 나는 친구들과 정원으로 나가 우리가 수업 시간에 이러고 있다는 걸 아무도 보지 못하게 창문에서는 눈에 안 띄는 잔디 위에 누웠다. 여자애들이 나를 놀렸다. 내가 도슨 선생님의 마음을 아프게 했다며. 그녀는 나를 사랑하는 게 분명하다며. 선생님이 너한테 키스하려고 한 적 있어? 나는 정말 혼란스럽고 화가 났다. 그 모든 일이 있었어도 선생님의 그 순진하고 끈질긴 헌신, 그 희망에 찬 생각이 좋게 생각되는 중이었다. 선생님은 어린아이 같았다. 스프링클러에서 나오는 물을 맞으며 기쁨에 겨워 헐떡거리는 고아원의 눈먼 아이들 같았다. 그녀는 남자애들이 뻔질나게 그러는 것과 달리 나한테 추파를 던지거나 나를 만지려 들지 않았다. 하지만 그녀는 내가 원하지 않는 일을 하길 원했고, 그럴 생각이 없는 나는 세상의 불의에 대해서는 눈곱만큼도 개의치 않는 나쁜 사람 같다는 기분이 들었다. 친구들은 내가 선생님에 대한 이야기를 하지 않는다고 삐쳤다. 나를 도슨 선생님의 정부라고 불렀다. 이런 상황에 대해 상의할 상대가 아무도 없었다. 무엇이 옳고 그른지 물어볼 사람이 없었다. 그래서 결국 난 내가 잘못됐다는 기분만 들었다.

빈민촌에서 봉사하는 마지막 날은 바람이 무척 세게 불었다. 모래가 반짝이는 파도처럼 흩날리다 오트밀에 날아들었다. 언덕 위에 있는 사람들은 먼지의 소용돌이에 휘말려 마치 은빛의 유령 또는 회교 수도승처럼 보였다. 신발을 신은 사람은 없었다. 젖은 흙더미를 밟고 살금살금 다니는 그들의 발소리는 조용했다. 함께 일하는 보통 사람들과는 달리 그들은 서로 말도 하지 않고 소리치는 일도 없었다. 우리와는 절대로 말을 섞지 않았다. 김이 나는 거름 더미 너머로 산티아고시가 보였고 그 위쪽으로는 허연 안데스산맥이 보였다. 그들은 우리가 가져간 음식을 먹었다. 도슨 선생님은 아무 말 없이 바람의 한숨 소리 속에서 솥과 식기를 거둬들였다.

그날 오후에는 시외에서 있을 농장 노동자 집회에 가기로 했다. 우리는 길가에서 슈하스코를 먹고 선생님이 옷을 갈아입는다고 해서 그녀의 아파트에 잠시 들렀다.

더럽고 통풍이 잘 되지 않는 아파트였다. 가스레인지가 변기 물탱크 위에 있는 것을 보고 나는 토할 것 같았다. 오래된 모직과 땀과 머리카락 냄새도 마찬가지였다. 선생님은 내가 보는 앞에서 옷을 갈아입었다. 기형

적이고 푸릇하고 희끄무레한 벌거벗은 몸. 내 마음속에 충격과 무서움이 교차했다. 그녀는 브래지어를 하지 않고 민소매 원피스를 입었다.

"선생님, 밤에 누구 집에 가거나 해변에서는 괜찮겠지만, 칠레에서는 그렇게 몸을 드러내는 옷을 입고 밖에 돌아다니면 안 돼요."

"너 정말 딱한 아이구나. 평생 남들이 기대하는 대로 생각하고 행동하다가 그렇게 관습에 무기력해지는 거야. 난 남 보기 좋으라고 옷을 입는 게 아니야. 오늘은 날이 아주 덥잖니. 그래서 편하게 이 원피스를 입는 거야."

"그런데…… 전 편하지가 않아요. 사람들이 우리한테 막말들을 할 거라고요. 여긴 미국과 달라요……."

"가끔 불편해지는 건 너한테 있을 수 있는 가장 좋은 일일 거야."

우리는 정거장의 뙤약볕 아래서 버스를 기다리고 만원 버스를 타고 가기를 여러 번 반복한 끝에 집회지인 농장에 도착했다. 우리는 차에서 내려 유칼립투스 나무가 늘어선 아름다운 시골길을 따라 걷다가 길 옆 시냇가에서 더위를 식히기도 했다.

우리는 너무 늦게 도착해서 연설을 듣지 못했다. 연단에는 아무도 없고 '인민에게 토지를'이라는 현수막만이 마이크 뒤쪽에 비스듬히 걸려 있을 뿐이었다. 노조 조직책으로 보이는 몇몇은 양복 차림이었지만 나머지는 대부분 농장 노동자들이었다. 기타 음악이 연주되고 있었다. 사람들이 빙 둘러앉아 있었고, 그 중앙에서는 한 커플이 손수건을 흔들며 활기 없이 빙빙 돌면서 건성건성 쿠에카 춤을 추고 있었다. 커다란 통에서 포도주를 따라 마시는 사람들도 있고, 소고기꼬치 요리와 콩을 받으려고 줄을 서 있는 사람들도 있었다. 도슨 선생님은 나에게 앉을자리를 맡으라고 하고 음식을 가지러 갔다.

나는 가족들끼리 빽빽하게 앉아 있는 어느 식탁 끄트머리에 끼어 앉았다. 정치 이야기를 하는 사람은 없었다. 이들은 그냥 공짜 바비큐나 먹으러 온 시골 사람들 같았다. 모두 술이 아주 많이 취해 있었다. 도슨 선생님은 줄을 서서 연신 떠들고 있었다. 포도주를 마시면서 의사소통을 위해 온갖 몸짓을 해가면서 크게 떠들고 있었다.

　"정말 좋잖니?" 선생님은 커다란 접시 두 개에 음식을 담아 와서 말했다. "이 사람들에게 우리를 소개하자. 이 사람들과 말을 더 많이 하려고 노력해. 그러면서 배우기도 하고 돕기도 하는 거야."

　우리 옆에 앉은 농장 인부 둘은 마치 우리가 다른 별에서 오기라도 한 듯이 크게 웃음을 터뜨렸다. 내가 염려한 대로 그들은 그녀의 맨살이 드러난 어깨와 겉으로 자국이 드러나는 젖꼭지를 보고 놀라워하며 그녀가 뭘 하는 여자인지 종잡지 못하는 것 같았다. 그때 나는 도슨 선생님이 스페인어를 모를 뿐 아니라 거의 장님에 가깝다는 것을 깨달았다. 그녀는 미소를 머금고, 알이 굉장히 두꺼운 안경을 꼈는데도 눈을 가늘게 뜨고 그들을 쳐다보았다. 하지만 그 남자들은 우리가 뭘 하는 사람이건 상관없이 우리를 좋아하지 않을뿐더러 우리를 비웃고 있다는 것을 그녀는 보지 못했다. 우리가 여기서 뭘 하고 있느냐고요? 그녀는 자기가 공산당 당원이라는 것을 설명하려 애쓰면서도, '당을 위하여!'가 아니라 경축 파티라는 뜻의 '피에스타!'라는 말만 계속 외치며 건배를 들었다. 그러면 사람들은 그녀를 따라 "라 피에스타!"를 외치며 건배했다.

　"우리 이제 가야 해요." 하지만 선생님은 술에 취해 입을 헤벌리고 나를 말똥말똥 바라볼 뿐이었다. 내 옆에 있는 남자는 별로 열의 없이 나에게 추파를 던졌다. 하지만 난 도슨 선생님 옆에 있는 술에 취한 거구의 남자가 마음에 걸렸다. 그는 한 손으론 갈비를 뜯으면서 다른 손으론 선생님의 어깨를 어루만졌다. 선생님은 계속 웃기만 하다가 그가 억지로 키스하기 시작하자 비명을 질렀다.

도슨 선생님은 땅바닥에 떨어져 주체할 수 없이 흐느껴 울었다. 사람들이 처음에는 무슨 일인가 하고 몰려들었지만 곧 투덜거리며 모두 다른데로 가버렸다. "뭔 일인가 했더니 술 취한 그렁가잖아." 우리 옆에 있던 남자들은 이제 우리를 완전히 무시했다.

선생님은 일어나 길 쪽으로 뛰어갔다. 나는 그녀 뒤를 쫓았다. 그녀는 시냇가에 이르자 입이며 가슴이며 정신없이 씻었다. 하지만 몸이 온통 젖고 진흙투성이가 될 뿐이었다. 선생님은 기슭에 주저앉아 콧물을 줄줄 흘리며 울었다. 나는 그녀에게 내 손수건을 건넸다.

"누가 요조숙녀 아니랄까 봐! 다리미질한 리넨 손수건이네!" 그녀는 냉소했다.

"네." 나는 그녀에게 진저리가 났다. 이제는 어떻게 집에 갈지 걱정되었다. 그녀는 계속 울면서 차도까지 비틀거리며 걸어가더니 차를 세우려 손을 흔들었다. 나는 얼른 그녀를 잡아끌어 나무 뒤로 갔다.

"선생님! 여기선 히치하이크를 하면 안 돼요. 사람들이 이해하지 못할 거라고요……. 여자들끼리 히치하이크를 하다간 우리 둘 다 큰일 당할 수 있어요. 제 말 좀 들어요!"

하지만 한 농부가 달달거리는 낡은 트럭을 흙길에 세웠다. 나는 그에게 산티아고 변두리까지 태워주면 돈을 주겠다고 했다. 그는 시내까지 태워다줄 수 있다면서 20페소를 주면 집 앞까지 태워주겠다고 했다. 우리는 트럭 짐칸에 올라탔다.

바람이 불었다. 그녀가 나를 끌어안았다. 그녀의 젖은 원피스, 들러붙은 겨드랑이 털이 느껴졌다.

"너 그 바보 같은 생활로 돌아가면 안 돼! 가지 마! 날 떠나지 마." 우리가 그녀의 아파트가 있는 길가에 도착할 때까지 그녀는 계속 그런 말만 했다.

나는 "안녕히 계세요. 모두 고마웠어요"라고 했던가 뭐랬던가, 아무튼 그런 멍청한 말을 했다. 나는 그녀를 내려주고, 트럭이 모퉁이를 돌아 갈 때까지 운전사 쪽으로 시선을 돌린 채 눈물을 참았다.

우리 집 하녀들이 문에 기대 이웃집 경비원과 이야기를 나누고 있었다. 그래서 나는 집에 아무도 없으리라 생각했는데, 아버지가 골프를 치러 가기 위해 옷을 갈아입고 있었다.

"오늘은 일찍 집에 왔네. 어디 갔다 왔니?" 아버지가 물었다.

"소풍 갔었어요. 역사 선생님이랑."

"응, 그래. 그 선생님 어때?"

"괜찮아요. 공산주의자예요."

그만 그 말이 툭 튀어나왔다. 정말 비참한 날이었다. 도슨 선생님이라면 넌더리가 났다. 하지만 내가 아버지에게 한 그 한마디로 모든 게 처리되었다. 도슨 선생님은 그 주에 해고되었고 다시는 보이지 않았다.

무슨 일이 있었는지는 아무도 몰랐다. 내 친구들은 그녀가 없어진 걸 기뻐했다. 대학교에 가면 미국 역사 과목을 보충해야 할 테지만, 지금 그 과목의 수업 시간은 우리 세상이었다. 나는 말할 상대가 없었다. 미안하다고 할 상대가.

멜리나

앨버커키. 저녁에 남편 렉스가 학교에 가거나 조각 작업실에 가면 나는 우리 아기 벤을 유모차에 태워 한참 동안 산책을 나갔다. 언덕 위로 올라가면 느릅나무가 울창한 길가에 클라이드 팅리 씨 집이 있는데, 우리는 항상 그 집 앞을 지나갔다. 그는 전 재산을 뉴멕시코주의 아동 병원에 기부한 백만장자였다. 우리가 그 집 앞을 지나가는 이유는 크리스마스 전등이 크리스마스 때뿐 아니라 연중 포치 전면과 모든 나무를 장식하고 있기 때문이었다. 우리가 해 질 녘 그 집 앞을 지나 집으로 돌아갈 때쯤이면 그 전등들이 켜졌다. 그가 휠체어를 타고 포치에 나와 앉아 있을 때도 있었다. 그 깡마른 노인은 우리가 지나갈 때 "안녕하세요"라거나 "좋은 저녁입니다"라고 외쳤다. 하루는 그가 "잠깐! 잠깐!" 하고 외쳤다. "그 아이 발이 뭔가 잘못됐어! 병원에 데려가보오."

나는 벤의 발을 내려다보았다. 멀쩡하기만 했다. "괜찮아요, 그냥 유모차 타기엔 이제 너무 커서 그래요. 땅에 안 닿게 발목을 꺾어 받침대에 얹고 있는 게 이상하게 보일 뿐이에요."

벤은 아주 영리한 아이였다. 아직 말은 하지 못했지만 무슨 영문인지 이해했다는 듯 노인에게 괜찮다는 것을 증명해 보이듯이 두 발을 반듯하게 땅에 내려놓았다.

"엄마들은 자기 자식에게 문제가 있다는 걸 인정하려 하지 않지. 내일 의사에게 데려가보오."

바로 그때 온통 검은 옷을 입은 남자가 다가왔다. 당시에도 그 지역에는 걸어다니는 사람이 흔치 않아서 나는 깜짝 놀랐다. 그는 쭈그리고 앉아 벤의 발을 잡아 들어보았다. 벤은 그의 목에서 늘어져 달랑거리는 색소폰 줄을 잡았다.

"아닙니다, 할아버지. 이 아이 발은 이상 없어요." 그가 말했다.

"어, 그럼 다행이야." 클라이드 팅리가 외쳤다.

"어쨌든 고맙습니다." 내가 말했다.

그 사람과 나는 그 자리에 서서 이야기를 나누었다. 그는 우리를 집까지 바래다주었다. 1956년의 일이다. 그는 내가 처음 본 비트족이었다. 앨버커키에서 그 같은 사람을 본 적이 없었다. 브루클린 말씨를 쓰는 유대인. 긴 머리와 수염, 검은 선글라스. 하지만 나쁜 사람 같지는 않았다. 벤은 금방 그를 따랐다. 그의 이름은 보. 시인이자 뮤지션으로 색소폰 주자였다. 그가 목에 걸고 있던 줄이 색소폰 줄이라는 건 나중에 안 사실이다.

우리는 바로 친구가 되었다. 내가 아이스티를 만드는 동안 그는 벤과 놀아주었다. 벤이 잠들면 우리는 포치 계단에 앉아 렉스가 집에 올 때까지 이야기를 나누었다. 두 남자는 서로 예의 바르게 대했지만 마음이 맞지 않았다. 난 처음부터 그럴 줄 알았다. 렉스는 대학원생이었다. 당시 우리는 정말 가난했지만, 렉스는 나보다 나이가 많아 영향력 있는 사람처럼 보였다. 성공한 사람 같은 태도. 거기엔 자만심도 조금 있었을지 모른다. 보는 세상만사 개의치 않는 듯이 행동했지만, 사실은 그렇지 않다는 것을 나는 이미 알고 있었다. 보가 떠났을 때 렉스는 내가 떠돌이 악사를 무슨 길고양이 데려오듯 하는 게 싫다고 했다.

보는 여섯 달 동안 샌프란시스코에서 머물다가 히치하이크를 하며 뉴욕에 있는 집에 가는 길이었다. 뉴욕시…… 빅애플……. 앨버커키의 친구들과 지내는 나흘 동안, 그들이 일하러 가면 집에 아무도 없기 때문에 그는 날마다 벤과 나를 보러 왔다.

보는 이야기 상대가 절실했다. 나 또한 벤의 몇 마디를 듣는 것 외에 누군가의 이야기를 듣게 되어 좋았다. 그래서 난 그를 만난 것이 기뻤다. 게다가 그는 연애 이야기를 했다. 그는 사랑에 빠졌었다. 나는 렉스가 나를 사랑한다는 건 알고 있었다. 우리는 행복했다. 평생 함께 행복하게 살 것 같았다. 하지만 렉스는 보가 멜리나를 사랑했던 것처럼 나를 미친 듯이 사랑하지는 않았다.

보는 샌프란시스코에서 샌드위치 장사를 했다. 거대한 사무실 건물에서 작은 수레를 이 층 저 층으로 밀고 다니며 달콤한 롤빵과 커피, 청량음료, 샌드위치 같은 것을 팔았다. 하루는 어느 보험회사에 수레를 밀고 들어갔는데, 거기서 그녀를 보았다. 멜리나. 그녀는 파일을 정리하고 있었다. 사실 파일을 정리하고 있었다기보다는 꿈꾸는 듯한 미소를 머금고 창밖을 내다보고 있었다. 염색한 긴 금발 머리에 검은 원피스. 그녀는 체구가 작고 마른 여자였다. 하지만 포인트는 그녀의 피부였다고 했다. 말하자면 그녀는 사람이 아니라 흰 비단, 젖빛 유리로 만들어진 어떤 피조물이었다.

보는 무엇에 홀렸는지 수레와 손님들을 내버려두고 사무실 안으로 들어가 곧장 그녀가 있는 곳으로 갔다. 그는 그녀에게 사랑한다고 말했다. 난 당신을 원해요. 내가 가서 화장실 열쇠를 가져올게요. 어서요. 오 분이면 돼요. 멜리나는 그를 보고, 갈게요, 했다.

그때는 내가 많이 젊어서 그랬는지 그렇게 낭만적인 이야기는 처음 들었다.

멜리나는 결혼한 여자였다. 한 살짜리 딸도 있었다. 벤과 같은 나이. 트럼펫 연주자였던 그녀의 남편은 보와 멜리나가 만나는 두 달 동안 순회공연 중이었다. 그들은 열렬한 연애를 했지만, 남편이 돌아올 때쯤 그녀는 "이제 떠날 때가 됐어"라고 했고, 그는 그렇게 떠났다.

그녀의 말이라면 무엇이든 순종하지 않을 수 없었다고 보는 말했다. 그녀는 그에게, 그녀의 남편에게, 그녀를 아는 남자라면 누구에게든 주문을 걸었다. 누구든 딴 남자가 그녀를 사랑하는 건 지극히 자연스러운 일로 보였기 때문에 질투도 할 수 없었다고 보는 말했다.

예를 들어…… 심지어 그녀의 아기는 남편에게서 난 자식이 아니었다. 그들은 한때 엘패소에서 살았다. 그때 멜리나는 피글리위글리 슈퍼마켓 정육부에서 고기와 닭을 잘라 비닐로 포장하는 일을 했다.

유리 칸막이 뒤에서 우스꽝스러운 종이 모자를 쓰고 있었는데도 멕시코에서 온 어떤 투우사가 스테이크용 고기를 사러 왔다가 그녀를 보고 반했고, 카운터를 두드리다 못해 그 위의 종을 울렸다. 그리고 정육부 책임자를 불러 저 안에서 포장하는 여자를 보게 해달라고 고집을 부렸다. 정육부 책임자는 결국 그녀를 퇴근시켰다. 그 정도로 그녀는 사람들에게 영향을 끼쳤다고, 그녀에게 가까이 가지 않을 수 없었다고 보는 말했다.

몇 달 뒤 멜리나는 자기가 임신했다는 것을 알았다. 그녀는 날듯이 기뻤다. 그런데 남편에게 그 소식을 알리자 그는 노발대발했다. 정관수술을 했으니 그럴 리 없다는 것이었다. 뭐라고? 멜리나는 분개했다. 그걸 숨기고 나랑 결혼했단 말이야? 그녀는 그를 집에서 쫓아내고 자물쇠를 갈았다. 그는 꽃도 보내고, 정열적인 편지도 보냈다. 그녀가 용서해줄 때까지 문밖에 진을 치고 꼼짝하지 않았다.

그러는 동안 그녀는 그들의 옷을 몽땅 꿰매가지고 아파트 방들을 온통 직물로 뒤덮었다. 침대 매트리스들과 베개들이 방바닥에 흩어져 있어서 다른 방, 텐트 같은 방으로 갈 때는 아기처럼 기어야 했다. 밤이고 낮이고 촛불이 켜져 있어서 시계를 보지 않으면 시간을 알 수 없었다.

보는 멜리나의 모든 걸 말해주었다. 위탁 가정에서 유년기를 보낸 이야기, 열세 살에 가출한 경위. 그녀는 술집에서 B걸이었다고 했다(난 그게 뭔지 잘 모르겠다). 험악한 상황에서 그녀를 건져낸 사람이 그녀의 남편이 되었다. 그녀는 강인하고 입이 걸다고 보는 말했다. 하지만 그녀의 눈, 그녀의 손길은 아기 천사와 같아요. 멜리나는 내 인생에 들어와 그것을 영원히 망쳐놓은 어떤 천사였어요……. 그는 멜리나 이야기라면 호들갑을 떨고 심지어 하염없이 울 때도 있었지만, 난 멜리나 이야기라면 뭐든 듣기를 좋아했고, 나도 그녀 같았으면 했다. 강인하고, 신비롭고, 아름다운 여자.

나는 보가 떠난 것이 아쉬웠다. 이를테면 그는 내 인생의 천사였다. 그가 떠났을 때 나는 렉스가 벤이나 나와 이야기를 나누는 경우가 얼마나 드문지 깨달았다. 나도 방을 텐트처럼 만들까 생각했을 정도로 너무 외로웠다.

그로부터 몇 년 뒤 나는 다른 사람과 결혼해 살고 있었다. 재즈 피아니스트 데이비드. 좋은 사람이었지만 그도 말수가 적었다. 나는 왜 그렇게 꼭 말수가 적은 남자와 결혼하는지 모르겠다. 내가 세상에서 가장 좋아하는 건 수다 떠는 건데. 우리는 그래도 친구는 많았다. 뮤지션들이 그 지역을 거쳐갈 때는 우리 집에서 머물렀다. 남자들이 연주를 하는 동안 여자들은 요리를 하고 수다를 떨고 잔디밭에서 아이들과 놀아주며 빈둥거렸다.

초등학교 1학년 때는 어땠다든가, 최초의 여자친구는 어땠다든가 하는 이야기든 무엇이든 데이비드에게 어떤 이야기를 하게 하는 것은 굉장히 힘들었다. 나는 남편이 어떤 아름다운 화가와 5년을 함께 살았다는 것은 알고 있었지만, 그이는 그 여자 이야기를 하기 싫어했다. 뭐야, 난 내가 살아온 이야기 다 했잖아, 그러니까 당신도 살아온 이야기 좀 해봐, 첫사랑은 어땠는지……. 그이는 웃었다. 하지만 이번에는 입을 열었다. 그 이야기라면 쉽지.

그이와 제일 친한 친구인 베이스 주자 어니 존스와 살고 있던 여자 이야기였다. 앨버커키 사우스밸리 지역, 관개수로 근처였다. 하루는 어니를 보러 갔는데 집 안에 아무도 없어서 물가로 내려가보았다.

그녀는 일광욕을 하고 있었다. 벌거벗은 몸이 초록색 잔디에 하얗게 드러났다. 선글라스 대신 레이스 종이 컵받침으로 눈을 가렸다.

"그래서? 그게 다야?" 내가 재촉했다.

"음, 응. 그게 다야. 사랑에 빠졌지."

"아니 어떤 여자였길래?"

"그 여자는 이 세상 여느 여자 같지 않았어. 언제 한 번은 어니와 내가 물가에서 대마초를 피우면서 빈둥거리며 이야기를 하고 있었어. 그때 우리는 둘 다 직업이 없어서 정말 우울했지. 그 여자가 웨이트리스 일을 해서 우리 둘이 먹고살던 때였어. 어느 날 그 여자가 어느 점심 연회에 가서 일하고 방 하나를 가득 채울 정도의 많은 꽃을 가지고 돌아왔어. 그런데 그 여자는 그걸 수로 상류 쪽으로 가져가서 거기에 전부 뿌렸어. 어니와 내가 우울한 기분으로 물가에 앉아서 그 흙탕물을 멀뚱히 바라보고 있는데 갑자기 수많은 꽃이 떠내려오지 뭐야. 그 여자가 이미 음식과 포도주와 은제 식기와 식탁을 가져와 잔디 위에 펼쳐놓았을 때였지."

"그래서, 그 여자하고 잤어?"

"아니. 단둘이선 이야기한 적도 없어. 그냥 그 여자를 기억하고 있을 뿐이야. 잔디 위의 그 모습을."

"흠." 나는 그 모든 것을 들어 기뻤다. 그이의 얼굴에 어린 그런 감상적인 표정도 좋았다. 나는 연애 이야기라면 어떤 종류든 다 좋아했다.

우리는 산타페로 이사했다. 데이비드는 클로드 클럽에서 피아노를 쳤다. 그 시절에는 많은 뛰어난 뮤지션들이 산타페를 거쳐갔는데, 그들은 하루나 이틀 밤 정도 데이비드의 트리오와 연주에 참여하곤 했다. 한 번은 파코 듀랜이라는, 정말 솜씨 좋은 트럼펫 주자가 왔다. 데이비드는 그와 연주하는 걸 좋아해서 파코와 그의 아내와 자식이 우리 집에서 일주일 정도 지내도 되겠느냐고 내게 물었다. 물론이지, 좋을 거야.

실제로 그랬다. 파코의 연주는 훌륭했다. 그는 데이비드와 클럽에서 밤새도록 연주하고 집에서도 하루 종일 연주했다. 파코의 아내 멜리나는 이국적이고 재미있는 여자였다. 그들 부부는 말씨도 행동도 로스앤젤레스의 재즈 뮤지션 같았다. 우리 집을 속어로 'pad'라고 부르고, 무엇을 좋아하느냐고 물을 때는 "you dig?"라고 하고, 멋지다는 말에는 "outta sight"라는 속어를 썼다. 그들의 딸은 벤과 사이좋게 잘 지냈다. 그 나이에는 무엇에든 호기심을 느끼기 때문에 우리는 아이들을 놀이울에 넣어두려고 했지만 아무도 그 안에 들어가려 하지 않았다. 그러자 멜리나는 아이들이 하고 싶은 대로 내버려두고 안전하게 커피와 재떨이를 가지고 우리가 놀이울 안에 들어가 있자고 제안했다. 우리는 그 안에서 수다를 떨고, 아이들은 책장의 책을 있는 대로 다 끄집어내며 놀았다. 멜리나는 라스베이거스 이야기를 했다. 그녀의 라스베이거스는 별세계 같았다. 그녀의 이야기에 귀를 기울이다 보니, 단순히 그녀를 보고 있는 게 아니라 비현실적인 아름다움에 휩싸이는 기분이 들었다. 그때 난 이 여자가 보의 멜리나라는 걸 깨달았다.

그런데 왠지 아무 말도 하지 못했다. 이봐요, 당신 정말 아름답고 묘한 분위기를 풍기는 걸 보니 꼭 보의 연애담 주인공 같아요, 라고 할 수는 없었다. 하지만 보 생각이 나자 나는 그가 그리웠다. 그가 잘 지내고 있기를 바랐다.

그녀와 나는 저녁을 준비했고, 남자들은 일하러 나갔다. 우리는 아이들을 씻기고 뒤쪽 포치에 나가 담배를 피우고 커피를 마시면서 신발 이야기를 했다. 우리 인생에서 중요한 신발이란 신발은 모조리 거론했다. 첫 페니 로퍼, 첫 하이힐. 은색 통굽 신발. 우리가 신어본 각종 부츠들. 완벽한 펌프스. 수제 샌들. 굽이 낮고 가죽끈으로 엮은 샌들. 스파이크힐. 우리는 이야기를 하면서 포치 앞의 축축한 푸른 잔디에 딛고 있는 맨발을 꼼지락거렸다. 그녀는 발톱에 검은 매니큐어를 칠했다.

그녀는 나에게 별자리가 뭐냐고 물었다. 대개 이런 질문은 불쾌하지만, 나는 내 전갈자리에 대해 그녀가 해주는 이야기를 듣고 그 말을 몽땅 믿었다. 나는 내가 손금을 조금 볼 줄 안다고 하고 그녀의 손바닥을 보았다. 날이 어두워서 잘 보이지 않았다. 나는 등유 램프를 가지고 나와 우리 둘 사이의 계단에 놓았다. 그녀의 하얀 두 손바닥을 잡아 등불과 달빛에 대보면서 나는 보가 그녀의 피부에 대해 한 말을 생각해냈다. 그것은 차가운 유리, 은을 든 느낌이었다.

나는 체이로의 수상술 책을 다 외우고 있다. 수많은 사람들의 손금을 봐주었다. 이 점을 밝히는 이유는 그녀의 손금과 둔덕에서 읽어낸 것을 말해주었다는 것을 분명히 해두기 위해서다. 보에게 들은 이야기가 주를 이루기는 했지만.

내가 왜 그랬는지 부끄럽다. 나는 그녀를 시기했다. 그녀는 너무나 눈부셨다. 무슨 특출난 행동을 하지도 않고 그냥 가만히 있는데도 그토록 눈부셨다. 그런 그녀에게 나는 깊은 인상을 심어주고 싶었다.

나는 그녀의 과거를 말해주었다. 끔찍한 양부모 이야기, 파코가 그녀를 지켜준 이야기 등등. 이를테면, "남자가 보여요. 잘생긴 남자. 위험. 위험에 처했어요, 자기가 아니라 남자가. 레이스카 드라이버, 아니면 투우사일까요?" 이럴 수가! 그 투우사에 대해 아는 사람은 아무도 없는데.

보가 그녀의 머리에 손을 얹고 "모든 게 다 잘될 거야……"라고 하자 그녀가 울더라는 이야기도 나는 기억하고 있었다. 나는 또 그녀는 절대로 울지 않는다고, 슬프거나 화가 나더라도 울지 않지만, 인정 많은 누군가 머리에 손을 얹고 걱정하지 말라고 하면 울지도 모른다고 했다.

더는 말하지 않겠다. 너무 창피하다. 아무튼 그때 한 말은 내가 의도한 효과를 보았다. 그녀는 자신의 예쁜 손을 가만히 들여다보다 속삭이듯 말했다. "자기는 마녀야. 마법 같아."

우리는 멋진 한 주를 보냈다. 인디언 댄스파티에도 가고 반델리어국립천연기념물이 있는 산에도 오르고 아코마 원주민 부락도 방문했다. 선사시대 산디아인人이 살던 동굴에 들어가 앉아보기도 했다. 타우스 마을 근방의 온천에 몸을 담그기도 하고 산토니뇨 교회에도 가보았다. 이틀 밤은 애보개를 구해 아이들을 맡기고 클럽에도 놀러 갔다. 음악이 훌륭했다. 내가 "이번 한 주는 정말 즐거웠어요"라고 하자 그녀는 웃으며 단순히 "나는 늘 즐겁게 살아요"라고 했다.

그들이 떠나자 집이 아주 조용해졌다. 나는 평소대로 데이비드가 귀가

했을 때 잠을 깼다. 그에게 손금 본 이야기를 고백하고 싶었지만, 그러지 않길 잘했다. 어둠 속에 누워 있을 때 데이비드가 말을 꺼냈다.

"그 여자였어."

"그 여자였다니?"

"멜리나. 잔디밭의 그 여자가 바로 멜리나였어."

친구

로레타는 샘의 목숨을 구해준 날 아나와 샘과 아는 사이가 되었다.

아나와 샘은 나이가 많았다. 그녀는 여든 살, 그는 여든아홉 살이었다. 전에도 간혹 이웃 일레인의 풀장에 수영하러 와 있는 아나를 본 적은 있다. 어느 날 일레인의 집에 잠시 들르러 갔는데, 그때 마침 두 할머니가 수영을 해보라며 할아버지를 설득하는 중이었다. 그는 결국 물에 들어가 씩 웃고는 개헤엄을 쳤는데, 그만 발작을 일으켰다. 얕은 쪽 물에 들어가 있던 두 여자는 그걸 알아차리지 못했다. 로레타는 신발이고 뭐고 벗지 않고 그대로 물에 뛰어들어 그를 발판사다리까지 끌어와 물 밖으로 건져냈다. 인공호흡은 필요 없었지만, 혼란에 빠져 잔뜩 겁에 질렸다. 그는 항상 가지고 다니는 약을 먹었다. 간질이었다. 그는 할머니들의 도움을 받아 몸을 말리고 옷을 입었다. 할머니들은 그가 길 아래 집까지 걸어갈 수 있을 만큼 확실히 괜찮아질 때까지 한동안 그냥 앉아 기다렸다. 아나와 샘은 로레타에게 목숨을 구해줘서 고맙다고 연신 인사를 하고 그다음 날 그들 집에서 점심을 함께 먹자고 고집했다.

마침 그녀는 며칠 일을 쉬기로 되어 있었다. 개인적으로 처리해야 할 일이 많아 사흘 간 무급 휴가를 얻어놓았다. 그들과 점심을 먹으면 버클리까지 한참 되돌아가야 한다는 말인데, 그러면 계획했던 대로 하루에 모든 일을 끝낼 수 없을 것이다.

난감한 상황이었다. 마음속으로는 에이, 이보다 더한 일도 해드릴 수 있을 텐데 이 정도야 뭐, 참 좋은 분들인데, 라고 생각하게 되는 상황. 안 하면 뒤가 켕기고, 하면 나약한 사람이라는 기분이 드는 것이다.

그녀의 언짢은 기분은 노부부의 집에 들어서자 이내 풀렸다. 그들은 옛날 멕시코의 집처럼 볕이 잘 들고 툭 트인 그 집에서 거의 평생을 살았다. 아나는 고고학자, 샘은 엔지니어였다. 그들은 테오티우아칸을 비롯한 여러 유적지에서 언제나 함께 일했었다. 집 안에는 멋진 도기와 사진이 가득했고, 장서도 굉장했다. 계단을 내려가 뒤뜰로 나가면 여러 과실수와 산딸기류의 과일을 재배하는 채마밭이었다. 가냘프고 노쇠한 두 노인이 그 모든 일을 손수 다 하다니, 로레타는 놀랍기만 했다. 두 노인 모두 지팡이를 짚고 간신히 걸어다녔다.

점심은 토스트에 치즈를 얹은 샌드위치에 차요테 호박죽과 채마밭에서 키운 채소로 만든 샐러드였다. 아나와 샘이 함께 점심을 준비했다. 그들은 식탁을 차리고 음식을 접시에 담아주는 일도 같이 했다.

그들은 50년 동안 모든 일을 같이 했다. 이야기할 때는 쌍둥이처럼 서로의 말을 받아 그대로 되풀이하거나, 한쪽이 말을 시작해놓으면 다른 한쪽이 끝을 맺어주었다. 그들이 멕시코의 피라미드에서 작업한 경험담을 비롯해 다양한 유적을 발굴했던 이야기를 번갈아가며 들려주는 가운데 점심시간이 유쾌하게 흘러갔다. 로레타는 두 노인이 똑같이 음악과 원예를 사랑하고, 서로를 향유한다는 사실이 감명 깊었다. 가두 행진과 시위에 나가고 국회의원과 신문사에 편지를 보내고 전화를 거는 등 지역 사회와 나라의 정치에 열심인 것을 보고 놀랐다. 그들은 매일 서너 가지의 신문을 읽고 밤에는 서로 소설이나 역사책을 읽어주었다.

샘이 수전증이 있는 손으로 식탁을 치울 때, 로레타는 아나에게 그토록 가까운 평생지기가 있어서 정말 부럽다는 말을 했다. 그러자 아나는, 머잖아 둘 중 하나는 먼저 갈 텐데……, 하고 말끝을 흐렸다.

시간이 얼마 지나고, 그 한마디가 생각났을 때, 로레타는 혹시 두 노인 중 한쪽이 죽을 경우에 대비해 일종의 보험으로 자기와의 우정을 구하는 것은 아닐까 하는 생각이 들었다. 아니야, 그녀는 생각했다, 그보다 더 단순한 이유일 거야. 두 사람은 더없이 자족한 인생을 살았다, 평생 서로에게 넉넉한 존재였다. 하지만 이제 샘은 비몽사몽 헤매는 듯하다든가 앞뒤가 맞지 않는 말을 하는 일이 흔했다. 아나는 같은 이야기를 하고 또 하는 샘에게 늘 참을성 있게 대했지만, 로레타가 느끼기에 그들은 이야기할 새로운 상대가 생긴 것을 기꺼워했다.

그 이유야 어쨌든, 어쩌다 보니 그녀는 점점 샘과 아나의 삶에 말려들었다. 아나는 일하고 있는 로레타에게 전화를 해서 퇴근길에 원예용 토탄 흙을 사다달라거나, 샘을 안과에 데려다달라고 부탁하는 일이 잦았다. 두 사람 다 컨디션이 안 좋아 시장에 가지 못하면 로레타가 대신 장을 봐서 가져다주기도 했다. 그녀는 그들이 좋았다, 그들이 존경스러웠다. 하도 자기와 있는 것을 좋아하는 것 같아 어느덧 한 주에 한 번, 적어도 두 주에 한 번은 그들과 함께 저녁을 먹었다. 그녀의 집에 그들을 초대한 적도 몇 번 있었지만, 계단이 많아 너무 힘들어서 그만두었다. 그 대신 생선이나 치킨이나 파스타 요리를 해서 그 집에 가져갔다. 그러면 그들은 채마밭에서 나온 채소로 샐러드를 만들고 디저트로는 산딸기를 내왔다.

저녁을 먹고 나면 모두 식탁에 둘러앉아 민트 티나 자메이카 티를 마시며 샘의 이야기를 듣곤 했다. 유카탄 정글 깊은 곳에서 아나가 폴리오

polio 바이러스에 걸렸을 때 어떻게 병원에 데려갔으며, 거기 사람들이 얼마나 친절했는가 하는 이야기. 그들이 할라파에 지은 집에 관한 이야기. 방문객을 피해 창문으로 빠져나가다 다리가 부러진 어느 시장의 아내 이야기. 샘은 항상 이런 말로 이야기를 시작했다. "그 얘기를 하니까 생각나는데……."

로레타는 조금씩 그들의 과거를 알게 되었다. 타말파이어스산에서 구애한 이야기. 공산주의자였을 때 뉴욕에서 연애한 이야기. 타락한 생활. 그들은 결혼하지 않았다. 인습에 얽매이지 않은 생활이 여전히 만족스럽다고 했다. 자식이 둘 있지만 멀리 다른 도시에서 살았다. 자식들이 어렸을 때 빅서* 근처의 목장에서 지냈다는 이야기도 했다. 그러다 어떤 이야기가 끝나갈 때쯤 로레타는 이렇게 말하곤 했다. "가기 싫지만 내일 아침 일찍 출근해야 해서요." 보통은 그렇게 말하고 일어나 가지만, 샘은 대개 이런 식으로 그녀를 더 붙들어두려고 했다. "태엽 감는 축음기가 어떻게 되었는지, 그 얘기만 듣고 가지 그래." 그러면 로레타는 몇 시간 뒤 피곤한 몸을 이끌고 오클랜드에 있는 집으로 차를 몰며, 언제까지고 계속 이럴 수는 없다고 혼잣말을 했다. 아니, 그들에게 가긴 가되 분명한 선을 그어야겠다고 생각했다.

그들이 따분하다거나 재미없다거나 한 건 아니었다. 그러기는커녕 다채롭고 바쁘게 살아온 그들은 모든 일에 적극적이었고 이해력이 날카로웠다. 세상사와 자신들의 과거에 대한 관심은 치열하기까지 했다. 서로 말을 보탠다든가, 날짜나 상세한 사항을 놓고 말씨름을 하며 즐거워하는

* Big Sur, 샌프란시스코와 로스앤젤레스 중간 정도 지점에 위치한 해안 지방으로 자연 경관이 뛰어나고 가톨릭 수도원과 선불교 사원이 있다.

그들의 말을 끊고 집에 가겠다고 할 용기가 잘 나지 않았다. 더욱이 그녀는 두 사람이 자기를 반겨주는 덕분에 그 집에 가면 기분이 좋았다. 하지만 이따금 너무 피곤하거나, 다른 할 일이 있을 때는 갈 마음이 내키지 않았다. 그러다 마침내, 그렇게 늦게까지 있을 수는 없다고, 다음 날 아침 일찍 일어나기 힘들다고 말했다. 그러자 아나가 이렇게 말했다. 그럼 일요일에 브런치 먹으러 와.

날이 좋을 때는 화초에 둘러싸인 테라스에 나가 브런치를 먹었다. 수많은 새들이 바로 옆에 놓인 모이통에 날아들었다. 날이 쌀쌀해지면 무쇠 난롯가에서 식사를 했다. 샘은 직접 장작을 패 불을 땠다. 그들은 와플이나 샘이 만든 특별한 오믈렛을 먹었다. 로레타가 베이글과 훈제연어를 가져가는 때도 있었다. 샘은 이야기를 하고, 아나는 그 말을 정정해주거나 코멘트를 하다 보면 시간이 흐르고 하루가 다 갔다. 테라스의 양지 바른 곳에 앉아 있거나 실내의 따뜻한 난롯가에 가만히 앉아 있으면 잠들지 않기가 힘들었다.

그들이 멕시코에서 살던 집은 콘크리트블록으로 지은 것이지만, 들보와 부엌의 조리대와 찬장은 삼목으로 되어 있었다. 제일 먼저 큰 공간, 즉 부엌과 거실이 지어졌다. 물론 집을 짓기 시작하기도 전에 나무부터 먼저 심었다. 바나나, 자두, 자카란다 나무 등. 이듬해에는 침실을 늘려 지었고, 몇 년 뒤에 침실을 하나 더 짓고 아나의 작업실을 추가했다. 침대, 작업대, 탁자도 삼목으로 만들었다. 그들은 멕시코의 다른 주에 있는 발굴 현장에서 하던 일을 마친 뒤 집에 오면, 그 작은 집이 항상 시원하고 삼목 냄새가 나서 마치 대형 삼목으로 만든 상자 같았다고 했다.

아나가 폐렴에 걸려 병원에 입원했다. 그 와중에도 아나는 샘 생각만 했다. 자기 없이 어떻게 혼자 지내겠느냐며. 로레타가 출근길에 들러 샘이 약과 아침을 챙겨 먹도록 해주고, 퇴근길에 또 들러 저녁을 해주고, 그녀를 보러 병원에 데려다주겠노라고 약속했다.

샘을 도와주면서 끔찍했던 부분은 샘이 아무 말도 안 한다는 것이었다. 그는 로레타가 옷 입는 것을 도와주는 동안 침대 가장자리에 앉은 채 몸을 떨었다. 기계적으로 약을 먹고 파인애플 주스를 마셨으며, 아침을 먹고는 정성 들여 입가를 닦았다. 저녁에 가서 보면, 베란다에 서서 그녀를 기다리고 있었다. 병원에 먼저 가서 아나를 본 다음에 저녁을 먹겠다는 것이다. 병실에 누워 있는 아나는 얼굴이 창백했다. 길게 땋아 늘어뜨린 흰머리는 어린아이의 댕기머리 같았다. 그녀의 몸에 링거, 카테터, 산호호흡기가 부착되어 있었다. 샘이 세탁기 한 가득 빨래를 하고, 토마토에 물을 주고, 콩밭에 멀칭하고, 설거지를 하고, 레모네이드를 만들었다는 이야기를 하는 동안 아나는 아무 말 없이 조용히 웃으며 샘의 손을 쥐었다. 그는 숨 쉴 새 없이 계속 말했다. 단 하루인데도 그동안 있었던 일을 시간별로 모두 보고했다. 병실에서 나올 때 로레타가 그를 부축해야 했다. 걸을 때 비틀거리기도 하고 주춤거리기도 했다. 그는 차 안에서 울음을 터뜨렸다, 아나가 걱정돼서였다. 하지만 아나는 잘 퇴원해서 멀쩡히 귀가했다. 이제 채마밭 일이 밀린 것만이 문제였다. 그다음 주 일요일, 브런치 후에 로레타는 채마밭의 잡초를 뽑고 블랙베리나무의 가지를 치는 일을 거들었다. 그때 로레타는 걱정했다, 아나가 정말 심각한 병에 걸리면 어떡하지? 이들과의 친선 관계에서 궁극적으로 그녀가 맞게 될 상황은 무엇이지? 두 사람의 상호의존, 그들의 취약성을 생각하자 그녀는 마음이 뭉클했다. 그들의 일을 거드는 가운데 그런 생각이 마음에 떠올랐지만, 검고 차가운 흙, 등에 닿은 따사한 햇볕이 기분 좋았다. 샘, 그는 옆 두둑의 잡초를 뽑으며 이야기하고 있었다.

다음 주 일요일, 로레타는 늦게 그들의 집에 갔다. 일찍 일어나기는 했지만 할 일이 태산 같았다. 정말 집에 있고 싶었지만, 전화로 약속을 취소할 용기가 나지 않았다.

늘 그렇듯, 현관문이 잠겨 있어서 집 뒤의 계단을 통해 들어가려고 뒤뜰로 향했다. 뒤뜰에서 주변을 휙 둘러보았다. 토마토, 호박, 깍지완두가 무성했다. 느른한 꿀벌 소리. 아나와 샘은 계단 위 베란다에 나와 있었다. 로레타는 그들이 대화에 열중하고 있어서 소리쳐 부르려다 말을 거두었다.

"로레타가 늦은 적이 한 번도 없는데. 안 올지도 모르겠네."

"응, 오겠지……. 로레타에게 여기서 보내는 아침 시간들은 아주 소중하니까."

"가엾은 것. 너무 외로워서는. 로레타에겐 우리가 필요해요. 가족이라곤 정말 우리밖에 없잖수."

"내 이야기를 정말 재미있어하는데. 망할. 오늘은 무슨 이야기를 해줄지 하나도 생각이 안 나."

"생각나겠지……."

"저 왔어요!" 로레타가 외쳤다. "집에 계세요?"

제어 불가

영혼이 깊고 어두운 밤을 맞고 있는데 주류상과 술집 문이 모두 닫혀 있다. 팔을 뻗어 침대 매트리스 밑을 더듬어본다. 작은 보드카병이 비었다. 그녀는 침대에서 나와 섰다. 그러고는 몸을 몹시 떨다가 방바닥에 주저앉았다. 과호흡증을 겪고 있었다. 술을 마시지 않으면 떨림섬망이나 발작을 일으킬 것이다.

한 가지 요령은 호흡과 맥박을 늦추는 것이다. 술을 손에 넣을 때까지 최대한 차분하게 있어야 한다. 설탕. 설탕을 탄 차. 알코올중독 치료 시설에 들어가면 그런 걸 준다. 하지만 너무 심하게 떨어서 일어설 수도 없었다. 그녀는 바닥에 누운 채, 요가를 할 때처럼 깊은 호흡을 해보았다. 생각하지 마, 지금 네 상태에 대해 생각하지 마, 그러면 수치 때문에, 뇌졸중 때문에 죽을지 몰라. 호흡 속도가 늦춰졌다. 그녀는 책장에 꽂힌 책들의 제목을 읽기 시작했다. 집중해, 소리 내어 읽어. 에드워드 애비, 치누아 아체베, 셔우드 앤더슨, 제인 오스틴, 폴 오스터. 건너뛰지 말고, 천천히. 한쪽 벽 전체에 꽂힌 책들의 제목을 다 읽고 나자 기분이 나아졌다. 그녀는 똑바로 일어섰다. 발을 간신히 뗄 정도로 몹시 떨었지만, 벽을 짚으면서 조금씩 부엌으로 갔다. 바닐라에센스는 없었다. 레몬즙이 있었다. 레몬즙을 마시자 목이 화끈거리고 토악질이 났다. 그녀는 입을 다물고 그것을 도로 삼켰다. 그런 다음 차를 끓여 꿀을 듬뿍 타 어둠 속에서 조금씩 천천히 마셨다. 두 시간만 있으면 여섯 시. 오클랜드의 업타운 주류상에 가면 보드카를 살 수 있을 것이다. 버클리에서는 일곱 시까지 기다려야 했다. 오, 이런, 그런데 돈이 있던가? 그녀는 방으로 가서 책상 위에 있는 핸드백을 열어보았다. 아들 닉이 지갑과 자동차 열쇠를 가져간 게 틀림없었다. 아들들이 깰 테니 그들의 방에 들어가 찾아볼 수는 없었다.

책상 위의 잔돈 단지의 동전을 털어보니 1달러 30센트가 나왔다. 벽장을 열어 다른 핸드백과 코트 호주머니, 부엌 서랍을 뒤져보았다. 그렇게 해서 모두 4달러가 모였다. 그 빌어먹을 인도 놈은 그 시간에는 한 컵 분량의 보드카를 그 값을 받고 팔았다. 병든 주정뱅이들이 모두 그에게 돈을 갖다 바쳤다. 그들은 대부분 단 포도주를 샀지만 보드카는 효과가 더 빨리 돌았다.

걸어가기에는 먼 거리였다. 사십오 분은 족히 걸릴 것이다. 아이들이 일어나기 전에 집에 있으려면 돌아올 때는 뛰어야 할 것이다. 할 수 있을까? 집 안에서 돌아다니는 것조차 가까스로 하는데. 순찰차가 다니지 않기만 바라자. 산책시킬 개가 있었으면 했다. 맞아, 하고 그녀는 웃었다. 이웃에게 개를 빌려달라고 해봐야지. 개는 무슨. 이웃들은 더 이상 그녀를 상대하지도 않았다.

보도의 갈라진 금에 집중하고 하나, 둘, 셋, 세는 일에 집중함으로써 차분한 마음을 유지할 수 있었다. 그러면서 또한 옆걸음으로 산을 오르듯 길가의 수풀과 나무에 바싹 붙어 걸었다. 길을 건널 때마다 겁이 났다. 신호등 빨간불이나 노란불이 깜박깜박하는 차도가 너무 넓었다. 이따금 《샌프란시스코 이그재미너》 배달 트럭이나 빈 택시가 지나갔다. 순찰차가 불을 켜지 않고 빠른 속도로 지나갔다. 그들은 그녀를 보지 못했다. 등에 식은땀이 흘렀다. 아직 어두운 새벽. 이가 요란하게 맞부딪쳤다.

섀턱* 대로에 면한 업타운 오클랜드에 이르렀을 때 그녀는 헐떡거리며 기절할 것 같았다. 주류상은 아직 문을 열지 않았다. 흑인 일곱 명이 보도 가장자리에서 서성거리고 있었다. 한 소년을 제외하곤 모두 늙은 사람들이었다. 그 인도 사람은 그들은 안중에도 없이 상점 안에서 커피를 홀짝이고 있었다. 밖에서 기다리고 있는 흑인 둘이 나이퀼** 기침약을 통째 나눠 마시고 있었다. 파란색 죽음. 이건 밤새도록 살 수 있었다.

챔프라는 노인이 그녀를 보고 싱긋 웃었다. "이봐요, 아줌마, 아파요? 머리칼 아파요?" 그녀는 고개를 끄덕했다. 그런 느낌이었다, 머리칼, 안구, 뼈마디가 아픈 느낌. "자, 여기, 이것 좀 먹어봐요." 챔프는 자기가 먹고 있는 짭짤한 크래커 두 개를 내밀었다. "억지로라도 먹어야 해." 그러자 소년이 끼어들었다. "챔프, 저도 몇 개만 줘요."

주류상이 문을 열자 그들은 그녀를 맨 앞에 서게 해주었다. 그녀는 보드카를 달라고 하고 동전 한 뭉텅이를 카운터에 쏟아놓았다.

"맞는 금액이에요."

그러자 그는 씩 웃었다. "아줌마가 세봐요."

"빨리 해요. 젠장." 소년이 말했다. 그녀는 몹시 떠는 손으로 동전을 하나하나 세어 보였다. 그리고 동전을 비워낸 통을 핸드백에 넣고는 비틀거리며 밖으로 나갔다. 길을 건너야 하지만 겁이 나서 전신주에 손을 대고 잠시 기댔다.

---

* Shattuck Avenue. 다운타운 버클리에서 남쪽으로 업타운 오클랜드를 잇는 주요 도로.
** 파란색 통에 든 시럽 감기약이다. 알코올 성분이 들어 있지만 이보다는 덱스트로메토르판이라는 진해 성분이 취한 기분을 줄 수 있다. 남용하면 치명적일 수 있다고 한다.

챔프는 나이트트레인*을 병째 들고 마시고 있었다.

"얼마나 요조 숙녀이길래 길거리라고 그걸 안 마실까?"

그녀는 고개를 흔들었다. "병을 떨어뜨릴까 봐 그래요."

"자, 입 벌려봐요. 술이 들어가야 해. 안 그러면 집까지 못 가겠어." 그는 그녀의 입에 포도주를 부었다. 알코올이 몸에 퍼졌다. 뜨끈하게. "고마워요."

그녀는 재빨리 길을 건넜다. 구십, 구십 일, 보도의 갈라진 금을 세면서 엉성한 걸음으로 뛰다시피 집을 향했다. 집에 도착했을 때는 날이 아직 칠흑같이 어두웠다.

숨이 차서 헐떡거리면서. 불을 켜지도 않고 글라스에 크랜베리 주스를 따르고 보드카병의 3분의 1을 부었다. 그리고 식탁에 앉아 조금씩 천천히 마셨다. 알코올이 신체 구석구석 퍼지면서 안도감이 찾아들었다. 그녀는 울고 있었다. 죽지 않았다는 안도감 때문이었다. 잔을 비우고 다시 3분의 1을 붓고 주스를 탔다. 그녀는 식탁에 머리를 대고 엎드려 있다가 한 모금씩 마실 때마다 고개를 쳐들었다.

그 잔을 비우고 기분이 한결 나아지자 세탁실로 가서 세탁기에 빨래를 넣고 스위치를 돌렸다. 그녀는 보드카병을 들고 화장실로 갔다. 샤워를 하고 머리를 빗고 깨끗한 옷으로 갈아입었다. 10분 남았다. 화장실 문을 잠갔는지 확인하고, 변기에 앉아 보드카를 마저 비웠다. 마지막에 마신 술은 몸의 상태를 좋아지게 한 정도를 넘어 약간 취하게 만들었다.

세탁이 다 된 빨래를 건조기에 옮겨넣은 다음, 냉동 농축액으로 오렌지 주스를 타고 있는데 조엘이 눈을 비비며 부엌으로 들어왔다. "양말이

• 알코올 농도를 강화시키고 값이 싸서 부랑인들이 주로 마신다는 포도주의 상표명이다.

없어, 셔츠도 없고."

"내 새끼 일어났네. 시리얼부터 먹어. 아침 먹고 샤워하고 나면 옷이 다 말라 있을 거야." 그녀는 조엘에게 주스를 주고 문 앞에 말없이 서 있는 니컬러스에게도 한 잔 따라주었다.

"술은 대체 어디서 난 거야?" 니컬러스는 그녀를 옆으로 밀치고 가서 시리얼을 부었다. 열세 살. 키가 그녀보다도 컸다.

"엄마 지갑하고 자동차 열쇠 줘." 그녀가 말했다.

"지갑은 줄게. 하지만 엄마가 괜찮다는 걸 내가 알기 전엔 차 열쇠는 안 돼."

"엄마 괜찮아. 내일은 다시 출근할 거야."

"병원에 들어가지 않으면 더 이상 혼자 그만두지 못하잖아, 엄마."

"괜찮을 거야. 제발 걱정 좀 하지 마. 오늘이 있잖아. 오늘 하루 동안 회복하면 돼." 그녀는 건조기 안의 옷을 보러 갔다.

"셔츠 말랐다." 그녀가 조엘에게 말했다. "양말은 십 분 더 있어야 해."

"그럴 시간 없어. 젖은 채 신고 갈게."

아이들은 교과서와 백팩을 챙겨 다녀오겠다는 인사를 하고 나갔다. 그녀는 창가에서 스쿨버스 정류장으로 걸어가는 아이들을 지켜보았다. 그녀는 버스가 그들을 태우고 텔레그래프 거리 북쪽으로 향할 때까지 기다렸다. 그리고 길모퉁이에 있는 주류상에 가기 위해 집을 나섰다. 이제 문을 열었을 시간이었다.

전기 자동차, 엘패소

스노든 부인은 우리 외할머니와 나를 자신의 전기차에 태우려고 기다렸다. 만화영화에서 벽을 들이받은 차처럼 천장이 높고 길이가 짧다는 것 외에는 여느 자동차와 다를 게 없는 차였다. 머리카락이 쭈뼛 선 것 같은 차. 외할머니는 앞에 타고 나는 뒤에 탔다.

손톱으로 칠판을 긁는 것 같은 느낌이 드는 공간이었다. 창문에 낀 먼지는 노란 필름을 붙인 듯했다. 곰팡이가 핀 회갈색 벨벳 벽과 좌석에선 먼지가 풀풀 났다. 당시 난 손톱을 많이 깨물었는데, 그렇게 해서 생살이 드러난 손끝이나 넘어져 까진 무릎, 팔꿈치가 곰팡이 나고 먼지 많은 벨벳 시트에 닿으면…… 그건 고통 그 자체였다. 이가 아팠다. 머리카락마저 아팠다. 실수로 털이 엉겨붙은 죽은 고양이라도 만진 듯이 몸서리쳤다. 나는 몸을 웅크리고 더러운 창문 위 화분 같은 금색 조각 홈을 붙들었다. 그 아래, 낡은 가발처럼 달랑달랑 달린 손잡이 줄은 썩고 지저분했다. 그렇게 홈을 붙들고 있자니 공중에 높이 떠서 흔들거리는 형국이 되어 옆에 지나가는 차들의 뒷좌석에 있는 식료품 봉투, 자동차 재떨이를 만지작거리는 아기, 크리넥스 티슈 상자들이 다 들여다보였다.

이 차는 웅웅거리는 소리가 너무 약해서 우리는 이동하는 기분이 들지 않았다. 그랬나? 스노든 부인은 시속 15마일 이상으로 달릴 생각도 없었고 그럴 수도 없었다. 너무 느리게 움직이다 보니 전에는 알지 못했던 방식으로 사물을 보았다.

밤새도록 누가 잠자는 것을 지켜보듯이 시간을 꿰뚫고. 카페에 들어가려던 사람이 생각을 바꾸고 그 앞을 지나쳐 길모퉁이까지 걸어가다 되돌아 카페에 들어가 앉아서는 무릎에 냅킨을 펼치고 주문을 기다리는 모습. 이 모든 게 우리가 그 블록을 다 지나가기도 전에 전개되었다.

그네를 타듯이 양손을 높이 쳐들어 줄을 붙들고 있다가 고개를 홱 숙이고 눈을 치켜뜨면 자그마한 외할머니와 스노든 부인의 밀짚모자밖에 보이지 않았다. 마치 밀짚모자 두 개가 계기판 위에 놓여 있는 것처럼. 난 그럴 때마다 미친 것처럼 혼자 낄낄거렸다. 외할머니는 아무것도 모르고 웃으면서 뒤돌아보았다. 우리는 아직 시내는 물론 그 근처에도 가지 못했다.

외할머니와 스노든 부인은 죽었거나 병든 친구들, 또는 남편과 사별한 친구들 이야기를 했다. 무슨 이야기든 그들은 성경 구절을 인용하는 것으로 끝맺었다.

"그런데 그 친구는 현명하지 못했어⋯⋯."

"아유 저런, 맞아. '그러나 원수와 같이 생각하지 말고 형제같이 권면하라'고 하잖아."

"데살로니가서 3장!" 외할머니가 말했다. 무슨 놀이 같았다.

나는 더 이상 화분 홈에 매달릴 수 없었다. 그래서 바닥에 누웠다. 곰팡이 낀 고무 발판. 흙. 외할머니는 웃으면서 뒤돌아보았다. 세상에! 스노든 부인이 차를 보도 옆에 댔다. 그들은 내가 바닥에 떨어져 죽은 줄 안 것이다. 한참 뒤, 몇 시간 뒤, 나는 화장실에 가야 했다. 깨끗한 화장실은 모두

길 반대편, 그러니까 왼편에 있었다. 스노든 부인은 좌회전을 못했다. 우리는 우회전만 하고 일방통행로만 열 블록 정도 지난 끝에 화장실에 도착했다. 난 이미 팬티에 오줌을 쌌지만 아무 말도 하지 않고 텍사코 주유소의 수도꼭지에 입을 대고 차가운 물을 마셨다. 우리가 가던 방향인 오른쪽 길로 돌아갈 때는 더 오래 걸렸다. 와이오밍 대로의 고가도로까지 죽 돌아가야 했기 때문이다.

공항은 건조했다. 차들이 들락날락하며 자갈길의 돌들이 으깨지는 소리가 났다. 회전초들이 울타리에 걸려 있었다. 아스팔트, 금속. 비행기 날개와 창문에서 반사된 눈부신 빛의 아지랑이, 그 속에서 춤추는 티끌들. 주위를 둘러보니 다른 차에 탄 사람들은 질펀한 것들을 먹고 있었다. 수박, 석류, 멍든 바나나. 맥주병에서 맥주가 천장으로 튀었고 맥주 거품이 차 옆으로 흘러내렸다. 나는 오렌지를 빨아 먹고 싶었다. 배고파, 나는 보챘다.

스노든 부인은 그럴 것을 예상했다. 그녀는 장갑 낀 손으로 무화과 뉴턴 과자를 내게 주었다. 땀띠분이 묻은 크리넥스에 싸여 있었다. 과자를 입에 넣자 물에 넣으면 피는 종이꽃처럼 팽창했다. 터진 베개와도 같았다. 나는 목이 메어 캑캑거리다 울었다. 외할머니는 웃으면서 향주머니 가루가 묻은 손수건을 내게 건네고, 고개를 절래절래 흔들고 있는 스노든 부인에게 작은 소리로 말했다.

"저 아이는 신경 쓰지 마…….. 그냥 눈길을 끌려고 저러는 거니까."

"'주께서 그 사랑하시는 자를 징계하시고'라는 말이 있지."

"요한복음?"

"히브리서. 11장."*

비행기 몇 대가 이륙하고 한 대가 착륙했다. 자, 이제 슬슬 집에 가야겠네. 그녀는 가로등과 헤드라이트가 있든 없든 간에 밤눈이 어두웠기 때문에 집으로 돌아갈 때도 천천히 운전했다. 길가에 주차된 차들에 닿지 않도록 뚝 떨어지게 차를 몰았다. 모든 초보 운전자들이 우리 뒤에서 빵빵거렸다. 나는 벨벳에서 최대한 멀어지도록 좌석을 밟고 일어서서 양손을 뒷창문에 갖다 대고 우리 차 뒤의 헤드라이트들이 공항까지 목걸이 모양으로 이어진 것을 물끄러미 바라보았다.

"경찰이다!" 나는 소리쳤다. 빨간불이 번쩍이고 사이렌이 울렸다. 스노든 부인이 순찰차를 지나가게 하려고 깜박이를 넣고는 천천히 옆으로 차를 댔지만 교통경찰이 우리 옆에 와 섰다. 그녀는 경찰이 뭐라는지 들으려고 창문을 반쯤 내렸다.

"부인, 교통신호기는 시속 40마일에 적합하도록 맞춰져 있습니다. 게다가 부인은 길 한가운데서 가고 있어요."

"40마일은 너무 빨라요."

"속도를 내세요, 안 그러면 딱지를 끊을 수밖에 없습니다."

"다른 차들이 날 비켜 가면 되잖아요."

"할머니, 사람들이 엄두를 못 내요!"

"원 참!"

그녀는 창문 스위치를 눌렀다. 창문이 경찰의 얼굴 앞에 웅 하고 닫혔다. 그는 얼굴이 시뻘개져서 주먹으로 유리창을 탕탕 쳤다. 뒤에서는 차들이 경적을 눌러댔고, 우리 바로 뒤의 차에 탄 사람들은 그 광경을 보고 웃고 있었다. 화가 치민 경찰은 땅을 짓밟듯 걸어가 순찰차에 타더니 엔진을 고속 회전시키다 굉음과 함께 출발해서 사이렌을 울리며 달려나갔

● 히브리서 12장이다.

다. 순찰차는 빨간불이 켜진 신호등을 무단 횡단하다 그만 갈색 올즈모빌 승용차의 뒷부분을 박고 연이어 픽업트럭의 앞을 들이받았다. 쨍그랑 유리 깨지는 소리가 났다. 스노든 부인은 창문을 다시 내렸다. 그리고 망가진 트럭을 비켜 그 뒤로 조심조심 차를 몰았다.

"그런즉 선 줄로 생각하는 자는 넘어질까 조심하라.'"

"고린도서!" 외할머니가 말했다.

섹스어필

벨라 린은 내 사촌언니다. 웨스트 텍사스에서 가장 예쁜 여자였다고 할 수 있다. 그녀는 1946년과 1947년에 엘패소고등학교 고적대장이자 미스 선볼*이었다. 나중에는 스타가 되겠다고 할리우드에 갔지만 결국 잘 풀리지 않았다. 그 여행은 브래지어 때문에 시작부터 엉망이었다. 패드를 댄 브래지어가 아니라 풍선처럼 바람을 불어넣는 것이었다. 그러니까 풍선이 두 개인 셈이다.

타일러 외삼촌, 타이니 외숙모, 나, 이렇게 셋이 그녀를 배웅하러 공항에 나갔다. 쌍발 엔진 DC-6기. 우리는 모두 비행기를 처음 봤다. 언니는 신경쇠약에 걸린 것 같다고 했지만 그래 보이지 않았다. 분홍색 앙고라 스웨터를 입은 언니는 아름답기만 했다. 그리고 가슴이 굉장히 컸다. 우리 셋은 언니가 탄 비행익가 캘리포니아, 할리우드를 향하여 이륙하고 멀리 사라질 때까지 손을 흔들었다. 그렇게 시아에서 사라졌을 때는 어느 정도 고도에 올랐을 무렵이었을 것이다. 기내 기압 때문에 언니의 브래지

* Sun Bowl. 엘패소의 텍사스대학교 선볼 스타디움에서 개최되는 대학 대항 미식축구 시합.

244

어가 터진 걸 보면. 아니, 폭발한 걸 보면. 다행히 엘패소에서 그 이야기를 아는 사람은 아무도 없었다. 언니는 나에게도 20년이 지나서야 말해주었다. 어쨌거나 언니가 스타가 되지 못한 건 그 때문이 아니었다고 나는 생각한다.

한때 엘패소 신문에는 항상 언니의 사진이 실렸다. 일주일 내내 한 번도 빠짐없이 실린 때도 있었다……. 그때 언니는 리키 에버스와 사귀고 있었다. 리키 에버스가 유명한 영화배우와 이혼한 지 얼마 안 되었을 때였다. 호텔업을 하는 백만장자인 그의 아버지는 엘패소의 델노르테 호텔 꼭대기 층에서 살았다.

리키 에버스는 전국 골프 오픈에 참가차 엘패소에 와 있었다. 언니는 그와 사귀겠다고 단단히 결심하고, 델노르테 호텔에 저녁 식사를 예약했다. 언니는 나도 같이 가는 게 좋겠다고 했다. 열한 살이지만 섹스어필을 배우기에 너무 어린 나이는 아니라는 것이었다.

사실 나는 섹스어필에 대해서는 아무것도 몰랐다. 섹스 자체는 미친 듯이 열중하는 것과 관련 있는 듯했다. 고양이들은 무엇에나 열중하는 행동을 보였다. 영화를 보면 배우들도 모두 열중하는 것 같았다. 베트 데이비스와 비버리 스탠윅은 완전히 짓궂었다. 언니와 언니 친구들은 모두 앞머리를 높이 올린 헤어스타일을 하고 코트 카페에 구부정하게 앉아 성난 용처럼 콧구멍으로 담배연기를 팍팍 불어내곤 했다.

그들은 모두 전국 골프 오픈에 대해 흥분했다. "금광이야 금광! 바로 우리 텃밭에 유전이 터진 거라고!"

언니와 제일 친한 친구 윌마도 델노르테 호텔에 가고 싶어했다. 하지만 언니는 단호히 잘라버렸다. 섹스어필의 기본 원칙은 언제나 개인 행동을 하는 것이라고 언니는 내게 귀띔했다. 다른 여자가 예쁘든 못생겼든 상관없이…… 동반자는 작업을 지연시키고 상황을 복잡하게 만들 뿐이었다.

나는 내가 본 것 중 가장 근사하다고 생각되는 옷을 입었다. 라벤더색 물방울무늬가 있고 퍼프소매가 달린 크리놀린 원피스. 타이니 외숙모는 내 머리를 뒤로 모아 한 가닥으로 따주었다. 그때는 아직 립스틱을 바르지 않던 때라 입술에 메르티올레이트를 살짝 발랐다. 타이니 외숙모는 그걸 당장 닦아내라며 내 양쪽 볼을 꼬집었다. 언니는 어깨가 강조된, 뇌쇄적인 갈색 크레이프 원피스를 입고, 뇌쇄적인 짙은 화장을 하고, 검정 하이힐을 신었다. 우리는 호텔에 일찍 도착했다. 언니는 검정 선글라스를 끼고 로비의 등 높은 의자에 다리를 꼬고 앉았다. 검정 실크 스타킹. 내가 스타킹 솔기가 비뚤어졌다고 지적하니까 언니는 약간 비뚤어져야 섹스어필이 된다고 했다. 언니는 나에게 25센트짜리 동전을 하나 주고 소다나 사 마시라고 했지만, 나는 그냥 계단을 오르락내리락하기만 했다. 난간이 둥글게 휘어 올라가고 바닥에는 붉은 카펫이 깔린 아름답고 넓은 계단이었다. 나는 층계참까지 뛰어올라가서는 샹들리에 밑에서 여왕처럼 미소 짓곤 했다. 그러고는 마호가니 난간에 손을 얹고 살짝 쓸듯이 천천히 우아하게 계단을 다 내려와서는 다시 뛰어올라가는 것이다. 나는 식사할 시간이 된 듯할 때까지 그러기를 반복했다. 하지만 언니는 에버스가 아직 나타나지 않았기 때문에 예약을 뒤로 변경했다. 나는 하는 수 없이 아몬드 허시 초콜릿을 사서 언니와 의자 몇 개를 사이에 두고 앉았다. 언니는 나더러 의자를 차지 말라고 낮은 소리로 말했다. 언니는 폴폴 담배를 피웠다. 그런데 언니는 그걸 펠멜이라고 발음했다.

그 유명한 에버스와 그의 백만장자 아버지가 로비에 들어온 순간 나는 그들을 곧바로 알아보았다. 그들은 여러 사람과 식당으로 들어갔다. 에버스를 제외하고는 모두 카우보이모자와 부츠 차림이었다. 에버스는 핀스트라이프 양복을 입었고 모자는 쓰지 않았다. 하지만 무엇보다 언니가 담배를 그냥 피우지 않고 담뱃대에 끼워 피우면서 사람을 잡아먹을 듯한 얼굴이 되는 것을 보고 그게 그들임을 알았다. 언니는 검정 선글라스를 벗고 나를 데리고 식당으로 들어갔다. 언니는 수석 웨이터를 불러 자기를 에스코트할 남자에게 불가피한 사정이 생겨 못 오고 있다면서 식사는 일단 우리 둘이서만 할 것이라고 말했다.

나는 프라이드치킨처럼 튀긴 스테이크를 먹고 싶었지만, 언니는 그건 너무 초라하다며 로스트비프를 시켰다. 음료수로 언니는 맨해튼 칵테일을, 나는 셜리템플 청량음료를 시켰다. 다만 언니도 결국 셜리템플을 시켰다. 이제 열여덟 살이었기 때문이다. 언니는 운전면허증을 어디다 두고 왔는지 모르겠다고 웨이터에게 말했다. 그래서 정말 성가시게 되었다면서.

그들은 식탁에 버번 한 병을 놓고 리키 에버스 외에는 모두 시가를 피우고 있었다.

"그래서 어떻게 저 사람과 인사할 거야?"

"내가 말했잖니. 섹스어필. 내가 저 사람 눈길을 끌기만 하면, 그 즉시 이리 오게 해서 음식값을 내게 할 거야."

"그런데 아직 이쪽은 보지도 않았는걸."

"아냐, 봤어. 안 본 척할 뿐……. 저게 저 사람 섹스어필이야. 하지만 또 볼 거야. 그러면 이번엔 그냥 마주 볼 거야. 세상에서 제일 야비하고 더러운, 늙은 사냥개를 보듯이."

그때 리키 에버스가 언니를 바라보았다. 그리고 언니는 자기가 말한

대로 그를 마주 보았다. 어떻게 저런 인간이 이런 데를 출입하지? 라는 듯이. 그러자 단 몇 초 만에 그가 언니 옆의 빈 의자 뒤에 서 있었다.

"합석해도 되겠습니까?"

"글쎄요. 제 에스코트에게 불가피한 사정이 생겨서 늦어지고 있는데. 몇 분은 괜찮겠죠."

"뭘 마시세요?" 그가 물었다.

"셜리템플요." 내가 먼저 말했다. 언니는 맨해튼이라고 했다. 그는 웨이터를 불러 나는 셜리템플, 자기와 숙녀분에게는 맨해튼을 시켰다. 웨이터는 언니의 신분증에 대해선 입도 벙긋하지 않았다.

"전 벨라 린이에요. 얘는 내 사촌동생 리틀 루. 미안한데, 이름이 뭐라고 하셨죠?" 언니는 그의 이름이 뭔지 잘 알고 있으면서 물었다.

그가 이름을 밝혔다. 언니는 "거기 아버지와 우리 아버지는 골프 친구군요"라고 말했다.

"내일 골프 오픈에 오세요?"

"글쎄요. 피곤하게 사람들이 너무 붐벼서. 리틀 루는 가겠다고 하지만."

그들은 나를 실망시키지 않기 위해 그 골프 토너먼트에 가기로 했다. 난 정말 가는 게 싫었지만, 어쨌거나 그들은 다음 날 내가 거기에 가고 싶어한다는 것을 금방 잊었다.

그들은 맨해튼을 마셨다. 우리는 로스트비프가 나오기 전에 새우 칵테일을 먹었다. 디저트로는 베이크트 알래스카를 먹었는데 나한테는 놀라운 맛이었다. 저녁을 먹은 뒤 그들은 후아레스의 나이트클럽에 가기로 했다. 그들은 크렘 드 망트를 마시며 나를 집에 데려다주는 문제를 의논했다. 언니는 택시를 부르겠다고 했지만, 그는 나를 집에 태워다주고 나서 멕시코로 넘어가도 된다고 했다.

벨라 린은 화장을 고치러 갔다. 나는 가지 않았다. 상황을 평가하기 위해 반드시 화장실에 가야 한다는 걸 그때는 알지 못했다.

언니가 자리를 비우자 리키 에버스는 금색 라이터를 바닥에 떨어뜨리고, 그것을 주우려고 뻗은 손으로 내 다리를 거슬러 올라오더니 무릎 안쪽을 쓰다듬었다.

나는 베이크트 알래스카를 한 입 물고, 사람들이 어떻게 용케 이걸 만드는지 모르겠다고 말했다. 그는 라이터를 줍고는 내 턱에 베이크트 알래스카가 묻었다고 했다. 그러고는 커다란 리넨 냅킨으로 내 턱을 훔쳐내면서 팔로 내 젖을 스쳤다. 나는 당혹스러웠다, 아직 주니어용 브래지어도 하지 않았을 때였다.

언니가 모든 남자들의 시선을 의식하지 않는 척, 스타킹 솔기가 비딱한 다리를 느릿느릿 옮기며 돌아왔다. 저녁을 먹는 동안 식당 안의 모든 사람들이 언니와 리키 에버스를 보았다. 에버스가 라이터를 떨어뜨리고 무슨 짓을 했는지 멕시코인 버스보이가 목격했다고 나는 생각한다.

검정색 대형 링컨 자동차. 나는 에버스와 언니 사이에 앉아 갔다. 그는 단추를 눌러 앞쪽 창문뿐 아니라 뒤쪽 창문도 올렸다 내렸다 했다. 자동차 라이터를 누를 때는 그의 손이 내 다리를 스쳤고, 언니의 펠멜 담배에 불을 붙여줄 때는 내 젖을 스쳤다.

우리가 탄 차가 집 앞 진입로에 들어서 섰다.

"굿나이트 키스 어떠니, 리틀 루?" 그가 물었다. 언니는 웃었다. "뭐야, 앤 열여섯 꽃다운 나이도 아직 멀었는데." 언니가 차에서 내리는 사이 그가 내 목을 깨물었다.

언니는 어깨에 두를 것과 타부 향수를 가지러 나와 함께 집에 들어갔다.

"루, 섹스어필이 뭔지 이제 알겠지? 아주 쉽다니까!" 나는 타일러 외삼촌, 타이니 외숙모와 함께 〈이너 생크텀〉*을 들었다. 그들은 언니가 세상에서 가장 아름다운 영화배우의 전남편과 데이트를 한다는 말을 듣고 매우 기뻐했다.

"어떻게 알게 됐을까?" 타일러 외삼촌이 말했다.

"에이, 당신도……. 우리 벨라는 미시시피 서쪽에서는 가장 예쁘잖아요."

"아니에요. 섹스어필 때문이에요." 내가 끼어들었다.

그들은 나를 잡아먹을 듯 처다보았다.

"얘, 너 그 말 한 번만 더 해봐!" 타이니 외숙모가 말했다. 정말 비열하게. 외숙모는 딱 밀드레드 피어스** 같았다.

● Inner Sanctum Mystery. 인기 라디오 프로그램. 1941년에서 시작해서 1952년에 526회를 마지막으로 종영되었다.

●● 조운 크로포드 주연의 1945년 범죄 영화 〈밀드레드 피어스〉의 동명 주인공 이름.

불량 청소년

1960년대, 제시는 벤을 만나러 오곤 했다. 긴 머리, 섬광등, 대마초, 환각제. 하지만 그들은 아직 어렸다. 제시는 벌써 학교를 그만두었고, 보호관찰관의 감독을 받았다. 롤링 스톤스가 뉴멕시코에 다녀갔다. 도어스도. 지미 헨드릭스가 죽었을 때 벤과 제시는 울었다. 재니스 조플린이 죽었을 때도. 또 기후가 거칠었던 해였다. 눈. 얼어붙은 배관. 그해에는 모두가 울었다.

우리는 강가의 오래된 농가에서 살았다. 마티와 내가 이혼한 직후였다. 내가 교편을 잡은 첫 해였다. 첫 직장이기도 했다. 이 집은 혼자서는 관리하기 힘들었다. 지붕은 새고 펌프는 못 쓰게 되었지만 크고 아름다운 집이었다.

벤과 제시는 음악을 크게 틀고, 고양이 오줌 냄새가 나는 제비꽃 향을 태웠다. 우리 아들 중 키스와 네이선은 제시라면 질색을 했다. 제시, 히피 폐인. 그러나 아직 아기인 조엘은 그를 아주 좋아했다. 그의 부츠와 기타, 공기총도. 제시는 뒤뜰에서 맥주 캔을 놓고 사격 연습을 했다. 핑.

3월이라도 확실히 추웠다. 다음 날 새벽에 수로에 가면 두루미를 볼 수 있을 것이다. 새 소아과 의사가 말해줘서 알았다. 그는 좋은 의사이고 독신이지만 나는 여전히 나이 많은 배스 의사 선생님이 그립다. 벤이 아기였을 때 그에게 전화를 걸어 기저귀는 한 번에 몇 개씩 빨아야 할지를 물었다. 한 개, 라고 그는 대답했다.

우리 아이들은 아무도 가고 싶어하지 않았다. 나는 추위에 떨며 옷을 입었다. 소나무로 난로에 불을 지피고 커피를 끓여 보온병에 담았다. 팬케이크 반죽을 만들고 여러 마리의 개와 고양이, 로지라는 이름의 염소에게 먹이를 주었다. 그때 말도 있었던가? 그랬다면 말한테 먹이를 주는 건 잊었다. 서리가 깔려 허연 도로 옆 철조망까지 갔을 때 제시가 어둠 속에서 내 뒤를 따라잡았다.

"저도 두루미 보고 싶어요."

나는 손전등을 제시에게 주었다. 보온병도 준 것 같다. 제시는 손전등으로 우리가 가는 길을 비추지 않고 아무 데나 비췄다. 나는 그것 때문에 계속 잔소리했다. 야, 야. 그만하고 길이나 비춰.

"보이잖아요. 잘 걸으시면서. 이 길 잘 아시면서 그러세요."

맞는 말이다. 손전등 불빛이 파리한 겨울 미루나무의 새둥지, 거스의 밭에 뒹구는 호박, 선사시대 동물 같은 브라만 황소들의 실루엣을 어지럽게 비추었다. 마노 같은 황소들의 눈이 손전등 빛을 작은 표적처럼 반사하곤 눈을 도로 감았다.

우리는 흐름이 느린 관개수로 위로 가로 놓인 통나무를 건너 물이 맑은 쪽으로 가서 기슭에 엎드려 게릴라처럼 숨을 죽였다. 맞다, 나는 모든 걸 낭만적으로 묘사한다. 그래도 우리가 안개 속에서 오랫동안 떨면서 그러고 있었던 건 사실이다. 안개는 아니었는지도. 그렇다면 틀림없이 물에서 올라온 수증기였을 것이다. 아니, 어쩌면 우리가 내쉬는 입김이었는지도.

한참 뒤 두루미들이 왔다. 몇백 마리나 될까. 하늘이 청회색으로 변해

갈 때였다. 그들은 슬로모션으로 내려와 똑 부러질 것 같은 다리를 딛고 섰다. 갑자기 우리의 시야는 온통 검은색과 하얀색과 회색으로 채워졌다. 크레디트가 올라간 후의 영화 같다고나 할까. 물을 휘젓는 새들.

왜가리들이 물의 흐름을 거슬러 서서 물을 마실 때, 그들 아래로 은빛 물이 수십 갈래의 가는 물줄기로 흩어졌다. 그리고 새들은 신속히 떠났다. 하나의 흰색으로, 카드 섞는 소리를 내며.

우리는 그대로 엎드린 채 커피를 마셨다. 날이 밝으면서 까마귀 떼가 몰려들었다. 두루미의 우아함을 뿌리치는 볼품없고 소란스러운 까마귀, 검은 그들은 물속을 지그재그로 다녔다. 미루나무 가지들이 트램펄린처럼 출렁였다. 햇빛이 피부에 와 닿았다.

집으로 돌아오는 길은 환했는데 제시가 들고 있는 손전등은 여전히 켜져 있었다. 그거 끌래? 내 말을 무시한 제시의 손에서 나는 손전등을 낚아챘다. 나는 트랙터 바퀴 자국이 패인 길을 제시의 황새걸음에 맞춰 걸었다.

"에이 씨. 되게 무섭네." 제시가 말했다.

"설마. 깃발을 세운 군대같이 당당하던걸.* 성경 말씀이야."

"아 그러셔요, 선생님?" 제시는 그때 이미 반항아의 기질을 보였다.

---

* 「아가서」 6장 10절. 아침빛같이 뚜렷하고 달같이 아름답고 해같이 맑고 깃발을 세운 군대같이 당당한 여자가 누구인가.

단계

웨스트 오클랜드의 약물 중독 치료 센터 건물은 원래 창고였다. 실내가 어둡고 지하 주차장처럼 소리가 울린다. 침실, 주방, 사무실이 굉장히 큰 방과 맞닿아 있다. 그 방 한가운데에는 당구대가 있고 티브이 갱坑이 있다. 왜 갱이라고 부르는가 하면 카운슬러들이 굽어볼 수 있도록 티브이 근처의 벽 높이가 5피트밖에 안 되기 때문이다.

대부분의 투숙객들은 파란 잠옷 차림으로 갱에서 〈비버에게 맡겨Leave It to Beaver〉를 보고 있었다. 보보는 칼로타가 마실 차를 들고 있었다. 다른 남자들은 그녀가 기차 조차장을 돌아다니기도 하고 기관차 밑에 기어들어가려고 했다는 이야기를 듣고 웃고 있었다. 그래서 로스앤젤레스에서 도착하는 앰트랙 기차가 정지했다. 칼로타도 웃었다. 그들은 모두 파자마 차림으로 돌아다녔다. 그녀가 자신이 한 짓을 아무렇지 않게 여겼다는 것은 아니다. 다만 기억이 나지 않았다. 그래서 자신의 행위를 인정할 수 없었다.

카운슬러 밀턴이 갱 가장자리에 와 섰다.

"시합 언제 하죠?"

"두 시간 뒤." 베니테스와 슈거 레이 레너드의 웰터급 타이틀 매치였다.

"슈거 레이가 이길 겁니다, 가볍게." 밀턴은 칼로타를 보고 씩 웃었다. 남자들이 저마다 의견을 내놓거나 농담을 했다. 여기에 있는 남자들은 다른 장소, 다른 시기에 본 적이 있어서 칼로타도 이미 아는 이들이었다. 헤이워드, 리치먼드, 샌프란시스코. 보보는 하일랜드 정신병원에서도 본 사람이었다.

투숙객 스무 명은 지금 전부 갱에 들어가 있다. 낮잠 시간의 유치원생들처럼 베개와 담요를 가지고 모여 한 덩어리가 되었다. 방공호에 모인 사람들을 그린 헨리 무어의 스케치 같았다. 오슨 웰스가 티브이 광고에서 '때가 되지 않은 포도주는 팔지 않습니다'라고 말했다. 보보는 그걸 보고 웃었다. "때가 됐어, 나 원, 때가 됐다고!"

"그만 좀 떨어요, 아줌마. 티브이 화면이 흔들리잖아."

레게 머리 남자가 칼로타 옆에 앉더니 그녀의 허벅지 안쪽으로 손을 집어넣었다. 보보가 그자의 손목을 잡았다. "이거 부러뜨리기 전에 치워." 샘 영감이 담요를 뒤집어쓰고 들어왔다. 난방이 안 들어와서 상당히 추웠다.

"거기 이 아줌마 발 좀 깔고 앉으슈. 떨지 못하게."

〈열두 명의 웬수들Cheaper by the Dozen〉*이 끝나가고 있었다. 클리프튼 웹은 죽고 머나 로이는 대학교에 갔다. 윌리는 유럽이 좋다고 했다. 그곳의 백인들은 못생겼기 때문이라며. 칼로타는 그게 무슨 말인지 알 수 없었다. 그러다 곧 외톨이 술꾼들이 늘 보는 사람들이라면 티브이에 나오는 이들이 유일하다는 것을 깨달았다. 칼로타는 새벽 세 시에 중고 닷산 자동차의 토막 살인자 잭 광고가 나오기를 기다리곤 했다. 가격을 잘라버립

● 동명 원작 소설을 바탕으로 1950년에 제작 개봉된 영화.

니다. 싹싹 다 쳐내고 깎아냅니다.

이제 티브이는 중독 치료 센터의 유일한 광원이었다. 그들의 담배연기 자욱한 링 안에 총천연색 복싱 링이 있는 듯했다. 링 아나운서가 소리를 높이 질렀다. 오늘 매치는 100만 달러 상금이 걸려 있습니다! 갱에 모인 모든 남자들은 슈거 레이에게 돈을 걸었을 것이다. 그들 중에는 알코올중독이 아닌 이들도 있다고 보보가 칼로타에게 말해주었다. 오늘 매치를 보려고 치료가 필요하다고 위장했다는 것이었다.

칼로타는 베니테스를 응원했다. 아줌마는 귀여운 남자를 좋아하시는군요? 베니테스는 뼈가 잘 발달하고 단정한 수염에 귀엽게 생겼다. 몸무게는 144파운드. 열일곱 살에 첫 선수권을 획득했다. 슈거 레이는 체중이 그보다 더 나가지는 않지만, 움직이지 않을 때는 키가 더 커 보였다. 두 선수는 링 한복판에서 만났다. 아무런 말이 없었다. 티브이 속의 관중과 갱 안의 투숙객들 모두 두 선수가 서로 마주 볼 때 숨을 죽였다. 근육이 물결치는 가운데 그들은 서로에게 눈을 떼지 않고 빙빙 돌았다.

3회전, 레너드가 재빠르게 훅을 날려 베니테스를 다운시켰다. 베니테스는 곧바로 일어나 멋쩍게 웃었다. 당황한 것이다. 그런 일이 내게 일어나게 할 생각은 없었다. 그 순간 갱의 모든 남자들이 베니테스를 응원하기 시작했다.

아무도 자리를 뜨지 않았다. 중간에 광고를 할 때도 그랬다. 샘은 시합이 진행되는 동안 계속 담배를 말아 사람들에게 돌렸다. 밀턴은 6회전이 진행 중일 때 와서 갱 가장자리에 서 있었다. 베니테스가 이마를 맞은 순간이었다. 이 매치에서 그의 유일한 상처였다. 밀턴은 베니테스의 피가 그들 모두의 눈에, 그들에 땀에 반영되는 것을 보았다.

"생각한 대로군……. 여러분은 모두 질 사람을 응원하고 있어요."

"조용! 8회전 시작."

"자, 자, 베니테스, 다운되지 마."

그들은 이기라고 베니테스를 응원하는 게 아니라 그냥 다운만 되지 말라달라는 것이었다. 그는 계속 싸웠다, 다운되지 않았다. 그는 9회전에서 잽을 맞고 레프트 훅을 맞으면서 로프에 밀렸고, 라이트 훅이 그의 마우스피스를 날렸다.

10회전, 11회전, 12회전, 13회전, 14회전. 그는 케이오되지 않고 싸웠다. 갱 안의 아무도 입을 열지 않았다. 샘은 잠이 들었다.

마지막 라운드 공이 울렸다. 경기장이 얼마나 조용했는지 슈거 레이가 속삭이는 소리도 들리는 것 같았다. "아니, 세상에. 아직도 서 있네."

하지만 베니테스가 바닥에 오른쪽 무릎을 꿇었다. 가톨릭 신자가 자리에서 일어나기 전에 그러듯 아주 잠깐. 싸움이 끝났음을 의미하는 아주 작은 경의의 표시랄까. 그는 졌다. 칼로타는 작게 말했다.

"하나님, 제발 절 도와주세요."

들개: 길 잃은 영혼

배턴루지에서 출발한 버스가 앨버커키에 접어들었다. 새벽 두 시쯤이었다. 이리저리 채찍질하듯 부는 바람. 앨버커키의 바람이 그러하다. 그레이하운드 정류장에서 시간을 보내고 있는데 한 택시 운전사가 나타났다. 교도소 문신이 많은 걸 보고 난 그를 통해 마약을 얻고 또 어디에서 지낼 수 있을지 알 수 있으리라 생각했다. 그는 나를 사우스 밸리의 어느 마약 소굴, 거기선 '노리아'*라고 부르는 곳으로 데려가 기분 좋게 취하게 해주었다. 누들스, 그를 만난 건 운이었다. 앨버커키로 도망치는 건 최악의 선택이었기 때문이다. 그 지역은 치카노**가 지배하는 세상이다. 마야테,*** 그들은 거기서 마약을 손에 넣을 수 없다. 살해당하지 않으면 다행이다. 백인, 그들은 충분히 오랜 기간 교도소에 다녀왔다는 걸 입증해야 한다. 백인 여성, 웬걸, 그들은 오래 견디지 못한다. 유일한 길은 내가 나초와 그랬듯이 거물과 친해지는 것이다. 누들스는 그 부분에서도 나를 도와주었다. 그때는 아무도 나를 건드릴 수 없었다―이런 말을 하다니 나

* 스페인어로 '양동이 달린 물방아'
** 멕시코계 미국인.
*** 스페인어로 '말똥구리'. 멕시코계가 흑인을 경멸적으로 부르는 말이다.

도 참 한심하다. 믿기 어렵겠지만 나초는 성자였다. 그는 브라운 베레*와 치카노 사회 전체, 젊은 세대, 기성세대에 많은 기여를 했다. 지금은 어디 있는지 모르겠다. 그는 보석금을 안 내고 도망쳤다. 엄청난 보석금이었다. 그는 등에 다섯 발을 쏴서 마약 수사관 마르케스를 죽였다. 배심원단이 고의성이 없는 살인죄를 적용한 걸로 봐서 그를 성자로 보지는 않았어도 로빈 후드 정도로는 본 모양이다. 그가 어디 있는지 알고 싶다. 나도 비슷한 시기에 팔뚝에 바늘 자국이 있어서 체포되었다.

모두 오래전에 일어난 일이다. 그렇기 때문에 지금 이런 이야기를 할 수 있다. 당시엔 마리화나 꽁초 하나만으로 5년, 바늘 자국으로는 10년 정도의 형을 살 수 있었다.

그 무렵 정부에서 처음으로 메타돈 갱생 프로그램을 시행하고 있었다. 나는 그 시범 사업을 시행하는 기관으로 이송되었다. '라 핀타'** 즉 산타페의 주 교도소에서 몇 년 썩을 것이냐, 아니면 라 비다 센터에서 몇 개월 있다가 나올 것이냐 하는 선택을 해야 했다. 다른 중독자 스무 명도 나와 같은 거래를 했다. 우리는 모두 낡은 노란 스쿨버스를 타고 라 비다***에 도착했다. 들개들이 먼저 버스를 맞아 으르렁대며 짖다가 먼지 속 어디론가 천천히 뛰어갔다.

라 비다는 앨버커키시에서 30마일 떨어진 곳에 있었다. 사막이었다. 주위에 아무것도 없었다. 나무 한 그루, 덤불 하나 없었다. 66번 도로가 지나가지만 거기까지 걷기엔 너무 멀었다. 라 비다는 원래 제2차 세계대

● Brown Berets. 1960년대에 생긴 멕시코계 미국인 인권운동 단체.
●● la pinta. 미국 남서부 멕시코인들 사이에서 또는 북부 멕시코에서 '교도소'를 뜻하는 속어.
●●● La Vida. 스페인어로 '생명'.

전 당시 군에서 세운 레이더 기지였는데, 전후에 버려졌다. 그야말로 그냥 버려져 있었다. 우리가 그곳을 복구하게 될 것이다.

눈부신 햇빛 속에서 바람을 맞으며 우리는 우두커니 서 있었다. 거대한 레이더 원반이 기지 위에 높이 솟아 유일한 그늘을 제공했다. 못 쓰게 된 막사들. 찢어지고 녹슨 베니션 블라인드가 바람에 달가닥거렸다. 벽에서 찢겨나간 핀업걸 사진들. 방마다 모래언덕이 3~4피트 높이로 쌓여 있었다. 오색 사막* 그림엽서에서 볼 수 있는 물결치는 무늬의 모래언덕.

우리가 갱생하는 데 도움이 되는 많은 요소들이 갖추어져 있었다. 그중 가장 큰 장점이 되는 요소는 우리를 시내에서 멀리 떨어뜨려놓을 수 있다는 것이었다. 한 카운슬러는 걸핏하면 우리가 그걸 보고 어이없는 웃음을 짓는다고 했다. 근방에 사람 다니는 길은커녕 차도도 보이지 않았다. 영내에 길이라고 있는 것조차 모래에 묻혀 있었다. 식당에는 식탁, 막사에는 침대가 있었지만 그것들마저 모두 모래에 묻혀 있었다. 화장실 변기는 죽은 동물과 모래로 꽉 막혀 있었다.

바람 소리와 빙빙 도는 개 떼 소리밖에 들리지 않았다. 어떤 때는 그 고요가 좋았다. 하지만 레이더 원반이 돌면서 밤이고 낮이고 끼깅끼깅 구질구질하게 곡하는 듯한 소리를 냈다. 처음에는 신경이 곤두섰는데 시간이 좀 지나고부터는 그 소리가 점차 처마 밑 풍경 소리처럼 위안이 되었다. 레이더는 일본군 가미카제 조종사들의 수신을 엿듣는 일에 사용되었다는 이야기, 그 외에도 아주 이상한 이야기들이 많았다.

물론 우리의 갱생 프로그램의 주된 부분은 '정직한 일'일 것이다. 일을 잘했을 때 가지게 되는 만족감. 사회화 배우기. 팀워크. 이 팀워크는 매일

* the Painted Desert. 애리조나주 중북부 사막 지대.

아침 여섯 시 메타돈 치료를 받으려고 줄을 설 때부터 시작되었다. 우리는 아침을 먹고 점심때까지 일했다. 두 시부터 다섯 시까지 그룹 모임, 일곱 시부터 열 시까지 또 그룹 모임.

이 그룹 모임의 목적은 우리를 적은 수로 나누는 것이었다. 우리의 주된 문제점은 분노와 건방, 반항이었다. 우리는 거짓말하고 속이고 도둑질했다. 매일 각 그룹마다 한 사람을 지목해서 그의 모든 잘못과 결점들을 큰 소리로 외치는 '이발' 시간이 있었다.

우리는 '내가 졌다'고 할 때까지 그렇게 마구 얻어맞았다. 지다니, 대체 누구한테! 이렇게 난 아직도 화가 나고 건방지다. 나는 그룹에 십 분 늦었는데, 그들은 내 눈썹을 밀고 속눈썹을 잘랐다.

그룹은 화를 다루었다. 우리는 누구에게 화가 나 있는지를 언제든지 적어서 쪽지 상자에 넣고 그룹 시간에 그것을 다루었다. 대개는 서로 상대방이 어떤 실패자이고 어떤 얼간이인지 외칠 뿐이었다. 다만 우리는 모두가 거짓말하고 속였다. 그런데 우리는 대개의 경우 화가 나지도 않았다. 그냥 허풍과 속임수로 분노를 만들어내 그룹 게임에 보조를 맞췄을 뿐이다. 교도소에 가지 않고 라 비다에 있기 위하여. 우리가 넣는 쪽지의 대부분은 들개들에게 먹이를 주는 주방의 바비를 겨냥한 것이었다. 그게 아니면 그레나스가 잡초를 깨끗이 뽑지 않는다든가 하는 것 따위였다. 그레나스는 그저 담배나 피우며 갈퀴를 가지고 덤불을 이리저리 밀고 다닐 뿐이었다.

우리는 그 개들 때문에 돌아버릴 것 같았다. 아침 여섯 시, 오후 한 시, 여섯 시에 우리는 식당 바깥에 줄을 섰다. 채찍질하는 모래바람. 피곤하고 배고플 시간. 아침은 얼어 죽을 듯 춥고 오후는 더웠다. 바비는 기다릴 때까지 기다리다 잘난 체하는 은행원처럼 어슬렁어슬렁 식당을 가로질러 와 문을 열어준다. 그런데 문제는 우리가 기다리는 동안 그 들개들도 식당 문에서 몇 발자국 떨어진 주방 문 앞에서 바비가 음식 찌꺼기를 던져주길 기다린다는 것이었다. 사람들이 그 메사 지역에 갖다버린, 잡다한 종류의 더럽고 흉한 개들이었다. 물론 개들은 바비를 좋아하고 우리를 증오해서 허구한 날 식사 시간마다 와서는 우리를 향해 이를 드러내고 으르렁거렸다.

나는 세탁실에서 주방으로 재배치되었다. 요리사를 돕고 설거지를 하고 바닥을 닦는 일. 얼마간 시간이 지나면서 나는 바비를 괜찮게 생각하게 되었다. 심지어 그 개들에 대해서도 마음이 좀 풀렸다. 바비는 개들에게 일일이 이름을 붙여주었다. 멍청한 이름들이었다. 대군, 점박이, 깜둥이, 절뚝이, 땅딸이. 그리고 그가 가장 좋아하는 라이자. 라이자는 늙은 잡종 누렁이로 머리가 넙적한 암놈이었다. 커다란 귀는 박쥐 날개 같고 눈은 노란 호박색이었다. 몇 달 뒤부터는 바비의 손에서 먹이를 직접 받아먹기도 했다. "해님아! 라이자, 나의 노란 눈의 해님아." 바비는 그렇게 노래하듯 흥얼거리곤 했다. 마침내 라이자는 못생긴 귀 뒤와 다리 사이로 늘어진 쥐꼬리 같은 긴 꼬리 위를 긁어주어도 가만있었다. "나의 어여쁜 해님아."

정부에서는 돈을 들여 계속 사람들을 보내 워크숍을 열었다. 한 여자는 가족을 주제로 워크숍을 했다. 우리에게 무슨 가족이 있다고 그랬는지 모르겠지만. 시나논*에서 나온 어떤 남자는 우리의 문제는 오만이라고 했다. 그가 좋아하는 표현은 '스스로 잘나 보일 때가 못나 보일 때다'라는

---

* 마약 상습자의 갱생 지도를 하는 사설 단체로, 1958년 미국 산타 모니카에 설립되었으나 범죄 활동으로 1991년에 해체되었다.

말이었다. 그는 매일 "우리의 심상을 깨라"고 했다. 그건 바보처럼 굴라는 소리일 뿐이었다.

영내에는 체육관과 당구대, 역기와 샌드백이 있었다. 컬러 티브이가 두 대. 농구장, 볼링장, 테니스 코트. 액자에 걸려 있는 조지아 오키프의 그림들. 모네의 수련 그림. 할리우드 영화사가 공상과학영화를 촬영하러 온다고 했다. 우리는 엑스트라로 동원되어 약간의 돈을 벌게 될 터였다. 이 영화는 레이더 원반을 중심으로 사건이 벌어지고, 이 레이더 원반이 배우 앤지 디킨슨을 어떻게 하는가 하는 이야기다. 레이더 원반은 그녀와 사랑에 빠지고, 그녀가 자동차 사고로 죽자 그녀의 영혼을 취할 뿐 아니라, 다른 사람들의 영혼도 접수하는데, 이 다른 사람들이 바로 우리 라 비다 수용자들이 맡은 역이었다. 나는 지금까지 한밤중에 티브이에서 이 영화를 스무 번은 보았다.

대체로 처음 세 달은 꽤 순조롭게 지나갔다. 우리는 마약을 하지 않았고 건강했고 열심히 일했다. 그 결과 기지 분위기가 좋아졌다. 우리는 상당히 친해졌고 물론 화를 내기도 했다. 처음 세 달 동안 우리는 완전히 고립된 생활을 했다. 오는 사람도 나가는 사람도 없었다. 전화도 신문도 우편물도 티브이 시청도 없었다. 그 기간이 끝났을 때 모든 게 허물어져내리기 시작했다. 사람들이 외출 허가를 받아 나가기 시작하자 소변 검사를 받으면 마약이 검출되었다. 아예 돌아오지 않는 이들도 있었다. 새 수용자들이 계속 들어왔지만 그들은 이 시설에 대해 우리와 같은 자부심이 없었다.

우리는 매일 아침 모임을 가졌다. 불만 토로와 고자질이 반반 섞였다. 우리는 돌아가며 연설도 했는데, 웃기는 말을 하거나 노래를 부르는 게 전부였다. 아무도 무슨 말을 해야 할지 생각나지 않았던 것이다. 라일 태너 영감은 일주일에 적어도 두 번은 노래를 불렀다. "쏙독새를 본 것 같은 데⋯⋯."● '엘 사포'는 차와와를 번식시키는 방법에 관한 이야기를 했는데 역겨웠다. 섹시는 번번이 성경의 시편 23편을 암송했다. 다만 그녀는 어루만지듯 말을 해서 그 소리가 음란하게 들렸다. 그러면 모두 웃었고, 그녀는 기분이 상했다.

섹시라는 이름은 장난으로 붙인 것이었다. 멕시코 출신의 늙은 창녀로, 초창기 멤버는 아니고 나중에 왔는데, 이송되기 전 닷새 동안은 아무것도 먹지 못하고 독방 생활을 했다. 바비가 그녀에게 베이컨과 달걀 프라이와 수프를 주자 그녀는 식빵만 달라고 했다. 굶주린 그녀는 앉은 자리에서 흰 식빵 세 조각을 씹지도 않고 넘겼다. 바비는 베이컨과 달걀 프라이와 수프를 라이자에게 주었다.

섹시는 계속 먹었고, 내가 우리 방에 데려다주자 그대로 쓰러져 잠이 들었다. 옆방은 리디아와 셰리가 함께 썼다. 그들은 오랜 세월 연인 사이였다. 흐늘흐늘한 웃음소리가 들리는 것으로 봐서 아마 최면제인 세코날이나 퀘일루드에 취했을 것이다. 나는 바비가 청소하는 걸 도와주려고 주방으로 돌아갔다. 카운슬러인 게이브는 칼들을 점검하고 금고에 넣어 잠갔다. 그가 매일 밤 하는 일이었다.

"난 시내 나가네. 이제 자네가 책임자야, 바비." 이제 밤에는 더 이상 직원들이 붙어 있지 않았다.

바비와 나는 밖으로 나가 멀구슬나무 아래서 커피를 마셨다. 개들이 황무지의 무언가를 쫓아 짖어댔다.

"섹시가 와서 잘됐어. 좋은 여자야."

● 〈쏙독새(Whippoorwill)〉라는 제목의 민속 음악.

"괜찮지. 하지만 여기 계속 있진 않을 거야."

"섹시를 보면 라이자가 생각나."

"라이자가 뭐 그렇게 추하다고. 쉿, 티나, 가만. 달이 뜨고 있어."

달. 맑은 밤 뉴멕시코의 달 같은 달은 없다. 산디아산맥 위로 떠오르는 달. 고요히 내린 흰 첫눈처럼 한없는 불모의 사막을 달래주는 달. 라이자의 노란 눈에도 멀구슬나무에도 비치는 달빛.

세상은 무심히 돌아가지. 인생이 별거야? 심각할 거 없지 않느냐는 거야. 그런데 가끔 가다, 아주 잠깐, 어떤 은총이 찾아와, 인생은 별거라는, 소중하다는 어떤 믿음이.

바비도 그렇게 느꼈다. 그는 목이 메었다. 어떤 이들은 그런 순간에 무릎 꿇고 기도라도 했으리라. 찬송가를 불렀을지도. 원시인이라면 춤을 추었을지도 모르지만 우리는 섹스를 했다. 그리고 '엘 사포'에게 현장을 들켰다. 그건 나중이었지만 우리는 여전히 알몸이었다.

결국 아침 모임에 그 이야기가 나왔고 우리는 처벌을 받아야 했다. 3주 동안 주방 청소를 하고 모든 칠을 벗겨내고 샌드페이퍼로 닦는 일, 식당 창문을 닦는 일. 하루도 빠짐없이 매일 새벽 한 시까지. 그것만으로 기분이 잡칠 대로 잡쳤는데 바비가 빌떡 일어서더니 지 혼자 살려고 이렇게 말했다. "난 티나하고 빠구리하고 싶지 않았어요. 난 그냥 마약을 하지 않고 형기를 채우고 나가서 내 아내 데비와 내 딸 데비앤이 있는 집에 가고 싶을 뿐이에요." 난 그 이름들이 가짜라고 써서 고자질 상자에 넣을 수도 있었을 것이다.

난 마음의 상처를 받았다. 나를 안았던 사람이, 나와 말을 나눈 사람이 그러다니. 대부분의 남자들보다 더 용을 쓰며 내 몸을 탐했으면서. 달이 떠올랐을 때 내가 자기와 함께 좋아했는데 그러다니.

우리는 열심히 일하느라 이야기할 시간도 없었다. 어쨌거나 난 내가 얼마나 큰 마음의 상처를 받았는지 그에게 말하지 않았을 것이다. 우리는 온종일 피곤했고 매일 밤 지칠 대로 지쳤다.

우리가 꺼내지 않은 중요한 이야기 하나는 개에 관한 것이었다. 개들이 사흘 동안 나타나지 않았다. 마침내 내가 말을 꺼냈다. "개들은 어디간 걸까?"

그는 어깨를 으쓱했다. "퓨마. 총 가진 애들."

우리는 다시 샌드페이퍼질을 했다. 그러다 잠을 자러 가기엔 너무 늦어 커피를 새로 끓이고 나무 아래 나가 앉았다.

나는 섹시가 보고 싶었다. 그녀는 시내 치과에 갔다가 용케도 마약을 구했다. 그러고는 체포되어 도로 교도소로 보내졌다는데, 깜박하고 언급하지 못했다.

"섹시가 보고 싶네. 그런데 바비, 그날 아침 모임에서 당신이 한 말. 그거 거짓말이잖아. 그걸 원한 건 '나'보다 당신이었잖아."

"응, 거짓말이었지."

우리는 고기 창고로 가서 다시 부둥켜안고 사랑을 나누었지만 그 안이 너무 추워 오래 있지는 못하고 다시 밖으로 나왔다.

개들이 다시 나타나기 시작했다. 땅딸이, 깜둥이, 점박이, 대군.

개들에게서 호저들과 한판 붙은 흔적이 보였다. 모두 패혈증에 감염되어 있는 걸 보면 며칠 전의 일 같았다. 얼굴은 괴물 코뿔소처럼 잔뜩 부은데다 푸릇한 고름마저 질질 흘렀다. 호저 가시에 찔려 눈은 뜨지 못할 정도로 부었다. 더 섬뜩했던 건 모두 다 앞을 보지 못했고, 목구멍에 출혈이 있어 소리다운 소리도 내지 못했다는 점이었다.

깜둥이는 발작을 일으켰다. 양치질 같은 이상하고 섬뜩한 소리를 내면서 상체를 번쩍 들더니, 격렬히 요동치고 뒹굴다가 공중에 오줌을 뿌렸다. 오줌이 2~3피트 높이로 치솟았고, 깜둥이는 제 오줌에 흠뻑 젖은 채 먼지 속에 쓰러져 죽었다. 라이자는 잘 걷지 못해서 기어오느라고 제일 나중에 나타나더니 바비의 발치에 와서 괴로워하며 그의 신발을 앞발로 톡톡 두드렸다.

"가서 칼 좀 가져와."

"게이브가 아직 안 왔는데." 카운슬러들만이 칼 금고를 열 수 있었다.

라이자는 바비의 발등을 살살 긁었다. 쓰다듬어달라는 듯이, 달려가 물어올 테니 공을 던져달라는 듯이.

바비는 고기 창고에 가서 스테이크를 하나 가져왔다. 하늘이 라벤더색으로 물들어갔다. 아침이 밝아오고 있었다.

바비는 개들에게 고기 냄새를 맡게 하고 살살 어르며 길 건너 기계공구실로 유인해갔다. 나는 나무 아래 그대로 앉아 있었다.

바비는 개들이 모두 기계공구실에 들어가자 대형 해머로 모두 때려 죽였다. 직접 보지는 않았지만 소리로 알 수 있었다. 내가 앉아 있는 데서 벽에 피가 튀는 것까지는 보였다. 나는 그가 "라이자, 나의 어여쁜 해님아" 같은 말을 할 줄 알았는데 그는 한마디도 하지 않았다. 그는 피범벅이 되어 나와 나를 쳐다보지도 않고 막사로 들어갔다.

매일 그날 치 메타돈을 가지고 오는 간호사가 차를 댔다. 모두 아침을 먹기 위해 줄을 섰다. 나는 철판의 전원을 켜고 반죽을 만들기 시작했다. 아침이 너무 늦다며 모두 화를 냈다.

시설 직원들이 아직 아무도 출근하지 않았는데 영화사 트레일러들이 도착했다. 영화사 제작진은 곧바로 일을 시작했다. 로케이션을 확인하고 엑스트라를 뽑았다. 메가폰과 무전기를 든 사람들이 이리저리 분주히 움직였다. 어쩐 일인지 아무도 기계공구실에는 들어가보지 않았다.

그들은 곧바로 첫 신을 찍기 시작했다……. 헬리콥터가 레이더 원반 상공에 떠 있는 동안 앤지 디킨슨을 대신하는 스턴트우먼이 체육관 앞에서 자동차를 몰아 내려왔다. 자동차가 레이더 원반에 충돌하면 앤지의 영혼이 몸에서 빠져나와 원반에 흡수된다는 이야기인데, 자동차가 멀구슬나무를 들이받았다.

바비와 나는 점심을 만들었다. 너무 피곤해서 그 모든 좀비 엑스트라들에게 내려지는 지시처럼 우리는 슬로모션으로 움직이는 기분이 들었다. 우리는 말이 없었다. 그러다 참치샐러드를 만들 때 혼잣말로 "피클 소스"라는 말을 입 밖에 냈다.

"뭐?"

"피클 소스."

"나 참. 피클 소스라고!" 우리는 웃었다. 웃음을 그칠 수 없었다. 그는 새의 날개처럼 내 뺨을 살짝 만졌다.

영화 제작진은 레이더 기지를 멋지고 전위적인 로케이션이라고 생각했다. 앤지 디킨슨은 내 아이섀도를 마음에 들어했다. 나는 그게 초크일 뿐이라고 했다. 당구채에 문지르는 것과 같은 초크. "정말 멋있어요, 그 파란색." 그녀가 나에게 말했다.

점심 식사 뒤 조명 감독인지 뭔지 하는 한 나이 먹은 남자가 나에게 와서 가장 가까운 술집이 어디냐고 물었다. 갤럽시 쪽으로 가다 보면 한 군데 있지만 나는 앨버커키가 가장 가깝다고 말해주었다. 그리고 나를 태워다주기만 하면 무슨 짓이든 다 하겠다고 덧붙였다.

"그런 걱정 말고 내 트럭에 타시오. 갑시다."

붕, 충돌, 쿵.

"어럽쇼! 뭐지?"

"캐틀 가드*예요."

"맙소사, 여긴 정말 우울한 곳이군."

우리는 마침내 고속도로에 들어섰다. 타이어와 시멘트 바닥이 내는 소리, 창문으로 불어 들어오는 바람. 그 기분이 그만이었다. 세미 트레일러, 범퍼 스티커, 뒷좌석에서 다투는 어린아이들. 66번 도로.

우리는 높은 지대에 올랐다. 넓은 계곡과 리오그란데강이 아래쪽에 펼쳐지고 위쪽으로는 아름다운 산디아산맥이 뻗었다.

"선생님, 저 배턴루지 집에 갈 버스표 살 돈이 필요해요. 한 60달러만 주실 수 있을까요?"

"걱정 말아요. 그쪽은 표가 필요하고 난 술이 필요하고. 다 잘될 거요."

● 자동차는 지나가도 소나 양은 못 지나가게 도로에 구덩이를 파고 그 위에 쳐놓은 쇠막대기 판.

슬픔

"저들은 줄곧 무슨 이야기를 저렇게 할까?" 남편과 아침을 먹으며 바허 부인이 말했다.

그들이 말하는 두 자매는 바닷가의 옥외 밀짚 지붕 식당에서 식탁에 놓인 파파야와 우에보스 란체로스는 먹지도 않고 끊임없이 이야기를 나눴다. 나중에 물가를 산책할 때도 머리를 가까이 기울이고 또 끊임없이 이야기했다. 그러다 불시에 들이친 파도에 옷이 젖자 그들은 웃음을 터뜨렸다. 동생은 자주 울었다……. 동생이 우는 동안 언니는 위로를 해주고 티슈를 건네주고는 가만히 기다렸다. 동생이 울음을 멈추면 다시 이야기가 이어졌다. 언니는 무정해 보이지는 않은데 전혀 우는 모습을 보이지 않았다.

모래사장에 나가 비치의자에 앉아 있거나 호텔 식당에 있는 다른 투숙객들은 대부분 말이 없고 조용했다. 날씨가 완벽하다든가 바다가 터키석 같은 색이라든가 하는 말을 하거나 자식들에게 자세를 바로 가지라는 말을 할 뿐이었다. 신혼여행을 온 한 커플은 서로 속삭이며 장난을 치고 서로 멜론 조각을 먹여주었지만, 그들도 서로의 눈만 보거나 서로의 손을 바라볼 뿐 대개는 조용했다.

은퇴한 커플들인 독일인 바허 부부와 캐나다인 루이스 부부는 저녁에 램프 옆에 모여 앉아 브리지를 했다. 그들은 서로 만만찮은 경쟁 상대들이라서 대화는 거의 하지 않았다. 탁탁 카드 치는 소리. 바허 씨의 "음!" 소리. 투 노트럼프. 지글지글 부서지는 파도 소리. 유리잔의 조각얼음 소리. 아내들은 간간이 다음 날 쇼핑 갈 계획에 대해 말하거나 섬에 놀러 갈 일, 그 불가사의한 자매에 대한 말을 꺼냈다. 자매 중 언니는 우아하고 냉정하다. 나이는 50대인데 여전히 매력적이고 자만심이 있어 보였다. 동생은 40대, 예쁘지만 행색이 초라하고 겸손해 보였다. 또 저러네, 또 울어!

바허 부인은 아침에 수영할 때 그 언니에게 말을 붙여 사연을 알아보겠다고 마음먹었다. 그러면 루이스 부인은 수영도 하지 않고 일광욕도 안 하는 동생에게 말을 붙여볼 생각이었다. 언니가 수영하는 동안 동생은 책을 펴지도 않고 차를 마시며 언니를 기다릴 뿐이었다.

그날 저녁, 바허 씨는 브리지 득점 기록장과 카드를 가지리 가고, 루이스 씨는 마실 것과 간식을 가지러 바에 간 사이, 두 여자는 각자 알아낸 정보를 공유했다.

"글쎄 20년 만에 만났기 때문에 그렇게 할 말이 많다지 뭐예요! 상상이 돼요? 자매끼리? 나와 이야기한 여자는 샐리인데, 멕시코시티에 산대요. 멕시코인과 결혼해서 애가 셋이래요. 우리는 스페인어로 말했어요. 말하는 게 정말 멕시코인 같아요. 얼마 전에 유방을 절제했대요. 그래서 수영을 안 하는 거죠. 다음 달부터 항암 치료를 받는다네요. 그래서 그렇게 줄곧 눈물을 보였나 봐요. 샐리의 언니가 와서 둘이 옷 갈아입으러 갈 때까지 그게 내가 알아낸 전부예요."

"그럴 리가! 그래서 우는 게 아닐 거예요! 저들 어머니께서 돌아가셨 대요! 2주 전에! 그런데…… 휴양지에 오다니, 상상이 돼요?"

"또 뭐래요? 이름은요?"

"돌로레스. 간호사래요. 캘리포니아에 살고 다 큰 아들이 넷 있답니다. 최근 어머니가 돌아가셔서 동생과 할 이야기가 많았대요."

두 여자는 모든 걸 추리해냈다. 상냥한 쪽인 샐리가 오랜 세월 병든 어머니를 보살폈던 게 분명했다. 마침내 연로하신 어머니가 돌아가시자 돌로레스는 죄책감을 느꼈으리라. 동생 혼자서 어머니를 보살피는데 한 번도 찾아보지 않았다는 죄책감. 그런데 이제 그 동생이 암에 걸린 것이다. 돌로레스는 택시비며 팁이며 모든 걸 혼자 다 지불했다. 그들은 시내 부티크에서 돌로레스가 샐리에게 옷을 사주는 장면을 목격했다. 죄책감. 바로 그 때문이리라. 어머니가 돌아가시기 전에 한 번도 찾아보지 않은 게 후회스러웠을 것이다. 그래서 동생마저 잃기 전에 잘해주고 싶었으리라.

"또는 언니 자신이 죽기 전에." 루이스 부인이 말했다. "자식은 부모가 죽으면 자신의 죽음과 마주하게 되죠."

"아하, 무슨 말인지 알겠어요……. 이젠 자신을 죽음으로부터 보호해 줄 사람이 없다는 것이죠."

그러고 나서 그들은 말이 없었다. 자신들의 무해한 수다와 분석에 만족했다. 자신들에게도 다가올 죽음을 생각했다. 남편들의 죽음도. 하지만 그런 생각은 잠시뿐. 그들은 모두 70대였지만 여전히 건강하고 활동적이었다. 그들은 매일매일을 즐기며 꽉 찬 삶을 살았다. 남편들이 의자를 끌어내 앉아 브리지를 시작할 때 그들은 이미 두 자매에 대한 모든 것을 잊고 즐겁게 게임에 임했다. 두 자매는 그 시간 해변에 나가 별이 빛나는 하늘 아래 나란히 앉아 있었다.

샐리는 죽은 어머니나 암 때문에 우는 것이 아니었다. 20년 동안 함께 살아 온 남편 알폰소가 어떤 젊은 여자에게 미쳐 집을 떠났기 때문이었다. 더욱이 유방 절제 수술을 받은 직후에 그러다니 정말 잔인했다. 굉장한 충격이었다. 그래도 이혼은 절대로 안 된다고 생각했다. 그 젊은 여자가 임신을 했고 남편이 그녀와 결혼하고 싶어하지만 이혼은 안 될 말이었다.

"내가 죽은 다음에 하려면 하라지. 난 머잖아 죽을 텐데. 어쩌면 내년에……." 샐리는 울었다. 그 울음소리가 파도에 잠겼다.

"넌 안 죽어. 이제 깨끗하다고 했어. 방사선 치료는 으레 하는 거야, 예방책이지. 의사가 암세포가 말끔히 제거되었다고 했어."

"하지만 재발할 거야. 꼭 그렇더라고."

"아냐. 이제 그만해, 샐리야."

"언니는 참 냉정해. 어떤 땐 엄마 못잖아."

돌로레스는 아무 말도 하지 않았다. 어머니 같다는 말. 그녀가 가장 두려워하는 말이었다. 술고래였던 엄마, 잔인했지.

"얘, 샐리. 그냥 이혼해버려. 그리고 이제부턴 너 자신을 돌보는 거야."

"언닌 몰라! 20년 동안 그이와 같이 산 당사자인 내 심정이 어떤지 언니가 어떻게 이해하겠어? 언니는 혼자 산 지가 그만큼 오래됐잖아! 나한텐 알폰소밖에 없었어. 열일곱 살 때부터 줄곧! 난 그이를 사랑한단 말이야!"

"나도 이해할 수 있을 거 같아." 돌로레스는 감정에 사로잡히지 않았다. "자, 그만 들어가자. 날이 쌀쌀하네."

돌로레스는 방에 들어가 머리맡에 불을 켜고 침대 주위에 허연 모기장을 쳤다. 책을 보다 잘 생각이었다.

"언니."

샐리는 또 울고 있었다. 얘도 참, 또 뭐야.

"샐리야, 난 아침에 일어나자마자, 그리고 밤에 잠자기 전에 책을 읽는 습관이 있어. 안 그러면 돌아버릴 것 같거든. 바보 같은 습관이지만, 아무튼 그래. 그런데, 뭐니?"

"나 발에 가시 박혔어."

돌로레스는 일어나 바늘과 소독약과 반창고를 가져와 가시를 빼주었다. 샐리는 다시 울며 돌로레스를 껴안았다.

"언니, 우리 이제 가까이 지내자. 날 돌봐주는 언니가 있으니까 너무 좋아!"

돌로레스는 그들이 어렸을 때 수없이 그랬듯이 반창고를 바른 뒤 살살 문질러주었다. "이제 괜찮아." 돌로레스는 반사적으로 어렸을 때처럼 말했다.

"괜찮아!" 그리고 샐리는 한숨을 쉬었고 조금 후에 잠이 들었다. 돌로레스는 몇 시간 동안 책을 더 읽었다. 이윽고 불을 끌 때 한잔했으면 하는 생각이 굴뚝같았다.

알코올중독에 대해 샐리에게 어떻게 말할 수 있을까? 죽음이나 남편을 잃거나 유방을 잃는 문제와는 달랐다. 알코올중독도 질병이라고는 해도 누가 그녀에게 강제로 술을 마시게 하지는 않았다. 나, 치명적인 질병에 걸렸어, 무서워. 돌로레스는 그렇게 말하고 싶었지만 하지 않았다.

아침이면 바허 부부와 루이스 부부는 항상 가장 먼저 식당에 내려와 나란히 붙은 식탁에 앉았다. 남편들은 신문을 읽고 아내들은 자기들끼리 또는 웨이터들과 이야기를 나누었다. 아침 식사 후에 그들 네 사람은 심해 낚시를 하러 갈 계획이었다.

"그 자매는 오늘 어디 있지?" 루이스 부인이 말했다.

"고함 소리가 났어요! 그들 방 앞을 지나가는데 언쟁을 벌이고 있더라고요. 우리 이이는 인정도 없이 원, 엿듣지도 못하게 하는 걸 내가 끝내 들었어요. 샐리가 '아냐!' 하는 소리가 들렸어요. '그 추한 노파의 피 묻은 돈은 단 한 푼도 원하지 않아!' 그랬어요. 샐리는 사정이 절박했을 때 모친한테 도움을 청했는데 거절당했다며, 악담을 하더라고요. 그 순한 여자가 말이에요. 개 같은 년! 가련한 년! 그러니까 돌로레스가 샐리한테 소리를 지르더라구요, '너, 엄마의 광기를 전혀 이해해주지 못해? 정말 미친 건 너로구나……. 진실을 외면하니 말이야, 진실을! 엄마는 미치광이였다는 걸!' 그러더니 샐리한테 다시 버럭버럭 소리를 지르더라고요. '그거 벗어! 벗으라고!'라고."

"쉿. 저기 와요."

샐리는 머리가 헝클어져 있었다. 여느 때와 다름없이 눈물 흘린 티가 났다. 돌로레스는 역시 차분하고 아주 단정했다. 그녀는 동생 것까지 아침 식사 주문을 했다. 식사가 나왔을 때 그녀가 동생에게 말하는 소리가 근방에 다 들렸다.

"먹어. 그럼 기분이 좀 나아질 거야. 오렌지 주스도 다 마시고. 주스가 다네, 맛있어."

*

"벗어!"

샐리는 몸을 웅크리고 우이필*을 몸에 바짝 끌어 쥐었다. 돌로레스는 그것을 빼앗았다. 샐리는 알몸으로 그 자리에 섰다. 가슴의 수술 자국이 시퍼러면서 불그죽죽했다.

샐리가 소리쳤다. "난 끔찍해! 난 이제 여자가 아니야! 보지 마!"

돌로레스는 샐리의 어깨를 잡고 흔들었다. "너 내가 언니 노릇 하길 바라니? 그럼 어디 좀 보자! 그래, 흉하구나. 그 흉터, 잔인해 보여, 흉해. 하지만 그 흉터도 이제 너의 일부야. 그리고 넌 어엿한 여자야, 이 천치 바보야! 남편이 없어도, 유방이 없어도, 넌 과거 어느 때보다 더 어엿한 여성, 독립적인 여성이 될 수 있어! 너 우선 오늘부터 수영해. 내가 150달러나 주고 사온 그 뽕을 수영복에 달고."

"난 못 해."

"할 수 있어. 자, 어서 옷 입어. 아침 먹으러 가자."

"안녕하세요!" 루이스 부인이 자매에게 큰 소리로 말을 건넸다. "오늘도 날이 아주 좋아요. 우린 낚시 갈 건데, 두 분은 오늘 뭐 할 계획이에요?"

"저흰 수영할 거예요. 그리고 쇼핑도 하고 미용실에 가려고 해요."

"불쌍한 샐리." 루이스 부인이 바허 부인에게 말했다. "동생은 이도 저도 다 싫다는 표정인데, 아프고 슬픔에 차서. 그런데 저 언니란 여자는 동생에게 휴가 기분을 강요하네. 꼭 우리 언니 아이리스 같아요. 이래라저래라! 댁은 언니가 있수?"

● 멕시코의 전통 여성용 윗옷.

"아뇨." 바허 부인은 웃었다. "내가 맏이예요. 그런데 사실 말이지 동생들은 동생들대로 결점이 있어요."

돌로레스는 모래사장에 타월을 깔았다. "벗어." 수영복 위에 입고 손으로 꼭 여미어 쥐고 있는 가운을 벗으라는 말이었다.

"가운 벗어." 돌로레스가 또다시 요구했다. "넌 아주 멋있어 보여. 가슴도 진짜로 보이고, 허리도 날씬하고, 다리가 아주 예뻐. 그런데 넌 네가 얼마나 아름다운지 전혀 모르고 있어."

"아니. 예쁜 쪽은 언제나 언니였어. 난 언제나 착한 쪽이었지."

"주위에서 붙인 그 딱지는 나한테도 짐이었어. 그 모자도 좀 벗어. 이제 휴가가 며칠밖에 남지 않았잖니. 도시로 돌아갈 텐데, 너도 선탠 좀 해서 가야지."

"Pero……."*

"Cállate. 입 다물어. 주름살 잡힌 채 선탠하면 안 돼."

"햇볕이 정말 좋긴 하네." 샐리가 잠시 후 한숨지으며 말했다.

"몸도 좋아지는 것 같지 않니?"

"벌거벗은 기분이야. 사람들이 모두 내 흉터를 보는 기 같고."

"있잖아, 너, 내가 지금까지 살아오면서 한 가지 배운 게 뭔지 알아? 대부분의 사람들은 무엇이든 잘 알아채지 못한다는 거야, 설령 안다 해도 신경도 안 써."

"언닌 참 냉소적이야."

"엎드려봐, 등에 오일 발라줄게."

● 스페인어로 pero는 '하지만', cállate는 '조용히 해', '닥처'를 뜻한다.

잠시 후 샐리는 동네 도서관에서 자원봉사자로 일한 경험을 이야기했다. 지독히 가난한 집들과 아이들에 대한 훈훈한 이야기였다. 샐리는 그곳에서 일하는 게 무척 좋았고, 사람들도 그녀를 무척 좋아했다.

"거봐, 네가 할 수 있는 일, 네가 즐길 수 있는 일이 아주 많아."

돌로레스는 자신의 직업에 대해 샐리에게 해줄 만한 훈훈한 이야기가 없었다. 이스트 오클랜드에 있는 외래환자 진료소. 코카인 중독자의 아기, 학대받은 아동, 뇌 손상을 입은 아동, 다운증후군, 총상, 영양 결핍, 에이즈. 하지만 그녀는 자신이 맡은 일을 잘했고, 그 일을 좋아했다. 아니, 좋아했었다—음주 문제로 결국 해고당하기 전까지는. 그게 어머니가 숨을 거두기 전인 지난달 일이었다.

돌로레스는 "나도 내 일이 좋아"라는 말밖에는 할 수 없었다. "자, 우리 수영하자."

"난 못 해. 아플 거야."

"수술 자국은 아물었는걸. 흉터일 뿐이야. 끔찍하지만."

"못 해."

"얘, 제발 좀, 물에 들어가자."

돌로레스는 샐리의 손을 잡고 파도 속으로 들어가서 그녀가 놓지 않으려는 손을 뿌리쳐 놓았다. 샐리는 밀려드는 파도에 버둥거리다 넘어졌다. 아직 얕은 물이었다. 돌로레스는 물속을 걸어가며 샐리를 지켜보았다. 샐리는 큰 파도가 밀려오는 것을 보고 몸을 던져 잠수하더니 이윽고 헤엄을 치기 시작했다. 돌로레스는 샐리 뒤를 따라 헤엄쳤다. 어휴, 쟤가 또 우네, 아니, 우는 게 아니라 크게 웃고 있잖아.

"물이 따뜻해! 아주 따뜻해! 몸이 가벼워, 아기처럼!"

그들은 한참 멀리 헤엄쳐 나갔다가 들어왔다. 샐리는 가쁜 숨을 몰아쉬면서 웃으며 푸른 바닷물에서 걸어 나오더니 언니를 와락 안았다. 자매는 서로 부둥켜안았다. 파도 거품이 그들의 발목을 휘감았다. "Mariconas!"* 지나가던 청년들이 그들을 보고 조롱했다.

비치의자에 앉아 있는 루이스 부인과 바허 부인은 그들을 보고 가슴이 뭉클했다. "돌로레스는 못된 언니가 아니군요, 단호한 성격일 뿐……. 일단 물에 들어가면 동생이 좋아할 줄 알았나 봐요. 동생이 정말 행복해 보이네. 가엾어라, 이 휴가 여행은 동생한테 정말 필요했던 거예요."

"그래요. 이제 보니 별로 놀랍지 않죠? 저희들 어머니가 죽은 지 얼마 안 됐는데 휴가를 간다는 게."

"에……. 뭐랄까, 그런 관습이 없는 게 유감이죠. 장례식 후 휴가를 가는 관습. 신혼여행이나 베이비 샤워처럼 말이죠."

그들은 함께 웃었다. "헤르만!" 바허 부인이 남편을 불렀다. "우리 둘이 죽으면 루이스 씨와 둘이서 휴가를 가겠다고 약속하려오?"

헤르만은 고개를 흔들었다. "아니. 브리지를 하려면 네 사람이 필요해."

그날 저녁 샐리와 돌로레스가 돌아오자 사람들이 모두 샐리가 얼마나 아름다워 보이는지 칭찬했다. 새로 커트를 한 부드러운 황갈색 머리칼이 작은 컬을 이루며 햇볕에 붉어진 얼굴을 감쌌다.

샐리는 거울을 들여다보며 머리칼을 연신 흔들었다. 초록색 눈이 에메랄드처럼 빛났다. 그녀는 돌로레스의 화장품으로 눈화장을 하고 있었다.

● 스페인어로 '레즈비언'.

"언니 초록색 윗도리 좀 빌려줄래?"

"뭐? 아니 내가 오늘 예쁜 원피스를 세 벌이나 샀잖니. 그런데 내 윗도리를? 말이 나왔으니 말인데, 너 화장품 네 거 있잖니, 향수도 있고!"

"어유, 저 화내는 것 좀 봐! 그래, 언니가 나 선물 사줬지. 하지만 이기적인 건 여전해, 이기적이라고, 엄마처럼!"

"이기적이라니!" 돌로레스는 블라우스를 벗었다. "자, 옛다! 이 이어링도. 블라우스와 잘 어울리니까."

식당 손님들이 저녁 식사 후 플랑을 먹는 사이 해가 넘어갔다. 커피가 나오자 돌로레스는 동생의 손을 잡았다.

"너 지금 우리 언행이 꼭 어렸을 때 같다는 거 알아? 한편 생각해보면 좋은 현상이라고 할 수 있지. 이제 자매다운 자매로 살면 좋겠다고 네가 줄곧 그랬잖아. 우린 이미 진짜 자매처럼 살고 있어! 싸우기도 하면서!"

샐리가 빙긋이 웃었다. "언니 말이 맞아. 난 진짜 가족이 어떻게 사는지 몰랐던 거 같아. 우린 가족끼리 휴가는커녕 소풍 가는 것도 모르고 살았지."

"그래서 내가 아이를 많이 낳았을 거야. 그래서 너는 멕시코인 대가족 집안에 시집간 거고. 우린 몹시도 가족을 원했던 거지."

"그래서 알폰소가 날 떠나는 걸 그렇게 힘들어하는 거고……."

"그 사람 얘기는 더 이상 하지 마."

"그럼 무슨 얘길 해?"

"엄마. 우리 엄마 얘기를 할 필요가 있어. 엄마는 이제 돌아가셨잖아."

"난 엄마를 죽이고 싶었어! 그래서 엄마가 죽어서 기뻐." 샐리가 말했다. "아빠가 돌아가셨을 때는 정말 끔찍했어. 로스앤젤레스로 날아가서 샌클레멘테까지 버스를 타고 갔는데도, 엄마는 문도 열어주지 않았어. 문을 수없이 두드리면서 '엄마, 난 엄마가 필요해! 나하고 말 좀 해!' 그랬는데도 엄마는 문을 열어주지 않았지. 그건 불공평했어. 돈은 아무래도 상관없어. 하지만 돈 문제 가지고도 공평하지 않았지."

그들의 어머니는 멕시코인과 결혼한 샐리를 용서하지 않았다. 그들이 낳은 자식들을 만나는 것조차 거절했고 유산마저 돌로레스 앞으로 남겼다. 돌로레스가 한사코 유산을 나누어주겠다고 해도 샐리가 어머니에게 받은 모욕감은 줄어들지 않았다.

돌로레스는 모래사장에 앉아 샐리를 안고 흔들흔들하며 쓰다듬고 위로해주었다. 해는 이미 졌다.

"엄마는 죽었어, 샐리. 엄마는 아팠어, 두려워했어. 그래서 그렇게 공격적이었던 거야, 상처 입은…… 하이에나처럼. 넌 그걸 못 봐서 다행이야. 난 봤어. 내가 앰뷸런스를 불러 아빠를 병원으로 데려가면서 전화했더니 엄마가 뭐랬는지 알아? '너 잠시 들러 바나나 좀 사다줄래?'라고 했어."

"저 오늘이 여기에서 마지막 날이에요!" 샐리가 바허 부인에게 말했다. "저희는 섬으로 가요. 기기 가보셨어요?"

"아, 그럼요. 우리는 며칠 전 루이스 씨 부부와 다녀왔어요. 아주 아름다운 곳이죠. 스노클링 하게요?"

"스쿠버다이빙 할 거예요." 돌로레스가 말했다. "Vamos,* 샐리, 차가 기다려."

"난 스쿠버다이빙 안 해. 얘기 끝." 샐리가 익스타파로 가는 차 안에서

● 스페인어로 '가자'.

말했다.

"두고 봐. 세사르를 만나면 어떨지. 난 세사르와 잠시 함께 살았던 적이 있어. 25년인가 30년 전쯤. 그때 세사르는 잠수부였지, 어부였어."

그는 나중에 유명해지고 부자가 되었다. 영화나 티브이 프로그램에 많이 나온 그는 멕시코의 자크 쿠스토*였다. 돌로레스로서는 상상하기 힘들었다. 그의 낡은 나무배, 팔라파의 모래 바닥, 해먹.

"그때는 바다 길잡이였어. 바다를 누구보다 잘 잘았지. 언론에선 그를 넵튠이래. 좀 진부한 별명이지만……. 사실이니까. 날 기억할지 모르지만, 너도 한번 그 사람 만나 보면 좋겠구나."

길고 흰 수염, 길게 늘어뜨린 머리. 그는 늙었다. 물론 그는 돌로레스를 잊지 않았다. 그가 눈꺼풀에 키스하고 포옹했을 때의 감미로운 느낌. 돌로레스는 그의 흉 지고 굳은살 박힌 피부의 감촉을 잊지 않았다……. 그는 그들을 베란다의 테이블로 안내했다. 관광국 직원 두 명이 밀짚모자로 부채질을 하며 테킬라를 마시고 있었다. 그들의 구아야베라** 셔츠가 땀에 젖고 구겨졌다.

넓은 베란다를 마주한 바다는 망고나무와 아보카도나무에 가렸다.

"어째서 바다 경치가 가리게 두세요?" 샐리가 물었다.

세사르는 어깨를 으쓱했다. "그야 뭐, 난 평생 봐온걸요."

그는 옛날에 돌로레스와 잠수했던 추억을 이야기했다. 상어와 마주친

---

* Jacques-Yves Cousteau(1910~1997), 프랑스의 탐험가, 환경보호활동가, 영화제작자, 발명가, 사진작가, 저술가. 해양 생태계 연구자.
●● 바지 바깥으로 내서 입는 여름용 와이셔츠. 좌우 양쪽에 세로줄이 하나씩 있다. 멕시코와 카리브해 나라들의 남성이 즐겨 입는 옷이다.

이야기, 톱상어 이야기, 플라코가 익사한 날 이야기. 잠수부들은 그녀를 '라 브라바'*로 불렀다고 했다. 그런데 그녀를 칭찬하는 말은 없었다. 다만 "언니는 젊었을 때 아름다웠어요"라고만 했다.

"그래, 나하고 잠수하려고 온 거요?" 그는 돌로레스의 손을 잡으며 물었다. 그녀는 잠수하고 싶었다. 그러나 조절기 마우스피스를 물다가 의치가 깨질까 봐 못하겠다는 말은 차마 할 수 없었다.

"아뇨. 난 요즘 등이 안 좋아요. 내 동생이나 한번 해보게 하려고 왔어요."

"준비는 되었소?" 그가 샐리에게 물었다. 그녀는 테킬라를 마시며 다른 두 남자의 칭찬과 이성적인 관심을 즐기고 있었다. 그 남자들이 자리를 떴다. 세사르는 샐리와 돌로레스를 카누에 태워 섬으로 향했다. 샐리는 두려움에 얼굴이 흙빛이 되어 뱃전을 꼭 잡았다. 한 번은 뱃전 밖으로 머리를 내밀고 먹은 것을 토했다.

"동생 잠수해도 정말 괜찮나?" 세사르가 돌로레스에게 물었다.

"그럼요."

그들은 마주 보고 미소 지었다. 그간의 세월이 무색하게도 무언의 소통이 되살아났다. 그는 글을 읽고 쓸 줄 몰랐다. 그들의 연애는 대부분 말이 없는 수중에서 이루어졌고 그 속에서는 아무런 설명도 필요하지 않았다. 그는 완벽하다, 그녀는 그렇게 씁쓸히 말한 적이 있다.

그는 말없이 샐리에게 잠수의 기초를 보여주었다. 샐리는 처음에는 얕은 물에서도 두려움에 몸을 떨었다. 돌로레스는 바위에 앉아 그들을 지켜보았다. 그는 침으로 수중 마스크 닦는 법을 보여주었다. 조절기에 대한

● 스페인어로 brava는 용감하다는 뜻의 여성 형용사.

설명도 해주었다. 그가 산소 탱크를 메줄 때 샐리는 젖이 없는 것을 들킬까 봐 몸을 움츠렸다. 그러나 그는 그녀를 안심시켜주었다. 그녀는 곧 몸을 죽 펴고 출렁이는 물결에 몸을 맡겼다. 그는 그녀의 장비를 단단히 조여주고 그녀의 어깨를 톡톡 두드려 마음을 진정시켜주고는 잠수하도록 했다.

샐리는 네 차례 시도했다. 잠수했다 숨이 막혀 허겁지겁 물위로 나왔다. 안 돼, 못 해. 밀실 공포증이 있었다. 숨을 쉴 수 없었다! 그는 무언가 다정한 말로 구슬리며 그녀를 쓰다듬어 진정시켰다. 그가 수중 마스크를 쓴 동생의 머리를 두 손으로 감싸고 그녀의 눈을 들여다보며 빙긋 웃는 것을 보고 돌로레스는 병적인 질투에 휩싸였다. 수중 마스크를 쓰고 자신을 보고 빙긋 웃던 그의 옛 모습이 떠올랐다.

이건 네가 세운 계획이잖아, 돌로레스는 스스로 다독였다. 세사르가 샐리를 데리고 사라진, 초록색 파도가 굽이치는 바다를 물끄러미 바라보며 마음을 진정시키려고 애썼다. 동생이 즐거워하는 모습에 정신을 집중해보았다. 그와 잠수하는 건 분명 즐거운 일임을 그녀는 잘 안다. 그러나 지금 그녀에게는 유감과 회한, 형언할 수 없는 상실감이 밀려왔다.

그들이 수면으로 나오기까지 몇 시간은 흐른 것 같았다. 샐리는 웃고 있었다. 여자아이의 웃음 같았다. 세사르가 산소 탱크를 풀어 내려주고 물갈퀴를 벗겨줄 때 그녀는 충동적으로 키스를 퍼부으며 그를 포옹했다.

잠수부의 오두막에서 그녀는 돌로레스도 포옹했다. "언니 그게 얼마나 신나는지 알고 그랬구나! 난 날아가는 줄 알았어! 바다는 끊임없이 펼쳐졌고! 언니, 내가 살아 있는 느낌, 강해진 느낌이 들었어! 아마존이 된 느낌!"

아마조네스에게도 유방이 하나밖에 없었다는 것을 지적해주고 싶었지만 돌로레스는 꾹 참았다. 샐리가 잠수의 좋은 점을 말하는 동안 돌로레스와 세사르는 시종 웃기만 했다. 샐리는 조만간 한 주 정도 시간을 내서 잠수하러 다시 오겠다고 했다. 오, 그 산호와 아네모네, 형형색색으로 빛나는 물고기 떼.

세사르가 점심을 같이 먹자고 했다. 오후 세 시였다. 돌로레스는 잠을 좀 자야겠다며 거절했고 샐리는 그 대답이 실망스러웠다.

"넌 다시 올 거잖아, 샐리. 난 길을 보여주려 왔을 뿐이야."

"언니, 세자르, 고마워요." 샐리의 기쁨과 감사한 마음은 순수했다. 세사르와 돌로레스는 붉게 달아오른 그녀의 볼에 키스했다.

그들은 해변에 나가 택시를 기다렸다. 세사르는 돌로레스의 손을 꼭 쥐었다. "그런데, mi vieja,* 언제 또 올 거요?" 그녀는 고개를 가로저었다.

"오늘 밤 나와 지냅시다."

"No puedo."**

세사르는 그녀의 입술에 키스했다. 과거의 욕망과 바닷물의 짠맛이 느껴졌다. 그와 보낸 마지막 날 밤, 그는 그녀의 손톱을 모두 바짝 물어뜯었다. 그리고 "날 생각해주오"라고 했다.

샐리는 기분이 들떠서 시내에 들어갈 때까지 한 시간 동안 쉬지 않고 수다를 떨었다. 그녀는 얼마나 큰 활력과 자유를 느꼈는지 모른다.

"난 네가 그렇게 좋아할 줄 알았어. 무게가 없으니까 몸이 사라진 느낌이 드는 동시에 그 몸을 강렬하게 의식하게 되지."

"그 사람 굉장해. 굉장해. 언니가 그 사람과 사랑을 나눌 때 어땠을지

● 스페인어로 부모나 부부, 친한 친구 사이에 부르는 다정한 호칭.
●● 스페인어로 '그럴 수 없어요'.

안 봐도 알겠어. 언닌 참 운도 좋아!"

"아아, 샐리, 너 상상이 되니? 클럽메드 리조트가 있는 저 해변 있잖아. 저기엔 아무것도 없었어. 저 위 정글엔 자분정自噴井 *이 있었어. 길들인 것 같은 사슴들도 있었고. 저기에 있으면 며칠이고 사람이라곤 그림자도 볼 수 없었어. 그리고 저 섬. 그야말로 야생 정글뿐인 섬이었는데. 잠수 관련 업소나 식당도 없었고, 우리 배 말고 다른 배는 볼 수도 없었는데. 상상이 되니?"

아니다. 그녀는 상상할 수 없었다.

"묘하네." 택시에서 내린 두 자매를 보고 바허 부인이 말했다. "저 자매역할이 바뀐 것 같아요. 이제 동생은 매력적이고 빛이 나는데 언니는 초췌하고 단정치 않으니 말이에요. 저것 봐요……. 머리카락 하나 흐트러짐이 없었는데!"

폭풍우가 들이닥친 밤이었다. 먹구름이 보름달을 쓸고 지나갔다. 환하던 해변은 컴컴해졌다. 달이 먹구름 사이로 나올 때마다 밖에서 깜박이며 호텔방 안을 비추는 네온사인처럼 어린아이 같은 샐리의 얼굴을 밝혔다. "엄마가 내 얘기 한 번이라도 한 적 있어?" 아니. 그런 적은 없어. 너의 어린 마음을 조롱한 것 외에는. 온순함은 바보라는 증거라고 하셨지.

"응, 네 얘기 많이 하셨어." 돌로레스는 거짓말을 했다. "네가 그 닥터버니 그림책을 정말 좋아했다는 건 엄마가 가장 좋아하던 추억이었지. 넌 그걸 정말 심각하게 읽는 체하면서 책장을 넘겼다면서. 너한테 읽어준 걸

---

* 지하수가 수압에 의해 저절로 솟아 나오는 샘.

하나하나 전부 틀리지 않게 그대로 읽었다고 하시더라. 다만 닥터 버니가 'Case dismissed!'라고 한 걸 넌 'Smith to Smith!'인 줄 잘못 알고 그렇게 읽었대."

"나 그 책 생각나! 그 털 많은 토끼들!"

"그런데 그 책 속의 토끼들을 하도 쓰다듬어서 나중엔 털이 다 닳았대. 엄마는 네가 그 빨간 수레를 갖고 놀던 이야기를 하는 것도 좋아하셨어. 네가 네 살 때였지. 넌 거기에 빌리 제임슨을 태우곤 했대. 인형들도 태우고. 강아지 메이블과 고양이 두 마리도. 그리고 '모두 승차!' 하곤 했지만, 고양이들과 개는 금방 수레에서 나왔대, 빌리도 그랬고. 인형들은 결국 수레에서 굴러떨어지고. 오전 내내 또다시 전부 태우고 '모두 승차!' 그러면서 놀았대."

"난 하나도 생각이 안 나."

"난 생각나. 아버지가 가꾸던 히아신스 화단 옆 통로에서 그랬던 거. 통로 끝에 있는 문 옆에는 덩굴장미가 있었지. 너 그 향기는 기억하니?"

"응!"

"엄마는 우리가 칠레에서 살았을 때 네가 자전거를 타고 학교 가던 일을 기억하냐고 가끔 물었어. 매일 아침 넌 현관 창문을 올려다보며 손을 흔들었는데, 그러면 꼭 밀짚모자가 바람에 날려 벗겨졌지."

샐리는 웃었다. "맞아. 나도 생각나. 하지만 언니, 현관 창문 앞에 서 있던 건 언니였어. 난 언니한테 손을 흔들었던 거고."

맞다. "응, 아마 엄마는 침실 창문에서 널 본 걸 가지고 그런 걸 거야."

"그 말을 들으니 기분이 좋네, 바보처럼. 엄마는 한 번도 학교 잘 다녀오라고 말한 적이 없었지만 말이야. 그래도 내가 학교 가는 걸 보고 있었다니. 언니, 그 말 해줘서 고마워."

"그래." 돌로레스는 자신에게 속삭이듯 말했다. 하늘은 이제 시커멨다. 굵은 빗방울이 차가웠다. 자매는 비를 맞으며 객실로 뛰어갔다.

샐리는 다음 날 아침 비행기편으로 떠났다. 돌로레스는 그다음 날 떠날 예정이었다. 샐리는 떠나기 전 아침 식사 시간에 사람들과 작별 인사를 나누었다. 웨이터들에게 감사의 마음을 표하고, 루이스 부인과 바허 부인에게도 친절하게 대해줘서 고맙다고 인사했다.

"두 분이 여기서 좋은 시간을 가졌다니 기뻐요. 언니, 동생이 있으니 서로 큰 위안이 되고 얼마나 좋아!" 루이스 부인이 말했다.

"언니가 있어서 정말 큰 위안이 돼." 샐리는 공항에서 돌로레스에게 작별 키스를 하며 말했다.

"우린 이제 서로를 알기 시작한 거야." 돌로레스가 말했다. "우린 지금처럼 언제나 서로 필요할 때 그 자리에 있을 거야." 동생 눈에 비친 여린 마음과 신뢰를 보고 그녀는 마음이 아팠다.

돌로레스는 돌아가는 길에 주류점 앞에 택시를 세우고 술을 샀다. 그녀는 호텔에 도착해서 방에 들어가 술을 마시고 잠이 들었다. 그리고 잠이 깼을 때 술을 배달시켰다. 이튿날 아침, 캘리포니아행 비행기를 타러 가는 길에는 두통과 떨림 증상을 다스릴 럼주를 작은 것으로 한 병 샀다. 그리고 공항에 도착했을 때쯤엔 사람들이 흔히 말하듯이 통증이 가셨다.●

● feel no pain, 통증이 가셨다. 즉 만취했다는 뜻이다.

블루보닛

"엄마, 난 믿기지 않아, 엄마가 이런다는 게. 엄마는 어디 데이트하러 나가지도 않잖아. 하물며 알지도 못하는 사람과 한 주씩이나 보내러 가다니. 그 사람이 도끼 살인마인지 뭔지 모르잖아."

마리아의 아들 닉이 그녀를 오클랜드 공항에 태워다주는 길이었다. 맙소사, 택시 타고 갈걸! 이제 다 성장한 그녀의 아들들은 부모보다 더하다. 엄마의 일이라면 더 비판적이고, 더 보수적이다.

"그 사람을 직접 본 적은 없지만, 그렇다고 아예 모르는 사람은 아니잖아. 그 사람은 내 시를 좋아했어. 그래서 자기 책을 스페인어로 번역해달라고 했던 거고. 그러면서 몇 년 동안 편지도 교환하고 전화 통화도 했잖니. 우리는 공통점이 많아. 그 사람도 홀로 네 아들을 키웠어. 나는 원예를 좋아하고 그 사람은 농장을 갖고 있고. 난 초대를 받아 우쭐한 기분이야……. 그는 사람들과 잘 어울리지 않는 것 같은 사람인데."

마리아는 오스틴에 사는 옛 친구 잉게보그에게 딕슨에 관해 물어보았다. 천재야. 완전 기인이야. 사람들과 아예 어울리지 않아. 서류가방 대신 마대를 가지고 다녀. 그 사람 학생들은 그를 우상시하거나 증오하거나 둘 중 하나야. 나이는 40대 후반, 매력적으로 생겼어. 어떻게 돼가는지 나한테 알려줘…….

"뭐 그렇게 이상한 책이 다 있는지." 닉이 말했다. "나는 그 책의 내용을 이해하지 못하겠어. 엄마도 그렇지? 인정해 엄마. 엄마는 그 책이 재미있어?"

"문체는 좋던데. 간단명료해. 번역하기 좋지. 철학과 언어학에 관한 거라서 많이 관념적일 뿐이야."

"엄마가 이러는 게 난 아직도 실감이 안 나……. 텍사스로 일종의…… 바람을 피우러 간다는 게."

"너 그래서 그러는구나. 이 엄마가, 아니 50대 여자가 남자랑 잘지도 모른다는 생각에. 어쨌든 그 사람은 '우리 바람이나 피웁시다'라는 말은 하지 않았어. 그냥 그랬지. '우리 농장에 한 주 다녀가시는 건 어때요? 블루보닛*이 만발하기 시작했어요. 내 새 책 원고를 보여드릴 수도 있어요. 낚시도 하고 숲으로 산책도 나가고.' 닉, 나 좀 봐줘라. 엄마는 오클랜드 카운티 도심의 병원에서 일하잖아. 한 주 동안 숲속을 거닐 생각을 하는 엄마 기분이 어떻겠어? 게다가 블루보닛! 이 엄마한텐 천국일 거야."

닉은 유나이티드 항공 입구 앞에 차를 대고 트렁크에서 여행가방을 꺼냈다. 그는 어머니를 포옹하고 뺨에 입을 맞췄다. "미안해, 엄마, 까다롭게 굴어서. 잘 다녀와, 엄마. 참, 엄마, 레인저스 경기도 볼 수 있을지 모르겠네."

로키산맥의 눈. 마리아는 책을 읽거나 음악을 들으면서 잡념을 떨쳐보았다. 물론 내심 정사 생각이 없지는 않았다.

술을 끊은 후로는 옷을 벗은 적이 없다. 그 생각을 하면 두려웠다. 그런

● 텍사스주 주화(州花).

데 그 사람도 고루하기는 마찬가지였다. 어쩌면 그의 심정도 그녀와 같을 지 모른다. 내일 일은 내일 생각해. 그냥 남자와 함께 있는 연습으로 생각 해. 그냥 이 방문을 즐겨. 게다가 거긴 텍사스잖아.

주차장에서 텍사스 냄새가 났다. 탄산칼륨 흙냄새와 협죽도 냄새. 그는 낡은 다지 픽업트럭 뒤에 여행가방을 던져 실었다. 차 문에 개가 긁은 자국이 많았다. "〈테네시 경계〉* 알아요?" 마리아가 물었다. "그럼요." 그들은 그 노래를 불렀다. "……그녀를 픽업트럭에 태웠네, 그녀는 내 마음을 아프게 했네……" 딕슨은 키가 크고 홀쭉했다. 눈가의 주름이 매력적이었다. 회색 눈을 크게 뜨고 있는데도 눈가에 찡그린 것 같은 주름이 잡혔다. 그는 지극히 자연스럽게 행동했다. 그녀의 존 외삼촌처럼 콧소리 섞인 남부 특유의 느린 말투로 계속 개인적인 질문을 던졌다. 텍사스는 어떻게 알아요? 그 옛날 노래를 어떻게 알아요? 이혼은 언제 했어요? 아들들은 어때요? 술은 왜 안 마셔요? 왜 알코올중독이 되었었죠? 왜 다른 사람들의 책을 번역해요? 곤란하고 괴로운 질문들이었지만, 그렇게 관심을 받으니 마사지를 받는 것처럼 위로가 되었다.

그는 생선가게 앞에 차를 세웠다. 잠깐만 있어요, 금방 올게요. 다시 출발한 우리는 고속도로에 들어섰고 뜨거운 바람이 불었다. 좁고 긴 머캐덤 도로에 들어서자 자동차라곤 한 대도 보이지 않았다. 느리게 가는 빨간색 트랙터 한 대뿐이었다. 풍차가 있고 인디언붓꽃**이 헤리퍼드 소들의 무릎까지 자라 있었다. 작은 마을 브루스터. 딕슨은 중앙 광장 건너편

* Tennessee Border, 행크 윌리엄스의 1949년 노래.
** Texas Indian paintbrush(Castilleja indivisa), 선명하고 큰 포엽이 하얀색 또는 연두색의 꽃을 감싸는 연년생 초본으로, 키는 30~45센티미터까지 자란다. 텍사스주와 루이지애나주 등지에서 자생한다.

에 주차했다. 이발하려고요. 그녀는 원통 간판이 돌고 있는 이발소 안으로 그를 따라 들어갔다. 이발 의자가 하나밖에 없었다. 늙은 이발사와 그가 더위와 비, 낚시, 대통령에 출마한 제시 잭슨, 몇몇 장례식과 결혼에 대한 이야기를 하는 동안 그녀는 가만히 귀를 기울였다. 여행가방을 픽업 트럭 뒤에 그대로 놔둬도 괜찮겠느냐고 묻자 딕슨은 그녀를 보고 씩 웃기만 했다. 그녀는 창문 밖 브루스터 중심가를 내다보았다. 이른 오후인데도 행인이 없었다. 법원 건물 앞 계단에 노인 둘이 있을 뿐이었다. 그들은 남부를 배경으로 한 영화의 엑스트라처럼 앉아 침을 뱉어가며 씹는담배를 씹고 있었다.

그녀는 소음이 없는 도시를 보니 어린 시절, 다른 시대가 생각났다. 사이렌 소리도, 교통 소음도, 라디오 소리도 없었다. 말파리가 유리창에 부딪치며 윙윙거렸다. 가위질 소리. 두 남자의 대화 리듬. 더러운 리본을 휘날리는 선풍기 바람에 오래된 잡지책이 바스락거렸다. 이발사는 그녀를 못 본 척했다. 무례해서가 아니라 예의 때문이었다.

딕슨은 이발소를 나가며 "대단히 고맙습니다"라고 했다. 광장 건너편 식품점으로 가면서 그녀는 텍사스가 고향인 할머니 이야기를 했다. 하루는 어떤 할머니가 지나가다 집에 들렀어요. 우리 할머니 메이미는 주전자에 차를 끓여 설탕 종지와 크림을 함께 내왔어요. 작은 샌드위치, 과자, 케이크도 내오고요. 그 할머니가 "어이쿠, 메이미, 이러지 않아도 돼"라고 했어요. 그랬더니 우리 할머니가 "뭘요, 당연히 항상 이래야죠"라고 한 기억이 나요.

그들은 식료품점에서 장본 걸 트럭 짐칸에 싣고 사료 가게로 갔다. 딕슨은 삶은 곡물 사료와 닭 모이, 건초 두 뭉치, 병아리 열두 마리를 샀다. 그는 두 농부와 알팔파 이야기를 하다가 자기를 보고 있는 그녀를 향해 싱긋 웃었다.

"오클랜드에서라면 지금 뭘 하실 시간이에요?" 그가 트럭에 타면서 물었다. 오늘은 소아과에서 일하는 날이었다. 코카인 중독자가 낳은 아기들, 총상 입은 아이들, 에이즈에 감염된 아기들. 탈장과 종기. 대부분 자포자기 상태의 성난 빈민들 상처를 돌보는 일이었다.

그들은 곧 마을을 벗어나 좁은 흙길에 들어섰다. 차 발판에 놓은 상자 속에서 병아리들이 삐악댔다.

"이 계절, 우리 집에 가는 길. 이걸 보여주고 싶었어요."

픽업트럭은 완만하게 경사진 언덕길을 따라 달렸다. 아무도 없는 그 길은 꽃이 무성하고 공기가 향기로웠다. 분홍, 파랑, 자홍, 빨강. 그 가운데 노란색과 연보라색 꽃들이 흐드러졌다. 향기롭고 더운 바람이 차 안에 가득했다. 엄청난 뇌운이 형성되면서 천지가 노란빛에 휩싸였다. 이 빛을 받은 꽃들이 아득히 이어지며 무지갯빛 광휘를 발했다. 종달새, 들종달새, 붉은깃찌르레기가 길 옆 수로 위로 쏜살같이 날아다녔다. 새들이 지저귀는 소리가 트럭 엔진 소리보다 높았다. 마리아는 창턱에 팔뚝을 대고 습한 머리를 내밀어 얼굴을 괴었다. 이제 아직 4월인데 텍사스의 후텁지근한 열기가 온몸에 번졌다. 꽃향기는 마약처럼 마음을 누그러뜨렸다.

오래된 양철 지붕 농가. 포치에는 흔들의자가 있었다. 나이가 제각각인 고양이 여남은 마리. 그들은 장 본 것을 부엌으로 가져갔다. 개수대와 난로 앞에 근사한 페르시아 양탄자가 깔려 있었다. 다른 한 양탄자에는 나무 난로에서 불똥이 튀어 타들어간 자국이 있었다. 가죽 의자 두 개. 벽을 따라 이어진 책장에는 책들이 이중으로 꽂혀 있었다. 커다란 오크 테이블 위에는 책들이 잔뜩 쌓여 있었다. 바닥에도 책들이 줄줄이 높이 쌓여 있었다. 오래된 주름 유리 창문 밖으로 보이는 비옥한 푸른 초원에서는 새끼 염소들이 어미젖을 빨고 있었다. 딕슨은 식품을 냉장고에 넣고, 병아리들을 더 큰 상자에 넣어 바닥에 놓았다. 실내가 따뜻한데도 상자 안에 전등을 켜서 넣어두었다. 그가 키우던 개가 최근에 죽었다고 했다. 그리고 그는 우리가 만난 뒤 처음으로 자의식을 느끼는 듯했다. 밭에 물 줘야 해요. 그녀는 딕슨을 따라 닭장과 헛간을 지나 넓은 밭으로 갔다. 옥수수, 토마토, 콩, 호박 등 여러 가지 채소를 재배하는 밭이었다. 그녀는 울타리에 걸터앉아 그가 수문을 열고 밭고랑에 물을 대는 것을 지켜보았다. 밤색 암말과 망아지가 채소밭 저편의 블루보닛 들판을 가로질러 뛰었다.

헛간 옆에서 동물들에게 먹이를 줄 때는 오후 늦은 시간이 되어 있었다. 헛간 안 어둑한 데 걸린 치즈 포대에서 물방울이 똑똑 떨어지고 있었다. 건초 다락의 상단 창으로 들락날락하는 새들은 거들떠보지도 않는 고양이들이 서까래 위를 분주히 돌아다녔다. 호머라는 이름을 가진 늙고 하얀 노새가 사료통 부딪치는 소리를 듣고 어슬렁어슬렁 다가왔다. 나처럼 여기 누워봐요. 딕슨이 말했다. 가축들이 우리를 밟으면 어떡해요. 안 그래요, 그냥 누워봐요. 염소들이 햇빛을 가리고 우리를 빙 둘러쌌다. 속눈썹이 긴 눈들이 그녀를 내려다보았다. 호머가 마리아의 뺨에 부드러운 입술을 디밀었다. 암말과 망아지가 그들을 탐색하느라 코를 씩씩거리며 그들의 얼굴에 뜨거운 입김을 퍼부었다.

그 집의 다른 방들은 어수선한 부엌과는 딴판이었다. 한 방에는 스타인웨이 그랜드피아노 외에는 아무것도 없었다. 딕슨의 서재에는 커다란 나무 탁자 4개 외에 다른 가구는 없었다. 탁자 위에 5×8인치 크기의 흰색인카드가 잔뜩 널려 있었다. 색인카드 하나에 한 단락이나 한 문장만 적혀 있었다. 그녀는 그가 그 카드의 위치를 이리저리 바꾸고 있다는 걸 알 수 있었다. 컴퓨터를 쓰는 사람들이 파일을 이리저리 옮기듯이. 그거 아직 보지 말아요. 그가 말했다.

거실 겸 침실은 두 벽에 높은 창문이 달린 커다란 방이었다. 다른 두 벽에는 커다랗고 화려한 그림이 걸려 있었다. 그 그림들을 딕슨이 그렸다는 걸 알고 마리아는 깜짝 놀랐다. 그는 조용한 사람이었는데 그림은 힘차고 화려했다. 코르덴 천을 씌운 소파에는 좌정한 인물들이 벽화처럼 그려져 있었다. 황동 틀 침대에는 오래된 누비이불이 덮여 있었다. 정교하게 세공된 옷장과 책상과 탁자는 모두 그의 부친에게 물려받은 미국 개척기의 고가구였다. 반들반들하게 흰 칠을 한 바닥에는 다른 양탄자들보다 더 귀한 페르시아 양탄자들이 깔려 있었다. 신발 꼭 벗으세요, 그가 말했다.

그녀가 머물 방은 집 뒤편 포치를 방충망으로 막은 일광욕실이었다. 방충망 너머로 분홍색과 초록색 꽃, 나무에 돋은 새순, 홍관조의 선명한 색이 흐릿하게 보였다. 마치 모네의 수련 그림들에 둘러싸여 앉아 있을 수 있는 오랑주리 미술관 지하실 같았다. 딕슨은 옆에 붙은 화장실 욕조에 물을 받고 있었다. 조금 쉬고 싶으실 거 같아서요. 나는 할 일이 좀 남았어요.

그녀는 목욕을 하고 자리에 누웠다. 피곤했다. 비가 내리기 시작하고 나뭇잎들이 소용돌이치자 주위의 은은한 색채가 흐려졌다. 양철 지붕에 비 내리는 소리. 그녀가 자고 있을 때 딕슨이 와서 그녀가 깰 때까지 옆에 누워 있다가 그들은 사랑을 나누었다. 그게 전부였다.

딕슨이 게 잡탕을 요리하는 동안 그녀는 불을 지핀 주철 난로 옆에 앉아 있었다. 그는 전기 곤로에 요리를 했다. 식기 세척기도 있었다. 비가 수그러들었다. 그들은 포치에 나가 램프를 켜고 저녁을 먹었다. 이윽고 구름이 걷히자 그들은 불을 끄고 별을 올려다보았다.

그들은 매일 같은 시간에 가축들에게 사료를 주었다. 그러나 그 외에는 밤낮이 바뀌어 낮에는 침대에서 보내고, 날이 어두워지면 아침을 먹고 달빛 아래 숲을 거닐었다. 새벽 세 시에는 캐리 그랜트가 나오는 〈미스터 러키〉를 시청했다. 그들은 해가 뜨거울 때는 게으름을 피우고 노 젓는 배를 타고 나가 호수에서 낚시를 했다. 흔들흔들하는 배 위에서 존 던이나 윌리엄 블레이크의 시를 읽으며 시간을 보냈다. 또는 습한 풀밭에 누워 병아리들을 보면서 각자 어렸을 때의 이야기, 자식들 이야기를 주고받았다. 텍사스 레인저스의 놀런 라이언이 오클랜드 애슬레틱스에게 완봉승을 거두는 중계도 봤다. 숲길을 몇 시간이나 걸어 어느 호수까지 가서 슬리핑백 속에 들어가 잠을 자기도 했다. 그들은 갈퀴 모양의 발이 달린 욕조 안이나 배 안, 또는 숲속에 들어가 사랑을 나누기도 했지만 대부분은 비 온 뒤 포치에 아롱거리는 초록빛 속에서 서로를 안았다.

사랑은 무엇일까? 마리아는 자고 있는 그의 반듯한 얼굴선을 보며 자문했다. 사랑한다는 것. 무엇이 우리를 가로막을 수 있을까?

그들은 자신들이 남들과 대화하는 경우가 얼마나 드문지 서로 인정했다. 그런데 지금은 할 말이 많았다. 네, 하지만, 하며 서로 말을 가로막는 자신들을 보고 웃었다. 그가 자신의 새 책이나 하이데거와 비트겐슈타인, 데리다, 촘스키 등 그녀는 잘 알지 못하는 사람들의 말을 언급할 때는 그의 말을 이해하기 어려웠다.

"미안해요, 난 시인이라서. 난 구체적인 것을 다뤄요. 추상적인 건 잘 이해하지 못하겠어요. 당신과 이런 걸 논할 배경 지식이 없어요."

딕슨은 몹시 화가 났다. "아니 그런데 어떻게 내 책을 번역했단 말이오? 독자들의 반응을 봐도 번역이 잘된 걸 알 수 있는데. 당신 그 책 읽기나 읽은 거요?"

"난 그 일을 잘 해냈어요. 한 마디도 왜곡하지 않고. 누군가 내 시를 번역한다면 그것을 개인적이고 일상적인 것으로 생각하면서도 번역은 완벽하게 할 수 있을 거예요. 당신 책의 철학적 암시……. 나는…… 그걸 이해하지는 못했어요."

"그렇다면 당신을 여기 오게 한 건 바보 같은 짓이었어. 내 책들은 나의 존재 그 자체요. 그러니 우리가 뭔가를 논한다는 건 무의미해요."

마리아는 마음에 상처를 받았고 화도 났다. 그래서 처음엔 그가 혼자 문밖으로 나가는 걸 바라만 보았지만 이내 따라나가 포치 계단에 앉아 있는 그의 옆에 가서 앉았다. "무의미하지 않아요. 난 당신을 알아가고 있으니까." 그러자 딕슨은 그녀를 안고 더듬더듬 키스했다.

그는 학생이었을 때 그 집에서 몇 에이커 너머의 숲에 있는 작은 오두막에서 살았다. 지금 살고 있는 이 집에는 원래 어떤 노인이 살았었다. 딕슨은 그를 위해 읍내에서 식품과 생활용품을 사다주는 등 여러 가지 심부름을 해주었다. 노인은 죽을 때 이 집과 10에이커의 땅을 딕슨에게 물려주고, 나머지 땅은 조류 보호구로 쓰라고 주정부에 기증했다. 그들은 다음 날 아침 옛날 그 오두막으로 하이킹을 갔다. 그 오두막에 살았을 때는 물도 날라다 써야 했다고, 인생의 황금기였다고, 그는 말했다.

나무로 지은 그 오두막집은 미루나무 숲속에 있었다. 그리로 길이 나 있지는 않았다. 너도밤나무과의 나무와 콩과의 관목들에도 오두막으로 가는 길을 안내해주는 어떤 표시도 없는 듯했다. 드디어 오두막에 가까이 갔을 때 딕슨은 고통스러운 듯 비명을 질렀다.

철없는 아이들이 그랬는지 누군가 총을 쏴서 오두막집 유리창을 모두 깨뜨렸고, 실내는 도끼로 난도질되어 있었다. 휑한 소나무 벽에는 스프레이 페인트로 음란한 말과 그림이 그려져 있었다. 왜 이렇게 멀리 버려진 곳까지 들어와 이런 짓들을 하는지 도무지 이해할 수 없었다. 오클랜드 도심 같네, 마리아가 입을 열자 딕슨은 그녀를 노려보고는 그대로 뒤돌아 우리가 왔던 숲으로 혼자 걸어갔다. 그녀는 그를 시야에서 놓치진 않았지만 따라잡을 수는 없었다. 주위는 으스스할 정도로 조용했다. 가끔 나무 그늘에 서 있는 거대한 브라만 황소가 보였다. 황소는 눈도 깜박이지 않고 그저 무신경하게 조용히 서 있었다.

딕슨은 집으로 가는 차 안에서 아무 말도 하지 않았다. "옛날 집이 저렇게 돼서 유감이에요." 아무런 대꾸가 없었다. "나도 고통스러울 때 그래요. 집 밑으로 기어들어가죠, 병든 고양이처럼." 여전히 아무런 말이 없다가 그는 불쑥 이렇게 말했다. "우체국에 뭐 온 거 있나 다녀올게요. 한참 걸릴 거예요. 원하면 내 책 읽어도 좋아요."

그 책이란 테이블 위에 널린 수백 장의 카드를 말하는 것이었다. 왜 이제야 자기 원고를 읽으라는 걸까? 말하기 힘들어서 그러는지 모른다. 그녀도 그럴 때가 있다. 그녀도 자신의 감정을 누군가에게 말하고 싶은데 말하는 게 너무 힘들면, 그냥 시를 보여줄 때가 있다. 그럴 때 사람들은 대개 그녀의 의도를 알아채지 못했다.

그녀는 집에 들어갈 때 지겨운 느낌이 들었다. 문을 잠그지 않아도 되는 곳에서 산다는 건 좋은 것이다. 음악을 들으려고 거실로 들어가다 말고 마음을 바꿔 색인 카드가 있는 방으로 갔다. 그녀는 등 없는 의자를 가져다 앉아 각 테이블에 놓인 카드들을 읽고 또 읽었다.

"무슨 말인지 도무지 모르겠죠?" 그가 소리 없이 들어와 테이블 위로 몸을 굽히고 있는 그녀의 등 뒤에 서 있었다. 그녀는 카드에 손을 대지 않고 읽었다.

"그 방바닥은 신발 신은 발로 밟지 말라고 했잖아요."

"바닥이라뇨? 무슨 말이에요?"

"흰 바닥요."

"그 방은 근처에도 안 갔어요. 미쳤나 봐."

"거짓말하지 말아요. 당신 발자국이 있는데."

"아, 참! 미안해요. 그 방에 들어가다 도로 나왔는데 깜박하고. 두 발짝인가 들어갔다가 나왔어요."

"맞아요. 두 발짝."

"허, 내일 아침에 집에 가게 돼서 얼마나 다행인지! 산책 좀 하고 올게요."

마리아는 오솔길을 따라 호수로 갔다. 작은 초록색 배에 올라 배를 기슭에서 밀어냈다. 그녀는 잠자리가 날아다니는 것을 보자 오클랜드 경찰 헬리콥터가 떠올라 씁쓸히 웃었다.

곧 성큼성큼 뒤따라온 딕슨은 물속으로 걸어 들어가 기슭에서 밀려나가고 있는 배 위에 올랐다. 그는 키스를 하다 축축한 바닥에 그녀를 내리누르고 그녀의 몸을 나체밀었다. 그들이 서로 껴안고 요동치는 동안 배가 아래위로 출렁이며 빙빙 돌다가 물가의 갈대숲에 흘러들어가 정지했다. 그들은 뜨거운 햇볕 속에서 배와 함께 흔들거리며 그대로 누워 있었다. 그녀는 그런 넘치는 격정이 단순한 분노에서 오는지 상실감에서 오는지 알 수 없었다. 그들은 일광욕실에서 빗소리를 들으며 그날 밤이 거의 다 새도록 말없이 사랑을 나누었다. 그리고 비가 오기 전에 코요테 우는 소리, 닭들이 나무에 올라앉아 우는 소리를 들었다.

그들은 블루보닛과 프림로즈가 몇 마일이나 펼쳐진 길을 따라 공항까지 가는 동안 아무 말이 없었다. 그냥 내려줘요, 시간이 별로 없어요. 그녀가 말했다.

마리아는 오클랜드 공항에 내려 택시를 타고 집에 갔다. 고층 아파트. 그녀는 경비에게 안녕하세요, 인사하고 우편함을 확인했다. 한낮이라 엘리베이터와 복도에 아무도 없었다. 집에 들어가자마자 문 앞에 여행가방부터 내려놓고 에어컨을 틀었다. 그러고는 신을 벗었다. 다른 사람들도 신발을 신고는 그녀의 카펫을 밟지 않았다. 그녀는 방으로 들어가 침대에 누웠다.

장밋빛 인생

두 소녀가 '푸콘 그랜 호텔' 글자가 새겨진 타월에 엎드려 있다. 모래는
곱고 거무스름하며 호수는 초록빛을 띠고 있다. 호숫가 솔숲의 초록은 더
짙고 상쾌하다. 흰 눈 덮인 비야리카 화산이 호수와 숲, 호텔과 푸콘 마을
을 굽어본다. 화산추에서 거품처럼 연기가 일더니 파랗고 맑은 하늘로 흩
어져 사라졌다. 해변의 파란 오두막집들. 모자를 쓴 것 같은 게르다의 빨
강 머리, 노란 비치볼, 나무 사이로 천천히 다니는 시골 사람들의 전통 복
장에 달린 붉은 띠.

게르다와 클레어는 모래를 털거나 파리를 쫓으려고 볕에 그은 다리를
께느른히 쳐들어 흔들곤 했다. 사춘기 소녀답게 주체할 수 없이 킥킥거릴
때는 여린 몸을 떨어가며 웃었다.

"콘치의 표정은 또 어떻고! 콘치가 생각 수 있는 말이라곤 'Ojala'*밖에
없었어. 참 뻔뻔스러워!"

게르다의 웃음소리는 독일 개가 짧고 빠르게 짖는 소리 같았다. 클레
어의 웃음은 고성이 잔물결치는 듯했다. "콘치는 자기가 얼마나 어리석었

● 스페인어로 '제발 그랬으면!'.

는지 인정하지도 않아."

클레어는 얼굴에 선탠오일을 바르려고 일어나 앉았다. 그녀의 파란 눈이 해변을 살폈다. 그들은 없었다. 두 미남 청년은 다시 나타나지 않았다.

"저기 있네……. 안나 카레니나 같은 그 여자……."

그녀는 소나무 아래 홍백색 줄무늬 캔버스 의자에 앉아 있다. 애수에 젖은 그 러시아 여자는 파나마 모자를 쓰고 흰 실크 파라솔로 해를 가렸다.

게르다는 투덜댄다. "오, 예쁘긴 하네. 저 코하며. 여름인데 회색 플란넬 옷을 입고. 그런데 참 가련해 보여. 애인이 있나 봐."

"나도 머리를 저 여자처럼 자를까 봐."

"네가 저렇게 하면 머리에 사발을 뒤집어쓴 거 같을 거야. 저 여자는 품위가 있잖아."

"여기서 품위 있는 사람은 저 여자뿐이야. 나머지는 모두 촌티 나는 아르헨티나인이나 미국인이지. 칠레 사람은 없는 것 같아. 직원마저. 마을에 나가면 모두 독일어를 하고."

"아침에 눈을 뜨면 잠깐 내가 마치 독일이나 스위스에 살고 있다는 착각을 한다니까. 복도에서 하녀들이 작게 이야기하는 소리도 들리고 주방에서 노래하는 소리도 들려."

"미국인들 말고는 얼굴에 웃음기 있는 사람이 하나도 없어. 심지어 어린애들도 버킷을 가지고 완전 진지하게 저러고 놀잖아."

"미국인들만 항상 싱글거려. 넌 스페인어를 하지만 바보처럼 싱글거리니까 사람들이 네가 미국인이란 걸 다 알잖아. 너희 아버지도 늘 웃으시고. 그런데 이제 구리 시장이 폭락했으니 너희 아버지 웃는 얼굴이 앞으로 어떻게 될지……. 으하하."

"너희 아버지도 많이 웃으시잖아."

"무언가 멍청한 걸 볼 때만. 우리 아빠 봐라 얘, 오늘 아침 저 뗏목까지 골백번도 넘게 왔다 갔다 했을 거야."

게르다와 클레어는 항상 양쪽 아버지 중 어느 한쪽과 다닌다. 극장이나 경마장에는 클레어의 아버지 톰슨 씨와, 연주회나 골프장에는 폰 데사우 씨와 간다. 그들의 칠레인 친구들이 늘 어머니나 이모, 고모, 할머니, 자매와 다니는 것과는 대조적이다.

게르다의 어머니는 전쟁 중에 독일에서 사망했다. 계모는 의사라서 집에 있는 시간이 별로 없다. 클레어의 어머니는 술을 많이 마시고 대부분의 시간을 침대에서 보내거나 요양원을 전전한다. 학교가 끝나면 두 친구는 함께 집에 가서 다과를 먹거나 책을 읽거나 공부를 한다. 그들의 우정은 서로의 빈집을 오가며 책을 중심으로 피어났다.

폰 데사우 씨는 가쁜 숨을 몰아쉬며 젖은 몸을 말렸다. 차가운 회색 눈. 클레어는 어렸을 때 전쟁 영화를 보면서 죄의식을 느낀 적이 있었다. 나치를 좋아했기 때문이다⋯⋯. 그들의 군용 외투와 자동차, 차가운 회색 눈이 멋있어 보였다.

"얘들아, 그만큼 쉬었으면 됐어. 가서 수영해. 너희들 크롤 스트로크는 늘었는지, 다이빙 솜씨는 어떤지 좀 보자."

"너희 아버지 화난 거 아니지?" 클레어가 물가로 가며 물었다.

"우리 아빠는 새엄마만 옆에 없으면 괜찮아."

두 소녀는 안정된 수영으로 얼음물처럼 찬 호수 멀리까지 나갔다. 그때 게르다! 하고 외치는 소리에 그들이 뒤돌아보았다. 게르다의 아버지가 손을 흔들고 있었다. 그들은 뗏목으로 헤엄쳐 가서 따뜻한 바닥에 올라가 누웠다. 멀리 높이 솟은 흰 화산추에서 불꽃이 튀면서 연기가 솟아올랐다. 뗏목보다 더 멀리 나가 있는 배에서 사람들 웃음소리가 들렸다. 호수 기슭의 흙길을 달리는 말발굽 소리도 들렸다. 이 외에 철썩, 철썩, 뗏목을 차는 물결 소리뿐, 다른 소리는 없었다.

천장이 높고 거대한 식당의 흰 커튼들이 호수에서 불어오는 미풍에 휘날린다. 단지에 꽂힌 종려나무 가지들이 펄럭펄럭 흔들린다. 연미복 차림의 웨이터가 국자로 콩소메를 뜨고 다른 웨이터는 백랍 그릇에 달걀을 하나씩 깨 넣는다. 두 웨이터는 함께 송어 뼈를 발라내고 디저트에 불을 붙인다.

어떤 구부정한 백발의 신사가 안나 카레니나 같은, 그 아름다운 여자 맞은편에 앉는다.

"남편일까?"

"브론스키 백작은 아니기를."

"너희는 뭘 보고 저 사람들을 러시아인으로 생각한 거냐? 독일어를 하던데."

"정말? 아빠, 저 사람들 무슨 말을 했어?"

"여자가 '아침에 자두를 먹지 말걸' 그러던걸."

두 소녀는 섬에 가려고 작은 배를 빌렸다. 광대한 호수였다. 그들은 번갈아 노를 저었다. 처음엔 제자리를 맴돌다가 마침내 미끄러지듯 나가기 시작했다. 철벅 쓰윽 철벅 쓰윽 노 젓는 소리. 그들은 섬 기슭의 우묵한 곳에 배를 댔다. 물고기와 이끼 맛이 나는 초록빛 물. 그들은 높은 바위에 올라 다이빙을 했다. 한동안 수영을 하고 나와 팔다리를 죽 펴고 볕에 누웠다. 야생 토끼풀이 얼굴을 감쌌다. 땅에서 우르르 우르르 하는 느리고 긴 진동이 그들의 어린 몸에 느껴진다. 땅이 굽이치며 밑으로 꺼지는 듯한 느낌이 들자 라벤더 가지들을 움켜잡는다. 그들의 눈은 잔물결치는 풀과 나란하다. 화산에서 나온 연기에 하늘이 어두워진 것일까? 유황 냄새가 진동했고 그들은 겁이 났다. 지진이 멈추었다. 그러자 아주 짧은 순간이지만 아무런 소리가 없이 고요하더니 새들이 놀랐는지 일제히 발작하듯 울기 시작한다. 호수 주위의 소와 말도 울어댄다. 개들도 끊임없이 짖어댄다. 두 소녀의 머리 위 나뭇가지 사이로 새들이 지저귀며 바삐 날아다닌다. 높은 파도가 밀려와 기슭의 바위를 때린다. 그들은 말이 없다. 그들은 각자가 느끼는 것을 말로 표현할 수 없다. 그건 두려움과는 다른 무엇이다. 게르다가 웃는다. 개가 짖는 듯한 웃음소리.

"우리 수영 한참 했어, 아빠. 우리 손 좀 봐. 노를 젓느라 물집이 잡혔어! 아빠, 땅이 흔들리는 거 느꼈어?"

그는 지진이 났을 때 그린에 나가 골프를 치고 있었다. 골퍼의 악몽……. 그는 공이 홀까지 굴러갔다가 되돌아오는 것을 보았다!

게르다와 클레어가 보고 싶어하던 그 청년들이 로비에서 프런트 직원과 이야기를 나누고 있다. 아, 정말 잘생겼어. 강인하고 피부가 잘 탔고 이는 하얗고. 20대 중반인 그들은 번쩍번쩍하게 차려입었다. 클레어는 피부가 가무잡잡하고 턱 가운데가 갈라진 청년을 자기 차지라고 점찍었다. 그가 눈을 내리깔면 위로 들러붙은 광대뼈에 속눈썹이 스친다. 뛰는 가슴아, 진정해! 클레어는 혼자 웃는다. 폰 데사우 씨는 그 청년들은 딸에 비해 나이가 너무 많고 저속할 거라고, 최악일 거라고, 농민일지도 모른다고 한다. 그는 저녁 먹을 때까지 방에 가서 책이나 읽으라고 두 소녀를 데리고 나가며 청년들 앞을 지나간다.

식당은 축제 분위기다. 지진 때문인지 투숙객들은 서로 고개를 끄덕여 인사하고 담화를 나누기도 하고 웨이터들에게도 말을 건다. 악사들이 음악을 연주한다. 나이가 상당히 많은 사람들이다. 바이올린 주자들이 탱고와 왈츠를 연주한다. 〈프레네시〉, 〈바다〉.

청년들은 종려나무 화분과 검붉은 벨벳 커튼 사이에 서 있다.

"아빠, 저 사람들 농민 아니야. 저 옷 봐!"

칠레 공군사관학교의 연청색 제복을 입은 청년들에게서 빛이 난다. 가장자리에는 금색 실을 꼬아 만든 장식이 붙어 있다. 높은 칼라, 견장, 금단추. 박차 달린 부츠, 바닥에 끌리는 모직 망토, 검. 그들은 팔꿈치와 옆구리 사이에 모자와 장갑을 끼고 있다.

"군인이라고! 설상가상이군!" 폰 데사우 씨가 웃는다. 그는 너무 웃는 바람에 흘러나온 눈물을 닦으며 얼굴을 돌린다.

"여름날에 망토라니. 비행기를 타는데 박차와 검은 또 뭐고? 아, 정말이지, 저 불쌍한 바보들."

클레어와 게르다는 경이로운 눈으로 그들을 본다. 생도들은 미소를 머금고 정열적인 시선으로 그들을 마주 본다. 그들은 커다란 잔에 든 브랜디를 마시며 악단 연주대 앞 작은 테이블에 앉아 있다. 금발 청년은 거북딱지로 만든 담뱃대를 입에 물고 있다.

"아빠, 어서 인정해. 저 사람 눈이 망토와 똑같은 파란색이라는 거."

"그래. 칠레 공군의 파란색. 비행기도 없는 칠레 공군이 무슨 공군이라고!"

청년들도 덥기는 했나 보다. 테라스로 나가는 문가의 테이블로 옮겨가서 망토를 벗어 의자에 걸쳐놓으니 말이다.

두 소녀는 더 오래 있게 해달라고 폰 데사우 씨에게 간청했다. 음악도 듣고 탱고 춤도 구경하고 싶었다. 춤추는 사람들의 이마에 흘러내린 머리카락이 땀에 젖어 구불구불했다. 그들은 최면에 걸린 듯 서로에게서 눈을 떼지 않았다. 몽유병 환자들처럼 바이올린 연주에 맞춰 휙휙 돌기도 하고 몸을 기울이기도 하며 춤을 췄다.

로베르토와 안드레스라는 이름의 그 청년들은 폰 데사우 씨 앞에 와서 군화 뒤축을 착 마주치고 서서 자신들을 소개하고, 두 어린 숙녀들과 춤을 추게 허락해달라고 했다. 그는 거절하려다가 그 생도들을 여전히 재미있게 생각하고, 게르다와 클레어는 이제 잘 시간이라며 한 곡만 추라고 허락했다.

오케스트라는 〈장밋빛 인생〉을 아주 한참 동안 연주했다. 젊은 커플들은 반들반들한 플로어를 누비며 춤을 추었다. 어둑한 거울에 비치는 파란 제복과 흰 시폰 드레스. 그들의 아름다운 춤을 구경하는 사람들의 얼굴에 미소가 가득했다. 창가의 커튼이 돛처럼 부풀었다. 안드레스는 클레어에게 말을 놓는다. 로베르토는 폰 데사우 씨가 잠들면 다시 내려오라고 넌지시 말한다. 춤이 끝났다.

며칠이 흘렀다. 로베르토와 안드레스는 로베르토네 목장에서 일하고 저녁에만 호텔에 온다. 게르다와 클레어는 수영을 하고 만년설이 있는 화산에 오르고, 뜨거운 태양, 차가운 눈. 폰 데사우 씨와 골프를 치고 크로케 경기를 한다. 배를 타고 섬에 가기도 하고 폰 데사우 씨와 말을 타기도 한다. 폰 데사우 씨는 클레어에게 승마할 때 어깨를 뒤로 젖히고, 머리는 꼿꼿이 들라고 지시한다. 그는 한참 동안 그녀의 목 자세를 바로잡아준다. 클레어는 침을 삼킨다. 두 소녀는 테라스에서 여자들 틈에 끼어 카드놀이를 하기도 한다. 아르헨티나 여자가 카드로 그들의 운명을 읽어준다. 그녀는 입에 담배를 물고 있다. 담배연기에 눈을 찡그린다. 게르다에게는 새로운 인생 행로와 낯설고 신비한 남자가 기다리고 있다. 클레어에게도 새로운 인생행로가 펼쳐지지만 사랑과 슬픔이 혼재하는 점괘다.

게르다와 클레어는 매일 밤 로베르토, 안드레스와 〈장밋빛 인생〉에 맞춰 춤을 춘다. 그러다 어느 날 밤 결국 폰 데사우가 잠들었을 때 아래로 내려간다.

식당에는 신혼부부와 미국인 몇몇만 남았다. 로베르토와 안드레스는 일어나 두 소녀에게 꾸벅 인사한다. 오케스트라의 늙은 악사들은 그 모습을 본 순간 깜짝 놀라는 듯하더니 이내 애절하고 강렬한 탱고 〈소년들이여, 안녕!〉을 연주한다. 두 커플은 꿈꾸듯 춤을 추면서 테라스로 나가 축축한 모래사장으로 연결되는 계단을 내려간다. 부츠를 신은 그들이 모래를 밟는 소리가 눈을 밟는 소리 같다. 그들은 배에 오른다. 별이 빛나는 밤, 그들은 손에 손을 잡고 앉아 바이올린 소리에 귀를 기울인다. 수면에 비치는 호텔의 불빛과 화산추의 만년설이 물결과 함께 은색으로 부서진다. 산들바람. 날이 선선하다. 아니, 추운 밤이다. 배를 붙들고 있던 밧줄이 풀렸다. 그런데 노가 없다. 배는 바람에 실려, 바람처럼 미끄러지듯 빠르게 어두운 호수 저 멀리로 떠간다. 그들은 기회는 이때다 하는 심정으로 소녀들에게 키스를 퍼붓는다. 아, 안 돼! 게르다는 숨이 막힐 듯 놀란다. 그 사람이 내 입에 혀를 집어넣었어, 게르다는 나중에 그렇게 말했다. 클레어는 이마를 부딪친다. 그의 입술이 그녀의 입꼬리에 닿았다가 코와 코가 부딪친다. 그런 중에 게르다와 클레어는 검은 호수 속으로 수은처럼 뛰어든다.

그들은 신발을 잃어버렸다. 온몸이 젖은 그들은 꼭 닫힌 호텔 철문 앞에서 추위에 덜덜 떨었다. 그냥 여기서 기다리자, 클레어가 말한다. 뭐? 아침까지? 미쳤어! 게르다는 철문을 마구 흔든다. 마침내 호텔에 불이 켜진다. 게르다! 그녀의 아버지가 발코니에서 부른다. 그러고는 어느새 그들 앞의 철문 뒤에 서 있다. 잠옷 가운을 걸친 호텔 관리인이 열쇠를 가지고 왔다.

방으로 돌아간 두 소녀는 담요로 몸을 둘둘 말았다. 폰 데사우 씨는 안색이 창백하다. 그 녀석이 널 건드렸냐? 게르다는 고개를 흔든다. 아니. 그냥 춤추다가 배에 앉아 있었는데 배를 묶어둔 줄이 풀려서 그만……. 너한테 키스했어? 게르다는 대답하지 않는다. 다시 물으마. 너한테 키스했어? 게르다가 고개를 끄덕한다. 폰 데사우 씨가 그녀의 입가를 찰싹 때린다. 단정치 못한 년.

날이 채 밝기도 전에 객실 담당 하인이 와서 그들의 짐을 싼다. 그들은 다른 사람들이 일어나기 전에 호텔을 떠나 테무코 기차역에서 한참 동안 열차를 기다린다. 폰 데사우 씨는 클레어와 게르다 맞은편에 앉아 있다. 두 소녀는 조용히 책 한 권을 함께 들고 읽는다. 〈가을 소나타〉* 여자는 어느 성의 구석진 부속 건물에서 그의 품에 안겨 죽는다. 그는 그녀의 시체를 들고 기나긴 회랑을 지나 그녀의 침대로 옮긴다. 그녀의 긴 검은 머리가 돌바닥에 걸린다.

"여름이 끝날 때까지 누구든 만날 생각은 하지 마라. 특히 클레어."

마침내 폰 데사우 씨가 담배를 피우러 밖으로 나가자 두 친구는 이 반가운 시간을 기다렸다는 듯이 잠깐 웃는다. 킥킥, 즐거운 웃음이 튀어나온다. 하지만 그가 돌아왔을 때는 조용히 책을 읽고 있었다.

• 스페인 소설가 라몬 마리아 델 바예잉클란의 소설.

머캐덤

처음 깔았을 때는 캐비아처럼 보이고 깨진 유리 같은 소리, 얼음 씹는 소리가 난다.

나는 포치 그네 의자에 할머니와 앉아 흔들거리면서 레모네이드를 다 마신 뒤 얼음을 씹어 먹곤 했다. 우리는 사슬에 묶인 죄수들이 업슨가街 도로를 포장하는 걸 구경했다. 십장이 머캐덤을 부으면 죄수들이 무거운 발로 율동감 있게 그것을 밟아 다졌다. 사슬에 묶인 죄수들. 머캐덤 소리는 박수갈채 소리 같았다.

우리 셋은 그 말을 자주 입에 올렸다. 엄마는 우리가 사는 곳을 불결하다며 싫어해서 그랬다. 어쨌든 이제 우리 집 앞에도 머캐덤 길이 깔렸다. 외할머니는 깨끗한 환경을 무척 원했는데, 이제 길이 포장되어 먼지가 덜 나게 되었다. 바람이 불면 텍사스의 붉은 먼지가 늘 제련소에서 나오는 회색 분진과 함께 날아다녔다. 그 먼지가 집 안으로 새어 들어와 매끈하게 닦아놓은 현관 마루를, 마호가니 식탁을 모래밭으로 만들곤 했던 것이다.

나는 혼자 머캐덤을 크게 소리 내어 말했다. 나에게는 머캐덤이 친구 이름 같았다.

콘치에게

콘치에게

뉴멕시코대학교. 우리가 상상했던 것과는 완전 딴판이야. 칠레의 고등학교가 여기 대학교보다 더 힘들었어. 난 기숙사에 있어. 여학생이 굉장히 많아. 모두 외향적이고 자신만만해. 난 아직도 기분이 이상해. 마음이 불편해.

이곳 자체는 마음에 들어. 캠퍼스에 오래된 어도비식 건물이 많아. 멋진 사막도 있고 산도 있어. 물론 안데스산맥 같진 않지만 그 크기의 규모가 달라. 기복이 심하고 바위가 많지. 바보 같아……. 바위로 된 산이라고 로키(바위)산맥이라니 말이야. 공기는 엄청 맑아. 밤은 추운데 별이 무수히 보여.

내가 입는 옷은 여기와 맞지 않아. 한 여자애는 여기선 아무도 나처럼 '격식 차린 옷'을 입지 않는대. 흰 양말을 사야겠어, 폭 넓은 스커트도, 청바지도. 정말이지 여기 여자애들 정말 끔찍해 보여. 하지만 남자애들은 캐주얼하게 청바지에 부츠를 신으면 멋있어.

음식은 정말 적응이 안 돼. 아침엔 시리얼 먹고 차보다 약한 커피를 마시는 게 전부야. 거기서 오후에 갖는 티타임이 여기선 저녁 먹을 시간이야. 저녁이나 먹을까 하면 어느새 기숙사 소등 시간이고.

난 이번 학기엔 라몬 센더 수업을 들을 수 없어. 하지만 복도에서 그분을 만났어! 내가 〈새벽 연대기Cronica del Alba〉를 즐겨 읽는다니까 "그렇군. 하지만 그걸 읽기에 학생은 너무 어린데"라고 했어. 내가 상상한 모습 그대로이긴 한데, 생각보다 많이 늙었어. 누가 스페인 사람 아니랄까 봐 거만하고 당당하더라고…….

콘치에게

나 직장 생겼어. 너 상상이 돼? 아르바이트이긴 해도, 직장은 직장이지. 여기 대학신문 〈더 로보〉에서 교정 보는 일이야. 주간지야. 그래서 일주일에 사흘 밤은 기숙사 바로 옆에 있는 저널리즘학과 건물에서 일해. 난 기숙사 건물 열쇠도 갖고 있어. 기숙사는 열 시에 문을 잠그는데 난 열한 시까지 일하거든. 인쇄공은 존시라는 텍사스 토박이 영감인데, 라이노타이프 식자기를 다뤄. 라이노타이프는 수많은 부품과 기어로 이루어진 놀라운 기계야. 납을 녹여 활자를 만들어내지. 존시가 글자를 입력하면, 철커덕, 부글부글, 덜걱덜걱, 하는 소리가 나고, 뜨거운 납 글자가 줄을 지어나와. 이 일련의 과정은 이 줄지은 글자들이 중요해 보이게 만들지.

존시는 나에게 표제는 어떻게 쓰는지, 어떤 이야기가 좋은지, 또 왜 좋은지 하는 것들을 가르쳐줘. 툭하면 장난을 쳐서 날 놀리기 때문에 난 교정 볼 때 긴장을 늦출 수가 없어. 가령 농구 시합에 관한 기사 중간에 '스와니강 하류로'라는 노랫말을 슬쩍 집어넣는 식이야.

가끔 조 산체스라는 사람이 존시에게 줄 원고와 맥주를 가지고 와. 조 산체스는 스포츠에 관한 글과 특별 기사를 기고해. 학생인데, 나와 강의를 같이 듣는 남학생들보다 훨씬 더 나이가 많아. 자기가 군에서 위생병으로 일본에 갔던 이야기를 하곤 해. 길고 윤이 나는 검은 머리를 '덕테일' 스타일로 하고 다녀서 아메리칸 인디언 같아.

미안. 내가 어느새 넌 들어보지도 못했을 덕테일 같은 말을 쓰고 있네. 여기 남학생들 머리 모양은 대개 크루컷이야. 빡빡머리나 마찬가지라고 할 수 있지. 머리를 길게 기르는 남학생들도 있는데, 머리를 뒤로 빗어 붙인 모양이 마치 오리 꼬리 같아서 덕테일이야.

너도 케나도 무지 보고 싶다. 난 아직 친구를 사귀지 못했어. 난 칠레에서 와서 다르니까. 사람들은 내가 개방적이지 않으니까 꽉 막혔다고 생각하나 봐. 섹스에 관한 농담이나 섹스를 암시하는 말들이 많은데, 내가 그런 걸 아직 알아듣지 못해서 난처할 때가 있어. 난생처음 보는 사람이 나한테 자기가 살아온 이야기를 털어놓기도 해. 그런데도 칠레 사람들처럼 감정적이거나 다정다감하지 않아. 그래서 난 여기 사람들을 아직 잘 모르겠어.

나는 남미에서 그렇게 오래 사는 동안 내 조국 미국으로 돌아오고 싶었어. 칠레처럼 두 계급으로 이루진 사회가 아니라 민주주의 국가이기 때문이지. 그런데 여기도 확실히 계급이 있긴 해. 처음엔 나한테 친절하게 대해주던 여자애들이 이젠 날 무시해. 여학생 클럽 가입 의례도 거치지 않고, 클럽 기숙사가 아니라 일반 기숙사에 있기 때문이야. 여학생 클럽이라도 다 같지 않고 '더 좋은' 게 있는가 하면 그렇지 않은 게 있어. 더 좋은 건 더 부자라는 거지.

학생 기자 조 산체스는 재미있고 좋은 사람이라고 내가 내 룸메이트 엘라한테 말하니까 "응, 하지만 조 산체스는 멕시코인이야"라고 하지 뭐니. 조 산체스는 멕시코인이 아닌데 여기선 라틴 계통 사람들은 전부 멕시코인으로 통해. 여기 인구 비율을 감안하면 이 학교엔 멕시코인 학생이 많지 않아. 흑인 학생은 열 명쯤밖에 없어.

저널리즘 수업들은 좋아, 교수들도 좋고. 게다가 교수들은 옛날 영화에 나오는 기자들처럼 생겼어. 그런데 좀 이상한 생각이 들기 시작해. 난 작가가 되고 싶어서 저널리즘을 전공하는데, 저널리즘의 생명은 기름진 부분을 다 잘라내는 거란 말이지…….

콘치에게

……나 조 산체스하고 몇 번 데이트했어. 산체스는 무슨 행사가 있으면 공짜 티켓을 받고 기사를 써. 난 산체스가 무얼 쓰든 단지 그게 적절하다는 이유로 쓰지 않아서 좋아. 가령 산체스는 재즈 연주자 데이브 브루벡을 좋아하면서도 그의 연주를 듣고 냉철하게, 브루벡은 겁쟁이라는 내용의 기사를 쓴다는 거야. 사람들이 그걸 읽고 정말 분노했어. 그리고 빌리 그레이엄은 또 어떻고. 넌 가톨릭교도라 너한테 복음 전도자가 뭔지 설명하기 참 난감하다. 복음 전도자는 사람들을 예수님에게 돌아오게 하려고 하나님과 죄에 대해 부르짖고 설교하는 사람이거든. 내가 아는 사람들은 전부 빌리 그레이엄을 돈에 굶주리고 대책 없이 촌스럽고 미친 사람이라고 생각해. 산체스는 그 사람의 솜씨와 능력에 대한 칼럼을 썼는데, 그게 결국 믿음에 관한 칼럼이 되었지.

우리는 데이트할 때 학생들이 많이 가는 데는 가지 않아. 사우스 밸리의 작은 식당이나 멕시코인들이 가는 술집이나 카우보이 술집에 가. 그런 데 가면 마치 다른 나라에 있는 기분이야. 차를 몰고 산에 가거나 사막에 가기도 해. 한참 등산하거나 걷는 거지. 산체스는 여기 모든 남학생들이 끈질기게 그러듯이 애무(atracar*)하려 들지 않아. 작별 인사를 할 때는 그저 내 뺨을 살짝 만지기만 해. 한 번은 내 머리카락에 입을 대고.

산체스는 물건이나 사건이나 책 이야기 같은 건 안 해. 꼭 우리 존 외삼촌 같아. 산체스는 이야기하길 좋아해. 자기 형제나 할아버지나 일본 기생들에 관한 이야기들.

난 산체스가 아무하고나 말해서 좋아. 그는 정말 모든 사람이 뭘 하는지 알고 싶어해.

콘치에게

나 밥 대시라는 사람과 사귀어. 아주 고상한 남자야. 우린 〈고도를 기다리며〉라는 연극도 보고, 제목이 생각나지 않는데 어떤 이탈리아 영화도 봤어. 밥은 어떤 책 표지에 실린 잘생긴 저자처럼 생겼어. 팔꿈치에 가죽을 덧댄 재킷을 입고 파이프 담배를 피우는 품이. 밥은 어도비 집에서 사는데, 거기에 아메리칸 인디언 항아리, 양탄자, 현대 미술품 같은 것들이 잔뜩 있어.

우리는 라임을 넣은 진토닉을 마시며 버르토크의 〈두 대의 피아노와 타악기를 위한 소나타〉를 들어. 밥은 내가 한 번도 들어보지 못한 책 이야기를 많이 해. 그리고 나한테 책을 열몇 권 빌려줬지…… 사르트르, 키르케고르, 베케트, T. S. 엘리엇 등등. 난 〈텅 빈 인간The Hollow Men〉이라는 시가 좋더라.

산체스는 대시를 보고 속이 빈 인간이라더라. 내가 밥이랑 사귄다고 괜히 저 혼자 속이 뒤집어져서 난리야. 밥 대시랑 커피만 마셔도 그래. 자기는 질투하는 게 아니래. 그냥 내가 지식인이 된다는 생각을 견딜 수

● 스페인어로 '음탕하게 격정적으로 껴안고 애무하다'라는 뜻이다.

가 없단다. 나더러 팻시 클라인*과 찰리 파커**를 듣고 해독해야 한대. 나 월트 휘트먼의 시도 읽고 토머스 울프의 『천사여, 고향을 바라보라』도 읽었어.

사실 난 『천사여, 고향을 바라보라』보다는 카뮈의 『이방인』을 더 좋아해. 그리고 그 책을 좋아하는 산체스가 난 좋아. 산체스는 촌스럽고 감상적인 걸 두려워하지 않거든. 산체스는 미국을 사랑해. 뉴멕시코도, 남미 사람들이 모여 사는 구역도, 사막도 사랑하지. 우리는 구릉지대로 장거리 하이킹을 가기도 해. 한번은 엄청난 흙먼지 폭풍이 불어닥쳤어. 회전초들이 획획 날아다니고 누런 흙먼지가 눈보라처럼 웽웽거리고, 산체스는 그런 가운데 덩실덩실 춤을 추더라고. 사막이 얼마나 좋은지 고래고래 소리를 질렀는데, 뭐라는지 잘 들리지도 않았어. 우리 코요테도 봤어, 코요테가 캥캥 짖는 소리도 듣고.

산체스는 나와 함께 감상적이 되기도 해. 온갖 걸 다 기억해. 내가 주절주절 늘어놓는 말도 다 들어주고. 한번은 내가 별 까닭 없이 울었어. 그냥 너와 케나와 집이 그리워서. 근데 산체스는 나를 위로해주려 하지 않고 그저 날 가만히 안고 슬퍼하게 내버려두더라. 우린 달콤한 이야기를 할 때나 키스할 때는 스페인어로 말해. 우린 틈만 나면 키스해.

콘치에게

나 「사과」라는 단편소설을 썼어. 땅에 떨어진 사과를 갈퀴로 긁어모으는 노인 이야기야. 밥 대시가 빨간색으로 형용사 열몇 개를 그어버리곤

- Patsy Cline(1932~1963), 미국 컨트리뮤직 가수.
- Charles Parker Jr.(1920~1955), 미국 재즈 색소폰 연주자. Charlie Parker는 예명.

'그럭저럭 읽을 만한 이야기'래. 산체스는 그걸 읽더니 소중하지만 허위래. 내가 알지도 못하는 늙은 남자에 대한 걸 꾸며내지 말래. 내가 느끼는 것만 쓰랜다. 지들이 뭐라든 난 전혀 신경 쓰지 않아. 난 내가 쓴 걸 읽고 또 읽어.

물론 신경이 좀 쓰이긴 하지.

내 룸메이트 엘라는 글쎄 내 글을 안 읽겠단다. 난 우리가 사이좋게 지냈으면 좋겠는데. 걔네 엄마는 오클라호마에서 매달 생리대를 보내와. 엘라는 연극 전공이잖아. 그런데, 나 참, 피 좀 묻는 걸 가지고 그렇게 호들갑을 떨면 어떻게 레이디 맥베스 역을 연기하겠냐?

나 요즘 밥 대시를 더 자주 만나. 밥과 만나면 뭐랄까 일대일 개인 세미나를 하는 거 같아. 오늘은 커피숍에 가서 사르트르의 『구토』를 논했어. 근데 난 산체스 생각을 더 많이 해. 산체스는 강의가 빌 때나 아르바이트할 때 봐. 우리는 존시하고 맥주와 피자를 먹으면서 많이 웃어. 산체스는 자기 사무실 같은 걸로 쓰는 작은 방이 있는데 우린 거기서 주로 키스하지. 산체스 생각을 한다기보단 산체스와 키스하는 생각을 한다는 게 더 정확할 거야. 교열 편집 I 수업을 들을 때 그 생각을 했어. 나도 모르게 신음도 하고 뭔가 말소리도 새어나왔나 봐. 교수님이 날 보고 "응, 그레이양, 뭐지?"라지 뭐냐 글쎄.

콘치에게

……나 지금 제인 오스틴의 소설을 읽고 있어. 제인 오스틴의 글은 마치 체임버뮤직 같아. 그러면서도 현실적이고 웃겨. 난 읽고 싶은 책이 수없이 많은데 무슨 책부터 시작해야 할지 모르겠어. 다음 학기에 영문과로 전과해야겠어……

콘치에게

저널리즘학과 건물 관리인은 노부부야. 하루는 밤에 일이 끝났을 때 그분들이 맥주 한잔하자며 우리를 옥상으로 데려갔어. 옥상보다 높이 자란 미루나무 가지가 우리 머리 위로 늘어져. 그 나뭇가지 아래 앉아 별을 바라보는 거야. 눈을 들어 멀리 바라보면 66번 도로를 지나다니는 차들이 보여. 그 반대쪽인 우리 뒤로는 내가 사는 기숙사 방이 훤히 들여다보이고. 관리인 부부는 우리한테 옥상으로 올라가는 사다리 옆의 청소 도구 캐비닛 열쇠를 줬어. 여기는 아무도 몰라. 우리는 강의가 비는 시간이나 아르바이트가 끝난 뒤에 이리 올라와. 산체스가 그림하고 침대 매트리스하고 양초를 가져다놨어. 우리만 사는 섬 같기도 하고, 나무 위의 집 같기도 해.

콘치에게

나 행복해. 하도 웃어서 아침에 일어나면 얼굴 근육이 다 당겨.

어렸을 때 숲속이나 풀밭에 있으면 평온을 느낄 때가 있었어. 칠레에서 살 때는 항상 재미있었지. 스키를 탈 때는 환희를 느꼈어. 하지만 산체스와 있을 때와 같은 행복감은 처음이야. 내가 나라는 느낌도 처음이야. 그래서 정말 좋아.

나 산체스 아버지를 보호자로 해서 그의 집에 가서 주말을 보내도 된다는 외박 허가를 받았어. 산체스는 아버지와 살아. 나이가 아주 많아. 학교 선생님으로 은퇴하셨대. 요리하길 좋아하시는데, 기름지기만 하고 맛이 없어. 온종일 맥주를 마시고. 결국은 그래서 〈미니라는 인어〉나 〈지붕에 내리는 비〉 같은 노래나 부르시나 봐. 그 동네 아르미호에 사는 주민들 이야기도 해주시지. 대부분은 그분이 가르치던 학교를 나왔어.

콘치에게

우린 주말에는 대개 헤메스산에 가. 낮에 온종일 산을 올라가 밤에 거기서 야영을 해. 그 산속에는 온천이 있어. 지금까지 우리가 거기 갔을 때 다른 사람은 한 명도 못 봤어. 사슴, 부엉이, 큰뿔야생양, 블루제이가 돌아다니더라. 우리는 물속에 들어가 누워서 이야기도 하고 책을 소리 내 읽기도 해. 산체스는 키츠의 시를 좋아하지.

학교 수업과 아르바이트 모두 순조로워. 하지만 수업이든 일이든 이젠 항상 끝나는 시간이 기다려져. 산체스랑 함께 있고 싶어서. 산체스는 〈트리뷴〉 스포츠 기자이기도 해서 좀처럼 시간을 내기가 힘들어. 우리는 육상 경기나 고등학교 농구 시합, 자동차 경주에 함께 다녀. 난 미식축구를 별로 안 좋아해. 축구나 럭비 경기가 보고 싶다.

콘치에게

모두 산체스와 날 가지고 공연히 난리들이야. 사감 선생님은 나한테 설교까지 하고. 밥 대시는 한 시간가량 잔소리를 해대고, 완전 재수 없어. 난 그냥 듣다가 일어나 가버렸어. 산체스를 가지고 저속하고 평범하다며 뭐라 뭐라 그러는 거야. 가치관도 없고 지적인 시야도 없는 쾌락주의자래. 무엇보다 말이야, 사람들은 내가 너무 어리다며 걱정을 해. 모두 내가 이러다간 학교고 사회생활이고 다 종 칠 거라고 생각하는 거야. 실제로 말도 그렇게 해. 난 그들이 내가 사랑에 푹 빠져 있는 게 샘나서 그러는 거라고 봐. 나 스스로 평판에 먹칠을 하고 더 나아가 내 장래를 위태롭게 한다는 둥 별의별 주장을 다 펴도, 결국 모든 이야기는 늘 산체스는 멕시코인이라는 사실로 귀결돼. 난 칠레에서 살다 왔으니 자연스럽게 라틴계통 사람을, 다시 말해서 무언가 느낄 줄 하는 사람을 좋아할 수 있다는 생각을 그들은 하지 못해. 난 여기 생활엔 안 맞아. 산체스와 함께 산티아고로 돌아갔으면 좋겠다.

콘치에게

……누군가 우리 엄마 아빠한테 편지를 보냈어. 내가 나보다 훨씬 나이가 많은 남자와 관계를 가지고 있다고.

엄마 아빠가 완전 흥분해서는 칠레에서 나한테 전화를 했어. 이리 올거라고. 새해 전날 도착할 거야. 엄마가 또 술을 마시기 시작한 게 분명해. 아빠는 그게 다 나 때문이래.

산체스와 함께 있으면 그딴 건 전혀 중요하지 않아. 아무래도 산체스는 사람들과 이야기하는 걸 좋아해서 기자가 됐나 봐. 우린 어딜 가든 결국은 낯선 사람들과 이야기를 하고 있어. 그리고 그들을 좋아하게 되고.

난 산체스를 만나기 전에는 세상을 별로 좋아하지 않았던 것 같아. 엄마 아빠도 세상을 좋아하지 않아, 날 좋아하지도 않지. 그러니까 나를 신뢰하지 않는 거야.

콘치에게

엄마 아빠가 새해 전날에 왔어. 여행으로 지쳐서 이야기는 잠깐 했을 뿐이야. 엄마 아빠는 내가 전과목 A를 받았다는 말은 들은 체도 하지 않았어. 내가 아르바이트 일을 무척 좋아한다는 것도, 내가 그날 밤 우리 학과 언론인 무도회의 여왕으로 뽑힌 것도. 엄마 아빠에겐 내가 타락한 여자랄지, 길거리 창녀랄지 그런 뭔가가 된 거야. "멕시코 놈이라니 원!" 엄마가 그러더라.

무도회는 근사했어. 무도회에 가기 전에 우리 과 친구들과 저녁을 먹었어. 그리고 많이도 웃었지. 시상식에서 신문으로 만든 왕관과 난초를 받았어. 왠지 모르겠는데, 그러고 보니 전에는 산체스와 춤을 춘 적은 없네. 아주 좋았어. 그와 처음으로 춘 춤이.

우리는 엄마 아빠를 보러 호텔로 가는 데 동의했지. 산체스는 아빠와 대학 미식축구 선수권전 중계를 보면서 딱딱한 분위기를 누그러뜨릴 수 있을 거라고 했어.

엄마 아빠는 벌써 마티니를 마시고 있더라고. 난 정말 바보 천치야. 그걸 보고 난 두 분이 좀 더 편한 기분이 될 거라고 생각했으니 말이야. 산체스는 아무 문제 없었어. 어려워하지 않고, 다정하고, 개방적이었지. 오히려 엄마 아빠가 돌덩어리 같더라니까.

아빠는 경기가 시작되면서 조금 느슨해졌어. 산체스와 경기에 빠져들었지. 난 엄마하고 아무 말 없이 앉아 있었어. 산체스는 맥주만 마시고. 그래서 마티니를 마시는 아빠와 보조를 맞추고 완전히 긴장을 풀었어. 경기에서 필드골 득점이 나면 "좋았어!"라고 하거나 스페인어로 "A la verga!"*라고 외치면서. 아빠 어깨를 몇 번 주먹으로 치기까지 하더라고. 그럴 때마다 엄마는 움찔하고 술만 마시며 아무 소리도 안 하더라.

경기가 끝나고 산체스는 엄마 아빠를 저녁 식사에 초대했어. 그런데 아빠는 산체스와 단둘이 중국 음식을 사오겠다며 나갔어.

두 사람이 나간 뒤 엄마는 내가 부도덕해서 엄마 아빠를 수치스럽게 했다는 말을 하더라고. 얼마나 정나미가 떨어졌는지 모르겠다며.

콘치야, 우리가 섹스를 하면, 그러니까 첫 경험을 하면 서로 그 이야기를 해주기로 약속했던 거 기억하고 있어. 그런데 그걸 글로 쓰기가 어렵

● 스페인어로 흥분이나 충격을 분출하는 욕설. '염병할!'

다. 섹스가 괜찮은 점은 두 사람 사이에서 일어나는 일이라는 거야. 완전히 알몸이 되어 그 이상 가까워질 수 없지. 그리고 매번 할 때마다 다르고 놀랍다는 거야. 어떤 땐 둘 다 계속 웃어. 그리고 난 어떤 땐 울기도 해.

섹스는 내 인생에서 최고로 중요한 사건이야. 그래서 엄마가 나더러 더럽다고 한 말을 난 도무지 이해할 수가 없어.

산체스와 아빠가 무슨 이야기를 나눴는지 난 몰라. 두 사람 다 안색이 창백해져서 돌아왔어. 아빠가 '법정 강간' 같은 말을 한 것 같았어. 산체스는 그럼 내일이라도 당장 결혼하겠다 그러고. 그 말은 엄마 아빠한테는 완전 최악이었지.

모두 저녁을 먹은 뒤 산체스는 이렇게 말했어. "그럼, 우리 모두 피곤하니 전 이만 가보겠습니다. 나랑 갈래, 루?"

"아냐, 얜 여기 있을 거야." 아빠는 그렇게 말했어.

난 그 자리에 잠시 얼어붙은 채 서 있다가 마음을 먹었지.

"나 산체스와 갈래. 내일 아침에 봐, 엄마 아빠."

난 지금 기숙사에서 이걸 쓰고 있어. 으스스하게 조용해. 기숙사 여학생들은 대부분 크리스마스를 지내러 집에 갔거든.

산체스는 아빠가 뭐랬는지 간단하게 말한 것 외에는 차로 나를 기숙사까지 바래다주는 동안 한마디도 하지 않았어. 나도 아무 말 못 했지. 작별 키스를 할 때 난 가슴이 찢어지는 줄 알았어.

콘치에게

엄마 아빠가 이번 학기 끝나고 날 데려간대. 뉴욕에서 날 기다릴 거야. 거기서 엄마 아빠와 합류해서 가을 학기까지 유럽 여행을 갈 거야.

나 택시로 산체스네 갔었어. 산디아산에 가서 이야기하기로 하고 차를 탔어. 내가 산체스 입에서 무슨 말이 나올 거라고 생각했는지, 내가 뭘 원했는지 잘 모르겠어.

난 그가 날 기다리겠다고 말해주길 바랐던 것 같아. 내가 유럽에서 돌아올 때 제자리를 지키고 있겠다고 하기를. 한데 산체스는 내가 저를 정말 사랑하면 당장 결혼하자고 할 거라더라. 난 그 말에 반발했어. 산체스는 졸업해야 하잖아. 지금 일자리는 파트타임일 뿐이고. 난 진실을 다 말하지 않았어, 난 학교를 그만두고 싶지 않다는 것을. 난 셰익스피어를, 낭만파 시인들을 공부하고 싶어. 산체스는 우리가 돈을 충분히 벌 때까지 자기 아버지와 살면 된다더군. 리오그란데 다리를 건널 때 난 아직 결혼하고 싶지 않다고 했어.

"넌 네가 버리는 게 뭔지 오랫동안 알지 못할 거야."

난 우리 사이에 있는 게 뭔지 알고 있고, 그건 내가 돌아왔을 때도 그 자리에 여전히 있을 거라고 했지.

"그래. 하지만 너는 거기 없을 거야. 암, 넌 네 갈 길을 갈 거야, 사람들과 '관계'를 맺고, 어떤 놈팽이와 결혼하겠지."

산체스는 차 문을 열더니 리오그란데 다리에서 나를 밀어 내리게 했어. 차를 완전히 세우지도 않고. 그러고는 그냥 가버렸어. 난 마을을 가로질러 멀리 기숙사까지 걸어왔어. 그러면서 줄곧 산체스가 내 뒤를 따라와서 차를 대겠지 하는 생각을 했지만 결국 그런 일은 일어나지 않았어.

울면 바보

고독은 앵글로색슨의 개념이다. 멕시코시티에서는 버스에 혼자 타고 있는데 다른 누군가 타면, 그 사람은 혼자 타고 가던 사람 옆에 가서 앉을 뿐 아니라 곧잘 그 사람에게 기대기도 한다.

우리 아들들이 아직 나와 한집에 살 때, 아이들이 내 방에 들어오면 대개 구체적인 용건이 있었다. 엄마, 내 양말 봤어? 저녁 뭐 먹어? 지금도 우리 집 벨이 울려서 나가보면 장가간 아들이 와서, 엄마! 나랑 같이 애슬레틱스 경기 보러 가, 라거나, 엄마 오늘 밤 우리 애 좀 봐줄 수 있어? 하곤 한다. 하지만 멕시코에서는 내가 거기 있다는 이유 하나만으로 샐리의 딸들이 3층 계단을 올라 문을 세 개 통과해 와서는 내 팔뚝에 머리를 기대고, Que honda?* 그런다.

그 아이들의 엄마 샐리는 곤히 잠들어 있다. 진통제와 수면제를 먹었다. 샐리는 내가 옆 침대에서 책장을 넘기며 기침하는 소리를 듣지 못한다. 샐리의 열다섯 살 먹은 아들 티노는 집에 오면 나한테 키스하고 제 엄마 침대로 가서 그 옆에 누워 제 엄마 손을 쥔다. 그리고 굿나이트 키스를

* 스페인어로 안부를 묻는 말. "요즘 어떠세요?"

336

하고는 제 방으로 간다.

메르세데스와 빅토리아는 도시 반대편에 있는 아파트에 따로 살지만 저희 엄마가 깨지 않아도 매일 밤 들른다. 빅토리아는 샐리의 이마 주름살을 펴주고 베개와 담요를 편안히 해주고는, 머리카락이 다 빠진 샐리의 머리에 펠트펜으로 별 하나를 그린다. 샐리는 수면 중에 신음 소리를 내고 이마에는 주름이 진다. 그러자 빅토리아는 이렇게 말한다. 가만있어요, 사랑하는 엄마. 새벽 네 시경, 메르세데스가 엄마에게 안녕히 주무시라는 인사를 하러 온다. 메르세데스는 영화의 세트 디자이너다. 한번 작업에 투입되면 밤이고 낮이고 없다. 메르세데스도 엄마 곁에 누워 노래를 불러주고 이마에 키스한다. 메르세데스는 별을 보고 웃는다. 빅토리아가 왔다 갔구나! 이모, 안 자? 응, 안 자. 어! 그럼 우리 담배 피우자. 우리는 부엌으로 간다. 메르세데스는 지쳤고 온통 꼬질꼬질하다. 냉장고를 들여다보고 서서 한숨을 쉬더니 도로 닫는다. 우리는 부엌에 단 하나뿐인 의자에 붙어 앉아 담배를 피우며 사과를 나눠 먹는다. 메르세데스는 희색이 만면하다. 지금 찍고 있는 영화가 좋고 감독도 최고란다. 메르세데스는 일을 잘하고 있다. "사람들이 날 존중해, 남자나 다름없이! 카펠리니 감독이 다음번 영화에도 같이 일하재!"

샐리, 티노, 나, 이렇게 셋이 아침에 커피를 마시러 라베가 카페에 갔다. 티노는 카푸치노를 가지고 이 테이블 저 테이블로 옮겨 다니며 친구들과 이야기를 하고 여자애들에게는 추파를 흘린다. 티노를 학교에 태워다줄 운전사 모리시오는 밖에서 기다린다. 샐리와 나는 계속 이야기한다. 사흘 전 내가 캘리포니아에서 왔을 때부터 그랬다. 샐리는 25년 동안 이카페에 왔다. 샐리가 죽어가고 있다는 걸 모르는 사람은 없다. 하지만 샐리는 그 어느 때보다 아름다워 보인다. 아니, 행복해 보인다고 할까.

그런데 나는…… 살날이 1년밖에 남지 않았다고 하면 그냥 바다로 헤엄쳐나가 미리 죽어버릴 것이다. 하지만 샐리에게 시한부 인생 선고는 선물과 같다. 어쩌면 그 사실을 알기 바로 전주에 사비에르를 사랑하게 되었기 때문이리라. 샐리는 신이 났다. 모든 것을 만끽한다. 하고 싶은 말은 무엇이든 다 하고, 기분 좋아질 일이라면 무엇이든 다 한단다. 웃기도 하고, 걸음새는 섹시하다. 목소리마저 섹시하다. 화도 내고 물건을 집어던지며 욕설을 퍼붓기도 한다. 내 동생 샐리. 언제나 온순하고 소극적이었다. 어렸을 때는 내 그늘 속에서 그랬고, 성인이 되어서는 제 남편의 그늘 속에서 그랬다. 그런데 지금은 강인하고 얼굴이 환하다. 그 열의에는 전염성이 있다. 사람들이 우리 테이블 앞에 멈춰 서서 인사를 한다. 남자들은 샐리의 손등에 입맞춘다. 의사, 건축가, 홀아비.

멕시코시티는 거대한 대도시이지만, 작은 마을의 대장장이처럼 사람들은 저마다 호칭을 갖고 있다. 그 의대생, 그 판사. 발레리나 빅토리아, 미녀 메르세데스. 샐리의 전남편 장관. 그런 식이다. 나는 미국인 언니다. 모두 포옹하고 볼에 입맞춤하고 나를 반긴다.

샐리의 전남편 라몬이 경호원들에 둘러싸여 에스프레소를 마시러 들른다. 카페 여기저기서 바닥을 긁는 의자 다리 소리가 들린다. 남자들이 라몬과 악수하거나 포옹하기 위해 일어서는 소리다. 그는 제도혁명당 소속 각료다. 그는 샐리와 나의 볼에 입맞추고 티노에게 학교생활에 대해 묻는다. 티노는 아버지를 포옹한 뒤 학교에 간다. 라몬은 자신의 시계를 들여다본다.

잠깐 기다려, 샐리가 말한다. 애들이 당신 많이 보고 싶어해. 분명히 올 거야.

빅토리아가 먼저 왔다. 댄스 수업에 가는 길이라 앞뒤가 깊게 파인 리

어타드 차림이다. 머리는 펑크 스타일. 한쪽 어깨에 문신이 있다.

"너 제발 옷 좀 입고 다녀라!"

"아빠, 여기선 모두 이 차림에 익숙해. 그치, 줄리안?"

웨이터 줄리안은 고개를 가로젓는다. "아뇨, mi doña.* 우린 매일 새로운 걸로 놀라요."

웨이터는 주문을 받지도 않고 우리가 원하는 걸 가져왔다. 샐리는 차, 나는 라테 한 잔 더, 라몬은 에스프레소, 그다음엔 라테.

메르세데스가 왔다. 흐트러진 머리, 진한 화장. 영화 촬영장에 가기 전에 모델 일을 하러 가는 길이다. 카페에 있는 모든 사람들이 빅토리아와 메르세데스를 아기 때부터 아는데도 굉장히 아름답고 상당히 야한 옷차림이라 그들을 빤히 본다.

라몬은 일상적인 설교를 늘어놓기 시작한다. 메르세데스가 멕시코 MTV의 야한 장면에 출연한 적이 있다. 그로선 당혹스러운 일이었다. 빅토리아에게 대학교에 다니면서 파트타임 일을 하라고 한다. 빅토리아는 그의 팔짱을 낀다.

"에이, 아빠. 내가 하고 싶은 건 춤뿐인데 대학교엔 왜 가야 해? 그리고 우리 집이 부잔데 내가 왜 일을 해야 해?"

라몬은 머리를 절레절레 흔들다 결국 댄스 교습비를 주고, 신발 살 돈을 얹어주고, 수업에 늦었다고 택시비를 보태준다. 빅토리아는 손을 흔들어 간다는 인사를 하고 카페 사람들 전체를 향하여 키스를 불어 날린다.

"늦었네!" 라몬이 신음하듯 말하며 일어서 나갈 때 사람들이 양쪽으로 늘어섰고, 그는 그들과 악수를 한다. 검은 리무진이 그를 태우고 인수르

● 스페인어로 기혼여성에게 붙이는 존칭.

헨테스 대로를 냅다 달린다.

"자, 이제야 아침을 먹을 수 있겠어." 메르세데스가 말한다. 줄리안이 주스와 과일, 칠라킬레스*를 내온다. "엄마, 뭐 좀 먹어. 조금이라도." 샐리는 고개를 흔든다. 나중에 항암 치료를 받아야 하는데, 뭘 먹으면 속이 메스껍다.

"난 간밤에 잠을 잘 못 잤어!" 샐리가 말한다. 메르세데스와 내가 웃자 샐리는 화를 낼 듯하다가, 본인이 잠자는 동안 누가 다녀갔는지 말해주자 우리와 함께 웃는다.

"내일은 이모 생일이잖아. 바실 만난 날!" 메르세데스가 말한다. "엄마, 엄마도 그레인지 축제에 갔었어?"

"그래. 하지만 난 아주 어렸지, 겨우 일곱 살이었으니. 바실을 만난 그해 그날은 너희 칼로타 이모가 열두 살이 되는 날이었지. 모두가 거기 있었어……. 어른들도, 아이들도. 칠레 안의 작은 영국이었지. 성공회 교회, 영국식 장원莊園과 아담한 집. 영국식 정원과 개. 왕세자 컨트리클럽. 럭비 팀, 크리켓 팀. 그리고 물론 이튼 스쿨 유형의 명문 남학교 그레인지 스쿨이 있고."

"우리 학교 여자애들은 모두 그레인지 남학생들한테 반했지……." 내가 말했다.

"축제는 하루 종일 계속됐어. 축구 시합, 크리켓 경기, 들판 횡단 경주, 포환던지기, 높이뛰기 시합 같은 행사들이 열렸지. 온갖 오락이 제공되고 매점들도 설치돼서 살 것이나 먹을 것이 많았어."

"점쟁이들도 있었지." 내가 말했다. "나도 점을 봤는데 애인도 많고 곧

---

* chilaquiles, 멕시코 전통 음식. 토르티야, 살사, 닭고기, 치즈, 콩 등이 들어 있다.

란한 일도 많을 거랬어."

"그런 점은 나도 보겠다. 아무튼, 그 축제는 그냥 영국의 시골 장날 같
았어."

"어떤 사람이었어?"

"고상하고 걱정이 많은 얼굴. 키가 크고 잘생겼지. 귀가 좀 큰 게 흠이
지만." 내가 말했다.

"뾰족하고 긴 턱도⋯⋯." 샐리가 덧붙였다.

"오후 늦은 시간에 시상식이 있었는데, 내 친구들과 내가 반한 남학생
들은 모두 운동 시합에서 상을 탔어. 그런데 바실은 다른 걸로 계속 상을
받았단다. 물리학, 화학, 역사, 그리스어, 라틴어. 이외에도 더 있어. 처음
엔 모두 박수를 쳤는데 나중엔 좀 이상해졌지. 상을 받으러 단에 불려 올
라갈 때마다 바실 얼굴이 점점 빨개졌거든. 상은 책이었어. 그래서 모두
열두 권을 탔지. 마르쿠스 아우렐리우스 책도 그중 하나였어.

그 시상식이 끝나고 무도회가 열리기 전에 티타임이 있었단다. 사람들
이 모두 이리저리 몰려다니거나 작은 탁자들에 앉아 차를 마셨지. 그때
콘치가 바실한테 춤추자고 청할 용기가 있느냐고 날 부추기는 거야. 그래
서 했지. 바실은 가족 모두와 함께 서 있더라고. 귀가 큰 아버지, 어머니,
여형제 셋. 불행히도 모두 다 턱이 똑같아. 난 바실에게 축하한다는 말을
하고 춤을 추자고 했지. 그때 바실이 나에게 반한 거야, 나를 본 바로 그
자리에서.

바실은 춤을 춰본 적이 없었어. 그래서 내가 춤이 얼마나 쉬운지 가르
쳐줬지, 그냥 손으로 네모 모양만 그리면 된다고. 〈시보네이〉, 〈멀리, 오
래전〉*에 맞춰서. 우리는 밤새도록 춤을 추었단다, 아니, 춤이라기보다는
손으로 네모를 그리며 그냥 흔들거린 거지. 바실은 그때부터 일주일 동안

매일 티타임에 우리 집에 놀러 왔어. 그러고는 곧 여름방학이 되었고, 바실은 가족과 시골 농장에 내려갔어. 나한테 매일 편지를 썼지, 시도 수십 편을 보내왔고."

"이모, 바실이 어떻게 키스했어?" 메르세데스가 물었다.

"키스는 무슨! 키스는 한 번도 안 했어, 내 손도 안 잡은걸. 그때만 해도 칠레에서 그랬다간 경을 칠 일이었거든. 피룰로 디아스가 영화관에서 〈보 제스트〉를 보면서 내 손을 잡았을 때 어쩔했던 기억이 나는구나."

"남자가 '너'라며 말을 놓기만 해도 큰일인 줄 알던 시절이었거든." 샐리가 말했다. "아주, 아주 오래전 일이지. 겨드랑이 탈취를 위해 명반을 문지르던 시절이었으니까. 코텍스는 아직 발명되지도 않았을 때라 하녀들이 빨아주는 천을 반복적으로 썼고."

"이모는 바실을 사랑했어?"

"아니. 난 피룰로 디아스를 사랑했어. 한데 바실은 몇 년 동안 계속 우리 집이나 럭비 경기나 파티에 왔어. 매일 오후 티타임엔 우리 집에 왔단다. 아버지는 바실과 골프를 쳤는데, 그때마다 저녁을 먹고 가라고 했어."

"바실은 아빠가 승인한 유일한 구혼자였지."

"연애의 비극." 메르세데스가 한숨을 쉬었다 "좋은 남자들은 예외 없이 섹시하지 않다는 사실."

"사비에르 씨는 좋은 남자야! 나한테 얼마나 잘해주는데! 게다가 섹시하고!" 샐리가 말했다.

"바실과 아빠는 가르치고 판단하려 들기는 해도 좋은 사람들이었어.

● 〈시보네이(Siboney)〉는 1929년에 발표된 쿠바 노래. 〈멀리, 오래전(Long Ago and Far Away)〉은 1944년 뮤지컬 영화 〈커버 걸(Cover Girl)〉의 주제곡.

난 바실을 홀대했는데도 바실은 계속 나를 찾았어. 매년 거르지 않고 내 생일에 장미를 보내거나 전화를 했단다. 40년이 넘도록 빠짐없이 매년. 내 연락처를 콘치를 통해 알았는지, 아니면 너희 엄마한테 물어봤는지…… 치아파스, 뉴욕, 아이다호…… 내가 어디에 가 있든 날 찾아내 연락했지. 한 번은 내가 오클랜드의 교도소 정신병동에 있었는데, 그것도 알아냈더라고."

"그 오랜 세월 바실은 전화해서 뭐래요?"

"별말 없어. 그냥 자기가 어떻게 살고 있는지 말할 뿐. 식품 체인점 사장이래. 대개는 내가 어떻게 지내는지 물어보긴 했지. 그럴 때 난 꼭 안 좋은 일을 말할 형편에 놓여 있었어…… 집에 불이 나 다 타버렸다거나, 이혼했다거나, 교통사고가 났다거나 하는. 바실은 전화할 때마다 똑같은 질문을 해. 묵주를 돌리듯이. 오늘이지, 11월 12일. 바실은 이날만 되면 자기가 아는 가장 아름다운 여자를 생각하는 거야. 〈멀리, 오래전〉 음악이 전화 배경에 흐르고."

"매년!"

"그런데 편지를 보내거나 이모를 보러 오지도 않았어요?"

"아니." 샐리가 말했다. "지난주에 바실이 전화해서 언니가 지금은 어디 있냐고 묻더라. 그래서 여기 올 거라고 했지. 그러니 언니와 점심이나 같이 먹으라고 했어. 그런데 왠지 언니를 만나고 싶어하는 것 같지는 않았어. 자기 아내에게 말하면 안 될 소리라고. 그래서 내가 그럼 아내도 같이 나오면 되지 않냐고 했더니 그것도 안 될 소리라고 했어."

"사비에르 왔다! 엄마, 엄만 참 운도 좋아. 그러니 우리한테 동정은 기대하지 마. 질투 나."

사비에르는 샐리 옆에 앉아 그녀의 두 손을 잡고 있다. 그는 유부남이다. 그들의 관계는 아무도 모르는 것으로 되어 있다. 그는 우연히 들른 것이다. 그러나 그들 사이에 흐르는 전류를 누가 알아채지 못할까? 줄리안은 나를 보고 빙긋 웃는다.

사비에르도 내 동생만큼이나 변했다. 그는 귀족이자 유명한 화학자로, 예전에는 상당히 진지하고 내성적인 사람이었다. 그런데 지금은 잘 웃는다. 그와 샐리는 놀고 울고 싸운다. 그들은 별이 빛나는 밤, 고양이와 어린아이들이 수풀 속에서 뛰놀고, 나무에는 종이 갓을 씌운 등불이 걸려 있는 광장에서 단손* 춤을 추곤 한다.

"잘 있었소, mi vida,**"라거나 "거기 소금 좀 주오"라는 지극히 사소한 말을 비롯해 그들이 하는 모든 말은 듣는 사람에게 어찌나 긴박감을 느끼게 하는지, 메르세데스와 나는 서로 바라보며 킥킥 웃었다. 어쨌든 은 총을 받은 이 두 사람을 보면 감동스럽고 경이로웠다.

"내일이 바실의 날이지!" 사비에르가 빙긋 웃었다.

"빅토리아와 나는 이모가 옷을 펑크족처럼 입어야 한다고 생각해, 아니면 할머니처럼 입거나." 메르세데스가 말했다.

"아니면 나 대신 샐리를 보낼까 봐!" 내가 말했다.

"아니. 빅토리아나 메르세데스를 보내든가……. 그럼 바실이 1940년대의 언니가 돌아왔나 할 거야, 얘들은 거의 바실이 기억하고 있을 언니와 닮았으니까!"

샐리는 사비에르와 항암 치료를 받으러 가고 메르세데스는 일하러 갔

---

* Danzon, 쿠바와 가까운 멕시코의 베라크루스에서 인기를 끌고 나중에 멕시코시티에서 발전한 무곡 형식.

** 스페인어로 애정이 담긴 호칭. '사랑스런 그대.'

다. 나는 코요아칸 구역에서 시간을 보냈다. 성당에서는 50명 정도 되는 아기들이 세례를 받고 있었다. 나는 뒤쪽 피 흘리는 예수상에서 가까운 장궤틀에 무릎을 꿇고 세례식을 구경했다. 부모들과 대부모들이 중앙 통로에 서로 마주 보고 줄지어 서 있었다. 흰옷 입은 엄마들은 아기들을 안고 있었다. 둥그스름한 아기, 홀쭉한 아기, 뚱뚱한 아기, 머리털이 없는 아기. 사제가 중앙 통로를 따라 내려올 때 두 복사가 향로를 흔들며 그 뒤를 따랐다. 사제는 라틴어로 기도했다. 왼손에 든 성배의 성수를 손가락에 묻혀서 아기들의 이마에 성호를 그으며 성부와 성자와 성령의 이름으로 세례를 주었다. 부모들은 진지한 얼굴로 엄숙히 기도했다. 나는 사제가 아기들의 엄마들에게도 그들을 보호해줄 성호를 긋고 축복해주기를 바랐다.

우리 아들들이 유아였을 때 멕시코의 마을에 가면 인디언들이 가끔 그들의 이마에 성호를 그으며 가여운 것! 하고 말하곤 했다. 이렇게 사랑스러운 아이가 이 인생의 고해에 던져지다니!

마크가 네 살 때의 일이다. 하루는 아이들이 뉴욕 호레이시오가街에 있는 유아원에서 소꿉놀이를 하고 있었다. 마크는 장난감 냉장고에서 꺼낸 가상의 우유를 가상의 유리잔에 따라 친구에게 건넸다. 그 친구가 그것을 놓치자 그 가상의 유리잔은 바닥에 떨어져 깨진다. 그때 마크의 얼굴에 비친 고통. 그 후 나는 평생 우리 아이들 모두가 살아가는 모습에서 그 얼굴을 보았다. 사고로 인한 상처, 이혼, 실패. 우리 아이들을 보호해주고 싶은 나의 미칠 듯이 모진 열망. 나의 무력함.

성당에서 나가면서 나는 복되신 성모 마리아상 아래의 촛불을 밝혔다. 가여운 것.

샐리는 몹시 지치고 메스꺼워하며 침대에 누워 있다. 나는 얼음물에 형겊을 적셔 샐리의 이마에 얹어준다. 그리고 코요아칸 광장에서 본 사람들 이야기, 세례 이야기를 샐리에게 들려준다. 샐리는 사비에르가 무슨 말을 했는지, 그가 얼마나 상냥한지 내게 들려준다. 그러더니 쓰라리고 쓰라린 눈물을 쏟는다.

샐리와 내가 성장해서 친구 같은 사이가 되었을 때 우리는 몇 년 동안 서로의 분노와 질투를 이야기로 풀어냈다. 나중에 우리 둘 다 정신과 치료를 받을 때는 몇 년 동안 외할아버지와 엄마를 향한 분노를 터뜨렸다. 잔인한 우리 엄마. 더 나아가 몇 년 후에는 아버지를 향한 분노를 발산했다. 아버지, 성인인 체하는 아버지, 아버지의 잔인성은 그다지 노골적이지 않았다.

하지만 이제 우리는 현재형으로만 말한다. 유카탄반도, 툴룸* 꼭대기의 천연 우물 속에서, 테포스틀란의 수녀원에서, 그녀의 작은 방에서, 우리는 서로 비슷한 반응을 보이는 것을 보고, 우리의 직감력이 스테레오 같은 것을 보고 기뻐서 웃는다.

나의 쉰네 번째 생일날 아침. 우리는 라베가 카페에 오래 머물지 않는다. 샐리는 항암 치료를 받으러 가기 전에 집에 가서 쉬고 싶어한다. 나는 바실과 점심 약속이 있어 옷을 갈아입어야 한다. 집에 와보니 메르세데스와 빅토리아가 두 하녀 벨렌, 돌로레스와 함께 티브이 연속극을 보고 있다. 벨렌과 돌로레스는 밤이고 낮이고 대부분의 시간을 연속극을 보며 보

* 툴룸은 멕시코 킨타나로오주 해안가에 있는 마야 유적지다. 테포스틀란은 유명한 사원과 수녀원이 있는 멕시코시티 인근의 마을이다.

낸다. 그들은 옥상 위의 작은 아파트에서 살며 이 집에서 20년 동안 일했다. 라몬과 두 딸이 없기 때문에 이제는 별로 할 일이 없지만, 샐리는 그들을 나가게 할 생각이 전혀 없다.

오늘은 연속극 〈인생의 고난〉에서 큰일이 벌어지는 날이다. 샐리는 실내 가운을 입고 티브이를 보러 나온다. 나도 실내 가운을 입고 있다. 샤워도 하고 화장도 했지만 회색 리넨 옷이 구겨질까 봐서다.

아델리나는 그녀의 딸 콘치타에게 안토니오와 결혼하지 말라고 해야 할 것이다. 안토니오는 그녀가 낳은 사생아다. 콘치타의 오빠인 것이다! 아델리나는 25년 전 수녀원에서 안토니오를 임신했다.

그들은 샌본 레스토랑에 있다. 아델리나가 미처 입을 열기도 전에 콘치타는 안토니오와 몰래 결혼했다고 말한다. 임신했다면서! 아델리나의 비탄에 빠진 얼굴, 엄마의 얼굴이 클로즈업된다. 하지만 그녀는 웃으면서 딸의 볼에 입맞춘다. 모조, 여기 샴페인 좀 가져와.

참 어이없는 드라마다. 그런데 정말 어이없는 건, 우리 여섯 여자가 모두 눈이 퉁퉁 붓도록 울고 있었다는 사실이다. 그렇게 마냥 울고 있는데 초인종이 울렸다. 메르세데스가 문을 열러 달려갔다.

바실은 깜짝 놀라서 메르세데스를 빤히 바라보았다. 실컷 울던 얼굴이라서, 짧은 바지에 브래지어 없이 셔츠만 입고 있어서 그런 것만은 아니다. 사람들은 보통 그들 자매의 미모에 깜짝 놀란다. 그들과 얼마간 알고 지내면 언청이에 익숙해지듯 그 미모에 익숙해져서 잘 의식하지 못할 뿐이다.

메르세데스는 그의 뺨에 입맞추었다. "그 유명한 바실이시군요, 진짜 영국식 트위드를 입으신!"

그의 얼굴이 홍당무가 되었다. 여자들이 얼굴은 눈물범벅인데 킥킥거리는 모습이 혼란스러운지 우리를 빤히 보았다. 야단맞는 심각한 얼굴로 킥킥거리는 어린아이들 같았다. 우리는 웃음을 멈출 수 없었다. 나는 일어나 그에게 다가가 포옹을 했지만 그는 몸이 경직되더니 차갑게 손을 내밀어 악수했다.

"미안해……. 눈물 짜게 하는 연속극을 보다가 그만." 나는 모두에게 그를 소개해주었다. "물론 샐리 기억하겠지?" 그는 다시 소스라치게 놀랐다. "가발!" 샐리는 가발을 가지러 달려갔다. 나는 옷을 입으러 갔다. 메르세데스가 내 뒤를 따라왔다.

"이모, 그러지 말고 진짜 갈보처럼 야하게 입어……. 저 사람 너무 고리타분해!"

"아무래도 이 근처엔 점심을 먹을 만한 데가 없는 거 같은데." 바실이 말했다.

"웬걸. 라 팜파 있는데. 공원 꽃시계 반대편에 있는 아르헨티나 식당."

"꽃시계?"

"보여줄게. 그리로 가자고." 내가 말했다.

나는 긴장된 수다를 떨며 그를 따라 계단을 내려갔다. 그를 만나 정말 반가웠다. 그는 정말 건강해 보였다.

그는 아래층 현관에 멈춰 서서 주위를 돌아보았다.

"라몬은 이제 장관인데. 가족을 여기보다 더 좋은 데서 살게 해줄 수 없나?"

"이제 새살림을 차렸잖아. 라 페드레갈에 있는 멋진 집에서 살지. 하지만 여기도 훌륭해, 바실. 양지바르고 넓고……. 사방에 골동품, 화초, 새가 있으니까."

"이 동네는 어때?"

"칼레 아모레스? 샐리는 다른 데선 살 생각도 안 할 거야. 여기 사람들을 다 아는데. 나도 다 아는걸."

그의 차를 주차한 곳으로 가는 길에 나는 여러 사람과 인사를 나눴다. 그는 몇몇 소년에게 돈을 주고 도둑들 손이 타지 않게 차를 잘 보라고 일러두었었다.

우리는 안전벨트를 맸다.

"샐리 머리는 왜 그런 거야?" 그가 물었다.

"항암 치료 때문에 다 빠졌어. 암에 걸렸거든."

"아니 그런 끔찍한 일이! 예후는 좋아?"

"아니. 죽어가고 있어."

"참으로 딱하군. 그런데 식구들이 특별히 슬퍼하는 것 같진 않던데."

"우린 물론 슬픔에 잠겨 있어. 하지만 지금 당장은 행복해. 샐리는 사랑에 빠져 있거든. 샐리와 난 자매지만, 더 가까워졌어. 그것도 사랑에 빠지는 것과 같아. 자식들은 샐리를 자주 보러 오고, 샐리의 말에 귀를 기울이지."

그는 운전대를 꼭 잡은 채 말이 없었다.

나는 인수르헨테스 대로를 따라 공원으로 가는 길을 가리켰다.

"아무 데나 주차해. 저기 꽃시계 봐!"

"시계 같지 않은걸."

"아니긴 뭐. 저 숫자 봐! 아니, 뭐야. 저번엔 시계 같았는데. 숫자는 금잔화로 되어 있었는데 줄기가 좀 길어졌네. 하지만 여기 주민들은 모두 저게 시계인 줄 알아."

그는 차를 음식점에서 멀리 떨어진 곳에 주차했다. 더운 날이었다. 나는 등이 안 좋고 담배를 많이 피운다. 스모그. 하이힐. 게다가 나는 배고파서 쓰러질 지경이었다. 음식점에서 나는 냄새가 황홀했다. 마늘과 로즈메리, 레드와인, 양고기.

"글쎄, 상당히 떠들썩한걸. 제대로 이야기도 못 나누겠어. 이거 뭐 아르헨티나 사람들 판이네!"

"당연하지, 아르헨티나 음식점인데."

"너, 말투가 완전 미국인이네."

"당연하지, 미국인인데." 우리는 근사한 음식점들 안을 기웃거리며 그 거리를 오르락내리락했지만 딱히 적당한 곳을 찾지 못했다. 한 군데는 너무 비쌌다."

"바실⋯⋯. 우리 그냥 샌드위치나 사서 공원에 가서 먹자. 난 굶어 죽기 직전이야. 너하고 이야기할 시간도 갖고 싶어."

"시내로 들어가자. 내가 아는 음식점들이 있어."

"그럼 난 여기서 기다릴 테니 가서 차 가져올래?"

"이 동네에서 혼자 있게 둘 순 없어."

"이 동네 좋은 동네야."

"그러지 말고 차 찾으러 같이 가자."

차를 찾으러? 그래, 바실은 차를 어디에 주차했는지 기억하지 못하는 거야. 몇 구역이나 멀리 왔을까. 우리는 온 길을 되밟아 갔다. 골목을 나가 모퉁이를 돌고, 올 때 본 고양이 앞을 지나고, 대문 앞에 기대어 우유 배달원과 희롱질하고 있는 하녀 앞을 지났다. 칼갈이가 핸들을 잡지 않은 채 자전거를 타고 피리를 불면서 지나갔다.

나는 차에 올라 등받이에 털썩 몸을 맡기고 구두를 걷어차듯 벗었다. 내가 담배를 꺼내자 바실은 차 안에서 담배를 피우지 말아달라고 했다. 우리는 멕시코시티의 스모그 때문에 눈물이 찔끔찔끔 흘렀다. 나는 담배연기가 스모그를 차단하는 일종의 보호막이 될 수 있을지 모른다고 신소리했다.

"야아, 칼로타, 생각하는 게 여전히 위태위태하네!"

"어서 출발하기나 해. 나 배고파 죽겠어."

하지만 그는 글러브박스에서 자기 자식들 사진을 꺼냈다. 나는 은색 사진틀에 든 사진들을 받아 들었다. 눈이 맑고 굳은 의지가 엿보이는 젊은이들. 길고 홀쭉한 턱. 바실은 그들의 총명함과 학력, 의사로 성공한 사회생활을 자랑했다. 바실과 그의 아내는 아들을 종종 보지만 아내는 딸 마릴린과 사이가 좋지 않았다. 둘 다 매우 고집이 세다는 것이었다.

"아내는 하인들을 잘 다뤄." 바실은 아내 이야기를 했다. "하인들이 절대로 어떤 선을 넘지 않게 하지. 아까 그 여자들은 샐리의 하인들인가?"

"응. 지금은 가족처럼 지내."

바실은 일방통행로로 잘못 들어가 역주행하다 후진해서 돌아 나왔다. 다른 차들과 트럭들이 경적을 울려댔다. 이윽고 시외 순환도로에 들어서 속력을 냈지만, 얼마 안 가서 전방에 사고가 났는지 도로가 꽉 막혔다. 차들이 전혀 움직이지 않자 바실은 시동을 껐다. 당연히 에어컨도 꺼졌다. 나는 담배를 피우려고 차에서 내렸다.

"그러다 차에 쳐!"

우리 뒤로 멀리까지 차들이 전부 정지해 있는데 무슨 말인지.

우리가 셰러턴 호텔에 도착한 시각은 네 시 삼십 분. 식당이 닫혀 있었다. 어떡하지? 차는 이미 주차장에 넣어놓았는데. 우리는 하는 수 없이 그 옆에 있는 작은 대중음식점 데니스로 갔다.

"결국 데니스 식당에 오려고 여기까지 왔어." 내가 말했다.

"난 클럽 샌드위치하고 아이스티. 너는 뭐 먹어?"

"모르겠어. 메뉴가 시시하네."

나는 완전히 우울했다. 어서 샌드위치를 먹고 집에 가고 싶었다. 하지만 예의 바르게 대화를 나눴다. 그의 가족은 영국 컨트리클럽 회원이었다. 그는 골프와 크리켓을 즐기고 어떤 극단에 소속되어 있다. 그 극단이 공연한 〈비소와 낡은 레이스〉*에서 그가 맡은 역할은 늙은 여자들 중 한 명이었는데, 대단히 즐거웠단다.

"그건 그렇고. 나 칠레의 그 풀장 있는 집 샀어. 산티아고에 있는 그 골프장 세 번째 홀 앞에 있는 집. 지금 세를 주고 있는데 은퇴하면 그리로 가 살 거야. 어떤 집인지 알겠어?"

"물론이지. 아름다운 집이지, 등나무와 라일락이 있는 집. 그 집 라일락 수풀 속 잘 봐봐. 골프공이 굉장히 많을 거야. 내가 처음 때린 공은 항상 깎아 쳐서 그 집 마당으로 날아갔으니까."

"은퇴 계획은 세워뒀어? 노후 대책은 있어?"

"노후 대책?"

"저축해둔 건 있어? 개인 퇴직 적립금 같은 건 붓고 있어?"

나는 고개를 가로저었다.

"난 네 걱정 많이 했어. 특히 네가 병원에 들어가 있었을 때. 너는 좀 방황하는 생활을 했지…… . 세 번 이혼에 자식이 넷, 직장도 여러 번 바꾸고. 그런데 자식들은 뭐 해? 아들들이 자랑스러워?"

샌드위치가 나왔는데도 나는 짜증이 났다. 그는 굽지 않은 치즈 샌드위치와 차를 시켰다.

• 「Arsenic and Old Lace」 미국 극작가 조지프 케설링의 1939년 희곡. 1941년 브로드웨이에서 공연되었고, 1944년에는 캐리 그랜트 주연의 동명 영화로도 제작되었다.

"난 그런 발상을 굉장히 싫어해……. 자기 자식을 자랑스러워한다는 것, 부모가 자식들이 성취한 걸 자신들의 명예로 여기는 것. 난 우리 애들을 좋아해. 다정하고 성실한 아이들이야."

우리 아이들은 잘 웃는다. 뭐든 잘 먹기도 하고.

그는 다시 물었다. 우리 아이들 직업이 뭐냐고. 요리사, 티브이 카메라맨, 그래픽 디자이너, 웨이터. 모두 자기 일을 좋아한다.

"자식들이 나중에 유사시에 어머니를 돌봐줄 입장에 있는 것 같지 않군. 아, 칼로타, 칠레에 계속 있었더라면 좋았을걸. 그랬더라면 평안히 살았을 텐데. 여전히 컨트리클럽의 스타였을 테고."

"평안? 난 혁명이 일어났을 때 죽었을 거야." 컨트리클럽의 스타? 화제를 바꾸자, 빨리.

"아내와 바다에는 놀러 나가?" 내가 물었다.

"아니, 칠레의 해변을 안 다음에야 어떻게 그러겠어? 여긴 미국인들이 아주 많아. 멕시코의 태평양해안은 따분해."

"바실, 어떻게 바다를 따분하다고 할 수 있어?"

"너는 따분한 게 없어?"

"없어. 정말로. 난 따분했던 적이 없어."

"하지만 따분하지 않은 대신 고생이 많았잖아."

바실은 약간 먹다 만 샌드위치를 옆으로 밀어놓고 걱정스러운 얼굴로 몸을 앞으로 당겼다.

"칼로타, 이 친구야……. 그러다 지난날을 어떻게 주워담으려고 그래?"

"난 지난날은 필요 없어. 그냥 해를 끼치지 않으려 노력하며 그냥 가던 길을 갈 뿐이야."

"말해봐, 너는 지금까지 인생에서 뭘 성취한 거 같아?"

나는 아무것도 생각해낼 수 없었다.

"술을 안 마신 지 3년 됐다는 거."

"그게 무슨 성취야. 그건 '난 엄마를 죽이지 않았어'라는 거나 마찬가지네."

"그렇지, 그것도 있네." 나는 빙긋 웃었다.

나는 세모로 자른 샌드위치를 싹 다 해치웠다. 파슬리 부스러기까지.

"플랑하고 카푸치노 주세요."

멕시코에서 플랑이 없는 음식점은 처음 봤다. 그럼 젤로 주세요. "자긴 어때? 바실, 시인이 되겠다는 포부는 어떻게 됐어?"

그는 고개를 흔들었다. "물론 아직 시를 읽기는 해. 그런데 너 혹시 마음에 새기고 의지하는 시구가 있어?"

야아, 정말 재미있는 질문이네! 나는 이 질문이 반가웠다. 하지만 일부러 그가 좋아하지 않을 시구를 떠올렸다. 보라, 바다여, 나를 데려가라!● 어느 여자나 파쇼를 사랑한다.●● 나는 고뇌의 표정을 좋아하노라! 그것이 진실되다는 걸 알기 때문에.●●●

"그 선한 죽음에 순순히 들지 마세요." 나는 딜런 토머스를 좋아하지도 않으면서 그렇게 대답했다.

"아직도 내가 알던 반항아 칼로타네! 나는 예이츠의 '비밀을 지키고 기뻐하라'.●●●●"

● 에밀리 디킨슨의 「나의 강은 그대에게로 흐른다(My River Runs to Thee)」.
●● 실비아 플래스의 「아빠(Daddy)」.
●●● 에밀리 디킨슨의 「시간과 영원(Time and Eternity)」.
●●●● 「모든 것이 수포로 돌아간 친구에게(To a Friend Whose Work Has Come to Nothing)」.

망할. 나는 담배를 비벼 끄고 인스턴트커피를 마저 마셨다.

"'잠자기 전에 가야 할 먼 길'*이나 가는 건 어때? 난 집에 가야겠어."

교통 상황도 스모그도 지독했다. 차는 거북이걸음을 했다. 바실은 우리가 아는 사람들 중 죽은 사람들을 모두 죽 말해주었다. 나의 옛날 남자친구들의 결혼 실패와 경제적 실패까지.

바실은 집 앞에 차를 세웠다. 나는 잘 가라고 말했다. 그러고는 바보처럼 그를 포옹해주려고 운전석 쪽으로 몸을 기울였다. 그런데 그는 문 쪽으로 몸을 비켰다. 잘 가, 나는 말했다. 기뻐하라!

집 안은 조용했다. 샐리는 항암 치료를 받고 와서 잠들어 있었다. 나는 샐리가 발작적으로 뒤척이는 것을 보고 나와 커피를 진하게 타 가지고, 카나리아 새장 옆으로 가서 앉았다. 가까이서 월하향 향기가 났고, 아래층 남자의 형편없는 첼로 연주 소리가 들렸다.

커피를 마신 뒤 나는 샐리 옆을 파고들었다. 우리는 어두워질 때쯤 잠을 깼다. 빅토리아와 메르세데스가 바실과의 점심 약속 이야기를 들으러 왔다.

점심 약속 이야기를 해줄 수도 있었을 테지만. 그 이야기를 웃기게 들려줄 수도 있었겠지만. 금잔화가 많이 자라서 바실이 꽃시계를 알아보지 못했다는 이야기를 할 수도 있었겠지만. 〈비소와 낡은 레이스〉 연극에서 할머니 연기를 했다는 그를 흉내낼 수도 있었겠지만. 나는 샐리 옆 베개에 몸을 기댔다.

"바실은 다시는 연락하지 않을 거야."

● 로버트 프로스트의 「눈 오는 밤 숲 옆에 멈춰 서서(Stopping by Woods on a Snowy Evening)」.

나는 울었다. 샐리는 딸들과 함께 나를 위로했다. 그들은 내가 바보같이 운다고 생각하지 않았다.

애도

나는 집을 좋아한다. 집이 말해주는 모든 것을. 내가 청소부로 일하기를 마다하지 않는 이유 중 하나가 그것이다. 그건 마치 책을 읽는 것 같다.

나는 알린의 센트럴 리얼리티 소속이다. 주로 빈집을 청소한다. 빈집에도 이야기가 있고 그걸 미루어 생각할 수 있는 단서가 있다. 찬장 위 저 구석에 쑤셔넣은 연애편지, 건조기 뒤에서 나온 빈 위스키병, 식료품 구매 목록……. "타이드 세제, 초록색 렁귀니 한 통, 코어스 맥주 여섯 캔 좀 사다 줘. 간밤에 내가 한 말, 본의가 아니었어."

최근에는 죽은 사람들의 집을 주로 청소한다. 청소를 하면서 사람들이 가져갈 물건이나 자선단체에 줄 것들을 정리하기도 한다. 알린은 그녀의 어머니 새디가 있는 '유대인 부모 양로원'에 갖다줄 옷가지나 책이 있는지 묻는다. 이런 일은 나를 우울하게 만든다. 고인의 친척들은 저마다 갖고 싶어하는 걸 가지고, 오래되어 구질구질한 멜빵이나 커피 머그처럼 사소한 걸 가지고도 다툰다. 친척들이 아무것도 원하지 않을 때는 모두 다 상자에 넣는다. 어떤 경우든 죽은 사람의 집을 청소하고 정리하는 데 시간이 별로 많이 들지 않는다는 건 좀 슬픈 일이다. 생각해보라. 당신이 죽었는데…… 누군가 와서 당신의 모든 물건을 단 두 시간이면 모조리 싹 제거할 수 있다는 것을.

지난주에는 나이가 아주 많은 어느 흑인의 집을 청소했다. 그는 우체부였는데, 알린도 아는 사람으로, 당뇨병으로 자리보전하다가 심장마비로 죽었다. 그 심술궂고 완고한 늙은이는 교회 장로라고 알린이 알려주었다. 그의 아내는 10년 전에 죽었고 그는 줄곧 홀아비였다. 알린의 친구인 그의 딸은 정치 운동가로, 로스앤젤레스 교육위원회에서 일했다. "그 친구는 흑인 교육과 주택 공급 분야에서 많은 일을 했어. 아주 억센 여자지." 알린이 말했다. 사람들이 알린에 대해서도 늘 그렇게 말하는 걸 보면 알린의 친구도 알린 말대로 분명 억셀 것이다.

그 우체부의 아들은 알린의 고객으로 아주 딴판이다. 그는 시애틀의 검사이며, 오클랜드 여기저기에 부동산을 소유하고 있다. "빈민가의 악덕 집주인이라고는 할 수 없지만……" 아들과 딸은 오전 늦은 시간에 되어서야 그 집에 왔다. 나는 알린에게 들은 것도 있고, 그 집을 청소하다 알게 된 것도 있어서 그들에 대해 이미 많은 것을 알고 있었다. 내가 처음 발을 들여놓았을 때 그 집은 굉장히 고요했다. 그것은 아무도 없는 집의 고요, 사람이 죽은 집의 고요, 모든 소리를 반향하는 고요였다. 웨스트 오클랜드의 초라한 동네에 있는 집이었다. 단정하고 예쁜 작은 농가 같은 집으로, 포치에는 그네가 있고, 손질이 잘된 앞마당에는 오래된 장미나무가 있고 진달래가 피어 있었다. 그 주위의 집들은 대부분 창문에 판자가 쳐 있고 스프레이 페인트로 낙서가 되어 있었다. 늙은 술주정뱅이들이 흰 포치 계단에 앉아 나를 뚫어지게 바라보았다. 나이 어린 크랙* 딜러들은

* crack, 코카인의 하나.

길모퉁이에서 서성거리거나 차 안에 앉아 있었다.

이 집은 실내도 이웃집들과는 거리가 멀었다. 창문에는 레이스 커튼이 달려 있고 반들반들한 오크 가구가 있었다. 노인은 대부분의 시간을 집 뒤편의 커다란 일광욕실과 병원 침대와 휠체어에서 보냈다. 그 방 창턱에 달린 시렁에는 양치류와 아프리카 제비꽃이 빽빽했다. 유리창 밖에는 새 모이통 네다섯 개가 걸려 있었다. 대형 새 티브이와 브이시알. 시디 플레이어. 자식들이 준 선물이리라고 나는 추측했다. 벽난로 선반 위의 결혼사진. 그는 턱시도 차림이고 머리를 기름칠해 뒤로 넘겼고 가는 콧수염을 길렀다. 그의 아내는 젊고 아름답다. 두 사람 다 엄숙한 표정이다. 아내의 독사진. 나이 들어 백발이고 웃고 있다. 웃음기 가득한 눈. 졸업사진의 두 자녀 얼굴은 모두 엄숙하다. 잘생기고, 자신만만하고, 건방진 느낌. 아들의 결혼사진. 신부는 흰 새틴 드레스를 입은 금발 미녀. 아들 부부와 한 살쯤 된 아기 사진. 국회의원 론 델럼스와 딸이 함께 찍은 사진. 침대 머리맡 탁자에 카드가 한 장 놓여 있다. "제가 너무 바빠서 크리스마스 때 오클랜드에 못 가게 돼서 죄송해요……." 아들이나 딸이 보낸 카드일 것이다. 노인의 성경책 시편 104편이 펼쳐져 있다. "그가 땅을 보신즉 땅이 진동하며 산들을 만지신즉 연기가 나는도다."

그들이 오기 전에 나는 위층 방들과 화장실을 치웠다. 치울 게 별로 없었다. 벽장 안과 리넨 선반에 있는 것들은 전부 꺼내 침대 위에 차곡차곡 쌓아두었다. 그러고 나서 계단을 청소하고 있는데 그들이 들어와서 나는 진공청소기를 껐다. 그는 붙임성 있게 나에게 악수를 청했다. 그녀는 고개를 한 번 끄덕이고 곧장 계단을 올라갔다. 장례식이 끝나고 바로 이리로 온 모양이었다. 그는 미세한 금색 줄이 있는 검정색 스리피스 양복을 입었다. 그녀는 회색 캐시미어 정장에 회색 스웨이드 재킷을 입었다. 둘

다 키가 크고 사람의 눈을 끌게 잘생겼다. 검은 머리를 뒤로 모아 틀어 올린 그녀는 전혀 웃지 않았지만 그는 시종 미소 띤 얼굴이었다.

나는 방들을 점검하는 그들 뒤를 따라다녔다. 그는 틀이 조각된 타원형 거울을 가졌다. 그들이 달리 가져가고 싶어하는 건 없었다. '유대인 부모 양로원'에 줄 수 있는 건 없느냐고 나는 물었다. 눈이 검은 그녀는 나를 내려다보았다.

"아줌마 눈에는 우리가 유대인으로 보여요?"

그는 재빨리 나에게 설명했다. 그들이 원하지 않는 건 나중에 샤론의 장미 침례교회에서 다 가져갈 거라고. 그리고 의료용품 업체에서는 침대와 휠체어를 가져갈 거라고. 그는 지금 수고비를 지불하겠다며 은제 클립에 끼운 돈뭉치에서 20달러짜리 지폐 네 장을 뽑았다. 그리고 청소를 다 마친 뒤 집 문을 잠그고 열쇠는 알린에게 주라고 일렀다.

내가 부엌을 청소하는 동안 그들은 일광욕실에 있었다. 아들은 부모의 결혼사진과 자신의 사진을 챙겼다. 딸은 어머니의 사진을 갖고 싶어했다. 그도 마찬가지였지만 그녀에게 가지라고 양보했다. 그는 성경책을 챙겼다. 그녀는 론 델럼스와 찍은 사진을 챙겼다. 그녀와 나는 그를 도와 티브이와 브이시알, 시디 플레이어를 그의 벤츠 승용차 트렁크에 실어주었다.

"맙소사, 이 동네가 이렇게 되다니 끔찍하군." 그가 말했다. 그녀는 아무 말도 하지 않았다. 내 생각에 그녀는 이웃집들을 보지도 않은 것 같다. 집에 도로 들어간 그녀는 일광욕실에 앉아 주변을 바라다보았다.

"난 아버지가 새를 관찰하거나 화초 가꾸는 게 상상이 안 돼." 그녀가 말했다.

"이상하지? 난 아버지가 어떤 사람인지 전혀 모르고 살아온 기분이야."

"우리를 공부하게 만든 건 아버지였지."

"네가 수학을 C 받았을 때 아버지한테 맞은 기억이 나."

"아니야. B였어. B 플러스. 어떤 성적에도 아버지는 만족하지 않으셨지."

"알아. 하지만……. 아버지를 더 자주 뵀더라면 좋았을걸. 내가 여기 와 본 지 얼마나 오래됐는지……. 생각하고 싶지도 않아……. 전화는 자주 드렸지만, 그래도……."

그녀가 자책하지 말라며 그의 말을 끊었다. 그들은 아버지를 모시고 사는 건 굉장히 힘들었을 것이며, 일을 하면서 멀리까지 그를 찾아오기는 정말 어려웠다는 이야기를 했다. 서로를 위로해주려고 그런 말들을 했겠지만, 나는 그들이 무거운 양심의 가책을 느끼고 있다는 걸 알 수 있었다.

요 방정맞은 주둥이. 입 좀 다물고 있으면 좋겠는데 나는 늘 이 모양이다. "이 일광욕실은 참 상쾌해요. 부친께서 여기서 행복하셨던 거 같아요."

"그렇죠?" 아들은 나를 보고 웃는 얼굴로 말했지만 딸은 나를 노려보았다.

"우리 아버지가 행복했건 안 했건, 그건 그쪽이 알 바 아니잖아요."

"미안해요." 나는 말은 그렇게 했지만 속으로는 '너의 그 야비한 입을 후려갈겨주지 못해서 미안하다'고 했다.

"술 좀 마셨으면 좋겠는데. 이 집엔 아마 없겠지." 아들이 말했다.

나는 브랜디와 크렘 드 망트, 셰리주가 있는 찬장을 가리켰다. 그들에게 부엌으로 이동하는 게 어떻겠느냐고 했다. 찬장의 물건들을 박스에 넣기 전에 확인해보라는 것이었다. 그들은 부엌 식탁 앞으로 갔다. 그는 브랜디 두 잔을 듬뿍 따랐다. 내가 찬장을 열어 물건을 꺼내는 동안 그들은 브랜디를 마시며 쿨 담배를 피웠다. 그 가운데 그들이 갖고 싶어하는 건 없어서 나는 곧바로 상자를 닫을 수 있었다.

"부엌 벽장에도 물건들이 있어요……." 내가 눈독을 들인 것이었다. 오래된 다리미……. 검은 무쇠에 조각된 나무 손잡이가 달려 있었다.

"이거 내가 가질게!" 두 사람이 동시에 말했다. "어머니께서 실제로 그걸로 다리미질하셨어요?" 내가 아들에게 물었다. "아뇨, 치즈 샌드위치를 굽는 데 쓰셨어요. 콘비프를 꾹 누르는 데 쓰시기도 하고."

"난 사람들이 그걸 어떻게 하는지 늘 궁금했는데……." 난 또 지껄이다가 그녀가 아까처럼 날 바라보는 걸 보고 입을 다물었다.

오래되고 닳아빠진 밀방망이. 많이 사용해서 비단처럼 반들반들하다.

"이거 내가 가질게!" 그들이 동시에 말했다. 이번에는 그녀가 웃었다. 술과 부엌의 열기 때문인지 그녀의 머리 모양이 조금 느슨해졌다. 자잘한 곱슬 머리칼이 번들번들해진 얼굴에 닿았다. 어느새 립스틱이 지워지고 졸업식 사진의 옛날 모습이 보였다. 그는 양복 상의와 조끼와 넥타이를 벗고 와이셔츠 소매를 걷어 올렸다. 내가 그의 좋은 체격을 훑어보는 것을 알아챈 그녀가 나에게 단검 같은 시선을 던졌다.

바로 그때 웨스턴 의료기기에서 침대와 휠체어를 가지러 왔다. 나는 그들을 일광욕실로 안내하고 뒷문을 열었다. 부엌으로 돌아와보니 그들은 브랜디를 한 잔 더 따라 마시고 있었다. 그는 그녀 앞으로 몸을 구부리고 이야기했다.

"우리 화해하자. 우리 집에서 주말 같이 보내자, 데비와도 친해지게. 우리 라타니아는 한 번도 못 봤잖아. 아주 예뻐. 꼭 너 닮았어. 부탁이야."

그녀는 아무 말도 하지 않았지만, 죽음은 그녀의 마음을 움직이고 있었다. 죽음은 치유의 기능을 가지고 있다. 죽음은 우리에게 용서하라고 말한다. 우리는 외롭게 죽고 싶지 않다는 것을 상기시켜준다.

그녀는 고개를 끄덕였다. "알았어."

"아, 좋았어!" 그는 그녀의 손을 잡았지만 그녀는 움찔하더니 손을 빼내 식탁 가장자리를 매의 발처럼 꽉 쥐었다.

우아! 매정한 년이네, 라고 나는 말했다. 속으로만. 입 밖으로는 "여기 두 분이 분명히 갖고 싶어할 게 있어요." 오래되고 묵직한 와플 철판이었다. 가스레인지에 올려놓고 쓰는 종류였다. 우리 외할머니 메이미도 그걸 썼다. 그걸로 만든 와플만한 건 없다. 겉은 누런 갈색에 아주 바삭하고 속은 부드럽다. 나는 와플 철판을 두 사람 앞에 꺼내놓았다.

그녀가 빙긋 웃었다. "이거야말로 내 거야!" 그는 껄껄 웃었다. "너 그거 가지고 비행기 타려면 무게 초과로 돈 좀 들 거야."

"상관없어. 우리가 아플 때 엄마가 어떻게 와플을 만들어줬는지, 기억나? 진짜 메이플 시럽을 쳐서 줬던 거?"

"밸런타인데이 때는 하트 모양으로 만드셨지."

"하트 모양이 제대로 안 나오긴 했지만."

"그래, 하지만 우린 '엄마, 딱 하트 모양이야!'라고 했지."

"딸기와 생크림도 얹었어."

나는 다른 것들도 끄집어냈다. 구이용 팬, 조림용 병이 든 상자는 그들의 관심 밖이었다. 맨 위의 선반에서 꺼낸 마지막 박스를 식탁에 놓았다.

앞치마. 가슴 부분이 있는 구식 앞치마로 새와 꽃 문양을 수놓은 수공품들이었다. 마른행주도 수놓은 것들이었다. 모두 밀가루 자루나 격자무늬의 깅엄 헌옷으로 만든 것들이었다. 부드럽고 색깔이 바래고 바닐라와 정향 냄새가 났다. "이건 내가 4학년 개학하는 날 입었던 원피스로 만들었어."

그녀는 앞치마와 행주를 일일이 다 펴서 식탁에 펼쳐놓았다. 아아! 그녀의 입에서는 아아! 라는 말만 흘러나왔다. 눈물이 뺨을 타고 흘러내렸다. 그녀는 앞치마와 행주를 그러모아 가슴에 끌어안았다.

"엄마!" 그녀는 울며 외쳤다. "그리운 엄마, 엄마!"

그녀의 오빠도 울고 있다가 다가가 그녀를 포옹했다. 그는 그녀를 안고 흔들흔들했다. 그녀는 이번엔 몸을 빼지 않았다. 나는 그곳에서 슬쩍 빠져나와 뒷문을 통해 밖으로 나갔다.

얼마 동안인지 계단에 서 있는데 트럭이 집 앞에 와서 섰다. 침례교회에서 온 세 사람이 트럭에서 내렸다. 나는 그들을 앞문으로 안내해 들어가 2층으로 데려가 그들이 가져갈 것들을 알려주었다. 나는 한 사람이 2층에서 짐을 가지고 내려오는 걸 도와주었다. 차고에 있는 공구와 갈퀴를 트럭에 싣는 것도 도와주었다.

"그걸로 끝이네." 그중 한 남자가 말했다. 트럭이 후진해 나가는 동안 남자들이 나에게 손을 흔들었다. 나는 안으로 들어갔다. 집은 고요했다. 오빠와 여동생은 이미 가고 없었다. 나는 바닥 청소를 하고 나가 그 빈집 문을 잠갔다.

돌로레스 공동묘지

'천국의 안식처'도 '평화로운 계곡'도 아니다. 고통의 공동묘지. 차풀테펙 공원에 있는 공동묘지 이름이다. 멕시코에서는 그것을 피할 길이 없다. 죽음. 피. 고통.

고문은 도처에 있다. 레슬링 경기, 아즈텍 신전, 오래된 수녀원의 못 박힌 형벌대, 모든 교회의 그리스도상에 씌운 피 묻은 가시면류관. 맙소사, 이제 곧 망자의 날*이라 과자나 사탕마저 해골 모양이다.

그날은 우리 엄마가 캘리포니아에서 돌아가신 날이다. 내 동생 샐리는 여기 멕시코시티에 있었다. 샐리는 여기에 산다. 샐리와 샐리의 자식들은 우리 어머니를 위해 오프렌다를 만들었다.

오프렌다, 망자를 위한 제사상. 오프렌다를 차리는 일은 재미있다. 사람들은 오프렌다를 최대한 예쁘게 장식한다. 금잔화와 자홍색 벨벳으로 제단을 풍성하고 화려하게 만든다. 두뇌 같은 모양의 꽃과 작은 보라색 천일홍. 죽음을 아름다운 것으로, 즐거운 것으로 만드는 것이 주된 목적

* The Day of the Dead, 10월 31일에서 11월 2일에 걸친 멕시코 축제 기간으로 가족들이 모여 죽은 이들을 기억한다.

이다. 피 흘리는 격정의 그리스도, 그 기품, 아름답고 궁극적인 죽음에 이르는 투우, 정교하게 조각된 무덤, 묘석.

오프렌다에는 망자가 원하리라고 생각되는 것들을 놓는다. 담배, 가족사진, 망고, 로토 티켓, 테킬라, 로마에서 온 엽서. 칼과 양초와 커피. 망자의 친구들 이름을 쓴 해골들. 해골 모양의 사탕.

내 조카들은 우리 어머니의 오프렌다에 KKK단 사람 모양을 수십 개 만들어 올려놓았다. 어머니는 멕시코인의 자식들이라며 그 아이들을 싫어했다. 어머니를 위한 오프렌다에는 허시 초콜릿과 잭대니얼 위스키, 추리 소설, 많은 1달러짜리 지폐가 올라갔다. 수면제와 총과 칼도 포함되었다. 어머니는 걸핏하면 자살 기도를 했기 때문이다. 거기에 올가미는 없었다……. 어머니는 올가미를 어떻게 걸어야 할지 몰랐기 때문이라고 했다.

난 지금 멕시코에 와 있다. 우리는 올해 아름다운 오프렌다를 차렸다. 암으로 죽어가는 내 동생 샐리를 위한 것이었다.

우리는 주황색, 자홍색, 보라색 꽃을 수북이 쌓았다. 흰 봉헌용 양초도 많았다. 성인들과 천사들의 조각상. 모형 기타들, 프랑스 파리를 다녀온 기념사진. 칸쿤과 포르투갈. 칠레. 샐리가 다녀온 모든 곳. 자식들을 비롯해 샐리를 사랑한 우리 모두의 이름과 사진을 붙인 수많은 해골들. 샐리가 아기였을 때 아이다호에서 아버지가 샐리를 안고 찍은 사진. 샐리가 가르쳤던 어린 학생들의 시.

엄마, 엄만 오프렌다에 없었어. 일부러 뺀 건 아니야. 사실 지난 몇 달 동안 샐리와 난 엄마를 생각하며 애정이 담긴 말을 했어.

오랜 세월 샐리와 난 만나기만 하면 엄마가 얼마나 잔인하고 미친 여자였는지 강박적일 정도로 성토했어. 그런데 지난 몇 달은……. 글쎄, 아마 사람이 죽을 때가 되면 자연스럽게 자신의 인생에서 중요했던 것, 아름다웠던 것, 그런 것들을 정리해보게 되나 봐. 우리는 엄마의 농담, 아무것도 놓치지 않던 엄마의 시선을 상기했어. 시선. 엄마는 우리에게 그걸 각인시켰지.

하지만 듣지는 않았어. 우리가 무슨 이야기를 하면 한 5분이나 들었을까, 엄마는 곧 "됐다!"라고 말하곤 했지.

나는 우리 엄마가 왜 멕시코인을 그토록 싫어했는지 알 수가 없다. 엄마의 편견은 텍사스의 친척들이 보통 가지고 있는 것보다 훨씬 더 심했다. 더럽고, 거짓말 잘하고, 도둑질하는 사람들. 엄마는 냄새라면 무엇이든 싫어했다. 멕시코 냄새라면 배기가스보다 싫어했다. 양파와 카네이션. 고수, 오줌, 계피, 고무 타는 냄새, 럼주, 월하향. 멕시코 남자들은 냄새가 난다며. 그 나라 전체가 섹스와 비누 냄새를 풍긴다며.

엄마, 엄마는 그걸 겁냈지. D. H. 로런스도 그랬고. 여기선 섹스와 죽음을 혼동하기 쉬워. 둘 다 끊임없이 고동치니까. 두 블록만 거닐어도 공기 중에 관능이 감돌아, 위험으로 가득 찬 관능이지.

오늘은 대기오염이 심해 외출해선 안 되지만 말이야.

남편과 나는 우리 아이들을 데리고 오랜 세월 멕시코에서 살았다. 그 시절 우리는 무척 행복했다. 하지만 우리는 항상 바닷가나 산속의 작은 마을에서 살았다. 거기엔 늘 인정 넘치는 여유가, 다소곳한 다정함이 있었다. 그때는 그랬다. 벌써 오랜 세월이 흘렀으니 지금은 어떨지.

멕시코시티는 이제…… 체념적이고 자멸적이고 부패되었다. 역병을 일으키는 늪. 아, 그러나 거기에는 자비가 있다. 숨을 죽이게 할 정도의 아름다움과 친절과 색깔의 번득임이 있다.

2주 전 나는 추수감사절을 지내러 미국 집에 일주일 다녀왔다. 명예와 정직이 살아 있는 곳. 또 뭐가 살아 있는지는 하나님만이 아시겠지, 하고 나는 생각했다. 나는 혼란스러웠다. 부시 대통령과 클레런스 토머스, 임신 중절 반대, 에이즈와 듀크 센터, 크랙과 노숙자들. 어디를 가나 MTV, 만화영화, 광고, 잡지―전쟁과 성차별과 폭력에 관한 내용뿐이다. 멕시코에서는 공사장 꼭대기에서 시멘트 통이 떨어지는 사고는 있지만 우지 기관총이 없다. 사고가 나더라도 개인적인 감정 때문에 발생하지는 않는다.

나는 기약 없이 이곳에 있다. 그다음엔 어떡하지? 어디로 가지?

엄마, 엄마는 가는 곳마다 모든 사람에게서 추하고 악한 모습을 봤지. 엄마는 미쳤던 거야? 아니면 선지자였어? 어느 쪽이든 난 엄마처럼 되는 걸 견딜 수 없어. 무서워, 소중하고 진실된 것이 무엇인지 아는 감각을…… 완전히 잃어가고 있다는 것이.

이젠 흠을 잘 잡고 고약하고, 내가 엄마와 같은 기분이야. 정말 쓰레기장 같아. 엄마는 사람을 미워하듯 장소도 격렬히 미워했지. 엄마의 고향 미국 엘패소, 칠레, 우리가 살던 페루의 광산촌.

아이다호주 멀란, 쾨르달렌산맥. 이 광산촌을 엄마는 가장 싫어했지. 사실은 광산촌이어서가 아니라 작은 마을이라는 이유로 말이야. "진부한 작은 마을"이라면서. 교실 하나뿐인 학교, 소다 판매점, 우체국, 유치장 각각 하나. 윤락업소와 교회도 각각 하나. 잡화점을 겸한 작은 대출 도서관. 제인 그레이와 애거서 크리스티.

엄마는 집으로 오는 동안 내내 그 무식하고 이상한 옷을 입은 핀란드 사람들을 열렬하게 흉봤지. 우리는 도중에 《새터데이 이브닝 포스트》와 큰 허시 초콜릿을 사가지고 아빠 손을 잡고 산을 올라 광산촌으로 가곤 했어. 전쟁이 시작되었기 때문에 어두웠어. 마을에는 등화관제로 불이 켜진 창문이 없었지. 별이 빛나는 밤, 흰 눈이 매우 환했는데. 집에 오면 아빠는 엄마가 잠들 때까지 책을 소리 내어 읽어주었지. 정말 좋은 이야기일 때는 엄마가 울 때도 있었어. 슬퍼서가 아니라 이야기는 너무 아름다운데, 그 외의 세상 모든 것이 저속해서 그랬던 거지.

엄마가 월요일마다 브리지 게임을 하는 동안 난 내 친구 켄트슈리브와 라일락숲 밑의 땅을 파곤 했어. 다른 아줌마 셋은 줄곧 실내복 차림이었지. 어떤 때는 양말에 슬리퍼를 신은 채로 있었고, 아이다호는 굉장히 추웠어. 그 여자들은 핀컬을 한 뒤 터번을 뒤집어쓰고 있을 때도 많았는데. 그런데 뭘 하려고 머리를 단장했을까? 미국 사람들은 관습처럼 여전히 그렇게 머리를 말아. 어딜 가나 분홍색 헤어롤로 머리를 말고 있는 여자가 보여. 무슨 철학적 표현 내지는 독특한 패션이라도 되나 봐. 이다음엔 뭔가 더 좋은 게 나올지도 모르지.

엄마는 언제나 옷에 신경을 썼지. 가터 벨트. 솔기 있는 스타킹. 복숭아색 새틴 슬립을 일부러 약간 보이게 입기도 하고. 그저 농부들이 엄마가 그걸 입었다는 걸 알게 하려고 그랬을 뿐이지. 어깨 뽕을 댄 시폰 원피스, 작은 다이아몬드가 박힌 브로치. 그리고 코트도 있지. 난 다섯 살밖에 안됐지만 그때도 그게 낡고 추레한 코트란 걸 알았어. 호주머니는 얼룩지고 해졌고 소매는 올이 풀린 밤색 코트. 10년 전에 타일러 외삼촌이 결혼 선물로 주었다는 코트였지. 칼라가 모피였어. 아아, 그 털이 뭉친 초라한 모피는 원래는 은색이었는데 그때는 누렇게 변해 있었지, 마치 동물원 북극곰이 등에 오줌이 묻어 누레진 것처럼. 켄트슈리브는 밀란 주민들이 모두 엄마 옷을 비웃는댔어. "너희 엄마는 모든 사람들 옷을 갖고 더 심하게 비웃으니까 뭐."

엄마는 값싼 하이힐을 신고 비틀거리며 언덕길을 올라오곤 했지. 정성 들여 웨이브를 넣은 단발머리 위로 외투 칼라를 세우고, 광산과 제련소 위쪽으로 놓인 낡은 목제 보도의 난간을 장갑 낀 손으로 잡고서. 거실에 들어오면 엄마는 석탄 난로에 불을 지피고 신발을 걷어차 벗었지.

그리고 엄마는 어두운 구석에 앉아 담배를 피우며 외로움과 무료함을 못 이겨 흐느껴 울었지. 우리 엄마, 마담 보바리. 엄마는 희곡을 즐겨 읽었지. 배우가 되고 싶어했지. 노엘 카워드.* 〈개스라이트〉** 엄마는 런트 부부가 나오는 건 무엇이든 다 좋아하고, 대사를 외워 설거지를 하면서 소리 내 말해보곤 했어. "아아! 난 내 뒤에서 나는 소리가 당신 발소리인 줄 알았어, 콘래드……. 이럴 수가. 아아, 아아! 난 내 뒤에서 나는 소리가 당신 발소리인 줄 알았어, 콘래드……."

광부가 신는 투박한 장화, 램프 달린 모자. 아빠는 집에 오면 샤워를 하고 엄마는 작은 식탁에 얼음통과 탄산수 셰이커를 놓고 칵테일을 만들었지. (이 탄산수 셰이커는 문제가 많아서 아빠는 스포캔에 다녀오는 드문 출장길에 그 카트리지를 사오는 것도 기억해야 했지. 그런데 우리 집에 오는 사람들은 그걸 싫어했어. "아니, 난 그 소리 나는 물은 넣지 말아요. 그냥 물을 주세요.") 하지만 연극이나 냉혈 인간 영화들에서는 그것을 쓰니까 뭐.

〈밀드레드 피어스〉에서 조앤 크로퍼드에게는 셰리라는 딸이 있어. 악한이 자신의 술에 탄산수를 넣으면서 조앤 크로퍼드에게 뭘 마시겠느냐고 묻자 그녀는 이렇게 대답했지.

● Noël Coward(1899~1973), 영국 극작가.
● Gaslight, 잉그리드 버그먼 주연의 1944년 영화.

"셰리. 집에서."

"정말 멋진 대사야!"라고 엄마가 극장에서 나오면서 말했지. "네 이름을 셰리로 바꿔야겠다, 이 대사를 써먹게."

그때 내가 "'맥주'는 어때?"라고 했어. 내가 처음으로 재치 있는 말을 한 거였어. 아무튼 내가 처음으로 엄마를 웃긴 말이기도 했지.

또 한 번 엄마가 웃은 것은 배달원 얼이 식료품을 배달했을 때였어. 나는 식료품을 받아 정리하는 일을 도왔지. 우리 집은 엄마 말마따나 사실 타르지를 바른 판잣집에 지나지 않았어. 부엌 바닥의 널은 뒤틀리고 그 위를 덮은 리놀륨은 우글쭈글하고 더러웠지. 반대편 벽으로 경사가 졌지. 내가 토마토 수프 캔 세 개를 꺼내 선반에 얹어놓으려다 그만 떨어뜨렸는데, 데굴데굴 방으로 굴러들어가 반대편 벽에 부딪쳤지. 난 얼른 고개를 들어 엄마를 봤어. 엄마가 소리를 지르거나 날 때릴 줄 알았는데 웃더라고. 그러더니 엄마가 선반에서 캔 몇 개를 더 꺼내 그것들을 방으로 굴렸지.

"애, 우리 경주하자! 난 옥수수 캔, 넌 완두콩 캔."

우리가 거기 웅크리고 앉아서 캔들이 서로 부딪치는 걸 보며 한참 웃고 있는데 아빠가 들어왔어.

"당장 그만해! 그 캔들 치워!" 여기저기 캔이 뒹굴고 있었지. (엄마는 전쟁 때문에 캔 음식을 계속 쌓아두었지. 아빠는 그건 옳지 않다고 했고.) 그 캔들을 모두 선반에 다시 쌓아올리는 데 한참 걸렸지. 엄마가 바닥의 캔들을 집어 나한테 건넬 때 우리는 킥킥거리기도 하고 귓속말을 하기도 하고 〈주님을 찬양하라, 탄약을 건네라〉*를 부르기도 했어. 엄마랑 최고로

----

* 1942년 일본의 진주만 공격을 계기로 미국의 제2차 세계대전 참전을 알리는 애국 노래.

즐겁게 보낸 시간이었지. 캔을 다 치웠을 때 아빠가 들어오더니 "방으로 가"라고 말했어. 그래서 난 내 방으로 갔지. 그런데 아빠는 엄마더러 방으로 가라는 거였어! 아빠가 엄마더러 방으로 가라고 한 건 엄마가 술을 마셨기 때문이라는 것을 나는 곧 깨달았지.

그 후로 내가 기억하는 한 엄마는 대부분 방에서 지냈어. 몬태나주 디어로지. 켄터키주 매리언. 애리조나주 파타고니아. 칠레 산티아고. 페루 리마.

멕시코. 나는 지금 샐리의 방에 있다. 지난 다섯 달 동안 거의 이 안에서 지냈다. X레이를 찍고 검사를 받고 허파에서 액체를 뽑아내기 위해 가끔 병원에 간다. 커피 마시러 파리스 카페에 두 번 갔다 왔고, 샐리의 친구 엘리자베스의 집에 가서 아침을 먹은 적이 한 번 있다. 샐리는 금세 무척 피곤해한다. 이제는 항암 치료도 집에서 한다.

우리는 이야기를 나누기도 하고 책을 읽기도 한다. 내가 소리 내어 읽어주는 것이다. 사람들이 병문안을 오기도 한다. 오후엔 햇빛이 잠깐 비쳐 들어와 화분에 닿는다. 삼십 분 정도. 샐리는 2월엔 해가 많이 든다고 한다. 사실 하늘에 면한 창문이 없어서 햇빛이 직접 들지는 않고 옆집 벽에 반사되어 들어온다. 날이 어두워질 무렵이면 나는 커튼을 드리운다.

샐리는 자식들과 이곳에 산 지 25년이 되었다. 샐리는 우리 어머니와는 딴판이다. 사실은 신경에 거슬릴 정도로 정반대다. 어딜 가나 누구에게서나 아름답고 선한 면을 본다는 점에서 그렇다. 샐리는 자신의 주거 공간과 그 안의 선반에 진열된 기념품들을 매우 좋아한다. 거실에 앉아 있을 때는 "양치식물 화분과 거울이 있는 저 구석은 내가 아주 좋아하는 데야"라고 하거나 "저기 가면이 걸려 있고 오렌지 바구니가 있는 구석도 내가 좋아하는 데야"라고 한다.

나는 이제 그런 구석만 봐도 교도소 생활 같아 머리가 돌 지경이다.

샐리는 개심자처럼 열렬히 멕시코를 좋아한다. 남편, 자식들, 집 등 샐리의 모든 게 멕시코적이다. 자신 외에는. 샐리는 지극히 미국적이다. 전통적 사고방식을 지닌, 건전한 미국인이다. 어떤 점에서는 내가 더 멕시코인에 가깝다. 나의 본성은 어둡다. 나는 죽음과 폭력을 체험으로 알고 있다. 방에 햇빛이 들어도 알아차리지도 못하는 날이 대부분이다.

우리 아버지가 전쟁에 나갔을 때 샐리는 겨우 갓난아기였다. 아이다호에서 살던 우리는 전쟁이 끝날 때까지 외할머니 외할아버지와 살기 위해 기차를 타고 텍사스에 갔다. 힘든 시간이었다.

엄마를 그렇게 만든 원인 중 하나는 엄마가 어렸을 때는 안락하고 우아한 생활을 했기 때문이다. 외할머니와 외할아버지는 두 분 다 텍사스의 명문가 자손이었다. 외할아버지는 부유한 치과 의사였고 두 분은 아름다운 집에서 하인들을 거느리고 살았다. 엄마에게는 유모가 있었는데, 그 유모가 엄마의 버릇을 망쳐놓았다. 엄마의 오빠 셋도 마찬가지였다. 그런데 어느 날 엄마가 웨스턴 유니언 차에 치여 거의 한 해 동안 입원해야 했다. 그해에 모든 상황이 악화되었다. 대공황, 외할아버지의 도박, 음주. 엄마가 퇴원했을 때 엄마가 알던 세상은 바뀌어 있었다. 제련소 근처의 초라한 집. 승용차도 하인도 개인 방도 없었다. 외할머니 메이미는 더 이상 마작이나 브리지를 하지 않고 외할아버지를 돕는 간호사 노릇을 했다. 분위기가 온통 험악했다. 외할아버지가 샐리와 나를 대하던 대로 외할머니를 취급했다면 외할머니는 모든 게 두려웠을 것이다. 외할머니는 그 점에 대해선 아무 말도 하지 않았지만 외할머니를 내가 생각했던 대로 취급했던 게 틀림없다. 왜냐하면 외할머니는 외할아버지를 끔찍이도 미워했고, 누가 됐든 자신의 몸에 손대는 걸 절대로 허용하지 않았기 때문이다. 아무하고도 악수조차 하지 않았다…….

열차가 엘패소에 가까웠을 때 해가 떴다. 소나무가 빽빽한 산림지대에서 살다가 와서 그 공간, 탁 트인 광활한 공간을 보았을 때의 느낌은 굉장했다. 세상의 베일이 벗겨진 듯, 세상의 뚜껑이 열린 듯했다. 끝없이 펼쳐진 대지를 감싼 광휘와 새파란 하늘. 나는 특별 객차 문이 열리길 기다렸다가 달려가 좌우 창문을 왔다 갔다 하며 밖을 내다보았다. 완전히 다른 지구의 새 얼굴을 보고 감격에 겨웠다.

"사막일 뿐이야." 엄마가 말했다. "사람이 살지 않아. 텅 비었지. 건조하고. 이제 곧 우리는 내가 집이라고 부르던 지옥 한구석에 도착할 거야."

아모레스가街에 있는 샐리의 집. 샐리는 나에게 집 안을 정리하는 일을 도와달라고 했다. 사진과 옷, 서류를 정리하고, 샤워실 커튼 봉과 창문을 고치는 일. 현관문 말고는 손잡이가 달려 있는 문이 없었다. 벽장을 열려면 드라이버를 써야 했고 화장실을 쓸 때는 문이 열리지 않게 빨래 바구니를 받쳐놓아야 했다. 나는 손잡이를 달 사람들을 불렀다. 그들이 온 것까지는 좋았는데 하필이면 일요일 오후에 왔다. 그들은 온 가족이 모여 저녁 식사를 하는 중에 와서 밤 열 시까지 일했다. 그들은 손잡이를 달긴 달았는데 나사를 제대로 죄지 않아서 우리가 잡아당기는 손잡이마다 다 떨어졌다. 그래서 이제 벽장문은 아예 열 수도 없었다. 손잡이를 잡아당길 때 떨어져나온 나사들은 어디론가 굴러가 없어졌다. 그다음 날 바로 그들에게 전화를 했지만 그들은 며칠이 지난 어느 날 아침에야 나타났다. 하필이면 샐리가 힘든 밤을 보내고 잠이 막 들었을 때였다. 그 세 사람은 아주 시끄러웠다. 나는 그들에게 항의했다. 됐어요, 그만해요. 내 동생이 중병으로 아프단 말이에요. 그런데 너무 시끄럽잖아요. 다른 날 오세요. 그렇게 말한 뒤 나는 샐리의 침실로 돌아갔다. 그런데 잠시 후에 숨을 몰아쉬는 소리와 무언가 둔탁하게 쿵쿵 울리는 소리가 나기 시작했다. 무슨 일인가 해서 나가봤더니 그들이 시끄럽지 않게 옥상으로 가져가 고치려고 문짝을 모두 떼고 있었다.

내가 정말 단지 샐리가 죽어가기 때문에 화가 나서 이 나라 전체에 화가 나는 걸까? 이제 변기가 잘못됐다. 화장실 바닥을 전부 뜯어내야 한단다.

달이 그립다. 고독이 그립다.

멕시코에서는 누구든 다른 사람이 없다는 건 있을 수 없다. 누가 혼자 자기 방에 들어가 책을 읽으면 다른 누군가가 그 사람이 혼자란 걸 알고 가서 같이 있어준다. 샐리는 혼자 있는 적이 없다. 밤에는 샐리가 확실히 잠들 때까지 내가 곁을 지킨다.

죽음은 안내자가 없다. 죽음을 어떻게 해야 할지, 죽음이 어떨지 말해 줄 수 있는 사람은 없다.

우리가 어렸을 때 샐리는 외할머니가 도맡아 키웠다. 엄마는 저녁을 먹고는 방에 들어가 술을 마시며 추리소설을 읽었다. 외할아버지는 저녁을 먹고 방에 들어가 술을 마시며 라디오를 들었다. 사실 엄마는 거의 매일 밤 앨리스 포머로이와 파커 자매와 어울려 브리지를 하거나 후아레스로 놀러 갔다. 낮에는 보몬트 병원에 적십자사 자원봉사자로 가서 눈먼 군인들에게 책을 읽어주고 불구가 된 군인들과는 브리지를 했다.

엄마는 무엇이든 기괴한 것에 매료되었다. 외할아버지와 꼭 닮았다. 병원에 다녀오면 앨리스에게 전화를 걸어 군인들의 부상과 그들의 무용담을 전해주곤 했다. 그들이 손이나 발을 잃었다는 것을 안 아내들에게 버림을 받았다는 등의 이야기까지.

엄마와 앨리스는 앨리스의 남편감을 물색하러 가끔 미군위문협회 댄스파티에 갔다. 앨리스는 포퓰러 백화점에서 죽을 때까지 솔기 뜨는 일을 하고 살았다.

바이런 머클은 포퓰러 백화점 전등 파트에서 일했다. 그는 전등 파트 주임이었다. 오랜 세월이 흘렀는데도 여전히 엄마를 열렬히 사랑했다. 그들은 고등학교 때 같은 연극부를 하면서 여러 번 연극에 출연했다. 엄마는 키가 상당히 작았다. 그런데도 바이런 머클이 키가 160센티미터도 안 되기 때문에 그들이 연애하는 장면은 언제나 앉아서 하는 것으로 설정해야 했다. 키만 아니었더라면 그는 유명한 배우가 되었을지도 모른다.

그는 엄마를 데리고 연극 공연을 보러 다녔다. 〈자장가〉, 〈유리 동물원〉. 그들은 연극을 보고 밤에 함께 집까지 와서 포치 그네에 앉아 있곤 했다. 그들이 고등학교 때 함께 공연한 희곡을 읽기도 했다. 나는 늘 포치 밑에 낡은 담요로 꾸며놓은 작은 둥지에 짭짤한 과자 통을 들고 기어들어가 있었다. 〈어니스트임의 중요성〉,* 〈웜폴가의 바레트〉.**

그는 티토털러였다. 나는 그걸 차만 마신다는 말로 알아들었다.*** 사실 그는 차만 마셨다. 그는 차를 마시고 엄마는 맨해튼 칵테일을 마시면서 이야기를 나눴다. 그는 고등학교 때도 그랬고 지금도 엄마를 열렬히

* The Importance of Being Earnest, 오스카 와일드의 1895년 희곡.
** The Barretts of Wimpole Street, 1934년에 상영된 미국 영화.
*** teetotaler(술을 전혀 안 마시는 사람). 이것을 tea + tatally (티 + 전적으로)로 알아들었다는 말이다.

사랑한다고 고백했다. 자기는 테드(아빠)와는 비교도 안 된다는 걸 안다고 했다. 그는 말끝마다 "뭐, 아직도 멀었지"라고 말했는데 난 그게 무슨 뜻인지 도통 알 수 없었다.* 한번은 엄마가 멕시코인들에 대해 불평을 하니까 그는 "그래도 그 사람들은 잘해주면 기어오르진 않아"라고 했다. 그의 말은 낮고 굵은 소리와 높은 테너 소리가 뒤섞여서 알아듣기가 쉽지 않았다. 티토럴러, 티토털러……

어느 날 밤, 그가 간 뒤 엄마가 집에 들어와 나와 같이 쓰는 방으로 들어왔다. 엄마는 술을 마시며 울다 일기장에 무언가 휘갈겨─말 그대로 휘갈겨─썼다.

"엄마 괜찮아?" 내가 마침내 묻자 엄마는 내 뺨을 때렸다.

"너 엄마한테 그 말 하지 말랬잖아!" 그러고 나서 엄마는 화내서 미안하다고 했다.

"엄만 그냥 업슨가街에 사는 게 싫어. 네 아빠가 나한테 보내는 편지는 온통 그 군함 이야기야, 그걸 배라고 하지 말라는 이야기고. 그런 데다 내 삶에서 유일한 로맨스는 난쟁이 전등 세일즈맨이고!"

지금은 그게 웃기게 생각되지만 당시엔 그렇지 않았다. 엄마는 가슴이 미어지듯 흐느껴 울고 또 울었다. 내가 엄마 등을 톡톡 두드리자 엄마는 몸을 움찔했다. 엄마는 누가 몸에 손대는 걸 혐오했다. 그래서 난 그저 창문 방충망으로 새어들어오는 가로등 불빛에 드러난 엄마의 모습을 바라보기만 했다. 엄마가 우는 모습을 바라보기만 했다. 엄마는 철저히 혼자였다, 내 동생 샐리가 그렇게 울 때 혼자이듯이.

---

* It's a long rod to Ho. 'go'를 'Ho'로 듣고 무슨 뜻인지 몰랐다는 말이다.

안녕

나는 맥스가 여보세요 하는 소리를 좋아한다.

우리가 새로 애인이 되었을 때, 그러니까 간통하는 사이가 되었을 때 나는 그에게 전화를 걸었다. 신호가 갔다. 그의 비서에게 그를 바꿔달라고 했다. 오, 여보세요, 그가 전화를 받았다. 맥스? 난 공중전화 부스에서 어찔해서 기절하는 줄 알았다.

우리는 몇 년 전에 이혼했다. 그는 이제 산소호흡기와 휠체어에 의존하는 병자다. 내가 오클랜드에서 살 때 전화를 하루에 대여섯 통씩 걸었다. 그는 불면증이 있다. 한번은 새벽 세 시에 전화를 걸어 아직 아침이 아니냐고 물었다. 나는 어떤 때는 화를 내고 바로 전화를 끊어버리거나 아예 전화를 받지 않는다.

대개는 우리 아들들이나 손자나 맥스의 고양이 이야기를 한다. 나는 그러는 동안 손톱을 다듬거나 바느질하거나 애슬레틱스 경기 중계를 시청한다. 그는 웃기고 재미있는 수다쟁이다.

내가 멕시코시티에서 산 지 거의 1년이 되었다. 내 동생 샐리가 굉장히 아프다. 나는 집 안 살림과 아이들을 돌봐주고 샐리에게 먹을 것을 주고 주사도 놔주고 목욕도 시켜준다. 좋은 책들을 읽어주기도 한다. 몇 시간이고 이야기를 하고 울고 웃는다. 우리는 뉴스를 보고 분노하고 샐리의 아들이 늦으면 걱정한다.

우리가 얼마나 가까워졌는지 생각하면 참 신비롭다. 오랫동안 온종일 같이 지내다 보니 이젠 보고 듣는 게 똑같고 서로 뭘 말하려는지 아니 말이다……

나는 밖에 나가는 일이 드물다. 이 아파트에는 하늘이 내다보이는 창문이 없다. 통풍 공간이나 이웃 아파트들만 보일 뿐이다. 샐리의 침대에서는 하늘이 보이지만 나는 그 방 커튼을 열고 닫을 때만 하늘을 본다. 나는 샐리와, 조카들과, 모든 사람과 스페인어로 말한다.

사실 샐리와는 이제 대화를 많이 하지 않는다. 샐리는 말을 하면 허파에 통증을 느낀다. 나는 책을 읽어주거나 노래를 불러준다. 아니면 그냥 어두운 방에 나란히 누워 똑같이 호흡한다.

나는 이 세상에 없는 사람이라는 느낌이 든다. 지난주 소노라 시장*에 갔었다. 나는 피부가 가무잡잡한 인디언들보다 키가 많이 컸다. 많은 사람들이 나와틀 말**을 했다. 나는 이 세상에 없는 사람이나 마찬가지였다. 아니, 나는 투명인간이었다. 나는 거기에 아예 없는 사람이라는 건 오래전부터 가져온 생각이다.

물론 이곳에 있는 나에게는 나라는 존재가 있다. 새로운 가족, 새로운 고양이, 새로운 농담도 있다. 그런데 나는 계속 영어로 내가 누구였는지 기억하려고 애쓴다.

그렇기 때문에 맥스의 목소리를 듣는 게 정말 반갑다. 그는 전화를 자

● 멕시코시티의 전통 시장.
●● 아즈텍 종족의 언어.

주 건다. 캘리포니아에서. 여보세요. 그는 퍼시 히스*의 연주 이야기, 샌퀜틴 교도소**의 사형에 반대하는 시위 이야기를 해준다. 우리 아들 키스가 부활절 일요일에 맥스에게 에그베네딕트를 요리해주었다. 네이선의 아내 린다는 맥스에게 전화를 너무 자주 하지 말아달라고 했단다. 우리 손자 니코는 자기도 모르게 잠이 든다고 했단다.

맥스는 교통 상황과 일기예보를 들려주고, 엘사 클렌시*** 프로에서 본 의상에 대해 설명해주기도 한다. 샐리의 안부를 묻기도 한다.

우리가 젊었을 때, 우리가 만나기 전, 나는 앨버커키에서 그의 색소폰 연주를 들었다. 그가 포트 섬터에서 포르셰 자동차 경주를 하는 것도 보았다. 그를 모르는 사람은 없었다. 그는 잘생기고 부유하고 이국적이었다. 언젠가 나는 공항에서 그가 자기 아버지와 작별 인사를 하는 모습을 본 적이 있다. 그는 눈물을 글썽이며 자기 아버지의 볼에 입맞춤을 하고 굿바이라고 했다. 나는 자기 아버지의 볼에 입맞춤하고 굿바이라고 말하는 남자를 원한다.

사람이 죽을 날이 가까우면 당연히 인생을 뒤돌아보고 잘잘못을 따져보고 후회를 한다. 나도 지난 몇 달간 내 동생과 그랬다. 마음속에 품고 있던 노여움과 남 탓을 버리기까지는 오랜 시간이 걸렸다. 그런 과정에서 후회와 자책 목록이 짧아진다. 그 목록은 이제 우리에게 남아 있는 것들에 관한 것이다. 친구들. 장소들. 샐리는 사랑하는 사람과 단손 춤을 추었

---

* Percy Heath(1930~2005), 미국의 재즈 베이시스트.
●● San Quentin, 캘리포니아주에서 가장 오래된 교도소로, 캘리포니아주에서 유일하게 사형수 수감 건물이 있다.
●●● Elsa Klensch(1933~), CNN에서 패션 관련 프로그램을 제작 · 진행하던 미국의 저널리스트.

으면 좋겠다고 생각한다. 베라크루스 성당을 보고 싶어한다. 종려나무와 달빛 아래 램프, 광을 낸 구두를 신고 춤추는 사람들의 다리 사이를 돌아다니는 개와 고양이도. 우리는 애리조나의 한 칸짜리 교사校舍를 기억한다. 안데스산맥에서 스키를 탈 때 본 하늘도.

샐리는 자신이 죽은 뒤 자식들이 어떻게 될지 이제는 더 이상 걱정하지 않는다. 나는 이곳을 떠나면 다시 내 자식들 걱정을 할 것 같다. 하지만 우리는 지금 당장은 그날그날 생활의 무늬와 리듬을 따라 천천히 표류할 따름이다. 통증과 구토로 가득한 날이 있는가 하면 평온한 날도 있다. 멀리 어디선가 마림바 소리가 들려오고 밤에는 고구마 장수의 호각 소리가 나는 그런 평온한 날……

나는 알코올중독자가 된 것을 더 이상 후회하지 않는다. 내가 캘리포니아를 떠나기 전에 막내아들 조엘이 아침을 먹으러 왔다. 내가 돈을 훔친 적이 있는 아들이다. 그래도 그렇지 나더러 제 엄마가 아니라고 한 녀석이다. 나는 치즈블린츠*를 만들어주었다. 우리는 커피를 마시며 신문을 읽었다. 그러고는 일하러 나가면서 나의 볼에 입맞춤을 하며 안녕, 엄마. 그래, 안녕.

세계 곳곳에서 엄마들이 자식들과 아침을 먹고 문 앞에서 그들을 배웅하겠지. 내가 그렇게 서서 손을 흔들며 느낀 고마운 마음을 그들도 느낄까? 그 집행유예의 느낌을.

내 첫 남편이 나를 떠났을 때 나는 열아홉 살이었다. 그 뒤에 나는 주드를 만나 결혼했다. 그는 건조한 유머감각을 가진 사려 깊은 남자였다.

그는 좋은 사람이었다. 전남편에게서 난 두 어린 아들의 양육을 돕고

• cheeze blintz, 크레이프(얇게 구운 팬케이크)에 오믈렛처럼 치즈를 넣은 음식.

싫어했다.

맥스는 우리의 결혼식 들러리였다. 뒤뜰에서 결혼식을 치르고 주드는 일하러 갔다. 그는 알몬테 바에서 피아노를 쳤다. 나의 제일 친한 친구 셜리는 맥스와 결혼 증인을 섰는데, 결혼식이 끝나자 말도 없이 가버렸다. 내가 절박감에 주드와 결혼한 것이라 생각하고 몹시 속상했던 것이다.

맥스는 가지 않고 남았다. 내 아들들이 잠자리에 든 뒤 우리는 결혼식 케이크를 먹고 샴페인을 마셨다. 그는 스페인 이야기를 하고 나는 칠레 이야기를 했다. 그는 주드, 크릴리*와 하버드대학교에 다닐 때에 대해 이야기했다. 비밥**이 등장했을 때 색소폰을 연주하던 추억도 들려주었다. 찰리 파커, 버드 파월,*** 디지 길레스피.**** 비밥에 미쳐 있던 시절, 맥스는 헤로인 중독자였다. 난 사실 그때는 그게 무슨 말인지 몰랐다. 나에게는 헤로인이라는 말이 주는 어감이 좋았을 뿐……. 제인 에어, 베키 샤프, 테스처럼.

주드는 밤에 나가 연주했다. 오후 늦게까지 잠자다 일어나 혼자 연습하거나 맥스와 둘이서 몇 시간 동안 듀엣을 연습한 뒤 저녁을 먹고 일하러 나갔다. 맥스는 나를 도와 설거지를 하고 우리 애들을 재워주었다.

나는 일하고 있는 주드를 성가시게 할 엄두가 나지 않았다. 좀도둑이 들거나 애들이 아프거나 자동차 타이어에 펑크가 나면 나는 맥스에게 전화했다. 여보세요.

아무튼 우리는 1년쯤 뒤에 관계를 가졌다. 강렬하고 격정적인 연애였

* Robert Creeley(1926~2005), 미국 시인.
** 1940년대 중반 미국에서 발전한 빠른 템포의 재즈 장르.
*** Bud Powell(1924~1966), 미국의 재즈 피아니스트.
**** Dizzy Gillespie(1917~1993), 미국의 재즈 트럼펫 연주자.

다. 모든 게 엉망이 되었다. 주드는 그 이야기를 거론하지 않으려 했다. 나는 내 아이들을 데리고 나가 따로 살았다. 어느 날 주드가 와서 차에 타라고 했다. 뉴욕에 가자는 것이었다. 그곳에서 재즈 연주를 할 것이라고 했다. 그러니 함께 가서 우리의 결혼생활을 위기에서 건지자는 것이었다.

우리는 맥스 이야기는 전혀 꺼내지 않았다. 주드나 나나 뉴욕에서 열심히 일했다. 주드는 혼자 연습하고 다른 주자들과 맞춰보고, 브롱스 지역의 결혼식장이나 저지시티의 스트립쇼 극장을 돌아다니며 연주했다. 그러다 그는 노조에 가입했다.

나는 블루밍데일 백화점에도 납품되는 아동복을 만들었다. 우리는 행복했다. 당시 뉴욕은 정말 좋았다. Y*에서 하는 앨런 긴스버그와 에드 돈의 낭독회에도 갔다. 폭설이 내렸을 때 MOMA에 열린 마크 로스코 전시회. 천장 채광창에 쌓인 눈을 통해 비치는 빛이 어찌나 강렬하던지 전시된 그림들이 모두 고동치는 듯했다. 우리는 빌 에번스, 스콧 라파로의 연주도 들으러 다녔다. 존 콜트레인의 소프라노 색소폰 연주. 파이브 스팟에서 오넷의 뉴욕 첫날 밤 연주도 들었다.**

나는 주드가 잠을 자는 낮에는 우리 아이들을 데리고 지하철을 타고 다니다 매일 새로운 곳에서 내려 시내를 돌아다녔다. 수없이 페리를 타고 강을 건너가보기도 했다. 한번은 주드가 그로싱거에서 연주하는 날 밤, 우리는 센트럴파크에서 천막을 치고 야영을 했다. 그때는 그럴 정도로 뉴

● 1874년 맨해튼 92가에 독일계 유대인들이 창설한 문화교육 공간. 연주와, 시 낭독회, 강연 등 다양한 문화 프로그램이 현재까지 계속되고 있다.
●● 로스앤젤레스의 재즈 색소폰 연주자 오넷 콜먼(Ornette Coleman, 1930~2015)은 1956년부터 1962년까지 문을 연 맨해튼 바우어리에 있던 파이브 스팟 재즈 클럽에서 뉴욕 데뷔를 했다.

욕이 좋았다, 어쩌면 내가 너무 멍청해서 멋모르고 그랬는지도……. 우리는 풀턴가에서 가까운 워싱턴 마켓 쪽 그린위치가에서 살았다.

주드는 아이들을 위해 빨간 장난감 박스를 만들어주고 로프트* 천장 파이프에 그네를 매달아주었다. 그는 아이들에게 부드러우면서도 엄격했다. 주드가 일을 마치고 귀가하면 우리는 서로의 몸을 탐했다. 우리의 노여움과 슬픔과 애틋한 마음은 몸 안에 전기처럼 충전되어 있다 발산되었다. 그런 마음을 말로는 전혀 표현하지 않았다.

주드가 밤에 일을 하는 동안, 나는 벤과 키스에게 책을 읽어주고, 노래를 불러 잠을 재우고는 바느질을 했다. 심포니 시드** 프로에 전화를 걸어 찰리 파커와 킹 플레저***의 음악을 신청하기도 했다. 그러던 어느 날 심포니 시드는 너무 자주 전화하지 말아달라고 했다. 여름은 너무 더워 우리는 옥상에 올라가서 잤다. 겨울은 너무 추운데 주중 오후 다섯 시 이후와 주말에는 난방이 들어오지 않았다. 우리 아이들은 귀덮개를 하고 장갑까지 낀 채 잠을 잤다. 노래를 불러줄 때는 입에서 나오는 김이 허옇게 보였다.

멕시코에 있는 나는 지금 샐리를 위해 킹 플레저의 노래를 불러준다. 〈작은 빨강 모자〉, 〈파커의 기분〉, 〈난 가끔 행복하다〉.

달리 할 게 없다는 건 정말 소름 끼친다.

뉴욕에서 밤에 전화벨이 울리면 반드시 맥스의 전화였다.

● 공장이나 창고를 개조한, 천장이 높이 공간이 트인 아파트.
●● Symphony Sid(1909~1984), 본명은 시드 토린이며, 비밥을 대중화시키는 데 공헌한 라디오 재즈 디스크자키다.
●●● King Pleasure(1922~1982), 재즈 가수.

여보세요.

자동차 경주 때문에 하와이에 있다고. 또 위스콘신에 있다고. 티브이를 보며 나를 생각하고 있다고. 뉴멕시코에는 붓꽃이 피고 있다고. 8월 어느 날엔 돌발 홍수 때문에 개울물이 불어났다고. 어느 가을날에는 미루나무가 노래졌다고.

맥스는 뉴욕에 자주 왔다. 음악을 들으러. 하지만 나는 그를 보지 못했다. 그는 나에게 전화해서 뉴욕에 관한 모든 걸 말하고, 나는 나대로 뉴욕에 관한 모든 걸 말하곤 했다. 그는 나랑 결혼해줘, 내가 살아갈 이유를 줘, 라고 했고, 나는 나랑 이야기해, 전화 끊지 마, 라고 했다.

지독히 추운 어느 날 밤이었다. 벤과 키스는 나와 함께 방한복을 입고 잠이 들었다. 겉창들이 바람에 요동치는 소리가 요란했다. 허먼 멜빌이 살던 시대에 달았을 겉창들. 일요일이라 지나다니는 자동차는 없었다. 돛 깁는 수선공이 마차를 몰고 지나갔다. 따가닥, 따가닥. 진눈깨비가 쐭쐭 유리창을 때리는데 맥스한테 전화가 왔다. 여보세요. 나 너희 집 길모퉁이 공중전화 부스에 있어.

그는 장미 한 다발, 브랜디 한 병, 아카풀코행 비행기표 네 장을 가지고 왔다. 나는 아이들을 깨워 그와 함께 떠났다.

내가 앞에서 후회가 없고 어쩌고 한 건 사실이 아니다, 당시엔 전혀 후회하지 않았지만. 그렇게 떠난 건, 내가 지금까지 살아오며 정말 잘못한 일 중 하나다.

플라자 호텔은 따뜻했다. 사실 덥기까지 했다. 벤과 키스는 침례라도 받는 듯 경이로워하는 얼굴로 김이 나는 욕조에 몸을 담갔다. 그리고 깨끗한 흰 시트 위에서 잠이 들었다. 맥스와 나는 그 옆방에서 사랑을 하고 날이 새도록 이야기를 나눴다.

일리노이주 상공을 날아가는 비행기 안에서 우리는 샴페인을 마셨다. 아이들이 통로 건너편 좌석에서 잠을 자는 동안 우리는 키스했다. 창밖에 흰구름이 굽이쳤다. 아카풀코에 도착해서 본 하늘에는 산호색과 분홍색의 줄무늬가 있었다.

우리 넷은 수영하고 바닷가재를 먹고 또 수영했다. 밤이 지나 날이 밝으면 아침 햇살이 나무 겉창 창살 사이로 새어들어와 맥스와 벤과 키스의 몸에 줄무늬를 그었다. 나는 일어나 앉아 행복감에 젖어 그들을 바라보았다.

맥스는 아이들을 안아다 침대에 누이고 이불을 덮어주었다. 그는 예전에 자기 아버지가 그랬던 것처럼 아이들 볼에 다정히 입맞추었다. 맥스도 아이들처럼 곤히 잠들었다. 그의 아내를 떠나서 우리 가족을 떠맡아 여기까지 오느라 지쳤으리라고 나는 생각했다.

그는 아이들에게 수영과 스노클 잠수를 가르쳐주었다. 아이들에게 이야기도 해주었다. 나에게도 이야기를 해주었다. 그냥 이런저런 이야기, 인생에 관하여, 그가 아는 사람들에 관하여. 우리는 우리대로 서로의 이야기를 가로막으며 그에게 이런저런 이야기를 들려주었다. 우리는 따뜻한 햇볕, 칼레타 해변의 고운 모래밭에 누워 시간을 보냈다. 키스와 벤은 내 몸을 모래로 덮었다. 맥스는 손가락으로 내 입술을 더듬었다. 눈을 감고 있으니 내 눈꺼풀에 묻은 모래알들이 햇빛을 받아 온갖 색깔로 파열하듯 빛났다.

우리는 저녁이면 부둣가 공원에 가서 세발자전거를 빌렸다. 맥스와 나는 아이들이 자전거를 타고 공원 주위를 맹렬히 달리는 모습을 바라보며 서로 손을 잡았다. 아이들은 분홍 부겐빌레아, 붉은 칸나 꽃밭 앞을 씽씽

달렸다. 저 너머 부두에서는 선박들이 짐을 싣고 있었다.

어느 날 오후, 나는 우리 부모님이 무슨 이야기인지 계속 주고받으며 노르웨이의 원양 정기선 S.S. 스타방에르피오르호의 트랩 쪽으로 걸어가는 것을 우연히 목격했다. 부모님이 터코마에서 발파라이소*로 향하고 있다는 샐리의 편지를 받기는 했지만, 그곳에서 보게 될 줄은 몰랐다. 내가 주드와 결혼했다고 엄마 아빠가 나오는 말도 하지 않을 때였다.

그러나 부모님이 바로 그곳에 있다는 것을 아는 것만으로 나는 기분이 좋았다. 그들은 배가 출발할 때 난간에 서 있었다. 아버지는 보기 좋게 햇볕에 탔고 챙이 팔랑거리는 흰 모자를 쓰고 있었다. 엄마는 담배를 피웠다. 벤과 키스는 공원의 시멘트 바닥 트랙을 계속 점점 더 빨리 돌았다. 둘이 서로를 부르기도 하고, 우리를 향해 외치기도 하면서……. 나 좀 봐!

오늘은 과달라하라에서 어마어마한 가솔린 송유관 폭발이 있었다. 수백 명이 죽었고 집들이 파괴되었다. 맥스는 내가 괜찮은지 전화했다. 나는 이제 멕시코에서 "가스 냄새 안 나요?"라고 하면 모두가 재미있어한다고 그에게 알려주었다.

우리는 아카풀코의 호텔에서 친구를 사귀었다. 돈과 마리아, 그들의 여섯 살 먹은 딸 루르드. 저녁이면 아이들은 잠들 때까지 테라스에서 색칠을 하며 놀았다.

우리는 달이 으스름하게 높이 뜨도록 늦게까지 자지 않았다. 돈과 맥스는 등유 램프를 밝히고 체스를 두었다. 부나비들의 애무. 마리아와 나는 커다란 해먹에 가로 누워, 옷이나 우리 아이들이나 사랑에 관한 시시

● 타코마는 미국 워싱턴주의 항만 도시이고, 발파라이소는 칠레의 항만 도시다. 아카풀코는 태평양 연안에서 두 도시의 중간쯤에 위치해 있다.

한 말들을 조근조근 나누었다.

마리아와 돈은 결혼한 지 여섯 달밖에 되지 않았다. 그를 만나기 전에 마리아는 무척 외로웠단다. 나는 아침에 눈 뜨기 전에 맥스의 이름부터 부른다고 했다. 그녀는 자신의 삶이 매일 반복해서 듣는 따분한 음반 같다고 했다. 그러다 한순간에 판이 뒤집어졌고 이제 새로운 음악이 흐른다고 했다. 맥스는 그녀의 말을 귓결에 듣고 나를 향해 싱긋 웃었다. 이제 알겠지, 사랑하는 사람아, 우리도 이제 그렇게 뒤집어진 면의 인생을 살고 있다는 걸.

그들 외에 다른 친구도 사귀었다. 잠수부 라울과 그의 아내 솔레다드. 어느 주말, 우리 여섯은 호텔 테라스에서 조개를 쪄 먹었다. 아이들은 모두 낮잠을 자도록 했다. 그런데 다른 집 아이들이 뭔가를 보려고 하나씩 나타났다. 가서 자! 어른들은 말했다. 물 마시고 싶다며 나오는 아이도 있고 잠이 안 온다며 나오는 아이도 있었다. 가서 자. 이윽고 키스가 나오더니 기린을 봤다고 했다. 기린을! 다시 들어가 낮잠 더 자, 곧 깨워줄게. 이번엔 벤이 나오더니 호랑이와 코끼리가 있다고 했다. 아 정말, 대체 왜들 이래. 그런데 사실은 호텔 앞 거리에서 서커스단이 행진을 하고 있었다. 그걸 보고 우리는 아이들을 모두 깨웠다. 서커스단의 어떤 사람이 맥스를 어떤 영화배우로 착각하고 우리 모두에게 공짜 티켓을 주었다. 그날 밤 우리는 모두 서커스를 보러 갔다. 황홀한 공연이었지만 아이들은 공중그네 곡예가 끝나기 전에 잠이 들었다.

오늘 캘리포니아에 지진이 났다. 맥스는 전화를 걸어 지진이 난 건 자기 잘못이 아니라고 하고는 고양이를 찾을 수 없다고 알렸다.

그날 밤 사랑을 나눌 때 저무는 달의 희미한 빛이 우리 몸을 비췄다. 사랑을 나눈 뒤 우리는 천장에서 돌고 있는 선풍기의 나무 날개 아래 나란히 누웠다. 끈끈하고 무더웠다. 맥스가 나의 젖은 머리카락을 만졌다. 고마워, 나는 속삭였다, 하나님에게, 아마도…….

아침에 눈을 뜨면 나는 그의 품에 안겨 있고, 목에는 그의 입술이, 허벅지에는 그의 손이 닿아 있곤 했다.

하루는 해가 뜨기 전 눈을 떠보니 그가 늘 있던 곳에 없었다. 방 안이 조용했다. 수영하러 갔나 보다, 나는 생각했다. 그런데 화장실에 가보니 맥스가 변기에 앉아 있었다. 그는 검게 그을린 스푼에 무언가를 녹이고 있었다. 싱크대에는 주사기가 놓여 있었다.

"안녕."

"맥스, 그게 뭐야?"

"헤로인."

이상은 이야기의 결말처럼 들린다. 어쩌면 시작처럼 들릴지도. 사실 그 순간은 앞에 놓인 오랜 시간의 한 부분이었을 뿐이다. 그 강렬하고 선명한 색채의 행복감에 젖어 산 시간과 그 추악하고 무서웠던 시간.

우리는 아들 둘을 더 낳았다. 네이선과 조엘. 비치크라프트 보난자*를 타고 멕시코와 미국 곳곳을 여행했다. 우리는 오악사카에 살다가 멕시코 연안의 한 마을에 정착했다. 우리 모두는 오랫동안 행복했다. 그러다 힘들고 외로운 시간이 찾아왔다. 그가 헤로인을 한층 더 사랑하게 되었기 때문이다.

디톡스가 아니라……. 맥스가 수화기에 대고 말한다……. 모두에게 필요한 건 리톡스**라고. 그런데, "아니, 라고 말해"라고? "고맙지만, 아니"라

● 1947년에 생산되기 시작한 6인승 단일 엔진 비행기.
●● 약물이나 알코올 중독을 치료(디톡스)했다가 다시 중독 물질을 섭취하는 행위.

고 말해야지. 그는 농담하고 있다. 마약을 끊은 지 이제 몇 년 되었다.

샐리와 나는 몇 달 동안 열심히 우리의 삶과 결혼과 자식들을 분석했다. 나와는 달리 샐리는 술도 담배도 하지 않았다.

샐리의 전남편은 정치인이다. 그는 거의 매일 샐리를 보러 들른다. 경호원 두 명이 동승한 차를 타고 경호 차량 두 대의 호위를 받으며 온다. 내가 맥스와 그런 것처럼 샐리도 전남편과 가깝게 지낸다. 결혼이란 대체 뭘까? 도무지 알 수가 없다. 그런데 이제 알 수 없는 게 하나 더 늘었다. 죽음.

샐리의 죽음만 가지고 하는 말이 아니다. 로드니 킹 사건과 폭동*이 일어난 뒤의 이 나라 실정. 전세계에 만연한 폭력 사태와 절망.

샐리와 나는 그림을 그려 단어를 알아맞히는 게임을 한다. 샐리는 말을 하면 허파에 통증을 느끼기 때문인데, '폭력'을 말하려면 폭탄과 힘을 준 팔뚝을 그려 보여주는 식이다. '흡입'은 음료수에 빨대를 꽂아 마시는 사람을 그려 표시한다. 우리는 샐리의 침실에서 조용히 서로 그림을 그려 보이고 웃는다. 사실을 말하자면, 사랑은 나에게는 더 이상 수수께끼가 아니다. 맥스가 전화를 걸어 여보세요, 한다. 나는 내 동생이 곧 죽을 거라고 말한다. 그러자 그는 묻는다. 당신 어떻게 지내?

---

* 1992년 로스앤젤레스 폭동은 흑인 로드니 킹을 체포하는 과정에서 과도한 폭력을 행사한 백인 경관 네 명에게 무죄 판결을 내린 것을 계기로 일어난 일련의 소요 사태로, 많은 사상자가 발생했다.

연애 사건

혼자 밖에서 접수도 받고 안에서도 일하는 건 힘들었다. 나는 환자의 붕대를 갈아주고 체온을 재고 혈압을 측정하는 일을 하면서 새 환자를 접수하고 전화를 받는 일까지 해야 했다. 심전도검사나 상처 꿰매는 일, 자궁경부암 검사를 도우려면 전화응답서비스에 연락해 전화를 받아달라고 해야 한다. 정말 성가신 노릇이다. 대기실은 만원이고 사람들은 방치된 기분이 들고 전화벨은 계속해서 울린다.

닥터 B의 환자들은 대부분 나이가 아주 많다. 자궁경부암 검사를 받을 여자들은 비만인 경우가 많은데, 그 때문에 표본을 채취하기가 쉽지 않아서 시간이 한층 더 오래 걸린다.

의사가 여성 환자를 볼 경우에는 여성인 내가 입회해야 한다는 법이 있었던 것 같다. 난 그걸 전근대적 예방 조치라고 생각한 적이 있다. 그런데 전혀 그렇지 않다. 그 늙은 여자들이 의사에게 반하는 걸 보면 정말 놀랍다.

나는 자궁질검사경을 건네주고, 잠시 후 긴 면봉을 건네준다. 그는 자궁 경부를 문질러 표본을 채취해서 내가 들고 있는 깔유리에 문댄다. 그러면 나는 그 위에 보호막 역할을 하는 스프레이를 뿌리고, 다른 깔유리를 얹어 박스에 넣고 딱지를 붙여 실험실로 보낸다.

나의 주된 업무는 환자의 다리를 높이 쳐들어 발걸이에 얹고, 엉덩이를 검사대 가장자리까지 이동시켜서 의사의 눈높이와 수평이 되도록 하는 일이었다. 그런 다음 다리 위로 시트를 씌우고 환자가 긴장을 풀게 도와주어야 한다. 의사가 들어올 때까지 나는 수다를 떨고 농담을 한다. 수다 떠는 일은 쉬웠다. 내가 환자들을 알기 때문이다. 그들은 모두 좋은 사람들이었다. 힘든 일은 의사가 들어왔을 때였다. 닥터 B는 비참할 정도로 수줍음을 많이 타는 사람이었다. 그는 간혹 표가 날 정도로 심하게 손을 떨었다. 수표에 서명을 하거나 도말 표본 검사를 할 때는 항상 그랬다.

　그는 이마에 전등을 부착하고 등 없는 의자에 앉는다. 그의 눈높이는 환자의 질과 수평이다. 나는 그에게 (체온에 맞춘) 자궁질검사경을 건넨다. 그러고 나서 환자가 숨을 죽이고 땀을 흘리는 가운데 몇 분이 흐른 뒤 의사에게 긴 면봉을 건넨다. 그는 그것을 받아 지휘봉처럼 흔들며 여성을 향하여 시트 아래로 사라진다. 마침내 긴 면봉을 쥔 손이 튀어나와 내가 들고 있는 깔유리에 면봉을 갖다 댈 때 면봉이 메트로놈처럼 어지럽게 깐닥거린다. 나도 깔유리를 그의 긴 면봉에 갖다 대려고 하지만, 그때만 해도 내가 술을 많이 마시는 시절이라 내 손이 상하로 덜덜 떠는 데다 그의 손은 앞뒤로 왔다 갔다 해서 접선이 잘 되지 않았다. 그러다 마침내 착! 성공하는 식이었다. 이 일이 너무 시간을 많이 잡아먹었기 때문에 의사는 종종 중요한 전화를 받지 못했다. 대기실 환자들이 짜증을 내는 건 물론이었다. 한번은 래러비 씨가 기다리다 못해 문을 두드렸다. 그 소리에 화들짝 놀라는 바람에 닥터 B가 그만 면봉을 떨어뜨렸다. 우리는 처음부터 다 다시 해야 했다. 그제야 비로소 그는 파트타임 접수 담당자를 구하자는 내 말에 동의했다.

　나는 다른 직장으로 옮길 경우 막대한 급여를 요구할 생각이다. 누구든 루스나 나처럼 돈을 적게 받고 일한다면 무언가 매우 수상하다.

루스는 직업을 가져본 적이 없고 직업이 필요하지도 않았다. 이것만으로도 수상쩍다 하기에 충분하다. 그녀에게 이 일은 심심풀이였다.

나는 그게 상당히 흥미로워서 면접 후에 그녀에게 점심을 같이 먹자고 했다. 필힐 카페의 참치는 맛이 아주 좋다. 나는 그녀가 금방 좋아졌다. 그때까지 내가 만나본 사람들과 달랐다.

루스는 쉰 살이고, 어릴 적 단짝이었던 회계사와 결혼한 지 30년 되었다. 자식이 둘 있고 고양이 세 마리를 키웠다. 그녀는 구직 원서에 취미가 '고양이'라고 썼다. 그 때문에 닥터 B는 그녀를 보면 늘 고양이는 잘 있냐고 물었다. 나의 취미는 '독서'였다. 마찬가지로 나를 보면 "기치 구미 기슭*에서"나 "다시는 영영, 까마귀가 말했다"**라는 구절을 인용하곤 했다.

그는 새로운 환자를 진료할 때 차트 뒤에다 메모를 하곤 했다. 그것은 환자가 검사실에 들어갔을 때 대화에 쓸 소재였다. '이 환자는 텍사스를 신의 나라라고 생각한다.' '소형 푸들을 두 마리 키운다.' '헤로인 중독으로 하루에 500달러를 쓴다.' 그리고 다음번에 그들을 보면 "안녕하세요! 최근 신의 나라에는 가보셨어요?" 또는 "여기서 마약을 탈 수 있다고 생각하셨다면 잘못 찾아오셨어요"라고 말을 건넨다.

루스는 자신이 늙어가고 있으며 판에 박힌 인생을 살고 있다고 느끼기 시작했다. 그래서 한 협력 단체에 가입했다고 점심을 먹으며 말했다. '명랑한 장난꾸러기'라는 단체였다. M.P.라고도 하는데 이건 사실 'Meno

---

● 헨리 롱펠로의 1855년 장편 서사시 「하이어워사의 노래(The Song of Hiawatha)」에 나오는 구절. '기치 구미(Gitche Gumee)'는 아메리칸 인디언 알곤킨족 언어로 미국과 캐나다에 면한 슈피리어 호수를 가리킨다.
●● 에드거 앨런 포의 「큰까마귀」.

Pause(갱년기)'의 약자였다. 루스는 한 단어인 menopause를 늘 그렇게 두 글자로 취급했다. 이 단체의 목적은 여성의 삶에 좀 더 활기를 불어넣는 것이라고 했다. 멤버들 자신에게 집중하는 단체인 것이다. 최근에 가입한 여자는 해나였다. 이 단체는 루스를 설득해서 '웨이트 워처스'에 가입하도록 했고, '란초 델 솔' 스파에 가게 하더니 보사노바를 배우게 하고, 결국 지방흡입 시술과 성형을 받게 했다. 그녀는 이미 외모가 근사한데도 다른 새로운 단체 두 곳에 또 들어갔다. 하나는 성령을 받았지만 여전히 우울한 여성들의 단체이고 다른 하나는 '사랑을 너무 많이 하는 여성'들을 위한 단체였다. 루스는 한숨을 쉬며 이렇게 말했다. "해나는 늘 하역 인부들과 연애를 하는 부류의 여자였어."

하역 인부! 루스는 이외에도 '고릿적', '북새통' 같은 의외의 말을 사용했다.* '달거리'를 하던 때가 그립다는 따위의 말도 했다. 그럴 때는 늘 몸이 화끈하고 아늑했다면서.

M.P. 단체는 루스에게 꽃꽂이를 배우게 하고 '사소한 일 추구하기' 클럽과 동네 극단에 들어가게 하고, 직업을 갖게 했다. 연애도 해야 하지만 아직은 생각해보지 않았다. 그녀는 이미 삶에 활력을 얻었다. 꽃꽂이를 굉장히 좋아한다며, 요즈음 꽃꽂이 클럽에서는 잡초와 풀로 꽃다발을 만든다고 했다. 〈오클라호마!〉에서는 노래를 부르지 않는 작은 배역을 맡았다고도 했다.

나는 루스와 함께 일하는 게 좋았다. 우리는 친척들 이야기를 하듯 환자들에 대해 이야기하며 웃기는 말도 많이 했다. 루스는 심지어 서

* stevedore(부두에서 선박의 짐을 싣고 내리는 일을 하는 사람), heretofore(고릿적), hullabaloo(북새통, 야단법석), That Time of the Month(달거리). 이 영어 단어들과 표현은 실제로 일상생활에서 거의 듣거나 보지 못하는 말이다.

류 정리도 재미있어했다. 이 일을 할 때는 계속 "Abcdefg hi jk lmnop lmnopqrst uvwxyZ!"를 흥얼거렸다. 그러면 나는 듣다못해 결국 "그만, 서류 정리 '내'가 할게요"라고 하는 것이다.

이제 환자들을 대하는 내 일이 수월해졌다. 하지만 사실 루스는 별로 하는 일이 없었다. 사소한 일 추구하기 클럽에서 주는 카드를 들여다보거나, 친구들에게, 특히 댄스 강사와 연애를 하고 있는 해나에게 전화를 자주 걸었다.

점심시간을 이용해 루스가 잡초를 채취하러 나갈 때 나도 따라나가곤 했다. 우리는 더운 날 야생당근과 담뱃잎을 찾아 땀을 흘리며 고속도로 옆의 경사면을 뒤졌다. 신발에 자꾸만 돌이 들어가서 성가셨다. 루스는 예쁘고 평범한 중년의 유대인 여성인 것 같은데, 어딘가 방탕하고 자유분방한 데가 있었다. 의원 뒤편 골목길에서 분홍색 로켓꽃을 발견했을 때 그녀가 지른 그 환성.

그녀와 그녀의 남편은 어려서부터 함께 성장했다. 아이오와의 작은 마을에는 유대인이 많지 않아서 두 집안은 매우 가깝게 지냈다. 모든 사람들이 그녀와 에프라임은 나중에 커서 결혼할 사이라고 생각한 게 언제부터였는지 그녀는 기억할 수도 없었다. 그들은 고등학교 때 서로 진짜 사랑에 빠졌다. 그녀는 대학교에 가서 가정학을 공부하면서 경영과 회계를 전공하는 에프라임이 졸업하기를 기다렸다. 물론 그들은 두 사람 다 혼전 순결을 지켰다. 그녀는 결혼해 시댁에 들어가 살면서 병약한 시어머니를 돌봤다. 그들이 오클랜드로 이사할 때 모시고 온 시어머니는 지금 여든여섯 살이며 여전히 그들이 모시고 있다.

나는 루스가 병든 시어머니나 자식들이나 남편에 대해 불평하는 걸 들어본 적이 없다. 나는 우리 애들이나 전남편이나 며느리에 대해, 특히 닥터 B에 대해 늘 불평을 늘어놓는데. 닥터 B는 소포가 오면 모두 나더러 열어보라고 했다. 그 안에 폭탄이 있을까 봐 그런 것이다. 어쩌다 의원 안에 꿀벌이나 말벌이 들어오면 내가 그걸 잡아 죽일 때까지 밖에 나가서 들어오지 않았다.

이런 것들이야 그냥 유치한 짓이다. 닥터 B는 근본적으로 야비한 사람이다. 루스에게는 특히 그렇다. 그는 "장애인을 고용한 대가란 이런 건가?" 같은 말도 서슴없이 내뱉었다. 전화번호 숫자의 순서를 뒤바꿔놓은 걸 가지고 루스에게 "난독증 환자"라고 했다. 그는 하루 건너 한 번씩은 나에게 루스를 자르라고 했다. 루스는 나에게 정말 도움이 되었다. 환자들도 그녀를 좋아했다. 루스 덕분에 병원 분위기가 발랄해졌다.

"난 그 발랄한 분위기를 견딜 수가 없어. 루스가 방글거리면 그 얼굴을 때리고 싶어진다고."

그래도 루스는 계속 그에게 상냥했다. 그를 아주 약간 『폭풍의 언덕』의 히스클리프 내지는 『제인 에어』의 로체스터 씨 같다고 생각했다. 과거에 누군가 닥터 B에게 실연의 아픔을 주었기 때문일 것이라고 생각했다. 루스는 늘 진료실에 들어갈 핑계를 만들어 그에게 쿠글, 루글락, 하만타션* 같은 것들을 가져다주었다. 나는 그가 내 사무실에 들어와 뭐라고 하기 전에는 루스가 그를 연애의 대상으로 선택했다는 것을 알지 못했다.

"저 여자 잘라! 나한테 추파를 던지다니! 꼴사납게."

"그런데요, 이상하게 들릴지 모르지만, 루스는 선생님이 굉장히 매력적이라고 생각해요. 전 아직 루스가 필요해요. 함께 일하기 편한 사람을 찾기 쉽지 않단 말이에요. 제발 좀 참아주세요, 네? 원장님." 언제나 그렇듯

● 유대의 전통 음식들.

이 "원장님"이란 말이 주효했다.

"알았어." 그는 한숨을 쉬었다.

나는 루스가 좋았다. 내 생활에 활력을 불어넣어주었다. 그전에는 점심 시간에 옆 골목에 나가 담배를 피우며 잡생각이나 했는데, 이제는 루스와 함께 옷을 더럽히며 꽃꽂이에 쓸 잡초를 찾으러 다니는 일이 재미있었다. 나는 그녀가 사무실에서 온종일 복사해준 수백 장의 레시피를 가지고 요리도 해보기 시작했다. 흑설탕을 뿌려 오븐에 구운 작은 양파 요리. 나는 그녀가 슈마타 헌옷 가게에서 가지고 온 옷을 사기도 했다. 에프라임 이 너무 피곤할 때는 내가 대신해서 그녀와 오페라도 몇 번 보러 갔다.

루스는 오페라를 같이 보러 가기에 아주 훌륭한 동반자였다. 중간 휴식 시간에는 여느 사람들처럼 그냥 무료한 표정으로 한곳에서 서성거리지 않고 나를 데리고 로비로 내려가 옷이나 보석을 구경하고 다닌다. 〈라 트라비아타〉를 보러 갔을 때 우리는 함께 울었다. 우리가 가장 좋아한 장면은 〈스페이드의 여왕〉의 나이 든 여자가 부르는 아리아였다.

한번은 루스가 닥터 B에게 오페라를 같이 보러 가자고 청했다. "말도 안 돼! 어떻게 나한테 그런 부적절한 청을!"

그가 나간 뒤 내 입에서 "개자식"이란 말이 튀어나왔다. 루스는 일반 의사들은 너무 바빠서 아무래도 연애 상대로는 안 되겠다며, 그렇다면 줄리어스로 정해야겠다고 했다.

줄리어스는 〈오클라호마!〉에 함께 출연했던 은퇴한 치과 의사였다. 그는 홀아비였고 뚱뚱했다. 루스는 뚱뚱한 건 좋은 거라고, 뚱뚱한 건 포근하고 편안 거라고 했다.

혹시 에프라임이 부부관계에 흥미를 잃어서 그런 거냐고 물었다. "정반대야! 매일 아침 눈 뜨면 그 생각, 밤에 잠자기 전에도 그 생각뿐인걸.

또 낮에 집이 있기라도 하면 온종일 내 꽁무니만 쫓는다고. 정말……."

나는 밸리 채플에서 거행된 에프라임 어머니의 장례식에서 줄리어스를 보았다. 그 할머니는 수면 중에 조용히 숨을 거두었다.

루스와 그녀의 가족은 장의사 앞 계단에 서 있었다. 그들의 멋진 자식 둘은 잘생겼고 행동도 정중했다. 그들은 루스와 에프라임을 위로하고 있었다. 에프라임은 갈색 피부의 미남이었다. 홀쭉한 체격, 생각이 많고 감정이 풍부해 보이는 얼굴. 히스클리프 같았다. 그는 슬프고 몽상에 잠긴 듯한 눈으로 나를 바라보았다. "제 아내에게 잘해주셔서 고맙습니다."

"저기 있네!" 루스가 속삭이며 얼굴이 벌건 줄리어스를 가리켰다. 금목걸이, 너무 꼭 끼는 청색 싱글 브레스티드 양복. 치아에 푸른빛이 도는 걸 보니 클로렛 검을 씹고 있었던 게 틀림없다.

"미쳤구나." 나도 루스에게 속삭였다.

루스가 밸리 채플을 선택한 이유는 우리 병원에서 애용하는 장의사였기 때문이다. 닥터 B의 환자들 중에는 죽는 사람들이 심심찮게 있어서 거의 매일 장의사가 사망진단서에 사인을 받으러 그를 찾는다. 법률에 따라 검은색 잉크로 사인해야 하는데, 닥터 B는 고집스럽게 파란색 펜으로 사인을 했기 때문에 장의사들은 커피나 마시며 닥터 B가 다시 나오길 기다렸다가 검은색 잉크로 다시 사인을 받아가는 일이 늘 반복되었다.

나는 어디에 앉으면 좋을지 몰라 예배당 뒤에 서 있었다. 하다사*에서 여자들이 많이 와서 매우 붐볐다. 밸리 채플 장의사들 중 한 사람이 내 옆에 나타나 말했다. "회색 옷이 참 잘 어울리시네요, 릴리." 그리고 이번엔 가슴에 꽃을 단 다른 장의사가 가운데 통로로 내려와 다가서더니 슬픔에

---

* Hadassah, 1912년 뉴욕에서 창설된 유대 여성 자선단체.

잠긴 목소리로 나직하게 말했다. "와주셔서 고맙습니다, 릴리. 좋은 자리로 안내해드릴게요." 나는 그 두 사람을 따라갔다. 음식점에서 직원들이 알아볼 때처럼 약간 우쭐했다.

아름다운 장례식이었다. 랍비는 좋은 아내는 루비보다 더 소중하다는 성경 구절을 읽었다. 그것을 듣고 고인이 된 그 할머니를 떠올린 사람은 아무도 없었을 것 같다. 나는 그 말은 루스에게 해당하는 것이라고 생각했다. 에프라임과 줄리어스가 루스를 지그시 바라보는 걸로 봐서 그들의 생각도 나와 같았을 것이다.

그다음 주 월요일, 나는 루스와 이치를 따져보았다. "넌 모든 걸 갖고 있잖아. 건강, 외모, 유머. 언덕 위의 하얀 집. 청소부. 부엌에 쓰레기 압축기도 있고. 훌륭하게 자란 아이들. 게다가 미남이고 똑똑하고 부자인 남편 에프라임도 있고! 보니까 에프라임이 널 열렬히 사랑하던데!"

나는 M.P.라는 단체가 그녀를 그릇된 길로 인도하고 있다고 말했다. 에프라임에게 마음의 상처를 주면 안 된다고. 행운에 감사하라고. M.P. 여자들은 그냥 샘이 나서 그런 거라고. 그들은 남편들이 알코올중독자들일 거라고. 밤낮 미식축구나 보고 발기불능이거나 외도하는 남편들일 거라고. 자식들은 길모퉁이에서 약을 팔거나 귀며 코며 구멍을 뚫어 귀고리를 하고 마약을 하고 폭식하고 문신이나 할 거라고.

"자기는 그렇게 행복한 게 부끄러워서 그런 짓을 하려는 거야. 그러면 M.P. 회원들한테 할 이야기가 생기니까. 이해해. 난 열한 살 때 우리 이모가 나한테 일기장을 줬는데, 허구한 날 '학교에 갔다 왔다, 숙제를 했다'라는 말밖에 쓸 게 없었어. 그래서 일기에 쓸 걸 만들려고 나쁜 짓을 하기 시작했지."

"심각한 연애를 하려는 건 아니야. 그냥 활력을 좀 얻으려는 거지."

"내가 에프라임과 바람 피우면 어떻겠어? 나도 활력을 좀 얻게. 그럼 자기는 질투가 나서 에프라임과 다시 사랑에 빠지게 되겠지."

루스는 미소를 지었다. 어린아이처럼 천진난만한 미소.

"에프라임은 그런 짓 절대로 안 해. 날 사랑하니까."

나는 루스가 연애에 대한 생각을 접은 줄 알았는데, 어느 금요일에 신문을 가지고 와서 이렇게 말했다.

"나 오늘 줄리어스와 데이트 약속이 있어. 에프라임한테는 자기와 놀러 나간다고 할 거야. 이 신문 광고에 난 영화 중에 뭐 본 거 있으면 줄거리 좀 말해줘."

나는 〈란〉*에 대해 모든 걸 말해주었다. 특히 여자가 단검을 꺼내는 장면과 어릿광대가 우는 장면. 숲속의 파란 깃발, 숲속의 붉은 깃발, 숲속의 흰 깃발. 내가 점점 더 이야기에 열을 올리는데 그녀가 "그만!" 하더니 영화를 보고 나와서 어디 갈 거냐고 물었다. 나는 우리가(그들이) 버클리에 있는 카페 로마에 갈 거라고 했다.

루스와 줄리어스는 매주 금요일에 데이트를 했다. 그들의 연애는 나에게 유익했다. 그전까지는 대개 퇴근 후 곧장 집에 와서 소설을 읽고 100도짜리 보드카를 마시다 잠이 들었다. 그 세기의 연애가 진행되는 동안 나는 현악사중주 연주회에 가거나 영화를 봤다. 이시구로와 레슬리 스칼라피노 같은 작가들의 강연을 들으러 가기도 했다. 그 시간에 루스와 줄리어스는 헝그리 타이거나 러스티 스커퍼에서 저녁을 먹었다.

그들은 거의 두 달 동안 데이트한 끝에 '거시기'를 했다. 이 사건은 빅서로 사흘 동안 여행을 가서 일어날 예정이었다. 에프라임에겐 뭐라고 하

● 구로사와 아키라 감독의 1985년 영화.

고 가지?

"응, 그거야 간단하지." 내가 말했다. "나랑 같이 선을 수행하러 가는 거야. 거긴 전화도 없거든! 우린 그냥 침묵과 명상을 하러 가는 거니까 아무것도 말할 게 없어. 우리는 온천에 들어가 앉아 별이 빛나는 하늘을 바라볼 거야. 낮에는 결가부좌를 틀고 벼랑 끝에 앉아 태평양을 굽어볼 거야. 끝없이 밀려드는 파도를. 끝없이."

나는 그들이 연애를 하는 날엔 자유로이 외출도 못 하고, 전화가 오면 가려서 받아야 해서 짜증이 났다. 그러나 결과적으로 효과는 있었다. 에프라임은 자식들을 불러 외식을 하고, 고양이들에게 먹이를 주고, 화초에 물을 주고, 아내를 그리워했다. 아주, 아주, 많이.

루스가 그 여행을 다녀오고 월요일에 출근했을 때 커다란 세 다발의 장미꽃이 배달되었다. 하나는 카드에 "나의 소중한 아내에게 사랑을 담아"라고 쓰여 있었고, 다른 하나는 "당신의 숨은 숭배자", 마지막 하나는 "그녀는 아름다움에 싸여 걷는다"*였다. 루스는 이 마지막 꽃다발은 자신이 보낸 것이라고 털어놓았다. 그녀는 장미를 무척 좋아했다. 두 남자에게 장미를 좋아한다고 암시한 적은 있지만, 실제로 그들에게 꽃다발을 받을 줄은 꿈에도 몰랐단다.

"그 장례식 꽃들 좀 당장 치워버려." 닥터 B가 병원에 출근하는 길에 말했다. 아까 또 루스를 자르라고 했지만 나는 또 거부했다. 그는 왜 그렇게 루스를 싫어하는 걸까?

"말했잖아. 그 여자는 너무 발랄해."

"저도 발랄한 사람들을 보면 그래요. 하지만 루스는 일부러 그러는 게

* She Walks in Beauty, 로드 바이런의 시.

406

아니에요.”

“빌어먹을. 그건 정말 우울하군.”

“제발 좀 봐주세요. 어쨌든 내 직감에 루스는 머잖아 비참해질 듯해요.”

“그러면 좋겠네.”

에프라임이 루스에게 커피나 마시자며 병원에 들렀다. 그녀는 오전 내내 아무것도 안 하고 해나와 전화만 했다. 그는 장미를 가지고 루스가 얼마나 좋아하는지 보려고 들른 것 같았다. 그런데 다른 꽃다발이 있는 걸보고 적잖이 당황했다. 루스는 애나 페다스라는 환자가 보낸 것이라고 둘러대면서도 한편으로 숨은 숭배자를 생각하고 킥킥거렸다. 가여운 사람. 질투가 그의 얼굴과 가슴을 강타하는 것을 나는 똑똑히 보았다. 복부에는 레프트훅이 꽂혔다.

그는 나에게 명상 여행이 어땠냐고 물었다. 난 거짓말을 싫어한다. 거짓말을 정말 견딜 수 없다. 도덕적인 이유 때문이 아니다. 그저 머리를 짜내는 게 너무 힘들기 때문이다. 내가 전에 한 말들을 기억해야 하는 게.

“아, 뭐, 아름다운 곳이었어요. 루스는 워낙 차분한 성격이라 그곳 분위기에 완벽하게 적응하는 것 같더라고요. 저는 명상한다는 게 힘들어요. 그냥 걱정거리만 생각나요. 평생 저지른 실수들을 하나하나 따져보거나. 하지만 음…… 마음속에 침잠할 수 있는 시간이었어요. 차분히. 이제 어서 가셔야죠. 그럼 점심 맛있게 드세요!”

나는 나중에 최신 정보를 보고받았다. 빅서 여행은 루스의 인생에 획을 긋는 굉장한 사건이었다. 그녀는 M.P. 여자들에게 ‘거시기’에 대한 이야기는 하지 못할 것이라고 했다. 난생처음으로 오럴 S.를 했다면서! 그렇다, 에프라임에게 오럴 S.를 한 적은 있었다. 하지만 그녀가 받아본 적은 없었다. 그리고 M, A, R……. “이렇게 시작하는 단어 어딘가에 ‘J’가 있는 것도."

"마리화나Marijuana?"

"쉿! 그런데, 난 주로 기침을 하고 신경이 과민해지기만 한걸. 그래, 오럴 S.는 아주 좋았어. 하지만 그 사람이 자꾸만 '준비됐어?'라고 물어서 난 우리가 어디 가는 줄 생각하게 되고 그러는 통에 분위기 다 깨지더라고."

그들은 두 주 후에 멘도시노˙에 갈 계획이었다. 이번에 꾸며낸 거짓말은 루스와 내가 페털루마˙˙에서 열리는 작가 워크숍과 도서전에 간다는 것이었다. 로버트 하스˙˙˙가 이번 워크숍 주제 작가였다.

평일 어느 날 밤 루스가 전화를 해서 우리 집에 와도 되냐고 물었다. 난 바보처럼 정말 그녀를 기다렸다. 그 전화가 줄리어스를 만나러 나갈 구실이었다는 걸 미처 깨닫지 못했다. 그래서 에프라임이 전화를 했을 때는 그녀가 아직도 오지 않았기 때문에 나는 정말 화가 나 있었다. 그가 다시 전화했을 때는 한층 더 화가 나 있었다. "루스가 오는 대로 전화하라고 할게요." 그러고 나서 한참 후에 에프라임에게서 또 전화가 왔다. 이번에는 나한테 역정을 내고 난리였다. 루스가 집에 왔다면서, 왜 전화하라는 말을 전해주지 않았느냐면서.

다음 날 나는 더 이상 이 짓은 못하겠다고 말했다. 루스는 알았다고, 그들은 다음 주 월요일부터 연극 연습을 시작할 거라고 했다.

"자기와 난 이번 금요일에 꽃꽂이 강좌를 들으러 레이니에 가는 거야. 그걸로 끝."

"좋아, 이번이 마지막이야. 지금까지 에프라임이 꼬치꼬치 캐묻지 않았

˙ 캘리포니아주 북쪽의 해안의 촌락.
˙˙ 캘리포니아주 소노마카운티의 도시.
˙˙˙ Robert L. Hass(1941~), 주로 서부 해안에 대한 시를 쓴 미국 계관시인.

으니 너는 운이 좋았어."

"그이는 당연히 그러지 않을 거야. 날 믿으니까. 하지만 난 이제 양심의 가책이 없어. 줄리어스와 난 더 이상 거시기를 안 하니까."

"그럼 도대체 뭘 해? 거시기를 하지 않는다면 왜 이렇게 골치 아프게 비밀을 유지하면서 그래?"

"줄리어스나 나나 우리는 프리섹스 선수가 아니란 걸 알았어. 난 에프라임과 거시기를 하는 게 훨씬 더 좋아. 게다가 줄리어스는 '거시기'에 그렇게 관심이 많지 않아. 난 그냥 몰래 다니는 게 좋은 거야. 줄리어스는 선물을 사주고 요리해주는 걸 좋아하는 거고. 내가 특히 좋아하는 것은 리치먼드나 어디 다른 데 있는 모텔 방문을 두드리면 줄리어스가 문을 열고, 그러면 내가 급히 들어가는 거야. 그럴 때 심장이 두근두근하거든."

"그러고 나서 둘이 뭐 해?"

"사소한 일 추구하기. 비디오를 봐. 노래 부를 때도 있고. 듀엣으로 〈발리 하이〉, 〈오, 아름다운 아침〉* 같은 노래를 불러. 한밤중에 비 맞으며 산책도 하고!"

"일 안 할 때 비 맞으며 걷든가 말든가 해요!" 닥터 B가 소리쳤다.

심상치 않았다. 그는 그 자리에 그대로 서 있었다. 루스는 《본 아페티》 잡지들과 사소한 일 추구하기 카드와 뜨개질 재료를 가방에 챙겨넣었다. 그는 루스가 받을 돈에 2주치 급여를 더해 수표를 끊어주라고 지시했다.

닥터 B가 나간 뒤 그녀는 줄리어스에게 당장 데니스 식당으로 오라고 전화했다.

"내 경력이 단절됐어!" 그녀는 흐느꼈다.

● 1949년 뮤지컬 〈남태평양〉의 노래와 1943년 뮤지컬 〈오클라호마!〉의 노래.

루스는 나와 작별의 포옹을 하고 떠났다. 나는 그녀가 있던 접수 데스크로 나갔다. 그곳에서는 대기실이 보인다. 에프라임이 대기실 문을 열고 들어왔다. 그는 천천히 걸어와 나와 악수했다. "릴리." 그의 목소리는 사람 마음을 감싸는 듯한 저음이었다. 그는 루스와 필힐 카페에서 점심 약속이 있는데 나타나지 않았다고 했다. 나는 닥터 B가 아무 이유 없이 그녀를 해고했다고 했다. 그래서 아마 점심 약속을 잊어버리고 집에 갔을 거라고. 아니면 쇼핑을 하러 갔거나.

에프라임은 그냥 그 자리에 계속 서 있었다.

"루스는 이보다 훨씬 좋은 직장을 찾을 수 있을 거예요. 제가 사무장이니까 물론 추천서를 잘 써줄 거고요. 루스가 없어 정말 적적할 거예요."

그는 그 자리에 서서 나를 바라보기만 했다.

"루스도 그럴 겁니다." 그는 데스크 위의 작은 창문에 몸을 기댔다.

"이게 최선이에요. 제가 이해한다는 걸 알아주셨으면 해요. 에프라임 씨가 가여워요, 정말이에요."

"네?"

"에프라임 씨와 달리 저는 루스와 공유하지 않는 게 많아요. 문학, 불교, 오페라. 루스는 쉽게 사랑할 수 있는 여자예요."

"무슨 말씀인지?"

그때 그는 내 손을 잡고 내 눈을 그윽이 들여다보았다. 그의 갈색 눈에 눈물이 그렁그렁했다.

"제 아내가 그리워요. 부탁이에요, 릴리. 제발 루스를 놓아주세요."

내 눈에서 눈물이 뺨을 타고 흘러내렸다. 나는 정말 서글펐다. 우리의 손은 창턱 위에서 따뜻하게 하나로 꼭 뭉쳐져 그의 눈물에 젖었다.

"걱정 마세요. 루스는 에프라임 씨만을 사랑하니까."

웃음을 보여줘

무덤은 애인의 눈보다 더 강렬하다. 사실이다.

열린 무덤, 그 모든 끌어당기는 힘. 그리하여 나 그대에게 이렇게 말한다,

당신이 웃을 때 나는 세상의 시작을 생각한다고.

—비센테 위도브로 〈알타소르〉*

제시는 나를 당황하게 만들었다. 나는 사람 볼 줄 안다고 자부하는 사람이다. 그릴리그 법률사무소에 오기 전 오랫동안 국선변호인 노릇을 해서 의뢰인이나 배심원을 한눈에 가늠할 줄 안다.

면담 약속도 없었고 비서가 인터컴으로 알리지도 않아서 나는 고객을 맞을 준비가 안 되어 있었다. 엘레나가 그런 절차를 생략하고 그를 곧장 내 방으로 안내했다.

"제시가 왔어요, 코언 변호사님."

엘레나는 우쭐하며 성 없이 이름만으로 그를 소개했다. 상당히 잘생긴

---

* Vicente Huidobro(1893~1948), 칠레의 중요한 시인. 「알타소르(Altazor)」는 그의 대표작이다.

데다 하도 당당하게 들어오기에 나는 혹시 내가 알지 못하는 외자 이름을 가진 록스타인가 보다 생각했다.

카우보이 부츠와 블랙진, 검정 실크 셔츠. 긴 머리에 얼굴은 음영이 깊고 강인해 보였다. 첫눈엔 서른 살쯤 되어 보였다. 그런데 악수를 하면서 보니 그의 웃음은 형언할 수 없이 상냥했고, 어린애 같은 담갈색 눈에서는 순수와 솔직함이 엿보였다. 그런 그의 입에서 저음의 첫소리가 나오자 나는 더 헷갈렸다. 그는 경험이 없는 애송이에게 무언가 인내심을 가지고 설명해주듯이 말했다. 다름 아닌 나에게.

그는 1만 달러를 상속받았으며, 그 돈으로 나에게 사건을 의뢰하고 싶다고 했다. 자기와 함께 살고 있는 여자에게 문제가 생겼고, 두 달 후에 재판을 받을 예정이라고 했다. 기소 조항이 열 가지였다.

나는 그 정도 돈으로는 수임료를 충당하지 못하리라는 말을 하고 싶지 않았다.

"국선변호인 없습니까?"

"있었죠. 그런데 그 개자식이 발을 뺐습니다. 그 변호사는 제 애인이 유죄라고, 나쁜 사람이라고, 성도착자라고 생각했습니다."

"나는 그렇게 생각하지 않을 거라는 근거가 뭐죠?"

"코언 변호사님은 안 그러실 겁니다. 제 애인이 코언 변호사님은 이 지역 최고의 인권 변호사라더군요. 하지만 제가 여기 온 걸 제 애인이 몰라야 합니다. 변호사님이 자원하는 걸로 해주십시오. 인권변호사의 신념을 위해서 말이죠. 제 조건은 그것뿐입니다."

나는 여기서 그의 말을 가로막고 "꿈 깨게, 젊은이"라고 말하려고 했다. 안 하겠다고 단호히 말하는 것이다. 그 정도 돈으로 나를 선임하려는 건 어림없는 짓이라고. 난 이 사건을 맡고 싶지 않았다. 이 가엾은 청년이 자기가 가진 돈을 전부 내놓을 용의가 있다는 것도 나는 믿을 수 없었다. 나는 벌써 그 여자가 싫었다. 그 여자가 유죄란 건 맞는 말이다, 그 여자는 악녀야!

제시는 판사와 배심원들이 읽을 경찰 조서가 문제라고 했다. 경찰 조서는 왜곡되고 거짓말투성이라서 그들은 유죄판결을 미리 내려두리라는 것이었다. 체포는 잘못되었고, 조서는 그녀를 중상하는 것이고, 그녀가 때린 경찰은 잔인했고, 그녀를 체포한 경찰은 정신병자이고, 경찰이 증거를 몰래 심어두었던 게 분명하다는 것을 밝히면 내가 그녀를 빼낼 수 있으리라고 그는 생각했다. 내가 그 경찰관들의 불법 체포와 만행 전력을 밝힐 수 있으리라고 그는 확신했다.

그는 내가 이 사건을 어떻게 다뤄야 하는지에 대해 더 많은 말을 했다. 내가 왜 화를 내면서 그에게 꺼지라고 하지 않았는지 설명할 길이 없다. 그는 열정적으로 훌륭한 주장을 폈다. 변호사가 되었더라면 좋았을 것이다.

나는 그가 마음에 들었다. 뿐만 아니라 상속받은 돈 전부를 탕진하는 것은 그에게 어떤 통과의례이며 필요한 것이라고까지 생각하기 시작했다. 어떤 영웅적이고 고귀한 행위.

제시는 다른 시대, 다른 행성에서 온 사람 같았다. 그는 어느 대목에선가 그 여자가 자기더러 "지구에 떨어진 사나이"*라고 했단다. 나는 그 말을 듣고 왠지 그녀를 좋게 생각하게 되었다.

나는 엘레나에게 회의 한 건과 약속 하나를 취소하라고 지시했다. 제시는 평이하고 명료한 말로 그녀와의 관계에 대해, 그녀가 체포된 일에

● 1976년 영국 공상과학영화의 제목.

대해 이야기했다. 그렇게 오전 시간이 다 갔다.

나는 피고측에 서는 변호사다. 나는 냉소적이다. 나는 세속적인 사람이라 욕심이 많다. 하지만 무료로 사건을 맡겠다고 했다.

"설마! 감사합니다. 제 애인에겐 무료라는 걸 꼭 말해주세요. 하지만 제 애인이 이 곤경에 빠진 건 제 탓이니 제가 수임료를 지불하고 싶습니다. 얼마죠? 5천? 더 되나요?"

"2천."

"그건 너무 저렴하다는 것 정도는 저도 압니다. 3천은 어떠세요?"

"그러죠."

그는 부츠 한 짝을 벗더니 그 안에서 따스한 돈을 꺼내 100달러짜리 지폐 30장을 빼서 트럼프처럼 내 책상 위에 부채 모양으로 펼쳐놓았다. 우리는 악수했다.

"이 일을 맡아주셔서 감사합니다, 코언 변호사님."

"뭘. 날 존이라고 부르게, 나도 말 놓겠네."

그는 도로 앉아 자세한 이야기를 쏟아냈다.

제시와 그의 친구 조는 작년에 뉴멕시코에서 고등학교를 중퇴하고 가출했다. 기타 연주자인 제시는 샌프란시스코에서 음악을 하고 싶었다. 그는 열아홉 살 되는 날 네브래스카의 어떤 노부인에게서 돈을 상속받기로 되어 있었다(이건 또 다른 가슴 아픈 이야기다). 그 돈을 가지고 런던에 갈 계획이었다. 영국에서 앨버커키로 공연을 온 어떤 밴드가 제시가 작곡한 노래와 기타 연주를 듣고 마음에 들어 자기네 밴드에 들어오라고 제의했던 것이다. 제시와 조는 샌프란시스코 만안灣岸 지역에 왔지만 지낼 곳이 없었다. 제시는 중학교 때 가장 친했던 벤에게 연락했다. 벤의 엄마는 그들이 가출한 줄 모르고 차고에서 얼마간 지내도 좋다고 허락했다.

나중에 실제 사정을 알게 되었을 때 그녀는 부모들에게 전화해서 그들은 잘 지내고 있다고 안심시켰다.

모든 게 잘 돌아갔다. 제시와 조는 정원 일이나 운반 일 같은 잡다한 일을 구해 일했다. 제시는 다른 뮤지션들과 연주를 하기도 하고 작곡을 하기도 했다. 그들은 벤과 그의 엄마 칼로타와 사이좋게 잘 지냈다. 칼로타는 제시가 막내아들 솔과 많이 놀아주는 것을 고맙게 생각했다. 제시는 솔을 데리고 야구 경기를 보러 가고, 낚시를 하고, 틸던 공원의 산에 오르기도 했다. 그녀는 학교 선생님으로 열심히 일했다. 그런 일상에서 빨래하고 장 본 것을 나르고 설거지하는 수고를 덜게 되어 좋았다. 아무튼 모두에게 두루 좋은 조합이라고 제시는 말했다.

"제가 매기를 처음 본 건 3년 전 일이죠. 앨버커키의 중학교에 다닐 때였어요. 어느 날 학교에서 매기를 불렀어요. 누가 벤이 마시는 우유에 LSD를 넣었고, 그걸 마신 벤이 완전히 흥분했거든요. 벤은 자기가 왜 그런지 몰랐어요. 학교에서 매기에게 벤을 데려가라고 했어요. 혹시 벤이 난폭해질지 모르니 저와 조가 그들과 함께 가는 걸 허락했죠. 저는 매기가 벤을 병원에 데려갈 줄 알았는데 우리를 차에 태워 강으로 가더군요. 그렇게 해서 우리는 골풀이 무성한 강변에 앉아 벤을 진정시켰어요. 붉은어깨검정새를 구경하기도 하면서. 그런데 우리는 사실 벤을 편안하게 해줘서 멋진 환각 체험을 하도록 도운 거였죠. 매기와 저는 새와 강에 대해 이야기했는데 서로 죽이 잘 맞았죠. 저는 원래 말이 별로 없는데 매기와 있으면 늘 말이 많아져요."

나는 이때 녹음기를 켰다.

"아무튼 버클리에 있는 벤네서 지낸 지 한 달이 지나고 또 한 달이 지났죠. 우리는 밤마다 벽난로 앞에 모여 앉아 우스갯소리를 하며 이야기를 나눴어요. 그 무렵 조와 벤은 여자친구가 생겨서 데이트하러 나가곤 했죠. 벤은 아직 고등학교 졸업반이라 바쁜 데다 자기가 가진 장신구나 록스타 사진을 팔러 텔레그래프가街로 나돌아다니느라 얼굴도 보기 힘들었어요. 저는 주말엔 매기와 솔과 함께 버클리 부둣가나 해변가로 놀러 나갔죠."

"잠깐. 벤의 어머니 이름이 칼로타라고 했잖아. 매기는 누구지?"

"전 칼로타를 매기라고 불러요. 매기는 밤에 채점을 하고 전 기타를 쳤죠. 어떤 때는 밤새도록 이야기를 했어요. 서로 살아온 이야기를 하면서 웃고 울고. 매기나 저나 알코올중독자죠. 바람직하진 않지만, 어떻게 보느냐에 따라 좋은 면도 있어요. 우리가 누구에게도 말하지 않은 걸 서로에게 말할 수 있게 된 건 그 덕분이니까 말이죠. 우리가 무섭고 불운한 유년기를 보낸 형태는 아주 똑같아요. 서로가 상대방의 네거티브필름 같을 정도로. 우리가 육체관계를 맺었을 때 매기의 아들들은 제정신이 아니었어요. 매기의 친구들은 역겹다고 했죠, 근친상간이라고. 묘하게 근친상간적인 면이 있긴 하죠. 매기와 나는 쌍둥이 같으니까 말이죠. 두 사람이 아니라 한 사람이랄까. 매기는 단편소설을 써요. 제가 음악으로 하는 걸 매기는 글로 하는 거죠. 아무튼 우리는 매일 서로를 더 깊이 알아가게 되었어요. 그래서 마침내 같이 자게 되었을 때는 그전에 이미 서로의 내면에 들어갔다 나온 것 같았어요. 우리는 제가 떠나기로 한 날까지 두 달 동안 연인이었어요. 제가 열여덟 살이 되는 12월 28일까지 기다렸다가 앨버커키에서 돈을 수령해서 런던에 간다는 게 원래 계획이었죠. 그런데 매기는 계속 저더러 그때까지 기다리지 말고 가라고 했어요, 그런 경험이 필요하다고, 그리고 우리는 헤어져야 한다고.

저는 영국에 가고 싶지 않았어요. 아직 어리지만 저는 알아요, 매기와 저는 평범한 사람들은 알 수 없는 은하계를 공유하고 있다는 것을. 우리는 서로의 영혼을 들여다보고 알아요, 선과 악의 모든 면을. 우리는 왠지 서로가 좋아요."

그리고 그는 매기와 조와 공항에 갔을 때 일어난 일을 이야기했다. 조가 벨트에 찬 칼과 지퍼 때문에 공항 검색대에서 경보가 울렸다. 그래서 셋이 모두 알몸 수색을 당하고 제시는 비행기를 놓쳤다. 제시는 비행기에 기타와 악보가 실렸다며 언성을 높였다. 매기가 그 사무실에 들어가보니 제시는 수갑을 차고 경찰에게 두들겨 맞고 있었다.

"우리 모두 체포되었죠. 조서에 있습니다. 신문 기사 제목은 '루터교 학교 교사, 폭주족, 공항에서 소동 피우다'였죠."

"본인도 폭주족인가?"

"당연히 아닙니다. 하지만 조서에는 그렇다고 쓰여 있어요. 조는 차림새가 그렇게 보여요. 폭주족이 되고 싶어하는 친구거든요. 그래서 그 기사가 난 신문을 아마 한 열 부는 샀을걸요. 어쨌든 매기와 조는 레드우드 시티의 유치장에 수감되었어요. 경찰은 저를 소년원에서 하룻밤 재우고 뉴멕시코로 보냈고요. 제 생일에 매기한테서 전화가 왔는데 다 괜찮다고 하더군요. 재판에 대해선 한마디도 없었어요. 퇴거당했다거나 해고당했다는 말도 없었고요. 전남편이 자식들을 멕시코로 데려갈 거라는 말도 하지 않았죠. 매기가 말하지 말랬는데, 조가 말해줘서 알게 됐어요. 그래서 제가 이곳에 다시 온 겁니다."

"매기는 뭐라던가?"

"길길이 뛰었죠. 당장 여길 떠나 런던에 가라는 겁니다. 가서 배우고 성장해야 한다면서. 그리고 매기는 우리가 육체관계를 맺었을 때 제가 열일곱 살이었다는 걸 가지고 사람들이 자기더러 나쁜 여자라고 하는 그 모든 거짓말을 믿고 있더군요. 매기를 유혹한 건 접니다. 매기 말고는 아무도 그 부분을 깨닫지 못하는 것 같아요. 저는 이른바 전형적인 10대가 아니란 말입니다."

"그건 그렇지."

"하지만 어쨌든 우린 지금 함께 있습니다. 매기는 재판 전에는 아무것도 결정하지 않겠다고 약속했어요. 직장이든 다른 살 곳이든 찾지 않겠다고요. 제가 바라는 건 그때쯤 매기가 함께 떠나는 겁니다."

그는 경찰 조서를 건넸다. "변호사님이 이걸 직접 읽어보시는 게 가장 좋겠습니다. 그런 다음 저랑 다시 이야기하시죠. 저희와 저녁 식사 같이 하세요. 금요일 괜찮으세요? 그거 읽고 오세요. 어쩌면 그때까지 그 경찰관들에 대해 뭔가 알아내실 수 있겠죠. 두 경찰 모두에 대해. 일찍 오세요. 저희가 사는 집은 이 길을 따라 죽 내려가면 바로예요."

더 이상 아무것도 통하지 않았다. 난 그게 부적절하다는 말을 할 수 없었다. 그날 다른 계획이 있다는 말도. 내 아내가 언짢아할지 모른다는 말도.

"알겠네. 여섯 시에 가지." 그가 알려준 주소는 시에서 가장 안 좋은 구역이었다.

멋진 크리스마스였다. 서로 다정하게 선물을 주고받았고 만찬도 훌륭했다. 키스는 내가 가르친 반 학생이었던 캐런을 초대했다. 캐런이 나를 얼마나 우러러보는지를 키스가 안다고 생각하니 나는 기분이 좋았다. 그러고 보면 난 참 유치하다. 벤의 여자친구 메건은 민스파이를 만들었다. 그들은 만찬을 준비하는 나를 도왔다. 즐거운 시간이었다. 우리 친구 래리가 왔다. 난롯불이 활활 탔다. 전통적인 분위기의 멋진 날이었다.

네이선과 키스는 제시가 떠나는 걸 반겼다. 그래서 그에게 정말 다정스러웠고, 선물까지 주었다. 제시는 모두에게 선물을 주었다. 훈훈한 명절 분위기가 났다. 다만 부엌에서 제시가 옆에 와서 "매기, 내가 가면 어떻게 살 거야?"라고 속삭였을 때 나는 가슴이 미어지는 것만 같았다. 제시는 나에게 별과 달이 새겨진 반지를 주었다. 우리는 서로에게 휴대용 은제 술병을 선물로 주었다. 우연의 일치였다. 우리는 그걸 대단한 우연으로 생각했지만 네이선은 "으악, 징그러워, 엄마"라고 했다. 네이선의 이 말을 나는 나중에야 의식했다.

제시는 여섯 시 비행기를 타야 했다. 조도 공항에 함께 나가고 싶어했다. 나는 빗속을 헤치며 공항으로 차를 몰았다. 라디오에서 〈조커〉와 〈점핑 잭 플래시〉가 흘러나왔다.* 조는 캔맥주를 들고 홀짝거렸고 제시와 난 짐빔 작은 병을 번갈아가며 기울였다. 내가 그들의 비행非行에 기여하는 건 아닐까 하는 생각은 전혀 하지 않았다. 그들은 나를 만나기 전부터 술을 알았다. 아무도 그들이 술을 살 때 신분증 제시를 요구하지 않았다. 사실 나 자신에게 음주 문제가 있다는 것마저 극구 부인하던 내가 그들의 음주를 걱정할 수 있었을 것 같지는 않다.

공항 건물에 들어갔을 때 제시가 멈춰 서더니 이렇게 말했다. "아, 망할! 이따 둘이 갈 때 주차한 델 못 찾을 텐데." 우리는 그 말이 현실이 될 줄도 모르고 웃었다.

우리는 딱히 취했다고는 할 수 없어도 술기운이 알딸딸하게 올라 들떠

* The Joker. 스티브 밀러 밴드의 1973년 노래로 가사에 '사람들은 나를 사랑의 갱스터라고 하지…… 내 사랑, 걱정하지 마, 나는 여기 집에 그대로 있을 거니까'라는 내용이 있다. Jumpin' Jack Flash. 롤링 스톤스의 1968년 노래로 가사에 '나는 휘몰아치는 비를 향해 울부짖었다'라는 내용이 있다.

있었다. 나는 제시가 떠나기 때문에 내가 얼마나 절망하는지 티 내지 않으려고 애를 쓰고 있었다.

지금 생각해보면 우리는 정말 많은 이목을 끌었을 것 같다. 우리는 셋 다 키가 상당히 크다. 조는 가무잡잡한 라구나 인디언이다. 길게 딴 머리, 바이커 가죽옷, 허리띠에 찬 칼. 커다란 부츠, 지퍼, 체인. 더플백을 메고 기타를 든 제시는 온통 검은색이었다. 제시. 그는 딴 세상 사람 같았다. 나는 그를 쳐다볼 수도 없었다. 그의 턱, 치아, 황금빛 눈동자, 물결치는 긴 머리. 그를 보면 울 것 같았다. 나는 크리스마스 명절옷 차림이었다. 검은색 벨벳 바지 정장, 나바호 장신구. 그게 무엇이었든 우리 세 사람의 조합은 조가 착용한 그 모든 쇠붙이에 검색대에서 울린 경보까지 가세해 보안 요원들에게 위험 요소로 보였다. 그들은 우리 셋을 각각 다른 방에 데리고 들어가 소지품과 몸을 검사했다. 그들은 내 속옷과 핸드백까지 뒤졌다. 머리카락에 손가락을 넣어 쓸어내리기도 하고 발가락 사이도 벌려 살폈다. 모든 곳을 샅샅이. 그 방에서 나와 보니 제시가 보이지 않았다. 나는 출발 탑승구로 달려갔다. 탑승구는 이미 닫혀 있었다. 제시는 항공사 직원에게 목청을 높이고 있었다. 그의 기타가 비행기에 있다고, 그가 만든 노래가 비행기에 있다고. 나는 화장실이 급해서 우선 볼일을 보고 나와 보니 탑승구 카운터에 아무도 없었다. 비행기도 떠나고 없었다. 나는 검은색 옷을 입은 젊은이가 비행기를 탔느냐고 누군가에게 물었다. 그 사람은 아무런 표지판도 없는 어떤 문을 가리켰다. 나는 그리로 들어갔다.

사무실은 보안 요원과 경찰로 꽉 찼다. 땀 냄새가 코를 찔렀다. 보안 요원 둘이 수갑을 찬 조를 꼼짝 못하게 붙들고 있었다. 경찰관 둘은 제시를 붙들고 있었고, 다른 한 명은 팔뚝만 한 길이의 손전등으로 제시의 머리를 때리고 있었다. 제시의 얼굴은 피로 질펀했고 셔츠도 흠뻑 젖었다. 그는 아파서 비명을 지르고 있었다. 나는 그리로 걸어갔다. 그들은 내가 들어온 것을 아직 알아채지 못했다. 모두 티브이 격투기 중계를 보듯 경찰이 제시를 구타하는 것만 뚫어지게 바라보고 있었다. 나는 그의 손전등을 잡아채 그걸로 그 경찰의 머리를 후려갈겼다. 그는 털썩 쓰러졌다. "이크! 죽었어." 다른 경찰이 말했다.

그들은 제시와 나에게 수갑을 채워 우리를 공항 건물 내 지하에 있는 작은 파출소로 데려갔다. 우리는 나란히 앉았다. 손은 의자 뒤로 묶였다. 제시는 피가 눈에 들어가 눈을 뜨지 못했다. 그는 아무것도 보지 못하고 있고, 머리에서는 여전히 피가 흘렀다. 나는 제시의 상처를 씻고 붕대를 감아달라고, 눈을 씻어달라고 사정했다. 레드우드시티 교도소에 가면 씻어줄 거요, 보안 요원이 말했다.

"우라질! 랜디, 이 녀석은 청소년이야! 얘는 누군가 다리 건너 소년원에 데려가야 해!"

"청소년이라고? 이년 이제 큰일났군. 난 안 갈 걸세. 내 근무 시간은 이제 거의 끝났어."

그는 내 앞으로 왔다. "당신이 친 그 치안 경관 있잖아, 그 친구 지금 중환자실에 있어. 죽을지도 몰라."

"제발 부탁이에요. 제시 눈 좀 씻어줘요."

"눈 같은 소리 하고 있네."

"이리 몸 좀 기울여봐, 제시."

나는 제시의 눈을 덮은 피를 핥았다. 시간이 많이 걸렸다. 눈썹이 서로 들러붙을 만큼 피가 잔뜩 굳어 있었다. 나는 피를 계속 핥아 뱉어내야 했다. 이윽고 눈언저리에 얼룩진 적갈색 핏속에서 꿀호박색 눈동자가 드러나 반짝였다.

"매기, 웃음을 보여줘."

우리는 키스했다. 보안 요원이 내 머리를 잡아채고 뺨을 때렸다. "이 더러운 년!" 그때 밖에서 소란스러운 소리가 들리더니 우리가 있는 방에 조가 떠밀려 들어왔다. 그들은 여자들과 어린이들 앞에서 외설적인 욕설을 퍼부었다고 조를 체포했다. 그는 우리가 어찌 되었는지 그들이 말해주지 않아서 분노하고 있었다.

"이놈은 레드우드시티 교도소에 갈 수 있는 나이야."

조는 뒷짐결박되고 수갑을 차서 포옹할 수 없자 대신 우리 둘 다에게 입맞춤을 했다. 내가 기억하는 한 그는 우리 누구에게도 입맞춤을 한 적이 없었다. 나중에 그는 우리 입이 피투성이라 슬퍼서 그랬다고 해명했다. 경찰은 다시 나더러 어린 청소년을 유혹한 변태라고 했다.

이제 나는 그 말이 역겨웠다. 그때까지도 난 여전히 뭘 몰랐다. 사람들이 나를 그렇게 보리라는 걸 깨닫지 못했다. 나의 혐의가 계속 불어나는 것도 몰랐다. 한 경찰관이 방 저쪽 카운터 뒤에서 나더러 들으라고 그 목록을 크게 읽었다. "공공장소에서 음주, 구속 방해, 경찰관 폭행, 흉기 폭행, 살인 미수, 체포 불응. 외설적이고 음탕한 행동, 미성년자에 대한 성행위(눈을 핥음), 미성년자 비행에 동조, 마리화나 소지."

"뭐야! 말도 안 돼!" 조가 말했다.

"아무 말도 하지 마." 제시가 속삭이듯 말했다. "오히려 우리한테 유리할지 몰라. 위증 공작이 틀림없으니까. 우리 셋 다 알몸 수색까지 당했잖아, 안 그래?"

"그래 맞아." 조가 말했다. "그게 있었으면 우리가 진작에 피웠겠지."

그들은 제시를 따로 데리고 갔다. 조와 나는 경찰차 뒤에 타고 멀리 떨어진 레드우드시티 교도소로 이송되었다. 내 머릿속에는 이제 제시는 떠나고 없다는 생각밖에 없었다. 당국에서 그를 앨버커키에 있는 집으로 보내리라고, 그러면 그는 런던으로 떠나리라고 나는 생각했다.

성질이 더러운 남자 같은 여자 경관 둘이 음부와 직장 검사를 하고 냉수 샤워를 시켰다. 그들은 합성세제로 머리를 감기면서 눈에 거품이 들어가게 문질렀다. 그러고는 타월도 빗도 주지 않았다. 아주 짧은 가운 하나와 테니스화 같은 신발만 달랑 내주었다. 눈은 멍들고 입술은 부르텄다. 그들이 손전등을 빼앗아 내리쳐서 생긴 상처였다. 나를 아래층으로 데리고 간 경찰은 가는 중에 내가 찬 수갑을 비비 돌려 손목에서 피가 나게 만들었다. 효과 없는 자살 기도를 한 것 같은 상처가 났다.

교도관은 내 담배를 주지 않았다. 두 창녀와 한 알코올중독자가 마지막 한 모금, 침 묻은 꽁초를 빨게 해주었다. 아무도 잠자지도 않고 말도 안 했다. 나는 춥기도 하고 알코올 기운이 떨어지기도 해서 밤새 떨었다.

이튿날 아침 나는 법원으로 이송되었다. 얼굴이 불그스름하고 뚱뚱한 어느 변호사가 와서 나와 유리창을 사이에 두고 전화기로 이야기했다. 그는 나에게 조서를 읽어주었다. 온통 왜곡되고 날조된 조서였다.

"공항 로비에 세 명의 수상한 인물들이 있다는 연락을 받았다. 폭주족 두 명, 그중 하나는 인디언, 여성 한 명. 모두 무기를 가지고 있어서 위험할 수 있다는 신고를 받았다." 그 조서에 쓰여 있는 건 전부 순전한 거짓말이라고 내가 아무리 말해도 변호사는 내 말은 무시하고 그 청소년과 성관계를 가졌느냐고만 계속 물었다.

"네!" 나는 끝내 대답했다. "그런데 별의별 걸로 다 기소가 되었는데 그것만 빠졌네요."

"내가 조서를 썼다면 그것도 기소했을 거요. 법정 강간."

나는 너무 피곤한 나머지 그냥 피식피식 웃었다. 그러자 그는 더 화를 냈다. 법정 강간. 이 말을 들으면 나는 피그말리온을 상상한다. 또는 피에타를 파괴하는 어떤 이탈리아인이 떠오른다.*

"당신 정신이 이상한 사람이군. 공공장소에서 미성년자에게 성행위를 한 걸로 기소되었소."

나는 제시 눈을 뜨게 해주려고 피를 핥았다고 말했다.

"실제로 그걸 핥아먹었다는 거요?" 그는 비웃었다.

나는 교도소라는 곳이 어떤 지옥일지 상상할 수 있다. 죄수들이 어떻게 해서 더 나빠지는지도 정말 이해할 수 있을 것 같았다. 그를 죽이고 싶었다. 나는 앞으로 어떻게 되는지 물었다. 기소 인정 여부 절차를 위해 법정 소환일이 정해질 것이라고 했다. 그러면 나는 법정에 나가 무죄를 주장하겠지만, 조금이라도 관대한 판사가 배정되기를 바라라고 했다. 이 지역에서는 배심원 구성도 문제였다. 여기엔 극우 종교인이 많아서 마약이나 성범죄에는 엄하다고 그는 말했다. 그들에게 폭주족은 악마 같은 존재이며, 게다가 마리화나까지 했다면, 그냥 선처받을 희망을 버리라고 했다.

"난 마리화나를 가지고 있지 않았어요. 경찰이 몰래 넣어둔 거라고요."

"아무렴, 그러셨겠지. 자지를 빨아준 대가였나?"

"그래서, 지금 날 변호하겠다는 건가요, 기소하겠다는 건가요?"

"나는 당신의 법정 변호인이오. 법정에서 봅시다."

조도 법정에 섰다. 주황색 죄수복을 입은 다른 사람들과 같은 체인에 묶여 있었다. 그는 나를 보지 않았다. 나는 온통 멍이 들어 있었다. 머리

• 법정 강간(statutory rape)의 statutory가 '조각상'을 뜻하는 statue와 비슷하게 들리기 때문일 것이다.

는 흐트러져 구불구불 얼굴 옆에 흘러내렸고, 슈미즈가운 같은 짧은 죄수복은 팬티도 제대로 가리지 못했다. 나중에 그는 내 모습이 단정치 않아서 나를 못 본 체했다고 시인했다. 우리 둘의 재판일이 1월 어느 날 한날로 잡혔다. 1월에 나간 법정에서 판사는 그냥 웃으면서 조에 대한 기소를 기각했다.

나는 집에 전화했다. 벤에게 내가 어디 있는지 말하는 것만도 충분히 힘들었다. 너무 창피해서 누구에게든 보석금을 내달라고 할 수 없었다. 그래서 그들이 서약서만으로 나를 풀어주는지 보려고 하루 더 기다렸다. 그런데 나는 어리석게도 그들에게 내가 재직하고 있는 학교 교장 선생님에게 전화해서 신원을 확인해보라고 하고, 그것으로 보석을 받았다. 교장 선생님은 여자였는데 나를 좋아하고 교사로서 나를 존중해주던 사람이었다. 하지만 그때만 해도 나는 사람들이 이 일로 나를 어떻게 생각할지 짐작도 못했다. 술을 마시지 않는 맑은 정신으로 지금 생각해보면 내가 얼마나 눈이 멀었었는지 참으로 당황스럽기 짝이 없다.

1월까지는 아직 한참 남았고, 내가 아니면 조의 보석금을 내줄 사람이 없다는 말을 경찰에게 전해 듣고 나는 석방되자마자 보석 보증인에게 갔다. 얼마였는지 기억나지는 않지만, 내가 수표를 쓸 수 있는 금액이었으니 큰 금액은 아니었을 것이다.

우리는 공항에 어떻게 갈지 정했다. 그런데 막상 가다 보니 에베레스트산을 바라보고 가는 것 같았다. 시야에 들어와 가까워 보였지만 도보로 거의 온종일 걸렸다. 우리는 얼음처럼 차가운 비를 맞으며 끝없이 걸었다. 지름길이라 생각하고 어느 개 사육장을 가로질러 간 뒤에도 우리는 실컷 웃었다. 사육장 울타리로 쫓겨 올라간 우리를 향해 이빨을 드러내고 짖어대던 도베르만 개들. 애벗과 코스텔로.* 우리가 고속도로에 이르렀

을 때도 아무도 우리를 태워주지 않았다. 사실은 나중에 트럭 한 대가 서
긴 했지만, 이미 공항에 거의 다 와서 우리는 운전사에게 그냥 가라고 손
짓했다.

그러나 최악은 그 빌어먹을 차를 찾는 일이었다. 농담이 아니다. 우리
는 방대한 주차장을 맨 위층부터 층마다 빙빙 돌면서 샅샅이 훑으며 맨
밑에까지 내려갔지만 차를 찾지 못했다. 그래서 이번에는 아래층부터 샅
샅이 훑으면서 올라가다가 우리는 그만 울음을 터뜨리고 말았다. 너무 피
곤하고 배고프고 추워서 그냥 꺼억꺼억 울었다.

그때 나이가 지긋한 한 흑인이 흠뻑 젖어서 바보처럼 울고 있는 우리
를 보고 놀라지 않고 다가왔다. 흠 없이 깨끗한 구형 허드슨 승용차에 옷
이 젖고 흙 범벅인 우리를 태우는 것도 개의치 않았다. 그는 우리를 태우
고 주차장 전체를 몇 번이고 계속 돌았다. 좋으신 주님이 틀림없이 우리
를 도와주실 거라면서. 그리고 마침내 차를 찾았을 때 우리는 이구동성
으로 "주님을 찬양하라"를 외쳤다. 그는 우리가 차에서 내릴 때 "하나님의
은총을 빕니다"라고 했다. 조와 나도 교회에서 응창을 하듯 일제히 "주님
의 은총을 빕니다, 감사합니다"라고 했다.

"존나 천사 같은 사람이네요."

"진짜 천사 같아."

"네, 제가 방금 한 말이 그 말이에요. 진심 천사 같은 사람."

글러브박스 안에 1파인트짜리 납작한 짐빔병에 술이 반 이상 남아 있
었다. 히터를 틀자 유리창에 김이 서렸다. 우리는 오리들에게 먹이로 주
려고 담아둔 치리오 시리얼과 튀긴 빵 조각을 먹으며 남은 위스키를 마

● Abbott and Costello, 1940~1950년대에 인기를 끌던 미국의 2인조 코미디언.

저 해치웠다.

"이렇게 맛있는 건 처음이라는 걸 인정하지 않을 수 없어요." 조가 말했다.

우리는 비를 헤치며 집에 다 갈 때까지 아무 말도 하지 않았다. 운전은 조가 했다. 나는 계속해서 유리에 낀 김을 닦았다. 나는 그에게 우리 아이들에게든 제시에게든 기소 조항이나 경찰에 대해선 일절 언급하지 말아달라고 부탁했다. 그냥 소란을 피워서 그랬던 걸로 해야 해, 알았지? 좋아요. 그러고 나서 우리 둘은 아무 말도 하지 않았다. 나는 마음이 꺼림칙하지도, 창피하지도 않았다. 내가 곤경에 빠졌다는 사실이나 앞으로 어떻게 해야 할지에 대해 걱정하지도 않았다. 나는 제시가 떠났다는 생각만 했다.

제시에게 가기 전에 아내와 전화 통화를 하려 했지만 아내는 그냥 전화를 끊었다. 다시 전화를 걸었지만 자동응답기가 받았다. 처음에는 차를 가지고 갈까 했지만 그 동네에 포르셰를 주차하기가 불안했다. 그 동네는 걸어다니기도 불안한 지역이었다. 사무실 건물 주차장에 차를 두고 그들이 사는 아파트까지 일곱인가 여덟 블록을 걸어가야 한다는 사실로 그 동네에 관해 많은 걸 짐작할 수 있을 것이다.

철창문에 합판을 댄 건물 정문은 그래피티투성이였다. 내가 왔다는 것을 알리자 버저 소리와 함께 문이 열렸다. 현관 홀의 바닥은 대리석이었는데 먼지가 많았다. 위를 쳐다보니 4층 천장에 별 모양의 채광창이 나 있고, 그리로 바깥 빛이 들어왔다. 내부를 대리석과 타일로 꾸민 건물은 오래되었지만 여전히 아름다웠다.

둥근 벽을 따라 곡선을 그리며 올라가는 계단, 군데군데 아트데코 틀의 퇴색한 거울들이 걸려 있었다. 층계참에 커다란 단지가 놓여 있었는데, 누군가 거기에 기대 잠들어 있었다. 사람들이 내려오다 계단에서 나와 마주치면 얼굴을 옆으로 돌리고 스쳐 지나갔다. 나는 그들에게서 어렴풋이 법원이나 교도소에서 보는 사람들과 비슷한 인상을 받았다.

제시의 아파트까지 올라가자니 숨이 찼다. 지린내, 값싼 포도주 냄새, 퀴퀴한 기름내, 먼지 때문에 속이 느글거렸다. 칼로타가 문을 열었다. "어서 오세요." 그녀는 빙긋 웃었다. 안으로 발을 들여놓자 총천연색의 세계, 옥수수빵과 레드 칠리, 라임, 고수, 그녀의 향수 냄새가 나를 맞이했다. 천장이 높고 창문들도 높았다. 반들반들한 나무 바닥에는 동양 양탄자가 깔려 있었다. 커다란 양치식물들, 바나나나무, 극락조화. 이 방에 가구라고는 붉은 새틴 시트가 덮인 침대가 유일했다. 창밖에 보이는 아비시니아 침례교회의 황금빛 둥근 지붕이 늦은 오후의 햇빛을 받아 빛났다. 키 크고 오래된 종려나무숲, 철로의 굽은 부분을 지나고 있는 바트 기차.* 순간 탕헤르에 온 것 같은 착각이 들었다. 칼로타는 나에게 잠시 주변에 적응할 시간을 주었다. 그러고 나서 나와 악수를 했다.

"저희를 도와주셔서 감사합니다, 코언 변호사님. 언젠가는 수임료를 드릴 수 있을 거예요."

"그 걱정은 하지 마세요. 저도 이 일을 하게 돼서 기쁩니다. 조서를 읽고 보니 특히 더요. 왜곡 날조된 조서가 분명합니다."

큰 키, 햇볕에 그을린 피부, 부드러운 흰 저지 원피스. 나이는 서른 살 정도로 보였다. 우리 어머니가 당당한 자태라고 부르던 것을 지닌 여자였다. 칼로타는 이 아파트 실내보다 더 뜻밖이었다. 제시보다 더. 글쎄, 제

• BART, Bay Area Rapid Transit. 샌프란시스코 베이 인근 지역을 연결하는 주요 대중교통 수단.

시보다 더 뜻밖은 아닐지 모르겠다. 나는 그들의 조합이 어떻게 충격적일 수 있을지 알 것 같았다. 나는 그녀를 계속 쳐다보았다. 매력적인 여자였다. 예쁘다는 말이 아니다, 예쁘긴 하지만. 그 우아한 모습. 재판을 받게 되어 법정에 선다면 아주 멋져 보일 것 같았다.

이번이 마지막 방문이 아니었다. 그 후 매주 금요일 나는 걸어서, 아니, 뛰다시피 그 집에 갔다. 마치 이상한 나라의 앨리스처럼 무슨 묘약이라도 마신 듯이, 또는 어느 우디 앨런 영화*의 한 장면처럼. 그 영화에서는 남자 배우가 영화 화면에서 관객석으로 나왔지만, 나는 내가 객석에서 화면 안으로 들어간 기분이었다.

그 첫날 저녁 그녀는 나를 나머지 방으로 안내했다. 거기엔 근사한 부하라 양탄자와 안장 주머니, 세 사람 식기와 꽃과 촛불이 있는 식탁이 있었다. 전축에서 〈앤지〉**가 흘러나오고 있었다. 높은 창문들에 걸린 대나무 블라인드. 바람이 조금만 불어도 창문 반대편 벽에 드리운 블라인드 그림자가 깃발처럼 흔들렸다.

부엌에서 제시가 인사하는 소리가 들리더니 곧 나와서 악수했다. 그는 청바지에 흰 티셔츠를 입었다. 그들은 온종일 바닷가에 나갔다 와서 그런지 얼굴에 화색이 돌았다.

"우리 집 어때요? 제가 페인트칠 했어요. 부엌 한번 보세요. 노란 아기 응가 색이죠. 좋죠, 안 그래요?"

"환상적이야, 이 아파트!"

● 우디 앨런이 감독, 미아 패로 주연의 〈카이로의 붉은 장미(The Purple Rose of Cairo)〉 (1985).
●● 롤링 스톤스가 1973년에 발표한 곡. '앤지, 저 먹구름은 언제 걷힐까⋯⋯'라는 가사로 시작한다.

"매기도 마음에 드시죠? 그러실 줄 알았어요." 그는 나에게 진토닉을 내밀었다.

"아니, 내가 이걸 마시는 줄 어떻게……?"

"변호사님 비서한테 물었어요. 오늘 요리는 제가 합니다. 매기한테 물어볼 게 있으실 텐데 제가 요리 마저 할 동안 물어보세요."

그녀는 나를 '발코니'로 데리고 갔다. 발코니는 창문 밖 비상계단의 층계참이었다. 우유 운송 상자 두 개가 들어갈 정도의 크기였다. 아닌 게 아니라 그녀에게 물어볼 것이 많았다. 조서에 따르면 그녀는 학교 선생님이라고 주장했다. 그래서 그 점을 물었더니, 지금은 그 루터교 재단 고등학교에서 해고되었고, 전셋집에서는 쫓겨났다고 했다. 그녀는 솔직했다. 그일이 있기 오래전부터 이웃들이 그 집에 너무 많은 사람들이 살고 있고 음악 소리가 너무 크다고 불평했었다. 그곳은 그녀에게는 마지막 희망이었다. 그나마 전남편이 어린 아들 셋을 멕시코로 데려가서 다행이었다.

"전 지금 큰 혼란에 빠져 있어요, 모든 게 엉망이에요." 그녀의 목소리가 곱고 차분해서 나는 그 말을 믿기 어려웠다.

매기는 공항에서 있었던 일을 간략히 설명했다. 그녀는 제시가 말한 것 이상으로 자기 탓을 했다. "기소 혐의에 관해 말하자면, 다 제 책임이에요. 다만 마리화나는 그 경관들이 심어놓은 거예요. 그리고 거기서 일어난 일을 어떻게 그따위로 썼는지 정말 역겨워요. 조가 우리 입술에 입맞춤을 했지만 그건 우정의 키스였어요. 전 청소년들을 데리고 그룹 섹스 같은 건 하지 않아요. 정말 역겹고 잘못된 건 경찰이 제시를 구타한 거예요. 딴 사람들은 그냥 서서 구경만 했죠. 정상적인 사람이라면 누구든 저처럼 행동했을 거예요. 어쨌든 그 경관이 죽지 않아서 정말 다행이에요."

재판이 끝나면 뭘 할 거냐는 물음에 그녀는 전전긍긍하다가 제시가 내 사무실에 와서 한 것과 같은 말을 작은 소리로 말했다. 재판이 끝날 때까지 그 생각은 하지 않기로 했다고.

"하지만 심기일전할 수 있어요. 술도 끊고 새롭게 출발하는 거죠." 그녀는 스페인어를 한다고 했다. 병원 일자리나 법원 통역 일을 알아볼 생각이었다. 뉴멕시코에서 열린 어떤 재판에서 거의 1년 동안 통역으로 일한 적이 있고, 그에 대해 좋은 추천서들도 갖고 있었다. 나도 그 사건을 알고 있었다. 담당 판사와 변호사도 내가 아는 사람들이었다. 잘 알려진 사건이었다⋯⋯. 어떤 마약중독자가 뒤에서 다섯 발이나 총을 쏴서 단속 경찰관을 죽였는데도 고의에 의한 것이 아닌 살인죄를 인정받았다. 우리는 한동안 그 눈부신 변론에 대한 이야기를 나눴다. 나는 이 지역에서 법원 통역을 하려면 어디에 문의 편지를 보내야 하는지 알려주었다.

제시가 과카몰리와 칩을 가지고 나왔다. 나에게는 마시던 걸 한 잔 더 주고 그들은 맥주를 마셨다. 매기가 그대로 바닥에 주저앉자 제시도 따라 앉았다. 그녀는 그의 무릎에 등을 기댔다. 그는 길고 섬세한 손으로 그녀의 목을 감싸듯 받쳐주고 다른 손으로는 맥주를 마셨다.

제시가 그녀의 목을 받쳐준 모습을 나는 절대로 잊지 못할 것이다. 경박한 것도, 내숭을 떠는 모습도 아니었다. 에로틱한 것도, 애정을 표현하는 몸짓도 전혀 없었다. 그런데도 그들의 친밀함은 전류 같았다. 그는 그녀의 목을 감싸고 있었지만 그건 소유의 몸짓이 아니었다. 그들은 융합되어 있었다.

"물론 매기는 여러 직장을 가질 수 있겠죠. 그래서 집도 얻고, 아이들도 모두 데려오고. 그런데 문제는 엄마와 떨어져 있는 게 애들한테는 더 좋다는 겁니다. 당연히 엄마가 보고 싶겠죠, 매기도 아이들이 보고 싶고. 매기는 좋은 엄마였어요. 아이들을 올바로 키웠죠. 아이들에게 품성과 가치관을 심어주고 정체성을 확립시켜주었죠. 그래서 녀석들은 자신만만하고 정직해요. 웃기도 잘하죠. 아이들 아버지는 굉장한 부자니까, 아이들을 그가 다닌 앤도버고등학교와 하버드대학교에 보낼 수 있을 테죠. 시간이 날 때는 요트를 타고 낚시를 하거나 스쿠버다이빙을 할 테고, 녀석들이 매기에게 돌아오면 저는 여길 떠나야 할 겁니다. 제가 떠나면 매기는 술을 더 많이 마시겠죠. 술 마시는걸 멈추지 않을 테고, 그럼 끔찍하겠죠."

"여길 떠나면 뭘 할 거지?"

"저요? 죽죠."

석양이 그녀의 선명한 파란색 눈에 담겼다. 그 눈에 눈물이 차올랐다. 흐르지 않고 속눈썹에 매달린 눈물방울에 종려나무의 초록이 비쳐 마치 청록색 고글을 쓴 것 같았다.

"울지 마, 매기." 제시가 그녀의 머리를 뒤로 젖혀 그 눈물을 먹었다.

"매기가 우는지 뒤에서 어떻게 알았어?" 내가 물었다.

"제시는 안 봐도 알아요." 매기가 말했다.

"어두운 밤에도 내가 돌아누워 미소를 지으면 '뭐가 웃겨?'라고 하죠."

"그건 매기도 마찬가지예요. 매기는 코까지 골면서 깊이 잠들 때가 있는데, 그래도 내가 씩 웃으면 눈을 탁 뜨고 날 보고 미소를 짓죠."

우리는 저녁을 먹었다. 훌륭한 식사였다. 우리는 재판 이야기만 빼고 별의별 이야기를 다 했다. 내가 왜 그 이야기를 왜 하게 되었는지는 기억나지 않지만, 나는 러시아인 우리 할머니에 얽힌 많은 일화를 늘어놓았다. 그렇게 실컷 웃어본 게 몇 년 만인지 모른다. 나는 그들에게 '숀다'*라

● shonda. 이디시 말로 '수치'를 뜻한다. What a shonda! = What a shame. '정말 창피하군!'

는 말을 가르쳐줬다. 정말 손다스러워! 하면서.

칼로타는 식탁을 치웠다. 양초가 절반쯤 타들어갔다. 그녀가 커피와 플랑을 가지고 왔다. 그걸 거의 다 먹었을 때 그녀가 물었다. "존, 카운슬러라고 불러도 돼요?"*

"세상에, 그건 안 되지." 제시가 말했다. "중학교 다니는 기분이 들잖아. 카운슬러 선생님한테 내 분노가 어디서 나오냐는 질문을 받을 것 같은 기분. 난 그냥 변호사님이라고 부를래. 변호사님, 이 여성이 처한 곤경에 대해 생각 좀 해보셨어요?"

"응, 생각해봤네. 서류가방 가져와서 우리가 어떤 상황에 처해 있는지 보여주겠네."

코냑을 마시겠냐고 해서 나는 그러겠다고 했다. 그들은 이제 물 탄 위스키를 마시고 있었다. 나는 들떴다. 사무적으로 말하고 싶었지만 기분이 좋았다. 나는 준비해온 문서를 들추면서 세 쪽짜리 조서와 비교해가며 설명했다. 조서는 명예훼손, 중상, 오도, 허위 진술로 이루어졌다. '외설', '음란한 행동', '도발적 태도', '위협적', '공갈', '흉기 소지', '위험'과 같은 말이 동원되었다. 판사와 배심원단이 읽으면 나의 의뢰인에 대해 편견을 가질 만한 내용이었다. 사실 나도 사전에 제시에게 상황 설명을 들었는데도 이 조서를 읽고는 그녀에 대해 왜곡된 생각을 가졌었다.

나는 공항 보안 요원에게 받은 진술서도 가지고 있었다. 매기의 몸과 옷과 가방 모두 철저히 검사했지만 마약이나 흉기는 발견되지 않았다는 내용이었다.

● '변호사(counselor-at-law)'의 counselor. 법정 밖에서는 보통 호칭으로 쓰이지 않는다. 미국 중고등학교에서 생활지도 교사를 '카운슬러'라고 부르기도 한다.

"하지만 압권은, 제시, 자네 말대로 이 자식들은 중대한 규칙 위반으로 걸린 적이 많아. 용의자를 구타하는 등 부적절한 폭력 행사로 정직 처분을 받은 적도 여러 번이야. 무기가 없는 용의자를 두 차례 죽인 일로 조사도 받았지. 잔혹 행위와 지나친 폭력 행사, 허위 체포, 증거 날조 등과 관련해서 고소된 건도 아주 많네. 단 며칠 찾아본 건데도 이렇게 많아! 중대한 위반으로 정직되었다가 강등 복직되어 샌프란시스코 남부 도시의 순경으로 보내졌다는 걸 우리가 알게 된 거지. 우리는 경찰 감찰과에 체포 경관들에 대한 조사를 하라고 할 거야. 그리고 샌프란시스코 경찰청을 상대로 소송을 제기하겠다고 협박해야지."

"그럼 그냥 협박만 하지 말고 진짜로 소송을 제기하자고요." 제시가 말했다.

나는 제시는 술이 오르면 대담해지지만 매기는 마음이 더 약해진다는 걸 알게 되었다. 그녀는 고개를 흔들었다. "난 그 과정을 견뎌내지 못할 거야."

"소송은 좋은 생각이 아냐, 제시." 내가 말했다. "이 재판에 유리하게 써먹을 수 있는 좋은 수일 뿐이지."

법정 심리가 6월 말로 잡혔다. 내 조수들이 그 경찰관들에게 불리한 증거를 계속해서 찾았지만 매기나 제시와 의논할 필요가 있는 건 별로 없었다. 심리에서 기소가 기각되지 않으면 일단 재판 날짜를 미루고, 글쎄, 기도해야 할지도 모를 일이었다. 그래도 난 여전히 매주 금요일 텔레그래프가에 있는 그들의 아파트에 놀러 갔다. 내 아내 셰릴은 화를 내고 질투했다. 핸드볼 경기장 외에는 어딜 가든 아내와 같이 다녔는데, 그러지 않는 건 처음이었다. 아내는 왜 자기는 함께 갈 수 없는지 이해할 수 없었다. 그 이유를 아내에게 설명할 길이 없었다. 나 자신도 그걸 몰랐다. 한

번은 아내가 나에게 바람났냐고 따지기까지 했다.

사실 외도 같긴 했다. 예측할 수 없는, 흥분된 경험이었다. 금요일이면 온종일 그 집에 갈 시간만 기다려졌다. 나는 그들 모두와 사랑에 빠졌다. 때로는 제시와 조, 칼로타의 아들 벤과 나, 이렇게 넷이 포커를 하거나 당구를 쳤다. 제시는 나에게 포커와 당구를 잘 치는 요령을 가르쳐주었다. 그들과 함께 험한 도심의 당구장에 두려움 없이 간다는 게 어린애처럼 멋지게 생각되었다. 조와 함께 있다는 것만으로도 우리는 어딜 가든 안심이 되었다.

"조랑 다니면 핏불테리어를 데리고 다니는 것 같죠. 먹는 건 핏불테리어보다 돈이 덜 들고." 제시가 말했다.

"다른 일에도 쓸모가 있죠." 벤이 말했다. "이로 병마개도 따고. 웃는 덴 선수고." 맞는 말이었다. 조는 말을 거의 하지 않았지만 유머를 즉각 알아채고 잘 웃었다.

벤과 함께 오클랜드 시내를 돌아다닐 때도 있었는데, 그럴 때 벤은 사진을 찍었다. 칼로타는 카메라 렌즈처럼 손가락으로 틀을 만들어 구도 잡는 법을 가르쳐주었다. 나는 그렇게 하니까 사물을 보는 눈이 달라졌다고 벤에게 말해주었다.

조는 사진에 슬쩍 찍히는 걸 좋아했다. 필름을 인화해보면 뜻밖에도 어떤 건물 현관 계단에 앉아 있는 술주정뱅이들 틈에 끼어 있거나, 어떤 건물 출입구에서 길 잃은 사람처럼 두리번거리며 서 있거나, 오리 고기를 놓고 중국인 푸주한과 입씨름하는 모습이 찍혀 있거나 하는 것이다.

어느 금요일, 벤이 미놀타 카메라를 가져와서 50달러만 주면 그걸 나에게 팔겠다고 했다. 좋아. 나는 기뻤다. 나중에 보니 벤이 그 돈을 조에게 주었다. 나는 그걸 보고 의아하게 생각했다.

"필름을 넣지 말고 우선 사진기를 만지작거려보세요. 그냥 카메라 파인더를 들여다보며 돌아다니는 거죠. 저도 필름을 넣지 않고 그럴 때가 많아요."

내가 처음 찍은 사진은 내 사무실에서 몇 블록 떨어진 곳에 있는 가게였다. 헌 신발을 한 짝씩 1달러에 파는 곳이다. 가게 한쪽에는 왼쪽 신발, 다른 한쪽에는 오른쪽 신발이 쌓여 있었다. 노인들. 가난한 젊은이들. 가게 주인은 흔들의자에 앉아 신발을 팔고 받은 돈을 퀘이커 오트밀 빈 상자에 넣었다.

처음 찍은 필름 한 통으로 나는 모처럼 행복했다. 심지어 재판이 잘됐을 때보다도 더 기뻤다. 그것을 인화해서 사진을 보여주었더니 모두 나에게 하이파이브를 했다. 칼로타는 나를 안아주었다.

나는 벤과 여러 번 아침 일찍 차이나타운 창고 구역에 갔다. 그렇게 함께 다니는 건 누군가와 친해지기에 좋은 방법이다. 나는 교복 입은 어린이들에게 렌즈의 초점을 맞추었고, 벤은 노인들의 손을 찍었다. 나는 벤에게 사람들을 찍기가 찜찜하다고, 그들의 사생활에 침입하는 것 같다고, 무례한 듯하다고 말했다.

"저는 그 부분에선 엄마와 제시의 도움을 받았어요. 엄마와 제시는 항상 아무한테나 말을 걸어요. 그러면 사람들이 대꾸하죠. 저를 바라보고 있는 사람의 사진을 찍고 싶으면 저는 그냥 가서 말해요. 단도직입적으로 '사진 찍어도 돼요?' 하고 묻죠. 대개는 '미쳤나 봐, 당연히 안 되지'라고 하지만 개의치 않는다는 사람들도 있어요."

칼로타와 제시에 관한 이야기도 몇 번 나눴다. 나는 그들이 모두 사이좋게 지내는 걸로 알았기 때문에 벤이 분노하는 걸 보고 깜짝 놀랐다.

"글쎄요, 물론 화나죠. 그 이유 중 일부는 유치해요. 두 사람이 워낙 결속되어 있어서 제가 소외감을 느끼고 질투도 나거든요. 엄마와 제일 친한 친구를 동시에 잃은 느낌이랄까. 그러면서도 한편으론 그들이 그렇게 된 건 좋은 일이라고 생각하죠. 예전엔 어느 쪽도 행복한 걸 못 봤거든요. 하지만 두 사람은 서로의 파괴적인 면, 다시 말해서 자신들이 미워하는 부분을 서로 달래주고 있는 거죠. 제시는 계속 연주를 하지 않고, 엄마는 텔레그래프로 이사한 후론 글을 쓰지 못했어요. 제시의 돈을 물처럼, 주로 술 마시는 데 탕진하고 있는 거예요."

"난 한 번도 그들이 취했다고 느낀 적이 없는데."

"그건 엄마와 제시가 맑은 정신인 걸 못 보셔서 그래요. 우리가 있을 때는 사실 본격적으로 술을 마시지 않죠. 그런 다음엔 비틀거리며 시내를 돌아다녀요. 뭘 하다 그러는지 모르겠지만 불자동차를 쫓아가기도 하고. 한번은 우편집중국에 침입했다가 총을 맞을 뻔하기도 했어요. 두 사람은 그래도 좋은 술꾼들이에요. 서로에게 놀라울 정도로 다정하거든요. 엄마는 우리가 어렸을 때도 무서웠던 적이 없어요. 우리를 때린 적이 한 번도 없죠. 엄마는 우릴 사랑해요. 그래서 저는 엄마가 왜 동생들을 데려오지 않는지 이해할 수가 없어요."

또 한번은 그들의 집에 갔을 때 벤이 제시가 작곡한 노래의 가사를 보여주었다. 가사가 괜찮았다. 성숙하고, 풍자적이고, 애틋했다. 밥 딜런 생각이 났다. 거기에 톰 웨이츠와 조니 캐시를 섞어놓은 것 같은 가사였다. 벤은 칼로타가 쓴 단편소설이 실린《애틀랜틱 먼슬리》를 보여주었다. 나도 몇 달 전에 읽고 잘 썼다고 생각한 단편이었다. "이렇게 훌륭한 글을 쓴 사람이 칼로타 당신 맞아요? 제시도 이 좋은 노래를 직접 만들었어?" 두 사람 모두 어깨를 으쓱했다.

벤이 나에게 한 말은 이치에 닿았지만, 나는 그들에게서 자기혐오나 파괴적인 면을 전혀 발견할 수 없었다.

칼로타와 나는 단둘이 발코니에 나가 있었다. 나는 내가 왜 이 집에 있으면 그렇게 기분이 좋은지 모르겠다고 했다. "어린 친구들과 있어서 그런 걸까요?"

칼로타가 웃었다. "쟤들은 어리지 않아요. 벤은 어렸던 적이 없어요. 저도 어렸던 적이 없고요. 변호사님도 어쩌면 애늙은이인지 모르죠. 변호사님의 억압된 감정을 행동화할 수 있으니까 우리를 좋아하시는 건지도. 이렇게 노니까 천국 같죠? 여기에 있는 동안은 그 이외의 인생이 사라지니까 여기 오는 걸 좋아하시는 걸 거예요. 변호사님은 아내 얘기를 한 번도 하신 적이 없어요. 고민이 많다는 증거죠. 변호사 일에도 고민이 많을 테고. 제시는 모든 사람이 자연스럽게 행동하고 스스로에 대해 생각할 자유를 주죠. 이기적으로 행동해도 좋다는 것이죠.

제시와 함께 있는 건 일종의 명상이에요. 가부좌하고 참선하는 것 같다고 할까. 감각 박탈 탱크*에 들어간 것 같다고 할까. 과거와 미래가 사라져요. 문제와 결정도 사라지죠. 시간도 사라지고, 현재는 매우 아름다운 색채를 획득하고, 지금 이 순간만의 틀 안에 존재해요. 우리가 손가락으로 네모나게 만드는 구도 틀처럼."

나는 그녀가 술에 취했다는 걸 깨달았다. 하지만 그녀의 말이 무슨 뜻인지 알 수 있었다. 그녀의 말이 옳다는 것도 알았다.

제시와 매기는 한동안 시내 중심가의 건물 옥상에서 잠을 잤다. 매일

● 감각 박탈 탱크에 들어가 있으면 건강 증진에 도움이 된다고 한다. 탱크 안에는 황산 마그네슘을 탄 물이 체온에 맞춰져 있어서 그 안에 들어가면 몸이 둥둥 뜬다. 이 탱크 안에 들어가면 바깥의 모든 소음이 차단되고 아무것도 보이지 않고 중력도 느껴지지 않는다고 한다.

밤 다른 건물이었다. 내가 그들에게 왜 그러는지 짐작도 할 수 없다고 하자 그들은 어느 날 나도 데려갔다. 우리는 먼저 건물 외벽에 구식 철제 비상계단이 있는 고층 건물을 물색했다. 건물을 정하면 제시가 높이뛰기를 해서 비상계단에 오를 수 있는 사다리를 잡아당겨 내렸다. 사다리를 타고 모두 비상계단에 오르면 제시는 사다리를 원래대로 당겨 올렸다. 그러고 나서 우리는 건물 옥상으로 올라갔다. 강 어귀와 만이 눈앞에 펼쳐졌다. 으스스하면서도 황홀한 풍경이었다. 골든게이트교 저편에 아직 분홍빛 석양이 가물거렸다. 오클랜드 중심가는 사람이 없고 고요했다. "주말에 여기 오면 〈해변에서〉*의 한 장면과 똑같아요." 제시가 말했다.

위로는 하늘이 우리를 덮고 있고 아래로는 시내가 내려다보이는 그곳에 우리 셋밖에 없다는 느낌에, 그 고요에 나는 압도되었다. 제시가 나를 반대쪽으로 불렀을 때 나는 비로소 내 위치를 알았다. "보세요." 그가 가리키는 곳을 보니 리먼 빌딩 15층, 내 사무실이었다. 우리가 있는 곳보다 몇 층 더 높았다. 내 사무실에서 창문 몇 개 옆으로 브릴릭의 사무실이 있었다. 거북등무늬의 작은 갓을 씌운 등불이 켜져 있었다. 양복 재킷을 벗고 넥타이를 끄른 그는 큰 책상 앞에서 쿠션에 발을 올려놓고 앉아 책을 읽고 있었다. 가죽 장정의 책이고 얼굴에 미소를 짓는 걸로 보아 몽테뉴일 것 같았다.

"여긴 바람직하지 않아요." 칼로타가 말했다. "갑시다."

"당신은 창문 안의 사람들 구경하는 걸 좋아하잖소."

"네, 하지만 그게 아는 사람이라면 상상이 아니라 염탐하는 게 되죠."

---

* On the Beach. 스탠리 크레이머 감독, 그레고리 펙, 에이바 가드너 주연의 1959년 공상과학영화. 세계 종말 후의 황량한 샌프란시스코 장면이 나온다.

비상계단으로 내려가면서 나는 그들의 예의 그런 것을 가지고 입씨름을 하기 때문에 내가 그들을 좋아한다는 생각을 했다. 그들은 하찮은 걸 가지고 입씨름한 적이 없었다.

한번은 그 집에 갔더니 조와 제시가 낚시하러 나가고 없었다. 벤은 집에 있었다. 매기는 울고 있었다. 그녀는 열다섯 살 먹은 아들 네이선에게서 온 편지를 나에게 건넸다. 그곳에서 어떻게 생활하고 있다는 것을 알려주는 다정한 편지였다. 그들은 엄마에게 돌아오고 싶다고 썼다.

"그래, 자넨 어떻게 생각하나?" 매기가 세수하러 간 사이 내가 벤에게 물었다.

"저는 저 두 사람이 제시 아니면 아이들이라는 생각을 버렸으면 좋겠어요. 엄마가 직장과 살 집을 얻고, 술을 끊고, 제시는 가끔 들르면, 그래도 괜찮을 거란 걸 두 사람도 알 텐데. 그러면 괜찮을 텐데. 문제는 상대방이 술을 끊고 맑은 정신이 되면 서로 자기를 떠날까 봐 두려운 거예요."

"그럼 제시가 떠나면 엄마가 술을 끊을까?"

"절대로 아니죠. 그건 생각조차 하기 싫어요."

그날 밤 벤과 조는 야구 경기를 보러 갔다. 조는 그 팀을 항상 '퍽킹 에이스'*로 칭했다.

"티브이에서 〈미드나잇 카우보이〉 해요. 보러 가실래요?" 제시가 물었다. 나는 그러겠다고 했다. 내가 좋아하는 영화였다. 나는 제시의 나이를 깜박하고 티브이가 있는 어느 스탠드바에 가서 보자는 줄 알았다. 그런데 우리가 간 곳은 그레이하운드 버스정류장이었다. 우리는 대합실의 좌

---

* Fuckin' A's. 오클랜드 애슬레틱스(Oakland A's)를 '최고'라는 뜻의 속된 감탄사인 fucking A로 전이해서 부르는 것.

석에 달린 작은 티브이 모니터에 동전을 주입했다. 칼로타는 광고가 나오는 동안 팝콘을 사오면서 동전도 더 바꿔왔다. 영화를 다 보고 우리는 중국음식점에 갔지만 영업 시간이 끝났다. "네, 우린 항상 영업 시간이 끝날 때 와요. 여기 사람들은 이때 피자를 주문해 먹거든요." 제시와 매기가 그걸 어떻게 알았는지 난 도통 알 수 없었다. 그들은 나를 웨이터에게 소개했다. 우리는 그에게 돈을 주었다. 우리는 웨이터와 요리사, 접시닦이와 커다란 테이블에 둘러앉아 피자와 콜라를 먹었다. 전등은 모두 꺼졌다. 촛불만이 실내를 밝혔다. 그들은 우리에게 중국말로 무슨 말을 하면서 고개를 연신 끄덕이며 여러 종류의 피자를 돌렸다. 피자를 먹으면서도 나는 왠지 이게 진짜 중국음식점이라는 느낌이 들었다.

다음 날 밤 셰릴과 나는 잭런던 광장에서 친구들과 저녁 약속이 있었다. 포르셰 지붕을 접고 다닐 수 있는 훈훈한 밤이었다. 아내와 나는 그날 외출하기 전에 사랑을 나누고 침대에서 뒹굴뒹굴하며 즐거운 하루를 보냈다. 음식점에 거의 다 갔을 때쯤 셰릴과 나는 기분이 좋아 웃고 있었다. 우리는 철길 앞에 정차해 있었다. 화물 열차가 광장을 관통해서 천천히 기다시피 지나가고 있었다. 이 화물 열차는 끝이 없는 듯했다. 그때 어디선가 나를 부르는 소리가 크게 들렸다.

"카운슬러! 존! 여기요, 변호사님!" 제시와 칼로타가 한 화물 열차에서 손을 흔들기도 하고 키스를 불어 날리기도 했다.

"내가 알아맞혀볼게." 셰릴이 말했다. "피터 팬과 그 엄마가 틀림없어. 당신만의 보니와 클라이드.•"

"입 닥쳐."

• 1930년대 초, 미국 중부를 돌아다니며 은행강도, 살인 등 범죄를 저지른 커플.

아내에게 그런 말을 한 건 처음이었다. 아내는 내 말을 못 들었다는 듯이 앞만 똑바로 응시했다. 우리는 품격 있고 조리 있게 말을 잘하는 진보적 성향의 친구들과 품격 있는 음식점에서 식사를 했다. 음식은 훌륭하고 포도주는 완벽했다. 우리는 영화와 정치, 법에 관해 대화를 나눴다. 셰릴은 매력적이었다. 나는 재담을 잘 했다. 그러나 우리 둘 사이에는 이미 무언가 엄청난 일이 벌어졌다.

셰릴과 나는 지금은 이혼했다. 나는 우리의 결혼에 금이 가기 시작한 건 아내가 바람을 피우기 시작해서가 아니라 그 금요일 밤들 때문이라고 생각한다. 아내는 내가 자기를 그 집에 데려가지 않는다고 몹시 화를 냈다. 내가 왜 아내를 데려가지 않았는지 나도 잘 모르겠다. 아내가 그들을 싫어할까 봐 그랬는지, 그들이 아내를 싫어할까 봐 그랬는지 모르겠다. 다른 이유 때문인지도……. 나의 어떤 부분을 아내에게 보이는 것이 부끄러웠던 건지도.

제시와 칼로타는 다음번에 만났을 때 화물 열차에 대해서는 이미 잊고 있었다.

"매기는 정말 어쩔 수가 없어요. 우리는 그걸 할 수 있는 방법을 찾을 수 있을 텐데. 미국 전역을 여행할 수 있을 텐데. 기껏 기차를 타고 출발하면 가는 도중에 히스테리를 일으켜요. 그래서 가까운 리치먼드나 프리몬트까지 가는 게 고작이죠."

"아냐, 스톤턴까지 간 적도 있어.* 그것도 멀었어. 겁나더라고요, 존. 즐겁기도 하고 자유가 느껴지기도 하죠. 기차를 전세 낸 것 같죠. 문제는 아

---

* 오클랜드에서 리치먼드까지는 약 20킬로미터, 프리몬트까지는 약 40킬로미터, 스톡턴까지는 약 100킬로미터다.

무엇도 겁내지 않는 제시예요. 노스다코타에 갔는데 눈보라 치는 날씨에 직원들이 열차 문을 잠그고 가버리면 어떡하죠? 우린 화물차 안에서 얼어 죽을걸."

"매기, 그렇게 걱정이 많아서 어떡해. 당신이 자신에게 무슨 짓을 하고 있는지 봐! 사우스다코타에 닥칠지 어쩔지 모를 눈보라를 갖고 안달복달하잖아."

"노스다코타."

"존, 매기한테 걱정 좀 그만하라고 말해주세요."

"다 잘될 거요, 칼로타." 말은 그렇게 했지만 나도 내심 겁이 났다.

*

우리는 계선장 경비원의 동선을 파악해두었다. 그는 일곱 시 삼십 분에는 언제나 부두 반대쪽에 있었다. 그러면 우리는 짐을 먼저 던져 넘기고 울타리를 넘어 경보 시설이 없는 물가로 나갔다. 몇 번의 탐색 끝에 우리는 완벽한 배 '라 시갈'호를 발견했다. 티크나무 갑판이 깔린, 아름답고 크고 낮게 뜨는 요트였다. 우리는 슬리핑백을 펴고 라디오를 작게 틀어놓고 맥주를 마시며 샌드위치를 먹었다. 나중에는 위스키를 마셨다. 날이 선선하고 바다 냄새가 났다. 몇 번인가 안개가 걷혔을 때 우리는 별을 구경했다. 자동차들을 실은 거대한 일본 화물선이 강 어귀로 들어오는 광경은 장관이었다. 불빛이 환하게 켜진 것이 마치 움직이는 마천루 같았다. 그 배들은 유령선처럼 아무 소리도 없이 미끄러지듯 지나갔다. 그럴 때 일어나는 파도는 넘실넘실 굽이쳐 우리 배를 흔들었지만 물을 튀기지도 않고 조용했다. 그 배들의 갑판에는 언제나 한두 사람밖에 보이지 않았다. 홀로 담배를 피우며 무표정하게 도시를 바라보는 남자들.

멕시코에서 온 유조선들은 정반대였다. 녹슨 배가 보이기도 전에 음악소리부터 났고 엔진의 연기 냄새가 풍겨왔다. 선원 전원이 뱃전에 기대음식점 테라스의 여자들에게 손을 흔들곤 했다. 선원들은 모두 웃거나 담배를 피우거나 무언가를 먹고 있었다. 한번은 나도 모르게 "환영해요!"라고 그들을 향해 외쳤다. 그때 경비원이 그 소리를 듣고 우리가 있는 곳을 찾아내 손전등을 비췄다.

"내가 전에도 당신들 두어 번 봤소. 누구에게 해를 주지도 않고 도둑질하는 것도 아닌 걸 알았어요. 하지만 당신들 때문에 내가 크게 곤란해질수 있어요."

제시가 그에게 배로 내려오라고 손짓했다. "승선을 환영합니다"라는말까지 했다. 우리는 그에게 샌드위치와 맥주를 주었다. 만일 우리가 다른누구에게 들키면 경비원이 도저히 알 수 없었을 것이라고 할 테니 염려하지 말라고 했다. 그의 이름은 솔리였다. 그때부터 그는 매일 밤 여덟 시에와서 우리와 저녁을 먹고 순찰을 돌려 갔다. 그는 매일 아침 일찍 동트기전, 물새들이 수면을 스치며 날아다니기 시작할 무렵 우리를 깨웠다.

감미로운 봄날 밤들. 우리는 사랑을 하고 술을 마시고 이야기를 나눴다. 우리는 무슨 이야기를 그토록 많이 했을까? 어떤 때는 밤새도록 이야기했다. 우리가 어렸을 때 겪은 나쁜 일들을 털어놓은 적도 있다. 서로 그걸 실연해 보이기도 했다. 신나기도 하고 무섭기도 했다. 그 후론 다시는그런 이야기를 하지 않았다. 우리의 대화는 주로 사람에 관한 것이었다. 우리가 돌아다니면서 만난 사람들 이야기. 솔리. 나는 솔리와 제시가 농장 일에 대한 이야기를 나누는 것이 좋았다. 솔리는 아이오와주 그런디센터 출신인데, 해군에 입대해 샌프란시스코 트레저아일랜드에 주둔했었다.

제시는 독서와는 거리가 멀었지만 사람들의 말은 그에게 즐거움을 주었다. 우리에게 자기는 흰머리가 보이는 만큼 늙었다던 어느 흑인 여자. 아내의 눈이 창칼 같아지고 주둥이가 가위 같아지기 시작하자 어느 날 자고 일어나 집을 떠났다는 솔리.

제시는 사람들이 스스로 중요한 사람이라고 느끼게 만들었다. 제시가 친절하다는 말이 아니다. 친절은 자선과 같은 말이다. 노력을 수반한다. 무작위의 친절한 행동이 어쩌고 하는 내용의 자동차 범퍼 스티커처럼. 친절은 있는 그대로의 자연스러움을 의미해야지 선택적인 행동을 의미해서는 안 될 것이다. 제시는 모든 사람에 대해 연민 어린 호기심을 보였다. 나는 평생 존재하지 않는 존재라는 느낌으로 살았다. 그런데 제시는 그런 나를 보았다. 있는 그대로의 나를. 그는 내가 어떤 사람인지 보았다. 우리는 함께 위험한 짓들을 저질렀지만, 나는 제시와 함께 있는 동안만큼은 안전하다고 느껴졌다.

우리가 저지른 가장 멍청한 짓은 메리트 호수의 섬으로 헤엄쳐 간 일이었다. 우리는 갈아입을 옷과 음식, 위스키, 담배 등 모든 일용품을 비닐봉지에 넣고 섬을 향해 헤엄쳤다. 보기보다 멀었다. 물은 굉장히 찬 데다 고약한 냄새도 나고 더럽고 불결했다. 옷을 갈아입었는데도 우리 몸에서 고약한 냄새가 났다.

호숫가의 공원은 낮에는 아름답다. 완만하고 낮은 언덕과 나이 많은 오크나무, 장미 화원. 밤에는 두려움과 상스러움이 넘쳤다. 소름 끼치는 소리들이 물을 건너며 증폭되어 우리에게 들려왔다. 모진 정사와 싸움질, 병이 깨지는 소리. 구역질하는 사람들, 비명 지르는 사람들. 여자들이 뺨 맞는 소리. 경찰과 불평 소리, 야단법석. 이제는 귀에 익은 경찰 손전등의 타격 소리. 나무가 우거진 작은 섬을 찰싹찰싹 핥는 파도 소리. 우리는 기슭으로 도로 헤엄쳐 나가려고 조용해지길 기다리면서 몸을 떨며 술을 마셨다. 그 후 우리가 며칠 동안 아팠던 걸 보면 호수 물이 지독히 오염되었던 듯하다.

어느 날 오후 벤이 집에 왔다. 나 혼자였다. 조와 제시는 당구를 치러 나가고 없었다. 벤은 내 머리채를 잡고 나를 화장실로 데려갔다.

"술 취한 자신의 모습 좀 봐! 아줌마 누구야? 내 동생들은 어떡할 거야? 아빠하고 그 애인은 코카인이나 한단 말이야. 애들이 엄마하고 살면 자동차 사고로 죽거나 엄마가 집을 불태워버리는 걸 볼지도 모르지. 하지만 그러면 적어도 애들이 술은 매력적이지 않다고 생각할 거 아냐. 엄마, 내 동생들은 엄마가 필요해. 나도 엄마가 필요해. 난 엄마를 미워하지 않을 필요가 있단 말이야." 벤은 흐느껴 울었다.

나는 전에도 수없이 했던 말밖에 할 말이 없었다. 거듭거듭 "미안해"라는 말.

내가 제시에게 우리 술을 끊어야 한다고 말하자 그는 좋다고 했다. 그러는 김에 담배도 끊는 건 어때. 우리는 빅서로 배낭여행을 간다고 모두에게 알렸다. 해안을 따라 헤어핀 같은 커브길이 있는 1번 고속도로를 타고 내려갔다. 달빛 속 대양에 이는 파도 거품은 허연 네온빛이었다. 제시가 전조등을 끄고 운전해서 나는 무서웠고, 우리는 이 때문에 싸우기 시작했다. 빅서에 도착해서 산에 올랐을 때는 비가 오기 시작했다. 비가 오고 또 왔고 우리는 더 싸웠다. 라면의 뭔가에 대해서였다. 날이 추운 데다 우리는 둘 다 심한 떨림섬망을 겪고 있었다. 우리는 하룻밤밖에 견뎌내지 못하고 집으로 돌아가 술에 취했다. 그리고 조금씩 술을 줄이다가 다시 금주를 시도했다.

이번엔 처음보다 나았다. 우리는 포인트라이스* 해안에 갔다. 날이 맑고 따뜻했다. 우리는 몇 시간 동안 말없이 바다만 바라보았다. 숲으로 하이킹을 가고 해변을 달리기도 했다. 석류를 먹으며 얼마나 맛있는지 서로 감탄하기도 했다. 그곳에 간 지 사흘 정도 되었을 때 우리는 무언가 끙끙거리는 이상한 소리에 잠을 깼다. 직사각형 머리를 가진 외계인 같은 생물체들이 낮게 으르렁거리는 듯한 소리를 내기도 하고 괴상하게 웃기도 하며 안개 낀 숲속에 있는 우리를 향해 몸을 심하게 움직이며 다가오고 있었다. 다리를 굽히지 않고 뻣뻣하게 비틀거리는 걸음새였다. "안녕하세요. 방해해서 미안합니다." 한 남자가 말했다. 나중에 알았지만 그들은 장애가 있는 10대들이었다. 위로 길쭉해 보인 머리는 사실은 등에 진 배낭 위에 돌돌 말아 얹은 슬리핑백이었다. "젠장, 담배라도 피워야 안 되겠어." 제시가 말했다. 텔레그래프가의 집에 다시 돌아오니 즐거웠다. 우리는 여전히 술을 마시지 않았다.

"우리가 술을 마시는 데 얼마나 많은 시간을 썼는지 놀라워. 안 그래, 매기?"

우리는 영화를 보러 갔다. 〈황무지〉**를 세 번 봤다. 제시나 나나 잠이 오지 않았다. 우리는 밤낮을 가리지 않고 땀을 흘리고 실크 시트가 다 벗겨져 바닥에 흘러내리고 지칠 때까지 서로에게 격노한 듯이 관계를 가졌다.

어느 날 밤, 내가 침실에서 네이선의 편지를 읽고 있는데 제시가 들어왔다. 모두 엄마에게 돌아와야겠다는 내용이었다. 제시와 나는 밤새도록

---

* Point Reyes, 샌프란시스코에서 약 50킬로 북쪽에서 바다로 돌출한 반도.

** Badlands, 테런스 맬릭 감독, 마틴 신, 시시 스페이섹 주연의 1973년 영화.

싸웠다. 서로 때리고 발길질하고 할퀴면서 진짜로 싸우다가 둘 다 웅크리고 앉아 울었다. 우리는 결국 며칠 동안 술에 취해 살았다. 그토록 무모하게 술을 마신 건 처음이었다. 마침내 완전히 술독이 올라 한 잔으로는 듣지 않았다. 그 정도로는 몸을 떠는 증세가 멎지 않았다. 나는 무서웠다, 겁에 질렸다. 나는 술을 끊을 수 없다고, 영원히 아이들은커녕 나 자신조차 건사할 수 없으리라고 생각했다.

우리는 제정신이 아니었다, 서로를 더 미치게 몰아갔다. 우리는 둘 다 더 이상 살 가치가 없다고 결정했다. 그는 뮤지션으로 성공하기는 틀렸다. 그 기회를 이미 걷어찼다. 나는 엄마로서 실패했다. 우리는 가망 없는 알코올중독자였다. 우리는 함께 살 수 없었다. 우리 누구도 이 세상과 맞지 않았다. 그러니 그냥 죽어버릴 생각이었다. 이 이야기를 쓰고 있자니 마음이 거북하다. 너무 이기적이고 멜로드라마 같기 때문이다. 그러나 우리가 그런 말을 했을 때 그것은 소름 끼치게 냉혹한 진실이었다.

우리는 아침에 차를 타고 샌클레멘테를 향해 출발했다. 수요일이면 우리 부모님 집에 도착할 것이다. 목요일에 나는 바다에서 헤엄쳐 나갈 것이다. 그러면 사고로 죽은 걸로 보일 테고, 내 시신은 부모님이 수습해줄 것이다. 제시는 도로 차를 타고 올라가 금요일에 목매달아 죽겠지. 그러면 존이 그걸 발견할 테고.

우리는 이 여행을 위해 술을 줄여야 했다. 존과 조, 벤에게 전화를 해서 여행을 떠난다고, 다음 주 금요일에 보자고 알렸다. 우리는 쉬엄쉬엄 천천히 운전해 내려갔다. 매우 좋은 여행이었다. 바다에서 수영을 하기도 했다. 카멜 비치와 허스트 캐슬. 뉴포트 비치.

뉴포트 비치는 정말 좋았다. 모텔 여주인이 우리 방 문을 두드리고 "손님 남편한테 타월 주는 걸 깜박했어요"라고 했다.

티브이 연속극 〈빅 밸리〉를 보면서 제시가 "어때? 우리 결혼할까, 아니면 그냥 자살할까?" 하고 물었다.

부모님 집에 거의 다 도착했을 때 우리는 터무니없는 것을 가지고 싸웠다. 제시가 나를 내려주기 전에 리처드 닉슨의 집을 보고 싶다는 것이었다. 나는 닉슨의 집을 보는 게 내 인생을 마감하기 전에 마지막으로 한 일이 되는 건 싫다고 했다.

"그럼 꺼지서, 그냥 여기서 내리라고."

난 속으로 제시가 날 사랑한다고 말하면 내리지 않겠다고 생각했다. 하지만 그는 "웃음을 보여줘, 매기"라고만 했다. 나는 차에서 내려 뒷좌석의 여행가방을 꺼냈다. 나는 웃을 수 없었다. 그는 차를 몰아 가버렸다.

우리 엄마는 마녀 같았다. 모르는 게 없었다. 나는 제시에 대해서는 입도 뻥긋하지 않았다. 학교에서 잘렸다는 말만 했다. 아이들은 멕시코에 가 있고, 나는 일자리를 찾고 있다고 했다. 내가 집에 도착한 지 한 시간도 채 안 돼서 엄마는 "그래, 너 죽으려는 거야, 뭐야?"라고 물었다.

나는 부모님에게 일자리를 못 찾아 우울하다고, 우리 아이들이 보고 싶다고 했다. 나는 우리 아이들을 한 번 보고 죽는 게 좋겠다고 줄곧 생각하긴 했지만, 그건 자살을 미룰 구실뿐인 것 같았다. 그래도 아침에 오클랜드로 돌아가는 게 좋을 것 같았다. 부모님은 꽤 동정적이었다. 우리는 그날 밤 모두 술을 진탕 마셨다.

다음 날 아침, 아버지가 나를 존웨인 공항까지 데려다주고 오클랜드행 비행기표를 사주었다. 아버지는 계속 나더러 보험 혜택이 있는 병원 사무장이 되라고 했다.

오클랜드에 도착한 나는 맥아서 버스를 타고 텔레그래프 아파트를 향했다. 내가 물에 빠져 죽어 있어야 할 시간이었다. 나는 제시가 이미 목숨을 끊었을까 봐 겁에 질려 40가에서 내려 집까지 몇 블록을 뛰었다.

제시는 집에 없었다. 사방에 라일락색 튤립이 있었다. 꽃병과 캔과 사발에. 화장실, 부엌, 아파트 전체에. 그리고 식탁에는 쪽지가 놓여 있었다. "당신은 날 두고 못 떠나, 매기."

어느새 제시가 와서 내 등 뒤에 서 있었다. 그는 내 몸을 돌려 레인지에 기대게 하고 스커트를 걷어 올리고 속옷을 벗겨 내리고 삽입하고 사정했다. 우리는 그날 아침 시간을 부엌 바닥에서 보냈다. 오티스 레딩*과 지미 헨드릭스,** 〈남자가 여자를 사랑할 때〉.*** 제시는 자기가 좋아하는 샌드위치를 만들었다. 흰 식빵에 치킨 살코기를 넣고 마요네즈를 뿌린 샌드위치. 소금은 넣지 않는다. 맛이 형편없는 샌드위치다. 나는 정사로 다리가 후들거렸고 얼굴은 너무 웃어서 얼얼했다.

우리는 샤워를 하고 옷을 입고 아파트 건물 옥상으로 올라가 밤을 보냈다. 우리는 말이 없었다. 제시는 "이제 상황은 훨씬 더 엉망이 되었어." 그의 가슴에 머리를 기대고 있던 나는 고개를 끄덕였다.

존은 그다음 날 밤에 오고, 조와 벤도 왔다. 벤은 우리가 술을 마시지 않고 있어서 기뻐했다. 우리는 술을 마시지 않기로 한 건 아니고 그냥 마시지 않았을 뿐이었다. 물론 그들은 모두 튤립이 웬 것이냐고 물었다.

"이 집에 염병할 생기가 없어서 말이야." 제시가 말했다.

● Otis Redding(1941~1967), 미국의 팝 가수, 작곡가.

●● Jimi Hendrix(1942~1970), 미국의 록 기타리스트, 가수, 작곡가.

●●● When a Man Loves a Woman, 1966년 캘빈 루이스와 앤드루 라이트가 작곡하고 퍼시 슬레지가 취입한 곡. 남자가 여자를 사랑할 때는 여자를 지키기 위해 가진 것을 모두 쓴다는 가사로 시작한다.

우리는 플린트 바비큐에서 먹을 걸 사서 버클리 마리나*에 가기로 했다.

"우리가 잘 가는 요트에 모두 데려가면 좋겠는데." 내가 말했다.

"나한테 요트가 있는데." 존이 말했다. "내 걸 타자고."

존의 요트는 라 시갈보다 작지만 근사했다. 우리는 엔진에 시동을 걸고 바다로 나가 석양이 비치는 만을 한 바퀴 돌았다. 부두로 돌아온 우리는 갑판에서 저녁을 먹었다. 솔리가 지나가다 우리를 보고 겁먹은 표정을 지었다. 우리는 솔리에게 존을 소개하고 그의 배를 타고 나갔다 왔다고 말해주었다.

솔리는 싱긋 웃었다. "야아! 제시와 매기가 아주 신났겠네, 실제로 요트를 탔으니!"

조와 벤은 덩달아 웃었다. 그들도 요트를 타고 바다에 나갔다 와서 신났다. 그들은 그 냄새와 자유를 만끽했다. 나중에 요트를 사서 그 안에서 생활하면 좋겠다는 이야기를 하고 그것을 실행에 옮길 계획을 세웠다.

"무슨 일 있어요?" 조가 우리에게 물었다. 맞다. 우리 셋은 말없이 앉아 있기만 했다.

"난 우울해서 그래." 존이 말했다. "이 요트를 1년 전에 샀는데 이번이 겨우 세 번째 탄 거거든. 더욱이 이 빌어먹을 돛을 올리고 타본 적은 한 번도 없고. 내 인생의 우선순위가 뒤죽박죽이야. 내 인생은 엉망이야."

"나는……." 제시는 고개를 흔들고는 말을 마치지 않았다. 나는 제시가 나와 같은 이유로 서글펐다는 걸 알았다. 이것은 진짜 요트였다.

● Berkeley Marina, 버클리시의 서쪽 해안 부둣가.

제시는 법원에 가고 싶지 않다고 했다. 나는 칼로타에게 아침 일찍 데리러 오겠다고 했다. 휘발유 배급제*가 실시되고 있어서 주유소에서 얼마나 오래 줄을 서야 할지 알 수 없었다. 나는 시어스 백화점 앞 길모퉁이에서 칼로타를 태웠다. 제시가 함께 있었다. 숙취로 비참하고 창백해 보였다.

"이봐! 걱정 마. 잘될 거야." 내 말에 그는 고개를 끄덕했다.

칼로타는 머리에 스카프를 둘렀다. 눈빛이 맑았고 얼굴이 겉보기에는 침착했다. 탁한 분홍색 원피스와 에나멜 구두 차림에 작은 핸드백을 들었다.

"법정에 출두하는 재키 오나시스! 옷이 완벽해요." 내가 말했다.

그들은 작별 키스를 했다.

"난 그 옷이 싫어." 제시가 말했다. "이따 집에 오면 태워버려야겠어."
그들은 서로 빤히 바라보며 서 있었다.

"갑시다, 어서 차에 타요. 감옥에 안 가요, 칼로타. 내가 책임질게요."

주유소에서 역시 한참 줄을 서야 했다. 우리는 많은 이야기를 나눴지만 재판 이야기는 일절 꺼내지 않았다. 보스턴에 관한 이야기. 그롤리어 서점. 로크오버 음식점. 케이프코드 트루로의 모래언덕. 셰릴과 나는 프로빈스타운**에서 만났다. 나는 셰릴이 바람을 피우고 있다고 말했다. 난 내 느낌이 어떤 느낌인지 모르겠다고도 했다. 아내의 불륜에 대해, 결혼 생활에 대해. 칼로타가 기어를 잡고 있는 내 손에 손을 얹었다.

"가여운 존. 자신의 느낌이 어떤 느낌인지 모르는 게 가장 힘들죠. 일단 알면, 그럼, 그때는 모든 게 분명해질 거예요. 아마도."

● 1973년과 1979년 석유파동으로 실시된 긴급 조치. 여기서는 1973년의 일인 것으로 생각된다.
●● 매사추세츠주 케이프코드의 작은 해안 도시.

"고맙소." 나는 빙그레 웃었다.

두 경찰관 모두 법정에 나왔다. 그들은 칼로타의 자리 반대쪽 방청석에 앉아 있었다. 판사는 내가 검사와 셋이서 할 이야기가 있다고 하자 우리를 판사실로 데려갔다. 법정에 나가기 전에 방청석을 돌아보니 두 경찰관이 칼로타를 매섭게 노려보고 있었다.

이야기는 순조롭게 진행되었다. 나는 그 경찰에 대한 증거 자료를 하나하나 계속해서 내놓았다. 공항 보안 요원이 마리화나를 보지 못했다는 문서도 있었다. 그러자 판사는 내가 경찰 조서 이야기를 꺼내기도 전에 그게 어떤 성격의 조서인지 알아챘다.

"알겠어요, 알겠어. 그래서 어떻게 할 작정이오?"

"모든 기소를 기각하지 않으면 샌프란시스코 경찰청을 상대로 소송을 제기할 작정입니다." 판사는 그 점에 대해 생각했지만 오래 걸리지 않았다.

"기소를 기각하는 게 적절할 것 같군."

검사는 이미 예상하고 있었지만, 경찰들과 대면할 일이 죽기보다 싫은 얼굴이었다.

우리는 법정으로 들어갔다. 판사는 샌프란시스코 경찰청을 상대로 제기될 소송 때문에 칼로타 모런에 대한 기소를 모두 기각하는 것이 적절하다는 생각임을 밝혔다. 그 경찰관들은 손전등이 있었더라면 그 자리에서 칼로타를 때려 죽이기라도 할 것 같은 얼굴들이었다. 그녀는 일부러 천사 같은 미소를 보였다.

나는 좀 실망했다. 정말 빨리 끝났다. 그래서 칼로타가 더 기뻐하고 더 안도할 줄 기대했다. 그 국선변호인이 이 사건을 맡았더라면 그녀는 지금쯤 철창에 갇힌 신세가 되었을 것이다. 나는 칭찬을 좀 들으려고 이런 말까지 했다.

"이봐요, 좀 기뻐한다든가 고맙다는 말을 한다든가 하는 건 어때요?"

"존, 용서해주세요. 물론 기쁘죠. 물론 고맙고요. 변호사님이 수임료를 얼마나 받아야 하는지도 알아요. 우리는 사실 변호사님에게 몇만 달러 빚을 진 셈이죠. 그보다 더 큰 선물은 우리가 변호사님을 알게 되었고, 변호사님이 우리를 좋아한다는 것이에요. 우린 이제 변호사님을 사랑해요." 그녀는 활짝 웃으며 나를 따뜻하게 껴안았다.

돈 생각은 잊으라고, 돈 이상의 가치가 있는 일이었다고 말하고 나는 부끄러웠다. 우리는 차에 탔다.

"존, 저 한잔 마셔야겠어요. 우리 아침도 먹어야 하잖아요."

나는 가다가 차를 세우고 작은 병에 든 짐빔을 사주었다. 그녀는 데니스 식당에 도착하기 전에 짐빔을 몇 모금 들이켰다.

"참 좋은 아침이에요. 클리브랜드에 온 기분이에요. 주위를 한번 보세요." 레드우드시티의 데니스 식당에 있는데도 마치 미국의 심장부에 있는 것 같았다.

나는 칼로타가 기쁜 모습을 보이려고 애쓰고 있다는 것을 알았다. 그녀는 판사의 방에서 무슨 일이 있었는지 전부 말해달라고 했다. 내가 무슨 말을 했는지, 판사는 무어라 했는지. 집에 가는 길에 그녀는 내가 맡은 사건 중에 가장 좋았던 게 뭐냐고 물었다. 나는 그녀가 왜 그러는지 영문을 몰랐다. 그리고 베이 브리지*에 이르렀을 때 그녀의 눈물을 봤다. 나는 다리를 건너자마자 도로변에 차를 세우고 손수건을 건넸다. 그녀는 거울을 들여다보고 얼굴을 매만진 다음 나를 보고 일그러진 미소를 지었다.

● 샌프란시스코와 오클랜드를 연결하는 다리.

"그러니까, 파티는 끝난 거군요." 나는 그렇게 말하고 차의 지붕을 씌웠다. 오클랜드로 들어가는 길목에서 폭우가 쏟아지기 시작했다.

"앞으로 어떡할 거죠?"

"카운슬러께서 조언을 해주셔야죠."

"비꼬지 말아요, 칼로타. 당신답지 않게."

"진심이에요. 변호사님이라면 어떡하시겠어요?"

나는 고개를 흔들었다. 나는 네이선의 편지를 읽고 있는 그녀의 얼굴을 생각했다. 제시가 그녀의 목을 받치고 있는 모습도 떠올랐다.

"칼로타의 선택, 그거 자신에게 한 치의 의심 없이 확신해요?"

"네." 그녀는 속삭이듯 말했다. "확신해요."

제시는 시어스 앞 길모퉁이에서 기다리고 있었다. 비에 흠뻑 젖었다.

"차 세워요! 저기 제시가!"

그녀는 차에서 내렸다. 제시가 다가와 어떻게 되었는지 물었다.

"식은 죽 먹기지. 다 잘됐네."

그는 차 안으로 손을 뻗어 나와 악수했다. "고마워요, 존."

나는 길모퉁이를 돌아 길 한쪽에 차를 세우고 그들이 폭우를 맞으며 걸어가는 모습을 지켜보았다. 일부러 물웅덩이들을 골라 발을 첨벙첨벙 디디면서, 서로 가볍게 몸을 부딪치면서.

엄마

"엄마는 모르는 게 없었지." 내 동생 샐리가 말했다. "엄마는 마녀 같았어. 지금도 난 죽은 엄마가 날 볼까 봐 무섭다니까."

"나도. 내가 뭔가 변변찮은 짓을 저지르면 불현듯 걱정을 하게 돼. 정말 한심한 건 내가 무언가 제대로 하면 엄마가 봤으면 한다는 거야. '엄마! 이거 봐' 하고. 죽은 사람들이 저세상에서 우리를 내려다보고 실컷 웃고 있다면 어떨까? 어휴, 이건 꼭 엄마가 할 법한 말인데. 내가 엄마를 닮았으면 어떡하지, 샐리?"

엄마는 인간의 다리가 반대쪽으로 굽도록 만들어졌으면 의자는 어떤 모양일까 궁금해하곤 했다. 예수님이 전기의자에 처형당했다면? 십자가가 아니라 쇠사슬에 달려 죽었다면 사람들은 목에 십자가를 걸고 돌아다닐 것이라고 했다.

"엄마는 나한테 '무슨 짓을 하든 새끼는 낳지 마라'라고 했어." 샐리가 말했다. "그리고 내가 결혼할 정도로 멍청하다면 반드시 나를 숭배하는 부자와 하라고 했어. '절대로, 무슨 일이 있어도, 사랑 때문에 결혼하지 마라. 남자를 사랑하면 그와 함께 있고 싶고, 그를 기쁘게 해주고 싶고, 무엇이든 그를 위해서 하고 싶을 테니까. 그리고 어디 갔다 왔어? 지금 무슨 생각 해? 나 사랑해? 같은 질문을 하게 되지. 그러면 남자가 손찌검을 하기 시작하는 거야. 아니면 담배를 사러 나가서 다시는 돌아오지 않거나.'라고도 하고."

"엄마는 사랑이란 말을 증오했어. 마치 사랑을 사람들이 갈보라는 말을 하듯 했지."

"엄마는 어린아이들을 굉장히 싫어했어. 우리 아이들 넷이 모두 어렸을 때 언젠가 공항에서 엄마와 만났는데, 엄마가 마치 도베르만 개들에게 하듯이 '쉿, 얘들 좀 쫓아!' 하고 소리를 질렀지."

"난 엄마가 나와 의절한 이유가 멕시코인이랑 결혼해서인지, 그이가 가톨릭교도라서인지 모르겠어."

"엄마는 사람들이 애를 많이 낳는 건 가톨릭교 때문이라고 했어. 엄마는 교황이 사람을 행복하게 하는 건 사랑이라는 소문을 퍼뜨렸다고 했지."

"사랑하면 비참해져." 우리 엄마는 줄곧 이렇게 말했다. "사랑하면 베개를 흠뻑 적시며 울다 잠들게 되고, 뜨거운 눈물 때문에 공중전화 부스 유리창에 김이 서리고, 흐느껴 우는 소리에 개가 짖고, 줄담배를 피우게 되지."

"아빠는 너를 비참하게 만들었니?"

"누가, 아빠가? 아빠는 누구를 비참하게 만드는 사람이 못 됐지."

하지만 나는 내 아들의 결혼을 지켜주기 위해 엄마의 조언을 활용했다. 내 며느리 코코가 울며불며 나에게 전화를 했다. 켄이 몇 달 나가서 살고 싶어한다는 것이었다. 켄은 자기만의 생활공간이 필요했다. 코코는 켄을 숭배하다시피 했다. 그만큼 절박했다. 나는 나도 모르게 우리 엄마의 목소리로 조언을 해주었다. 엄마의 그 텍사스인 특유의 콧소리를 섞어가며 비웃듯이. "그 바보 같은 녀석이 하는 걸 그대로 되돌려줘봐." 켄에게 집에 들어오라고 사정하지 말라는 조언이었다. 옷을 가지러 오든 새를 보러 오든 켄이 나타날 것으로 예상되는 시간대에 매번 다른 남자와 그냥 빈둥거리고 있으라고. 코코는 계속 나에게 전화했다. 내가 말한 대로 하고 있지만 켄이 아직 나타나지 않았다고. 그런데 코코는 전과 달리 별로 우울해하는 것 같지 않았다.

그러던 어느 날 켄한테서 전화가 왔다. "엄마, 내 말 좀 들어봐……. 코코 완전 추잡해. 내가 시디 좀 가지러 우리 아파트에 들렀거든? 그런데 운동광 같은 놈이 있는 거야. 분명히 땀범벅이었을 라이크라 바이시클슈트를 입고 내 침대에 누워서 내 새한테 모이를 주면서 내 티브이로 오프라 쇼를 보고 있더라고."

더 이상 말할 게 뭐 있겠는가? 그 후로 켄과 코코는 행복하게 살았다. 요 얼마 전에 켄과 코코한테 갔는데 전화가 왔다. 코코는 가끔 웃기도 하면서 한참 전화를 받았다. 전화를 끊고 난 뒤 켄이 물었다. "누구야?" 코코는 씩 웃었다. "응, 그냥 헬스장에서 알게 된 어떤 남자야."

*

"엄마는 내가 제일 좋아하는 영화를 망쳐놨어." 내가 샐리에게 말했다. "〈베르나데트의 노래〉." 난 그때 성요셉학교에 다니고 있었어. 수녀가 될 계획이었지. 되도록이면 성녀가 되면 좋겠다는 생각도 하고. 넌 그때 세 살밖에 안 됐지. 난 그 영화를 세 번 봤어. 결국 한 번은 엄마도 나랑 같이

● The Song of Bernadette, 제니퍼 존스 주연의 1943년 영화.

가서 봤어. 엄마는 영화를 보는 내내 웃었어. 그 아름다운 여자는 동정녀 마리아가 아니라면서. '나 원, 저건 도로시 라무어라는 배우야.' 엄마는 그로부터 한동안 처녀가 원죄 없는 잉태를 했다는 걸 비웃었지. 어떤 식이었냐 하면, '커피 좀 갖다줄래? 내가 일어날 수가 없구나. 내가 원죄 없는 잉태를 해서 말이야'라는 거였어. 아니면 엄마 친구 앨리스 포머로이에게 전화를 해서 '여보세요, 나야, 잉태하느라 땀 흘린 여자'라고 하거나 '여보세요, 나야, 2초 동안 잉태한 여자'라고 했지.

엄마가 재치는 있었어. 인정할 건 해야지. 거지에게 동전을 하나 줄 때는 '실례지만 젊은이, 댁의 꿈과 포부는 뭐죠?'라고 한다거나, 택시 운전사가 퉁명스러우면, '오늘 자기성찰을 하시는 날인가 봐요?'라고 한마디 해주곤 했어.

그래. 엄마는 농담도 무시무시했지. 오랜 세월 동안 몇 번이나 내 앞으로 남긴 자살 유서는 대개 농담이었어. 손목을 칼로 그었을 때는 유언장에 '블러디 메리'라고 사인했지. 수면제로 자살 기도를 했을 때는 올가미에 목을 매달려고 했는데 줄을 어떻게 걸어야 할지 몰랐다고 했고. 엄마가 내 앞으로 보낸 마지막 편지는 전혀 웃기지 않았어. 엄마는 내가 엄마를 절대로 용서하지 않을 것이라더군. 또 내가 내 인생을 망쳤기 때문에 엄마는 날 용서할 수 없다고도 하고."

"나한텐 자살 유언장 같은 거 보낸 적 없는데."

"믿을 수가 없군. 샐리, 너 지금 나만 자살 유언장을 받았다고 질투하는 거야?"

"글쎄. 응, 그래."

멕시코시티에서 살던 샐리는 아버지가 돌아가셨을 때 캘리포니아로 왔다. 엄마한테 가서 문을 두드렸지만, 엄마는 창문으로 빠끔 내다보기만

하고 문을 열어주지 않았다. 샐리와 의절한 지 오랜 세월이 흐른 뒤였다.

"나 아빠 보고 싶어." 샐리는 유리창에 대고 엄마를 불렀다. "나 암으로 얼마 못 살아. 난 지금 엄마가 필요하단 말이야, 엄마!" 엄마는 오히려 베니션 블라인드를 내려버렸다. 샐리가 문을 그토록 두드려도 무시했다.

샐리는 그때의 일과 다른, 더 가슴 아팠던 일들을 재연하며 흐느껴 울곤 했다. 마침내 병이 깊어갔고 샐리는 죽을 마음의 준비가 되었다. 샐리는 자식들 걱정은 더 이상 하지 않았다. 샐리는 매우 아름답고 상냥했으며 마음은 평온했다. 그래도 가끔 한 번씩 걱정이 샐리를 붙들고 평온을 허락하지 않았다.

그럴 때면 나는 매일 밤 샐리에게 이야기를 들려주었다. 동화랄지 뭐 그런 이야기를.

나는 엄마에 관한 웃기는 이야기를 해주기도 했다. 가령 엄마는 그래니 구스 포테이토칩 봉지를 열려고 아무리 애를 써도 안 되자 포기하면서 "사는 게 너무 힘들구나" 하고는 봉지를 어깨 너머로 던졌다든가 하는 그런 이야기.

엄마가 자기 오빠 포르투나투스와 말을 안 한지 30년이나 된 이야기도 샐리에게 들려주었다. 마침내 외삼촌이 화해하자며 엄마를 마크 호텔 꼭대기의 음식점으로 불러냈다. "그놈의 노땅 잘난 체하기는!" 하고 나간 엄마는 결국 외삼촌에게 한방 먹였다. 외삼촌은 유리관을 씌운 꿩 요리를 시켰다. 요리가 나왔을 때 엄마는 웨이터에게 "어이, 이봐, 케첩 있나?"라고 했다.

무엇보다 나는 샐리에게 엄마가 한때 어떤 사람이었는지 말해주었다. 엄마가 술꾼이 되기 전, 엄마가 우리에게 해가 되기 전. 옛날 옛적에.

"엄마를 상상해봐. 어느 날 엄마는 주노*로 가는 배의 뱃전에 서 있어.

엄마의 새신랑 에드를 만나러 가는 길이지. 1930년. 대공황을 뒤로하고, 외할아버지를 뒤로하고. 텍사스의 모든 추악한 가난과 고통이 엄마의 시야에서 사라지는 거야. 엄마가 탄 배는 순항해서 어느 맑은 날 육지에 가까워지고 있어. 엄마는 짙푸른 물, 새롭고 깨끗한 야생 지역의 해안, 녹색 송림을 바라보고 있어. 빙산이 보이고 갈매기들이 날아다니고.

우리가 중요하게 기억해야 할 점은 엄마는 체격이 작았다는 사실이야. 키는 160센티미터밖에 되지 않았어. 우리의 눈에 크게 보였을 뿐이지. 열아홉, 새파란 청춘. 엄마는 굉장히 아름다웠어. 피부가 가무잡잡하고 홀쭉하고. 갑판에 서 있는 엄마는 바람을 마주하고 바로 서 있으려고 하지만 바람에 몸이 흔들거려. 몸이 약한 엄마. 엄마는 추위와 흥분으로 몸을 덜덜 떨고 있어. 담배를 피우면서. 모피 칼라를 세워 하트 모양의 얼굴과 새까만 머리를 감싸고서.

그 코트는 가일러 외삼촌과 존 외삼촌이 엄마한테 결혼선물로 사준 거였어. 엄마는 그로부터 6년이 흐른 뒤에도 여전히 그걸 입었지. 그래서 난 그게 어떤 건지 알아. 니코틴 냄새가 나고 서로 엉겨붙은 털에 내가 얼굴을 파묻곤 했으니까. 엄마가 코트를 입고 있을 때는 안 그랬지. 엄마는 누가 자기를 만지는 걸 끔찍이도 싫어했거든. 누구든 엄마한테 너무 가까이 가면 엄마는 마치 무슨 공격을 막듯이 손을 들어올렸지.

아무튼 선상에 서 있는 엄마는 스스로 예쁘고 성인이 된 기분이야. 엄마는 그 여행에서 친구도 사귀었지.

재치 있고 매력적이었으니까. 선장도 엄마에게 추파를 던졌어. 엄마에게 독한 술을 계속 권하면서. 엄마가 어지러워 비틀거리면 선장은 크게

● 알래스카의 항구 도시.

웃고는 이렇게 속삭이듯 말해. '이 까무잡잡한 미녀가 내 마음을 애끓게 하네!'

배가 마침내 주노 항구에 정박했을 때 엄마의 푸른 눈에 눈물이 차올라. 그래, 나도 엄마가 우는 건 한 번도 못 봤어. 뭐랄까 〈바람과 함께 사라지다〉의 스칼렛 같았지. 엄마는 자신에게 맹세했어. 누구든 나에게 상처를 주는 일이 없게 할 거야, 라고.

엄마는 에드가 좋은 사람, 충실하고 다정한 사람이라는 걸 알고 있었어. 그가 엄마를 업슨가에 있는 집에 데려다주는 걸 처음으로 허락했을 때 엄마는 수치스러워했지. 초라한 집인 데다 존 외삼촌과 외할아버지가 술에 취해 있었거든. 엄마는 에드가 다시는 만나지 말자고 할까 봐 걱정했어. 하지만 에드는 엄마를 안고 '내가 당신을 보호해줄게'라고 말했지.

알래스카에서의 생활은 엄마가 꿈속에 그린 것처럼 훌륭했어. 그들은 썰매다리 비행기를 타고 황무지로 들어가 얼어붙은 호수에 착륙해서 고요 속에 스키를 타며 엘크와 흰곰과 늑대도 봤지. 여름에는 숲속에 텐트를 치고 연어 낚시를 하며 회색곰과 산양도 구경하고! 그들은 친구도 사귀었어. 엄마는 어떤 극단에 들어가 〈쾌활한 영혼〉* 에서 영매 역을 맡기도 했어. 출연자들 파티나 각자 음식을 가져오는 회식에도 참석하고. 그런데 어느 날 에드가 더 이상 극단에 나가지 말라고 한 거야. 엄마가 술을 너무 많이 마신다며, 수준 낮은 사람들처럼 행동한다며. 그리고 내가 태어났지. 아빠는 몇 달 동안 놈에 가 있어야 했어. 엄마는 신생아와 혼자 남아야 했지. 아빠가 돌아와보니 엄마는 술에 취해 나를 안고 비틀거리며 다니고 있었대. 엄마가 그랬어, '네 아빠가 널 내 품에서 확 떼내더라'고.

● Blithe Spirit, 영국 극작가 노엘 카워드의 1941년 희곡.

아빠는 나를 도맡아 키웠어. 젖병으로 나를 먹였어. 아빠가 일하러 나가 있는 동안은 에스키모인 여자가 와서 나를 봐줬대. 아빠는 엄마한테 모이니핸 집안 사람들이 다 그렇듯 약해 빠지고 형편없다고 했어. 그때부터 아빠는 엄마를 엄마로부터 보호했지. 운전도 못하게 하고 돈도 주지 않았어. 엄마가 할 수 있는 것이라곤 도서관까지 걸어가서 희곡이나 추리소설이나 제인 그레이 소설을 읽는 게 전부였어.

그러다 전쟁이 터졌고, 네가 태어났지. 그리고 우리는 텍사스로 이사 간 거야. 아빠는 소위 계급장을 달고 일본으로 가는 탄약선을 탔어. 엄마는 고향에 돌아온 걸 몹시 싫어했지. 대부분 밖에서 시간을 보냈고, 점점 술이 늘었어. 외할머니는 외할아버지 치과에서 일하다 그만두고 널 키웠지. 네 아기침대를 외할머니 방으로 옮기기까지 했어. 너와 놀아주고 노래도 불러주고 흔들어 재워주기도 하고. 외할머니는 아무도 네 곁에 가까이 오지 못하게 했어. 심지어 나도 못 갔다니까.

엄마, 외할아버지와 지내는 시간은 나한텐 끔찍했지. 대부분은 혼자 있었는데, 그런 시간도 끔찍했어. 난 학교에서 말썽을 피웠지. 한 학교에서는 달아나고 전학 간 두 학교에서는 퇴학당하고. 한번은 여섯 달 동안 말도 하지 않았어. 그때 엄마는 나를 '악종'이라고 불렀어. 모든 분을 나한테 풀었지. 나는 나중에 어른이 되어서야 엄마와 외할아버지는 자기들이 나한테 무슨 짓을 했는지 기억도 못하리란 걸 알았단다. 하나님은 술주정뱅이들에게 기억상실이라는 걸 주셨어. 자신들이 무슨 짓을 했는지 알면 수치심에 못 견뎌 죽을 게 뻔하니까.

아빠가 전장에서 돌아오자 우리는 애리조나로 이사를 갔어. 거기서 엄마 아빠는 행복했어. 장미나무를 심고, 너한테 샘이라는 강아지도 갖다주고, 엄마는 술에 취하지 않고. 하지만 엄마가 너나 나와 함께 있는 법을 배우기엔 너무 늦었던 거야. 우리는 엄마가 우리를 미워한다고 생각했지만 엄마는 우리가 두려웠을 뿐이야. 엄마는 우리가 엄마를 버렸다고, 우리가 자기를 미워한다고 생각했어. 엄마는 우리를 조롱하고 비웃고 우리마음을 다치게 하는 걸로 자신을 보호했던 거야. 우리에게 당하지 않으려고 선수를 친 거였지.

칠레로 이사 가는 건 엄마에겐 꿈의 실현과 같았지. 품격과 아름다운 것들을 굉장히 좋아했고 늘 '유력자'들과 교제하고 싶어했으니까. 아빠는 회사에서 고위직으로 거기에 가게 되었거든. 그렇게 해서 우리 집은 살림이 넉넉했어. 근사한 집에 하인들도 여럿이었지. 그 모든 유력자와의 만찬과 파티에 가기도 했어. 그런데 말이야, 엄마가 그런 데 몇 번 참석하다 겁먹기 시작한 거야. 헤어스타일이 적절치 않다거나, 입고 갈 옷이 마땅치 않다거나 해서. 엄마는 비싼 모조 골동 가구를 들여놓거나 시원찮은 그림들을 사다 걸기도 했어. 엄마는 하인들을 두려워했지. 엄마는 신뢰하는 친구가 몇 명 있었는데도, 얄궂게도 예수회 신부들하고만 포커를 치고, 그 외의 시간에는 대부분 혼자 방에 틀어박혀 꼼짝도 하지 않았어. 아빠가 그렇게 만든 거지.

엄마가 그러더라, '네 아빠가 처음엔 내 보호자더니 나중엔 간수더구나'라고. 아빠는 나름 엄마를 돕는다는 생각에 그런 거였지. 하지만 아빠는 엄마한테 술을 일정량 배급식으로 주고 엄마를 숨겼어. 치료를 받게해주지 않았어. 우리는 엄마 가까이 가지 못했어. 아무도 그러지 못했지. 엄마는 잔인하고 불합리하게 벌컥 화를 내곤 했으니까. 우리가 뭘 하든 엄마는 만족하지 못한다고 우리는 생각했어. 그런 한편 엄마는 우리가 공부를 잘하고, 성장하고, 무언가 성취하는 꼴을 못 봤어. 우리는 어리고 예쁘고, 우리한테는 미래가 있었지. 이제 알겠니, 샐리? 그게 엄마한테 얼마나 힘들었을지?"

"응. 그때 그랬지. 가엾고 처량한 엄마. 근데 있잖아, 이젠 내가 엄마 같아. 나는 모든 사람들한테 화가 나. 모두 일을 하기 때문에, 살고 있기 때문에. 어떤 땐 언니도 미워. 언니는 죽고 있지 않기 때문에. 끔찍하지?"

"아냐, 네가 그런 걸 나에게 말할 수 있기 때문에 안 그래. 그리고 난 죽어가고 있는 게 내가 아니라서 기쁘다고 너한테 말할 수 있고. 하지만 엄마는 이런 이야기를 나눌 상대가 단 한 명도 없었단다. 그날, 배를 타고 항구에 도착한 날, 엄마는 이야기할 상대가 있으리라 생각했어. 엄마는 에드가 항상 같은 자리에 있으리라 믿은 거지. 고향에 가는 거라고 생각한 거야."

"그 얘기 더 해봐. 배에 있었을 때. 엄마 눈에 눈물이 글썽거렸을 때."

"그래. 엄마는 피우던 담배를 물에 던져. 기슭 가까이는 파도가 잔잔하니까 치직 하고 불이 꺼지는 소리가 들리겠지. 엔진이 꺼지면서 발에 진동이 느껴져. 부표들과 갈매기 소리와 길고 처량한 경적 소리 외에는 조용한 항구. 배가 정박할 곳으로 천천히 들어가 선창 모서리의 타이어에 가볍게 부딪쳐. 엄마는 모피 코트 칼라를 내리고 모피와 머리를 반반하게 매만지고. 그러고는 웃으면서 부둣가에 나와 있는 사람들을 바라봐. 남편을 찾으려고. 엄마는 그런 행복을 난생처음으로 느끼는 거야."

샐리는 소리 없이 울고 있다. "가여운 엄마. 가여운 엄마" 하면서. "내가 엄마와 말을 할 수 있었더라면! 내가 엄마를 얼마나 사랑하는지 알려줄 수 있었더라면!"

나는…… 나는 자비를 베풀지 못한다.

카르멘

시내 드러그스토어들의 주차장에 보면 오래된 차들이 많이 주차돼 있는데, 뒷좌석에는 대개 어린아이들이 타고 있었다. 페이레스 신발 가게나 월그린 드러그스토어나 미스터 리의 테이크아웃 중국집에서 그 아이들의 엄마들을 만나지만 우리는 서로 인사하지 않았다. 내가 아는 여자들도……. 우리는 알은체하지 않았다. 우리는 줄을 서서 기다리고 포수테르핀이 함유된 코데인 기침 시럽제를 사고 커다랗고 불편한 장부에 사인을 했다. 우리는 이름을 올바르게 기재할 때도 있었고 아무거나 다른 이름을 기재할 때도 있었다. 보나마나 뻔했다. 나도 그렇지만 그들도 어느 쪽이 더 불리한지 알지 못했다. 어떤 때는 같은 날 같은 여자들을 드러그스토어 네다섯 군데에서 또 보기도 했다. 그들도 중독자들의 아내나 어머니였다. 약사들은 우리와 공범이었다. 절대로 우리를 아는 듯이 행동하지 않았다. 4번가 약국에서 한 젊은 약사가 나를 카운터로 다시 부른 적을 제외하고는 그렇다. 그때 난 겁이 났다. 당국에 나를 신고하려는가 보다고 생각했다. 그는 남의 일에 간섭해서 미안하다고 정말로 쑥스러워하면서 얼굴을 붉혔다. 그는 내가 임신했다는 걸 아는데, 그렇게 많은 기침 시럽제를 사가는 걸 보니 걱정이 된다고 했다. 내가 가져가는 시럽제에는 알코올 함유도가 높아서 멋모르고 그걸 복용하다간 알코올중독이 되기 쉽다는 것이었다. 나는 내가 먹을 게 아니라는 말을 하지 못했다. 고맙다는 말을 하고 돌아서는데 울음이 북받쳐서 나는 밖으로 뛰쳐나갔다. 아기가 태어날 때는 누들스가 중독에서 벗어났으면 하는 마음이 들어서 울었다. "엄마 왜 울어? 엄마가 울어!" 윌리와 빈센트는 뒷좌석에 서서 정신없이 콩콩 뛰고 있었다. "앉아라 좀!" 나는 뒤돌아 윌리의 머리를 후려쳤다. "앉으라고. 엄만 피곤한데 네 녀석들이 가만있질 않으니까 우는 거야."

시에서 대대적인 단속이 있었고 멕시코 쿨리아칸에서는 더 대대적인 단속이 있었기 때문에 앨버커키에는 헤로인이 없었다. 누들스는 기침 시럽제로 중독을 약화시키다가 깨끗하게 지내겠다고 했다. 처음에는 그렇게 말했다. 그러면 두 달 후 아기가 태어날 때쯤이면 중독에서 벗어나 깨끗해져 있을 거라면서. 난 그가 그러지 못하리라는 걸 알았다. 그가 마약이 떨어져 그토록 괴로워한 적이 없었다. 게다가 공사장에 나가 일하다 등까지 다쳤다. 그나마 상해 보험금을 받아서 다행이었다.

누들스는 기어가서 전화를 받았다. 알아, 알아, 나도 모임에 갔다 왔어. 그도 그렇지만 나도 아픈 사람이다. 악행을 막는다면서 그것을 조장하는 조력자, 동반 중독자. 그를 생각하면 사랑과 연민, 애틋한 마음밖에 없다는 것이 내가 말할 수 있는 전부다. 그는 무척 야위었고, 깊이 병들었다. 나는 그를 이런 식의 고통에서 건져내기 위해 무엇이든 다 할 생각이었다. 나는 무릎을 꿇고 그를 감싸 안아주었다. 그는 수화기를 내려놓았다.

"망할! 모나, 베토가 잡혀갔어." 누들스가 말했다. 그는 입맞춤을 하고 나를 껴안았다. 아이들을 불러 함께 끌어안았다. "어이구, 인석들, 이 아비 좀 도와주라, 화장실 좀 가게 받쳐줘." 나는 아이들이 화장실에서 나간 뒤 들어가 문을 잠갔다. 그가 너무 심하게 떨어서 내가 시럽제를 먹여주어야 했다. 화장실 냄새에 구역질이 났다. 그의 땀냄새, 배설물 냄새. 그리고 트레일러 안에 온통 시럽제의 썩은 오렌지 냄새가 진동했다.

아이들은 내가 차려준 저녁을 먹고 〈첩보원 0011〉*을 시청했다. 윌리 말고는 학교 아이들이 모두 리바이스 진과 티셔츠를 입고 다녔다. 3학년인 윌리는 검정 바지와 흰 셔츠를 입었다. 머리는 그 드라마의 금발 배우처럼 빗고 다녔다.** 나는 누들스와 한 침실을 썼고, 아이들은 2단 침대가 있는 작은 방을 썼다. 나는 우리 침대 발치에 벌써 아기 침대를 갖다놓았다. 틈 있는 곳마다 기저귀와 아기 옷을 쑤셔넣어두었다. 우리는 코랄레스***의 미루나무 숲속 맑은 물이 흐르는 배수로 가까이에 땅을 2에이커 갖고 있었다. 처음엔 거기에 어도비 벽돌집을 짓고 채소밭을 만들 계획이었다. 하지만 그 땅을 사자마자 누들스가 다시 마약을 했다. 그래도 대개는 여전히 공사장에 나가 일했다. 집을 짓겠다는 계획은 제자리걸음이었고 이제 겨울이 다가오고 있었다.

나는 코코아를 한 잔 타서 계단에 나가 앉았다. "누들스, 이리 와서 저거 봐!" 대답이 없었다. 새 시럽제 마개를 돌려 따는 소리가 들렸다. 저녁노을이 화려하고 찬란했다. 광대한 산디아산맥이 짙은 분홍색으로 물들었고 산기슭의 바위 언덕들은 불그스름했다. 강기슭에는 미루나무들이 노란색으로 작열했다. 벌써 복숭아색 달이 떠오르고 있었다. 내가 왜 이러지? 나는 또 울었다. 아름다운 걸 나 혼자 보는 건 너무 싫다. 어느새 그가 나와서 내 목에 입술을 갖다 대고 나를 감싸 안았다.

* The Man from U.N.C.L.E. 1964년 MGM 티브이 시리즈.
●● 두 주인공 중 직발을 납작하게 빗어내린 데이비드 맥칼럼.
●●● 뉴멕시코주 산토발카운티의 한 마을.

"있잖아, 저 산들은 모양이 수박 같아서 산디아*라고 하는 거야." 누들스가 말했다. "아니야. 색깔 때문이야." 내가 말했다. 제일 처음 데이트하면서 말씨름을 지금까지 수없이 되풀이했다. 그는 웃으면서 나에게 키스했다. 달콤한 키스. 그는 이제 멀쩡했다. 그게 약의 비참한 측면이다, 약이 듣는다는 게, 라고 나는 생각했다. 우리는 들판을 가로지르는 쏙독새를 구경하며 앉아 있었다.

"누들스, 터프 시럽은 더 이상 먹지 마. 나머지 통들은 내가 감춰뒀다가 약 기운이 떨어져 정 괴로우면 줄게, 응?"

"응." 그는 내 말을 듣고 있지 않았다. "베토가 후아레스로 약을 사러 갈 거야, 라 나차에게서. 멜이 거기 가 있어. 순도를 테스트할 거야. 멜이 그걸 가져올 수는 없어. 국경을 못 건널 테니까. 당신이 다녀왔으면 해. 그일을 하기에 당신은 완벽해. 백인이고 임신했고 인상이 좋으니까. 당신은 교양 있는 부인 같잖아."

같은 게 아니라 난 교양 있는 여자야, 나는 속으로 말했다.

"내일 비행기로 엘패소에 가서 택시를 타고 국경을 건너. 그리고 비행기를 타고 돌아오면 돼. 문제될 게 없어."

나는 라 나차의 아파트 건물 앞 차 안에서, 그 동네를 무서워하며 기다렸던 일을 기억했다.

"난 거기 가기에 가장 부적절한 사람이야. 아이들 곁을 떠날 수 없어. 난 감옥에 가면 안 돼, 누들스."

"감옥에 가는 일은 없을 거야. 바로 그게 핵심이야. 코니가 애들을 봐줄 거야. 코니는 당신 친정이 엘패소에 있다는 걸 알잖아. 친정에 급한 일이

● sanda. 스페인어로 '수박'을 뜻한다.

생겼다고 하면 될 거야. 아이들도 코니네 놀러 가는 거 좋아할 거고."

"마약 수사 경찰이 날 붙잡고 거기엔 왜 왔냐고 물으면 어떡해?"

"우리한테 로라의 신분증이 아직 있어. 그 신분증 사진 당신 닮았어. 당신만큼 예쁘진 않을지 몰라도 똑같이 금발에 푸른 눈이잖아. 지저분한 종이에 '루페 베가'라고 적고 납작코네 옆집 주소를 갈겨써서 가져가. 그 종이의 가정부를 찾고 있다고 해. 가정부가 돈을 꾸어가더니 안 오더라고 하든가 하면 되는 거야. 그냥 멍청하게 굴어, 오히려 경찰한테 그 여자를 찾게 도와달라고 해."

나는 결국 가기로 했다. 누들스는 멜이 그곳에 있을 거라면서 멜이 약을 테스트하는 걸 지켜보라고 지시했다. "그게 진짜인지는 멜을 보고 알 수 있을 거야." 그렇다, 나는 좋은 약의 쾌감을 느낄 때의 표정을 알고 있었다. "당신 무슨 일이 있어도 멜이 있는데 약을 두고 자리를 비우면 안 돼. 하지만 거기서 나올 때는 혼자 나와. 멜이랑 같이 나와도 안 돼. 거기 도착하면 택시 운전사한테 한 시간 후에 데리러 오라고 해. 그치들한테 택시를 불러달라고 하면 안 돼."

나는 떠날 준비를 했다. 코니에게 전화를 해서 엘패소의 게이브 외삼촌이 돌아가셨다고 말하고, 하루나 이틀 밤 우리 아이들을 봐달라고 부탁했다. 누들스는 나에게 테이프로 싼 두툼한 돈 봉투를 줬다. 나는 아이들이 가지고 갈 가방을 쌌다. 아이들은 즐거워했다. 코니는 자식이 여섯인데 그들은 우리 아이들과 사촌처럼 지냈다. 코니는 우리 아이들을 휘이하고 안으로 들여보낸 뒤 포치로 나와 나를 포옹했다. 그녀는 가부키 배우처럼 검은 머리를 양철 헤어롤로 말아 잔뜩 위로 올렸다. 열네 살 소녀처럼 가랑이를 짧게 잘라낸 청바지에 티셔츠 차림이었다.

"나한테 거짓말할 필요 없어, 모나."

"너도 이 짓 한 적 있어?"

"그럼, 많이 했지. 아이를 낳은 후론 안 해. 자기도 두 번 다시 안 할 거야, 틀림없이. 조심해서 다녀와. 내가 기도할게."

엘패소는 여전히 더웠다. 비행기에서 내려 걸어나갈 때 뜨거운 아스팔트가 발아래 물렁한 느낌이었다. 공항 밖으로 나가자 어렸을 때 각인된 흙내음과 세이지 향기가 나를 반겼다. 택시에 올라 운전사에게 악어 늪으로 빙 돌아서 국경 다리로 가자고 했다.

"악어요? 그 늙은 악어들이 다 죽은 지 오랜걸요. 그래도 광장은 한번 보실래요?"

"그러죠." 나는 뒤로 기댔다. 내가 알던 동네들이 스쳐 지나갔다. 동네들이 변하기는 했지만, 어렸을 때 롤러스케이트를 타고 도시 전체를 수없이 싸돌아다녀서인지 오래된 집이며 나무며 모두 낯이 익었다. 배 속의 아기가 발길질을 하고 몸을 뻗었다. "너도 엄마 옛 고향이 좋아?"

"뭐라고요?" 운전사가 물었다.

"미안해요, 내 아기한테 한 말이에요."

그는 웃었다. "아기가 대답하던가요?"

나는 다리를 건넜다. 장작불과 칼리치 흙먼지 냄새, 칠리 냄새, 제련소에서 바람에 훅훅 실려오는 유황 냄새. 이 냄새들만으로도 나는 즐거웠다. 내 친구 호프와 나는 국경 관리들이 우리의 국적을 물으면 재치 있는 대답을 만들어내기를 즐겼다. 트란실바니아요, 모잠비크요.

"미국요." 아무도 나를 유심히 보는 것 같지 않았다. 만일의 경우에 대비해 나는 국경 앞에 대기하고 있는 택시를 타지 않고 몇 블록 걸어 들어갔다. 그리고 둘세 데 멤브리요*를 사 먹었다. 어렸을 때도 좋아하지 않

았는데, 작은 발사나무 용기에 들어 있는 게 좋아 보여서 사봤다. 뚜껑은
그걸 떠먹는 스푼으로 쓰게 되어 있었다. 나는 은으로 만든 장신구, 조가
비 재떨이, 돈키호테 인형 따위를 구경했다. 그러다 마지못해 택시를 잡
아타고 루페의 이름과 허위 주소가 적힌 종이를 운전사에게 내밀었다.
"요금 얼마죠?"

"20달러요."

"10달러."

"좋습니다." 그때부터 난 더 이상 겁먹지 않은 체하지 못했다. 택시는
빠른 속도로 한참을 달렸다. 나는 황폐한 길거리, 스투코 건물을 알아보
았다. 택시는 몇 집 더 내려가 섰다. 나는 운전사에게 엉터리 스페인어로
한 시간 후에 다시 오라고 했다. 20달러를 주겠다며. "오케이. 한 시간."

4층 계단을 올라가기가 힘들었다. 아기를 가져서 몸이 무거운 데다 다
리마저 붓고 쑤셨기 때문이다. 나는 한 층 올라가 설 때마다 흐느끼듯 숨
을 가다듬었다. 무릎과 손이 떨렸다. 43호 문을 두드렸다. 멜이 문을 열었
다. 나는 비틀거리며 들어갔다.

"어어, 이봐요, 왜 그래요?"

"물 좀 줘요." 나는 지저분한 비닐 소파에 앉았다. 멜은 다이어트 콜라
를 한 캔 가져와 자기 셔츠 자락으로 위를 닦으며 씩 웃었다. 그는 행색이
더럽고 생긴 건 잘생기고 움직임은 치타 같았다. 보석금을 내고 교도소에
서 나와 도주한 그는 이제 전설적인 인물이었다. 총을 소지한 그는 위험
했다. 그는 의자를 가져와 내 다리를 얹어놓고 발목을 문질러주었다.

"라 나차는 어딨죠?" 그 여자는 그냥 나차가 아니라 '그' 나차라고 불렸

• dulce de membrillo, 마르멜루 열매의 과육으로 만든 일종의 젤리로 달고 걸쭉하다.

476

다. 차이가 뭔지 몰라도 그렇다. 그녀가 방에 들어왔다. 남성용 검은색 정
장에 흰 와이셔츠를 입었다. 그녀는 책상 앞에 가서 앉았다. 이성 복장도
착자 남자인지 아니면 남자처럼 보이려는 여자인지 분간이 되지 않았다.
흑인에 가까운 가무잡잡한 피부, 마야인 얼굴, 검붉은 립스틱, 매니큐어,
색안경. 머리는 짧고 반질반질했다. 그녀는 나를 쳐다보지 않고 멜에게
짧고 굵직한 손을 내밀었다. 나는 멜에게 돈을 건넸다. 그녀는 돈을 셌다.

그때 나는 두려워졌다, 정말로 두려웠다. 누들스 혼자 쓸 약을 사러 온
줄로만 알았는데 그게 아니었다. 나는 그가 아프지 않기만을 바라고 이
러는 것인데. 그 돈 봉투에 든 돈은 10달러, 20달러짜리 한 뭉치이겠거니
생각했는데. 그런데 라 나차가 세고 있는 돈은 수천 달러였다. 누들스는
저 혼자 쓸 약을 사러 보낸 게 아니었다. 나는 위험한 대량 구매를 하고 있
었다. 만일 내가 잡힌다면 마약 사용자로서가 아니라 밀매자로 잡히게 될
판이었다. 그러면 우리 아이들은 누가 돌보지? 나는 누들스를 증오했다.

나는 몸이 떨렸다. 구역질까지 한 것 같다. 멜이 그걸 보고 주머니를
뒤적이더니 파란색 알약을 하나 꺼냈다. 나는 고개를 흔들었다. 배 속의
아기.

"나 참, 어이가 없네. 그냥 바륨*일 뿐인데. 이걸 먹지 않는 게 아기한테
더 해롭겠어. 어서 받아 먹어요. 그리고 진정하라고! 알겠어요?"

나는 고개를 끄덕였다. 그의 조롱에 충격을 받았다. 약효가 돌기도 전
에 나는 마음이 차분해졌다.

"누들스가 나더러 이걸 테스트하게 하라고 시켰을 테니까 이게 질이
좋으면 내가 그렇다고 할 테니 풍선을 가지고 바로 떠나시오. 어디에 넣

● valium, 신경안정제.

어가야 하는지 알죠?" 알지만 나는 절대로 그렇게는 안 할 생각이었다. 만일 헤로인 풍선이 찢어져서 아기집에 들어가면 어쩐단 말인가?

그는 악마였다. 내 마음을 꿰뚫어보았다. "당신이 그걸 거기 안 집어넣으면 내가 할 거요. 찢어지지 않아요. 아기는 마약이 뚫을 수 없는 주머니에 단단히 싸여 있어요. 바깥세상의 모든 악으로부터 안전하게. 일단 태어나면, 뭐, 그땐 상황이 달라지겠지만."

멜은 라 나차가 가루를 계량하는 것을 지켜보고 그것을 건네받으며 끄덕했다. 그녀는 나를 한 번도 보지 않았다. 나는 멜이 정맥에 약을 주사하는 것을 지켜보았다. 그는 손가락으로 갈색 헤로인 가루를 조금 집어 물이 든 스푼에 넣고 끓인 다음 솜을 얹고 주사기로 약을 빨아들였다. 그는 팔뚝을 묶고 손등 정맥에 주삿바늘을 꽂았다. 주사기 관 안으로 피가 역류해 들어왔다. 팔뚝의 끈을 풀자 그의 얼굴이 곧장 뒤로 당겨지며 이완되었다.

그는 풍동風洞에 들어갔다. 유령들이 그를 데리고 다른 세계로 날아가고 있었다. 나는 소변이 마려웠다. 토하고도 싶었다. "화장실 어딨죠?" 라 나차는 화장실 쪽을 몸짓으로 가리켰다. 나는 복도로 내려가 냄새로 화장실을 찾았다. 나는 다시 돌아올 때에야 약과 멜을 두고 자리를 비우면 안 된다는 생각이 떠올랐다. 그는 싱글거리고 있었다. 그는 약을 넣어 돌돌 만 콘돔을 내게 건넸다.

"여기 있어요, 귀여운 마나님, 좋은 여행이 되길 바랍니다. 자, 어서, 착하지. 그거 잘 챙겨 넣으세요." 나는 돌아서서 그걸 질 속에 넣는 척하고 상당히 꼭 끼는 팬티 안에 넣었다. 나는 그 집에서 나와 어둑한 복도에서 그것을 꺼내 브래지어에 속에 숨겼다.

나는 술 취한 사람처럼 천천히 계단을 내려갔다. 어둡고 지저분했다.

2층 층계참까지 내려갔을 때 아래에서 현관문 열리는 소리와 함께 거리의 소음이 들려왔다. 청년 둘이 계단을 뛰어 올라오다 나를 보고 멈췄다. "이게 뭐야!" 한 명이 나를 벽으로 밀어붙이고 다른 하나는 내 핸드백을 빼앗았다. 그 안에는 화장품과 지폐 몇 장이 흩어져 있을 뿐이었다. 모든 돈은 내 재킷 안주머니에 있었다. 그는 나를 때렸다.

"이 여자 먹자." 다른 청년이 말했다.

"어떻게? 네 자지 1미터 되냐?"

"돌려서 하면 되잖아, 이 쪼다 새끼야."

그가 다시 나를 때렸을 때 어느 집 문이 열리더니 한 노인이 칼을 들고 계단을 뛰어 내려왔다. 그들은 뛰어 내려가 밖으로 도망쳤다. "괜찮소?" 노인이 영어로 물었다.

나는 고개를 끄덕했다. 노인에게 나와 같이 택시까지 가달라고 부탁했다. "택시가 와 있어야 할 텐데."

"여기서 기다려요. 택시가 있으면 경적을 세 번 울리라고 하리다."

엄마가 숙녀가 되라고 가르쳤잖아, 나는 무엇이 예의 바른 행동일까 하다가 그런 생각을 했다. 이 노인에게 돈으로 사례해야 할까? 나는 그러지 않았다. 나를 위해 택시 문을 열어 잡아주며 웃는 그의 치아 없는 얼굴이 상냥했다.

"아디오스."

*

앨버커키행 소형 쌍발엔진 비행기를 타고 가는데 속이 메스꺼웠다. 나에게서 땀 냄새, 그 집 소파 냄새, 오줌 자국이 있는 더러운 벽 냄새가 났다. 나는 샌드위치와 땅콩과 우유를 더 달라고 했다.

"2인분이군요!" 하고 내 옆 통로 건너에 앉은 텍사스 사람이 씩 웃었다.

나는 공항에 주차해둔 차에 올랐다. 샤워부터 한 다음에 아이들을 데려올 생각이었다. 흙길에 들어서 우리 트레일러에 다가가는데 두꺼운 모직 재킷을 입고 담배를 피우며 서성거리는 누들스가 보였다.

그는 절박해 보였다. 나를 반기지도 않았다. 나는 그를 따라 안으로 들어갔다.

그는 침대에 걸터앉았다. 탁자에는 정맥주사 도구가 준비되어 있었다. "어디 봐." 나는 풍선을 건넸다. 그는 침대 위 찬장을 열고 그 안의 작은 저울에 풍선을 놓았다. 그러더니 돌아서 내 뺨을 세게 후려쳤다. 그에게 맞은 건 처음이었다. 나는 망연자실해서 그 옆에 앉았다. "멜이 있는데 약 놔두고 자리 비웠었지. 그치! 그치!"

"거기 있는 것만으로도 난 감옥에 갈 수 있었어."

"약과 멜을 두고 자리를 비우지 말랬잖아. 에이 씨, 어떡하지?"

"경찰 불러." 그러자 그는 나를 또 때렸다. 이번에는 뺨에 아무것도 느껴지지 않았다. 강렬한 진통이 왔기 때문이다. 브락스톤-히크스 수축이구나, 나는 생각했다. 브락스톤-히크스는 대체 누구지? 나는 후아레스의 악취를 풍기며, 땀을 흘리며 그 자리에 앉아 있었다. 그가 풍선의 내용물을 사진 필름 통에 옮겨넣는 것을 바라보면서. 그는 일부를 스푼의 솜에 톡톡 털어넣었다. 우리 아이들과 마약 중 택일하라면 그는 마약을 선택할 것이라는 확신이 들자 나는 오싹했다.

따스한 물이 다리를 타고 카펫 바닥으로 흘러내렸다. "누들스! 양수가 터졌어! 나 지금 병원 가야 해!" 그러나 그는 이미 헤로인 주사를 놓았다. 스푼이 테이블에 쨍 하고 떨어졌다. 팔뚝에서 고무줄이 흘러내렸다. 그는 베개에 등을 기댔다. "어쨌든 질은 좋군." 그는 속삭이듯 말했다. 다시 진통이 왔다. 강력했다. 나는 더러워진 원피스를 급히 벗고 흰 우이필을 입었다. 또 진통이 왔다. 나는 911에 전화를 했다. 누들스는 약에 취해 멍했다. 쪽지를 남길까? 깨어나면 병원에 전화할 수 있게. 아니지. 내 생각은 전혀 하지 못할 거야.

그는 깨어나자마자 우선 솜에 남아 있는 걸 짜내 마저 주사하고 한 번 더 그 맛을 보겠지. 나는 입안에서 구리 맛이 났다. 그의 얼굴을 찰싹 때렸지만 그는 꼼짝도 하지 않았다.

나는 크리넥스 티슈로 헤로인 통을 감싸 들고 열어 스푼에 많은 양을 부었다. 그리고 거기에 물을 약간 붓고 그 통을 그의 멋진 손 안에 넣고 손가락을 오므려주었다. 다시 심상찮은 진통이 왔다. 피와 점액이 뒤섞여 다리를 타고 흘러내렸다. 나는 스웨터를 입고 메디컬 카드를 챙겨 밖으로 나가 앰뷸런스를 기다렸다.

그들은 나를 곧장 분만실로 데려갔다. "아기가 나와요!" 나는 소리를 질렀다. 간호사가 내 메디컬 카드를 받고 몇 가지 질문을 했다. 전화번호와 남편 이름은 무엇이고, 몇 번째 출산이며 출산 예정일이 언제인가 하는 질문들.

간호사가 나를 검사했다. "자궁 경부가 완전히 열렸어요. 아기 머리가 바로 여기 있어요."

진통이 잇달아 왔다. 간호사는 의사를 데리러 달려갔다. 그녀가 자리를 비운 사이 아기가 태어났다. 자그마한 여자아이였다. 카르멘. 나는 몸을 구부려 카르멘을 집어들었다. 따뜻하게 김이 나는 카르멘을 내 배 위에 올려놓았다. 그 조용한 분만실에 우리 둘만 있었다. 곧 그들이 와서 우리가 누운 침대를 빙 돌려 커다란 조명등 아래로 밀고 갔다. 누군가 탯줄을 잘랐고 아기 울음소리가 들렸다. 태반이 나올 때 훨씬 더 고통스러웠다. 그들은 내 얼굴에 산소마스크를 씌웠다. "뭣들 하는 거예요? 아기가 태어났는데!"

"의사 선생님이 오고 있어요. 외음 절개를 해야 해요." 그들은 내 손을 움직이지 못하게 억제했다.

"아기는? 아기는 어딨어요?" 간호사가 분만실에서 나갔다. 나는 침대에 끈으로 묶여 있었다. 의사가 들어왔다. "날 풀어줘요." 그가 나를 풀어주고 상냥하게 대해서 나는 겁이 났다. "뭐죠?"

"조산이었습니다." 의사가 말했다. "몇 파운드 되지 않았어요. 아기가 살아나지 못했어요. 죄송합니다." 그는 베개를 가볍게 치듯 어색하게 내 팔을 톡톡 두드리고 차트를 들여다보았다. "이게 환자분 댁 전화번호인가요? 남편을 불러드릴까요?"

"아뇨. 집에 아무도 없어요."

침묵

나의 인생은 고요한 곳에서 시작되었다. 산속 광산촌 여러 곳을 자주 옮겨 다니며 살아서 친구도 없었다. 조용히 앉아 있을 나무 아래나 폐쇄된 옛날 제재소의 빈방을 찾곤 했다.

엄마는 대개 책을 읽지 않으면 잠을 잤기 때문에 내 이야기 상대는 주로 아버지였다. 아버지가 집에 들어서자마자, 또는 아버지를 따라 산에 오르거나 어두운 갱도에 들어가면 나는 쉬지 않고 재잘거렸다.

그런 아버지가 외국에 가게 되었고, 우리는 텍사스 엘패소에 가서 살았다. 나는 빌라스초등학교에 다녔다. 그때 나는 3학년이었다. 책을 잘 읽었지만 산수는 덧셈도 할 줄 몰랐다. 등뼈가 휘어서 무거운 교정기를 달고 다녔다. 키는 컸지만 언행은 아직 어렸다. 도시로 나온 나는 숲속의 산양들이 키운 아이 같았다. 동화에서 요정이 빼앗아간 아이 대신 남겨놓은 못난 아이. 나는 계속 바지에 오줌을 싸고 철벅거리다 학교에 가지도 않고 교장 선생님에게 가서 사정을 말하지도 않았다.

나는 엄마의 고등학교 때 선생님이 장학금을 받게 해줘서 래드포드라는 일류 여학교에 다니게 되었다. 학교에 가려면 버스를 한 번 갈아타고 엘패소 시내를 횡단해야 했다. 나는 아직도 앞서 말한 그 모든 문제점을 가지고 있었다. 그런데 이제는 옷을 부랑아처럼 입고 다니는 문제가 추가되었다. 내가 사는 곳은 빈민가였고, 내 머리카락은 특히 받아들여지지 않는 무엇이었다.

나는 지금까지 이 학교에 대해 남들에게 이야기한 적이 별로 없다. 끔찍한 일이라도 웃기게 말할 수만 있다면 나는 개의치 않고 말한다. 그런데 학교와 관련된 것은 전혀 웃기지 않았다. 한번은 내가 학교 정원 호스를 잡고 물을 마시는데 선생님이 그걸 빼앗더니 나더러 상스럽다고 했다.

그럼 도서관은 어떤가. 우리는 매일 도서관에서 한 시간을 보냈다. 모든 책을 자유로이 볼 수 있었다. 우리는 마음대로 책을 뽑아서 앉아 읽거나 색인 카드를 뒤졌다. 우리가 책을 대출할 수 있도록, 끝나기 15분 전에 사서가 시간을 알려주었다. 이런 말을 하면 웃을 사람들이 있을지 모르겠는데, 사서는 말씨가 매우 부드러웠다. 차분할 뿐만 아니라 자상하기도 했다. 가령 "자서전들은 여기 있어요"라고 하고는 자서전이란 무엇인지 설명해주는 식이었다.

"참고 도서는 여기 있어요. 무엇이든 알고 싶은 게 있으면 나한테 물어보세요, 여러분. 그러면 내가 함께 책에서 답을 찾아줄게요."

귀가 번쩍 뜨이는 말이었다. 나는 그녀의 말을 믿었다.

그러던 어느 날 브릭 선생님이 책상에 넣어둔 지갑을 도둑맞았다. 선생님은 틀림없이 내가 훔쳤을 거라고 하고 나를 루신다 드 레프트위치 템플린 교장 선생님 방으로 보냈다. 교장 선생님은 대부분의 학생들과는 달리 우리 집은 특권 계층이 아니라서 가끔 학교생활이 어려울 수 있으리란 걸 안다고 했다. 그녀는 이해한다고 했지만 사실 그건 "지갑은 어디 있니?"를 에둘러 한 말이었다.

나는 그냥 나왔다. 내 사물함에 둔 버스비나 도시락을 가지러 가지도 않았다. 시내를 걸어서 그 먼 길을 횡단했다. 그 먼 길을. 엄마가 회초리를 가지고 포치에서 나를 기다리고 있었다. 내가 지갑을 훔쳐 달아났다고 학교에서 전화가 왔단다. 엄마는 내가 진짜 그걸 훔쳤는지 묻지도 않았다. "요 어린 도둑년, 엄마 망신을 시켜!" 찰싹. "나쁜 년, 은혜를 모르고!" 찰싹. 교장 선생님이 다음 날 전화를 걸어 지갑을 훔친 건 건물 관리인이었다고 알렸지만, 엄마는 나에게 사과하지 않았다. 전화를 끊고는 "쌍년!"이라고 내뱉었을 뿐이다.

그 일 때문에 성요셉학교로 전학을 가게 되어 나는 좋았다. 그런데 이 학교에서도 아이들이 나를 싫어했다. 앞에서 말한 모든 이유에다 새로운 이유가 보태져 아이들에게 더 미움을 받았다. 세실리아 수녀님은 수업 시간에 항상 나를 지명했고, 나는 벌과 성인 키드를 상으로 받았다. 아이들은 나를 선생님 강아지! 강아지! 하며 놀렸다. 나는 결국 더 이상 수업 시간에 손을 들지 않았다.

존 외삼촌이 나코그도치스*로 떠났다. 나 혼자 엄마, 외할아버지와 있게 내버려두고서. 외삼촌은 항상 나와 함께 밥을 먹었고 나 혼자 밥 먹을 때는 술을 마셨다. 외삼촌은 가구를 고칠 때 내가 옆에서 도와주면 나에게 말을 걸었다. 영화관에도 데려가고 외삼촌의 미끈미끈한 의안도 만져보게 해주었다. 외삼촌이 떠난 뒤 사는 게 끔찍했다. 외할머니(메이미)는 하루 종일 외할아버지 치과에 나가 있다가 집에 오면 내 갓난 동생을 부엌이나 외할머니 방에 꼭꼭 숨겨놓았다. 외할아버지는 저녁에 엘크 회관에 갔다. 달리 어딜 또 가는지 알 수 없었다. 외삼촌이 없는 집은 텅 비었

---

* Nacogdoches, 텍사스주 동쪽 끝에 있는 작은 도시로, 엘패소에서 자동차로 약 12시간 걸린다.

고 무서웠다. 나는 외할아버지나 엄마가 술에 취하면 그들 눈에 띄지 않으려고 숨곤 했다. 집도 지옥이고 학교도 지옥이었다.

나는 입을 다물고 살겠다고 결심했다. 그냥 모든 걸 포기했다고나 할까. 그런 날이 오래 계속되자 세실리아 수녀님이 선생님들 외투를 걸어두는 방에서 나를 위해 기도하려고 했다. 수녀님은 선의에서 나를 불쌍히 여기고 나를 붙들고 기도를 했을 뿐인데 나는 겁이 나서 수녀님을 밀었다. 그 바람에 수녀님은 발랑 자빠졌고, 나는 수녀님을 때렸다고 퇴학당했다.

내가 호프를 만난 건 그때였다.

학기가 거의 끝나가던 때라 나는 집에서 지냈다. 가을 학기에 빌라스로 돌아갈 예정이었다. 나는 다문 입을 아직 열지 않았다. 엄마가 아이스티를 한 주전자나 내 머리에 부어도 나는 말을 하지 않았다. 나를 꼬집어 비틀어도. 그렇게 꼬집은 자국이 별 같아도. 내 팔뚝을 따라 북두칠성, 소북두칠성, 거문고자리가 생겨도.

나는 집 앞 콘크리트 계단 꼭대기 넓은 데서 잭스놀이를 하고 놀았다. 옆집에 사는 시리아인 여자애가 나를 불러 같이 놀자고 하기를 바랐다. 그 아이는 그 집의 콘크리트 포치에서 놀았다. 몸이 작고 마른 아이였는데 나이가 많아 보였다. 어른스럽거나 성숙한 게 아니라 나이 많은 애어른 같았다. 길고 윤이 나는 검은 머리. 앞머리는 눈을 가렸다. 앞을 보려면 머리를 뒤로 젖혀야 했다. 그 아이는 새끼 개코원숭이 같았다. 좋은 면에서 그렇다는 말이다. 작은 얼굴과 커다란 검은 눈. 하다드 씨네는 아이 여섯이 모두 쇠약해 보인 반면 어른들은 모두 200~300파운드는 되어 보이는 거구였다.

나는 그 아이도 나를 의식하고 있다는 걸 알았다. 내가 체리 담기를 하고 있으면 그 아이도 따라 했다. 별똥별*을 해도 따라 했다. 다만 그 아이는 공깃돌이 열두 개라도 하나도 떨어뜨리지 않았다. 몇 주 동안 우리의 작은 공과 공깃돌이 내는 소리는 기분 좋은 리듬으로 어우러졌다. 퐁퐁 탁, 퐁퐁 탁. 그러던 어느 날 마침내 그 아이가 울타리로 다가왔다. 엄마가 나에게 소리 지르는 걸 그 아이도 들은 게 분명하다.

"너 아직 말 안 해?"

나는 고개를 가로저었다.

"좋아. 나한테 말하는 건 예외로 해."

나는 울타리를 뛰어넘었다. 그날 밤 난 무척 기뻤다. 잠자기 전에 "잘자!"라고 할 수 있는 친구가 생겨서.

그날 우리는 온종일 잭스놀이를 했다. 그런 뒤 그 아이는 나에게 색나이프 던지기 놀이를 가르쳐주었다. 칼을 가지고 하는 위험한 놀이였다. 칼을 던져 공중에서 세 바퀴 돌고 땅에 꽂히게 하는 식이었다. 가장 겁나는 부분은 한 손을 땅바닥에 대고 쫙 펴서 손가락 사이를 찌르는 것이었다. 더 빠르게 더 빠르게 더 빠르게 피. 우리는 말은 전혀 하지 않았던 것 같다. 여름이 다 가도록 말한 적이 별로 없었다. 그 아이의 첫마디와 마지막 말 외에는 생각나는 게 없다.

그 후로 호프 같은 친구는 다시 없었다. 유일무이한 참된 친구. 나는 차츰 하다드 가족의 일원이 되었다. 그러지 않았더라면 나는 아마 지금쯤 신경증과 알코올중독에 걸린 불안정한 사람이 된 것에 그치지 않고 심각한 정신장애자 내지는 중증 또라이 정신병자가 되어 있을지 모른다.

호프네 여섯 형제와 아버지는 영어를 했다. 호프의 어머니와 할머니,

● 체리 담기나 별똥별은 잭스놀이의 변형이다.

다섯 명인가 여섯 명인가 나이 많은 여자들은 모두 아랍어로만 말했다. 뒤돌아보면 나는 그때 일종의 오리엔테이션을 치른 것 같다. 그 집 아이들은 내가 뛸 줄 알게 된 과정을 지켜보았다. 나는 정말 뛸 줄 알게 되었다. 울타리를 기어올라 넘지 않고 도약해서 훌쩍 넘을 줄도 알았다. 칼과 팽이와 공기놀이에는 전문가가 되었다. 영어와 스페인어와 아랍어로 욕하고 몸짓을 할 줄 알게 되었다.

나는 호프의 할머니를 위해 설거지를 하고 화초에 물을 주고 뒷마당 모래를 고르고, 등나무를 엮는 막대기로 카펫의 먼지를 털었다. 나이 많은 여자들이 지하실 탁구대에서 밀가루 반죽을 밀대로 미는 걸 도와주었다. 호프와 호프의 언니 샤할라와 뒷마당 물통에 피 묻은 생리대를 담가 빠는 나른한 오후. 신비한 의식을 치르는 것처럼 혐오스럽지 않은, 마법 같은 경험이었다. 나는 아침마다 그 집 아이들과 함께 줄을 서서 나이 든 아줌마들이 내 귀를 닦아주고 머리를 땋아주기를 기다렸다. 그런 다음 키베를 얹은 따끈한 빵을 받아 먹었다. 아줌마들은 나에게 "Hjaddadinah!"라고 외치기도 했다. 나에게 입맞춤도 해주고 나를 찰싹찰싹 때리기도 했다. 내가 마치 그 집 식구이기라도 한 것처럼. 하다드 씨는 '아름다운 하다드 가구'라고 쓰여 있는 트럭을 몰고 시내를 돌아다닐 때 화물칸에 실은 소파에 앉는 것을 허락했다.

나는 도둑질을 배웠다. 눈이 잘 안 보일 정도로 늙은 구카 씨의 뒷마당에서 석류와 무화과를 훔쳤다. 크레스 잡화점에서 블루왈츠 향수, 탠지 립스틱을, 선샤인 슈퍼에서 감초 사탕과 소다수를 훔쳤다. 당시 슈퍼들은 배달을 해주었는데, 어느 날 선샤인 배달 직원이 우리 집과 옆집에 식료품을 배달하러 왔다. 마침 호프와 나는 바나나 아이스케이크를 먹으며 집에 오는 길이었다. 우리 엄마도 호프 엄마도 밖에 나와 있었다.

"댁의 아이들이 저 아이스케이크를 훔쳤어요!" 배달 직원이 말했다.

우리 엄마는 나를 찰싹찰싹 때렸다. "들어가! 요 괘씸한 거짓말쟁이 도둑년!" 하지만 하다드 아줌마는 달랐다. "이 더러운 거짓말쟁이! Hjaddadinah! Tlajhama! 우리 아이들한테 어디 그런 누명을 씌워! 내가 그 슈퍼에 다신 가나 봐라!"

그리고 하다드 아줌마는 실제로 선샤인에 가지 않고 버스를 타고 멀리 메사까지 가서 장을 봤다. 그녀는 자기 딸이 아이스케이크를 훔쳤다는 것을 잘 알고 있었다. 내가 보기엔 그게 이치에 맞았다. 나는 우리 엄마가 내가 죄가 없을 때만 나를 믿어주기 바랐을 뿐 아니라—우리 엄마는 그런 적도 없었지만—내가 잘못했더라도 나를 옹호해주었으면 했다.

호프와 나는 롤러스케이트를 가지게 되었을 때 엘페소 전역을 씨돌이 다녔다. 영화를 보러 가면 누구 하나가 표를 사서 들어가 비상구 문을 열어 다른 하나가 들어올 수 있게 해주었다. 〈카리브해〉, 〈이 세상 끝까지〉. 피아노 건반이 흥건할 정도로 피를 흘리는 쇼팽. 우리는 〈밀드레드 피어스〉를 여섯 번, 〈다섯 손가락을 가진 짐승〉을 열 번 봤다.

우리는 카드놀이를 할 때 가장 즐거웠다. 우리는 할 수만 있으면 호프의 오빠 새미 주위에서 놀았다. 새미와 그의 친구들은 잘생기고 거칠고 제멋대로였다. 새미와 카드놀이에 대해 내가 말했던가. 아무튼 우리는 뚜껑을 열면 음악 소리가 나는 화장품 케이스를 탈 수 있는 카드, 즉 추첨권을 팔았다. 우리가 추첨권을 팔아 돈을 가져오면 새미는 우리에게 조금 떼어주었다. 롤러스케이트는 그런 돈을 모아 산 것이다.

우리는 어디를 가나 추첨권을 팔았다. 호텔, 기차역, 미군 위문 협회, 후아레스. 이웃집들을 구경하는 것도 매력적이었다. 우리는 길을 따라 마냥 걸어다녔다. 어떤 때는 저녁에 남의 집과 마당 앞을 지나가면서 창문을 들여다보면 사람들이 그냥 빙 둘러앉아 있거나 함께 식사를 하는 걸 볼 수 있었다. 사람들이 살아가는 아름다운 모습을 엿볼 수 있었다. 호프 와 나는 수없이 많은 집에 들어가보았다. 일곱 살인 우리는 서로 다르게 생겼지만 둘 다 웃기게 생겼다. 사람들은 우리를 좋아했고 친절을 베풀었 다. "얘들아, 들어와서 레모네이드 좀 마시고 가." 우리는 사람들이 쓰는 변기에 볼일을 보고 물까지 내릴 줄 아는 샴고양이 네 마리를 본 적이 있 다. 앵무새도 본 적이 있고, 20년 동안 집 밖에 나간 적이 없고 몸무게가 500파운드나 되는 사람도 보았다. 예쁜 것들을 보는 건 그런 것들보다 훨씬 더 좋았다. 명화, 자기로 만든 여자 양치기 인형, 거울, 뻐꾸기시계, 괘종시계, 퀼트, 울긋불긋한 양탄자. 우리는 오렌지 생주스와 판둘세*를 먹으면서 카나리아가 많은 멕시코인들의 집 부엌에 앉아 있기를 좋아했 다. 호프는 워낙 똑똑해서 이웃 사람들이 말하는 걸 들으며 스페인어를 깨 쳤다. 그래서 그런 집들의 나이 많은 아주머니들과 말을 할 줄도 알았다.

새미가 우리를 칭찬하고 안아주면 우리는 환하게 웃었다. 그는 우리에 게 볼로냐 샌드위치를 만들어주기도 하고, 친구들과 잔디에 앉아 있을 때 는 그들 가까이에 앉는 것도 허락했다. 우리는 그에게 우리가 만난 사람 들에 대해 빠짐없이 이야기했다. 부자와 가난한 사람, 중국인과 흑인. 한 번은 기차역 대합실에 갔는데 차장이 우리더러 유색인 지정 구역에서 나 가라고 했다. 나쁜 사람은 단 한 사람 만났다. 개 여러 마리와 있는 아저 씨였는데, 우리한테 해코지하거나 험한 말을 하지는 않았지만, 실실 웃는 얼굴이 창백해서 우리는 굉장히 무서웠다.

새미가 중고차를 샀을 때 호프는 화장품 케이스를 타는 사람은 아무도

● pan dulce, 멕시코식 다양한 페이스트리의 총칭.

없으리란 것을, 어떤 돈으로 그걸 샀는지를 바로 알아차렸다.

호프는 울타리를 넘어 우리 집 마당으로 건너왔다. 긴 머리를 휘날리며 괴성과 함께 달려오는 모양이 영화 속 인디언 전사 같았다. 호프는 잭크나이프를 젖혀 펴더니 자기 것과 내 집게손가락을 깊이 베고 피가 흐르는 상처를 맞댔다.

"난 이제 다시는 새미와 말을 안 할 거야." 호프가 말했다. "너도 해!"

"난 이제 다시는 새미와 말을 안 할 거야."

나는 과장을 많이 하고 허구와 현실을 혼동하지만, 정말로 거짓말은 하지 않는다. 그 맹세를 할 때는 거짓말이 아니었다. 나는 새미가 우리를 이용하고, 거짓말을 하고, 그 모든 사람을 속였다는 것을 알고 있었다. 난 이제 정말 다시는 새미와 밀을 하지 않을 작정이었다.

몇 주 후 나는 병원 근처 업슨가의 오르막길을 걸어가고 있었다. 더웠다. (보다시피 나는 그때 일어난 일을 정당화하려 하고 있다. 날씨는 항상 더웠는데 말이다.) 새미가 낡은 파란색 오픈카를 타고 가다 멈췄다. 호프와 내가 일해서 사게 해준 차였다. 산속에서 살다 왔기 때문에 나는 택시를 몇 번 타본 것 외에는 승용차를 타본 적이 거의 없었다는 것 또한 사실이었다.

"드라이브 가자."

어떤 말들은 날 뿅 가게 만든다. 최근 신문 기사마다 벤치마크니 분수령이니 우상이니 하는 말들이 등장한다. 이 말들 중 적어도 하나는 내 인생의 그 순간에 적용된다.

나는 어린 여자애였다. 그러니 성적 매력을 느낀 건 아니었다고 생각한다. 하지만 그의 빛나는 외모와 마력은 압도적이었다. 어떤 변명을 해도……. 음, 좋다, 인정한다. 나의 행동에는 변명의 여지가 없다. 나는 그와 말을 했다. 그의 차를 탔다.

오픈카를 타고 달리는 기분, 정말 짜릿했다. 속도를 낼 때 스치는 바람에 더위가 가셨다. 우리가 탄 차는 플라자 영화관을 돌아 위그웸 영화관, 델 노르테 호텔, 파퓰러 백화점 앞을 지나서 메사가를 따라 업슨가 쪽으로 달렸다. 나는 집에서 몇 블록 떨어진 곳에서 내려달라고 할 생각이었다. 그런데 바로 그때 업슨가와 랜돌프가가 만나는 지점에 있는 공터의 무화과나무에 올라가 있던 호프가 시야에 들어왔다.

호프는 괴성을 질렀다. 나무에 앉은 채 등을 꼿꼿이 펴고 나를 향해 주먹을 휘두르며 시리아말로 저주를 퍼부었다. 어쩌면 그 후 나에게 일어난 모든 불행은 그때 그 저주 때문이었는지 모른다. 그러면 앞뒤가 맞는다.

나는 괴로움에 떨면서 차에서 내려 노인처럼 축 처져 현관 앞 계단을 올라가 포치 그네에 털썩 앉았다.

이로써 우리의 우정이 금갔다는 것을, 내가 잘못했다는 것을 알았다.

하루하루가 끝도 없이 길었다. 호프는 내 앞을 지나가도 내가 보이지 않는 듯 지나다녔고, 울타리 너머 우리 집 마당은 존재하지 않는 듯 저 혼자 놀았다. 호프는 이제 자기 자매들끼리 시리아말만 했다. 그들은 밖에 나와 있으면 시리아말로 더 크게 떠들었다. 나는 그들이 나쁜 말 하는 걸 많이 알아들었다. 호프는 포치에서 혼자 몇 시간이고 잭스놀이를 하고 놀면서 구슬픈 아랍 노래를 멋들어지게 불렀다. 그 깔깔하고 애처로운 목소리를 듣고 있노라면 호프가 그리워 눈물이 났다.

새미 말고는 하다드 집안 사람들은 어느 누구도 나와 말을 하지 않았다. 호프 엄마는 나를 보면 침을 뱉고 주먹을 휘둘러 보였다. 새미는 우리 집 저쪽에 차를 세우고 차 안에서 나에게 소리쳐 말하곤 했다. 미안하다고. 그는 나에게 잘해주려고 애썼다. 호프는 정말로 아직 내 친구라는 걸 안다며, 그러니 슬퍼하지 말라며. 내가 왜 그와 말을 할 수 없는지 이해한다며, 부디 용서해달라며. 나는 그가 말을 할 때 그를 보지 않으려고 고개를 돌렸다.

내 평생 그렇게 외로웠던 적은 없다. 외로움의 표준. 끝나지 않을 것처럼 긴 나날이었다. 하루 종일 콘크리트에 부딪치는 잔인한 공 소리, 쓱, 쓱, 잔디밭에 꽂히는 칼 소리, 반짝이는 칼날.

우리 집 근처에 다른 아이들은 없었다. 몇 주가 지나도록 우리는 각자 혼자 놀았다. 호프는 잔디밭에 칼 꽂는 기술을 완성했다. 나는 포치 그네에 엎드려 색칠을 하거나 책을 읽었다.

새학기가 시작되기 직전 호프는 영원히 떠났다. 새미와 호프 아버지가 침대와 침대 탁자와 의자를 거대한 가구 트럭에 내다 실었다. 호프는 짐칸에 올라 밖이 보이게 등을 꼿꼿이 펴고 침대에 앉았다. 호프는 나를 바라보지 않았다. 거대한 트럭에 탄 호프는 굉장히 작아 보였다. 나는 트럭이 보이지 않을 때까지 호프를 바라보았다. 새미가 울타리 너머에서 나에게 소리쳤다. 호프는 텍사스의 오데사*에 있는 친척 집에 살러 갔다고. 내가 텍사스의 오데사라고 하는 건 언젠가 누가 "이 아이 이름은 올가야, 오데사에서 왔어"라고 했기 때문이다. 나는 속으로, 그래서? 라고 했다. 나중에 알고 보니 그건 우크라이나의 오데사였다. 그 유일한 오데사를 호프가 간 곳으로 나는 생각했다.

새 학기가 시작되었다. 그리 나쁘지 않았다. 항상 혼자 있어도, 아이들이 놀려도 나는 개의치 않았다. 내 등 교정기가 너무 작아져서 등이 아팠

* Odessa, 엘패소에서 자동차로 약 4시간 거리다.

494

다. 잘됐지, 뭐. 나는 생각했다. 그래 마땅한 짓을 했으니까.

존 외삼촌이 돌아왔다. 집에 들어와 몇 분 되지도 않았는데 외삼촌은 엄마에게 "얘 교정기가 너무 작잖아!" 하고 소리쳤다.

외삼촌을 봐서 정말 기뻤다. 외삼촌은 우유에 튀긴 밀 시리얼을 말아 나에게 주었다. 설탕을 여섯 스푼 넣고 바닐라 시럽도 적어도 세 스푼은 넣어주었다. 그리고 식탁 맞은편에 앉아 내가 시리얼을 먹는 동안 버번을 마셨다. 나는 내 친구 호프에 대해 전부 다 말했다. 학교에서 있었던 문제까지 털어놓았다. 나도 학교 일을 잊을 뻔했다. 외삼촌은 내가 이야기를 하는 동안 낮게 으르렁거렸다. 특히 호프와의 일을 포함해 그는 모든 걸 다 이해했다.

외삼촌은 "걱정 마, 다 잘될 거야"와 같은 말은 절대로 하지 않았다. 사실 언젠가 외할머니가 "그나마 다행이야"라고 하자 외삼촌은 "다행이라고요? 더 좋아져야지 이게 다행이면 어떡해요!"라고 했다.

외삼촌도 알코올중독자였지만 엄마나 외할아버지와는 달랐다. 술은 외삼촌을 더 부드러운 사람으로 만들었다. 그러나 부드러워지지 않을 때는 그냥 집에서 나가 멕시코나 나코그도치스나 칼스배드로 가버렸다. 지금에야 알게 된 사실이지만 가끔 교도소에도 다녀왔다.

외삼촌은 잘생겼다. 외할아버지를 닮아 가무잡잡하다. 외할아버지의 총에 맞아 실명해서 애꾸눈이였다. 멀쩡한 눈은 파란색인데 의안은 초록색이었다. 외할아버지의 총에 맞았다는 게 사실임을 나는 안다. 그러나 사건 경위에 대해서는 여러 가지 설이 있다. 외삼촌은 집에 있을 때 뒷마당의 헛간에서 잠을 잤다. 외삼촌이 집 뒤쪽 포치에 만들어준 내 방에서 가까웠다.

카우보이모자를 쓰고 부츠를 신은 외삼촌은 영화 속 용감한 카우보이 같았지만 어떤 때는 그저 처량하게 우는 부랑인 같았다.

"또 아픈가 보네." 외할머니는 한숨 쉬며 그렇게 말하곤 했다.

그러면 나는 "취했어, 할머니"라고 말하곤 했다.

나는 외할아버지가 술에 취하면 숨을 곳을 찾았다. 외할아버지가 나를 잡아 흔들곤 했기 때문이다. 한번은 나를 꼭 붙들고 커다란 흔들의자에 앉아서 그랬다. 흔들의자는 뜨겁게 달아오른 난로에서 몇 인치 떨어지지 않은 곳에서 흔들거렸다. 외할아버지의 그게 내 엉덩이를 찔렀다. 외할아버지는 그러면서 노래를 불렀다. "바닥에 구멍 난 낡은 양은냄비." 큰 소리로. 헐떡거리며 끙끙거리며. "할머니! 도와줘!" 내가 비명을 지르는데도 외할머니는 몇 걸음도 안 되는 곳에 앉아 있으면서 성경책만 읽었다. 그때 흙먼지투성이가 된 외삼촌이 술에 취해 들어와 그걸 보고는 나를 외할아버지에게서 잡아채고 그의 셔츠 멱살을 잡아 들어올렸다. 그러고는 다시 또 그러면 그땐 맨손으로 죽여버리겠다고 했다. 그리고 외할머니의 성경책을 탁 덮었다.

"꼼꼼이 잘 읽어, 엄마. 엄만 잘못 알고 있어. 다른 쪽 뺨을 돌리라는 부분. 그건 누군가 어린아이를 해칠 때를 의미하는 게 아니란 말이야."

외할머니는 울고 있었다. 외삼촌이 외할머니 가슴을 찢어놓기를 좋아한다면서.

내가 시리얼을 거의 다 먹어갈 때 외삼촌이 외할아버지가 나를 또 괴롭히더냐고 물었다. 나는 아니라고 했다. 샐리에게 그러는 건 한 번 봤다고 말했다.

"샐리한테? 그래서 넌, 어떡했어?"

"아무것도 안 했어." 나는 아무런 행동도 취하지 않았다. 두려움과 성, 질투, 분노가 뒤범벅이 된 착잡한 기분으로 바라보기만 했다. 외삼촌이 식탁을 돌아 내 옆에 의자를 끌어다놓고 앉아 내 어깨를 잡아 흔들었다. 그는 크게 화가 나서 말했다.

"그건 굉장히 나쁜 거야! 알겠니? 할머니는 어디 있었니?"

"밖에서 나무에 물 주고 있었어. 샐리는 잠자다 깼어."

"내가 여기 없을 때는 여기서 분별력이 조금이라도 있는 사람은 너밖에 없어. 네가 샐리를 보호해줘야 해, 알겠니?"

나는 고개를 끄덕였다. 샐리를 보호해주지 못해서 창피했다. 그 일이 일어났을 때의 기분은 더 창피했다. 외삼촌은 그게 어떤 기분인지 파악했다. 무슨 수로 그러는지 몰라도 외삼촌은 내가 말로 표현하기는커녕 분명히 생각하지도 못하는 모든 걸 언제나 이해했다.

"넌 샐리가 운이 좋다고 생각하는 거야. 넌 할머니가 샐리에게 아주 많은 관심을 기울이니까, 질투가 나는 거야. 그래서 할아버지가 하는 짓이 나쁜 짓인데도 그건 최소한 네 것이었고, 그걸 빼앗긴 기분이 드는 거야, 그치? 이 녀석, 네가 샐리를 샘낼 만도 해. 할머니가 샐리를 끔찍히 위해주니까. 하지만 너 할머니한테 화났던 일 기억하니? 도와달라고 사정했던 일 기억해? 대답해!"

"기억해."

"그래, 넌 할머니만큼이나 나빴어. 더 나빠! 침묵은 악한 거야, 끔찍하게 악한 거란다. 네 동생과 친구를 배신한 것 말고 또 잘못한 거 있어?"

"남의 거 훔쳤어. 사탕하고……."

"그게 아니라 누구를 다치게 한 적 없냐고."

"없어."

외삼촌은 한동안 집에 있을 거라고 했다. 그러면서 나를 바로잡아주고 겨울이 오기 전에 골동 가구 수리 일을 시작할 계획이었다.

나는 주말과 방과 후에 헛간이나 뒷마당에서 외삼촌 일을 도왔다. 나무를 사포질하고 또 사포질하거나, 아마유와 테레빈유에 적신 걸레로 문지르는 일이었다. 가끔 외삼촌 친구 티노와 샘이 와서 등나무를 엮고 천을 씌우고 끝손질하는 일을 거들었다. 우리 엄마나 외할아버지가 집에 오면 그들은 뒷길로 집에 갔다. 티노는 멕시코인이고 샘은 흑인이기 때문이었다. 하지만 외할머니는 그들을 좋아했다. 외할머니가 집에 있을 때 그들이 오면 항상 브라우니나 오트밀 쿠키를 내다주었다.

한번은 티노가 멕시코 여자를 데려왔다. 이름은 메차, 소녀 같았다. 반지를 여러 개 끼고 이어링을 주렁주렁 달았고 눈화장을 하고 손톱이 길었다. 반짝이는 초록색 원피스를 입은 그녀는 정말 예뻤다. 영어는 못 했지만 내가 부엌 걸상에 칠하는 걸 도와주겠다고 몸짓으로 알려서 나는 고개를 끄덕이며 좋아요, 했다. 외삼촌은 나더러 서두르라고 했다. 페인트가 동나기 전에 빨리 칠하라고. 티노가 메차에게도 스페인어로 같은 말을 했을 것 같다. 우리는 의자 다리 가로대와 받침대에 최대한 빠르게 미친 듯이 솔질을 했다. 그러는 우리를 보고 세 남자는 포복절도했다. 우리는 그들이 왜 웃는지 거의 동시에 깨닫고 함께 웃었다. 외할머니가 웬 소란인지 보려고 나왔다가 외삼촌을 불렀다. 외할머니는 그 여자 때문에 역정을 냈다. 그녀를 우리 집에 들이는 건 당치 않은 일이라면서. 외삼촌은 고개를 끄덕끄덕하고 머리를 긁적였다. 외할머니가 안으로 들어간 뒤 외삼촌은 우리가 있는 데로 와서 얼마 후에 "자, 오늘은 이제 그만하자"라고 말했다.

외삼촌은 솔을 씻으면서 그 여자는 창녀라고 내게 알려주었다. 외할머니가 그 여자의 행색과 화장으로 그걸 알아챘다고 했다. 외삼촌은 결국 내가 이해하지 못하던 많은 것을 설명해주었다. 나는 우리 부모님과 외할아버지, 영화, 경주견에 대해 더 많은 것을 알게 되었다. 그런데 외삼촌은 창녀가 돈을 받는다는 건 말해주지 않았다. 그래서 창녀에 대한 내 생각은 여전히 오리무중이었다.

"메차는 좋은 여자던데. 난 할머니가 미워." 내가 말했다.

"그런 말 하지 마! 어쨌거나 넌 할머니를 미워하지 않아. 넌 할머니가 널 좋아하지 않으니까 화가 난 거야. 할머니는 네가 길거리를 배회하며 시리아 애들이나 외삼촌과 어울리는 걸 보고 싹수가 노랗다고 판단한 거야. 천생 모이니핸가 사람이라고 말이야. 넌 할머니가 널 사랑해주길 원하는 거지, 딴 거 없어. 네가 누군가를 미워한다는 생각이 들면, 그때마다 그 사람을 위해 기도해. 한번 해봐, 그럼 내 말이 무슨 뜻인지 알게 될 거야. 그리고 기왕 할머니를 위해 열심히 기도하는 김에 가끔씩 할머니 일을 도와드리려고 해봐. 찌르퉁한 선머슴 같은 널 좋아할 이유를 만들어드려."

가끔 주말이면 외삼촌이 후아레스의 개 경주장이나 시내 도박장에 나를 데려갔다. 나는 개 경주를 좋아했다. 우승견을 찍는 것도 잘했다. 카드놀이는 철도 승무원들과 조차장에 있는 화물차의 승무원 칸에서 할 때만 좋았다. 나는 사다리를 타고 열차 지붕 위로 올라가 기차들이 들락날락하며 선을 바꾸거나 차량을 연결하는 활동들을 구경했다. 하지만 카드놀이는 대부분 중국인 세탁소 뒤에서 벌어졌다. 외삼촌이 세탁소 뒤편 어디선가 도박 포커를 하는 동안 나는 프런트에 앉아 있었다.

드라이클린 용액 냄새, 그스른 모직 냄새, 땀내 같은 것들이 더위와 뒤섞여 속이 메스꺼웠다. 외삼촌은 몇 번인가 나를 데려온 걸 잊고 뒷문으로 나가 혼자 가버렸다. 세탁소 주인이 문을 닫으려고 앞에 나왔을 때 비로소 내가 의자에서 잠들어 있는 걸 발견하곤 했다. 그러면 나는 어두운 밤에 먼 집까지 혼자 걸어갔다. 집에 가면 대개는 아무도 없었다. 외할머니는 샐리를 데리고 성가대 연습이나 동방의 별 여성회에 가거나 군수품 붕대를 만들러 가고 없었다.

한 달에 한 번쯤 우리는 이발소에 갔다. 매번 다른 이발소였다. 외삼촌은 이발과 면도를 했다. 나는 이발사가 외삼촌 머리를 자르고 면도하기를 기다리며 의자에 앉아《아거시》*를 읽곤 했다. 면도할 때가 되면 외삼촌이 앉은 의자의 등이 뒤로 젖혀진다. 이발사가 면도를 다 마칠 때쯤이면 외삼촌은 "저, 혹시 인공눈물 있어요?" 하고 묻는다. 이발소들은 반드시 인공눈물을 갖춰놓고 있었다. 이발사는 외삼촌 눈에 인공눈물을 넣어주는데, 그러면 초록색 의안이 빙글 돌아가고 이발사는 경악해서 소리를 지르곤 했다. 그러고 나면 모두가 한바탕 웃는 것이다.

외삼촌이 나를 이해한 것의 절반만큼이라도 내가 그를 이해했더라면 그가 얼마나 아파했는지, 왜 사람들을 웃기려고 그토록 애를 썼는지 알수 있었을 텐데. 외삼촌은 실제로 많은 사람들을 웃겼다. 우리는 후아레스며 엘패소며 많은 곳을 돌아다니며 먹을 걸 사 먹었다. 우리가 다닌 음식점들은 방 하나에 식탁이 많았을 뿐 모두 평범한 가정집과 다름이 없었고 음식은 맛있었다. 모든 사람들이 외삼촌을 알았다. 삼촌이 웨이트리스가 내온 커피를 보고 데운 커피냐고 물으면 그들은 언제나 웃었다.

"아뇨, 그럴 리가요!"

"이거 원, 데우지 않고 어떻게 그렇게 뜨거워?"

나는 외삼촌이 얼마나 취했는지 대개는 알 수 있었다. 많이 취했으면 나는 무슨 핑계든 대고 걸어가거나 전차를 타고 집에 갔다. 그런데 하루

* Argosy, 미국의 대중잡지로 1882년에 창간되고 1978년에 폐간되었다.

는 외삼촌의 트럭 운전석에서 잠이 들었다가 외삼촌이 와서 시동을 걸었을 때 잠에서 깼다. 트럭은 림로드를 따라 달렸고 점점 더 빨라졌다. 그의 허벅지 사이에 술병이 있었다. 외삼촌은 부채 모양으로 펼쳐 든 돈을 세면서 팔꿈치로 운전했다.

"천천히 가!"

"이 외삼촌 이제 부자다, 요것아!"

"천천히 가라고! 운전대 잡아!"

트럭이 무언가에 쿵 부딪치고 위로 높이 들렸다가 다시 쿵 하고 길에 닿았다. 돈이 운전석에 휘날려 흩어졌다. 나는 백미러를 들여다보았다. 어린 소년이 길에 서 있었다. 팔에서 피가 흐르는 듯했다. 콜리 한 마리가 소년 옆에 쓰러져 있었다. 그 개는 피투성이가 되어 일어나려고 애를 썼다.

"세워. 차 세워. 뒤로 돌아가야 해. 외삼촌!"

"안 돼!"

"속도 줄여. 차 돌려!" 나는 미친 듯이 흐느껴 울었다.

집에 다 왔을 때 외삼촌은 팔을 뻗어 조수석 문을 열어주었다. "너 혼자 들어가."

그 후로 내가 외삼촌과 말을 안 했는지 어쨌는지 모르겠다. 그는 그날 밤 집에 들어오지 않았다. 그렇게 몇 날, 몇 주, 몇 달이 흘렀고 그는 여전히 집에 들어오지 않았다. 나는 외삼촌을 위해 기도했다.

전쟁이 끝났고 아버지가 돌아왔다. 우리는 남미로 이사했다.

존 외삼촌은 결국 로스앤젤레스의 빈민가로 흘러들어갔다. 정말 구제불능의 알코올중독 부랑인이 되었다. 그러던 어느 날 구세군 악단에서 트럼펫을 연주하는 도라를 만났다. 도라는 외삼촌을 보호시설에 데려가 수프를 먹이고 그와 이야기를 나눴다. 도라는 그가 웃음을 주었다고 나중에 나에게 말해주었다. 그들은 서로 사랑에 빠져 결혼까지 했다. 외삼촌은 다시는 술을 마시지 않았다. 나는 성장해서 로스앤젤레스에 사는 그들을 방문했다. 도라는 록히드사에서 리벳공으로 일했고 외삼촌은 차고에 골동 가구 수선 작업실을 차려 일했다. 그들은 내가 알던 사람들 중 가장 다정한 커플이었다. 둘이 함께 그렇다는 말이다. 우리는 포레스트론 공원묘지와 라브레아 화석 발굴장에도 다녀오고 그로토 음식점에서 식사도 함께 했다. 나는 주로 작업실에서 외삼촌 일을 도왔다. 가구에 사포질을 하고 테르펜유와 아마유를 묻힌 걸레로 표면을 닦는 일이었다. 우리는 인생 이야기도 하고 농담도 주고받았다. 외삼촌이나 나나 엘패소 일은 꺼내지 않았다. 물론 그 무렵 나는 외삼촌이 왜 트럭을 멈출 수 없었는지에 대한 온갖 이유를 깨달아 알고 있었다. 나도 알코올중독자가 되어 있었기 때문이다.

내 아기

집에 가고 싶다. 우리 아기 헤수스가 잠들면 난 고향 생각을 한다. 그리운 엄마, 오빠, 동생들. 고향 마을의 모든 초목과 사람들을 떠올려본다. 많은 일이 있기 전, 지금과는 달랐던 그때의 나를 떠올려본다. 나는 짐작도 못했다. 티브이도 마약도 두려움도 몰랐다. 고향을 떠난 순간부터 계속 두려웠다. 그 여행과 그 밴 트럭과 그 남자들, 그리고 달음질. 나를 마중 나온 마놀로가 예전 같지 않아서 나는 더 두려웠다. 그가 나를 사랑한다는 건 알고 있었다. 그가 나를 안았을 때의 느낌은 강에 안긴 것 같았다. 하지만 그는 변했다. 그의 온유한 눈에 두려움이 어려 있었다. 오클랜드에 왔을 뿐인데 미국 전체가 무서웠다. 우리 앞에도 자동차, 뒤에도 자동차, 맞은편에서 우리와는 반대 방향으로 가는 자동차 자동차 자동차 자동차 판매, 그리고 상점에 상점 그리고 또 자동차. 오클랜드에서 우리가 지내는 작은 방도, 내가 마놀로를 기다리곤 하던 작은 방도 소음이 심했다. 티브이 소음뿐 아니라 자동차와 버스와 사이렌과 헬리콥터 소리, 사내들의 싸움 소리, 총 소리, 사람들의 고함 소리. 마야테*들이 무섭다. 그들은

● mayate, 스페인어로 미국에서 멕시코계가 흑인을 경멸적으로 일컫는 말.

여기저기 길가에 삼삼오오 서 있다. 그래서 나는 다니기가 무섭다. 마놀로는 내가 그들을 두려워하는 게 이상하다며 나와 결혼하고 싶지 않다고 했다. "바보처럼 그러지 마, 사랑해, 자기야." 이 말을 듣고 나는 행복했지만 그는 곧 이런 말을 했다 "아무튼 자기도 합법 체류자가 돼야 해. 그래야 복지 수급금이랑 식량 구매권을 받지." 우리는 지체 없이 결혼했고 그는 그날로 나를 복지부 사무소에 데려갔다. 나는 슬펐다. 공원이든 어디든 가고 싶었는데, 가서 포도주도 마시고, 밀월 기분을 조금이라도 내고 싶었는데.

우리는 맥아서가의 플라밍고 모텔에서 살았다. 나는 외로웠다. 그는 거의 하루 종일 들어오지 않았다. 나더러 겁이 많다며 화를 냈다. 여기가 고향과 얼마나 다른지 잊었나 보다. 이 모텔은 방에 화장실이 없다. 전등도 없다. 티브이는 있지만 그것도 나는 무섭다. 너무나 현실 같기 때문에. 내가 예쁘게 꾸밀 수 있고, 그를 위해 요리할 수 있는 작은 집이나 방이 있었으면 했다. 그는 켄터키 프라이드 치킨이나 타코벨이나 햄버거를 가지고 들어오곤 했다. 아침은 매일 어느 작은 카페에서 먹었는데, 그건 좋았다, 멕시코에서 그런 것처럼.

어느 날, 문 두드리는 소리가 났다. 나는 문을 열고 싶지 않았다. 그 사람은 자기가 마놀로의 삼촌 라몬이라고 했다. 마놀로는 감옥에 갔다며, 그를 면회하러 데려다주겠다고, 나더러 내 모든 짐을 싸서 차에 실으라고 했다. 나는 계속 물었다. "왜요? 무슨 일이죠? 그이가 무슨 짓을 저질렀어요?"

"성가시게 굴지 마! 입 좀 다물어. 이봐, 나도 몰라. 마놀로가 말해주겠지. 내가 아는 건 마놀로가 재판받을 때까지 자네는 우리와 있을 거란 것뿐이야."

우리는 큰 건물에 들어가 엘리베이터를 타고 꼭대기층으로 갔다. 나는 엘리베이터는 처음이었다. 그가 어느 경관과 말을 하자 한 경관이 문을 열고 나를 데리고 들어가 창문 앞 의자에 앉혔다. 그는 손으로 전화기를 가리켰다. 마놀로가 와서 창문 반대편에 앉았다. 야위고 면도도 안 한 얼굴. 눈에는 두려움이 가득했다. 그는 몸을 떨었고 안색은 창백했다.

그는 주황색 잠옷 같은 것을 걸쳤을 뿐이었다. 우리는 서로 마주 보았다. 그는 수화기를 들고 내 쪽에 있는 것을 가리켰다. 나로서는 난생처음 받아보는 전화였다. 마놀로 목소리 같지 않았지만 그가 말하는 게 보였다. 나는 몹시 두려웠다.

나를 사랑한다고, 미안하다고 했다. 이외에 무슨 말을 했는지 전부 기억나지는 않는다. 언제 재판받을지는 라몬을 통해 알려줄 것이라고, 그때쯤이면 집에 가게 되길 바라지만, 만일 그러지 못하더라도 남편인 자기를 기다리라고, 라몬과 루페는 좋은 사람들이라고, 자기가 나올 때까지 그들이 나를 돌봐줄 거라고, 그들에게 복지부 사무소에 데려다달래서 주소 변경을 해야 한다는 말도 했다. "방금 한 말 잊지 마. 미안해." 그는 그 말을 영어로 했다. 나는 미안하다는 말을 스페인어로 생각해야 했다. Lo siento. 그래야 미안함이 느껴진다.

내가 그때 알았더라면. 그를 사랑한다고, 언제까지고 기다리겠다고, 몸과 마음을 다해 그를 사랑한다고 말했을 텐데. 우리 아기에 대해 말했어야 했는데. 그런데 난 너무 걱정이 되고 겁이 난 나머지 수화기에 대고 말하지 못하고 경관 둘이 마놀로를 데려갈 때까지 그를 바라보기만 했다.

집에 가는 길에 차에서 라몬에게 무슨 영문이냐며, 경찰이 마놀로를 어디로 데려가냐고 물었다. 내가 끊임없이 묻자 라몬은 차를 세우더니 자기도 모른다며 닥치라고 했다. 내 복지 수급금과 식량 구매권은 나를 먹여주는 대가로 라몬이 차지했다. 게다가 나는 그들의 자식들까지 돌봐야 했다. 되도록 빨리 살 곳을 구해 그 집에서 나와야 한다고 생각했다. 내가 임신 3개월이라고 하자 그는 "Fuck a duck!"*이라고 했다. 그건 내가 처음으로 소리 내 말한 영어였다. "Fuck a duck!"

닥터 프리츠가 빨리 와야 할 텐데. 그래야 환자들을 일부라도 진료실 안으로 들일 수 있을 것 아닌가. 그는 두 시간 전에 왔어야 하는데, 늘 그렇듯 수술 한 건을 더 추가했다. 수요일은 외래환자 진료가 있다는 걸 알면서 그런다. 대기실은 만원이다. 아기들은 비명을 지르고 어린아이들은 싸우고 아우성이다. 카마와 나는 일곱 시에 퇴근하면 다행일 것이다. 카마는 이 진료소의 사무장이다. 참 힘든 자리다. 이 안은 습하고 덥고, 더러운 기저귀 냄새, 땀내, 젖은 옷 냄새가 진동한다. 물론 밖에는 비가 내리고 있고 이 애엄마들은 대부분 오랜 시간 버스를 타고 여기에 왔다.

나는 대기실로 나가면 뭐랄까, 눈을 모들뜬다. 환자의 이름을 부를 때는 애엄마든 할머니든 위탁가정의 엄마든 그들을 보고 미소를 짓지만, 나는 그들의 눈을 보지 않고 이마를 본다. 마치 그들의 이마 가운데 눈이 하나 더 있기라도 한 것처럼. 이건 응급실에서 터득한 요령이다. 그러지 않으면 여기서 일할 수가 없다. 크랙 중독자 엄마에게서 태어난 아기들, 에이즈나 암에 걸려 태어난 아기들, 성장하지 못할 아기들을 대하다 보면 특히 더 그렇게 된다. 부모의 눈을 똑바로 바라보면 모든 공포와 극도의 피로와 고통을 공유하고 그것을 확인시켜주게 될 것이기 때문이다. 한편 그들과 가까워지면, 말로 표현해서는 안 될 희망이나 슬픔을 안고 그들의

● 분노나 놀람을 표출하는 욕설이다. '지랄하네!' '염병할!'

눈을 똑바로 바라보는 것 외에 우리가 할 수 있는 건 아무것도 없을 때가 있다.

첫 환자 둘은 실밥을 뽑으러 왔다. 나는 장갑과 실밥 제거 도구, 거즈, 반창고를 준비해놓고, 애엄마들에게 아기 옷을 벗기라고 말한다. 오래 걸리지 않을 것이다. 나는 대기실로 나가 헤수스 로메로를 부른다.

10대의 애엄마가 내 앞으로 나온다. 아기는 멕시코에서처럼 긴 스카프에 돌돌 말려 있다. 애엄마는 겁먹고 주눅 든 얼굴이다. "영어 못 해요."

나는 스페인어로 기저귀만 남기고 모두 벗기라고 한 다음, 무슨 일인지 묻는다.

"이 가여운 게 온종일 울고 또 울어요, 그치질 않아요."

체중을 재면서 태어났을 때의 체중을 묻는다. 3.18킬로그램. 태어난 지 석 달 되었으니 더 컸어야 한다.

"예방접종은 했어요?"

그랬다. 그녀는 며칠 전 멕시코계 외래환자 진료소에 갔었다. 아기에게 탈장 증세가 있다고 했다. 그녀는 아기들이 예방접종을 맞아야 하는지 몰랐다. 진료소에서 한 가지 접종을 해주고 내달에 다시 오라고 했지만 그녀는 아기가 많이 울자 바로 이리로 왔다.

애엄마의 이름은 아멜리아. 열일곱 살이다. 애인과 결혼하려고 미초아칸에서 왔는데, 그가 지금 솔레다드 교도소에 들어가 있단다. 그녀는 남편의 삼촌 부부와 함께 살고 있다. 고향 집에 돌아갈 돈도 없다. 그들은 그녀가 여기 있는 것도 싫어하고 온종일 우는 아기도 싫어한다.

"모유 먹여요?"

"네. 그런데 제 젖이 좋지 않나 봐요. 자다 일어나 울고 또 울고."

그녀는 아기를 감자 자루처럼 들고 있다. 얼굴이 "이 자루 어디다 놔요?" 하는 것 같은 표정이다. 그녀에게 육아에 관해 말해줄 사람이 없다는 생각이 든다.

"젖을 바꿔가며 먹이는 건 알아요? 젖을 줄 때마다 한쪽 젖을 물리고 한참 먹게 해요. 그런 다음 얼마간 다른 쪽 젖을 물려요. 반드시 바꿔야 해요. 그래야 아기가 젖을 더 많이 먹을 수 있고 엄마도 젖을 더 많이 낼 수 있어요. 아기가 배가 불러 잠드는 게 아니라 피곤해서 자는 건지도 몰라요. 아기가 우는 건 아마 탈장 때문이기도 할 거예요. 우리 선생님이 환자를 잘 보시니까 아기는 괜찮아질 거예요."

그녀는 기분이 조금 나아지는 듯했지만 확실히 알 수 없다. 의학용어로 그녀는 '정동 둔마'*가 있다.

"다른 환자들한테 가봐야 하니까 의사 선생님이 오시면 다시 올게요." 그녀는 체념한 듯 고개를 끄덕였다. 매 맞고 사는 여자들에게서 볼 수 있는 것과 같은 절망의 표정이 있다. 하나님 용서해주세요. 저도 여자지만 그런 표정의 여자들을 보면 얼굴을 찰싹 때려주고 싶어요.

닥터 프리츠가 와서 1번 진료실에 들어가 있다. 그가 애엄마들을 아무리 오래 기다리게 해도, 카마와 내가 아무리 화가 나도, 그가 일단 아기를 진찰하고 있으면 우리는 그를 용서한다. 그는 치유자다. 최고의 외과 의사다. 다른 외과 의사들을 전부 합친 것보다 더 많은 수술을 한다. 사람들은 모두 그를 가리켜 강박적이고 병적으로 자기중심적이라고는 해도 훌륭한 외과 의사가 아니라는 말은 못 한다. 사실 그는 대지진이 있었을 때 자신의 목숨을 걸고 어떤 소년을 구한 의사로 유명하다.

처음 두 환자는 금세 끝났다. 3번 진료실에 수술이 필요한 환자가 있는

● flat affect, 두드러진 감정의 드러남이 없는 상태.

데 보호자가 영어를 못한다고 그에게 말해준다. 그리고 내가 금방 가겠다고 한다. 진료가 끝난 진료실들을 정돈하고 다른 환자들을 들이고 나서 3번 진료실에 들어가보니 닥터 프리츠가 아기를 안고 탈장을 어떻게 밀어넣는지 가르쳐주고 있다. 아기는 그를 보고 방글거리고 있다.

"팻한테 수술 일정 잡으라고 해요. 단식과 수술 전 주의 사항을 잘 설명해주고. 탈장을 밀어넣지 못하면 전화하라고 하고." 그는 아기를 엄마에게 돌려주며 "아주 귀여운 아들입니다"라고 말한다.

"헤수스의 양쪽 팔뚝에 있는 멍은 웬 건가 물어봐요. 그걸 알아챘어야지." 그는 아기의 팔뚝 안쪽의 멍을 가리켜 보인다.

"죄송해요" 하고 나는 그녀에게 그 멍은 어떻게 된 거냐고 물어본다. 그녀는 깜짝 놀라며 겁에 질린다. "No sé."

"모른대요."

"어떻게 생각해요?"

"제가 보기에 애엄마도……."

"내가 생각하고 있는 말을 하려나본데, 믿을 수가 없군. 난 몇 군데 전화를 하고 10분 후에 1번 방에 갈 테니 확장기 준비해두도록 해요. 8밀리와 10밀리짜리."

그의 말이 맞다. 나는 애엄마도 피해자인 듯하다는 말을 하려고 했다. 그뿐 아니라 나는 피해자들이 흔히 어쩌는지 잘 안다. 나는 그녀에게 이 수술의 중요성과 수술하기 전날 해야 할 일을 설명해준다. 아기가 아프거나 기저귀 발진이 심하면 전화하라고. 수술 전 세 시간 동안은 젖을 먹이면 안 된다고. 나는 팻에게 수술 날짜를 잡고 애엄마에게 주의 사항을 다시 잘 전해달라고 한다.

그 뒤로 나는 그 일을 잊고 있었다. 그러다 적어도 한 달쯤 지났을 때

불현듯 그녀가 생각이 났고 수술 후 검진을 받으러 온 적이 없다는 데 생각이 미쳤다. 그 수술이 언제였는지 팻에게 물어보았다.

"헤수스 로메로? 그 전화 받은 남자 정말 천치야. 헤수스는 수술 날짜에 나타나지 않았어. 전화 한 통 없이. 애엄마한테 전화를 했더니 차편이 없대. 거참. 그래서 수술 전 절차와 수술을 한날에 하자고 검진과 혈액 검사를 받으러 아침에 아주 일찍 오라고 했지. 꼭 와야 한다고 했어. 그리고 할렐루야, 애엄마가 오긴 왔는데, 무슨 일이 있었는지 알아?"

"수술 30분 전에 애한테 젖을 먹였겠지."

"바로 그거야. 닥터 프리츠는 출장 중이라 한 달 후에나 일정을 잡을 수 있는데 말이야."

그들과 함께 사는 건 굉장히 불쾌했다. 어서 빨리 마놀로와 함께 살고 싶었다. 나는 그들에게 내 복지 수급금 수표와 식량 구입권을 주었다. 그들은 일용품을 살 약간의 용돈만 내게 주었다. 나는 티나와 윌리를 돌봐주었는데, 이 아이들은 스페인어를 할 줄 몰라서 내 말을 들은 체도 하지 않았다. 루페는 내가 그곳에 있는 것을 싫어했다. 라몬은 술에 취하면 자꾸만 내 팔을 잡으려 하거나 뒤에서 나를 쿡쿡 찌르는 버릇이 있는 것 외에는 나한테 친절하게 대해주었다. 나는 라몬보다는 루페가 더 두려웠다. 그래서 집안일을 하지 않을 때는 부엌 한구석 나만의 자리에서 나오지 않았다.

"뭘 하느라 거기서 몇 시간씩 안 나오는 건가?" 루페가 물었다.

"생각해요. 마놀로 생각. 우리 고향 마을 생각."

"어서 여기서 나갈 생각이나 해."

라몬은 재판일에 일을 나가야 해서 루페가 나를 데려다주었다. 루페도 가끔 친절할 때가 있었다. 우리는 법정 방청석 맨 앞에 앉았다. 마놀로가 입장했을 때 난 그를 알아보지 못할 뻔했다. 손에는 수갑을, 다리에는 쇠고랑을 차고 있었다.

마놀로를 저렇게 잔인하게 취급하다니. 마음씨 고운 사람을. 그는 판사 아래쪽에 섰고 판사가 무슨 말인가 했다. 그리고 경찰 두 명이 그를 데리고 나갔다. 그는 고개 돌려 나를 보았다. 하지만 분노에 찬 그의 얼굴은 내가 알지 못하는 얼굴이었다. 나의 마놀로. 집에 가는 길에 루페는 상황이 안 좋아 보인다고 했다. 루페도 기소 내용을 이해하지 못했지만 단순히 마약 소지는 아니라고 했다. 그랬더라면 산타리타 교도소에 보내졌을 텐데, 8년 형을 선고받고 솔레다드 교도소로 보내진다면 심각한 범죄임을 뜻했다.

"8년이라고요? 어째서!"

"이런, 여기서 발광하지 마. 그러면 여기서 내리게 하는 수가 있어. 진짜야."

루페는 나더러 임신 중이니 병원에 가봐야 한다고 했다. 낙태를 뜻하는 건지 난 몰랐다. "안 돼요." 나는 여의사에게 말했다. "안 돼요, 전 아이를 낳고 싶어요, 내 아이를. 애아빠는 없어요. 이 아기는 저의 전부라고요." 그녀는 처음에는 상냥하더니 나중엔 화를 냈다. 나는 아직 어리고 일도 할 수 없는데 어떻게 아기를 키울 거냐면서. 이기적이고 고집불통이라면서. "그건 죄예요. 안 해요. 전 아기를 낳을 거예요." 그녀는 공책을 책상에 탁 내려놓았다.

"이거야 원! 그럼 적어도 아기를 낳기 전에 검진이라도 받으러 와요."

날짜와 시간이 적힌 예약 카드를 받았지만 나는 다시는 그곳에 가지 않았다. 몇 달이라는 시간이 천천히 흘렀다. 나는 마놀로 소식을 기다렸다. 윌리와 티나는 티브이만 보기 때문에 힘들 일이 없었다. 나는 집에서 아기를 낳았다. 루페가 도왔다. 집에 돌아온 라몬은 그녀를 때리고 나도 때렸다. 내가 여기 온 것만 해도 충분히 안 좋은데 이제 애까지 낳았다며.

나는 되도록이면 그들을 피한다. 아기와 나는 부엌 한편에서 생활한다. 아기 헤수스는 아름답다. 마놀로를 닮았다. 나는 굿윌 중고 잡화 매장이나 페이레스 신발 매장에서 예쁜 아기용품을 샀다. 마놀로가 무슨 짓을 해서 감옥에 갔는지 난 아직도 모른다. 언제 그의 소식을 들을 수 있을지도 모른다. 라몬에게 물으니 이런 말만 했다. "마놀로는 잊어. 일자리나 알아봐."

나는 루페가 일을 나가면 아이들을 보고 집안일을 했다. 아래층에 있는 빨래방에서 모든 빨래를 다 한다. 나는 몹시 피곤한데 헤수스는 울기만 한다. 아무리 달래도 울기만 한다. 루페는 아기를 병원에 데려가야 한다고 했다. 나는 버스가 겁난다. 마야테들이 내 팔을 잡아주는 것도 겁난다. 나는 그들이 내 아기를 빼앗아가는 상상을 한다.

멕시코계 진료소에서 그들은 또 나한테 화를 냈다. 산전 건강관리를 했어야 했다며, 아기가 예방접종을 맞아야 한다며, 아기가 너무 작다며. 나는 삼촌이 아기 체중을 쟀을 때 3.18킬로그램이었다고 말했다. "그런데 지금 겨우 3.6킬로그램이에요." 그들은 아기에게 주사를 놓고 다음에 다시 와야 한다고 했다. 의사는 헤수스에게 탈장이 있는데 위험할 수 있다고 했다. 외과 의사에게 보여야 한다고. 한 여자가 내게 지도를 주고 거기에 외과 의사의 외래환자 진료소에 갈 수 있는 버스 번호와 바트 기차 노선을 표시해주었다. 그곳에서 돌아오는 버스와 바트 기차를 타려면 어디에서 기다려야 하는지도 알려주었다. 그녀는 그 병원에 전화를 걸어 예약을 해주었다.

루페가 나를 차로 데려다주었다. 그녀는 차 안에서 아이들과 기다렸다. 나는 병원에서 그들이 한 말을 그녀에게 말해주고 울었다. 루페는 가다가 차를 세우고 나를 잡아 흔들었다.

"넌 이제 소녀가 아니고 부인이야! 현실을 직시해. 헤수스가 괜찮아질 때까지 시간을 줄게. 그리고 혼자 어떻게 살아갈 건지 생각해내야 할 거야. 우리 아파트는 너무 작아. 라몬이나 나나 매일 기진맥진한 판에 아기까지 밤낮으로 울어대고, 아니면 더 짜증나게 애엄마가 울고. 우린 이제 넌더리가 났다고."

"제가 집안일을 돕잖아요."

"아이고, 고마워서 어째."

내가 헤수스를 외과 의사 진료소에 데려가는 날 우리는 모두 일찍 일어났다. 루페는 아이들을 탁아소에 데려가야 했다. 무료 탁아소였다. 아이들은 나와 집에 있는 것보다 탁아소에 가는 것을 더 좋아하고 기뻐했다. 하지만 루페는 탁아소가 멀어서 한참 운전해야 하기 때문에 골이 났고 라몬은 지하철을 타고 나가야 했다. 나는 버스 타는 게 무서웠다. 버스를 타고 가서 바트 기차를 타고 간 다음 또 버스를 타야 했다. 신경이 과민해서 아무것도 먹지 못했기 때문에 허기진 데다 잔뜩 겁을 먹고 있어서 현기증까지 났다. 그러던 중 그들이 말한 커다란 간판을 보고 내가 제대로 찾아왔다는 걸 알았다. 우리는 한참 기다려야 했다. 새벽 여섯 시에 집에서 나왔는데 오후 세 시가 되어서야 진료를 받았다. 나는 몹시 배가 고팠다. 그들은 모든 걸 정말 알기 쉽게 설명해주었다. 간호사는 모유를 더 많이 내기 위해 아기에게 양쪽 젖을 번갈아 물리는 방식을 가르쳐주었다. 의사는 헤수스를 살살 다뤘고 예쁜 아기라고 했지만, 내가 아기를 다치게 했다고 생각했다. 그는 간호사에게 퍼렇게 멍든 자국을 보여주었다. 나도 미처 보지 못한 것이었다. 하지만 맞다. 내가 우리 아기를 다치게 했다. 지난밤 헤수스가 울고 또 울 때 내가 멍들게 한 것이다. 나는 헤수스와 담요를 뒤집어쓰고 헤수스를 꼭 잡았다. "쉿, 쉿, 그만 울어, 그만 울어, 그만." 그렇게 팔을 꼭 잡은 적이 없었다. 헤수스는 덜 울지도 더 울지도 않았다.

외과 의사에게 다녀온 지 두 주가 지났다. 나는 달력에 표시를 했다. 하루는 수술 전 검사를 받으러 다녀와서 그다음 날 수술을 받아야 한다고 루페에게 말했다.

"그건 안 돼." 차가 정비소에 들어가 있어서 윌리와 티나를 탁아소에 데려갈 수 없다는 것이었다. 결국 나는 병원에 가지 않았다.

라몬은 집에 있었다. 맥주를 마시며 애슬레틱스 경기 중계를 보았다. 아이들은 낮잠을 자고 나는 부엌에서 헤수스에게 젖을 먹이고 있었다. "이리 와서 티브이 봐, 질부." 그래서 나는 거실로 갔다. 헤수스는 아직 젖을 물고 있었지만 나는 헤수스를 담요로 가렸다. 라몬이 맥주를 더 가지러 가려고 일어서다 휘청거리더니 소파 옆 바닥에 넘어졌다. 나는 그가 일어서기 전에는 그렇게 술에 취한 줄 몰랐다. 그는 담요를 잡아당겨 내리고 내 티셔츠를 올렸다. "나도 그 찌찌 좀 줘." 그러면서 내 다른 쪽 젖을 물고 빨았다. 나는 그를 밀치는 바람에 헤수스를 떨어뜨렸다. 그러다 헤수스는 탁자 모서리에 어깨를 긁혔다. 헤수스의 작은 팔을 따라 피가 한 줄기 흘러내렸다. 키친타월로 피를 닦아내는데 전화벨이 울렸다.

진료소의 그 여자 팻은 내가 오지도 않고 전화도 안 했다며 단단히 화가 나 있었다. 나는 영어로 "미안해요"라고 했다.

그녀는 다음 날 예약 중에 취소된 것이 있다면서 내가 아침 일찍 온다면 당일에 수술 전 검사와 수술을 모두 할 수 있을 것이라고 했다. 아침 일곱 시. 그녀는 나에게 화를 냈다. 아기가 정말 아파서 죽을 수 있다며. 내가 이렇게 계속 수술 날짜를 어기면 주정부에서 아기를 데려갈 수도 있다며. "무슨 말인지 알아요?"

나는 안다고 대답했지만 주정부에서 내 아기를 데려갈 수 있다는 말을 믿지는 않았다.

"내일 올 거죠?"

"네." 그러고 나서 나는 라몬에게 내일 헤수스가 수술을 받아야 하니 티나와 윌리를 나 대신 봐줄 수 있겠느냐고 물었다.

"그러니까, 내가 젖 좀 빨았다고 너한테 권리라도 생겼다는 거야? 그래, 내가 집에 있지. 어차피 실직했으니까. 루페한테 내가 어쨌다고 입도 벙긋할 생각은 하지 마. 그러면 그 즉시 넌 이 집에서 쫓겨날 테니. 그렇게 돼도 난 괜찮아. 하지만 네가 이 집에 있는 이상 난 널 좀 가져야겠어."

그는 화장실에서 나를 가졌다. 헤수스는 거실 바닥에서 울고 아이들은 화장실 문을 두드렸다. 그는 나를 세면대에 엎드리게 하고 뒤로 했다. 그나마 술에 취해 오래가지 않았다. 일을 마친 뒤 그는 그대로 바닥에 쓰러져 잠이 들었다. 나는 화장실 밖으로 나가 아이들에게 아빠가 아프다고 했다. 나는 너무 떨려 소파에 앉아야 했다. 내 아기 헤수스를 흔들흔들 달래며 아이들과 만화영화를 봤다. 나는 어찌해야 할지 몰랐다. 성모송을 외워보았지만 주위가 너무 시끄러워 성모 마리아에게 내 기도가 들릴 것 같지 않았다.

루페가 집에 왔을 때 라몬이 화장실에서 나왔다. 그가 나를 바라보는 얼굴을 보니 자기가 무언가 나쁜 짓을 하기는 한 것 같은데 그게 무엇인지 기억이 안 나는 표정이었다. 그는 어디 좀 다녀오겠다고 했다. 그러자 그녀는, 그러든가 말든가, 했다.

루페는 냉장고를 열었다. "저 지겨운 인간이 맥주를 다 마셨네. 세븐일레븐에 심부름 좀 갔다 올래, 아멜리아? 에잇 염병할, 맥주 하나 못 사지 정말. 넌 뭘 할 줄 아냐? 일자리나 살 곳은 알아봤어?"

나는 늘 아이들을 보는데 어떻게 어딜 다니며, 뭘 알아볼 수 있겠느냐고 말했다. 그러고는 내일은 헤수스가 수술받는 날이라고 했다.

"그래, 아무튼 최대한 빨리 알아봐. 슈퍼나 약국, 잡화점 게시판에 일자리와 아파트 광고가 붙으니까."

"읽을 줄 몰라요."

"스페인어 광고도 있어."

"스페인어도 못 읽어요."

"Fuck a duck."

나도 그 말을 그대로 따라 했다. "Fuck a duck." 그러자 그녀는 그냥 웃고 말았다. 아, 고향 마을이 너무 그립다. 고향 사람들의 웃음은 산들바람처럼 부드럽다.

"좋아, 아멜리아. 내일은 내가 대신 우리 아이들 볼게. 여기저기 전화해서 일자리도 대신 알아보고. 부탁인데, 지금은 우리 아이들 좀 보고 있어. 술 좀 마셔야겠어. 할리스코 음식점에 가 있을게."

루페는 라몬과 마주친 게 틀림없다. 그들은 굉장히 늦게 같이 들어왔다. 아이들과 내가 먹을 것이라곤 콩과 쿨에이드뿐이었다. 빵도 없고 토르티야를 만들 밀가루도 없었다. 헤수스는 부엌 한구석에서 곤히 잠들어 있다가 내가 옆에 드러눕는 순간 울기 시작했다. 나는 헤수스에게 젖을 물렸다. 헤수스가 이제 젖을 더 많이 먹는 것을 나는 알 수 있었다. 그러나 잠시 잠들었다 깨서는 다시 울기 시작했다. 젖꼭지를 물려줘도 계속도로 뱉어냈다. 나는 또 전에 그랬던 것처럼 헤수스 팔을 꼭 쥐고 "쉿, 쉿"

달래다가 내가 헤수스를 아프게 하는 걸 깨닫고 팔을 놓았다. 의사가 퍼렇게 멍든 자국을 보게 되는 것도 나는 원치 않았다. 어깨만 해도 긁힌 자국에 멍까지 들어 상태가 안 보이는데 팔뚝까지 그러면 어쩌지. 가엾은 것. 나는 다시 성모 마리아께 도움을 청하는 기도를 올렸다. 어찌해야 좋을지 알려달라고.

다음 날 아침 집을 나설 때는 아직 날이 어두웠다. 나는 사람들의 도움을 받아 버스를 타고 가서 바트 기차로 갈아타고 다시 버스를 탔다. 진료소에 도착하자 사람들이 나를 안내해 데려갔다. 그들은 헤수스의 팔에서 혈액을 채취했다. 한 의사가 헤수스를 진찰했다. 스페인어를 모르는 사람이었다. 나는 그가 무엇을 적는지 알 수 없었다.

엄지손가락을 헤수스 어깨에 대고 크기를 재고 나서 썼으니까 상처에 대한 것이었으리라. 그는 나를 보고 무언가를 물었다. "아이들이 장난하다가." 나는 영어로 말했다. 그는 고개를 끄덕였다. 열한 시 수술이라고 해서 나는 여덟 시에 헤수스에게 젖을 먹였다. 하지만 열한 시를 넘기고 시간은 계속 흘러 오후 한 시가 되었다. 헤수스는 자지러지게 울었다. 우리는 침대와 의자가 있는 방에 있었다. 의자에 앉아 있다 보니 침대가 너무 유혹적이었다. 나는 아기를 품에 안고 침대에 누웠다. 젖꼭지에서 젖이 흘러나왔다. 아기 우는 소리에 응답하기라도 하는 듯이. 나는 더 이상 참지 못하고 몇 초만 젖을 물리면 해가 될 게 없으리라고 생각했다.

닥터 프리츠가 어느새 들어와 나한테 소리를 질렀다. 나는 얼른 헤수스를 가슴에서 떼어냈다. 그는 머리를 절레절레 흔들다가 이윽고 고개를 끄덕여 그냥 계속해서 젖을 먹이라고 신호했다. 곧 남미계 간호사가 들어오더니 지금은 수술할 수 없다고 알렸다. 수술 대기자 명단이 긴데 내가 그걸 두 번이나 망쳤다고 했다. "팻한테 전화해서 날을 다시 잡아요. 자어서, 가세요. 집에 가라고요. 내일 팻한테 전화해요. 그 아이는 수술을 받아야 한다고요, 알겠어요?"

고향에서 나에게 화를 내는 사람은 내 평생 아무도 없었다.

내가 일어서다 정신을 잃고 쓰러진 모양이었다. 정신이 들고 보니 나는 침대에 누워 있고 간호사가 옆에 앉아 있었다.

"점심을 잔뜩 시켰어요. 배가 고플 것 같아서. 오늘 뭐라도 먹긴 했어요?"

"아뇨." 그녀는 내 등에 베개를 받쳐주고 무릎에 탁자를 놓았다. 그녀는 내가 밥을 먹는 동안 헤수스를 봐주었다. 나는 짐승처럼 먹었다. 수프, 크래커, 샐러드, 주스, 우유, 고기, 감자, 당근, 빵, 파이. 맛있게 남김없이 잘 먹었다.

"아기에게 젖을 먹이는 동안은 잘 먹어야 해요. 집에 갈 때 괜찮겠어요?"

나는 고개를 끄덕였다. 네. 몸이 가뜬했다. 음식이 참 좋았다.

"자, 어서 가요. 여기 기저귀 몇 개 가져왔으니 가져가요. 난 근무 시간이 한 시간 전에 끝났어요. 이제 다 잠그고 가야 해요."

팻이 하는 일은 힘들다. 외과 의사 여섯 명으로 이루어진 우리 외래환자 진료소는 오클랜드 시립아동병원의 일부다. 그들의 일정은 매일 꽉 차 있다. 환자들이 예약을 취소하는 경우도 일상다반사다. 그렇게 비는 시간은 다른 예약 환자나 응급 환자로 채워진다. 우리 진료소에 소속된 외과 의사 중 한 명은 매일 응급실에서 대기한다. 잘린 손가락, 기도에 걸린 땅콩, 총상, 맹장염, 화상 등 온갖 응급 상황이 발생한다. 매일 여섯 건에서 여덟 건 정도의 긴급 수술이 있을 수 있다.

거의 모든 환자가 메디캘 카드를 가지고 있다. 그런데 상당수는 불법 체류자라서 그것마저도 없다.

그러고 보면 우리 진료소 의사들은 돈 때문에 여기 있는 게 아니다. 진료소 직원들의 일도 상당히 고단하다. 나는 하루 열 시간 일하는 날이 많다. 외과 의사들은 성격이 다 제각각이고 각기 다른 이유로 사람을 아주 성가시게 할 때가 있다. 그러면 우리는 투덜대면서도 그들을 존경한다. 그들을 자랑스럽게 여기기도 한다. 우리도 도움이 된다는 느낌이 든다. 일반 직장과는 달리 보람 있는 일이다. 이 일을 하고부터 나는 세상을 보는 눈이 확실히 달라졌다.

나는 언제나 냉소적인 사람이었다. 여기서 일하기 시작했을 때는 병원에서 세금을 너무 낭비한다고 생각했다. 크랙 중독자가 낳은 아기들에게 열 번, 열두 번 수술을 해주고, 1년 동안 입원시켜서 살 수 있게 하더라도 그들은 불구가 되니 말이다. 그리고 그 아이들은 퇴원한 뒤에는 위탁 가정을 전전한다. 그런 아기들은 대부분 엄마가 없다. 아버지는 더 말할 것도 없다. 위탁 가정의 부모들은 대부분 정말 훌륭하지만 끔찍한 이들도 있다. 아주 많은 아이들은 장애를 가지고 살거나 뇌 손상을 입고 몇 살 되지 않는 정신 연령에 머무른다. 상당수는 다운증후군이 있다. 나는 절대로 그런 아이를 키우지 못할 것이라고 생각했다.

그런데 지금은 다르다. 가령 지금 문을 열고 대기실로 나가면 토비가 있다. 몸이 뒤틀려 걸음이 불안정하다. 말도 못 한다. 옆구리에 찬 주머니에 대소변을 보는 토비. 배에 낸 구멍으로 영양분을 섭취한다. 그런 토비가 팔을 활짝 펴고 웃으면서 나를 안아주러 온다. 이런 아이들은 하나님이 기도에 응답하다가 낸 사고의 결과인 듯하다. 자식들이 크지 않기를 바라고, 그들이 영원히 자기 품 안에서 떠나지 않고 자기를 사랑해주기 바라는 모든 엄마의 기도. 그런 기도들이 토비 같은 수많은 아이를 통해 응답된 것은 아닌가 하는 생각을 해본다.

물론 토비 같은 아이 때문에 결혼생활이나 가족이 무너질 수도 있다. 하지만 그렇지 않을 때 그 영향은 정반대로 나타나는 듯하다. 그런 일이 없었더라면 자신이나 다른 사람들에게서 볼 수 없었을 우리 마음속 가장 깊은 곳에 있는 선과 악의 감정, 우리의 강한 면, 인간의 존엄성을 토비와 같은 이들이 이끌어내는 것이다. 그럴 경우 우리는 한순간 한순간의 기쁨을 더 깊이 음미하게 되고 한층 더 깊은 차원에서 헌신할 수 있다. 나는 내가 그런 걸 낭만적으로 본다고 생각하지 않는다. 나는 그런 경우들을 유심히 관찰한다. 그런 속성들을 보면 놀랍기 때문이다. 여러 부부가 이혼하는 것도 보았다. 불가피한 듯했다. 자신을 희생해서 아이를 돌보는 부모도 있고 그런 자식을 방치하는 부모도 있었다. 책임을 전가하는 이들, 그게 왜 나냐는 이들, 책임이 있는 당사자들, 술꾼들, 우는 사람들. 토비 같은 아이들의 형제들이 분한 마음을 행동으로 나타내고, 더 큰 혼란과 분노와 죄의식을 초래하는 경우도 보았다. 그러나 결혼생활과 가족이 더 친밀해지고 더 좋아지는 경우를 훨씬 더 많이 보았다. 집안사람 모두가 특수 상황에 대처하는 법을 배우고, 도와야 하고, 못마땅할 때는 정직하게 그렇다고 말할 줄 알아야 한다. 그 아이가 자신의 머리를 빗겨주는 누군가의 손에 뽀뽀를 하는 것으로 자신이 할 수 없는 모든 것을 대신할 수 있다면 우리는 모두 웃어야 하고 감사할 줄 알아야 하는 것이다.

나는 다이안 아버스˚를 좋아하지 않는다. 내가 어렸을 때 텍사스에는 서커스단의 기형 인간 쇼가 있었는데, 난 그때도 사람들이 기형 인간들을

˚ Diane Arbus (1923~1971). 미국의 사진작가. 기형 인물 사진을 많이 찍었다.

손가락으로 가리키며 웃는 것을 싫어했다. 그러면서도 한편으론 흥미를 느꼈다. 팔이 없어 발가락으로 타이프라이터를 치는 사람의 경우를 좋아했다. 하지만 내가 좋아한 건 팔이 없기 때문이 아니라 그는 실제로 온종일 무언가를 썼기 때문이었다. 그는 쓰는 일에 진지했고 자신이 쓴 것을 좋아했다.

닥터 루크에게 수술 전 검사를 받으러 제이를 데리고 오는 두 여자는 매우 흥미롭다는 걸 나는 시인하지 않을 수 없다. 모든 면이 기괴하다. 그들은 난쟁이다. 자매처럼 보인다. 실제로 자매일지 모른다. 그들은 굉장히 작고 볼은 불그스름하고 머리는 곱슬머리, 코는 들창코, 얼굴엔 희색이 만면하다. 그들은 연인 사이다. 서로 쓰다듬고 키스하고 애무하면서도 쑥스러워하지 않는다. 그들은 제이를 입양했다. 다양하고도 신가한 문제가 있는 난쟁이 아기였다. 그들과 함께 오는 거구의 사회복지사는 제이와 그의 작은 산소탱크와 기저귀 가방을 들고 온다. 자매 같은 두 엄마는 각자 소젖을 짤 때 앉는 것 같은 작은 세 발 걸상을 가지고 온다. 그들은 검사실에서 그걸 놓고 앉아 제이의 상태가 얼마나 좋아졌는지 말하고 있다. 제이는 이제 눈의 초점을 맞출 수 있어서 그들을 알아본다. 닥터 루크는 위에 구멍을 뚫어두는 수술을 할 것이다. 위에 샛길을 만들고 외부로부터 관을 넣어 영양을 공급하는 시술이다.

제이는 민감하지만 침착한 아기다. 몸이 특별히 작지는 않지만 머리가 크고 기형이다. 두 여자는 제이에 대해 이야기하기를 좋아한다. 둘이 제이를 어떻게 옮기고, 어떻게 목욕을 시키고, 어떻게 보살펴주는지 묻지 않아도 다 말한다. 머잖아 제이가 기어다니게 되면 헬멧을 써야 할 것이다. 그들이 사는 집의 가구는 높이가 30여 센티미터 정도밖에 안 되기 때문이다. 아기의 이름을 '제이'라고 지은 건 '조이(기쁨)'와 소리가 비슷하기 때문이었다. 아기는 그 정도로 그들에게 많은 기쁨을 가져다주었다.

나는 종이테이프를 가지러 나간다. 제이는 일반 테이프에 알레르기가 있다. 검사실에서 나가며 뒤돌아보니 두 엄마가 발끝으로 서서 제이를 보고 있다. 제이는 검사대에 엎드려 그들을 보고 웃고 그들은 그를 보고 웃는다. 사회복지사와 닥터 루크는 서로 마주 보며 빙그레 웃는다.

"저렇게 정겨운 건 처음 봐." 내가 카마에게 말했다.

"가엾은 사람들. 지금은 행복해하지만 저 아이는 기껏해야 몇 년밖에 못 살 거야." 카마가 말했다.

"가치 있지. 오늘 하루밖에 못 산다 해도 나중의 모든 고통을 감당할 가치가 있는 거야. 카마, 저들의 눈물은 달 거야." 나는 이 말을 하고 스스로 놀랐지만 진심이었다. 나는 사랑의 수고를 배우는 중이었다.

닥터 루크의 남편은 그녀의 환자들을 가리켜 강의 아이들이라고 했다. 그러면 그녀는 화를 냈다. 그는 예전에 미시시피에서는 그런 아기들을 그렇게 불렀다고 했다. 그도 이 진료소의 외과 의사다. 그는 어째서인지 블루 크로스와 같은 좋은 보험을 가진 환자들을 주로 수술한다. 반면에 닥터 루크는 장애가 있거나 신체가 전혀 기능하지 못하는 아동들을 주로 맡는다. 그녀가 유능한 외과 의사이기 때문만은 아니다. 그녀는 환자 가족들의 이야기를 경청하고 그들을 진심으로 염려해주기 때문에 많은 사람들이 소개를 받아 그녀를 찾는 것이다.

오늘은 비슷한 환자 예약이 줄줄이다. 대개 나이가 조금 더 많고 무거운 어린이들. 자력으로 움직이지 못하는 사람의 무게. 나는 상당히 무거운 그들을 들어 수술대에 올려놓고, 닥터 루크가 위장에 연결한 관의 버튼을 새것으로 교체하는 동안 그들을 붙들고 움직이지 못하게 해야 한다. 대부분은 소리 내어 울지도 못한다. 아이는 굉장히 아플 텐데 눈물만 귓가로 흘러내린다. 또한 이 세상 것이 아닌 듯한 소리, 녹슨 문이 끼익 하는 것 같은 끔찍한 소리가 내면 깊은 곳에서 새어나올 뿐이다.

마지막 환자는 기막히다. 아니, 환자가 아니라 닥터 루크가 하는 일이. 양손에 손가락이 여섯 개 달린, 얼굴이 예쁘고 볼이 붉은 신생아다. 사람들은 아기가 태어나면 제일 먼저 손가락과 발가락이 다섯 개씩 달렸는지 본다고 우스갯소리처럼 말하는데, 그런 아기가 태어나는 경우는 생각보다 더 흔하다. 그런 환자들은 대개 입원하지 않고 수술을 받는다. 이 아기는 태어난 지 며칠밖에 되지 않는다. 닥터 루크는 나에게 국부마취제와 바늘과 수술용 봉합사를 준비시킨다. 떼어낼 손가락 부위를 무감각하게 마취시킨 다음 여섯 번째 작은 손가락 밑을 봉합사로 단단히 묶는다. 닥터 루크는 보호자에게 액체 타이레놀을 주고 나중에 아기가 통증을 느끼는 듯싶으면 먹이라고 한다. 그리고 손가락 부위는 절대로 만지지 말라고 지시한다. 머잖아 손가락이 배꼽처럼 시커멓게 변해 떨어져나온다. 닥터 루크는 자기 아버지가 앨라배마주 어느 작은 도시의 의사였는데, 그가 그렇게 시술하는 것을 봤다고 했다.

언젠가 닥터 켈리가 양손에 여섯 손가락이 달린 어린 소년을 검진했다. 부모는 수술을 원했지만 당사자인 아이는 그렇지 않았다. 예닐곱 살 먹은 귀여운 사내아이였다.

"싫어! 난 다 가지고 있어 싶어. 내 거란 말이야. 그대로 갖고 싶어!"

나는 노련한 닥터 켈리가 그 아이를 설득하리라고 생각했다. 하지만 그는 그러지 않고 아이가 그 특이성을 간직하길 원하는 듯하다고 부모에게 말했다.

"안 될 거 없죠." 닥터 켈리는 말했다. 부모들은 그의 말이 믿기지 않았다. 그는 아이의 마음이 바뀌면 그때 해도 된다고 부모에게 말했다. 물론 어릴 때 빨리 하면 할수록 좋다고 했다.

"저는 아드님이 자신의 권리를 지키려는 게 좋은데요. 얘야, 우리 악수하자." 닥터 켈리와 소년은 악수했다. 부모는 화가 나서 의사를 욕하고 아이는 싱글거리며 병원에서 나갔다.

그 아이는 언제까지나 같은 마음일까? 만일 피아노를 친다면 어떻게 될까? 이다음에 마음을 고쳐먹었을 때는 너무 늦지 않을까? 손가락은 여섯 개면 왜 안 될까? 손가락은 생긴 게 어차피 괴상하잖은가. 발가락도, 머리카락도, 귀도. 인간에게, 나에게, 꼬리도 있었더라면 좋았을걸.

나는 진료실들을 정돈하고 그날 밤에 쓸 비품을 채워넣으면서 인간에게 꼬리가 있거나 머리카락 대신 나뭇잎이 달린 공상을 한다. 그때 문 두드리는 소리가 났다. 닥터 루크는 퇴근하고 그곳에는 나밖에 없었다. 나는 문을 열고 아멜리아와 헤수스를 안으로 들인다. 그녀는 울고 있다. 말을 하면서 부들부들 떤다. 아멜리아는 헤수스의 턱장을 집어넣을 수 없었다.

나는 코트를 챙겨 들고 경보장치를 켜고 문을 잠근다. 같은 블록 아래쪽에 있는 응급실로 그들을 데려간다. 그리고 접수를 도와주려고 함께 들어간다. 닥터 맥기가 당직이다. 잘됐다.

"닥터 맥기는 친절한 노인이세요. 헤수스를 잘 봐줄 거예요. 아마 오늘 밤 수술을 해줄지 모르겠어요. 그러면 나중에 우리 진료소에 아기 데려오는 거 잊지 말아요. 한 일주일 뒤에. 전화해요. 참, 제발 수술 전에 젖 물리지 말아요."

지하철과 버스는 붐볐지만 나는 두렵지 않았다. 헤수스는 잠들었다. 성모 마리아님이 내 기도에 응답해주신 듯했다. 다음번 복지 수급금을 받으면 그걸 가지고 멕시코로 가라는 응답이었다. 민간요법 의사가 우리 아기를 고쳐줄 것이다. 우리 엄마는 아기 울음을 그치게 하는 법을 알 것이다. 나는 우리 아기에게 바나나와 파파야를 먹일 것이다. 망고는 곤란하다. 아기들은 망고를 먹고 배탈나는 수가 있다. 아기들은 언제 이가 날까.

내가 집에 갔을 때 루페는 티브이 연속극을 보고 있었다. 아이들은 침실에서 잠들어 있었다.

"애 수술 받았어?"

"아뇨. 무슨 일이 생겨서요."

"그럼 그렇지. 대체 무슨 멍청한 짓을 저지른 거니, 응?"

나는 헤수스가 깨지 않게 조심조심 우리 자리에 뉘였다. 루페가 부엌에 들어왔다.

"네가 살 곳을 찾았어. 적어도 혼자 살 수 있는 집을 얻을 때까지 거기서 살면 돼. 요 다음번 복지 수급금 수표는 여기서 받는 걸로 하고 그다음부턴 복지 사무소에 연락해서 새 주소로 보내달라고 해. 내 말 들었어?"

"네. 제 수급금 주세요. 저 고향에 가요."

"미쳤구나. 우선 이번 달 수급금은 이미 다 썼어. 네 수중에 있는 게 남은 거 전부야. 너 정말 미쳤어? 수급금으로는 미초아칸의 절반도 가지 못할 거야. 이봐, 기왕에 여기까지 왔으니 여기서 살아. 음식점 일을 알아봐, 어떤 데선 음식점 뒤에서 살게 해줄 거야. 그러다 사내도 만나고, 데이트도 하고, 재미있게 사는 거야. 넌 아직 젊고 예쁘잖아. 화장하고 꾸미면 예쁠 거야. 독신이나 마찬가지고. 영어도 빨리 배우고 있는데 이제 와서 다 포기할 순 없지."

"고향에 가고 싶어요."

"Fuck a duck!" 루페는 도로 티브이를 보러 갔다.

라몬이 뒷문으로 들어왔을 때 나는 아직 부엌에 앉아 있었다. 루페가 거실 소파에 있는 걸 보지 못한 것 같다. 그는 내 젖을 움켜쥐고 목에 키스를 하기 시작했다. "단것, 단것 좀 먹자!"

"그만!" 루페가 소리쳤다. 그러고는 라몬에게 "가서 좀 씻어, 이 냄새나는 뚱돼지야!" 하고 그를 부엌에서 밀어냈다. 나에게는 "넌 당장 여기서 나가. 네 짐 전부 챙겨. 자, 비닐봉지."

"자, 어서 애 데리고 가서 차에 타. 짐은 내가 가져갈 테니."

창문을 판자로 막고 문 위쪽에는 간판이 그대로 붙어 있는 걸로 봐서 그곳은 폐점한 상점 같았다. 날이 어두웠다. 그녀는 문을 두드렸다. 늙은 백인 남자가 나왔다. 그는 머리를 흔들며 무언가 영어로 말했다. 하지만 그녀는 더 큰 소리로 말하면서 나와 헤수스를 문안으로 들이밀고 가버렸다.

그는 손전등을 켜고 나와 말을 하려고 했지만 나는 머리를 흔들었다. 영어 못 해요. 그는 아마 침대가 충분치 않다고 했을 것이다. 그곳은 간이침대로 꽉 차 있었다. 그 안에 있는 사람들은 대부분 여자였고 어린아이도 몇 명 있었다. 포도주와 토사물과 오줌 냄새가 뒤섞인 듯한 냄새가 고약했다. 불쾌하고 더러운 곳. 그는 담요를 가져와 나에게 주고 구석 쪽을 가리켰다. 부엌 한편에서 쓰던 공간과 비슷한 크기였다. "고맙습니다."

끔찍한 환경이었다. 내가 눕자마자 헤수스가 깼다. 울음을 그치지 않았다. 담요를 텐트처럼 뒤집어쓰고 소리를 죽이려 했지만 여기저기서 여자들이 욕했다. "닥쳐, 닥쳐!" 그들은 대부분 나이 많은 백인 알코올중독자들이었다. 젊은 흑인 여자들도 있었는데 그들은 와서 나를 거칠게 쿡쿡 찔렀다. 한 어린 흑인 아이는 작은 손으로 내 뺨을 말벌처럼 연달아 때렸다.

"하지 마!" 나는 소리질렀다. "하지 마! 하지 마!"

백인 노인이 손전등을 켜고 나오더니 부엌으로 나를 데려가 한쪽 구석에 자리를 내주었다. "Mis bolsas!" 그는 내 말을 알아듣고 가서 내 가방을 가져다주었다. "미안해요." 나는 영어로 말했다. 헤수스는 젖을 먹고 잠이 들었다. 나는 벽에 기대 아침이 오기를 기다렸다.

내가 어느새 영어를 배우고 있네, 나는 생각했다. 내가 아는 영어를 속으로 나열해보았다. Court, Kentucky Fry, hamburger, good-bye, greaser, nigger, asshole, ho, Pampers, How much? Fuck a duck, children, hospital, stopit, shaddup, hello, I'm sorry, General Hospital, All My Children, inguinal hernia, pre-op, post-op, Geraldo, food stamps, money, car, crack, polis, Miami Vice, Jose Canseco, homeless, real pretty, No way, Jose, Excuse me, I'm sorry, please, please, stopit, shaddup, shaddup, I'm sorry.* 주님의 어머니 성모 마리아여 저희를 위해 기도하소서.

동이 트기 직전 한 늙은 여자가 부엌에 들어와 오트밀을 만들려고 물을 끓였다. 그녀는 내가 도와주려고 하자 설탕과 냅킨을 가리키며 일렬로 놓은 테이블 한복판에 놓으라고 했다.

우리는 모두 아침으로 오트밀과 우유를 먹었다. 여자들은 정말 비참해 보였다. 어떤 이들은 미친 듯하고 어떤 이들은 술에 취해 있었다. 집이 없

● 법원, 켄터키 프라이, 햄버거, 굿바이, 그리서(멕시코인을 경멸적으로 이르는 말), 니그로, 개자식, 창녀, 팸퍼스, 얼마죠? 좆까, 어린이, 병원, 그만해, 닥쳐, 헬로, 미안해요, 〈제너럴 호스피털〉, 〈올 마이 칠드런〉, 서혜 헤르니아, 수술 전 검사, 수술 후 관리, 〈헤랄도〉, 식량 구입권, 돈, 자동차, 크랙, 폴리스, 〈마이애미 바이스〉, 호세 캔세코, 노숙인, 정말 예쁘다, 절대로 안 돼, 실례합니다, 미안해요, 제발, 제발, 그만해, 닥쳐, 닥쳐, 미안해요.

어 오갈 데 없고 더러운 사람들. 샤워는 줄을 서서 차례대로 했다. 헤수스와 내 차례가 되었을 때는 찬물만 나왔고 수건은 작은 것 한 장밖에 남지 않았다. 나와 헤수스도 비로소 노숙인이 되었다. 그곳은 낮에는 보육원 같았다. 어른들은 밤에 돌아와 수프를 먹고 잠을 잘 수 있었다. 그 백인 노인은 좋은 사람이었다. 내 가방을 두고 다니게 허락해주었다. 그래서 나는 기저귀만 가지고 다닐 수 있었다. 나는 그날 이스트몬트 몰을 돌아다녔다. 공원에도 가봤지만 남자들이 내게 접근해서 무서웠다. 나는 계속 걷고 또 걸었다. 아기가 무거웠다. 내 뺨을 때린 아이가 나에게 환승권을 받아 온종일 버스를 타고 다니는 법을 가르쳐주었다. 그 아이 말을 알아듣진 못했어도 대충 무슨 뜻인지 파악했다. 그래서 이튿날은 그 아이 말대로 했다. 헤수스를 안고 다니기 너무 무거웠기 때문이다. 그렇게 해서 버스에 앉아 바깥 구경을 하거나 헤수스가 잠들면 나도 눈을 좀 붙일 수 있었다. 밤에는 한숨도 못 잤기 때문이다. 하루는 버스가 의원 앞을 지나갔다. 나는 그다음 날 그곳에 가서 누구든 나를 도와줄 사람을 찾아야겠다고 마음먹었다. 그러자 기분이 한결 나아졌다.

그런데 그다음 날 헤수스의 울음이 달라졌다. 강아지가 짖는 듯한 소리였다. 탈장이 많이 되어 부풀고 단단했다. 나는 곧바로 버스를 탔지만 먼길이었다. 버스를 타고 바트 기차를 타고 다시 버스를 탔다. 의원이 닫혔으리라 생각했는데 간호사가 아직 남아 있었다. 그녀는 나를 병원 응급실로 데려갔다. 오랜 시간을 기다리긴 했어도 어쨌든 헤수스가 마침내 수술을 받게 되었다. 그들은 그날 밤 헤수스를 입원시키겠다고 하고, 헤수스가 있을 작은 침대 옆에 내가 누울 수 있는 간이침대를 놓아주었다. 그들이 나에게 병원 카페테리아 식권을 한 장 주었다. 샌드위치와 콜라, 아이스크림을 먹고 나중에 먹으려고 쿠키와 과일을 챙겼다. 나는 쿠키와 과

일을 먹기도 전에 바닥에 누워 꿀잠을 잤다. 잠을 깨보니 간호사가 옆에 와 있었다. 헤수스는 깨끗하게 씻겨져 파란색 담요에 싸여 있었다.

"아기가 배고프대요!" 그녀가 빙긋 웃었다. "수술이 끝났을 때 아기 엄마가 자고 있어서 깨우지 않았어요. 모든 게 다 잘됐어요."

"고맙습니다." 오오, 고맙습니다 하나님! 헤수스가 이젠 괜찮았다! 나는 아기에게 젖을 먹이는 동안 울며 기도했다.

"이제 울 이유가 없어요." 그녀가 말했다. 그러고는 잠시 후 커피와 주스와 시리얼이 담긴 쟁반을 가져다주었다.

수술을 하지는 않았지만 처음에 헤수스를 담당했던 닥터 프리츠가 병실에 들어왔다. 그는 헤수스를 보고 고개를 끄덕끄덕하더니 나를 보고 빙긋 웃고는 차트를 들여다보았다. 그러고 나서 아기의 셔츠를 들춰보았다. 어깨에 긁힌 자국과 멍이 아직 남아 있었다. 간호사가 나에게 어찌 된 영문인지 물었다. 나는 내가 있던 곳에 사는 어린아이들이 그랬다고, 하지만 이제는 거기서 나왔다고 말했다.

"의사 선생님이 아기에게 다른 상처가 생기면 아동보호서비스를 부를 거란 걸 알고 있으래요. 그곳 사람들이 보면 아기를 데려가거나 보호자에게 상담받게 할지 몰라요."

나는 고개를 끄덕였다. 나는 누군가에게 상담받을 필요가 있다고 말하고 싶었다.

며칠 진료소가 바빴다. 닥터 아데이코와 닥터 맥기가 휴가라 다른 의사 선생님들이 정말 바빴다. 집시 환자 여럿이 몰려들었다. 이건 다시 말해서 전 가족은 물론 친척까지 모든 사람이 함께 왔다는 뜻이다. 그럴 때는 항상 웃을 일이 생긴다. (그렇다고 대놓고 웃지는 못한다. 닥터 프리츠는 일터에서 농담을 한다거나 하는, 전문인답지 않은 행동을 좋아하지 않는다.) 그가 진료실에 들어올 때 늘 하는 행동 하나는 점잖게 환자에게 인사하는 것이다. "안녕하세요." 환자가 둘일 경우에는 각 사람에게 고개를 끄덕이며 "안녕하세요. 안녕하세요." 그리고 집시 환자의 경우, 전 가족이 들어와 있는 진료실에 비집고 들어오며 "안녕하세요. 안녕하세요. 안녕하세요. 안녕하세요. 안녕하세요." 그럴 때는 웃음을 참느라고 혼난다. 닥터 프리츠와 닥터 윌슨은 유독 요도하열 아기들을 많이 접하는 듯하다. 요도하열은 사내아기들의 요도 구멍이 고추 옆쪽으로 열린 기형이다. 어떤 경우엔 여러 방향으로 구멍이 열려 오줌을 누면 마치 스프링클러처럼 퍼진다. 아무튼 로키 스테레오라는 한 집시 아기에게 그 문제가 있었는데 닥터 프리츠가 고쳤다. 부모가 수술 후 검사를 위해 아기를 데려올 때 그 집의 어른과 어린아이 여남은 명이 몰려와서 모두 닥터 프리츠와 악수를 했다. "고맙습니다. 고맙습니다. 고맙습니다." 그의 안녕하세요보다 더 심하다! 그 광경이 하도 정겹고 웃겨서 나중에 그 이야기를 꺼내는데 닥터 프리츠가 나를 쏘아봤다. 그는 환자들 이야기를 절대로 하지 않는다. 사실상 이곳 의사들 모두 마찬가지다. 닥터 루크는 예외지만 그나마 그런 적이 드물다.

나는 레이나가 처음에 어떤 진단을 받았는지 모른다. 레이나는 지금 열네 살이다. 어머니와 두 자매와 남동생이 함께 온다. 그들은 레이나가 탄 커다란 유모차식 휠체어를 민다. 그들의 아버지가 제작한 것이다. 두 자매는 각각 열두 살, 열다섯 살이고, 남동생은 여덟 살이다. 모두 예쁘고 활달하고 익살맞다. 내가 진료실에 들어가보니 그들은 이미 레이나를 진찰대에 올려놓고 있었다. 레이나는 옷을 벗었다. 영양 공급관 버튼이 달려 있다는 것 외에는 전신이 흠 하나 없이 매끄럽고 곱다. 레이나의 가슴이 그동안 커졌다. 이가 있어야 할 자리에 발굽 모양으로 자란 종양은 보이지 않는다. 섬세한 입술은 약간 벌어지고 선홍색이다. 에메랄드 초록색 눈과 길고 검은 속눈썹. 여자 형제들이 그녀를 데리고 나가 헝클어진 펑크 스타일로 머리를 잘라주고, 코에 구멍을 뚫어 루비를 달아주고 허벅지에 나비 문신을 해주었단다. 엘레나는 레이나의 발톱을 다듬어주고 있다. 토니는 레이나가 양팔로 머리를 받치게 한다. 토니가 형제들 중 가장 힘이 세다. 그는 내가 레이나의 상체를 붙드는 걸 도와준다. 여자 형제들은 그녀의 다리를 붙든다. 하지만 지금은 마네의 〈올림피아〉처럼 진찰대에 누워 있다. 놀랄 만큼 순수하고 아름다운 모습이다. 닥터 루크는 내가 그랬던 것처럼 잠시 무춤하고 레이나를 바라본다. "세상에! 레이나, 참 아름답다." 닥터 루크가 말한다.

"레이나, 언제 멘스하기 시작했어요?" 그녀가 묻는다.

비단결 같은 새까만 털 사이에 탐팩스 줄이 있는 걸 나는 미처 알아채지 못했다. 레이나 어머니가 이번이 처음이라고 말하고 직설적으로 한마디 덧붙였다.

"레이나도 이제 여자가 다 됐죠."

레이나는 이제 위험에 처한 거죠, 라고 나는 속으로 말했다.

"자, 레이나 잘 잡아요." 닥터 루크가 말했다. 레이나의 어머니는 허리를 잡고 여자 형제들은 다리를, 토니와 나는 팔을 잡는다. 레이나가 격렬히 몸을 뒤트는 동안 닥터 루크는 이윽고 버튼을 새것으로 교체하는 일을 마친다.

레이나는 그날 마지막 환자였다. 내가 진료실을 치우고 진찰대에 새 위생 종이를 깔고 있는데 닥터 루크가 들어온다. 그녀는 "난 우리 니콜라스를 감사하게 생각해야 해요."

나는 미소 지으며 "저도 우리 니콜라스한테 그래야 해요." 그녀는 자신의 여섯 달 된 아기를 생각하고 말했고, 나는 나의 여섯 살 먹은 손자를 생각하고 한 말이다.

"그럼 안녕히 가세요." 우리는 인사하고 그녀는 병원으로 간다.

나는 집에 와서 샌드위치를 만들어 가지고 애슬레틱스 경기 중계를 보려고 티브이를 켠다. 데이브 스튜어트가 투수고 놀런 라이언이 타석에 섰다. 10회 초 경기를 보고 있는데 전화벨이 울린다. 닥터 프리츠다. 그는 나더러 응급실로 와달라고 한다. "무슨 일이죠?"

"아멜리아. 기억해요? 여기에 스페인어를 할 줄 아는 사람들이 있긴 하지만, 일단 와서 직접 말 좀 해봐요."

아멜리아는 응급실 당직 의사 사무실에 있었다. 그녀는 진정제를 맞고 다른 때보다 더 멍하니 먼 데를 응시했다. 아기는요? 닥터 프리츠는 커튼 뒤의 침대로 나를 데려간다.

헤수스는 죽었다. 목이 부러졌다. 팔에 여러 군데 멍이 들었다. 경찰이 오는 중이지만 닥터 프리츠는 무슨 일이 있었는지 내가 먼저 차분히 물어봐주었으면 한다.

"아멜리아, 나 기억해요?"

"Sí. Cómo no?* 안녕하세요? 내 아기 헤수스 볼 수 있어요?"

"잠시 후에. 먼저 무슨 일이 있었는지 말 좀 해봐요."

어떤 일이 얼어났는지 파악하기까지는 시간이 좀 걸렸다. 아멜리아는 낮에는 버스를 타고 돌아다니고 밤에는 노숙인 야간 숙소에서 지냈다. 그날 밤 숙소로 돌아갔을 때, 젊은 여자 둘이 아멜리아가 옷 속에 핀으로 꽂

● 스페인어로 '네. 어떻게 기억 못하겠어요?'.

아 숨겨둔 돈을 빼앗고 그녀를 때리고 발로 걷어차고는 도망쳤다. 그곳을 관리하는 노인은 스페인어를 몰라서 그녀가 무슨 말을 하는지 알 수 없었다. 계속 그녀에게 조용히 하라고 말할 뿐이었다. 말을 안 듣자 그녀의 입에 손을 갖다 대고 조용히 하라고 하고 아기도 울지 않게 하라고 했다. 아멜리아의 돈을 빼앗아 달아난 여자들은 나중에 몹시 취해서 돌아왔다. 날이 어두웠고 사람들이 모두 잠을 청했지만 헤수스는 울음을 그치지 않았다. 아멜리아는 이제 돈이 한 푼도 없는 상황에서 어떡하면 좋을지 막막했다. 생각할 여력도 없었다. 그때 두 여자가 다시 오더니 한 여자가 아멜리아의 뺨을 때리고 다른 여자가 헤수스를 채가는 걸 아멜리아가 도로 빼앗았다. 관리인 노인이 나오자 그 여자들은 자기들 침대로 가서 드러누웠다. 헤수스는 울음을 그치지 않았다.

"어떡해야 할지 아무런 생각이 들지 않았어요. 그냥 울음을 그치게 하려고 아기를 붙들고 흔들었어요. 아기가 울음을 그쳐야 제가 무슨 궁리를 할 테니까요."

나는 그녀의 작은 두 손을 움켜잡았다. "그렇게 흔들 때 아기가 여전히 울고 있었어요?"

"네."

"그리고 어떻게 됐어요?"

"그러다 아기가 울음을 그쳤어요."

"아멜리아. 헤수스가 죽은 거 알아요?"

"네, 알아요. Lo sé. Fuck a duck. I'm sorry."

502

502는 오늘 아침 《타임스》의 십자말풀이 가로 1번 문제였다. 쉽다. 502는 음주운전에 대한 경찰 암호다. 그래서 나는 DWI*를 썼다. 틀렸다. 코네티컷에서 통근하는 사람들은 502를 로마숫자로 넣어야 한다는 걸 알았을 것 같다. 술에 빠져 살던 때의 기억이 떠오르면 언제나 그렇듯 나는 잠시 공황 상태에 빠졌다. 그러나 이제는 볼더**로 이사 와서 배운 심호흡과 명상으로 언제나 마음을 가라앉힐 수 있다.

볼더로 이사 오기 전에 술을 끊어서 다행이다. 길모퉁이마다 주류 상점이 없는 볼더 같은 데는 처음이다. 이곳에서는 세이프웨이 슈퍼마켓에서도 술을 팔지 않는다. 물론 일요일에는 어디를 가도 술을 살 수 없다. 주류 상점이 몇 군데, 그것도 대개는 교외에 있을 뿐이다. 그러니까 불운하게 손을 떠는 알코올중독이 있는데 눈까지 내리면 신의 가호를 빌 수밖에 없다. 주류 상점에 가더라도 거대한 타깃 스토어 크기의 악몽이 기다린다. 짐빔이 있는 진열대를 찾아가는 도중에 떨림섬망으로 죽을 수 있다.

---

* Driving While Intoxicated. 음주운전.
** Boulder. 미국 콜로라도주 로키산맥 기슭에 위치한 도시.

536

술이라면 앨버커키만한 도시가 없다. 주류 상점에 드라이브스루 윈도도 있다. 그래서 파자마를 입은 채로 술을 사러 나갈 수도 있다. 그러나 일요일에 술을 안 팔기는 앨버커키도 마찬가지다. 그래서 미리 계획해서 준비해두지 않으면, 누구에게 가야 와인쿨러 한 잔이라도 마실 수 있을까 궁리해야 하는 문제가 생길 수 있다.

이곳으로 오기 몇 년 전부터 맑은 정신으로 살았는데도 처음에는 좀 곤란을 겪었다. 백미러에 보이는 자동차가 경찰차인 줄 알고 나도 모르게 "아이고 이런!" 하고는 잠시 후에야 자동차 지붕 위의 스키걸이를 단 승용차란 걸 깨달은 적이 있다. 여기서 경찰차의 추적이나 경찰이 누구를 체포하는 건 보지 못했다. 몰에서 반바지 차림의 경찰이 벤&제리 냉동요구르트를 먹는 것이나 특별 기동 대원이 픽업트럭을 모는 건 본 적이 있다. 위장 전투복을 입고 커다란 마취 소총을 든 경찰 여섯 명이 새끼 곰을 쫓아 메이플턴가街 한복판을 달려가는 것도 보았다.

볼더는 분명 전국에서 가장 건강한 도시일 것이다. 대학생 동아리 파티에든 미식축구 경기장에든 술은 없다. 담배 피우는 사람도 없고 붉은 고기나 글레이즈 도넛을 먹는 사람도 없다. 밤길을 혼자 걸어도 괜찮고 문을 잠그지 않아도 된다. 이곳에는 갱도 없고 인종차별도 없다. 사실 다양한 인종이 살지도 않지만.

그 명청한 502. 심호흡에도 아랑곳없이 모든 옛 기억이 밀려들었다. 대학교 출근 첫날, 세이프웨이 사건, 샌안셀모에서 일어난 일, A와의 사이에서 벌어진 소동.

이제는 만사 평안하다. 나는 내 일과 직장 동료들을 좋아하고, 친구들은 좋은 사람들이고, 내가 살고 있는 사니타스산 기슭의 집은 근사하다. 오늘 뒤뜰 나무에 비단풍금조가 날아와 앉았다. 내가 키우는 고양이 코스

모는 양지에서 잠이 들어 새를 쫓지 않는다. 나는 요즈음 생활을 무척 고맙게 여긴다.

그러니 가끔 전부 망쳐버리고 싶은 악마적인 충동을 느낀다면 하나님께 용서를 빌어야 할 것이다. 그 오랜 세월 비참하게 살았는데도 내가 그런 생각을 한다는 것조차 믿을 수가 없다. 웡 순경이 나를 유치장이나 중독 치료 시설에 데려가던 그 시절.

정중한 사람. 우리는 웡을 그렇게 불렀다. 우리는 그 외의 순경들을 모두 돼지라고 불렀다. 돼지는 웡 순경에게 적용될 수 있는 말이 아니었다. 그는 정말 아주 좋은 사람이었다. 체계적이고 정중했다. 다른 순경들과는 달리 그와는 흔한 몸싸움조차 없었다. 그는 용의자를 자동차 옆에 밀어붙인 적도, 수갑을 비틀어 채운 적도 없었다. 그가 공들여 위빈 딱지를 쓰고 법적 권리를 말해주는 동안 언제까지고 그냥 그 자리에 서 있기만 하면 되었다. 수갑을 채울 때는 "죄송하지만"이라고 하고 순찰차에 태울 때는 "머리 조심하세요"라고 했다.

그는 근면하고 정직했다. 오클랜드 경찰의 예외적 인물이었다. 우리는 그런 순경이 있어서 운이 좋았다. 그때 그와 관련해서 있었던 한 작은 사건을 생각하면 지금도 참 남부끄럽다. 알코올중독자 갱생회에서 시키는 일 중 하나는 누군가에게 잘못한 것이 있으면 그것을 바로잡으라는 것이다. 나는 내가 바로잡을 수 있는 것은 대부분 다 했다고 생각한다. 웡 순경에게는 그러지 못했다. 나는 분명 웡에게 잘못했다.

당시 나는 오클랜드에 살았다. 앨커트래즈가와 텔레그래프가가 교차하는 곳의 그 청록색 건물. 화이트 호스 여인숙에서 쭉 내려오다 보면 세븐일레븐이 있는데, 거기서 길 건너편에 있는 알카텔 주류 상점 건물 2층의 큰 방이다.

세븐일레븐은 늙은 알코올중독자들의 집결지 같은 곳이다. 그들과 달리 나는 매일 일하러 갔지만 주말에는 여러 주류 상점에서 나와 마주친다. 블랙앤드화이트 주류 상점은 새벽 여섯 시에 문을 열 때를 기다리는 사람들로 줄이 길다. 세븐일레븐에서 일하는 잔학한 파키스탄인과 늦은 밤에 가격을 가지고 옥신각신하는 사람들.

그들은 모두 나와 친했다. "안녕하세요, 루 양?" 그들은 나에게 돈을 달랠 때가 있는데, 그러면 난 항상 돈을 준다. 나도 실직했을 때 여러 번 그들에게 손을 벌린 적이 있다. 그렇게 마주치는 사람들의 구성은 그들이 교도소에 가거나 병원에 입원하거나 사망함에 따라 변모했다. 그래도 바뀌지 않는 고정 멤버로는 에이스, 모, 리틀 리플, 더 챔프가 있었다. 이들 흑인 남자 네 명은 아침은 세븐일레븐에서 시간을 보냈고, 오후엔 에이스네 마당에 있는 바랜 옥색의 셰보레 코베어 승용차 안에서 낮잠을 자거나 술을 마셨다. 에이스의 아내 클라라는 집 안에서는 술과 담배를 금했다. 겨울이든 여름이든, 비가 오나 해가 뜨나, 그 네 사람은 그 차 안에서 시간을 보내곤 했다. 자동차 여행을 하는 어린아이들처럼 양손을 머리 뒤에 포개 대고 잠을 자거나, 초보 운전자처럼 앞을 똑바로 응시하고 앉아, 차가 지나가면 그 안에 탄 사람들이나 행인들에 대해 이러쿵저러쿵 한마디씩 하고 포트와인을 병째 돌려가며 마신다.

나는 퇴근길에 버스에서 내려 차 안에 있는 그들 앞을 지나가다 "안녕하세요?" 한다. 그러면 모가 "좋아요! 와인 있어요!" 하고, 에이스는 "아주 좋아요, 무스카텔* 와인 있어요!" 하곤 한다. 나의 고용주, 그 어리석은 닥터 B의 안부도 묻는다.

● 무스카텔 포도로 만들어 알코올을 보강한 단 와인.

"그놈의 직장은 그만둬요! 루 양이 마땅히 받아야 할 사회보장 급여를 받아요! 그리고 여기 앉아 우리와 함께 놀아요. 편안하게 시간이나 보내는 거죠. 직장 같은 건 필요 없다고요!"

언젠가 모는 나를 보고 안색이 안 좋다며 알코올중독 치료를 받을 필요가 있을지 모른다고 했다.

"알코올중독 치료?" 더 챔프가 콧방귀를 뀌었다. "그딴 건 절대로 하지 말아요. 알코올을 섭취해서 해결해야지! 암, 그렇고 말고!"

더 챔프는 키가 작고 뚱뚱하다. 파란색 양복에 깨끗한 흰 와이셔츠를 입고, 챙이 작고 납작한 중절모자를 썼다. 체인에 달린 금시계를 가지고 다니고 언제나 시가를 피웠다. 나머지 세 사람은 격자무늬 셔츠에 오버올을 입고 애슬레틱스 야구모자를 썼다.

어느 금요일, 나는 출근하지 않았다. 술을 많이 마셨던 것 같다. 아침에 내가 어디 갔다 왔는지는 모르겠지만, 집에 돌아왔을 때와 짐빔 한 병이 내 손에 들려 있던 건 기억이 난다. 길 건너 밴 뒤에 내 차를 주차하고 집에 올라와 잠이 들었다. 그런데 누군가 문을 시끄럽게 두드리는 소리에 잠을 깼다.

"문 여세요, 모런 씨. 윙 순경입니다."

나는 짐빔을 책장에 감추고 문을 열었다. "안녕하세요, 윙 순경. 무슨 일이죠?"

"마즈다 626 승용차 주인이시죠?"

"잘 아시면서."

"그 차 지금 어딨죠?"

"글쎄요, 이 안엔 없는데요."

"그 차 어디에 주차했어요?"

"저 윗길 교회 건너편에요." 기억이 잘 나지 않았다.

"다시 잘 생각해보세요."

"기억이 안 나요."

"창밖을 내다보세요. 뭐가 보이죠?"

"아무것도 없는데. 세븐일레븐. 공중전화. 주유소 연료 탱크."

"도로변 주차할 자리는요?"

"네! 놀라워라. 두 군데나 비다니! 참, 그렇지! 내가 저기에 주차했는데, 밴 뒤에."

"기어를 중립에 놓으셨어요, 주차 브레이크도 걸지 않았고. 그 앞의 밴이 차를 뺐는데, 모런 씨 차가 교통이 혼잡한 시간에 앨커트래즈가를 따라 내려갔어요. 그러다 다른 차선에 진입했지만 지나가는 차들을 들이받는 일은 간신히 피했죠. 그러고는 계속 내려가다 속도가 붙었고 급기야 보도로 올라가서 어떤 남자와 7의 아내, 유모차에 탄 아기를 칠 뻔했어요."

"그래서, 그래서 어떻게 됐어요?"

"어떻게 됐는지는 저랑 가보시면 압니다. 따라오세요."

"금방 나갈게요. 세수하고요."

"여기서 기다리겠습니다."

"뭐예요. 프라이버시 좀 지켜주세요, 순경 나리. 밖에서 기다려요."

나는 위스키를 한입 가득 들이켜고, 양치질을 하고 머리를 빗었다.

우리는 말없이 길을 따라 걸었다. 두 블록 긴 길을 걸었다. 젠장.

"생각해보면 참 기적 같아요, 내 마즈다가 뭘 들이받거나 누굴 치거나 하지 않았으니. 안 그래요, 웡 순경? 기적이라고요!"

"음, 그게, 뭘 들이받긴 했어요. 그때 그 차 안에 그 남자분들이 없었다는 게 기적이라면 기적이죠. 그들은 모런 씨의 마즈다가 내려오는 걸 보고 차에서 나왔어요."

내 차 앞쪽 귀퉁이가 셰보레 코베어의 철제 범퍼 오른쪽을 들이박은 채 있었다. 그 네 사람이 고개를 절래절래 흔들며 그 옆에 서 있었다. 더 챔프는 시가를 뻐끔거렸다.

"모런 씨가 타고 있지 않아서 정말 다행이에요." 모가 말했다. "내가 제일 처음 문을 열고 나갔죠. 그리고 '그 여자는 어딨지?' 했어요."

셰보레 범퍼와 문 한쪽이 움푹 찌그러졌다. 내 차는 범퍼가 박살나고 헤드라이트와 방향지시기 한쪽이 깨졌다.

에이스는 여전히 고개를 절래절래 흔들고 있었다. "보험이 있으셔야 힐 텐데요, 루실 씨. 이건 보기 드문 클래식 자동차인데 심각한 손상을 입었단 말이죠."

"걱정 말아요, 에이스. 보험 있어요. 되도록 빨리 견적서를 갖다주세요."

더 챔프가 세 친구에게 무언가 속삭였다. 그들은 미소를 감추려 했지만 뜻대로 되지 않았다. "우린 그냥 여기서 우리 일에 전념하고 있었을 뿐인데 이런 일이 생기다니! 주님을 찬양합시다!"

웡 순경은 내 자동차 번호와 에이스의 자동차 번호를 적고 있었다.

"이 차, 엔진은 있나요?" 그가 에이스에게 물었다.

"여기 이 차는 박물관에서 소장할 만한 가치가 있는 차요. 빈티지 모델이라고. 엔진 같은 건 필요 없어요."

"저, 그럼 일단 전 차를 뺄게요. 치지 않게들 비키세요." 내가 말했다.

"잠깐 기다리세요, 모런 씨." 웡 순경이 말했다. "딱지 끊어야 해요."

"딱지라뇨? 부끄러운 줄 아세요, 순경 나리!"

"이 여자분께 어떻게 딱지를 뗄 수 있단 말이오? 사고 당시 집에서 자고 있었는데!"

네 노인이 웡 순경을 빙 둘러싸자 그는 긴장했다.

"아니, 저, 저분은 무모한…… 무모한……." 웡 순경은 더듬거렸다.

"무모한 운전일 수는 없죠. 누가 차를 운전한 게 아니잖소!"

웡 순경은 무언가 생각해내려 애썼다. 그들은 투덜투덜 웅성웅성했다. "너무 심해. 부끄러운 줄 모르고. 죄 없는 납세자를. 혼자 사는 가엾은 여자를."

"술 냄새가 나는 건 확실해요." 웡 순경이 말했다.

"그건 나한테 나는 거요!" 네 명이 일제히 숨을 내쉬었다.

"말도 안 되지." 더 챔프가 말했다. "운전을 하지 않는데 어떻게 음주 운전 딱지를 떼나!"

"지당한 말!"

"누가 아니래."

웡 순경은 우리 모두를 둘러보았다. 의욕을 잃은 얼굴이었다. 순찰차 무전기가 꽥꽥 울렸다. 그는 재빨리 딱지 뭉치를 호주머니에 도로 집어넣고 돌아서 순찰차로 서둘러 가더니 사이렌을 켜고 출발했다.

얼마 지나지 않아 보험회사로부터 보험금 수표를 받았다. 나에게 보낸 것이지만 수표는 호레이쇼 터너 앞으로 되어 있었다. 내가 수표를 에이스에게 건네줄 때 네 사람 모두 차 안에 있었다. 1500달러짜리 수표였다.

그날 오후 나는 유일무이하게 그 오래된 차 안에 들어가 앉아보았다. 다른 쪽 문이 열리지 않기 때문에 나는 더 챔프 옆으로 미끄러지듯 타야 했다. 다른 쪽에는 리틀 리플이 있었다. 그들은 모두 갈로 포트와인을 마시고 있었지만 나에게 콜트 45 맥주 큰 통을 갖다주었다. 그들은 나와 건배했다. "우리의 루실 여사를 위하여!" 그 후로 나는 그 동네에서 루실*

여사로 통했다.

웡 순경과 관련해서 애석한 부분은, 그는 그해 봄과 여름 그 순찰 구역을 담당해야 했는데, 그 사고가 발생한 건 초봄이라서 아직도 많은 날을 앞두고 있었다는 점이다. 그는 매일 셰보레 코베어를 탄 그들 앞을 지나다녀야 했고, 그들은 그럴 때마다 웃으면서 그에게 손을 흔들었다.

물론 나는 그 일 이후로도 몇 번인가 불미스러운 일로 우연히 웡 순경과 마주쳤다.

● 미국 티브이 시트콤 〈내 사랑 루시〉의 루실 볼(Lucille Ball, 1911~1989)의 외모와 극중의 천방지축 캐릭터 때문일 것이다.

여기는 토요일

시내에서 카운티 교도소[*]까지는 만灣이 내려다보이는 언덕길을 따라 간다. 그 길가에는 가로수가 줄을 잇는다. 여기 들어오기 전 그 마지막 날 아침에는 어느 옛날 중국 풍경화처럼 안개가 자욱했다. 운송 차량의 바퀴와 와이퍼 소리만 났다. 다리에 찬 쇠사슬 소리도 간간이 들렸다. 중국의 어떤 전통 악기 같은 소리. 그러고 보니 주황색 점프슈트 차림의 죄수들은 티베트 수도승 같았다. 그들은 차의 움직임에 따라 일제히 같은 방향으로 흔들렸다. 누가 봐도 웃을 광경이다. 나도 웃었다. 나는 내가 그 버스에서 유일한 백인 남자란 것을, 그리고 이 승객들은 결코 달라이 라마 같지 않다는 것을 잘 알고 있었다. 그래도 아름다웠다. 나는 아마 그걸 아름답게 보는 나 자신이 어이없어서 웃었을 것이다. 가라데 키드가 내 웃음소리를 들었다. 노땅 채즈 머리에 물주머니가 생겼나 보네. 그들은 대부분 크랙 때문에 감옥에 가는 길인데, 아직 애들이다. 그들은 나에게는 시비를 걸지 않는다. 나를 그저 노땅 히피로 보는 것이다.

● 카운티 교도소에는 대개 1년 미만의 징역형을 사는 죄수들이나 재판 선고를 기다리는 죄수들이 수감된다.

처음 시아에 들어온 교도소는 굉장했다. 언덕길을 따라 한참 올라가다 보면 예기치 않은 계곡이 눈에 들어온다. 그 터는 원래 스페클스라는 백만장자가 여름 별장으로 쓰던 곳이다. 카운티 교도소를 둘러싼 들판은 프랑스의 성에 딸린 부지 같다. 그날은 수많은 일본 자두나무에 꽃이 만발했다. 마르멜로꽃도 피었다. 조금 더 가다 보니 수선화밭이 보였고 곧이어 붓꽃 들판이 펼쳐졌다.

교도소 앞쪽으로는 목초지가 펼쳐지는데, 그곳에 들소 떼가 있다. 60마리 정도다. 갓난 새끼가 벌써 여섯 마리나 생겼다. 당국에서는 무슨 이유에서인지 병든 들소들을 모두 이곳으로 보낸다. 수의사들은 그런 들소들을 치료하고 연구한다. 이 버스에서 누가 이 교도소에 처음 오는지는 그 광경을 보고 흥분하는 걸로 알 수 있다. "우아! 저게 대관절 뭐야! 우리한테 들소를 먹이는 거야 뭐야? 저 어미소들 좀 봐."

남자 교도소 건물, 여자 교도소 건물, 자동차 정비소, 온실. 사람은 없다, 집도 없다. 안개 속에 햇빛이 부옇게 비치는 태고의 대초원 속에 느닷없이 던져진 느낌이다. 들소들은 매주 블루버드* 버스를 보는데도 여전히 놀란다. 그러면 그들은 떼를 지어 푸른 언덕 저쪽으로 우르르 질주해 간다. 나는 사파리 관광객처럼 그 들판을 본다는 기대감을 갖고 있었다.

우리는 버스에서 내려 지하 유치장으로 들어가 입소 절차를 밟기 위해 기다렸다. 오래 기다린 끝에 또다시 엉덩이 검사를 받았다. "채즈, 웃지 마, 또." 가라데 키드가 말했다. 그는 CD가 '위반'으로 여기 들어와 있다고 알려주었다. 감옥의 언어는 스페인어 같다. 컵이 저절로 깨지는 것이

---

* 미국의 버스 제조업체. 주로 스쿨버스로 잘 알려져 있지만 경찰버스나 시내버스도 생산한다.

다. 우리는 가석방을 '위반'하면 안 되는데, 경찰은 우리의 인권을 '위반' 한다.

서니베일 갱이 칭크를 사살했다. 나는 처음 듣는 이야기였다. CD는 그의 형 칭크를 사랑한다는 걸 나는 알고 있었다. 칭크는 미션에서 악명 높은 딜러였다. 나는 놀랐다. "굉장하군."

"누가 아니래. 경찰이 왔을 땐 모두 도망친 다음이었어. CD가 칭크의 머리를 들고 앉아 있었을 뿐. CD의 혐의는 하나, 가석방 위반. 6개월 형. 아마 3개월 정도면 나갈 거야. 그러면 그 개자식들을 가만두지 않겠지."

나는 운이 좋아서 (전망은 없지만) 3층 방을 배정받았다. 싸가지 없는 어린 놈 둘, 내가 사회에서 알던 가라데, 나는 이렇게 세 명과 같은 방을 쓰게 되었다. 그 층에서 백인이라곤 나 말고 세 명뿐이었다. 그래서 나는 가라데 키드가 나와 같은 방인 게 반가웠다. 원래 2인실로 지었는데 보통 여섯 명을 집어넣는다. 아마 며칠 안에 두 명이 더 들어올 것이다. 키드는 무엇을 하든 시간만 나면 역기를 들기도 하고 발차기나 찌르기를 연습하곤 했다.

우리가 여기 왔을 때 교정 과장은 맥이었다. 그는 늘 알코올중독자 갱생회에서 하는 소리를 내게 지껄인다. 그는 내가 글쓰기를 좋아한다는 걸 알고 내게 공책과 펜을 주면서, 무단침입과 절도로 들어왔으니 한동안 여기에 있을 것이라고 했다. "이번엔 4단계까지 가야지, 채즈." 그건 갱생회에서 자신의 모든 잘못을 시인하는 단계다.

"공책을 열 권은 더 갖다주셔야 할걸요." 내가 그에게 말했다.

교도소에 대한 건 어떤 말이나 진부하다. 굴욕, 기다림, 잔인, 악취, 음식, 끝없는 순환. 귀청이 찢어질 듯한 끊임없는 소리는 말로 표현할 길이 없다.

*

나는 이틀 동안 심한 떨림섬망을 겪었다. 하루는 밤에 발작을 일으켰음에 틀림없다. 아니면 내가 잠잘 때 수감자들이 나를 집단 폭행했거나. 입술이 찢어지고 이가 몇 개 깨지고 온몸에 시퍼런 멍이 들었다. 의무실에 가려고 했지만 교도관들이 허락하지 않았다.

"이 고생을 또 하고 안 하고는 자네에게 달렸어." 맥이 말했다.

그들은 최소한 내가 내 침대에 누워 앓는 건 허락했다. CD는 다른 층에 있었지만 운동 시간에 교도소 운동장에서 그를 볼 수 있었다. 다른 녀석들과 모여 담배를 피우는 그는 그들이 웃어도 무언가에 귀를 기울이는 듯했다. 그러나 그는 대개는 혼자 이리저리 걸어다녔다.

어떤 사람들이 가진 영향력은 참으로 기이하다. 사회의 가장 야비한 여자 포주들도 그에게는 경의를 표했다. 그가 지나가면 그들은 뒤로 물러선다. 그는 자기 형처럼 거구는 아니지만 힘은 그에 못지않게 세고 침착하다. 그들의 어머니는 중국인이고 아버지는 흑인이다. CD는 머리를 한 가닥으로 땋았다. 피부색은 세피아색으로 변한 사진 같기도 하고 우유를 탄 홍차 같기도 해서 이 세상 사람 같지 않았다.

내 눈에는 어떤 때는 마사이족 전사 같고 또 어떤 때는 불상이나 마야족의 신상神像 같아 보인다. 그는 미동도 없이 눈도 깜박이지 않고 반 시간쯤 가만히 서 있기도 한다. 그에게는 신상처럼 잔잔하고 무심한 데가 있다. 내가 이렇게 말하는 게 광신자나 호모처럼 들릴지 모르겠다. 아무튼 그는 모든 사람에게 그런 인상을 준다.

나는 그를 카운티 교도소에서 처음 만났다. 그가 열여덟 살 되던 해였다. 나도 그렇지만 그도 교도소는 그때가 처음이었다. CD는 나를 통해 책에 흥미를 갖게 되었다. 그가 처음으로 언어에 깊은 관심을 가진 건 스티븐 크레인의 『오픈 보트』를 읽고부터였다. 매주 도서관에서 나오면 우리는 다 읽은 책을 주고 다른 책을 빌렸다.

이 안에서 라틴계는 정교한 수화를 사용한다. 나와 CD는 책으로 말하기 시작했다. 『죄와 벌』, 『이방인』, 엘모어 레너드.* 그와 다음번에 같은 시기에 수감되었을 때는 내가 그를 통해 다른 작가들을 알게 되었다.

사회에서 가끔 그와 마주치는 경우가 있었다. 그러면 그는 항상 나에게 돈을 주곤 했다. 그러면 어색하긴 했지만 나는 어차피 구걸하고 돌아다니는 신세이므로 거절하는 법이 없었다. 우리는 버스 정류장 벤치에 앉아 이야기를 나누기도 했다. CD는 이제 나보다 책을 더 많이 읽었다. 그는 스물두 살이다. 나는 서른두 살이지만 사람들은 언제나 내 나이를 훨씬 더 많게 본다. 마음은 아직 열여섯인데. 나는 그렇게 이른 나이에 술을 많이 마시기 시작했다. 그러다 보니 내가 알지도 못하는 사이에 세상에 많은 일이 일어났다. 워터게이트 사건이 일어난 줄도 몰랐다. 하지만 그건 얼마나 다행인지 모른다. 난 여전히 히피처럼 'groovy'와 'what a trip'** 같은 말을 쓴다.

윌리 클램턴이 내 방 철창을 두드려 나를 깨웠다. 그와 같은 층 수감자들이 마당에 나갔다 들어왔을 때였다. "이봐, 채즈, 별일 없지? CD가 큰 집에 돌아온 걸 환영한다고 전해달래."

---

* Elmore Leonard (1925~2013). 미국의 소설가. 주로 범죄소설로 잘 알려져 있다.
** groovy는 '멋진', '매력적인'이라는 뜻으로 1960년대에 유행한 단어다. (카운티 교도소에 대한 서술을 보면 이 이야기의 배경은 1980년대로 보인다.) what a trip은 히피 문화의 특징인 LSD와 같은 마약에 도취된 경험을 가리킬 때 쓰던 말이다. 대략 '굉장한 경험이었어'라는 뜻이다.

"여, 윌리, 잘 있었어?"

"그래. 난 〈솔 트레인〉* 두 번 정도 보고 나면 출소야. 너희도 글쓰기반에 들어와. 이제 품성반도 생겼어. 음악, 도예, 연극, 그림 같은 걸 하지. 여자 교도소에서도 와서 합반하기도 해. 야, 키드와 딕시도 그 반에 있어. 정말이야."

"그럴 리가. 근데 딕시는 왜 여기 들어왔대?"

가라데 키드는 딕시의 뚜쟁이 노릇을 했었다. 그녀는 이제 자신만의 페미니스트 조직을 운영했다. 유명 변호사와 카운티 행정관에게 여자와 코카인을 조달하는 사업이었다. 그녀는 무엇으로 들어왔든 조만간 석방될 것이다. 나이는 마흔쯤 됐지만 보기엔 아직도 근사했다. 사회에서는 누구에게나 니만 마커스 백화점의 구매 담당처럼 보일 것이다. 사회에서 그녀는 나를 봐도 아는체하지 않았지만 항상 5달러나 10달러를 주고는 싱긋 웃어 보였다. "여보게, 젊은이, 이걸로 영양가 있는 아침이나 사 먹게."

"그래 넌 무슨 글을 써?"

"단편소설, 랩도 쓰고 시도 쓰고. 내 시 좀 들어봐.

경찰차 줄줄이 달려가네
그들은 신경 안 써
흑인이 흑인한테 그런 거니까

그리고

* Soul Train. 미국의 음악 버라이어티 쇼로 1971년부터 2006년까지 주 1회 방송되었다.

담배 하나 주고
젖은 LSD 각설탕 둘을 얻으면
성공이지."

가라데 키즈와 나는 웃었다.
"그래, 웃어라 웃어, 개새끼들. 너희가 이건 아나 보자."
그리고 윌리, 그는 셰익스피어의 소네트를 암송했다. 정말이다. 그의
저음 목소리가 광기 충만한 감옥의 소음을 압도했다.
"'그대를 여름날과 비교할까? 그대는 더 아름답고 온화한데……' 선생
님은 나이 많은 백인이야. 우리 할머니만큼이나 나이가 많지만 멋있어.
페라가모 부츠. 첫날엔 코코 샤넬 향수를 뿌리고 왔던걸. 내가 그게 어떤
향수인지 알아맞히니까 믿을 수 없어하더라구. 난 향수를 냄새로 다 알아
맞히거든. 오피엄, 이사티스, 조이. 내가 못 맞힌 건 단 하나, 플뢰르 드 로
카이유뿐이지."
윌리는 그걸 정확히 발음한 것 같았다. 윌리와 플뢰르 드 로카이유의
조합 때문에 가라데 키즈와 나는 박장대소했다.
사실 교도소에서 많이 듣는 소리가 웃음이다.
이곳은 전형적인 교도소가 아니다. 나는 산타리타, 바카빌 같은 전형적
인 교도소에 있어봤다. 그러고 보면 내가 아직 살아 있는 건 기적이다. 이
곳, 카운티 3번 교도소는 〈추적 60분〉에서도 혁신적인 감옥으로 다뤄진
바 있다. 컴퓨터 교육, 자동차 정비, 인쇄. 이름난 원예 학교. 이곳에서는
셰 파니스, 스타스 외 여러 음식점에 채소를 공급한다. 내가 고졸 학력인
증서를 취득한 곳이기도 하다.
빙엄 교도소장은 특출난 사람이다. 우선 그는 전과자다. 자기 아버지를

살해한 죄로 중형을 살았다. 형기를 마치고 나온 그는 교도소 체제를 바꿔보겠다고 법학대학원에 진학했다. 감옥이 어떤 곳인지 아는 사람이다.

요즘 같으면 부모의 학대에 따른 자기방어를 주장하고 형을 살지 않을 것이다. 그뿐인가 젠장, 1급 살인죄도 간단히 벗을 수 있을 것이다. 배심원단한테 엄마 이야기를 하는 것이다. 아버지 이야기까지 하면 내가 그 흉악한 조디악 살인범*이 안 된 게 신기하다고들 할 것이다.

이 건물 옆에 새 교도소가 건설될 것이다. 지금 이 교도소는 바깥세상과 똑같다고 빙엄 소장은 말한다. 권력 구조나 태도도 똑같고, 잔인하고 마약이 있는 것도 똑같다고 한다. 그러나 새로 지을 교도소는 그 모든 걸 바꾸어놓을 것이다. 두 번 다시는 들어오고 싶지 않을 곳이 될 거라고 한다. 까놓고 말해서, 너희는 마음 한구석으로 여기 들어오고 싶어서 오잖아, 휴식을 취하려고, 라는 것이다.

CD를 보려고 글쓰기반에 들어가겠다고 신청했다. 베빈스 선생님은 CD가 내 이야기를 한 적이 있다고 했다.

"저 중독자 이야기를? 그럼 내 이야기는 넘치게 들으셨겠군요. 저는 가라데 키드입니다. 제가 선생님에게 웃음을 드리겠습니다. 걸음걸이를 경쾌하게 해드릴게요. 미끄러지듯 활보하게 해드리겠습니다."

제롬 워싱턴이라는 작가는 이런 식으로 백인에게 비굴하게 구는 언행에 대한 글을 썼다. 백인에게 헛소리를 지껄이는 것. "내 양쪽 신발 안에 돈이 있다면 난 부자가 될 겁니다"와 같은 말들. 맞다, 우리 백인들은 그런 말 듣는 걸 즐긴다. 선생님은 웃고 있었다. "저 사람은 그냥 무시하세

---

* Zodiac Killer. 1960~1970년대 미국 캘리포니아주 주민들을 두려움에 떨게 한 연쇄살인범. 아직까지도 미제 사건으로 남아 있다.

요." 딕시가 말했다. "구제 불능이거든요."

"안 돼, 엄마. 날 마음껏 격려해줘."

베빈스 선생님은 다른 사람들이 자신이 쓴 글을 소리 내어 읽는 동안 가라데 키즈와 나에게 설문지를 주고 쓰도록 했다. 우리의 교육 정도와 전과를 알아보려는 것인 줄 알았는데, 질문은 "당신이 생각하는 이상적인 방을 묘사해보십시오", "당신은 나무 그루터기입니다. 나무 그루터기로서의 당신을 묘사해보십시오" 같은 것들이었다.

우리는 대답을 열심히 갈겨썼다. 나는 그러면서 마커스가 자기 글을 읽는 소리에 귀를 기울였다. 마커스는 잔인한 놈이다. 인디언인 데다 흉악범이다. 그래도 이야기 하나는 재미있게 썼다. 아버지가 남부의 무식한 백인 노동자들에게 흠씬 두들겨 맞는 것을 지켜보는 어린아이에 대한 글이었다. 제목은 '나는 어떻게 체로키가 되었나'였다.

"좋은 이야기군요." 그녀가 말했다.

"이 이야기는 좆같아. 내가 처음에 이걸 어디선가 읽었을 때부터 좆같았어. 난 아버지를 몰라. 난 이게 당신 같은 사람들이 우리한테서 원하는 개소리라고 생각했지. 당신 같은 사람들은 사회의 불운한 피해자인 우리의 감정을 알게 도와주는 자신들의 모습에 도취해서 쾌감을 느끼며 질질 싸겠지."

"난 여러분 감정엔 눈곱만큼도 관심 없어요. 난 글쓰기를 가르치러 온 겁니다. 사실 거짓말하면서도 진실을 말할 수 있어요. 이 이야기는 출처가 어디든 잘 쓴 글이고 진실처럼 들리죠."

그녀는 말하면서 문 쪽으로 뒷걸음쳤다. "난 피해자가 싫어요. 확실히 당신의 피해자가 되고 싶진 않군요." 그녀는 문을 열고 교도관에게 마커스를 데려가라고 했다.

"이 수업이 제대로 된다면 우리는 서로를 신뢰하게 될 겁니다." 그녀는 가라데와 나에게 이번 과제는 아픔에 관한 작문이었다고 말해주었다. "이번엔 CD가 읽어보세요."

CD가 자기 글을 다 읽었을 때 베빈스 선생님과 나는 서로 마주 보고 빙긋 웃었다. CD도 웃었다. 나는 그가 이까지 조금 드러내고 진짜 빙그레 웃는 건 처음 봤다. 그의 이야기는 노스비치에 있는 어느 고물상 진열창을 들여다보는 청년과 소녀에 관한 것이었다. 그들은 그 안의 물건들에 관해 대화를 나눈다. 오래된 어떤 신부 사진, 아주 작은 신발, 수놓은 베개.

소녀의 가는 손목, 이마의 푸른 핏줄, 소녀의 아름다움과 순수 등 CD가 소녀를 묘사한 방식은 감동적이었다. 킴은 울고 있었다. 킴은 텐더로인*의 어린 창녀였다. 성깔이 지랄맞은 쪼그만 년이었다.

"그래, 좋긴 한데, 그건 아픔에 대한 이야기가 아니잖아." 윌리가 말했다.

"난 아픔을 느꼈어." 킴이 말했다.

"나도." 딕시가 말했다. "누가 날 그런 눈으로 봐준다면 난 무슨 짓이든다 할 거야."

모두 논쟁에 참여했다. 그건 아픔이 아니라 행복이라면서.

"그건 사랑에 관한 거야." 대런이 말했다.

"사랑이라니, 말도 안 돼. 남자가 여자를 건드리지도 않잖아."

베빈스 선생님은 죽은 사람들의 기념물들에 주목하라고 했다. "석양이 유리창을 비추고 있어요. 모든 비유가 인생과 사랑의 허무함을 가리키고

* 샌프란시스코에서 오랜 세월 술집, 식당, 극장, 각종 범죄, 아편굴, 매춘으로 악명 높은 지역.

있잖아요. 소녀의 가는 손목. 고통은 행복이 오래가지 않을 거라고 의식하는 데에 있어요."

"그래." 윌리가 말했다. "다만 이 이야기에서 남자는 여자를 새것으로 접붙일 거야."

"뭐라고? 이 깜둥이 새끼가!"

"그건 셰익스피어가 한 말이죠. 붉은 수액으로 접붙이는 거. 예술이란 바로 그런 거예요. 예술은 그의 행복을 동결시켜주는 역할을 해요. 그래서 CD는 어떤 과거든 다시 불러낼 수 있는 거죠. 나중에 그냥 그 이야기를 읽기만 하면 되는 거예요."

"네, 하지만 그거에 씹할 순 없죠."

"바로 그거예요, 윌리. 이 반은 내가 가르친 다른 어떤 반 학생들보다 단연 이해력이 좋군요." 그리고 베빈스 선생님은 다른 어느 날은 범죄자의 사고방식과 시인의 사고방식이 별로 다르지 않다고 했다. "그건 현실개선의 문제, 우리 자신만의 진실을 창출하는 문제죠. 여러분은 세부 사항에 대한 안목이 있어요. 어디든 가면 10분 안에 그곳에 있는 모든 물건과 사람을 싹 다 파악하잖아요. 거짓말 냄새도 맡을 수 있고."

수업은 한 번 할 때 네 시간 동안 계속되었다. 우리는 작문하면서 이야기도 하고, 중간중간에 우리가 쓴 걸 소리 내어 읽기도 하고, 선생님이 읽어주는 걸 듣기도 했다. 혼잣말하기도 하고, 선생님에게 말하기도 하고, 우리끼리 떠들기도 했다. 샤바스는 이 수업이 어렸을 때 다니던 주일학교 같다고 했다. 예수님 그림에 색칠을 하면서 두런두런 이야기도 하는 게 똑같다면서. 그의 시는 성경의 아가서와 랩을 버무린 것 같았다.

글쓰기반은 나와 가라데 키드의 우정을 바꿔놓았다. 우리는 매일 밤 우리 방에서 서로의 이야기를 읽었다. 교대로 책을 읽어주기도 했다. 볼

드윈의 「소니의 블루스」, 체호프의 「졸음」.

나는 그다음 수업부터는 자의식을 느끼지 않았다. '나의 그루터기'를 읽고부터였다. 나의 그루터기는 다 타버린 숲에 단 하나 남은 것이었다. 그것은 시커멓게 타 죽었다. 숯으로 변한 그루터기가 바람에 부서져 조각조각 떨어져나갔다.

"이 이야기는 무엇에 관한 걸까요?" 선생님이 물었다.

"임상우울증." 대런이 말했다.

"마약에 찌든 무슨 시시껄렁한 히피 이야기로군." 윌리가 말했다.

"신체에 대한 비유가 아주 유치해." 딕시는 웃으면서 말했다.

"좋은 글인데." CD가 말했다. "난 모든 게 얼마나 황량하고 절망적인지 정말 느껴졌어."

"맞아요." 베빈스 선생님이 말했다. "글을 쓸 때는 항상 '진실을 말하라'고들 하죠. 그런데 사실 거짓말하기가 어려워요. 그루터기…… 라는 이번 과제가 좀 우스꽝스럽긴 하죠. 하지만 이 글은 깊이 느껴져요. 아프고 지친 알코올중독자가 보여요. 이 그루터기는 내가 술을 끊기 전의 나를 묘사하는 것 같아요."

"얼마나 오래 술을 안 마신 뒤에야 자신이 달라진 느낌이 들었어요?" 라는 내 물음에 그녀는 그건 역으로 작용한다고 했다. 먼저 자신은 가망이 없다는 생각을 버려야 비로소 술을 끊을 수 있다는 것이었다.

"워워." 대런이 말했다. "내가 이딴 시답잖은 소리나 들으려면 갱생회에 가지 여기 안 와요."

"미안해요." 베빈스 선생님이 말했다. "하지만 한 가지만 부탁할게요. 내가 지금 하는 질문에 소리 내지 말고 마음속으로만 대답해요. 여러분 모두 <u>스스로</u> 한번 물어보세요. 마지막으로, 아니면 여태까지 무슨 혐의로

든 체포됐을 때…… 그때 마약이나 술에 취해 있었어요?" 침묵. 딱 걸렸다. 우리는 모두 웃었다. 드와이트는 "그 음주 운전 퇴치 운동 학부모 단체 MADD 알죠? 우리는 우리대로 DAM이라는 단체가 있어요. 학부모 퇴치 주정뱅이 연합."

월리는 내가 그곳에 들어가고 2주 후에 출소했다. 그를 보내게 돼서 섭섭했다. 여자 둘이 한판 붙어서 글쓰기반 여자는 딕시와 킴, 케이시만 남았다. 사내는 여섯이 남았다. 비 드 라 랑제가 월리의 빈자리를 채웠을 때 다시 일곱 명이 되었다. 여드름이 나고 못생기고 작은 복장도착자로 머리는 금발로 염색했지만 뿌리에 흑발이 보였다. 식빵 봉지에 끼우는 플라스틱 클립을 코걸이로 달고 양쪽 귀에는 스무 개 정도 연결해서 달았다. 대런과 드와이트는 그를 죽일 듯이 쳐다보았다. 그는 시를 썼다고 했다. "하나만 크게 읽어보세요."

여장 파티와 헤로인이 결합된 세계에 대한 관능적이고 난폭한 환상이었다. 그가 시를 다 읽었을 때 모두 잠잠했다. 마침내 CD가 입을 열었다. "그거 굉장히 강렬한데. 다른 것도 좀 읽어봐." 이 말은 CD가 모두에게 그를 받아들이는 것을 허락한다는 뜻이었다. 비는 곧바로 날아갈 듯 신이 났고 다음 수업에는 편하게 행동했다. 자기 말을 들어주는 사람이 있다는 것이 그에게 얼마나 중요했는지 알 수 있었다. 하긴 뭐, 그건 나도 마찬가지였다. 나는 용기를 내서 내가 키우던 개가 죽은 일에 대해 쓴 적이 있다. 나는 그걸 읽으면서 웃으려면 웃으라지 하는 심정이었는데, 아무도 웃지 않았다.

킴은 쓰는 양이 그리 많지 않았다. 자기가 낳은 아기를 빼앗긴 일에 대한 회한을 나타내는 시는 많이 썼다. 딕시는 '매춘은 매우 즐거워'라는 주제로 냉소적인 글을 썼다. 케이시는 헤로인 중독에 관해 환상적인 글을 썼다. 나는 그녀의 글에 실로 감명을 받았다. 여기에 온 녀석들은 대부분 크랙을 팔았지만 직접 크랙을 하거나, 오랜 세월에 걸쳐 자발적으로 지옥을 드나들다가 결국 어떻게 되는지 알기에는 아직 너무 어렸다. 베빈스 선생님은 그게 어떤 건지 잘 알고 있었다. 그녀는 그 경험에 대해 많은 얘기를 하지는 않았지만, 크랙을 끊은 게 훌륭해 보이게 할 만큼은 언급했다.

우리는 모두 제가끔 잘 쓴 글들이 있었다. "그거 아주 좋아요!" 한번은 베빈스 선생님이 가라데 키즈에게 말했다. "매주 솜씨가 늘고 있어요."

"거짓말 아니죠? 그럼, 선생님, 내가 CD만큼 잘 써요?"

"글쓰기는 경기가 아니에요. 여러분은 매번 더 잘 쓰려고 노력하기만 하면 돼요."

"하지만 CD는 선생님의 총애를 받잖아요."

"나는 아무도 총애하지 않아요. 난 아들이 넷 있는데, 그 아이들에 대한 느낌은 다 달라요. 여러분의 경우도 마찬가지예요."

"하지만 우리한텐 학교에 가라고, 장학금을 받으라고 하지 않잖아요. CD한테는 자꾸 다른 인생을 살라고 하면서."

"선생님은 우리 모두한테 그러셔." 내가 말했다. "딕시만 빼고. 하긴 딕시는 좀 애매하긴 하지. 근데 혹시 알아? 나도 술을 끊을지. 아무튼 CD가 제일 잘 써. 우리 모두 아는 사실이잖아. 여기 온 첫날 운동장에서 CD를 봤는데 말이야, 그때 내가 무슨 생각을 한 줄 알아? 신상 같다는 생각을 했어."

"신상은 몰라도, 스타 자질이 있긴 하지. 선생님, 안 그래요?" 딕시가 말했다.

"그만들 해." CD가 말했다.

베빈스 선생님이 빙긋 웃었다. "좋아요, 인정해요. 나는 어떤 선생이든 간혹 이런 걸 본다고 생각해요. 단순히 지능이나 재능이 아니라 고귀한 영혼 같은 것. 마음만 먹으면 무엇이든 잘할 수 있는 자질."

우리는 모두 말이 없었다. 모두 그녀의 말에 공감했던 것 같다. 하지만 우리는 그녀가 딱하다고 생각했다. CD가 진정 하고 싶어하고, 계획하고 있는 일이 무엇인지 알고 있었기 때문이다.

우리는 다시 우리가 하던 일로 돌아갔다. 우리의 글을 모아 만드는 잡지에 넣을 것을 고르는 작업이었다. 선생님은 그것을 교도소 인쇄반에 맡겨 조판, 인쇄할 생각이었다.

선생님과 딕시는 서로 이야기하며 웃었다. 그들은 잡담하기를 좋아했다. 지금은 교정 과장들을 평가하고 있었다. "그 작자는 잘 때도 양말을 벗지 않을 타입이에요." 딕시가 말했다. "그렇죠. 밥 먹기 전에 양치질하고."

"산문이 더 필요해요. 이 숙제는 다음 주에 마저 해결하도록 합시다. 각자 뭘 쓸 건가 생각해봐요." 선생님은 레이먼드 챈들러의 창작 수첩에서 제목을 몇 개 발췌한 것을 복사해서 나누어주었다. 우리는 각자 그중에서 택일해야 했다. 나는 '우리는 모두 앨을 좋아했다'를 선택했다. 케이시는 '웃기엔 너무 늦었다', CD는 '여기는 토요일'을 마음에 들어했다. "사실 우리 잡지 제목을 이걸로 정해야 하는데 말이야."

"그건 안 돼." 킴이 말했다. "우리가 윌리한테 윌리의 '고양이 눈으로'라는 제목을 쓴다고 약속했잖아."

"좋아요, 여러분. 사람이 죽는 걸로 결론이 나는 이야기로 두세 쪽을 채울 수 있나 보세요. 실제 시체를 보이면 안 돼요. 사람이 죽을 거라는 말을 직접 하면 안 돼요. 사람이 죽을 것이란 걸 우리가 짐작할 수 있는 정도로 이야기를 끝내는 거예요. 알겠죠?"

"알겠습니다."

"시간 됐습니다." 교도관이 문을 열고 말했다. "이리 와봐, 비." 여자교 도관은 그를 올려 보내기 전에 그에게 향수를 흠뻑 뿌렸다. 동성애자 층 은 매우 비참했다. 절반은 노쇠한 알코올중독자들이고 나머지는 동성애 자들이었다.

내가 쓴 근사한 이야기는 잡지에 실렸고, 나는 그걸 읽고 또 읽었다. 그 것은 나의 가장 친한 친구 앨에 관한 이야기였다. 그는 죽었다. 다만 선생 님은 내가 숙제를 제대로 하지 않았다고 했다. 나에 관한 이야기인 데다 집주인이 앨의 시체를 발견했다는 걸 썼기 때문이다.

킴과 케이시는 똑같이 잔혹한 이야기를 썼다. 킴은 아버지에게 두들겨 맞은 일에 대해 썼고, 케이시는 가학적인 사내놈에 관한 글을 썼다. 그들 이 그들을 살해하는 걸로 이야기를 마치리란 건 그걸 다 읽지 않아도 알 수 있었다. 딕시는 독방에 들어간 여자에 관한 훌륭한 이야기를 썼다. 심 한 천식 발작을 일으키지만 아무도 그 소리를 듣지 못한다. 그때의 공포 와 칠흑 같은 어둠. 그러다 지진이 난다. 끝.

감옥에 있을 때 지진이 나면 어떨지 상상이 안 된다.

CD는 자기 형에 대해 썼다. CD가 쓴 이야기들은 대부분 그들의 어린 시절에 관한 것이었다. 다른 위탁 가정에 들어가 서로 연락이 닿지 않은 채 살았던 몇 년의 세월. 결국 그들은 레노에서 우연히 만났다. 이번에 쓴 건 서니베일 지역에서 일어난 이야기였다. 그는 차분한 목소리로 읽 었다. 우리는 아무도 움직이지 않았다. 칭크가 죽음에 이르는 오후와 저 녁 시간에 관한 것이었다. 세부 묘사는 두 갱단의 회합에 관한 것이었다. 이야기는 우지 기관단총이 발사되고 CD가 길모퉁이를 돌아오는 것으로 끝났다.

내 팔뚝의 털 끝이 쭈뼛쭈뼛 솟았다. 베빈스 선생님은 안색이 창백해졌다. 선생님은 CD의 형이 죽었다는 것을 모르고 있었다. 그 이야기에 그게 CD의 형이라는 것을 알려주는 단서는 없었다. 그만큼 그 이야기는 훌륭했다. 어렴풋이 빛을 발하며 팽팽한 긴장을 느끼게 하는 그 이야기의 결말은 하나밖에 있을 수 없을 것 같았다. 방 안 전체에 무거운 침묵이 깔렸다. 마침내 샤바스가 입을 열었다. "아멘." 교도관이 문을 열었다. "시간 됐습니다." 다른 교도관들은 우리가 줄지어 나가는 동안 여자들을 데려가기 위해 기다렸다.

CD는 마지막 수업 이틀 뒤면 출소하는 날이었다. 잡지는 마지막 수업에 맞춰 나올 것이며, 그때 전체 파티가 열릴 예정이었다. 재소자들의 그림 전시와 음악 연주. 케이시, CD, 샤바스는 낭독자로 정해졌다. 모두 《고양이 눈으로》를 받을 것이다.

우리는 모두 잡지 생각에 들떴지만 막상 그것을 받았을 때의 기분, 우리의 글이 활자로 박힌 걸 보는 기분이 어떨지는 아무도 알 수 없었다. "CD는 어디 있죠?" 선생님이 물었다. 우리는 알지 못했다. 그녀는 모두에게 20부씩 주었다. 우리는 잡지를 받아 크게 소리 내어 읽으며 서로 칭찬해주었다. 그리고 모두 자기 자리에 앉아 자신의 글을 읽고 또 읽었다.

파티 때문에 수업 시간이 단축되었다. 교정 과장 여러 명이 들어와서 우리 방과 미술반 사이의 문을 활짝 열었다. 우리는 식탁 놓는 일을 도왔다. 한쪽에 쌓아둔 잡지가 멋져 보였다. 보라색 식탁보 위의 초록색 잡지. 원예반 재소자들이 커다란 화환을 만들어 왔다. 미술반원들의 그림들이 벽에 걸리고 조각 작품들은 받침대 위에 전시되었다. 밴드 한 팀이 연주 준비를 했다.

먼저 한 밴드가 연주하고, 우리 글쓰기반의 낭독 순서에 이어 다른 밴드가 연주했다. 낭독은 잘 진행되었고 음악도 근사했다. 취사반에서 음식과 음료수를 가져오자 모두 줄을 섰다. 교도관 수십 명이 지키고 있었지만 그들도 모두 그 시간을 즐기는 듯했다. 빙엄 소장도 왔다. CD만 참석하지 않았다.

베빈스 선생님은 빙엄 소장과 무슨 이야기를 하고 있었다 그는 상당히 멋있다. 그가 고개를 끄덕여 교도관을 불렀다. 선생님이 CD 방에 가보도록 허락했다는 것을 나는 알았다.

선생님은 그 모든 계단과 잠긴 철문 여섯 개를 통과해야 하는데도 금방 돌아왔다. 그녀는 병자처럼 힘없는 얼굴로 의자에 앉았다. 나는 펩시콜라 한 캔을 가져다주었다.

"CD하고 말 좀 해보셨어요?"

그녀는 고개를 가로저었다. "담요를 뒤집어쓰고 누워 있었어요. 내가 아무리 말해도 응답이 없고. 철창 사이로 잡지를 넣어주긴 했는데. 저 위, 끔찍하더군요, 채즈. CD의 방 창문은 깨져 있고 그 사이로 비가 들이치고. 그 악취. 감방들은 굉장히 작고 어둡고."

"뭘요, 지금은 저 위가 천국이라고요. 아무도 없으니까. 그 방에 여섯 명씩 들어가 있다고 생각해보세요."

"5분 남았습니다!"

딕시와 킴과 케이시는 선생님과 포옹하며 작별 인사를 나눴다. 남자들은 아무도 작별 인사를 하지 않았다. 나는 선생님을 바라보지도 않았다. "건강하게 지내요, 채즈."

나는 방금 내가 그 마지막 과제를 다시 쓰고 있다는 걸 깨달았다. 하지만 아직도 지시 사항을 제대로 이행하지 못하고 시체 이야기를 꺼낸다. CD는 카운티 교도소에서 나간 날 살해당했다고.

B. F.와 나

나는 처음부터 그가 마음에 들었다. 전화로 말을 나눴을 뿐인데. 느릿하고 쉰 듯하고, 웃음과 섹스를 머금은 목소리. 이만하면 무슨 말인지 아는 사람은 알 것이다. 그런데 우리는 어떻게 목소리로 상대방의 마음을 읽을 수 있는 걸까? 전화 회사의 안내 담당 여자는 주제넘고 좀 건방진 데가 있다고 느껴진다. 실제로 보지 못한 인물인데 그렇다. 케이블 티브이 외판원은 우리가 중요한 고객이라면서 우리에게 기쁨을 선사하고 싶단다. 하지만 우리는 그의 목소리에서 비웃음을 읽어낼 수 있다.

　나는 병원에서 교환원으로 일한 적이 있다. 온종일 얼굴도 모르는 의사들을 상대한다. 우리는 각자 좋아하는 의사와 못 견디게 싫은 의사가 최소한 한 명은 있다. 우리는 누구도 닥터 라이트를 본 적이 없는데 그의 목소리가 매우 부드럽고 근사해서 모두 그와 사랑에 빠졌다.

　우리는 그를 호출하는 삐삐를 넣고 나서 교환대에 각자 1달러를 놓고는 전화벨이 울리면 달려가서 먼저 받는 쪽이 돈을 따는 내기를 하곤 했다. 그리고 전화를 받으면 이렇게 말하곤 했다. "안녕하세요, 라이트 선생님. 중환자실에서 선생님 찾습니다." 닥터 라이트를 실제로는 보지 못했다. 하지만 나는 응급실에서 일하게 되면서 내가 목소리로만 알던 다른 의사들의 얼굴을 알게 되었다. 그들은 우리가 목소리로만 상상하던 그대로였다. 가장 좋은 의사들은 삐삐 호출에 바로 응답하고 의사 전달이 분명하고 정중하다. 최악은 우리에게 곧잘 소리를 지르고 "교환원은 장애자만 뽑나?"와 같은 말을 했다. 이들은 자기들이 봐야 할 환자들을 응급실 의사들에게 보게 하고, 저소득층 의료보험 환자들은 카운티 병원으로 보냈다. 놀랍게도 섹시한 목소리를 가진 이들은 실제로도 섹시했다. 그런데 안타깝게도 나는 금방 잠을 깬 듯한 목소리나 잠자고 싶어하는 목소리를 묘사할 수 없다. 톰 행크스의 목소리를 들어보라. 안 들은 걸로 하자. 그럼 이번엔 하비 케이틀. 하비 케이틀이 섹시하다고 생각되지 않으면 눈을 감고 그 목소리를 들어보라.

나로 말하자면 목소리는 정말 듣기 좋은데 강한 여자인 데다 못되기까지 하다. 그런데도 사람들은 목소리만 들으면 나를 상냥한 여자로 안다. 나는 지금 일흔 살인데 목소리는 젊다. 포터리반 매장에 전화를 하면 남자 직원들은 나에게 희롱 섞인 말을 하기도 한다. 가령 이런 식이다. "손님. 제가 장담하는데요, 이 양탄자에 누우면 아주 즐거우실 겁니다."

나는 요즘 우리 집 화장실에 타일을 깔아줄 사람을 알아보고 있다. 허드렛일, 페인트칠 등등의 일을 한다고 지역 신문에 광고를 내는 사람들은 사실은 일하고 싶지 않은 모양이다. 그들에게 전화를 하면 모두 예약이 꽉꽉 차 있다거나, 메탈리카의 음악이 배경에 깔린 자동응답기 메시지에 용건을 남겨야 하는데, 그러면 회답 전화가 없다.

여섯 군데 전화를 한 끝에 바로 올 수 있다는 유일한 사람을 만났다. B. F.는 실제로 바로 전화를 받았다. 네, B. F.입니다, 라고. 그래서 나는, 어! L. B.입니다, 라고 했다. 그는 웃었다. 아주 느릿하게. 내가 바닥 일을 맡길 게 있다고 하자 그는 하겠다고, 언제든 오겠다고 했다. 잘생기고, 문신이 있고, 머리를 짧게 잘라 선인장처럼 세우고, 픽업트럭을 몰고, 개를 데리고 다니고, 잘난 체하는 20대이겠거니 나는 생각했다.

그는 약속한 날에 나타나지 않고 그다음 날 전화를 하더니 무슨 일이 생겨서 못 왔다고 하고는 그날 오후에 오면 안 되겠느냐고 물었다. 나는 그러라고 했다. 그날 오후 그 픽업트럭이 나타났다. 그가 문을 요란하게 두드렸지만 나는 문까지 가는 데 한참 걸렸다. 관절염이 심한 데다 산소 탱크 관이 꼬였다. 좀 기다려요! 나는 소리쳤다.

B. F.는 한 손으로 벽을 짚고 다른 손으로는 난간을 잡고 서 있었다. 고작 세 계단 올라와서는 헉헉거리고 캑캑거리기까지 했다. 그는 키가 크고 굉장히 뚱뚱한 거구에다 나이가 상당히 많은 사람이었다. 그는 밖에서 숨을 고르고 있을 때부터 냄새가 났다. 담배 냄새, 더러운 모직물 냄새, 알코올이 함유된 고약한 땀내. 충혈되었지만 웃음을 머금은 연한 푸른색 눈. 나는 한눈에 그가 마음에 들었다.

그는 나처럼 산소 탱크가 있었으면 좋겠다고 했다. 내가 왜 산소 탱크를 쓰지 않느냐고 물으니까, 담배를 피우다 산소 탱크가 터져 죽을까 봐 겁난다고 했다. 그는 안으로 들어와 곧장 화장실로 향했다. 내가 위치를 알려줄 필요는 없었다. 나는 이동주택에 사는데, 이동주택에 화장실이 있을 데는 빤하기 때문이다. 그의 육중한 발걸음에 집 전체가 다 흔들렸다. 나는 그가 크기를 재는 걸 잠시 지켜보다가 부엌에 가서 앉았다. 여전히 그의 냄새가 났다. 그것은 나에게는 회상의 실마리였다. 우선 외할아버지와 존 외삼촌 생각이 났다.

악취도 좋을 때가 있다. 숲에서 나는 어렴풋한 스컹크 냄새. 경마장의 말똥 냄새. 동물원 호랑이의 가장 큰 매력 중 하나는 야생의 악취다. 나는 투우장에 가면 항상 관중석 맨 뒤, 오페라처럼 전체가 한눈에 들어오는 높은 자리에 앉기를 좋아했다. 그러나 맨 앞줄에 앉아 있으면 황소 냄새가 난다.

B. F.는 그렇게 더럽다는 단순한 이유 하나로 나에게 이국적으로 보였다. 나는 볼더에서 산다. 여기엔 더러운 것이 없다. 더러운 사람도 없다. 조깅을 하는 사람들조차 방금 목욕하고 나온 것 같다. 나는 볼더에 더러운 술집이 있는 걸 본 적이 없기 때문에 그가 어디에 가서 술을 마시는지 궁금했다. 그는 술을 마시면서 이야기하는 걸 좋아할 타입으로 보였기 때문이다.

그는 화장실에서 혼자 중얼거렸다. 수건함 크기를 재느라 바닥에 앉을 때는 신음 소리를 내고는 헐떡거렸다. 몸을 일으키면서, 아, 망할! 이라고 했을 때는 집 전체가 흔들거렸다고 나는 맹세할 수 있다. 그는 화장실에서 나오더니 타일이 44제곱피트치 필요하다고 했다. 이럴 수가! 이미 46제곱피트치 샀어요! 저런, 눈이 예리하시군요. 두 눈 다. 그는 이 말을 하고 누런 의치를 드러내더니 씩 웃었다.

"타일을 다 깔고 72시간 동안은 바닥을 밟으면 안 돼요." 그가 말했다.

"말도 안 돼. 그런 소리는 원 처음 들어보겠네."

"아니, 사실인걸요. 타일이 굳어야 해요."

"내 평생 누가 '타일이 굳을 동안 모텔에 가 있었어'라거나 '우리 집 타일이 굳는 동안 너희 집에서 신세 좀 지면 안 될까?'라는 말은 들어본 적이 없어요."

"그건 대부분의 집에는 화장실이 두 개이기 때문이겠죠."

"그럼 한 개밖에 없는 사람들은 어떡해요?"

"타일을 안 깔죠."

내가 산 이동주택 화장실에는 카펫이 깔려 있었다. 주황색 보풀이 있는 얼룩진 카펫.

"난 저 카펫을 못 봐주겠는데."

"왜 안 그렇겠어요. 나는 그냥 타일을 깔면 72시간 동안은 화장실을 쓸 수 없다는 말을 하는 것뿐이에요."

"그럴 수 없어요. 심부전 때문에 이뇨제를 복용하거든요. 하루에 스무 번은 화장실을 써야 해서."

"그럼 그냥 저대로 쓰세요. 공연히 타일을 놨다가 타일이 밀리거나 해서 그게 내 탓이란 말을 듣고 싶지 않거든요. 나는 타일 하나는 잘 놓는단 말이죠."

우리는 얼마에 할 것인지 합의했다. 그는 금요일 아침에 오겠다고 했다. 화장실에서 옹크렸다 일어난 뒤라 몸이 쑤신 게 분명했다. 그는 숨을 고르면서 절뚝거리며 발을 옮기다가 부엌 카운터에 잠시 기대더니, 거실 레인지에 다시 기대고는 밖으로 나갔다. 나는 문 앞까지 그를 따라 나갔다. 그는 문 앞에서도 잠시 쉬었다. 그러고는 계단을 내려가서 담배를 하나 피워 물고 나를 보며 씩 웃었다. 만나서 반가웠습니다. 그의 개는 트럭 안에서 참을성 있게 기다리고 있었다.

그는 약속한 금요일에 나타나지 않았다. 전화도 없었다. 그래서 나는 일요일에 그에게 전화를 걸었다. 그는 전화를 받지 않았다. 나는 신문 광고를 보고 다른 번호들을 찾아 전화를 걸어보았다. 아무도 전화를 받지 않았다. 나는 타일공들이 술병이나 트럼프나 술잔을 쥔 채 탁자에 엎드려 잠들어 있는 서부의 술집을 상상했다.

어제 그에게서 전화가 왔다. 여보세요? 하자 그는 "잘 지냈어요, L. B.?"라고 했다.

"네, 잘 지냈어요, B. F. 안 오시나 하고 있었죠."

"내일 가면 어떨까요?"

"나는 괜찮아요."

"열 시 어때요?"

"네. 아무 때나."

잠깐만

한숨 소리, 심장박동의 리듬, 출산 시 자궁의 수축, 오르가슴. 모두 시간으로 흘러든다. 일렬로 정렬된 시계들이 제각기 째깍거리다가 이내 한 소리로 합쳐지듯이. 나무의 반딧불들이 일제히 불을 밝혔다 꺼졌다 하듯이. 해는 떴다가는 지고 달은 찼다가는 이운다. 조간신문은 대개 여섯 시 삼십오 분에 현관 포치에 배달된다.

누군가 죽으면 시간이 멈춘다. 물론 죽은 자에게는 그렇다, 어쩌면. 하지만 애도하는 자에게는 시간이 행패를 부린다. 죽음은 너무 빨리 찾아온다. 계절을 잊고, 해가 길어지고 짧아지는 것을 잊고, 달을 잊는다. 죽음은 달력을 갈기갈기 찢어놓는다. 우리는 책상 앞에 앉아 일을 하거나 전철을 타고 있거나 자식들에게 저녁상을 차려주고 있지 않고 수술 대기실에서 《피플》을 읽고 있다. 아니면 밤새도록 발코니에 나가 담배를 피우며 몸을 떤다. 책상 위에 지구본이 있는 어린 시절의 침실에 앉아 허공을 응시한다. 페르시아, 벨기에령 콩고. 죽음을 겪고 난 뒤의 안 좋은 점은 우리가 일상의 삶으로 돌아갔을 때, 그 모든 일과와 그날그날의 특색이 무의미한 거짓으로 보인다는 것이다. 모든 것이 의심스럽다. 우리를 진정시키고 달래서, 평온하고 무정한 시간 속으로 우리를 다시 들이는 속임수인 것이다.

불치병 앞에서는 시간의 위무하는 회전이 어그러진다. 너무 빨라, 시간이 없어, 사랑해, 이걸 끝내야 하는데, 그에게 이 말을 해야 하는데. 잠깐만! 해명하고 싶어. 그런데 토비는 어디 있어? 아니면 시간은 가학적으로 느리게 회전한다. 우리는 밤이 되기를 기다리고, 다시 아침이 되기를 기다리는데, 죽음은 그냥 저만치서 서성거리고 있을 뿐 더는 가까이 오지 않는다. 우리는 매일 조금씩 작별을 고한다. 아아, 제발 어서 끝내줘! 도착과 출발 전광판을 계속 응시하는 기분. 아주 작은 기침 소리나 흐느낌에도 잠을 깨고, 어린아이처럼 부드러운 그녀의 숨소리에 귀를 기울이며 누워 있는 밤은 끝이 없다. 침대 옆에서 보내는 오후엔 햇빛의 경로로 시간을 알 수 있다. 과달루페의 성모마리아 그림에 비친 햇살은 목탄 누드화로 옮겨가고, 그다음엔 거울, 조각된 보석 상자, 프라카 향수병에 이르면 눈부시게 빛난다. 저 아래 길에서 고구마 장수의 호루라기 소리가 들린다. 그러면 동생을 부축해 거실로 데려가서 멕시코시티 뉴스를 본 다음 피터 제닝스의 미국 뉴스를 본다. 고양이들이 동생의 무릎에 올라앉는다. 동생은 산소 탱크로 숨을 쉬지만 고양이 털 때문에 숨쉬기가 곤란해진다. "안 돼! 아직 내보내지 마. 잠깐 기다려."

매일 저녁 뉴스를 보고 나면 샐리는 곧잘 울곤 했다. 비탄의 눈물을 흘렸다. 그리 오랫동안 울지는 않았을 텐데 샐리의 병으로 일그러진 시간 속에서 그 울음은 아프고 목이 쉬도록 계속되는 듯했다. 처음에 샐리의 딸 메르세데스와 내가 함께 울었는지 기억이 나지 않는다. 그랬을 것 같지는 않다. 조카나 나나 잘 우는 사람이 아니니까. 하지만 우리는 분명 샐리를 안아주고 입맞춤을 해주고 노래를 불러주었다. 이런 우스갯소리도 시도해보았다. "이제부턴 피터 제닝스 말고 톰 브로커를 봐야겠네." 물에 과일즙을 조금 타주거나, 차, 코코아를 타주었다. 나는 샐리가 언제 울음을 그쳤는지 기억나지 않는다. 죽기 얼마 전에 그랬던 것 같다. 하지만 그런 뒤의 침묵은 정말 끔찍했고 오래 계속되었다.

가끔 울기라도 하면 이렇게 말하곤 했다. "미안, 화학 요법 때문인가 봐. 반사운동 같다고나 할까. 신경 쓰지 마." 하지만 우리에게 함께 울어 달라고 할 때도 있었다.

그러면 메르세데스는 이렇게 말하곤 했다. "난 울지 못해, 나의 아르헨티나* 엄마. 가슴으로는 울고 있어. 그날이 올 걸 알기 때문에 우린 필사적으로 마음을 모질게 먹는 거라고." 메르세데스가 이 말을 해서 나는 참 고마웠다. 나는 울음 때문에 미칠 지경이었다.

한번은 샐리가 울면서 "이제 당나귀를 못 볼 거 아냐!"라고 했는데, 우리는 그게 정말 웃기고 재미있어서 그만 웃고 말았다. 그러자 샐리는 몹시 화가 나 컵이고 접시고 다 집어던져 깨뜨렸다. 우리의 유리잔과 재떨이도 전부 벽으로 날아갔다. 샐리는 식탁을 걷어차면서 우리를 향해 소리를 빽빽 질렀다. 냉정하고 타산적인 년들. 동정이나 연민이라곤 눈곱만큼도 없는 것들.

"눈물 한 방울. 언니와 넌 슬퍼 보이지도 않아." 샐리는 이제 미소를 지었다. "둘 다 여자 경찰 같아. 사람 아파 죽겠는데 '이거 마셔. 화장지 여기 있어. 세면대에 토해'라고 하는 인정머리 없는 여자 경찰 같다고."

나는 밤에는 샐리의 잠자리를 봐주었다. 약을 챙겨 먹이고 주사를 놔주었다. 잘 자라고 이마에 입맞춤하고 이불을 덮어주었다. "잘 자. 사랑해, 내동생, 샐리야." 나는 샐리의 방 옆 작은 방, 옷장으로 쓰는 방에서 잤다. 합

---

* 앤드루 로이드 웨버와 팀 라이스의 〈나를 위해 울지 마요, 아르헨티나여〉를 패러디한 것으로 보인다.

판 벽 너머로 샐리가 책을 읽거나 흥얼거리거나 펜으로 뭔가를 쓰는 소리
가 들린다. 어떤 때는 샐리가 혼자 울곤 했는데, 구슬픈 울음소리를 죽이
려고 베개에 얼굴을 파묻었기 때문에 그럴 때가 나는 가장 힘들었다.

처음에는 샐리 방으로 가서 위로해주곤 했지만 그러면 더 심하게 울
고, 더 불안해하는 듯했다. 수면제는 조금 듣는 듯하다가 오히려 샐리를
깨우곤 했는데, 그러면 샐리는 동요하고 구역질을 했다. 그래서 이제는
그냥 내 방에서 소리 내어 말한다. "샐리, 사랑하는 샐 이 피미엔타, 샐사,*
슬퍼하지 마." 뭐 그런 말들.

"칠레에서 살았을 때 로사가 우리 침대에 따끈한 벽돌을 넣어주었던
거 기억나?"

"잊고 있었어!"

"내가 벽돌 찾아볼까?"

"아니, 언니, 나 잠 와."

샐리는 유방절제 수술과 방사선 치료를 받았다. 그러고 나서 5년 동안
은 괜찮았다. 정말 씽씽했다. 빛이 날 정도로 아름다웠다. 안드레스라는
상냥한 남자와 미칠 듯이 행복했다. 샐리와 나는 불행했던 어린 시절 이
후 처음으로 서로 친구가 되었다. 그건 마치 사랑에 빠지는 것과 같았다.
서로를 발견하고, 우리가 얼마나 많은 걸 공유하는지 발견하는 시간이었
다. 우리는 함께 유카탄과 뉴욕에 다녀왔다. 내가 멕시코에 가기도 하고,
샐리가 오클랜드에 오기도 했다. 우리 어머니가 돌아가셨을 때 우리는 지

• Sal y pimiento는 '소금과 후추', '생기'라는 뜻으로 Sal y가 샐리(Sally)와 소리가 비슷하
다. salsa는 '소스', '재미'라는 뜻으로 역시 앞 음절이 '샐리'와 비슷하다.

와타네호에서 한 주를 보내기도 했다. 그때 우리는 밤낮 자지도 않고 많은 이야기를 나눴다. 부모님에 대한 나쁜 기억과 우리의 경쟁심을 떨쳐버렸다. 그러고 나서 우리는 한층 더 성장했다고 나는 생각한다.

샐리가 전화했을 때 나는 오클랜드에 살고 있었다. 이번엔 폐암이라는 것이었다. 온몸에 퍼졌다. 시간이 없었다. 서둘러. 당장 와!

나는 사흘 만에 직장을 그만두고 짐을 싸고 방을 뺐다. 멕시코시티로 가는 비행기에서 죽음이 어떻게 시간을 조각내는지에 대해 생각했다. 나의 일상적인 생활은 사라져버렸다. 치료, YMCA 수영. 금요일 점심 약속은? 내일 가기로 한 글로리아의 파티. 치과도 가야 하는데. 세탁, 모우 서점에서 책을 사기로 한 계획, 청소, 고양이 먹이 사는 일, 토요일에 손자들 봐주는 일, 직장에서 거즈와 위의 샛길 버튼을 주문하는 일, 오거스트에게 편지 쓰기, 조시와 이야기하기, 스콘 굽기, C. J.가 놀러 오던 일. 더 기분이 이상했던 건, 1년 뒤에 슈퍼나 서점의 점원이나 길에서 우연히 만난 친구들이 내가 그동안 없었다는 것을 알아채지 못했다는 사실이다.

나는 멕시코 공항에서 샐리의 종양 전문의 페드로에게 전화를 걸었다. 사전에 샐리의 상태를 알고 싶었다. 살날이 두세 주에서 한 달 정도 남은 것처럼 들렸다. "좋지 않습니다. 화학 요법으로 계속 항암 치료를 겁니다. 여섯 달, 일 년, 아니면 그 이상 살 수도 있습니다."

그날 밤 샐리에게 이렇게 말했다. "네가 그냥 '언니가 지금 와줬으면 해'라고만 했어도 내가 왔을 거야."

"아니, 안 왔을걸!" 하고 샐리는 웃었다. "언니는 현실주의자잖아. 나한테는 일해줄 하인들이 있고, 간호사며 의사며 친구며 다 있다는 걸 언니는 안단 말이지. 그러니까 언니는 아직은 올 필요가 없다고 생각했을 거야. 하지만 난 지금 필요해. 모든 일에 질서를 바로잡아줄 언니가 난 필요해. 알리시아와 세르지오가 여기서 밥을 먹을 수 있도록 언니가 요리도 해줬으면 하고. 언니가 나한테 책도 읽어주고 나를 돌봐줬으면 해. 지금 난 혼자서 무서워. 지금 그래서 언니가 필요해."

사람은 누구나 내면의 스크랩북을 가지고 있다. 스틸 사진. 다양한 시기에 우리가 사랑했던 사람들의 스냅사진. 지금 내가 떠올리는 내면의 스냅사진에는 짙은 초록색 운동복을 입고 침대 위에서 책상다리를 하고 앉아 있는 샐리가 있다. 나와 이야기를 나누고 있는 샐리의 피부에서는 빛이 나고, 초록색 눈망울 가장자리에는 눈물이 고여 있다. 기만이나 자기연민은 없다. 나는 샐리를 껴안는다. 나를 신뢰해준 것에 고마워하며.

나는 여덟 살, 샐리는 세 살. 텍사스에서 살 때 나는 샐리를 미워했다. 속으로 뱀처럼 사납게 쉭쉭거리며 샐리를 시기했다. 외할머니는 다른 어른들이 어떻게 하든 나를 제멋대로 자라게 내버려두었다. 샐리만 보호해주고 샐리의 머리만 빗겨주고, 타르트를 만들어 샐리만 먹였다. 샐리를 품 안에서 흔들어 잠을 재우며 "저 아래 미주리에서"*를 불렀다. 그래도 내 내면의 스냅사진에는 그때의 샐리 것도 있다. 웃으면서 나에게 진흙 파이를 건네줄 때의 그 부인할 수 없는 다정한 모습. 샐리는 그 모습을 이때까지 잃지 않았다.

멕시코시티에 와서 처음 한 달은 눈 깜짝할 사이에 지나갔다. 옛날 영화에서 일력이 휘리릭 넘어가는 장면처럼. 재촉을 받은 찰리 채플린 같은 목수들이 부엌에서 시끄럽게 망치를 두드리고, 배관공들은 화장실에서 우당탕거렸다. 인부들이 와서 문고리들과 깨진 유리창들을 고치고 나무바닥을 사포로 닦았다. 나는 머나와 벨렌을 데리고 창고에 들어가 선반과

● 〈미주리 왈츠〉.

벽장, 책장, 서랍장을 모두 들쑤셨다. 우리는 신발과 모자, 개 목걸이, 네루재킷을 버렸다. 메르세데스와 알리시아와 나는 샐리의 옷과 장신구를 모두 끄집어내 친구들에게 주려고 하나하나 꼬리표를 달았다.

샐리가 사는 층에서의 오후는 얼마 동안 나른하고 감미로웠다. 사진을 분류 정리하고, 편지와 시를 읽고, 잡담하고, 재미있는 이야기를 하는 시간. 전화와 초인종이 온종일 울렸다. 나는 전화와 방문객을 가려냈다. 샐리가 피곤하면 방문객을 가게 하고, 구스타보와 있을 때 항상 그랬던 것처럼 샐리가 즐거워하면 그냥 내버려두었다.

죽을 병에 걸리면 처음에는 사람들의 전화와 편지와 방문이 쇄도한다. 그러나 시간이 흐를수록 찾는 사람이 뜸해지고 힘든 시기가 찾아온다. 병은 더 심해지고 시간은 더디 가고 시끄러워진다. 시계 소리가 들리기 시작한다. 교회 종소리, 토악질, 쉭쉭거리는 숨소리.

샐리의 전남편 미구엘과 안드레스는 매일 들렀지만 시간은 달랐다. 그러나 딱 한 번 두 사람의 방문이 겹친 적이 있었다. 나는 샐리의 전남편이 자연스럽게 가장처럼 존중받는 것을 보고 놀랐다. 그는 오래전에 재혼했지만 우리는 그의 자존심을 존중해줘야 했다. 안드레스는 조금 전에 와서 샐리의 방에 들어가 있었다. 나는 커피와 달달한 빵을 차려 탁자에 가져다놓았다. 그때 머나가 들어와 "주인 어르신 오세요!" 하고 알렸다.

"어서, 언니 방으로!" 샐리가 말했다. 안드레스는 커피와 빵을 가지고 얼른 내 방으로 갔다. 내가 문을 닫고 나오는 순간 미구엘이 집에 들어왔다.

"커피! 커피 좀 마셔야겠어" 하는 미구엘의 말에 나는 내 방으로 들어가 안드레스에게 주었던 커피와 빵을 가지고 나와 미구엘에게 가져다주었다. 그런 뒤에 보니 안드레스는 어디론가 사라졌다.

내가 많이 약해졌다. 걷기가 힘이 들었다. 우리는 estress(스페인어에는 스트레스에 해당하는 말이 없다) 때문이라고 생각했는데, 결국 나는 길에서 기절해 응급실로 실려갔다. 식도 헤르니아 출혈로 인한 심각한 빈혈 증세였다. 나는 수혈을 받고 며칠 입원했다.

퇴원해서 집에 돌아왔을 때 나는 몸이 훨씬 튼튼해진 기분이 들었지만, 샐리는 내 병에 겁을 집어먹고 있었다. 우리는 죽음이 아직 우리 곁을 떠나지 않았다는 것을 상기하게 되었다. 시간에 다시 속도가 붙었다. 나는 샐리가 잠든 듯하면 잠을 자러 가려고 일어난다. 그러면 샐리는 소리친다.

"가지 마!"

"화장실 가는 거야. 금방 올게."

한밤중에 샐리가 숨이 막힌 듯하거나 기침을 하면 나는 그 소리에 잠을 깨 샐리를 살펴보러 가곤 했다.

샐리는 이제 산소호흡기를 달고 있어서 침대에서 좀처럼 나오지 않는다. 나는 침실에서 샐리를 씻겼고, 통증과 메스꺼움을 덜어주는 주사를 놔주었다. 샐리는 주로 묽은 수프를 먹었다. 간혹 크래커도 먹었다. 으깬 얼음. 나는 얼음덩어리를 타월에 싸서 잘게 분쇄될 때까지 몇 번이고 콘크리트 벽을 쳤다. 메르세데스는 샐리와 나란히 누워 있고 나는 바닥에 누워 그들에게 책을 읽어주었다. 그들이 잠든 듯해서 책을 그만 읽으면 그들은 동시에 "계속 읽어!"하곤 했다.

알았어. "문제의 베키에게 분명 부도덕한 면이 있기는 하지만 내가 그녀를 더할 나위 없이 고상하고 악의 없는 방식으로 보여주지 않았다는 사람이 있으면 나와보십시오⋯⋯."*

페드로가 폐에 찬 물을 뽑아냈지만 샐리는 갈수록 더 숨쉬는 걸 힘들어했다. 나는 샐리의 침실을 청소해야겠다고 작정했다. 메르세데스는 거실에서 샐리와 있고, 나는 머나와 벨렌을 데리고 방의 먼지를 털고 바닥을 쓸고, 벽과 유리창과 바닥을 닦아냈다. 그러고는 샐리가 누워서 하늘을 볼 수 있도록 침대를 옮겨 창문과 나란하게 놓았다. 벨렌이 깨끗하게 빨아서 다림질한 시트를 새로 깔고 그 위에 부드러운 담요를 덮었다. 그런 다음 우리는 샐리를 침실로 데려갔다. 샐리는 등에 베개를 대고 기댔다. 봄날의 햇살이 샐리의 얼굴에 가득했다.

"햇살." 샐리가 말했다. "햇살이 느껴져."

나는 반대편 벽에 기대앉아 샐리가 창밖을 내다보는 모습을 지켜보았다. 비행기. 새. 비행기가 지나간 자국. 석양!

한참 뒤에 나는 샐리에게 굿나이트 키스를 하고 내 작은 방으로 갔다. 산소 탱크의 습도조절기가 샘처럼 보글거렸다. 나는 샐리가 잠들었다는 것을 알 수 있는 숨소리가 들릴 때까지 기다렸다. 매트리스가 삐걱거리는 소리가 났다. 샐리는 숨을 헐떡거리고 신음하다 거칠게 숨을 쉬었다. 나는 귀를 기울이고 기다렸다. 그러던 중 침대 옆 커튼의 고리가 짤랑거리는 소리가 났다.

"샐리? 샐러맨더,** 뭐 해?"

"하늘 봐!"

나는 그 창문과 가까이 있는 내 작은 창문을 내다보았다.

"야, 언니야……."

"응."

● 윌리엄 메이크피스 새커리(1811~1863)의 『허영의 시장』.
●● Salamander. 도롱뇽.

"다 들려. 나 때문에 우는 거!"

샐리. 네가 죽은 지 7년이 되었어. 물론 그다음에 할 말은, 시간이 훌쩍 흘러갔다는 거야. 난 늙었어. 갑자기, de repente.* 걷는 것도 간신히 걸어. 침도 흘리고. 잠자다 죽을까 봐 문을 잠그지 않지만, 아무래도 사람들이 나를 어떤 시설에 집어넣을 때까지 마냥 이렇게 살아 있을 것만 같아. 난 벌써 머리가 어떻게 된 거 같거든. 내가 항상 주차하는 데다 누가 주차를 했기에 길모퉁이를 돌아서 주차했는데 말이야, 나중에 내가 항상 주차하는 자리가 비어 있는 걸 보고 글쎄 내가 어디 갔지? 했지 뭐니. 내가 우리 집 고양이한테 말하는 건 이상한 일이 아니지만, 완전히 귀가 먹은 녀석한테 말하자니 바보 같은 생각이 들어.

충분한 시간이란 존재하지 않아. '실시간.' 내가 가르치던 죄수들이 자기들이 가진 건 시간밖에 없는 것 같다는 걸 설명할 때 하던 말이지. 그렇지만 시간은 그들의 것인 적이 없었어.

나는 현재 산기슭의 아담하고 부유한 소도시에서 학생들을 가르친단다. 아버지가 로키산맥 광산에서 일할 때 살던 곳과 같지만, 몬태나의 뷰트시나 아이다호의 쾨르달렌시와는 크게 달라. 하지만 나는 운이 좋아. 여기 친구들이 좋은 사람들이거든. 산기슭에 살기 때문에 사슴이 우아하고 조심성 있게 내 창문 앞을 지나다니지. 달밤에 스컹크들이 교미하는 것도 본 적이 있어. 놈들의 깔끄러운 울음소리는 중국 악기 소리 같아.

나는 우리 아이들 가족이 보고 싶어. 1년에 한 번 정도 보기는 하지. 그럴 때마다 얼마나 좋은지 몰라. 하지만 사실 걔네들 인생에 내 자리는 더

● 스페인어로 앞의 말과 같다는 뜻이다. '별안간', '느닷없이'.

이상 없어. 너희 자식들 경우도 마찬가지지. 메르세데스와 엔리케가 여기 와서 결혼하기는 했지만!

이젠 정말 많은 사람들이 저세상으로 떠났네. 난 그전엔 누가 "남편을 잃었어요"라고 하면 그 말이 우습다고 생각했는데, 지금은 내가 딱 그 느낌이야. 누군가 실종된 느낌. 폴, 차타 이모, 버디. 사람들이 왜 유령이 있다고 믿고 교령회를 열어 죽은 자를 부르려 하는지 알겠어. 몇 달이고 살아 있는 사람들 생각만 하다가도, 어느 날 어떤 농담 한마디에 문득 버디가 나타나는 거야. 탱고 음악이나 수박 주스에 네가 생생하게 나타나기도 해. 그럴 때 네가 말을 하면 좋으련만. 넌 우리 귀먹은 고양이만큼이나 무심하지.

네가 마지막으로 온 건 며칠 전 폭설이 내렸을 때였지. 천지가 얼음과 눈으로 덮인 가운데 하루는 느닷없이 날이 포근했어. 다람쥐와 까치들이 재잘거리고 참새와 되새가 앙상한 나뭇가지에서 기웃거리며 노래를 불렀지. 그래서 난 창문과 커튼을 모두 활짝 열어젖혔어. 부엌 식탁에 앉아 차를 마시며 잔등에 따스한 볕을 만끽했지. 앞문 포치 옆에 집을 만든 말벌들이 집 안으로 슬금슬금 들어와 날아다녔어. 부엌에 들어와 윙윙거리며 나른하게 빙빙 돌아다니더구나. 하필이면 바로 이때 천장의 연기탐지기 배터리가 죽어서는 여름철 귀뚜라미처럼 찍찍 울기 시작했지.* 햇빛이 찻주전자와 밀가루 단지, 향기로운 꽃이 든 은제 꽃병에 닿았어.

느른한 햇살. 네 방에 비쳐들던 멕시코의 오후 같았지. 너의 얼굴에 그 햇살이 비쳤어.

* 연기탐지기는 배터리가 다 되면 그 신호로 경보를 울린다.

회귀

아침에 까마귀들이 나무를 떠나는 걸 본 적이 없는데 매일 저녁 어두워지기 반 시간 전쯤이면 사방에서 까마귀들이 날아든다. 인근 하늘을 돌며 소리쳐 집으로 불러들이는 양치기 역할을 하는 까마귀들이 있는지도 모른다. 아니면 각자 이 나무로 돌아오기 전에 빙빙 돌며 길 잃은 놈들을 모아 들이는지도 모르겠다. 지금까지 까마귀들을 어지간히 많이 봤으니 이제는 그들의 생태를 알 만도 하지 않느냐고 할지 모르겠다. 하지만 나는 사방 멀리에서 날아드는 까마귀들, 수십 마리의 까마귀를 봤을 뿐이다. 대여섯 마리는 오헤어 공항 상공의 비행기처럼 공중을 빙빙 돈다는 걸 알 뿐이다. 그들은 까악까악 외치다가는 순식간에 갑자기 잠잠해진다. 그러면 까마귀들은 보이지 않는다. 나무는 그냥 평범한 단풍나무 같다. 거기에 그렇게 많은 새가 있는지는 누가 봐도 모를 것이다.

내가 처음 그 새들을 본 건 집 앞 포치에서였다. 휴대용 산소 탱크를 가지고 시내에 다녀와서 집에 들어가기 전에 포치 그네에 앉아 저녁노을을 바라보고 있었다. 대개는 집에서 쓰는 산소 탱크 호스가 닿는 뒤쪽 포치에 나가 앉아 있는다. 아니면 그 시간에는 뉴스를 시청하거나 저녁을 만든다. 내가 하고 싶은 말은, 해 질 녘 바로 그 단풍나무에 까마귀들이 몰려드는지 어쩌는지 모르고 지낼 수 있다는 것이다.

그 까마귀들은 잠잘 때는 모두 함께 다른 나무로 날아가지 않을까? 가령 사니타스산 저 높은 곳에? 그럴지도. 그런데 나는 아침마다 일찍 일어나 산기슭 쪽으로 난 창문 앞에 앉아 있는데, 까마귀들이 그쪽 나무에서 나오는 건 한 번도 보지 못했다. 그렇게 앉아 있으면 사슴이 사니타스산이나 다코타 산마루 쪽으로 올라가는 건 볼 수 있다. 해가 뜨면서 바위산을 배경으로 분홍빛으로 빛나는 것도 본다. 눈이 내리고 날이 굉장히 추울 때는 산꼭대기의 아침노을도 볼 수 있다. 얼음 결정이 여명의 색을 스테인드글라스의 분홍색, 네온 산호색으로 변화시키는 것이다.

물론 지금은 겨울이다. 나무는 헐벗었고 까마귀는 없다. 지금 그냥 까마귀 생각을 하고 있을 뿐이다. 나에게 걷는 건 힘든 일이라서 몇 블록 오르막길을 올라가보고 싶어도 엄두가 나지 않는다. 버스터 키튼*이 운전사에게 길 건너까지 가자고 한 것처럼 차로 가볼 수는 있을 테지만, 지금은 어두워서 나무에 있는 새들을 볼 수 없을 것 같다.

내가 왜 이 이야기를 꺼내는지 모르겠다. 까치들이 눈을 배경으로 파란색과 초록색으로 빛난다. 으스대는 거친 울음소리가 까마귀와 비슷하다. 물론 까마귀들이 둥지를 트는 습성이 어떤지 책을 찾아보거나 누군가에게 전화를 걸어 알아볼 수 있을 것이다. 하지만 나는 까마귀들이 그런 걸 우연히 알아챘을 뿐이라서 심란하다. 내가 또 뭘 놓쳤을까? 말하자면 나는 왜 지금까지 몇 번이나 앞쪽이 아닌 뒤쪽 포치에 나가 있었을까? 누가 나에게 한 말 중에 내가 듣지 못한 것은 무엇이 있을까? 혹시 내가 느끼지 못한 사랑이 있었다면 어떤 것일까?

● Buster Keaton(1895~1966), 미국 무성영화 시대의 유명한 코미디언.

무의미한 물음들이다. 내가 지금까지 이렇게 오래 살 수 있었던 유일한 이유는 과거를 놓았기 때문이다. 슬픔과 후회와 양심의 가책이 들어오지 못하게 문을 닫았기 때문이다. 그것들이 들어올 수 있게 방심하고 관대한 틈을 보이면 고통의 질풍이 순식간에 쾅! 문을 밀치고 들어와 가슴을 후비고 든다. 수치심으로 눈을 멀게 하고, 컵과 병을 박살내고 단지들을 쓰러뜨려 떨어뜨리고 유리창을 깨뜨리고, 흩어진 설탕과 깨진 유리 조각에 피를 흘리며 비틀거리고, 겁에 질려 토하다가 끝내 마지막으로 한 번 몸서리치고 흐느껴 울면서 그 육중한 문을 닫는다. 그리고 다시 한번 더 정상으로 되돌아가는 것이다.

'만일 ……했더라면?'이라는 말로 시작해서 과거를 안으로 들이면 어쩌면 그렇게 위험하지 않을지 모른다. 만일 내가 그를 떠나기 전 폴과 이야기를 나누었더라면? 만일 내가 도움을 청했더라면? 내가 H와 결혼했더라면? 나뭇가지도 없고 까마귀도 없는 창밖의 나무를 내다보고 있자니 '만일'로 시작하는 의문에 따르는 대답이 이상하게 위안이 된다. 이랬더라면, 저랬더라면 하는 그 '만일'의 일들은 일어날 수 없었을 것이다. 좋든 나쁘든 내 인생에 일어난 모든 일은 예상할 수 있었지만 피할 수 없는 일들이었다. 특히 지금 나를 철저히 혼자 있게끔 몰아온 모든 선택과 행동은.

하지만 내가 한참 더 옛날로, 우리 가족이 남미로 이사 가기 전으로 돌아갈 수 있다면? 닥터 모크가 나는 1년 동안 애리조나에 남아 있어야 한다고 했더라면? 나는 포괄적인 치료를 받을 필요가 있고, 내 교정기를 계속 조정할 필요가 있고, 척추옆굽음증 수술을 받을 필요가 있을지 모른다고 했더라면? 그랬더라면 나는 그다음 해에 우리 가족이 있는 곳에 갔을 것이다. 내가 파타고니아에 사는 윌슨 씨 댁에 기거하면서, 매주 버스를 타고 『엠마』나 『제인 에어』를 읽으면서 투손의 정형외과 의사에게 치료를 받으러 다녔더라면?

월슨 씨네는 자식이 다섯 있었는데, 모두 월슨 씨 부부가 운영하는 제너럴스토어나 스위트숍에서 일할 수 있을 만큼 컸다. 나는 학교 가기 전과 방과 후에 도트와 함께 과자 가게에서 일했다. 방은 도트와 함께 다락방을 썼다. 도트는 열일곱 살, 장녀였다. 성인 여자나 다름없었다. 파운데이션을 떡칠하고 립스틱을 문질러 바르고 담배연기를 코로 불어낼 때는 영화에서 본 여자 같았다. 우리는 건초 매트리스에서 오래된 누비이불을 덮고 함께 잤다. 나는 도트가 풍기는 냄새에 설렜지만 그녀를 성가시게 하지 않고 가만히 누워 있을 줄 알았다. 도트는 빨간 곱슬머리를 와일드루트사社의 헤어 오일로 차분하게 다듬었고, 밤에는 얼굴에 노그제마 크림을 문질러 발랐고, 손목과 귀 뒤에는 항상 트위드 향수를 뿌렸다. 그녀에게서는 담배와 땀, 멈* 탈취제, 나중에 알게 된 거지만 섹스 냄새도 났다. 우리는 스위트숍이 열 시에 문을 닫을 때까지 햄버거를 굽고 프렌치프라이를 튀겼기 때문에 우리 둘 다 오래된 기름 냄새가 났다. 열 시에 문을 닫으면 우리는 종종걸음으로 큰길과 철길을 건너 프런티어 술집 앞을 지나 집까지 죽 걸어갔다. 월슨 씨 집은 그 지역에서 가장 예뻤다. 크고 하얀 2층집으로, 정원과 잔디가 있고 그 둘레에 말뚝 울타리가 세워져 있었다. 파타고니아의 집들은 대부분 작고 보기 흉했다. 단기 체류하는 사람들이 주로 사는 광산 도시 집들의 페인트 색은 기차역과 채광소 숙소 특유의 그 이상한 연갈색이었다. 주민들은 대부분 산속의 트렌치 광산이

● Mum. 최초의 상용 탈취제 브랜드. 1888년에 처음 생산되었고 1952년부터 다른 회사에 의해 Ban이라는 브랜드로 바뀌어 생산되기 시작했다.

나 플럭스 광산에 올라가 일했다. 우리 아버지는 그 광산의 감독이었는데, 이때는 칠레와 페루, 볼리비아에 광석 바이어로 나가 있었다. 아버지는 가고 싶지 않았다. 갱도에 들어가 일하면서도 광산을 떠나고 싶어하지 않았다. 그런데 엄마는 아버지를 설득했다. 다른 사람들도 가라고 아버지를 설득했다. 아주 좋은 기회라고, 우리는 부자가 될 거라고.

아버지는 윌슨 부부에게 내 생활비를 지불했다. 그런데 윌슨 부부는 인격 형성에 유익할 것이라며 나도 저희 자식들처럼 일하게 했다. 우리는 모두 열심히 일했다. 도트와 나는 특히 그랬다. 우리는 그렇게 늦게까지 일하고 새벽 다섯 시에 일어났다. 노갈레스에서 트렌치 광산으로 출근하는 광부들을 태운 버스 세 대를 위해 일찍 문을 열어야 했다.* 광부들은 버스에서 내려 커피 한두 잔과 도넛을 먹기에도 빠듯한 시간밖에 없었다. 그들은 우리에게 고맙다는 인사를 하고 나가면서 손을 흔든다. Hasta luego!**

도트는 밤에 나와 함께 집에 돌아오면 섹스터스라는 남자친구를 만나러 도로 몰래 나간다. 그는 소노이타에 있는 목장에서 산다. 아버지 일을 돕기 위해 학교를 그만두었다. 나는 도트가 몇 시에 들어왔는지 모른다. 나는 건초 매트리스에 누워 베개에 머리를 대자마자 곯아떨어졌기 때문이다. 알프스 소녀 하이디의 건초 매트리스 같다고 생각하면 기분이 좋았다. 건초는 눕는 느낌도 냄새도 좋았다. 도트가 나를 흔들어 깨울 때 나는 항상 방금 전에 잠든 듯했다. 그녀는 이미 세수하거나 샤워를 하고 옷을 입고 있었다. 내가 씻고 옷을 입을 동안 그녀는 머리를 안말이가 되게

---

* 애리조나주 트렌치 광산은 파타고니아에서 약 20킬로미터 남쪽에 있고, 노갈레스에서 파타고니아까지는 차로 약 20분 걸린다.
** 멕시코에 면한 미국 남서부에서 흔히 들을 수 있는 스페인어로 '또 봅시다!'를 뜻한다.

빗고 화장을 했다. "뭘 빤히 보니? 할 거 없으면 침대나 정돈해." 도트는 사실 나를 좋아하지 않았지만 나도 그녀를 좋아하지 않았기 때문에 나는 개의치 않았다. 스위트숍으로 가는 길에 도트는 자기가 섹스터스를 만나러 나간다는 것을 아버지가 알면 자기를 죽일 거라면서 절대로 비밀을 지키라고 몇 번이나 다짐시켰다. 그 동네에서 도트와 섹스터스 일을 모르는 사람은 없었다. 안 그랬으면 내가 누군가에게 말했을 것이다. 그냥 도트가 못됐기 때문에 가족은 아니더라도 다른 누군가에게는. 도트는 무슨 신조처럼 나에게 못되게 굴었다. 부모가 자기와 방을 같이 쓰게 한 이 아이를 미워해야겠다고 생각한 것이다. 그것 말고는 사실 우리는 사이좋게 잘 지냈다. 싱글거리고 웃으면서 양파도 썰고, 소다수도 만들고, 햄버거 고기도 굽는 등 협력해서 일을 잘했다. 우리 둘 다 빠르고 능률적으로 일했다. 우리는 손님들을 즐겁게 맞이했다. 대부분 상냥한 멕시코계 광부인 그들은 아침부터 우리에게 농담도 하고 짓궂게 우리를 놀리기도 했다. 방과 후에 일할 때는 학생들과 마을 사람들이 소다수나 아이스크림선디를 먹으러 왔다. 그들은 주크박스의 음악을 틀거나 핀볼 오락을 하기도 했다. 우리는 주문에 따라 햄버거나 칠리 핫도그, 그릴 치즈를 만들어주었다. 우리는 윌슨 부인이 만든 참치달걀샐러드와 감자샐러드, 콜슬로도 팔았다. 윌리 토레스의 어머니가 매일 오후에 만들어 가져오는 칠리 스튜가 가장 큰 인기를 끌었다. 겨울에는 레드칠리스튜, 여름에는 돼지고기와 그린칠리스튜. 밀가루로 구운 토르티야가 수북이 쌓여 있었고 우리는 이것을 그릴에 데워냈다.

도트와 내가 그렇게 열심히, 그렇게 빠르게 일한 이유는 단 하나, 무언의 협약 때문이었다. 즉 설거지를 다 마치고 그릴까지 깨끗이 닦고 나면 도트는 섹스터스와 가게 뒤에 나가 있고, 나는 아홉 시부터 열 시까지 몇 안 되는 파이와 커피 주문을 담당하면서 주로 윌리 토레스와 숙제를 하는 것이다.

윌리는 가게 바로 옆 광석 분석 사무소에서 아홉 시까지 심부름을 했다. 우리는 같은 학교 같은 학년이었고, 학교에서 서로 친구가 되었다. 우리 가족이 남미로 떠나기 전 나는 토요일 아침마다 아버지와 함께 픽업 트럭을 타고 시내로 나가 산속 트렌치 광산 옆에 사는 네다섯 가족을 대신해서 식료품을 사고 우편물을 수령했다. 아버지는 식료품을 다 사서 차에 실어놓고 와이즈 씨가 운영하는 광석 분석 사무소에 들르곤 했다. 그들은 커피를 마시며 이야기를 나누었다. 광석, 광산, 광맥에 관한 이야기였던가? 유감이지만 주의를 기울이지 않아서 확실히 모르겠다. 아무튼 광물에 관한 이야기였을 것이다. 윌리는 사무소 안에서 보면 전혀 다른 사람 같았다. 학교에서는 수줍음을 잘 탔다. 여덟 살 때 멕시코에서 이곳으로 왔다. 부싱거 선생님보다 더 똑똑했지만 가끔 읽기와 쓰기에서는 곤란을 겪었다. 윌리는 나에게 준 최초의 발렌타인데이 카드에 "Be my sweat-hart"*라고 썼다. 학교에서는 내 키가 상당히 크기 때문에 아이들이 "통나무!"라며 교정기를 등에 찬 나를 놀렸지만, 윌리는 아무도 놀리지 않았다. 윌리도 키가 컸다. 그의 인디언 얼굴은 광대뼈가 도드라지고 눈은 검었다. 옷은 깨끗했지만 너무 작고 해졌다. 그의 어머니가 잘라준 머리는 덥수룩하고 긴 직발이었다. 『폭풍의 언덕』을 읽으면서 나는 히스클리프가 거칠고 용감한 윌리 같다고 생각했다.

광석 분석 사무소에서 윌리를 보면 뭐든 다 아는 듯했다. 그는 장차 지질학자가 될 생각이었다. 윌리는 나에게 금과 금처럼 보이는 황철석과 은

---

* sweetheart(애인)를 sweat-hart(땀-수사슴)으로 철자를 잘못 썼다.

을 구별하는 법을 가르쳐주었다. 거기서 그를 본 첫날, 아버지는 월리와 무슨 이야기를 했느냐고 물었다. 나는 아버지에게 내가 배운 것을 보여주었다. "이건 구리고 이건 석영, 납, 아연."

"놀랍구나!" 아버지는 정말 기뻐했다. 차를 타고 집에 다 갈 때까지 나는 아버지에게 그 땅에 대한 지질학 강의를 들었다.

월리는 다른 토요일에는 다른 광물을 보여주었다. "이건 운모야. 이 돌은 이판암이고, 이건 석회석이야." 그는 광산 지도를 설명해주기도 했다. 우리는 상자들에 가득 든 화석들을 이것저것 만져보곤 했다. 월리는 와이즈 씨와 그런 것들을 찾으러 밖으로 돌아다녔다. "아아, 이거 봐! 이 이파리 자국!" 우리는 친하게 지내도 조용했고, 연애 감정이라든가 홀딱 반했다든가, 오! 지니가 마빈을 사랑해, 라며 여자애들이 늘 이야기하는 종류의 사랑이 아니었기 때문에 난 내가 월리를 사랑하는지 몰랐다.

스위트숍에서 우리는 블라인드를 내리고 가게 문을 닫을 때까지 한 시간 동안 카운터에 앉아 따끈한 퍼지선디를 먹으면서 숙제를 했다. 그는 주크박스를 조작해 〈중국행 완행 기선〉,* 〈울어요〉,** 〈텍사캐나 베이비〉*** 가 반복해서 나오도록 했다. 우리는 다리를 걸상 다리에 감고 서로 기대앉았다. 월리는 등 교정기의 튀어나온 부분에 팔꿈치를 걸치기까지 했지만 나는 개의치 않았다. 사람들이 옷에 가려진 교정기를 보기라도 하면 나는 대개 속이 뒤집어질 정도로 무안했지만 월리는 괜찮았다.

무엇보다 우리는 똑같은 시간에 졸렸다. "아, 나 졸려. 넌 안 졸려?"라고

* Slow Boat to China, 프랭크 레서가 작곡한 1948년 노래로 빙 크로스비, 엘라 피츠제럴드 외 많은 가수가 불러 유행시켰다.
** 자니 레이(1927~1990)의 1951년 노래.
*** 에디 아널드 (1918~2008)의 1948년 노래.

한 적은 한 번도 없었다. 우리는 그냥 동시에 피곤했다. 그러면 스위트숍에서 똑같이 하품을 하며 서로 기댔다. 수업 시간에 하품을 하면 멀리 떨어져 앉았어도 서로 보고 웃었다.

월리의 아버지는 플럭스 광산이 함몰되었을 때 죽었다. 우리 아버지는 처음 애리조나에 근무하기 시작했을 때부터 그 광산을 폐쇄하려고 애를 썼다. 그건 오랫동안 아버지의 일이었다. 아버지는 광산들을 검사하고 광맥이 바닥났는지, 갱도가 안전한지의 여부를 조사하는 일을 했다. 사람들은 아버지를 "폐광 전문 브라운"이라고 불렀다. 아버지가 월리의 어머니에게 그 사실을 알리러 갔을 때 나는 픽업트럭에서 기다렸다. 내가 월리를 알기 전의 일이다. 우리 아버지는 시내에서 집으로 가는 내내 울었고, 그래서 나는 겁을 집어먹었다. 우리 아버지가 광부들과 가족들에게 연금이 지급되도록 싸웠으며, 그것이 그의 어머니에게 얼마나 많은 도움이 되었는지 나중에 월리에게 들어서 알게 되었다. 그의 어머니는 다른 집 세탁과 부엌일을 해서 자식들 다섯을 키웠다.

월리는 나만큼이나 일찍 일어나 장작을 패고 어린 동생들에게 아침을 차려주었다. 국민윤리 시간은 최악이었다. 졸지 않기가, 흥미를 느끼기가 힘들었다. 국민윤리는 세 시 수업이었다. 무한히 긴 한 시간. 겨울에는 장작 난로 때문에 유리창에 김이 서렸고, 우리의 볼은 불타듯 달아올랐다.

부싱거 선생님의 보랏빛 연지 아래 볼도 붉게 달아올랐다. 창문을 열어놓은 여름철에는 파리와 꿀벌이 붕붕 윙윙 날아다니고, 벽시계 소리는 느리게 똑딱거리는데, 날은 너무 나른하고 너무 더웠다. 선생님은 수정헌법 제1조항에 관한 말을 하다 말고 자막대기로 찰싹! 책상을 내리쳤다.

"일어나! 일어나! 너희 둘은 등뼈 없는 해파리로구나. 똑바로 앉아! 눈 떠, 해파리 같은 녀석들!"

한번은 나는 그냥 눈만 감고 쉬고 있었는데 선생님은 내가 자는 줄 알았다.

"룰루, 지금 국무장관이 누구지?"

"애치슨*입니다, 선생님." 내 대답에 선생님은 깜짝 놀랐다.

"윌리, 농무부 장관은 누구지?"

"토피카와 샌타페이요?"**

우리는 둘 다 잠에 취했던 것 같다. 선생님이 국민윤리 교과서로 우리 머리를 내리칠 때마다 우리는 더 크게 웃었다. 선생님은 윌리를 복도에 내보내 서 있게 하고 나는 외투 보관실로 보냈다. 우리는 수업이 끝나서 선생님이 온 줄도 모르고 몸을 웅크리고 잠을 잤다.

섹스터스는 몇 번 벽을 타고 도트의 방으로 올라왔다. 그는 "애는 자?" 하고 속삭였다.

"쟤한테 지금 이 세상은 없어." 맞는 말이었다.

그들이 무슨 짓을 하나 보려고 잠들지 않으려 아무리 애를 써도 소용없었다. 나는 곧바로 곯아떨어졌다.

"그런데 어째서 깜깜한데 빛이 보이죠?" 나는 냉장고 안에 불이 늘 켜져 있는 줄 알았을 때 그랬던 것처럼 혼란스러웠다. 의사는 빛이 있다는 걸 믿으라고 내 눈이 뇌에 신호를 보내는 것이라고 설명했다. 웃을 일이 아니다. 이건 까마귀 문제를 더 심각한 것으로 만들 뿐이었다. 이는 숲속

● Dean Acheson(1893~1971). 해리 S. 트루먼이 대통령이었을 때 미국 국무장관(1949~1953)이었다. 이것으로도 이 이야기의 시대적 배경을 짐작할 수 있다.
●● 애치슨이 국무장관이었을 때 농무부 장관은 찰스 F. 브래넌이었다.

의 나무가 쓰러지는 것*과 관련된 문제를 끄집어내는 말이기도 했다. 어쩌면 그 단풍나무에 까마귀가 있다는 걸 믿으라고 내 눈이 뇌에 신호를 보낸 것일 뿐인지도 모르겠다.

어느 일요일 아침 눈을 떠보니 섹스터스가 내 옆의 도트 저쪽 옆에서 잠을 자고 있었다. 그들이 좀 더 매력적인 남녀였더라면 더 흥미를 느꼈을지 모르겠다. 그는 머리가 해병처럼 짧고 여드름까지 났다. 눈썹은 하얬고 목젖이 툭 튀어나왔다. 그래도 그는 로프로 가축 잡기 대회와 드럼통 타기 대회의 챔피언이었다. 그리고 그가 키운 돼지는 미국 농촌 청년 교육 기관에서 주최하는 대회에서 3년 연속 우승했다. 도트는 못생겼다. 그냥 아주 못생겼다. 제아무리 배우처럼 얼굴에 화장품을 찍어 발라도 천박해 보이지도 않았다. 그냥 작은 갈색 눈과 큰 입이 강조되어 보였을 뿐이다. 으르렁거리듯이 항상 반쯤 열려 있는 입에 송곳니가 두드러져 보였다. 나는 도트를 살짝 흔들고 섹스터스를 가리켰다. "어머나 이걸 어째!" 도트는 얼른 그를 깨웠다. 그는 몇 초 만에 창문으로 나가 미루나무를 타고 내려가 사라졌다. 도트는 나를 건초 매트리스에 꼼짝 못하게 눌러놓고 비밀을 지킬 것을 맹세시켰다.

"아니, 언니. 내가 여태까지 비밀 지켰잖아, 안 그래?"

"만일 입을 열면 나도 너와 그 멕시코 녀석 일을 이를 테야." 나는 충격을 받았다. 도트가 말하는 게 꼭 우리 엄마 같았기 때문이다.

우리 엄마 걱정을 안 하게 되어 정말 좋았는데. 나는 이제 예전보다 좋은 아이가 되어 있었다. 이제는 뚱하거나 시무룩하지 않았다. 예의 바르

● 철학자 조지 바클리가 제기한 관찰과 인식의 철학적 문제를 가리킨다. '숲속의 나무가 쓰러질 때 주위에 그 소리를 들을 사람이 없다면, 그 소리가 나는가?' 하는 것이다.

고 유용한 아이가 되어 있었다. 그전에 우리 집에 있을 때와는 달리 뭘 흘리거나 깨뜨리거나 떨어뜨리지 않았다. 나는 이곳을 떠나고 싶지 않았다. 윌슨 씨와 아줌마도 늘 내가 상냥하고 일도 잘한다고 칭찬했다. 나를 얼마나 한 가족처럼 생각하는지 모른다고 했다.

우리는 일요일이면 전 가족이 모여 저녁을 함께 먹었다. 도트와 나는 그들이 교회에 간 동안 일하고 정오에 가게를 닫고 집에 가서 저녁 식사 준비를 도왔다. 윌슨 씨는 식전 감사기도를 드렸다. 사내 형제들은 서로 쿡쿡 찌르고 장난치며 웃었고, 야구 이야기를 했다. 우리는 모두 함께…… 음…… 무슨 이야기를 했는지는 기억이 안 난다. 사실 별로 많은 이야기를 하지는 않았을지 모르지만 분위기는 화기애애했다. "거기 버터 좀 주세요"라거나 "그레이비 드려요?"라는 말을 한 기억은 난다. 내가 가장 마음에 들어했던 건 나에게도 리넨 냅킨과 냅킨꽂이 고리가 있었고, 다른 식구들 것과 함께 찬장에 나란히 놓였다는 점이다.

나는 토요일마다 누군가의 차를 얻어 타고 노갈레스로 가서, 거기에서 투손으로 가는 버스를 탔다. 의사들은 몇 시간 동안 내가 더 이상 견딜 수 없을 때까지 낡은 방식으로 고통스러운 근육 수축법을 시술했다. 그들은 나의 치수를 재고, 몸을 핀으로 찌르고, 다리와 발을 망치로 두드려 신경 손상 정도를 점검했다. 그들은 교정기와 신발 축을 다시 조절해주었다. 그들은 내 상태와 관련해서 어떤 결론을 내리는 것 같았다. 의사들은 저마다 눈을 가늘게 뜨고 내 X레이 사진을 들여다보았다. 그들이 고견을 듣기 위해 기다리던 한 유명한 의사는 등뼈가 척수에 너무 가까이 밀려 들어갔다고 했다. 수술을 하면 자칫 마비를 초래하고, 만곡의 결함을 메워주던 모든 기관에 충격을 줄 수 있다는 진단을 내렸다. 돈이 많이 들 일이었다. 수술 비용뿐 아니라, 다섯 달이라는 회복 기간 동안 꼼짝하지 않고 엎드려 있어야 할 것이기 때문이다. 나는 그들이 수술에 찬성하는 것 같지 않아서 기뻤다. 그들이 내 등뼈를 곧게 편다면 나는 키가 2미터도 넘을 것 같았다. 수술을 안 하더라도 나는 그들이 나를 계속 검진해주었으면 하고 바랐다. 나는 칠레에 가고 싶지 않았기 때문이다. 그들은 내가 윌리에게 받은, 하트를 건 채 찍은 X레이를 한 장 가져가게 허락했다. 등뼈가 S자 모양으로 굽은 탓에 나의 하트는 있어야 할 자리에 없고, 그의 하트가 정가운데 있었다. 윌리는 광석 분석 사무소 안쪽 작은 유리창에 그것을 걸어두었다.

어떤 토요일 밤에는 멀리 엘긴이나 소노이타의 헛간에서 댄스파티가 열렸다. 멀리 떨어진 곳에서도 모든 사람들이 파티에 참석했다. 노인이든 젊은이든 아기들이든 모두 다. 심지어 개들도 모여들었다. 관광 목장의 손님들도 참석했다. 여자들은 모두 먹을 것을 들고 왔다. 프라이드 치킨과 감자 샐러드, 케이크, 파이, 펀치. 헛간에 있던 남자들은 여럿이 끼리끼리 나가 픽업트럭 앞에서 술을 마시며 놀곤 했다. 남자들과 그렇게 어울리는 여자들도 있었다. 우리 엄마는 항상 그랬다. 고등학생들은 술을 마시고 취해 토하고, 페팅하다 들키곤 했다. 할머니들은 어린아이들과 모여 춤을 추었다. 모두가 춤을 추었다. 주로 투스텝 춤이었지만 블루스나 지르박도 간간이 섞였다. 스퀘어댄스나 바르소비아나* 같은 멕시코 춤을 추기도 했다. 바르소비아나는 영어로 "그 예쁜 발, 그 예쁜 발, 거기에"라는 뜻으로 톡톡 뛰다가 돌기도 하는 춤이다. 그들은 〈밤이나 낮이나〉부터 〈돌아서 가, 저 앞은 흙탕길이니〉, 〈할리스코, 포기하지 마〉, 〈허클벅 춤

---

* 이 춤은 옛날 왈츠로 1940년대 뉴멕시코의 라스 크루세스, 애리조나, 텍사스 등지에서 유행했다. Put your little foot, put your little foot right there라는 말을 넣어 부르기도 한다.

을 춰)에 이르는 모든 곡을 연주했다.* 여러 밴드가 번갈아가며 연주했지만 레퍼토리는 같았다. 그 모든 잡다한 뮤지션들은 다 어디서 모여든 걸까? 뿔피리와 구이로를 연주하는 멕시코계 10대 소년들, 커다란 모자를 쓴 컨트리 뮤직 기타리스트들, 비밥 드러머들, 프레드 애스테어처럼 생긴 피아니스트들. 그 작은 밴드들이 했던 것과 가장 가까운 연주를 들은 건 1950년대 말에 뉴욕의 파이브 스팟 재즈 클럽에서였다. 오넷 콜먼의 〈램블링〉. 모든 사람들이 이 곡을 듣고 새롭고 틀에 박히지 않은 연주라고 했다. 나에게는 텍사스와 멕시코 음악의 요소가 혼합된 것, 이를테면 좋은 소노이타 춤곡처럼 들렸다.

성실한 개척자 유형의 가정주부들도 댄스파티를 위해 모두 옷을 차려입고 나왔다. 토니사社의 파마 약으로 머리를 하고 립스틱을 바르고 하이힐을 신었다. 남자들은 가죽 같은 피부를 가진 근면한 목장 일꾼들이나 광부들이었다. 대공황 시기에 성장한 사람들. 하나님을 두려워할 줄 하는 성실한 노동자들. 나는 광부들의 얼굴을 보는 게 좋았다. 교대 작업을 마치고 나올 때의 더럽고 핼쑥한 얼굴을 보다가 홍조를 띤, 근심 걱정 없는 얼굴로 "아하, 산 안톤!"**이나 "아이, 아이, 아이"***를 힘차게 부르는 것을 보는 게 좋았다. 사람들은 모두 춤을 추었을 뿐 아니라 노래도 부르고 고함도 질렀다. 윌슨 씨 부부는 간간이 하던 걸 멈추고 숨을 몰아쉬며 나

● Night and Day, 뮤지컬 〈즐거운 이혼〉(1932)의 싱글로 인기를 얻은 콜 포터의 노래. Detour (There's A Muddy Road Ahead), 폴 웨스트모어랜드의 1945년 스윙 발라드. Ay, Jalisco, no te rajes!, 나뉴엘 에스페론이 작곡한 1941년 멕시코 란체라. The Hucklebuck, 1949년에 유행하기 시작한 재즈 춤곡.
●● 존 웨인 주연의 1950년 서부 영화 〈리오 그란데〉에 나오는 노래.
●●● 1882년부터 유행한 멕시코 노래 〈시엘리도 린도(Cielito Lindo)〉.

에게 "도트 봤니?" 하고 묻곤 했다.

윌리 어머니는 댄스파티가 있을 때마다 몇몇 친구와 함께 왔다. 그녀는 춤곡이 나오면 빠지지 않고 춤을 추었고, 언제나 예쁜 원피스 차림이었다. 춤을 출 때 머리카락이 아래위로 출렁이고 십자가 목걸이도 덩달아 이리저리 흔들렸다. 그녀는 아름답고 아직 젊었다. 숙녀다워 보이기도 했다. 블루스 곡이 나올 때는 상대방과 몸을 대고 춤추지 않았고, 픽업트럭 있는 데로 나가지도 않았다. 아니, 나는 그녀가 그런 걸 보지 못했다. 파타고니아의 여자들은 모두 그녀에 대해 좋은 말만 했다. 그러면서도 윌리 어머니는 언제까지고 과부로 남아 있지 않을 것이라는 말도 했다. 윌리에게 왜 오지 않았느냐고 묻자 춤을 출 줄 모르기도 하지만 동생들을 봐야 했기 때문이라고 했다. 하지만 다른 집 아이들은 다 가는데 그의 동생들은 왜 못 가냐고 나는 물었다. 아냐, 윌리가 대답했다. 그의 어머니도 가끔은 그들에게서 벗어나 흥겹게 놀 필요가 있다는 것이었다.

"그러면, 너는?"

"난 별로 생각 없어. 이타적인 사람으로 보이려는 건 아니야. 난 엄마가 원한다면 남편이 될 사람을 찾았으면 좋겠어."

다이아몬드 드릴 시추공들이 광산촌에 와 있을 때는 댄스파티가 실로 활기를 띠었다. 지금도 다이아몬드 시추공이라는 직업이 있는지 모르겠지만, 당시 광산업계에서 그들은 특별한 부류였다. 그들은 항상 둘이 짝을 지어 굉음을 내는 차를 타고 자욱한 먼지를 일으키며 고속으로 광산촌에 들어온다. 그들의 차는 픽업트럭이나 일반적인 승용차가 아니라 날렵한 2인승 스포츠카로, 먼지 속에서도 번들번들한 차체가 빛을 발한다. 그들은 목장 일꾼들이나 광부들처럼 데님이나 카키를 입지 않았다. 어쩌면 갱도에 내려갈 때는 입었을지도 모르겠지만, 밖에 돌아다니거나 댄스

파티에 갈 때는 짙은 색 양복에 실크 와이셔츠와 넥타이 차림이었다. 그들은 긴 머리를 올백으로 빗어 넘기고, 긴 구레나룻을 기르고, 어떤 때는 수염도 길렀다. 나는 그들이 서부의 광산에만 있는 걸 봤는데, 그들의 자동차 번호판은 대개 테네시나 앨라배마, 또는 웨스트 버지니아 것이었다. 그들은 오래 머물지 않았다. 길어야 일주일이었다. 우리 아버지는 그들이 외과 의사보다 더 많은 돈을 번다고 했다. 좋은 광맥을 열거나 찾는 사람들이 바로 그들이었던 것 같다. 나는 그들이 중요한 일을 하며 그들이 하는 일의 성격이 위험하다는 것을 안다. 그들은 보기에도 위험해 보였다. 이건 지금에야 아는 사실이지만, 그건 성적 매력이었다. 자신만만하고 거만한 그들에게는 투우사라든가 은행 무장 강도 또는 구원 투수와 같은 아우라가 있었다. 헛간의 댄스파티에 온 여자들은 늙었건 어리건 모두 다이아몬드 드릴 시추공과 춤추고 싶어했다. 나도 그랬다. 시추공들은 항상 월리 어머니와 춤추고 싶어했다. 술을 너무 많이 마신 누군가의 아내나 여동생은 반드시 그들 중 누군가와 밖으로 나갔고, 그러면 피 터지는 싸움이 벌어졌다. 그럴 때 남자들은 싸움 구경을 하려고 헛간에서 우르르 몰려나갔다. 싸움은 항상 누군가 공중에 공포를 쏘고 나서야 끝이 났다. 그러면 시추공들은 급히 어둠 속으로 차를 몰아 달아났다. 상처를 입은 씩씩한 사나이들은 부어오른 턱이나 멍든 눈을 어루만지며 댄스파티가 계속되는 안으로 다시 들어갔다. 그러면 밴드는 〈당신은 너무 자주 바람을 피웠어〉* 같은 곡을 연주하곤 했다.

어느 일요일 오후, 월리와 함께 우리 옛날 집을 보러 와이즈 씨 차를

---

* You Two-Timed Me One Time Too Often, 제니 루 카슨이 작곡한 1945년 컨트리 뮤직. 여성이 작곡한 최초의 넘버원 히트곡.

타고 광산에 올라갔다. 나는 아빠가 키우던 미스터 링컨 장미 향기를 맡고, 오래된 오크나무 사이를 거닐면서 향수병에 걸렸다. 나는 울퉁불퉁한 바위에 둘러싸여 계곡을 굽어보고 있는 볼디산*을 우러러보았다. 매와 어치가 보였다. 분쇄소에서 도르래 돌아가는 소리가 들려왔다. 찰칵찰칵 둥둥 쨍. 나는 우리 가족이 그리워서 울지 않으려 애를 썼지만 결국 울고 말았다. 와이즈 씨는 나를 안아주고 걱정하지 말라고 했다. 나는 아무래도 방학하면 우리 가족이 있는 데로 가야 할까 보다고 생각했다. 윌리와 눈이 마주치자 그는 사슴 암컷과 새끼 사슴들이 몇 발자국도 안 되는 곳에서 우리를 응시하고 있는 것을 보라고, 머리를 옆으로 까닥 움직여 신호했다. 그리고 "쟤들도 네가 떠나지 않았으면 하네" 하고 말했다.

그래서 나는 남미로 갈 뻔했지만, 칠레에 대지진이라는 국가적 재난이 발생해서 우리 가족이 모두 사망했다. 나는 애리조나 파타고니아에 그대로 남아 윌슨 씨 가족과 함께 살았다. 그리고 고등학교를 졸업하고 장학금을 받아 애리조나대학교에 들어가 저널리즘을 전공했다. 윌리도 장학금을 받았는데, 그는 지질학과 예술을 복수 전공했다. 우리는 졸업 후에 결혼했다. 윌리는 트렌치 광산에 취직했고 나는 노갈레스 스타 신문사에서 일했다. 그리고 우리의 첫아들 실버가 태어났다. 우리는 부싱거 선생님이 살던 하쇼 인근 산속의 사과 과수원 안에 있는 아름다운 옛날 어도비 집에서 살았다(선생님은 그때는 고인이 되었다).

상당히 멜로드라마적인 이야기란 걸 나도 알지만 윌리와 나는 오래오래 행복하게 살았다.

---

* 뉴멕시코주 시머론 산맥에서 가장 높은 산봉우리.

만일 실제로 지진이 일어났더라면 어떻게 됐을까? 나는 어떻게 됐을지 안다. '만일 ……했더라면'의 문제가 바로 이것이다. 조만간 뜻밖의 문제에 부딪치게 된다. 나는 파타고니아에서 살 수 없었을 것이다. 나는 결국 텍사스의 아마리요로 가게 되었을 것이다. 평평한 공간, 곡식 저장고들, 하늘, 회전초, 사방을 둘러봐도 산이라곤 보이지 않는 곳. 데이비드 삼촌과 해리엇 숙모, 증조할머니 그레이와 함께 살게 되었으리라. 그들은 나를 문제아로 여겼겠지. 그들이 져야 할 십자가. 그들이 '억압된 감정의 표출'이라고 할 많은 사건이 있었을 테고. 학교 카운슬러는 그것을 도움을 청하는 외침이라고 했겠지. 나는 소년원에서 나온 뒤 머잖아 그곳을 지나던 어느 다이아몬드 드릴 시추공과 야반도주해서 몬태나에 갔을 것이다. 그리고 정말 이게 믿겨질지 모르겠지만, 나의 인생은 지금과 똑같은 결과에 이르렀을 것이다. 콜로라도주 다코타 리지의 석회암 산기슭, 까마귀들이 있는 이곳에.

작가 소개

루시아 벌린은 1936년 알래스카에서 루시아 브라운으로 태어났다. 그녀는 광산업에 종사하는 아버지를 따라 아이다호, 켄터키, 몬태나의 광산촌에서 어린 시절을 보냈다.

1941년 벌린의 아버지가 전쟁에 참전하자 그녀의 어머니는 두 딸을 데리고 엘패소의 외가로 이사했다. 루시아의 외할아버지는 저명한 치과의사였지만 술주정뱅이였다.

전쟁이 끝난 직후 벌린의 아버지는 가족을 데리고 칠레의 산티아고로 이사했다. 벌린은 그로부터 약 25년 동안 꽤 화려한 생활을 했다. 산티아고에서 살며 사교 무도회에 다녔고, 난생처음으로 담배를 피울 때 알리 칸 왕자가 불을 붙여주었다(알리 칸은 파키스탄의 왕자였고 배우 리타 헤이워드의 남편이기도 했다). 그녀는 고등학교를 마치고 아버지의 사교 모임에 고정적으로 여주인 노릇을 했다. 어머니는 대개 술병을 들고 일찍 침실에 들었기 때문이다.

루시아는 열 살에 척추옆굽음증 진단을 받았다. 척추 문제로 철제 교정기를 하며 자랐고, 이 고통스러운 상태는 그녀를 평생 따라다녔다.

1955년 루시아는 뉴멕시코대학교에 입학했다. 스페인어에 능통했던 루시아는 스페인 소설가 라몬 센더 밑에서 공부했다. 그녀의 조각가 남편은 둘째 아들을 낳았을 때 집을 떠났다. 루시아는 학교를 마치고 앨버커키에서 살다 그녀의 인생에 중요한 인물이었던 시인 에드워드 돈을 만났다. 그녀는 에드워드 돈의 은사였던 시인 로버트 크릴리, 그의 하버드대학교 동창이자 재즈 뮤지션인 레이스 뉴턴과 버디 벌린을 만나고 글을 쓰기 시작했다.

벌린은 피아니스트인 레이스 뉴턴과 1958년에 결혼했다. (그녀의 초기작들은 루시아 뉴턴이라는 이름으로 발표되었다.) 그 이듬해 그들은 아이들을 데리고 뉴욕 맨해튼의 로프트 아파트로 이사했다. 레이스는 착실히 일했고 부부는 시인 드니즈 레버토브, 저술가 미첼 굿맨 외에 여러 유명 작가, 예술가들과 친분을 맺었다.

1960년 벌린은 아들들을 데리고 뉴턴과 뉴욕을 떠나 버디 벌린과 멕시코로 여행을 갔다. 그곳에서 버디는 그녀의 세 번째 남편이 되었다. 버디는 카리스마가 있고 부유한 사람이었지만, 그 또한 마약중독자였다. 1961년에서 1968년에 걸쳐 아들 둘이 더 태어났다.

1968년 벌린 부부는 이혼했다. 루시아는 뉴멕시코대학교 석사 과정에 등록하고 임시직 교사로 일했다. 그녀는 그 후 다시는 결혼하지 않았다.

1971년에서 1994년까지 벌린은 캘리포니아 버클리와 오클랜드에서 살았다. 그녀는 고등학교 교사, 교환원, 병원 사무원, 청소부, 의료 보조원으로 일했다. 그렇게 네 아들을 키우면서 글을 쓰고 술에 중독되었다. 그러나 글은 결국 중독을 이겨냈다. 1991~1992년 그녀는 멕시코시티로 가서 암으로 죽어가는 여동생을 보살폈다. 그녀의 어머니는 1986년에 죽었는데, 자살한 것으로 보인다.

1994년 에드워드 돈은 벌린을 콜로라도대학교로 불렀다. 그녀는 그로부터 6년 동안 볼도에서 살았다. 처음에는 방문 작가로 있다가 부교수가 되었다. 벌린은 교수로서 학생들에게 사랑을 받고 굉장한 인기를 끌었다. 재직 2년 차에는 대학교에서 우수교육자상을 받았다.

볼더에 있는 동안 벌린은 돈과 그의 아내 제니, 시인이자 번역가인 안셀름 홀로, 어린 시절 친구였던 소설가 바비 루이즈 호킨스와 긴밀한 유대관계를 맺었다.

그녀는 건강이 악화됨에 따라 2000년에 은퇴해야 했다(척추옆굽음증으로 폐에 구멍이 났고 1990년대 중반부터는 산소 탱크에 의지해 살

왔다). 그리고 그 이듬해에는 아들들의 권유로 로스앤젤레스로 이사했다. 그녀는 암과 싸워 이겨냈으나, 2004년 마리나 델 레이에서 숨을 거두었다.

후서

중요한 것은 이야기

리디아 데이비스

루시아 벌린의 이야기는 강렬하다. 전류처럼 웅웅거리다 전선이 서로 닿으면 치직거린다. 독자는 이 전류에 이끌려 넋을 잃고 활력을 얻고, 모든 신경세포들은 타오른다. 책을 읽을 때 우리는 머리를 쓰고 가슴을 뛰게 하는 그런 경험을 원한다.

루시아 벌린의 산문이 지닌 활력은 부분적으로는 속도 조절에서 나온다. 매끄럽고 잔잔하고, 균형 잡히고, 느릿하고 편안한가 하면 스타카토 같고, 표음기호 같고, 신속하게 움직이기도 한다. 한편 그것은 구체적인 이름을 쓰는 데서 나온다. 피글리 위글리(슈퍼마켓), 비니위니 원더 *(이상한 창작 요리), 빅마마 팬티호스**(화자가 얼마나 몸이 큰지 나타내는 방식). 거기에는 대화도 한몫한다. 가령 "Jesus wept" 또는 "Well, I'm blamed!"*** 같은 감탄문은 어떤가? 성격 묘사도 빠뜨릴 수 없다. 전화 교환수 셸마의 상사는 그녀의 행동으로 퇴근 시간이 가깝다는 것을 알 수 있다고 말한다. "너는 가발이 삐딱해지고 음란한 말을 하기 시작해."****

물론 언어 그 자체, 단어 하나하나가 그렇다. 벌린은 항상 귀를 기울이고 듣는다. 벌린의 글은 항상 언어의 소리에 민감하다. 그래서 우리도 음

• '비니위니 원더'는 이 선집에는 포함되지 않는 단편에 나오는 요리 이름이다.
•• '빅마마(Big Mama)'는 미국 리듬앤드블루스 가수였던 윌리 메이 손턴(1926~1984)을 가리키는 것으로 생각된다.
••• Jesus wept. 요한복음 11장 35절. '예수께서 눈물 흘리셨다.' 이 원뜻이 변형되어 어떤 믿기지 않는 일이나 무언가 잘못되었을 때 가벼운 욕설로 쓰인다. Well, I'm blamed!는 강한 놀람을 나타내는 말로 '아이고!', '저런!'과 같은 뜻을 전달하며, blamed는 더 흔히 쓰이는 damned를 좀 약하게 나타낸 것으로 북미 방언이라고 볼 수 있다. Well, I'm blamed!는 단편집 『에인절 빨래방』에 나오는 것으로 이 선집에는 해당 단편이 포함되어 있지 않다.
•••• 이 대화는 루시아 벌린의 단편집 『환상 통증』에 나오는 것으로 이 선집에는 해당 단편이 포함되어 있지 않다.

절이 이루는 리듬을, 소리와 의미의 완벽한 일치를 음미할 수 있다. 화가
난 전화 교환수는 "기구로 탕탕, 탁탁, 소리를 내며" 일한다. 벌린은 어떤
단편에서는 "볼품없고 소란스러운 까마귀"(「불량 청소년」)의 울음소리를
떠올린다. 2000년 벌린은 콜로라도에서 나에게 이런 편지를 보내온 적이
있다. "눈의 무게에 꺾인 가지들이 지붕에 떨어지는 소리가 나고 벽은 바
람에 흔들려요. 하지만 집 안은 아늑하죠, 튼튼한 좋은 배나 대형 평저선
이나 끌배를 타고 있는 것 같다고나 할까."(이 단음절들이 이루는 압운을
들어보라.)*

　　루시아 벌린의 단편소설은 놀라움으로 가득하다. 의외의 구절과 직관,
상황의 변화와 유머. 가령 「안녕」에서 화자는 멕시코에서 주로 스페인어
를 하면서 사는데, 조금 구슬프게 자신의 처지에 대해 이렇게 논평한다.
"물론 이곳에 있는 나에게는 나라는 존재가 있다. 새로운 가족, 새로운 고
양이, 새로운 농담도 있다. 그런데 나는 계속 영어로 내가 누구였는지 기
억하려고 애쓴다."
　　「돌로레스 공동묘지」의 화자는 어린아이인데, 몇몇 다른 단편도 그렇
듯이 이 어린아이는 까다로운 어머니와 다툰다:

　　어느 날 밤, 그가 간 뒤 엄마가 집에 들어와 나와 같이 쓰는 방으로
　　들어왔다. 엄마는 술을 마시며 울다 일기장에 무언가 휘갈겨 ─ 말 그대
　　로 휘갈겨 ─ 썼다.

---

* 번역으로 알 수 없는 원문의 운은 자음 /s/와 모음 /ō/, /ə/ 로 이루어져 있다. Snug
though, like being in a good sturdy boat, a scow or a tug.

"엄마 괜찮아?" 내가 마침내 묻자 엄마는 내 뺨을 때렸다.

「콘치에게」에서 화자는 똑똑한 옹고집 대학생이다:

내 룸메이트 엘라는 글쎄 내 글을 안 읽겠단다. 난 우리가 사이좋게 지냈으면 좋겠는데. 걔네 엄마는 오클라호마에서 매달 생리대를 보내와. 엘라는 연극 전공이잖아. 그런데, 나 참, 피 좀 묻는 걸 가지고 그렇게 호들갑을 떨면 어떻게 레이디 맥베스 역을 연기하겠나?

놀라움은 직유로 나타날 수 있다―루시아 벌린의 단편에는 직유가 풍부하다.

「청소부 매뉴얼」에는 이런 문장이 있다. "언젠가 그는 내가 샌 파블로 대로 같아서 나를 사랑한다고 했다."

그리고 바로 뒤에 오는 문장의 비유는 한층 더 놀랍다. "테리는 버클리 폐기장 같았다."

쓰레기 폐기장(버클리에 있는 것이든 칠레에 있는 것이든)을 묘사할 때는 들꽃 핀 들판을 묘사하는 것처럼 서정적이다.

폐기장 가는 버스가 있으면 좋겠다. 우리는 뉴멕시코가 그리울 때 그곳에 갔었다. 삭막하고 바람이 많이 부는 곳, 갈매기들은 사막의 쏙독새처럼 높이 날아오른다. 그곳에선 머리 위로, 사방으로 탁 트인 하늘을 볼 수 있다. 쓰레기 트럭들은 천둥 소리와 함께 먼지 소용돌이를 일으키며 지나다닌다. 회색 공룡들.

실제 세상 속에 이야기를 끼워넣는 것은 바로 다음과 같은 종류의 구체적인 비유적 표현이다. 쓰레기 트럭들은 "천둥 소리"를 내고 먼지의 "소용돌이"를 일으킨다. 벌린의 비유적 표현은 어떤 때는 아름답고 어떤 때는 아름답지는 않지만 강렬하게 손에 만져질 듯하다. 우리는 머리와 가슴으로 또 감각으로 루시아 벌린의 이야기를 경험한다. 「선과 악」의 역사 선생님 냄새, 그녀의 땀과 곰팡이 핀 옷. 또 다른 단편에는 이런 표현도 있다. "물러서 축 처지는 타맥…… 먼지와 세이지……." 학들은 "카드를 섞는 소리처럼"* 날아 오른다. "갈리치 먼지와 협죽도." 또 다른 단편에는 "야생 해바라기와 보라색 잡초"**라는 것도 있다. 오래전, 형편이 더 좋았던 시절에 심은 포플러나무들이 슬럼가에서 빽빽하게 자라고 있다. 루시아 벌린은 (병으로 거동하기가 힘들게 되었을 때) 창밖을 내다보기만 할 뿐이었지만 항상 관찰하는 습관은 여전했다. 벌린이 2000년에 내게 보내온 그 편지를 보면, 까치가 사과 과육을 향해 "급강하 폭격"을 한다―"흰 눈을 배경으로 엷은 청록색을 띤 검은색이 어디선가 휙 갑자기 나타나죠."

어떤 묘사는 낭만적으로 시작하지만―"베라크루스 성당, 종려나무와 달빛 아래 램프"―현실이 그렇듯, 플로베르 식의 날카로운 관찰에 기반한 사실주의적 세부 묘사로 낭만은 제거된다―"광을 낸 구두를 신고 춤추는 사람들의 다리 사이를 돌아다니는 개와 고양이도."(「안녕」) 벌린이 평범한 것과 비범한 것, 일상적인 것 또는 추한 것과 아름다운 것을 나란히 다룰 때 세상을 포용하는 작가다운 자세는 그만큼 더 분명해진다.

* 단편집 『안녕』에 나오는 것으로 이 선집에는 포함되지 않았다.
** 단편집 『낙원의 저녁』에 나오는 것으로 이 선집에는 포함되지 않았다.

루시아 벌린은, 아니 한 단편소설의 화자는 그런 관찰력은 어머니 덕분이라고 한다.

아무것도 놓치지 않던 엄마의 시선을 상기했어. 시선. 엄마는 우리에게 그걸 각인시켰지.
하지만 듣지는 않았어. 우리가 무슨 이야기를 하면 한 5분이나 들었을까, 엄마는 곧 "됐다!"라고 말하곤 했지. (「돌로레스 공동묘지」)

소녀의 어머니는 침실에서 나오지 않고 술을 마셨다. 할아버지도 자신의 침실에서 나오지 않고 술을 마셨다. 소녀는 자기가 잠을 자는 베란다에서 그들이 각자의 방에서 술을 병째 들고 마시는 소리를 들었다. 그토록 통렬하게 목격한 이야기, 그렇게 웃기는 이야기에서 우리는 아픔을 느끼는 한편 그 전달 방식에 예의 역설적인 즐거움을 느낀다―어쩌면 현실에서도 그럴지 모른다. 그렇지 않다면 그 이야기는 현실을 과장한 것이다―그리고 그 즐거움은 아픔보다 크다.

루시아 벌린은 많은 단편을 자신에게 실제로 일어난 일을 소재로 썼다. 그녀가 죽은 뒤 네 아들 중 한 명은 이런 말을 했다. "어머니의 단편들은 실화입니다. 그렇다고 반드시 자전적이라는 건 아니지만 대충 가깝다고 할 수 있죠."
자신의 인생을 현실에서 그대로 따와서 이야기하는 자전 소설이라는 소설 형식. 사람들이 이 형식을 마치 새로운 것인 양 논하기 시작하기도 전에 루시아 벌린은 내가 아는 한 이미 초창기인 1960년대부터 그런 식으로, 또는 그와 비슷한 형식으로 글을 썼다. 그녀의 아들은 이렇게 말한다. "이야기 속의 그 모든 시기에 실제로 무슨 일이 일어났는지 나도 잘 모를 정도로 우리 가족의 이야기와 추억이 서서히 새로운 모습을 띠었고 윤색되고 수정되었습니다. 어머니는 그건 중요하지 않다고 했습니다. 이야기가 중요하다는 것이죠."

물론 루시아 벌린은 이야기의 균형 또는 색채를 위하여 필요하다면 무엇이든 바꾸었다. 이야기를 구성하기 위해서는 사건과 세부 묘사, 연대순을 바꿀 수 있다. 그녀는 자신이 과장한다는 것도 인정했다. 한 단편의 화자는 이렇게 말한다. "나는 과장을 많이 하고 허구와 현실을 혼동하지만, 정말로 거짓말은 하지 않는다."

물론 루시아 벌린은 이야기를 지어냈다. 그녀의 초기 단편집을 낸 출판사 발행인 앨러스터 존스턴은 그녀와 나눈 대화를 전해준다. "공항에서 만난 이모를 묘사한 부분이 정말 좋더군요. 이모의 큰 몸집 속에 긴 안락의자처럼 푹 가라앉았다는 표현 말입니다." 그러자 벌린은 이렇게 대답했다. "사실은…… 아무도 나를 마중 나오지 않았어요. 일전에 그런 장면이 머리에 떠올랐는데, 그걸 이 단편을 쓸 때 집어넣은 거예요." 벌린이 어느 인터뷰에서도 말했듯이, 사실 어떤 이야기들은 전적으로 지어낸 것이다. 그렇기 때문에 그녀의 단편소설을 읽었다고 그녀를 안다고 할 수 없다.

루시아 벌린의 인생은 다채로우며 작은 사건이 많다. 여기에서 나온 소재는 흥미진진하고 극적이고 광범하다. 그녀가 유년기와 청춘기에 가족과 함께 살던 곳들은 아버지가 처한 상황에 좌우되었다. 아주 어렸을 때는 아버지의 직장을 따라 여러 고장을 전전했다. 아버지가 제2차 세계대전에 참전했다가 돌아와서도 계속 그의 직장을 따라 여러 곳으로 옮겨다니며 살았다. 루시아 벌린은 알래스카에서 태어나 미국 서부의 광산촌들을 떠돌며 자랐고, 아버지가 멀리 가고 없는 동안에는 엘패소에 있는 외가에서 살았다. 그다음엔 칠레로 이사를 갔는데, 그곳에서는 예전과 다른 풍부하고 특권적인 생활을 누렸다. 이때의 경험은 산티아고에서 보낸 사춘기, 천주교 재단 학교, 정치적 격동기, 요트 클럽, 재봉사, 빈민가, 혁명 등을 그린 단편에 담겨 있다. 성인이 되어서는 멕시코와 애리조나, 뉴멕시코, 뉴욕시를 전전하며 생활했다. 지리적으로 불안한 생활의 연속이었다. 그녀의 네 아들 중 한 명은 자기가 어렸을 때는 아홉 달마다 이사를 갔다고 한다. 그녀는 나중에 콜로라도대학교에서 학생들을 가르치다 말년에는 아들들이 사는 곳에서 가까운 로스앤젤레스로 돌아갔다.

　루시아 벌린은 네 아들을—대체로 혼자—먹여 살리기 위해 일했던 경험에 관하여 쓴다. 아니, 그보다는 자신처럼 청소부, 응급실 간호사, 병원 사무원, 병원 전화 교환수, 선생으로 일을 하며 네 아들을 키운 한 여성의 이야기라고 하는 편이 좋을 것이다. 그녀는 그렇게 많은 곳을 전전하며 살았고, 그리도 많은 경험을 했다. 여러 사람의 인생을 살았다 하기에 족하다. 그녀가 겪은 일 중 적어도 일부는 우리도 겪어서 아는 것이다. 곤경에 빠진 어린이, 어렸을 때 겪은 추행, 열광적인 연애, 중독에서 벗어나려는 몸부림, 고치기 힘든 병, 장애, 형제와의 예기치 못한 유대감, 따분한 직장, 까다로운 직장 동료, 요구가 많은 직장 상사, 속이기 잘하는 친구. 물론 자연계를 보고 느끼는 경외감도 빠뜨릴 수 없다. 무릎까지 올라오는 카스텔리야 풀밭에 서 있는 헤리퍼드종 소, 달구지 국화가 핀 벌판, 병원 뒤편 골목에 핀 분홍색 십자화. 우리도 어느 부분은 비슷한 경험을 했기 때문에 그녀의 이야기를 읽을 때 그 속에서 우리 자신을 보게 된다.

　루시아 벌린의 이야기에는 실제로 다양한 상황이 벌어진다. 일시에 이를 전부 뽑는 일이 있는가 하면, 수녀를 밀었다는 이유로 어린 여학생이 가톨릭 학교에서 퇴학을 당한다. 산꼭대기의 오두막에서 사는 노인이 죽고 그의 침대에는 그가 기르던 염소와 개가 올라가 있다. 곰팡이가 난 스웨터를 입은 역사 선생님이 공산주의자라고 해고된다―"그만 그 말이 툭 튀어나왔다. 정말 비참한 날이었다. 도슨 선생님이라면 넌더리가 났다. 하지만 내가 아버지에게 한 그 한마디로 모든 게 처리되었다. 도슨 선생님은 그 주에 해고되었고 다시는 보이지 않았다."(「선과 악」)

그래서 일단 루시아 벌린의 단편을 읽기 시작하면 도중에 멈추지 못하는 걸까? 계속해서 무슨 일인가 일어나기 때문에? 서술하는 목소리가 그리도 매력적이고 다정하기 때문에? 절제된 언어와 속도 조절, 비유적 표현, 명료성이 또한 거들기 때문에? 벌린의 단편소설은 우리가 무엇을 하고 있었는지, 어디에 있는지, 심지어 우리가 누구인지도 잊게 만든다.

"잠깐." 한 단편은 이렇게 시작한다. "내가 해명할게요……."(「별과 성인」) 이 화자의 목소리는 루시아의 목소리와 비슷하지만 결코 똑같지 않다. 그녀의 단편소설에는 기지와 반어법이 면면히 흐르고, 이는 편지에서도 넘쳐흐른다. 그녀가 2002년에 내게 보내온 편지에서는 어떤 친구에 대해 이런 말을 한다. "이 친구는 처방약을 먹고 있어요. 그 효과가 참 대단하기도 해요! 프로잭이 나오기 전에는 사람들이 어떻게 살았을까요? 아마 말을 두들겨 팼겠죠."

말을 두들겨 팬다니. 이런 표현은 어디서 온 걸까? 다른 문화나 다른 언어, 정치, 인간의 결점이 그렇듯 과거도 루시아 벌린의 마음속에 살아 숨쉬고 있었을 것이다. 그녀가 언급하는 대상의 범위는 매우 다채롭다. 이국적이기도 하다. 전화 교환수들은 우유 짜는 여자처럼 교환대에 몸을 기울여 머리를 파묻고 일한다. 그런가 하면 화자는 그녀를 맞이한 친구에 대해서는 이렇게 말한다. "그녀는 가부키 배우처럼 검은 머리를 양철 헤어롤로 말아 잔뜩 위로 올렸다."

과거—나는 「안녕」의 놀라운 아래 구절을 몇 번이나 음미하면서 읽고 나서야 루시아 벌린이 무슨 말을 하고 있는지 깨달았다:

지독히 추운 어느 날 밤이었다. 벤과 키스는 나와 함께 방한복을 입고 잠이 들었다. 겉창들이 바람에 요동치는 소리가 요란했다. 허먼 멜빌이 살던 시대에 달았을 겉창들. 일요일이라 지나다니는 자동차는 없었다. 돛 깁는 수선공이 마차를 몰고 지나갔다. 따가닥, 따가닥. 진눈깨비가 쏵쏵 유리창을 때리는데 맥스한테 전화가 왔다. 여보세요. 나 너희 집 길모퉁이 공중전화 부스에 있어.

그는 장미 한 다발, 브랜디 한 병, 아카풀코행 비행기표 네 장을 가지고 왔다. 나는 아이들을 깨워 그와 함께 떠났다.

그들은 맨해튼의 남쪽 지역에서 살고 있었다. 당시의 로프트는 평일 업무 시간이 끝나면 난방이 들어오지 않았다. 어쩌면 유리창 밖에 달린 덧창은 실제로 허먼 멜빌이 살던 시대에 만들어진 것이었는지도 모른다. 사실 맨해튼의 건물들은 지역에 따라 1860년대에 지어진 것들도 있다. 이 이야기의 배경이 되는 시기에는 지금보다 그런 건물이 더 많았다. 하지만 그녀는 역시 또 과장하고 있는지 모른다. 그렇다면 그것은 아름다운 과장, 아름다운 윤색이다. "일요일이라 지나다니는 자동차는 없었다"라는 건 사실적이다. 그래서 바로 뒤이어 나오는 돛 깁는 사람과 마차에 나는 깜박 속았다. 진짜 그런 줄 알고 그대로 받아들였다. 그러나 이 부분을 거듭 읽고 나서야 나는 루시아 벌린이 가볍게 멜빌의 시대로 돌아갔던 것임을 깨달았다. "따가닥, 따가닥" 같은 표현도 그녀가 좋아하는 것이다. 단어를 낭비하지 않고 메모 형식으로 세부 묘사를 보탠다. "진눈깨비가 쉭쉭 유리창을 때리는" 소리는 나를 벽으로 둘러싸인 그 공간으로 데려갔다. 그러자 사건에 가속이 붙었고 우리는 어느새 아카풀코로 가고 있었다.

이런 식의 글은 기분을 들뜨게 만든다.

어떤 단편들은 전형적으로 단도직입적인 정보를 주며 시작한다. 아마도 벌린 자신의 삶에서 직접 취한 것이리라. "병원에서 일하면서 배운 게 하나 있다면 아픈 환자일수록 조용하다는 것이다. 그래서 나는 환자의 인터컴을 무시한다."(「잃어버린 시간」) 이 이야기를 읽으면 가정의로 일하며 글을 썼던 윌리엄 칼로스 윌리엄스의 단편소설이 생각난다. 그의 단순명쾌함, 질병과 치료에 대한 솔직하고 박식한 세부 묘사, 객관적인 기록. 또한 루시아 벌린은 윌리엄스 이상으로 (역시 의사였던) 체호프를 모델로 또 스승으로 삼았다. 그녀는 소설가 스티븐 에머슨에게 보낸 편지에서 그들의 이야기에 활력을 불어넣는 것은 의사로서의 동정심에 더하여 의사 특유의 거리 두기라고 말한다. 또한 그들의 글에는 "불필요한 단어가 없다"면서 그들의 세부 묘사와 간결한 표현을 가리킨다. 거리 두기와 동정심, 세부 묘사, 간결을 망라하고 나면 좋은 글쓰기의 가장 중요한 요소들은 어느 정도 나열한 셈이다. 그러나 무엇이든 항상 논하지 않은 것이 남아 있기 마련이다.

그녀는 어떻게 그런 글을 쓸까? 우리는 다음 장에서 무슨 일이 일어날지 정말 모른다. 예측할 수 있는 건 아무것도 없다. 그러나 모든 게 자연스럽고 사실적이다. 모든 게 우리의 심리적·감정적 기대에 충실하다.

「H. A. 모이니핸 치과」의 마지막 부분에서 화자의 어머니가 "네 할아버지 썩 잘하셨더구나"라고 하는 것을 보면 술주정뱅이 데다 고약하고 고집불통인 늙은 아버지에게 그녀의 마음이 조금 누그러지는 듯하다. 이 이야기가 끝나가는 부분이기 때문에 우리는 이제까지 읽은 이야기들에 길들여져서 그녀가 마음을 풀 것이라고 기대한다. 그 집안 사람들이 일시적으로라도 서로 화해할 것이라고 생각한다. 하지만 그녀의 딸이 "엄마, 아직도 할아버지 미워하는 건 아니지?"라고 물었을 때 "무슨 소리. 당연히 미워하지"라는 그녀의 대답은 잔인할 정도로 솔직하고 어떤 점에서는 만족감마저 준다.

벌린은 위축되지 않는다. 사정을 봐주지 않는다. 그러나 인간의 약점을 생각하는 그녀의 동정심, 화자의 기지와 사고력은 항상 잔인한 삶을 완화시켜준다.

「침묵」이라는 단편에서 화자는 이렇게 말한다. " 끔찍한 일이라도 웃기게 말할 수만 있다면 나는 개의치 않고 말한다." (그러나 어떤 이야기들은 전혀 웃기지 않았다고 한다.)

희극적인 장면은 「섹스어필」에서처럼 어떤 경우에는 외설적이다. 이 이야기에서 화자의 예쁜 사촌 벨라 린은 공기 팽창식 브래지어로 가슴을 보강하고 배우가 되겠다는 희망에 부풀어 할리우드행 비행기를 탄다. 하지만 비행기가 순항 고도에 오르자 브래지어는 터지고 만다.

대개 유머는 서사적 대화의 자연스러운 부분으로 절제되어 있다—예를 들어 콜로라도주 볼더에서 술을 사기 어렵다는 이야기는 이렇다. "주류 상점에 가더라도 대형 타깃 백화점 규모의 악몽이 기다린다. 짐빔이 있는 진열대를 찾아가는 도중에 떨림섬망으로 죽을 수 있다."(「502」) 벌린은 이어서 이런 정보를 알려준다. "술이라면 앨버커키만한 도시가 없다.

주류 상점에 드라이브스루 윈도도 있다. 그래서 파자마를 입은 채로 술을 사러 나갈 수도 있다."

인생이 그렇듯이 희극은 비극의 와중에 일어날 수 있다. 한 단편에서 암으로 죽어가는 여동생은 이렇게 울부짖는다. "이제 당나귀를 못 볼 거야냐!"(「잠깐만」) 그리고 결국 두 자매는 웃고 또 웃는다. 하지만 그 통절한 절규는 우리의 귓가에서 쉽게 가시지 않는다. 죽음은 그렇게 바로 옆에 와 있다. 당나귀를, 그 밖에 세상의 많은 것을 더 이상 볼 수 없는 것이다.

루시아 벌린은 성장기에 주위의 이야기꾼들에게서 이야기하는 법을 배운 것일까? 이야기꾼들에게 항상 마음이 끌린 것일까? 이야기꾼들을 찾아다니며 그들에게 배운 것일까? 아마 둘 다일 것이다. 그녀는 표현 형식, 이야기의 구조에 대한 천부적 감을 지녔다. 그녀의 단편소설은 균형 잡히고 견고한 구조를 갖추었지만 화제가 바뀔 때, 어떤 단편소설에서는 과거에서 현재로 시제가 바뀔 때, 자연스럽다는 착각을 준다. 한 문장 내에서도 마찬가지다.

"나는 책상에 앉아 전화를 받고 산소호흡기 담당과 검사실 직원을 불렀다. 갯버들과 스위트피와 송어 양식장의 추억, 그 따스한 물결에 휘말려 둥실 떠내려가며 기계적으로 일했다. 첫눈이 내린 날 밤의 광산, 그 도르래와 삭구. 별이 빛나는 밤하늘을 배경으로 아른거리는 야생 당근."(「잃어버린 시간」)

이야기가 전개되는 방식에 대하여 앨러스터 존스턴은 이렇게 말한다. "루시아 벌린의 글은 카타르시스를 일으키지만, 직관을 주기 위해 이야기를 쌓아가기보다는 더 주의깊게 클라이맥스를 자아내고, 이것을 독자가 느끼게 한다. 시인 글로리아 프림은 《아메리칸 북 리뷰》에 루시아 벌린은

'절제하고 에둘러 그 순간이 스스로 드러나게 하는 글을 쓴다'고 평한 바 있다."

그렇다면 이 단편들의 결말은 또 어떤가. 많은 작품이 마지막에 쿵! 하고 우리를 깜짝 놀라게 하는, 그러나 불가피한 결말로 끝난다. 이 결말은 이야기의 소재에서 유기적으로 발생하는 것이다. 「엄마」에서 여동생은 결국 까다로운 어머니를 동정할 길을 찾지만, 화자인 언니가—혼잣말로, 또는 우리에게—하는 마지막 말은 우리를 깜짝 놀라게 한다. "나는……나는 자비를 베풀지 못한다."

루시아 벌린의 이야기는 어떤 경로로 쓰여졌을까? 존스턴은 그럴 법한 답을 제시한다. "루시아 벌린은 턱선이랄지 노란 미모사 같은 단순한 형상에서 출발하곤 했다." 벌린 자신은 더 나아가 이렇게 말한다. "하지만 그 형상은 구체적인 강렬한 경험과 연결되어야 한다." 시인 오거스트 클라인젤러에게 보낸 편지에서 벌린은 그다음 과정을 이렇게 언급한다. "그렇게 소설을 시작하면 나머지는 클라인젤러 씨에게 이렇게 편지를 쓰는 것과 다르지 않아요. 글씨가 좀 더 알아보기 쉬울 뿐……." 벌린은 글을 쓰는 동안 그 줄거리의 형태와 일련의 사건들과 결말을 염두에 두고, 이것을 한시도 잊은 적이 없었을 것이다.

이야기는 참다워야 한다고—이 말이 그녀에게 무엇을 의미하든—벌린은 말한 바 있다. 참다운 이야기란 억지로 꾸민 듯하지 않고, 부수적이지도 불필요하지도 않은 무엇이리라. 그것은 자신이 깊이 느낀 것, 감정적으로 중요한 것이어야 했다. 자기가 가르치는 학생이 쓴 소설을 보고 벌린은 너무 기발하다고 평해주었다. 그리고 너무 기발한 글을 쓰려고 애쓰지 말라는 조언도 해주었다. 벌린은 자신의 단편소설 한 편을 라이노

타이프의 주조 활자로 직접 조판하고는 이것을 사흘 뒤에 모두 해체시켰다. 이야기가 "참답지 않다"는 것이 그 이유였다.

소재(참다운 소재) 자체의 어려움은 어떤가?

「침묵」은 실제로 있었던 일에 대한 이야기로, 이는 벌린이 클라인잴러에게도 "희망과의 파괴적 싸움"이라며 비통한 심정을 속기하듯 간략히 언급한 것과도 같다. 이 단편에서 화자의 알코올중독자 외삼촌 존은 어린 조카를 태우고 트럭을 운전한다. 그러다 한 소년과 개를 들이받아 다치게 하고도 차를 멈추지 않는다. 개는 심하게 다쳤다. 루시아 벌린은 이 사건에 대해 클라인잴러에게 이렇게 말한다. "그 어린애와 개를 쳤을 때 내가 느낀 환멸은 굉장했어요." 벌린은 이 일화를 단편소설로 썼을 때 그때의 사건과 아픔을 다루면서 모종의 분석을 보탠다. 화자는 존 외삼촌의 말년에 그를 알게 된다. 그는 행복한 결혼생활을 통해 온순하고 점잖아졌고 더 이상 술을 마시지 않는다. 이 소설 속에서 그녀의 마지막 말은 이렇다. "물론 그 무렵 나는 외삼촌이 왜 트럭을 멈출 수 없었는지에 대한 온갖 이유를 깨달아 알고 있었다."(「침묵」)

까다로운 소재를 다루는 문제에 관해서 벌린은 이렇게 말한다. "어쩌다 보면 현실을 극히 미세하게 변경하지 않을 수 없다. 그것은 변환이지 진실의 왜곡이 아니다. 이야기 자체는 작가는 물론 독자에게도 진실이 된다. 어떤 훌륭한 글에서든 감동의 원천은 어떤 상황을 식별하는 데 있지 않고 진실을 알아보는 데 있다."

진실의 왜곡이 아닌 변환.

내가 루시아 벌린의 작품을 안 지 30년이 흘렀다. 터틀 아일랜드 출판사의 1981년판 얇은 베이지색 페이퍼백 『에인절 빨래방』을 읽은 게 처음이었다. 세 번째 단편소설집이 나왔을 때 멀리서나마 개인적으로 벌린을 알게 되었는데, 어떻게 해서 알게 되었는지는 확실하지 않다. 내가 가진 근사한 『세이프 & 사운드』(폴트룬 출판사, 1988)의 면지에 그녀의 사인이 있다. 그러나 우리는 직접 만난 적이 없다.

벌린의 책은 결국 소형 출판사의 세계에서 벗어나 중견 출판사인 블랙 스패로에서 출간되었고, 나중에는 고딘 출판사에서도 출간되었다. 그중 한 단편집은 '미국 도서상'을 받았다. 하지만 그렇게 인정을 받았어도 당시에는 그에 준하는 넓은 독자층을 확보하지 못했다.

이른 봄, 한 엄마가 자식들을 데리고 야생 아스파라거스를 채집하러 나가는 것을 내용으로 하는 이야기가 있다. 나는 그게 벌린이 쓴 단편소설 내용인 줄 알았는데, 지금까지 알아낸 바에 따르면 2000년도에 벌린이 내게 보낸 편지에만 있는 내용이었다. 내가 아스파라거스에 대한 프루스트의 묘사를 보내주었더니 벌린은 이런 답장을 보내왔다.

나는 초록색 크레용 같은, 가는 야생 아스파라거스가 자라는 것밖에 보지 못했어요. 우리가 뉴멕시코 앨버커키 시외의 강변에서 살 때였죠. 봄이 왔을 때 어느 날 보면 미루나무 밑에 아스파라거스가 돋아나 있곤 했어요. 6인치 정도 자라 있는데, 그 크기면 꺾어가기 딱 좋죠. 그러면 우리 애들과 함께 몇십 개는 채집했어요. 강 하류 쪽에는 프라이스 할머니와 할머니 아들들이 살고, 상류 쪽에는 왜거너 씨 가족이 있었는데, 아무도 아스파라거스가 1인치나 2인치 자랐을 때 본 적이 없는 것 같았어요. 채집하기에 완벽한 크기로 자랐을 때만 보게 되는 것이죠. 어느 날 우리 애들 중 누가 뛰어들어와 "아스파라거스!"라고 소리치곤 했어요. 프라이스 할머니나 왜거너 씨 댁의 경우도 마찬가지였죠.

나는 일류 작가는 언제고 크림처럼 위로 떠오르고 마땅히 유명해지리라는 믿음을 항상 간직해왔다. 그러면 사람들이 그 작가의 작품을 논하고, 인용하고, 가르치고, 공연하고, 영화로 만들고, 가사로 사용하고, 선집에 포함시킨다. 아마 이 단편집으로 루시아 벌린도 그녀가 받아 마땅한 주목을 끌기 시작할 것이다.

나는 사색하기 위해서든 즐기기 위해서든 루시아 벌린의 단편집이면 거의 어느 부분이든 인용할 수 있을 것이다. 여기서 마지막으로 내가 좋아하는 구절 하나만 더 인용하고자 한다.

결혼이란 대체 뭘까? 도무지 알 수가 없다. 그런데 이제 알 수 없는 게 하나 더 늘었다. 죽음. (「안녕」)

편집 후기

스티븐 에머슨[*]

접시꽃 씨, 참제비고깔 씨를 뿌렸는데 새들이 다 먹어버렸어……
한 줄로 죽 앉아서…… 카페테리아처럼.
— 1995년 5월 21일자 루시아 벌린의 편지에서.

● Steven Emerson, 미국의 소설가.

루시아 벌린과 나는 친한 친구였다. 그녀는 내가 만나본 가장 뛰어난 작가이기도 했다. 나는 여기서 작가로서의 루시아 벌린에 대해 말해보려고 한다. 다채로운 삶과 불행, 특히 알코올중독에서 벗어나고자 한 영웅적 고투는 이 책 뒤에 언급되어 있다.

루시아 벌린의 글은 산뜻한 맛이 있다. 간혹 그녀의 글을 생각하면 양쪽 발로 페달을 밟으면서 여러 가지 스네어 드럼과 작은북, 심벌즈를 솜씨 좋게 두드리는 명연주자가 떠오른다. 그녀의 글이 충격적이라는 말이 아니라 그만큼 많은 일이 벌어진다는 것이다. 단편마다 많은 노력이 들어갔고, 그 글에는 활력과 폭로적 요소가 있다.

1950년경의 묘한 소형 전기 자동차: "만화영화에서 벽을 들이받은 차처럼 천장이 높고 길이가 짧다는 것 외에는 여느 자동차와 다를 게 없는 차였다. 머리카락이 쭈뼛 선 것 같은 차."(「전기 자동차, 엘패소」)

그 차는 천장이 높은 데다 길이가 짧다. 그런가 하면 여행 다니는 사람들이 이용하는 에인절 빨래방 앞에서는

더러운 매트리스, 녹슨 돈을걸상 같은 것들이 실려 있다. 새는 기름받이, 새는 범포 물주머니. 새는 세탁기. 남자들은 차 안에 앉아 함스 맥주를 마시고, 다 마시면 캔을 쥐어 찌그러뜨린다. (「에인절 빨래방」)

그런가 하면 엄마는 (아! 그 엄마):

엄마는 언제나 옷에 신경을 썼지. 가터 벨트. 솔기 있는 스타킹. 복숭아색 새틴 슬립을 일부러 약간 보이게 입기도 하고. 그저 농부들이 엄마

가 그걸 입었다는 걸 알게 하려고 그랬을 뿐이지. 어깨 뽕을 댄 시폰 원피스, 작은 다이어본드가 박힌 브로치. 그리고 코트도 있지. 난 다섯 살밖에 안 됐지만 그때도 그게 낡고 추레한 코트란 걸 알았어. (「돌로레스 공동묘지」)

벌린의 이야기에는 기쁨이 있다. 이는 귀중한 것이지만 그리 흔하지 않은 요소다. 그런 요소를 거론하자면 발자크, 이사크 바벨, 가르시아 마르케스가 떠오른다.

벌린의 단편처럼 포용력을 갖춘 산문소설은 세상을 찬미한다. 그 작품에서 솟아나는 기쁨은 세상에서 반사된 것이다. 인간애와 공간, 음식, 냄새, 색채, 언어 등의 억제할 수 없는 속성과 연결되어 있는 글쓰기다. 끊임없이 이동하는 관점에서 본 세상. 그것은 놀라움과 아울러 기쁨을 준다.

이는 저자가 비관적인가 아닌가, 작중의 사건이나 감정이 명랑한가 아닌가 하는 것과는 아무런 상관이 없다. 요는 우리에게 전달되는 느낌이 긍정적이라는 것이다.

주위를 둘러보니 다른 차에 탄 사람들은 질펀한 것들을 먹고 있었다. 수박, 석류, 멍든 바나나. 맥주병에서 맥주가 천장으로 튀었고 맥주 거품이 차 옆으로 흘러내렸다. 나는 오렌지를 빨아 먹고 싶었다. 배고파, 나는 보챘다.

스노든 부인은 그럴 것을 예상했다. 그녀는 장갑 낀 손으로 무화과 뉴턴 과자를 내게 주었다. 땀띠분이 묻은 크리넥스에 싸여 있었다. 과자를 입에 넣자 물에 넣으면 피는 종이꽃처럼 팽창했다. (「전기 자동차, 엘 패소」)

앞서 '기쁨'이라고 했지만, 모든 이야기가 그렇다는 것은 아니다. 더없이 절망적인 이야기도 있다. 내가 염두에 두고 있는 것은 전체적인 느낌이다.

「들개: 길 잃은 영혼」을 보라. 그 결말이 제니스 조플린의 발라드처럼 통절하다. 주방 일과 수탁인을 겸한 변변치 못한 애인에게 배신당한 약물 중독자. 그녀는 갱생 프로그램을 따르고 회복의 길에 들어서지만, 결국 티브이 드라마 제작팀의 늙은 조명 감독이 모는 픽업트럭을 얻어 타고 시설에서 도망쳐 도시로 간다.

우리는 높은 지대에 올랐다. 넓은 계곡과 리오그란데강이 아래쪽에 펼쳐지고 위쪽으로는 아름다운 산디아산맥이 뻗었다.
"선생님, 저 배턴루지 집에 갈 버스표 살 돈이 필요해요. 한 60달러만 주실 수 있을까요?"
"걱정 말아요. 그쪽은 표가 필요하고 난 술이 필요하고. 다 잘될 거요."

제니스 조플린의 발라드처럼 결말이 경쾌하다.

유쾌한 유머는 루시아의 작품에 생기를 준다. 이것은 기쁨이라는 주제와 밀접한 관련이 있다.

예를 들어, 「502」의 유머. 운전자가 없는 음주 운전 이야기(비탈길에 주차해두었던 자동차가 운전자가 술에 취해 집에서 자는 사이에 굴러 내려갔을 때 발생한 이야기다). "모런 씨가 타고 있지 않아서 정말 다행이에요. 내가 제일 처음 문을 열고 나갔죠. 그리고 '그 여자는 어딨지?' 했어요."

다른 한 이야기에서는, "엄마는 어린아이들을 굉장히 싫어했어. 우리 아이들 넷이 모두 어렸을 때 언젠가 공항에서 엄마와 만났는데 엄마가 마치 도베르만 개들을 갖고 그렇듯이 '쉿, 애들 좀 쫓아!' 하고 소리를 질렀지."(「엄마」)

아니나 다를까 루시아의 독자들은 그녀의 단편을 읽고 '블랙 유머'라는 말을 쓰지만, 나는 그렇게 생각하지 않는다. 루시아의 유머는 정말 웃기며 다른 의도가 숨어 있지 않다. 셀린이나 너대니얼 웨스트, 카프카의 유머와는 다르다. 뿐만 아니라 루시아의 유머는 활기가 넘친다.

그녀의 글에 비밀스러운 요소가 있다면 그것은 갑작스러움이다. 변화와 놀라움은 그녀의 예술의 특징인 활기를 자아낸다.

중략과 도약, 리듬의 변화와 이에 따른 주제의 변화가 일어날 때 그녀의 글은 부쩍 활기를 띤다.

산문의 속도는 많이 회자되지 않는다. 적어도 그런 주제가 충분히 이야기되지 않는 것은 분명하다.

「돌로레스 공동묘지」는 많은 것을 말해주며 깊은 감정을 다루지만 저자 특유의 민첩함을 보이기도 한다. "하지만 듣지는 않았어"로 시작해서 "오늘은 대기오염이 심해 외출해선 안 되지만 말이야"로 끝나는 부분을 읽어보라.*

---

* 루시아의 구두법은 정통적인 방식에서 벗어날 때가 많고 어떤 경우에는 불규칙적이기도 하다. 그 이유 중 하나는 문장의 흐름과 속도 때문이다. 사람들의 일상적인 말에서는 들리지 않는 쉼표, 불필요한 데서 문장의 흐름을 끊는 그런 문장부호를 싫어했다. 쉼표를 생략하면 문장의 흐름을 급하게 함으로써 가속을 얻을 수 있다는 측면도 있다. 그렇기 때문에 우리는 편집에서 구두법을 바로잡는 일을 피했다. 지방적인 특성이나 저자 특유의 속기 때

또는 이렇게 말하기도 한다. "엄마, 엄마는 가는 곳마다 모든 사람에게서 추하고 악한 모습을 봤지. 엄마는 미쳤던 거야, 아니면 선지자였어?"

루시아의 마지막 단편 「B. F.와 나」는 짧다. 강렬하거나 거창한 주제를 다루지 않는다. 영아 살해나 밀수, 모녀의 갈등이나 화해 이야기도 아니다. 잔잔하면서도 빠르게 전개되는 이 단편은, 어떤 면에서는 그렇기 때문에 그 기교가 그만큼 놀랍다.

루시아는 거동이 불편한 늙은 잡역부를 이렇게 소개한다.

(B. F.는) 고작 세 계단 올라와서는 헉헉거리고 캑캑거리기까지 했다. 그는 키가 크고 굉장히 뚱뚱한 거구에다 나이가 상당히 많은 사람이었다. 그는 밖에서 숨을 고르고 있을 때부터 냄새가 났다. 담배 냄새, 더러운 모직물 냄새, 알코올이 함유된 고약한 땀내. 충혈되었지만 웃음을 머금은 연한 푸른색 눈. 나는 한눈에 그가 마음에 들었다.

"나는 한눈에 그가 마음에 들었다"는 문장은 사실 거의 불합리한 추론이다. 그렇지만 그 불합리한 추론을 내리는 문장이 이야기의 흐름에 속도를 준다. 거기에는 또한 위트도 있다. (그것으로 우리가 '나'라는 화자에 대해 무엇을 알 수 있는지 보라.)

이 정도 수준의 작가라면 대개 한 문장만 봐도 그게 그 작가의 글이란 걸 알 수 있다. 저자는 이 단편에서 B. F.와 그의 향기를 이렇게 말한다.

악취도 좋을 때가 있다.

문에 문법적으로 이상한 부분 몇 군데도 마찬가지로 그대로 두었다.—원주 루시아 벌린 특유의 문장이다. 감상적('좋을' 때가 있다)이고 거의 멍청해 보이기까지 하지만, 그것은 참되고 깊은 감정이다. 그러나 거기서 시선을 돌려 일반적으로 도회풍인 저자의 목소리를 감안하면 이 문장은 거의 솔직하지 못하다. 한편 부분적으로는 그렇기 때문에 이 부분의 흐름이 빠른 것이다. 어조의 전환, 심지어 목소리의 전환을 통해 우리는 그렇게 간단히 새로운 영역으로 들어간다.

게다가 이 문장은 건조하기까지 하다(악취가 어떻게 '좋을' 수 있다는 말인가). 상황이 겉보기와 다르고 더 다중적인 부분에서, 마침 건조한 문장이 나와 우리의 시선을 빨리 움직이게 한다.

Bad smells can be nice(악취도 좋을 때가 있다). 이 문장은 단음절 단어 다섯 개로 이루어져 있다.

B. F.의 악취stench. 저자는 그의 냄새를 악취stench라고 할 수 없다. 그러면 지독한 악취reek는? 안 될 말이다. 저자는 강렬하면서도 중성적인 표현, 가치 판단이 배제된 표현을 위해 영국 속어를 써야 했다.

"그의 냄새." His pong. 이것은 프루스트와 같은 회상을 떠올리게 한다. "그것은pong 나에게는 회상의 실마리madeleine-like였다."

그의 냄새가 프루스트 소설의 마들렌 같다고 하는데, 루시아 벌린이 아니라면 누가 그런 것을 생각해 쓰겠는가?

이 책에 수록한 단편들을 모으면서 나는 여러 측면에서 기뻤다. 그중 하나는 루시아의 마지막 단편집이 출간되고 루시아가 세상을 떠나고 나서야 그녀의 위상이 점점 높아졌다는 사실을 발견한 것이다.

블랙 스패로와 그전의 출판사들이 많은 부수를 출간했고, 헌신적인 독자가 적어도 2천 명은 되겠지만 이는 너무 적은 숫자다. 루시아의 작품은 눈이 밝은 독자들에게 보답해줄 것이다. 그렇다고 평범한 사람들과 동떨어진 내용이라는 것은 아니다. 그녀의 작품은 오히려 그런 사람들에게 매력적이다. 어쨌든 당시의 작은 출판사들이 광범위한 독자들에게 다가갈 수 있는 데는 불가피한 한계가 있었다. 결국 루시아는 사회의 주변에 머물렀으니까 말이다.

미국 서해안의 자유분방한 사회, 사무직, 육체노동, 빨래방, 우연한 만남, 외짝 신발을 파는 가게, 이동주택과 같은 거주지는 루시아의 사회생활에서 많은 부분의 배경을 이룬다. (그런 생활 속에서도 그녀는 고상한 품행을 잃지 않았다.)

그런데 사실 그 '주변'은 그녀의 작품에 특별한 힘을 부여했다.

루시아는 볼더에서 나에게 이런 편지를 보냈다(여기서 루시아는 말년에 그녀의 곁을 한시도 떠나지 않은 산소 탱크를 언급한다).

샌프란시스코만 지역과 뉴욕, 멕시코시티는 내가 타자라는 생각이 들지 않는 유일한 도시들이야. 나는 방금 장을 봐왔는데, 사람들이 모두 나한테 안녕히 가세요 하면서 미소를 지으며 내 산소 탱크를 보더군. 그게 마치 강아지나 어린아이인 것처럼.

나는 루시아의 글을 읽고 싶지 않다는 사람을 상상할 수 없다.

감사의 말

이 단편 선집에는 몇 년 동안 많은 분들의 지원과 열의, 노고가 들어갔다. 저자를 생각하면 이 작업을 하며 애상의 정서를 피할 수 없지만 실질적인 기쁨을 느낀 적도 많았다. 이 선집을 내게 된 것을 루시아가 알면 얼마나 좋아할까.

저자 생전에 그녀의 단편집들을 출간한 출판사들에게 아낌없는 감사를 드린다. 어떤 분들은 이 감사를 받을 수 없다. 마이클 마이어스와 홀브루크 테터(제피롯 이미지 출판사), 아일린과 밥 캘러핸(터틀 아일랜드 출판사), 마이클 울프(툼북투 출판사), 앨러스터 존스턴(폴트룬 출판사), 존 마틴과 데이비드 고딘(블랙 스패로 출판사). 이 모든 분과 이 일에 적극 협조해주신 다른 모든 분에게 심심한 감사를 드린다.

작가 베리 기퍼드와 마이클 울프는 이 선집을 내는 일에 앞장섰다. 제니 돈, 제프 벌린, 게일 데이비스, 캐서린 포셋, 에밀리 벨, 리디아 데이비스와 더불어 그들은 시간과 전문적인 지식을 아끼지 않았다. FSG 출판사는 에밀리와 하나가 되어 모범적이고 광범위한 팀으로 열정과 헌신을 아끼지 않았다. 루시아가 얼마나 고맙게 생각할지 모두 잘 알리라고 나는 생각한다. 나도 감사하게 생각한다는 것을 그들이 알아주기 바란다.

집으로 가는 글쓰기

누군가를 그리워할 때 마음이 아픈 까닭은
피와 뼈에 그 고통이 실재하기 때문이다.
— 루시아 벌린

집은 나의 베들레헴, 구원의 피난처, 나의 정신병원.
내 아내, 나의 봇둑, 내 남편, 나의 선생님, 나의 자궁, 나의 머리.
집을 떠나지 마라, 집을 떠나지 마라.
— 앤 섹스턴

루시아 벌린의 단편집 『에인절 빨래방Angel's Laundromat』은 1981년에 출간되었다. 같은 해에 레이먼드 카버는『사랑을 말할 때 우리가 이야기하는 것What We Talk about When We Talk About Love』을 출간했다. 카버는 이 단편집으로 평단의 호평과 대중의 인기를 모두 얻었다. 어려운 경제 상황이 이 책으로 해소되고 전도가 트였다. 그러나 루시아 벌린은 사후 11년이나 되어서야 대중의 인기를 얻고 베스트셀러 작가가 되었다. 그녀는 시인 오거스트 클라인잴러에게 쓴 편지에서 카버에 대해 이렇게 말한다.

나는 레이먼드 카버의 단편을 좋아해요. 그가 술을 끊기 전에 쓴 것들, 결말이 달콤하지 않은 것들이 좋죠. 나는 카버의 단편을 알기도 전에 이미 카버처럼 글을 쓰고 있었어요. 카버도 내 단편들을 읽고 좋다고 했어요. 우리는 좋은 이야기를 나누었죠. 서로 한눈에 알아봤어요. 우리 둘의 '문체'는 (어떤 점에서는 비슷한) 배경에서 나오죠. 감정을 드러내지 마라, 울지 마라, 남에게 속을 보이지 마라, 하는…….

벌린과 카버가 만나 이야기를 나누었다면, 아마도 1978년 여름, 뉴멕시코 엘패소에서 열린 문학 행사였을 것 같다. (벌린이 참석했다는 기록은 찾지 못했지만, 카버는 그 행사에 분명히 참석했고, 그는 거의 1년 동안 엘패소에서 살았다.) 그 행사에는 나중에 카버와 결혼한 시인 테스 갤러거도 참석했다.

무엇이 작가로서 그들의 운명을 좌우했을까? 벌린은 여자이고 카버는 남자이기 때문이었을까? 『에인절 빨래방』은 지금은 거의 흔적도 찾아볼 수 없는 어느 이름 없는 출판사에서 나왔고, 『사랑을 말할 때 우리가 이야기하는 것』은 미국 굴지의 출판사 크노프에서 발행했기 때문일까? 이 단편집의 분량을 원고의 절반가량 추리고 내용에까지 손을 댄 고든 리시 같은 편집자가 있었기 때문일까?

카버는 캘리포니아주립대 치코캠퍼스 재학 당시 문학 창작 교수였던 존 가드너의 영향을 받았다. 가드너는 "위대한 느낌을 갖지 못하면 위대한 작가가 될 수 없다"면서, 돈을 벌 수 있는 공식에 맞춘 글을 쓰지 말고 자신이 아는 것을 정직하게 쓰라고 가르쳤다. 미상불, 카버에게 글을 쓰는 데 방해가 된다고 여겨졌던 인생의 곤경과 혼란은 정직한 작품의 소재가 되었다. 소설을 쓸 여건이 안 되는 생활 덕분에 소설을 쓸 수 있다는 건 충분히 역설적이다. 하지만 이런 점은 루시아 벌린의 경우에도 마찬가지였다.

루시아 벌린도 카버처럼 상당히 이른 나이에 결혼해서 일찍 자식을 낳았다. 벌린은 열일곱 살에 대학교에 들어가 열여덟 살에 결혼해서 그 이듬해에 첫아들을 낳았고, 곧이어 둘째 아들을 가졌을 때 남편이 가정을 버리고 떠나 혼자 힘으로 생계를 꾸려야 했다. 레이먼드 카버는 스무 살에 자식 둘을 부양해야 했다. 벌린도 카버처럼 알코올중독으로 중독자갱생회에서 치료를 받았다. 그래도 카버는 중독자갱생회의 치료와 갤러거의 도움으로 1977년에 술을 끊었지만, 벌린은 1990년대 말까지도 술을 끊지 못했다.

이 두 작가는 돈을 얼마 벌지 못해 생활이 위태롭지만 소박하고 정직한 사람들의 삶을 존중하고, 그런 시점으로 글을 썼다는 점도 비슷하다. 벌린 자신이 그런 사람들의 처지에 있었기 때문이었을 것이다. 그녀는 홀로 자식들의 생계를 책임져야 하기 때문에 카버와 마찬가지로 좀처럼 장편소설을 쓸 엄두를 내지 못했다(루시아는 장편을 두 편 썼다고 하지만, 한 편은 소각했다고 하고, 다른 한 편의 행방은 알 길이 없다). 또한 카버처럼 생계를 위해서는 아무 일이나 닥치는 대로 해야 했다. 그래도 카버는 1981년 이후로는《하퍼스 바자》나《뉴요커》처럼 고액의 원고를 지급하는 잡지에 단편을 팔 수 있었다(이전에는 원고료가 보잘것없는 군소잡지에 단편을 팔아 근근이 생활했다). 그러자 다른 단편집들도 역시 잘 팔리기 시작했다. 뿐만 아니라 카버는 강의나 워크숍 요청, 관련 단체의 보조금, 교수직 등으로 생활이 핀 데 반해, 루시아 벌린은 1994년에 이르러서야 단 몇 년간 경제 사정이 조금 나아졌을 뿐이었다. 벌린에게는 알코올중독에서 벗어나고 생활이 안정되는 데 도움을 준 테스 갤러거와 같은 동반자도 없었다. 그런 지점에서 그들의 문체가 약간 양상을 달리하는지도 모른다. 카버의 단편이 과도하게 촘촘한 그물 같다면 루시아의 단편은 그보다는 좀 더 넉넉하고 유기적이다. 이른바 '미니멀리즘'이라는 용어로 구분할 수 있는 표현 기법, 절제된 언어와 생략으로 독자에게 상상의 공간을 주는 (어떤 독자들에게는 당황스러운) 방식도 두 작가가 비슷하다 할 수 있다. 카버의 경우, 벌린보다 훨씬 더 과격한 절제와 생략으로 독자를 혼란에 빠뜨리기도 하지만, 기본적인 접근 방식은 크게 다르지 않다.

　루시아 벌린이 생전에 명성을 얻지 못한 것은 어쩌면 외부적인 요인보다는 의지에서 말미암은 것인지도 모른다. 어느 인터뷰에서 벌린은 "자신은 안정된 삶에 저항했다"고 말한 바 있다. 그녀는 일찍이 미국교육협회 예술기금에서 지급하는 지원금을 수여받은 적이 있지만, 그 돈을 창작에 쓰지 않고 파리 여행에 다 써버렸다. 글은 한 글자도 안 쓰고 상을 준 협회에 결과물 대신 고맙다는 편지만 보낸 걸 보면, 그걸 자유분방하지만 무책임한 태도라고 해야 할지 저항이라고 해야 할지 잘 모르겠다. 어쨌든 그 후로 다른 보조금이나 지원금을 받지 못한 걸 보면, 벌린 본인도 자각했듯이, 그 일로 어떤 '기회'를 차버린 것은 분명한 듯하다.

　미국 문학에서 루시아 벌린의 좌표를 알아보기 위해 이상과 같이 레이먼드 카버와 나란히 대비시켜 간단히 살펴보았다. 어쨌든 루시아 벌린은 사후에 명성을 얻은 작가가 되었는데, 이 명성을 가져다준 『청소부 매뉴얼』은 루시아 벌린의 단편 총 77편에서 43편을 담고 있다. 표제작인 「청소부 매뉴얼」(원제는 「자살 유언 쓰기 매뉴얼」)은 『에인절 빨래방』에 앞서 1977년에 나왔는데, 삽화가 들어간 20쪽을 실로 제본해서 만든 얇은 책자로 봉투에 밀봉되어 팔렸기 때문에 '책'이라기보다는 팸플릿이라고 봐야 할 것이다. 『청소부 매뉴얼』에서 「청소부 매뉴얼」의 비중이 크지 않고, 저자가 그 생활을 오래 하지 않았는데 원작 출판사에서 그런 제목을 붙인 이유는 아마도 처녀작을 기념하기 위해서였을 것 같다.

　『에인절 빨래방』에 이어 1984년에는 단편 16편을 묶어 『환상 통증 Phantom Pain』을 출간했고, 1988년에는 『무탈Safe & Sound』, 1990년에는 이미 발표한 것과 새 단편을 모아 『향수Homesick』, 1993년에는 『안녕So Long』, 마지막으로 1999년에 『지금 내가 사는 곳Where I live now : stories, 1993-1998』을 출간했다. 이 마지막 단편집마저 지금은 존재하지 않는 작은 출판사에서 양장본 100부, 문고판 250부만 찍어냈을 뿐이다. 모든 책에 일련번호를 넣고 저자의 사인을 한 것을 보면, '작가들의 작가', 아는 사람만 아는 작가가 무엇을 뜻하는지 알 법하다. 그러나 벌린이 세상을 떠나고 11년이 지난 2015년, 『청소부 매뉴얼』이라는 제목으로 출간된 이 단편집은 하루아침에 베스트셀러가 되었고, 그해 《뉴욕 타임스》의 10대 도서로 선정되었다. 생전에 명성을 추구하지 않은—오히려 그것에 저항한—저자가 이 사실을 안다면 어떻게 생각할지 모르겠다.

담청색 눈, 갈색 머리, 젊었을 때의 사진을 보면 전체적으로 언뜻 엘리자베스 테일러의 모습이 보인다. 키가 상당히 컸던 루시아 브라운은 1936년 알래스카에서 태어났다. 아버지 테드 브라운은 광산 기술자, 어머니 메리는 가정주부였다. 루시아는 아버지의 직업 특성상 아이다호, 텍사스, 애리조나, 뉴멕시코, 캘리포니아 등 여러 주를 돌아다니며 성장했다. 전 가족이 평균 반년에 한 번 이사했고, 2차 세계대전이 발발하고 아버지가 탄약 보급선 대위로 참전한 동안은 텍사스주 엘패소의 외가에서 생활했다. 종전 후 집에 돌아온 아버지가 칠레의 미국 광산에 고위직으로 가게 되어 다시 전 가족이 칠레 산티아고로 이주했다. 루시아는 그곳에서 고등학교까지 마치고 혼자 미국으로 돌아와 뉴멕시코대학교에 진학했다. "실수로 저널리즘을 전공"한 그녀는 문학을 가르치던 스페인 소설가 라몬 센더에게 문학 수업을 받았다.

루시아는 신입생 때 만난 루 수아레스라는 서른 살 먹은 스포츠 기자와 첫사랑에 빠졌지만 얼마 못 가서 헤어지고(「콘치에게」), 그로부터 몇 달 뒤 폴 서트먼이라는 조각가와 결혼했다. 루시아는 1956년 9월 첫째 아들 마크를 낳았고, 둘째를 임신했을 때 서트먼은 처자식을 버리고 떠나버렸다(「호랑이에게 물어뜯기다」). 루시아는 열 살 때 척추옆굽음증 진단을 받고 등에 척추 교정기를 달고 성장했다. 서트먼은 그런 그녀의 벗은 몸을 처음 보았을 때 비대칭이라며 놀리고, 루시아의 코가 끝이 약간 들렸다며 잠잘 때는 베개에 코를 묻고 자라고 하는가 하면, 징병을 피하려고 첫아이를 낳았고, 루시아가 둘째를 가졌을 때 예술장려금을 받아 새 애인을 데리고 이탈리아로 떠난 걸 보면 재수 없는 사람이었던 것 같다.

서트먼과 이혼한 루시아는 1958년 4월 둘째 아들 제프를 낳았다. 루시아는 제프가 태어나기 하루 전에 재즈 피아니스트 레이스 뉴턴을 알게 되었고, 그들은 그해에 결혼했다(「멜리나」). 그 이듬해, 그들은 뉴욕으로 이사했다. 레이스 뉴턴은 연주자로 꾸준히 일을 했고, 그들 부부는 드니 즈 레버토브를 비롯한 시인, 소설가, 뮤지션 등 많은 예술가들과 친구가 되었다. 그러나 1961년, 뉴턴의 친구로 앨버커키에서 친했던 색소폰 연주자 버디 벌린이 뉴욕으로 루시아를 찾아왔고, 그들은 어린아이들을 데리고 멕시코로 떠났다(「안녕」). 루시아는 뉴턴과 이혼하고 그곳에서 버디 벌린과 결혼해서 아들 둘을 낳았지만, 코카인 중독자인 그와는 1968년에 이혼했다. 그 후 루시아는 다시 결혼하지 않았다. 그녀는 네 아들을 데리고 캘리포니아 버클리로 이사해서 어느 사립 고등학교 교사로 일하면서(「웃음을 보여줘」) 뉴멕시코대학교에서 석사 학위 과정을 밟았다. 교사직을 그만둔 후로는 청소부, 교환원, 병원 사무원 등 여러 일자리를 전전하며 생계를 유지했다. 술에 중독되어 홀로 네 아들을 키우면서 글을 쓸 짬을 찾는 생활이었다. 루시아 벌린은 1971~1994년에는 주로 버클리, 오클랜드 등지에서 살았고, 1991~1992년에는 멕시코시티로 가서 암으로 죽어가는 다섯 살 아래의 여동생 몰리를 돌보았다. (루시아의 어머니 메리는 1986년에 자살했다.) 1994년, 시인 에드워드 돈의 주선으로 콜로라도대학교에서 문학창작 강사로 일하게 되었고, 2년째 되는 해에는 동 대학교에서 우수교육자상을 받았다. 이후 전임교수로 임용되었지만, 척추옆굽음증이 악화되어 산소호흡기에 의지해야 했던 데다 암까지 겹쳐 2000년에 은퇴하지 않을 수 없었다. 암과의 힘들고 외로운 싸움 끝에 루시아 벌린은 2004년 11월 12일, 태어난 날, 캘리포니아 마리나 델 레이에서 세상을 떠났다.

루시아 벌린의 인생을, 등장인물의 이름은 달라도 현실과 나란한 단편으로 그려보았다. 사실 이 단편집은 전체가 루시아 벌린의 자서전이라고 볼 수 있다. 루시아 벌린은 자신의 단편에는 과장이 있을 수는 있어도 진실만을 다루었다고 했다. 앨리스 먼로처럼 루시아 벌린도 가족 이야기에 집착한다. 그것은 두 작가에게 공히 대개는 불행의 연속이다. 괴상하고 다채로운 삼촌들과 사촌들이 여러 단편에 걸쳐 다른 이름으로 재등장하기도 한다.

루시아 벌린은 어렸을 때는 비밀스러운 장소, 정신적인 고립의 장소를 찾아갔지만, 성인이 되어서는 글쓰기에서 그 장소를 찾았다.

나는 글을 쓰기 시작했을 때 혼자였다. 첫 번째 남편이 떠났을 때 나는 향수병에 걸렸다. 우리 부모님은 내가 너무 어려서 결혼한 것도 모자라 금방 이혼했다고 나와 의절했다. 집에 가려고, 나는 집에 가려고 글을 썼다. 내가 안전할 수 있는 곳. 나는 현실을 교정하기 위해 글을 썼다.

독자에게 읽히기 위해서라기보다는 "집에 가기 위하여" 이 단편들을 썼기 때문에 그렇게 솔직할 수 있었던 것일까. "현실을 교정"하기 위한 것이라서 같은 소재를 다르게, 등장인물들의 이름을 바꾸어가며, 마치 거울의 방에 들어가 사방에 다른 각도로 비치는 자신의 모습을 여러 단편으로 그려낸 것일까. 그래서 그녀는 작가로서 카라바조보다는 프랜시스 베이컨의 그림에 더 공감한 것일까.

루시아 벌린은 말년에 시인 오거스트 클라인잴러에게 쓴 편지에서 다음과 같이 밝힌다.

그때 내가 다니던 학교들은 끔찍했어요. 우리 아버지는 전쟁에 나갔고, 엄마며 외할아버지며 외삼촌이며 모두 술독에 빠져 살았죠. 엄마와 외할아버지는 성적으로, 육체적으로 나를 학대했어요. (하지만 둘이 한꺼번에 그럴 정도로 정신병자들은 아니었어요.) 외할머니는 외할아버지의 소행을 알면서도 나를 보호해주기는커녕 나를 죄인으로 단정하고 미워했죠. 정말이지 다른 식구들보다 더 그랬어요. 외할머니는 내 동생 몰리만 잘 돌봐주었을 뿐 아니라 그 둘이 있을 때는 부엌에 들어오지도 못하게 해서 나는 마음이 몹시 상했었죠. 엄마와 외할아버지를 두려워하며 살았어요. 학교에서 당하는 일들도 끔찍했고요. 나는 두 학교에서 퇴학을 당했고 한 학교에서는 첫해에 도망쳤어요. 그러다 엘패소에서 나의 최초의 친구이자 가장 소중한 친구였던 호프를 만났죠……. 그리고 에이브러햄 가족이 나를 입양하기라도 한 듯 내게 한 가족처럼 잘해주었어요. 그때 난생처음으로 포옹과 뽀뽀도 받아봤어요. 그들은 내 머리를 빗겨주기도 하고 때로는 소리도 질렀죠. 마치 한 가족처럼. 정말 생명의 은인처럼 고마웠어요. 가톨릭 학교에 다닐 때는 광신도가 돼서 나를 돌봐주는 성모 마리아를 숭배했죠……. 호프와 싸운 일은 굉장히 충격적이었어요. 당시 내가 기댈 수 있는 사람은 존 외삼촌뿐이었는데, 외삼촌은 집에 거의 없었고, 있어도 술에 취하지 않은 적이 거의 없었죠. 외삼촌이 운전하다 어느 어린애와 개를 친 사건은 정말 무서웠어요. 그러고 나서 얼마 동안 나는 미치도록 외로웠어요. 지금 당신에게 이런 이야기를 할 수 있는 건, 당시 몇 년 동안 그 일들을 지겹도록 곱씹어 처리했기 때문이에요. 그런데 문제는, 내가 겁을 먹거나, 아프거나, 비참하거나, 외롭거나, 곤경에 처할 때마다 내 기억이 곧장 엘패소로 달려간다는 거예요.

소설은 많은 경우 어느 정도는 자전적이다. 한편, 자전적인 논픽션, 즉 자서전도 픽션이다. 아무도 모든 것을 있는 그대로 숨김없이 다 말하지 않기 때문이다. 게다가 기억이란 시간의 흐름에 따라 왜곡되고 각색되기 마련이다. 실제 일어난 일을 가지고 단편을 쓸 때 사실 그대로 가져다 쓰면서 몇 가지 세부 사항만 뒤틀어 바꾼다고 좋은 이야기가 되지는 않는다. 자신의 이야기라도, 화자가 '나'라도, 거기서 '자아'를 들어내고 쓰지 않으면 단편으로서 독자의 공감을 얻는 이야기가 되기 힘들다. 좋은 소설 구성에 필요한 세부 묘사가 결여되기 십상이기 때문이다. 작가가 자신의 단편을 다시 읽을 때 독자보다 훨씬 더 많은 것을 보면 '자아'를 제거하지 않고 썼기 때문일 것이다. 그러나 루시아 벌린의 단편들은 그렇지 않은 것 같다. 앨리스 먼로와 마찬가지로 단편의 형식에 개의치 않고 진실을 추구한 작가임을 감안하면 놀라운 성취라고 할 수 있다. 앨리스 먼로의 단편들을 가리켜 무질서하다거나 산만(시간과 공간의 이동이 잦기 때문)하다는 비평가들도 특이하면서도 자연스러운 문체로 무료한 일상을 지루하지 않게 생생히 전달하는 그녀의 능력만큼은 높이 평가하듯이, 루시아 벌린에 대해서도 같은 말을 할 수 있을 것이다.

루시아 벌린의 단편들은 과거에 집착한다. 그러나 앨리스 먼로와 마찬가지로 솔직하게 쓰면서도 감상을 자제한다. 벌린의 이야기가 펼치는 드라마는 다른 단편에서 장소를 바꾸어 계속된다. 등장인물들의 이름도 장소의 이동과 함께 바뀐다. 우리는 어느 순간 그 인물들이 혹시 동일 인물들은 아닌지 의심하게 된다. 하지만 상관없다. 그들이 동일 인물들이라도 각 단편은 개별적이고 독립적이다. 중간에서 어느 것 하나를 떼내어 읽기 시작해도 상관없다. 제임스 조이스를 알기 위해 『더블린 사람들』을 읽지 않듯이 우리는 루시아 벌린을 알기 위해 그녀의 단편을 읽을 필요는 없다. 추억과 사랑, 덧없는 삶과 죽음, 고통스러운 우울과 중독, 자식들을 향한 자살적 사랑, 로맨스, 잊을 수 없는 이야기. 무엇보다 이 모든 것에 깊숙이 침투해 있는 인간애를 느끼기 위하여, 그리고 우리 자신을 들여다보기 위하여 읽으면 그만이다. 그러면 그 이야기들의 작가인 루시아 벌린에 관해 더 자세히 알고 싶어지겠지만, 그건 그때의 일이다.

루시아 벌린의 단편 선집을 번역하는 기간은 그녀의 애환과 함께 가슴이 뭉클해지기도 하고 웃기도 한 시간의 연속이었다. 단편을 별로 좋아하지 않는 독자라도 루시아 벌린의 단편을 읽으면 특별한 매력을 느낄 것이다.

2019년 여름
공진호

청소부 매뉴얼

초판 1쇄 발행 2019년 7월 20일
초판 11쇄 발행 2024년 6월 10일

지은이 루시아 벌린 **옮긴이** 공진호
발행인 이봉주 **단행본사업본부장** 신동해
표지디자인 김은정 **본문디자인** P.E.N. **교정교열** P.E.N.
마케팅 최혜진 이인국 **홍보** 반여진 허지호 정지연 송임선
국제업무 김은정 김지민 **제작** 정석훈 **독자교정** 김혜진 오나영

브랜드 웅진지식하우스
주소 경기도 파주시 회동길 20
문의전화 031-956-7362(편집) 031-956-7089(마케팅)
홈페이지 www.wjbooks.co.kr
인스타그램 www.instagram.com/woongjin_readers
페이스북 www.facebook.com/woongjinreaders
블로그 blog.naver.com/wj_booking

발행처 ㈜웅진씽크빅
출판신고 1980년 3월 29일 제406-2007-000046호

한국어판출판권ⓒ ㈜웅진씽크빅 2017
ISBN 978-89-01-23286-7 03840